사랑과 어둠의 이야기 1

SIPUR AL AHAVA VEHOSHECK
by Amos Oz

A TALE OF LOVE AND DARKNESS ⓒ 2003, Amos Oz
Korean translation copyrightⓒ 2015, Munhakdongne Publishing Corp.
All rights reserved.

This Korean edition was published by arrangement with Amos Oz
c/o The Wylie Agency(UK) LTD.

이 책의 한국어판 저작권은
Amos Oz c/o The Wylie Agency(UK)와 독점 계약한 (주)문학동네에 있습니다.
저작권법에 의해 한국 내에서 보호를 받는 저작물이므로 무단 전재 및 무단 복제를 금합니다.

이 도서의 국립중앙도서관 출판예정도서목록(CIP)은 서지정보유통지원시스템 홈페이지(http://seoji.nl.go.kr)와
국가자료공동목록시스템(http://www.nl.go.kr/kolisnet)에서 이용하실 수 있습니다.
(CIP제어번호: CIP2015025764)

세계문학전집
131

סיפור על אהבה וחושך : עמוס עוז

사랑과 어둠의 이야기 1

아모스 오즈 장편소설

최창모 옮김

문학동네

일러두기

1. 번역 대본으로는 ‏כתר, עמוס עוז) סיפור על אהבה וחושך‏ (2002)를 사용했다.
2. 원주 표시가 없는 주석은 모두 옮긴이주이다.

차례 █

1

나는 넓이 30제곱미터쯤 되는, 아주 비좁고 천장도 무척 낮은 공동주택 일층에서 태어나 자랐다. 부모님은 매일 저녁 벽에서 벽까지 방을 다 차지하는 침대 겸용 소파를 꺼내 펴고 잤다. 이른 아침이면 침대를 접고 침대보는 옷장 아래 있는 궤짝 안에 숨기고, 매트리스를 뒤집어 잘 갠 다음 침대가 접히도록 단단히 누르고, 밝은 회색 커버로 침대 전체를 덮어두었다. 그 위로 동양적인 문양이 수놓인 쿠션을 몇 개 흩뜨려 밤에 잔 흔적을 말끔히 없앴다. 이런 식으로 부모님은 침실을 공부방, 서재, 식당 겸 거실로 이용했다.

그 방 맞은편이 내 방이었는데, 크고 가운데가 불룩한 옷장이 이 작은 녹색 방을 반쯤 차지하고 있었다. 좁고 천장이 낮은 통로는 어두운 데다 약간 휘어 있어 마치 감옥에서부터 이어진 탈출용 터널 같았고,

작은 부엌과 화장실이 비좁은 방 두 개와 연결되어 있었다. 철창에 갇힌 비실비실한 전구는 낮에도 복도에 어둠침침하고 우울한 빛을 던져주었다. 부모님 방과 내 방에는 각각 창이 하나씩 있었다. 창에 드리워진 철제 블라인드 틈새로 동쪽 전경을 슬쩍 볼 수 있었는데, 보이는 것이라곤 먼지를 뒤집어쓴 사이프러스 나무와 돌을 아무렇게나 쌓아올려 만든 낮은 벽뿐이었다. 부엌과 화장실 벽 뒤편 높이 열린 작은 들창으로는 높은 콘크리트 벽으로 둘러싸인 감옥 마당 같은 작은 마당이 보였는데, 그곳에는 빛바랜 올리브 깡통 안에서 창백한 제라늄이 햇빛 한줌을 갈망하며 서서히 죽어가고 있었다. 이 작은 들창 턱에는 언제나 절인 오이를 담은 병과 꽃병으로 쓰다가 금이 가버린 항아리에 심은 단단한 선인장을 올려두었다.

건물은 움푹 파인 바위투성이 산허리 바깥쪽에 있었기 때문에 일층은 지하나 다름없었다. 산허리 언덕이 바로 우리의 이웃이라 할 수 있었는데, 이 이웃은 무겁고 안으로 굽어 있고 고요하며, 평범한 독신자들이 그렇듯 늙고 슬프고 졸리고 황량했고, 가구를 닦거나 손님을 즐거이 맞지 않고, 소란을 피우거나 우리를 번거롭게 하지도 않았다. 이 우울한 이웃의 차갑고 어두운 침묵과 습기가 마치 희미하지만 끊임없이 흘러나오는 곰팡내처럼 경계벽을 통해 우리 쪽으로 스며들었다.

결국 여름 내내 우리집은 겨울이었다.

손님들은 말했다. 여기는 뜨겁고 건조한 날에도 항상 쾌적하겠다, 차고 시원하고 정말 서늘하겠다, 하지만 겨울에는 어떻게 지내느냐? 뭐랄까, 벽에 습기가 차지 않느냐? 겨울에는 조금 우울하지 않느냐?

　방 두 개, 동굴무덤 같은 부엌, 화장실과 복도 사이는 어두웠다. 우리집에는 책이 가득했다. 아버지는 16개국 또는 17개국 언어로 글을 읽을 수 있었고, 11개국 언어로(물론 모두 러시아식 발음으로) 말할 수 있었다. 어머니는 4~5개국 언어로 말하고, 7~8개국 언어로 읽을 수 있었다. 두 분은 내가 못 알아듣길 바랄 때면 러시아어나 폴란드어로 대화하곤 했다. (두 분의 대화는 주로 그런 식이었다. 한번은 내가 듣고 있어서 외국어로 말해야 할 자리였는데 어머니가 실수로 종마種馬라는 단어를 히브리어로 말하자 아버지는 어머니를 러시아어로 맹렬히 꾸짖었다. 치토 세 타보이! 비디시 말치크 리아돔 세 나미! ― 대체 무슨 짓이에요! 거기 애 있는 거 안 보여요!) 문화적인 면을 고려해 두 분은 대개 독일어나 영어로 된 책을 읽었고, 아마도 꿈은 이디시어*로 꾸었을 것이다. 그러나 두 분이 내게 가르친 언어는 단 한 가지, 오직 히브리어뿐이었다. 아마 그분들은 내가 언어를 많이 알게 되면, 경이롭지만 치명적인 대륙 유럽의 유혹에 노출될지도 모른다고 염려했을 것이다.

　부모님의 가치 기준으로는 좀더 서구화된 것이 더 문화적인 것이었다. 두 분의 러시아적 영혼에 친근한 것이라고는 톨스토이와 도스토옙스키가 전부라 할 수 있었으며, 두 분은 독일이―히틀러가 있음에도 불구하고―러시아나 폴란드보다 좀더 교양 있고, 프랑스가 독일보다

---

* 고지 독일어에 히브리어, 슬라브어 등이 섞여서 형성된 언어. 유럽 내륙 지방과 그곳에서 미국으로 이주한 유대인들이 주로 사용한다.

는 좀더 세련된 문화를 갖고 있다고 생각했다. 그런 척도로 보자면 영국은 프랑스보다 높은 위치에 있었다. 미국에 대해서는, 두 분은 그다지 확신을 갖고 있지 않았다. 어쨌든 미국은 인디언을 쏴 죽이고는 우편열차를 놓고 금을 좇으며 여자들을 사냥하는 나라였으니까.

두 분에게 유럽은 금지된 약속의 땅이자, 고대의 판석 도로가 깔린 광장, 전차와 교량과 교회 첨탑, 저멀리 시골 마을과 온천, 숲, 눈 덮인 초원이 있는 동경의 장소였다.

'오두막집' '초원' '거위치기 소녀' 같은 단어들은 어린 시절 내내 나를 흥분시키고 유혹했다. 그 단어들은 참되고 아득한 세계의 관능적인 향취를 띠었고, 먼지 낀 양철 지붕이나 고철과 엉겅퀴가 뒹구는 황폐한 도시, 여름 백열의 무게에 숨막힐 듯 바싹 타들어간 예루살렘의 구릉과는 멀찍이 떨어진 곳에 있었다. '초원'이라는 단어는 혼자 되뇌는 것만으로 충분했고, 그러면 나는 곧 목에 종을 단 젖소들의 낮은 울음소리와 졸졸 흐르는 시냇물 소리를 들을 수 있었다. 눈을 감으면 내가 깨닫기도 전에 그 관능으로 나를 잡아 찢는 거위치기 소녀의 맨발을 볼 수 있었다.

*

몇 년에 걸쳐 나는 1920년대와 1930~40년대 영국의 지배 아래 있던 예루살렘이 매혹적인 문화 도시라는 것을 지각하게 되었다. 예루살렘에는 거대 기업가, 음악가, 학자와 작가 들이 있었다. 마르틴 부버[*]와 게르숌 숄렘[**]과 아그논[***]과 다른 유명한 학자들과 예술가들의 무리가 있었으니 말이다. 때때로 벤예후다 거리나 벤마이몬 거리를 걸을 때면 아버지는 내게 속삭이곤 했다. "저기 보렴, 세계적으로 명성을 떨치고 있는 학자가 있구나." 나는 그 말이 무슨 뜻인지 알지 못했다. 전 세계적으로 명성을 얻는다는 말은 연약한 다리와 연관이 있는 말이라고 생각했는데, 왜냐하면 그런 사람은 대개 지팡이를 짚고 비틀거리며 걷거나, 여름에도 무거운 모직 정장을 입는 노인이었기 때문이다.

부모님이 동경하던 예루살렘은 우리가 사는 곳에서 꽤 멀리 떨어진 곳에 있었다. 그곳은 피아노 선율과 초록의 나무들로 가득한 르하비아 지역 안에 있었고, 욥바 거리나 벤예후다 거리에 위치한 도금된 샹들리에가 달린 서너 개의 카페 안에도 있었고, YMCA 또는 다윗 왕 호텔 홀에도 있었다. 그곳에는 문화를 사랑하는 유대인과 아랍인이 완벽한 매너를 갖춘 교양 있는 영국인과 섞여 있었고, 어두운색 양복을 입은 신사의 팔에 안겨 꿈꾸듯 부유하는 이브닝드레스 차림의 목이 긴 아가씨들이 있었으며, 마음 넓은 영국인이 교양 있는 유대인이나 교육받은 아랍인과 함께 저녁식사를 했다. 그리고 리사이틀이나 무도회, 문학의 밤, 티파티, 우아한 예술 토론이 있었다. 아니, 어쩌면 케렘 아브라함에 사는 도서관 사서나 학교 선생이나 성직자나 제책업자에게는 샹들리에와 티파티가 있는 그러한 예루살렘은 꿈속에서만 존재했는지도 모른다. 여하튼 우리가 있는 곳에는 그런 것들이 존재하지 않았다. 우리가 사는 마을, 케렘 아브라함은 체호프의 소유지였다.

_____

* 오스트리아 출신 유대인 철학자. 대표작 『나와 너』로 인해 '대화의 철학자'로 불린다.
** 독일 출신 유대인 철학자이자 역사가. 유대 신비주의 경전인 카발라 연구로 유명하다.
*** 1966년 노벨문학상을 수상한 이스라엘 작가 슈무엘 요세프 아그논.

몇 년 후 (히브리어 번역본으로) 체호프를 읽었을 때 나는 그가 우리 중 하나라 믿어 의심치 않았다. 바냐 아저씨는 우리집 바로 위층에 살고 있었고, 사모이렌코 박사는 내가 열병에 걸렸을 때와 딱 한 번 디프테리아에 걸렸을 때 내게로 몸을 숙이고 그 큼지막하고 강한 손으로 진찰해주었으며, 평생 편두통으로 고생하던 라이옙스키는 어머니의 육촌이었는데, 베이트 하암 대강당에서 열리는 토요 공연에서 트리고린의 작품을 함께 관람하곤 했다.*

우리집은 온갖 부류의 러시아 사람들로 둘러싸여 있었다. 톨스토이 애호가들이 많았다. 그들 중 몇몇은 정말 톨스토이처럼 보이기까지 했다. 책 뒷면에서 빛바랜 톨스토이의 사진을 우연히 보았을 때 나는 그가 그동안 자주 봐온 우리 이웃이라고 확신했는데, 말라기 거리나 오바댜 거리를 한가로이 산책하던 그는 대머리에 하얀 수염이 미풍에 펄럭여 선조 아브라함처럼 경외감 넘치며, 손에는 나무 지팡이를 들고, 긴 끈으로 허리를 감은 헐렁한 바지 위로 러시아식 셔츠를 길게 빼내어 입은 모습이었다.

우리 이웃, 톨스토이 애호가들은 (부모님은 그들을 '톨스토이 애송이들'이라 불렀다) 예외 없이 열렬한 채식주의자이자 자연에 대한 강렬한 감정을 지닌 사회개혁가, 도덕적인 삶의 추종자였고, 인류와 살아 있는 모든 생명체를 사랑하며 밭이나 과수원에서의 단순한 노동과 전원생활을 끊임없이 동경하는 이들이었다. 하지만 그들은 화분 하나 제대로 가꾸지 못했다. 아마 물을 너무 많이 줬거나 물주기를 잊었기

---

* 바냐 아저씨, 사모이렌코 박사, 라이옙스키, 트리고린은 모두 체호프의 작품에 등장하는 인물이다.

때문일지도 모르고, 심술궂은 영국인들이 물에 염소鹽素를 넣은 탓에 화분이 죽었는지도 모른다.

그 톨스토이 애호가 가운데 몇몇은 도스토옙스키의 소설에서 곧장 걸어나온 것처럼 보였다. 고뇌하고, 수다스럽고, 자신의 욕망을 억누르고, 관념에 사로잡힌 존재들. 하지만 그들, 톨스토이 애호가와 도스토옙스키 추종자 모두 케렘 아브라함의 우리 이웃이었고 체호프를 위해 일했다.

우리는 나머지 세계를 보통 '거대한 세계'라 불렀지만 다른 호칭도 있었다. 개명開明된 세계, 바깥 세계, 자유세계, 위선적인 세계. 나는 오로지 우표 수집을 통해서만 나머지 세계를 배웠다. 단치히, 보헤미아와 모라비아, 보스니아와 헤르체고비나, 우방기샤리, 트리니다드 토바고, 케냐와 우간다와 탄자니아. 그 미지의 모든 세계는 저멀리에 있고 매혹적이고 경이롭지만 위험하고 위협적인 곳이었다. 그 세계는 유대인을 좋아하지 않았다. 유대인이 영리하고 재치 넘치고 성공했기 때문이지만 또한 그들이 시끄럽고 나서기를 좋아했기 때문이기도 했다. 그 세계는 이곳, 이스라엘 땅에서 우리가 하는 행동도 좋아하지 않았는데, 우리에게 빈약한 습지와 돌덩어리, 사막조차 내주기를 아까워했기 때문이다. 세계 저편에 있는 모든 벽이 낙서로 가득 뒤덮였다. "유대인 녀석들, 팔레스타인으로 꺼져라." 그래서 우리가 팔레스타인으로 돌아오자 나머지 세계가 일어서서 또 소리치기 시작했다. "유대인 녀석들, 팔레스타인에서 나가라."

길을 벗어난 건 나머지 모든 세계만이 아니다. 이스라엘 땅도 꽤 멀리 떨어져 있었다. 언덕 너머 저 먼 곳 어딘가에, 영웅적이고 햇볕에 그을고 거칠고 고요하며 현실적인 인간 종자, 디아스포라 유대인과 전혀 다르고 케렘 아브라함의 거주자와도 전혀 다른 새로운 유대인이 나타나고 있었다. 용감하고 억센 개척자들, 그들은 밤의 어둠과 친구가 되는 데 성공했고 모든 한계와 제한을 뛰어넘었으며, 남자와 여자 간의 관계에서도 성공을 거둔 이들이었다. 그들은 어떤 것도 수치스러워하는 법이 없었다. 한번은 알렉산더 할아버지가 이렇게 말했다. "그들은 미래가 아주 단순할 거라고 믿지. 남자애들은 여자애들에게 가까이 접근해서 바로 그 짓을 요구할 게야. 어쩌면 여자애들은 남자애들이 접근하기를 기다리지조차 않을지도 몰라. 여자애들이 직접 가서 남자애들에게 그걸 요구할 거야, 물 한 잔 달라는 식으로." 근시인 베찰렐 작은할아버지는 침착하게 분노를 표하며 말했다. "이건 그야말로 모든 비밀과 신비를 짓밟는 볼셰비키 정책 아닌가요? 모든 감정을 완전히 깔아뭉개고 우리 삶을 몽땅 미지근한 물로 바꿔버리려는 정책 말이죠!" 느헤미야 삼촌은 구석에서 노래 몇 소절을 흥얼거렸는데, 내게는 꼭 궁지에 몰린 짐승이 그르렁대는 소리처럼 들렸다. "오, 구불구불한 그 먼 길이 그립구먼. 산과 평지를 넘어서 여행을 했죠. 오, 어머니, 열기와 눈-속-을-헤-치-며 어머니를 찾았죠. 나는 어머니가 그리운데 너-무-멀-리 계시는구려……!" 그때 치포라 큰할머니가 러시아어로 말했다. "이제 그만, 됐다. 너희 모두 정신이 나간 게냐? 애가 너희들 말을 다 듣고 있잖아!" 그러자 삼촌들은 모두 다 러시아어로 말하기 시작했다.

*

　개척자들은 우리 시야 너머에, 갈릴리, 샤론, 그리고 골짜기들에 살고 있었다. 거칠지만 조용하고 마음이 따뜻하기에 당연히 사려 깊은 젊은 남자들, 그리고 건강하고 정직하고 자제심이 강한 젊은 여자들은 모든 걸 알고 이해하는 것처럼 보였다. 여자들은 상대가 수줍어하고 당황스러워한다는 것을 알았으므로, 비록 상대가 몸집이 작더라도 그를 아이가 아니라 성인을 대하듯이 애정과 진지함과 존중을 담아 한 남자로 대우했다.

　나는 이 개척자들을 강하고 진지하고 비밀을 지킬 줄 아는 자들로 묘사했다. 이들은 둥글게 둘러앉아 비통함과 열망의 노래, 격렬한 정욕의 노래를 부르며 격렬하게 춤출 수 있어서 마치 육체를 초월한 것처럼 보이기까지 했다. 하지만 동시에 외로움을 느끼고 명상할 줄도 알며 들판에서의 천막생활, 거친 노동도 할 수 있었다. 이들은 "우리는 항상 준비가 되어 있다" "너희 부모가 너희에게 쟁기의 평화를 가져다주었다면, 오늘 우리는 너희에게 총이 가져온 평화를 줄 것이다!" "우리를 어디로 보내든 우리는 간다"고 노래부르며, 거친 말을 타거나 또는 넓은 바퀴가 달린 트랙터를 운전하고, 아랍어로 말할 수 있으며, 모든 동굴과 와디*를 알고 있고 총과 수류탄을 잘 다루면서도 시와 철학을 읊을 줄 알았다. 탐구심 강하고 감정을 감춰둔 통큰 사람들, 그들은 짧은 아침 시간 동안 천막 안 촛불 곁에서 삶의 의미와, 사랑과 의무

---

* 건조 지역에서, 평소에는 마른 골짜기였다가 큰비가 내리면 물이 흐르는 강. 지하수가 솟아 물을 얻기 쉽고 다니기도 편리해 통행로로 이용된다.

간의, 애국과 보편적 정의 간의 선택의 무게가 주는 의미에 관해 속삭이며 대화할 수 있는 이들이었다.

때때로 나는 친구들과 함께 트누바* 출하 작업장에 가서, '먼지 묻은 옷을 입고 무기를 들고서 무거운 신발을 신은' 그들이 언덕 너머 멀리서부터 농작물을 잔뜩 실은 화물차를 타고 오는 것을 바라보았고, 건초 냄새, 머나먼 곳의 매혹적인 향취를 들이마시려 그들 가까이를 맴돌곤 했다. 그들이 온 곳에서는 정말 위대한 일들이 벌어진다. 그곳은 땅이 건설되고 세계가 개혁되는 곳이며 새로운 사회로 전진하는 장소다. 그들은 그 풍경과 역사 위에 자신의 자취를 남기고, 들판을 경작하고 포도나무를 심으며, 새로운 노래를 쓰고, 말등에 올라타서 총을 들고, 아랍 약탈자들의 등에 총을 쏘며, 비참하게 흙으로 돌아갈 수밖에 없는 우리 인간을 투쟁하는 민족으로 빚어낸다.

나는 어느 날 그들이 나를 데려가는 꿈을 비밀스레 꾸었다. 그리고 그들은 나 역시 투쟁하는 민족으로 만들어낸다. 내 삶도 새로운 노래, 태양이 작열하는 날의 시원한 물 한 잔처럼 맑고 정직하고 순전한 삶이 될 것이다.

*

언덕 너머 저 멀리 텔아비브 시**는 신문, 극장과 오페라와 발레와 카바레의 풍문이 흘러나오는 흥미로운 장소로, 현대 예술, 정당, 격렬한

---

* 이스라엘 최대의 우유 및 유제품 회사.
** 지중해 해안 제1의 도시. 텔아비브는 히브리어로 '봄의 언덕'이라는 뜻이다.

논쟁의 메아리와 불확실한 가십도 그곳에서 시작되었다. 텔아비브에는 대단한 운동선수들이 있었다. 헤엄칠 줄 아는, 몸이 그은 유대인들로 넘쳐나는 바다도 있었다. 예루살렘에 사는 사람 중 수영할 줄 아는 사람이 있을까? 수영하는 유대인이 있다는 얘기를 들어보기나 했을까? 그들은 전혀 다른 종자들이었다. 돌연변이. '애벌레에서 나비로 변하는 경이로운 탄생처럼'.

'텔아비브'라는 단어에는 특별한 마법이 있었다. 나는 이 단어를 듣자마자 마음의 눈에 주문을 걸어 암청색 운동복을 입은 거친 남자의 모습을 그려냈다. 그는 검게 그을고 탄탄한 어깨를 지닌 시인-노동자-혁명가였으며, 두려움 없는 청년이자 '헤브레만'*이라고 불릴 법한 사람이고, 곱슬머리에 도발적인 각도로 무심하게 모자를 쓰고 마투시안 담배를 피우는, 온 세상을 고향으로 삼는 이였다. 그는 하루종일 대지 위에서 열심히 일한 후, 저녁에 바이올린을 연주하고 밤에는 보름달 달빛이 비치는 모래언덕 사이에서 소녀들과 춤을 추거나 그녀들에게 혼을 담은 노래를 불러주고는, 이른 아침 비밀장소에서 권총이나 경기관총을 꺼내들고 들판과 집을 지키기 위해 어둠 속으로 살며시 사라진다.

텔아비브는 얼마나 멀리 떨어져 있었는지! 어린 시절 동안 기껏 대여섯 번 가보았을 뿐이다. 이모들과 함께 절기를 즐기기 위해서였다. 텔아비브의 빛은 지금도 예루살렘의 빛과는 여전히 다르고, 두 곳은 중력의 법칙마저 완전히 다르다. 텔아비브에서는 사람들도 조금 다르게 걸었다. 그들은 껑충 뛰어올라 흘러가듯 다녔는데, 마치 달 위에서

---

* 1920년대, 개척정신이 강한 이민자 유대인을 이르는 말.

걷던 닐 암스트롱 같았다.

예루살렘 사람들은 늘 장례식장의 조문객이나 공연장에 뒤늦게 들어온 사람처럼 걷는다. 그들은 우선 신발 끝을 내딛고 지면을 확인해본다. 그러고는 전혀 조급하지 않다는 양 발을 내려놓는다. 우리는 예루살렘에 터전을 얻기 위해 2천 년을 기다려왔고 그것을 쉽게 포기할 마음도 없다. 우리가 발을 들어올리면 즉시 누군가가 와서 우리의 작은 땅 쪼가리를 낚아챌지도 모른다. 하지만 그렇다고 해서, 발을 한번 들어올렸다가 서둘러 다시 내려놓지는 말라. 당신이 밟고 있을지도 모를 독사의 둥우리가 얼마나 무시무시한지 누군가 말해줄 수도 있을 테니. 수천 년 동안 우리는 성급함에 대해 피로써 대가를 치렀고, 그후로도 몇 번이나 발을 어디에 내려놓을지 살피지 않고 내디딘 탓에 적의 손으로 다시 추락했다. 이는, 어느 정도는, 예루살렘에서 대부분의 사람들이 걷는 방식이었다. 그러나 텔아비브에서는, 와! 도시 전체가 거대한 한 마리 메뚜기 같았다. 사람들은 껑충 뛰고 집들도 뛰고 거리와 광장과 바다의 미풍과 모래와 가로수 길과 심지어 하늘의 구름까지 껑충 뛰어올랐다.

한번은 유월절* 밤 텔아비브에 갔다. 다음날 아침 다른 사람들이 여전히 잠들어 있을 때 일찍 일어나 옷을 입고 밖으로 나가, 벤치 한두 개와 그네, 모래밭 그리고 새들이 지저귀는 나무 서너 그루가 있는 작은 광장에서 혼자 놀았다. 몇 달 뒤 신년에 다시 텔아비브에 갔을 때, 그 광장은 더이상 거기 없었다. 작은 나무와 벤치, 모래밭, 새들과 그

---

* 유대인의 봄 명절로, 이집트에서 해방된 날을 기념한다.

네까지도 완전히 길 끝으로 옮겨져 있었다. 나는 경악했다. 어떻게 벤 구리온*과 아둔한 건축부서가 그런 일을 허락할 수 있었는지 이해할 수 가 없었다. 어떻게? 누가 갑자기 그런 공원을 집어다가 옮길 수 있단 말인가? 다음번에는 올리브 산이라도 들어 옮기려나? 다윗의 망대**를? 통곡의 벽도 옮길 수 있으려나?

예루살렘에 사는 사람들은 텔아비브를 언급할 때면 시기심과 자긍 심, 경탄을 담아, 그러면서도 대체로 대담하게 말했다. 텔아비브에 대 해 너무 많이 발설하지 않는 것이 유대인에게 가장 중요한 비밀 임무 라도 되는 듯했다. 어쨌든 벽에도 귀가 있고, 스파이와 적의 요원들이 도시 구석구석에 포진해 있을지도 모르니까.

텔아비브. 바다. 빛. 담청색 창공, 모래, 비계飛階, 들판의 오두막, 가 판대, 새하얀 히브리 도시, 소박한 버스, 과수원과 둔덕 사이에서 자라 난 식물군. 에게드 버스***표를 사서 여행할 만한 장소까지는 아니지만 전혀 다른 대륙.

*

몇 년간 우리는 텔아비브에 있는 친지들과 보통 전화로 약속을 잡았 다. 우리나 그들이나 전화기가 없었지만 서너 달마다 한 번씩 전화 통

---

* 시온주의 지도자이자 이스라엘 건국의 아버지로, 이스라엘 초대 수상을 역임했다.
** 예루살렘 옛 시가지 성벽의 자파 문 옆에 있는 요새와 망루를 가리킨다. 기원전 1세 기에 헤로데 왕이 지었으며, 예루살렘의 관광 명소다.
*** 이스라엘 전 지역에서 시내 및 시외 버스를 운행하는 이스라엘 최대 버스 회사.

화를 했다. 우리는 먼저 하야 이모와 츠비 이모부에게 안부 편지를 썼다. 마침 이번 달 열아홉번째 날이 수요일인데 츠비 이모부는 매주 수요일 세시에 건강 클리닉 센터에서 일을 마치니 우리가 다섯시에 이곳 약국에서 센터 약국으로 전화를 하겠다고. 편지를 미리 보내두고 답신을 기다렸다. 하야 이모와 츠비 이모부는 편지에서 19일 수요일이 딱 좋다고 확답했고 다섯시가 되기 전에 약국에서 전화를 기다리겠다고 했다. 우리가 다섯시 정각에 전화를 못하더라도 그들이 가버리지 않을까 걱정할 필요는 없다고도 덧붙였다.

텔아비브에 전화하기 위해 약국으로 원정을 갈 때 제일 좋은 옷을 입었는지 어쨌는지는 기억나지 않지만, 그랬다 하더라도 별로 놀라운 일은 아닐 것이다. 그것은 신나는 일이었으니까. 일요일이 되면 아버지는 어머니에게 말하곤 했다. "파니아, 당신 이번주가 텔아비브에 전화하는 주라는 거 잊지 않았지?" 월요일이면 어머니는 말했다. "아리에, 모레는 집에 늦게 오지 마요. 일 그르치지도 말고요." 화요일에 두 분은 내게 말했다. "아모스, 놀라게 하지 마라. 잘 들어. 아프지 말고, 내일 오후까지는 감기에 걸리거나 넘어지면 안 돼." 그날 저녁 두 분은 내게 말하곤 했다. "얼른 가서 자려무나, 그래야 전화를 제 모양새로 할 수 있을 거 아니니. 네 목소리가 뭘 잘못 먹은 사람처럼 들리는 건 싫구나."

이런 식으로 부모님은 흥분을 만들어냈다. 우리는 아모스 거리에 살았고 약국은 여기서 오 분 거리의 스바냐 거리에 있었지만, 세시가 되면 아버지는 어머니에게 말했다.

"지금 뭐 새로 시작하지 마요. 그래야 허겁지겁하지 않지."

"걱정 마요. 근데 그 책들은 다 뭐예요. 그러다 잊겠어요."

"내가? 잊어버려? 나는 매분 매초 시계를 보고 있다고. 게다가 아모스가 나한테 알려줄 거고."

그때 나는 겨우 대여섯 살이었지만 이미 역사적인 책임감을 떠맡아야 했다. 손목시계도 없었던 내가 어떻게 할 수 있었을까? 그래서 매분초마다 시계가 몇시를 가리키는지 보려고 부엌으로 달려가 우주선 발사를 위해 카운트다운을 시작하듯 시간을 알렸다. "이십오 분 남았어요." "이십 분 남았어요." "십오 분 남았어요." "십 분 삼십 초 남았어요." 그런 다음 우리는 일어나 현관문을 조심스레 닫고 거리로 나가, 오스터 씨의 식료품점까지 가서는 왼편으로 돌아 스가랴 거리를 걷다 말라기 거리로 좌회전, 다시 스바냐 거리로 우회전해서는 곧장 약국으로 들어가서 말했다.

"하이네만 씨, 안녕하세요. 잘 지내시죠? 저희 전화하러 왔어요."

물론 그는 수요일에 우리가 텔아비브에 있는 친척에게 전화하러 올 것을 정확히 알고 있었다. 츠비 이모부가 건강 클리닉 센터에서 일하는 것도 알고 있었고, 하야 이모가 여성노동자협회에서 중요한 책무를 맡고 있다는 것도 알고 있었으며, 이갈이 운동선수가 되려고 쑥쑥 자라고 있다는 사실도 알고 있었고, 그들이 골다 마이어슨(이후에 골다 메이어*가 된)과 이곳에서는 모세 콜로 잘 알려진 미샤 콜로드니**의 좋은 친구라는 사실도 알고 있었다. 그런데도 우리는 여전히 약사에게 상기시켜주었다. "텔아비브에 있는 친척에게 전화하러 왔어요." 하이

---

* 이스라엘을 건국한 여성 정치인. 이스라엘 첫 여성 수상을 역임했다.
** 이스라엘 관광성 장관을 역임한 정치인.

네만 씨는 대답했다. "네, 물론이죠. 여기 앉으세요." 그러고는 늘 하던 전화에 대한 농담을 했다. "한번은요, 취리히에서 시온주의자 의회가 열렸는데, 갑자기 다른 방에서 무시무시한 굉음이 들리는 거예요. 벌 라커가 헤르츠펠트에게 무슨 일이냐고 물었죠. 그러자 헤르츠펠트가 콤라드 루바쇼프가 지금 예루살렘에 있는 벤구리온에게 말하는 소리라고 설명했죠. '예루살렘과 말한다니,' 벌 라커가 소리쳤죠. '그러게 왜 전화를 사용하지 않지?'"

아버지는 말했다. "다이얼을 지금 돌려야지." 그러자 어머니가 말했다. "너무 일러요, 아리에. 아직 몇 분 더 있어야 해요." 그러면 아버지는 대답했다. "그래, 그렇지만 지금은 전화가 연결되어야 해." (당시만 하더라도 직통전화가 없었다.) 어머니가 "알았어요. 하지만 곧장 연결이 돼도 거기 그분들이 안 계시면 소용없잖아요?" 하고 말하면 아버지는 대답했다. "그러면 바로 또 연결을 시도하면 될 거 아니야." 어머니가 반박했다. "아뇨, 그분들이 걱정하실 거예요. 우리 전화를 놓친 건 아닌가 생각하실 거라고요."

두 분이 계속 말다툼하는 사이에 거의 다섯시가 되었다. 아버지는 앉지도 못하고 일어선 채 수화기를 들고 교환수에게 말한다. "안녕하십니까. 텔아비브 648번 부탁합니다." (또는 그 비슷한 말. 우리는 여전히 세 자리 숫자의 세계에 살고 있었다.) 때때로 교환수는 대답했다. "잠시 기다리시겠어요, 선생님? 우체국장님이 통화중이신데요." 아니면 시톤 씨가. 혹은 나샤쉬비 씨가. 그러면 우리는 매우 초조해졌다. 어떻게 하지? 도대체 그들이 우리를 뭐라고 생각할까?

나는 예루살렘과 텔아비브, 그리고 그곳을 거쳐 나머지 세계를 연결하는 간단한 전화선을 마음속에 그릴 수 있었다. 이 전화선 하나가 통화중이라면, 그리고 그가 항상 통화중이라면, 우리는 세상과 차단될 것이었다. 그 선은 황무지와 바위 위로 굽이쳐 흐르고 언덕과 계곡 사이를 넘어 휘감는데, 나는 그것이 대단한 기적이라고 생각했다. 나는 두려웠다. 만약 야생동물이 한밤에 전화선을 끊기라도 한다면? 아니면 사악한 아랍인들이 선을 절단한다면? 혹 거기에 비가 새들어간다면? 불이라도 난다면? 누가 알겠는가. 이 전화선은 너무 유약하고 무방비로 햇볕에 노출된 채 감겨 있으니, 누가 알겠는가. 예루살렘에서 텔아비브까지 전화선을 가설한다는 것은 정말이지 용기와 능숙한 솜씨가 필요하고 쉽지도 않은 일이었기에, 나는 이 선을 가설한 사람들에게 무한한 감사를 느꼈다. 나도 겪어봐서 잘 알고 있었다. 한번은 내 방에서 엘리야후 프리드만의 방까지 전선을 설치해보았는데 정말 귀찮았다. 그 사이에는 겨우 집 두 채와 정원이 있을 뿐인데도 길 위에 있는 나무와 이웃들, 오두막, 벽, 좁은 길과 덤불을 넘어야 했다.

잠시 기다린 후에 아버지는 우체국장이나 나샤쉬비 씨가 이야기를 끝냈을 거라 확신하고는 수화기를 다시 들어 교환수에게 말했다. "실례합니다만, 텔아비브 648번과 통화하겠다고 요청했었는데요." 그녀는 말했다. "적어두었어요, 선생님. 기다려주세요."(또는 "조금만 참아주세요.") 아버지는 말했다. "기다리고 있습니다. 당연히 기다리고 있지만, 저쪽에서도 기다리고 있는 사람들이 있단 말입니다." 이것이야말로 아버지가 교환수에게 우리가 사실 교양 있는 사람임에도 불구하고 인내심이 한계에 도달했음을 정중하게 암시하는 방식이었다. 우리는 잘 교육받은 사람들이었고 교양 없는 멍청이가 아니었다. 우리는 도살장에 끌려가는 양떼같이 끌려다니진 않았다. 그런 생각—누군가 유대인들을 그들이 원하는 어떤 방식으로든 다룰 수 있을 거라는—은 더는 통하지 않았다. 완전히.

그때 갑자기 약국 안에 전화벨이 울렸다. 그것은 매번 심장을 때리고 등을 치는 소리였으며 마법 같은 순간이었다. 그러면 대화는 이렇게 흘러가곤 했다.

"여보세요, 츠비 형님?"

"말씀하세요."

"저 아리에입니다, 예루살렘."

"아, 아리에, 반가워, 츠비야. 잘 지내지?"

"여기는 다 좋아요. 지금 약국에서 전화하고 있습니다."

"우리도. 뭐 별일 없고?"

"별일 없지요. 거기는 어때요, 츠비 형님? 어떻게 지내시는지 말씀해보세요."

"만사 다 괜찮아. 특별히 이야기할 만한 일은 별로 없어. 잘 지내."

"그래요, 무소식이 희소식이지요. 여기도 별다른 소식 없습니다. 저희도 다 잘 있고요. 다들 평안하시죠?"

"우리도 다 괜찮아."

"알겠습니다. 파니아가 형님과 통화하고 싶다는군요."

그러고 나면 같은 대화가 다시 반복된다. 어떻게 지내시죠? 새로운 일은 없고요? 그리고 다시. "아모스가 몇 마디 하고 싶답니다."

그게 통화의 전부였다. 별일 없지? 다 좋아요. 그래, 곧 다시 연락하자꾸나. 목소리 들으니 좋구나. 저도 목소리 들어 좋았어요. 우리는 다음 전화 시간을 정하고 받아적을 것이다. 우리는 말할 것이다. 그래. 정확하게 그때. 조만간. 다시 뵈어요. 몸조심하시고요. 안녕히 계세요. 거기도요.

*

그러나 이건 농담이 아니다. 삶은 실 한 가닥에 매달려 있었다는 것. 이제 나는 깨닫는다. 그들이 다시 이야기하게 될 거라 확신하지 못했고 이것이 마지막일 수도 있다고 생각하고 있었음을. 무슨 일이 일어날지 누가 알았겠는가. 폭동, 학살, 피를 부르는 숙청이 일어날지도 모르고, 아랍인이 봉기해서 우리 중 많은 이들을 살육할지도 모르며, 전쟁, 끔찍한 재앙이 몰려올지도 모른다는 사실을. 히틀러의 탱크가 전부 북아프리카와 캅카스 두 방향에서 몰려와 우리 문지방에 거의 다다를지도 모른다. 우리를 쳐다보고 있던 것이 무엇인지 누가 알았겠는가? 이 공허한 대화는 진실로 공허한 것이 아니었다. 단지 서투르고 어색했을 뿐.

그때의 전화 통화가 지금 와서 내게 알려준 것은 그들에게—나의 부모님뿐만 아니라 모두에게—사적인 감정을 표현해내는 것이 얼마나 어려운 일이었는가 하는 점이다. 그들은 공동체의 감정을 표현하는 데는 전혀 어려움을 느끼지 않았다. 감정이 있는 사람들이고, 말하는 법 정도는 알고 있었으니까. 그들은 니체와 스탈린과 프로이트와 야보틴스키*에 관해 열띤 목소리로, 열정에 들떠 눈물 흘리며, 단조롭게 논쟁하면서, 자기가 아는 모든 것을 털어놓으며, 서너 시간 동안 계속해서 대화할 수 있었다. 식민주의에 대해, 반유대주의에 대해, 정의에 대해, '토지 문제'에 대해, '여성 문제'에 대해, '삶 대 예술'에 대해. 하지만 그들이 개인적인 감정을 말하려 애쓰는 순간, 무언가 긴박하고 긴장되며 두려운 상황이 되었다. 이는 수세대에 걸친 억압과 부정의 결과였다. 사실 이중부정, 이중 브레이크 장치인 셈이었다. 부르주아적인 유럽인의 예의와 격식이 종교적인 유대 공동체에 압박을 더했다. 사실상 모든 것이 '금지'되거나 '관례가 아님'이거나 '추한' 것이었다.

이는 별개로 치더라도, 어휘가 엄청나게 부족했다. 히브리어는 아직 충분히 자연스럽게 표현하기 어려운 말이었고, 분명 친밀한 언어라고도 할 수 없었으며, 무언가 말하려고 해도 생각을 제대로 전하기 어려운 언어였다. 그들은 자신이 무언가 우스꽝스러운 말을 하지 않을 거라 확신하기도 어려웠으리라. 애초에 그들이 두려움 속에 살고 있다는 것 자체가 우스꽝스러운 일이었다. 그들은 히브리어의 종말을 두려워했다. 히브리어를 잘 아는 부모님조차도 전적으로 그 언어의 주인이 되지는 못했다. 그들은 정확성에 대해 일종의 강박관념을 가지고 말했다. 부모님은 종종 마음을 바꿔, 방금 말했던 것을 다시 정정했다. 이것은 아마 근시인 운전자가 한밤중에 익숙하지 않은 차를 타고 낯선 도시의 건물과 거리 사이를 헤매며 길을 찾으려 애쓰는 모습과 비슷할 것이다.

한번은 어머니의 친구, 릴리아 바르 삼카라 불리는 선생님이 안식일에 우리집을 찾았다. 그 손님은 항상 대화중에 한두 번씩 "나는 놀랐

---

* 우크라이나 태생의 제에프 야보틴스키는 혁명주의적 시온주의 운동의 지도자로서 근대적 유대국가 건설을 목표로 헌신했다.

다" 또는 "그가 놀란 상태에 있었다"고 말했다. 나는 웃음을 터뜨렸다. 그녀가 매번 쓰는 '놀라다'라는 말에는 속어로 '방귀'라는 의미도 있었다. 그들은 내가 왜 웃는지 이해하지 못했거나 이해하지 못한 척했다. 아버지가 강대국들 사이에서 벌어지는 '군비경쟁'에 대해 말했을 때나 나토 연합국이 스탈린에 대한 억제책으로 독일을 재무장시키기로 한 결정에 격노했을 때도 마찬가지였다.

아버지로 말하자면, 내가 '돌보다'라는 단어를 쓸 때마다 낯을 찌푸렸다. 순수하게 의미 그대로 쓴 단어이기에 그 단어가 왜 그의 신경을 건드리는지 나로서는 알 수 없는 일이었다. 물론 아버지는 결코 그 이유를 말해준 적이 없고, 직접 물어볼 수도 없는 노릇이었다. 몇 년 후, 나는 내가 태어나기 전인 1930년대에는 '한 여자를 돌보다'라는 말이 여자의 임신을 뜻했다는 사실을 알게 되었다. '그녀를 돌봐주었다'는 말은 종종 그녀와 잠자리를 함께했다는 말로 쓰였다. "그날 밤 포장 출하 창고에서 그는 그녀를 두 번 돌봐주었고, 다음날 아침 안면몰수하고 그녀를 전혀 모른다고 말했다." 그래서 내가 "우리Uri 삼촌이 여동생을 돌봐주셨어요"라고 말하면, 아버지는 입맛이 쓰다는 표정으로 콧잔등을 움찔거렸다. 당연히 아버지는 왜 그러는지 말하지 않았다. 어떻게 그럴 수 있었겠는가?

그분들은 사적인 순간에는 히브리어로 말하지 않았다. 아마도 가장 사적인 순간에 그분들은 전혀 말을 하지 않았던 것 같다. 우스꽝스럽게 들리거나 알려질까봐 두려워서 그들은 아무 말도 하지 않았고, 모든 것은 그늘 속에 가려졌다.

2

표면적으로는, 그 시절 신망의 사닥다리 맨 꼭대기를 점하고 있던 이들은 개척자들이었다. 그러나 개척자들은 예루살렘에서 멀리 떨어진 골짜기, 갈릴리, 사해 해안가의 광야 등지에 살았다. 우리는 유대민족기금* 포스터에 실린, 공부하는 학생들을 태운 트랙터와 일궈진 토지 사이에서 농사를 지으며 균형 잡힌 모습으로 서 있는 그들의 강건하고 사려 깊은 모습에 감복했다.

개척자들 바로 다음 지위를 차지하고 있었던 것은 이슈브** 공동체였

---

* 1901년 스위스 바젤에서 열린 제5차 시온주의 총회의 결의에 따라 유대인들의 팔레스타인 정착을 위해 오스만제국(훗날 영국의 위임 통치) 지배하의 팔레스타인 땅을 사들이기 위해 설립한 기구.

** 유대인 정착촌. 19세기 말부터 1948년 이스라엘 건국 이전까지 시온주의 운동의 일환으로 팔레스타인으로 이주한 유대인들이 정착을 위해 개척한 거주지 및 농업 지역.

다. 이들은 여름에 베란다에서 속옷 차림으로 히스타드룻*의 신문인 〈다바르〉지를 읽는 사람이며, 히스타드룻과 건강보험공단의 당원들, 지하무장조직인 '하가나'**의 활동가들, 카키색 옷을 입은 남자들과 이슈브의 대원들, 계란과 요구르트를 곁들인 샐러드를 먹는 자들, 자제력, 책임감, 견실한 삶의 방식, 이슈브의 무신론자, 토지의 산물, 노동자 계급, 정당의 규율, 트누바 깡통 속에 들어 있는 부드러운 올리브들이었다. "아래도 푸르고 위도 푸르니, 우리는 여기에 항구를 건설하리라! 여기에 항구를!"

이런 공동체에 대항하는 소속 없는 공동체가 있는데 이들은 일명 테러리스트로 알려져 있다. 메아 셰아림***의 독실한 유대인뿐만 아니라 '시온을 혐오하는', 정통 공산주의자, 유별나고 잡다한 지식인, 출세주의자, 퇴폐적인 사해동포주의자 부류의 자기중심적 예술가, 온갖 종류의 부랑자, 개인주의자, 의혹에 가득찬 허무주의자, 자기 방식에서 벗어나려 하지 않는 독일계 유대인, 친영국파 속물, 과장되게 격식을 차리는 주제넘은 집사처럼 보이는 프랑스풍으로 교화된 부유한 레반트****사람, 그리고 예멘 사람과 그루지야인과 북아프리카인과 쿠르드인과 살로니카인. 그들 모두 명백히 우리 형제이고 모두 의심의 여지 없이 전도유망한 무리이지만 무얼 어떻게 할 수 있겠는가. 그들은 어마어마

---

* 1920년에 설립한 노동자총연맹으로 이스라엘 건국에 크게 이바지했다. 초대 의장인 벤구리온은 훗날 이스라엘 초대 수상이 되었다.
** 히브리어로 '방어'라는 뜻으로, 1920~1948년까지 활동한 유대국가 독립을 위한 준군사 조직. 독립 이후 이스라엘 자위대의 모체가 되었다.
*** 정통파 유대인들이 거주하는 예루살렘의 한 지역.
**** 시리아, 레바논, 이스라엘, 팔레스타인, 요르단, 이라크 등의 지중해 동부 지역.

한 인내심과 노력을 필요로 할 것이었다.

이 모두와는 별개로 망명자와 불법 이민자, 나치 생존자 들이 있었는데, 일반적으로 사람들은 이들을 연민과 혐오를 담아 대한다. 끔찍하게 비참한 이들, 그들이 아직 시간이 있었을 때 이곳에 오는 대신 앉아서 히틀러를 기다린 게 우리 잘못일까? 왜 그들은 뭉쳐 반격하지 않고 살육당하는 양떼처럼 스스로를 내버려두었을까? 그들이 이디시어로 재잘거리는 짓을 멈추지 못하고, 저편에서 그들이 당한 모든 일에 대해 우리에게 떠들어대는 걸 그만두지 못한 까닭은, 그 일과 관련해 자신들 또는 우리를 대하는 방식이 옳은지 곰곰이 숙고하지 않았기 때문이다. 어쨌든 여기 우리는 과거가 아닌 미래로 얼굴을 향한 채 나아가고 있고, 과거를 자꾸 들춰내다보면 우리는 반드시 히브리 역사를 필요 이상 고양시키게 될 것이다. 성서 시대부터, 하스모니아 시대, 숱한 위기 외에는 아무것도 아닌 이 암울한 유대 과거사를 군이 볼품없게 만들 필요가 없다(그들은 언제나 서로의 면전에 대고 역겨움을 표현할 때 이디시어로 '불운'이라는 의미의 '초라스'라는 단어를 사용하곤 했는데, 소년은 그 초라스가 우리가 아닌 그들에게 속한 일종의 '질병'임을 깨닫는다). 예를 들어, 리히트 씨 같은 망명자-생존자가 있었는데, 그는 그 지역 아이들을 '밀리언 옐루짐'*이라고 불렀다. 그는 말라기 거리에 있는 무척 작은 방을 빌려 살면서, 밤이면 매트리스에서 자고 낮에는 침상을 걷어올린 다음 '드라이클리닝과 스팀 다림질'이라는 작은 사업을 했다. 그의 입가에는 늘 멸시나 혐오의 감정이 머물러

---

* '백만 명의 아이들'이라는 뜻.

있었다. 그는 손님을 기다리며 가게 문간에 앉아 있곤 했는데, 이웃 아이 중 하나가 지나갈 때마다 항상 한편에 침을 내뱉으며 찡그린 입술로 쳇 소리를 내곤 했다. "그들이 죽였던 밀리언 옐루짐! 너희 같은 애들! 그애들을 살육했지!" 그는 슬픔이 아닌 증오와 혐오를 담아 이렇게 말했는데, 마치 우리를 저주하는 듯했다.

*

부모님은 개척자들과 초라스 간의 차이를 명확히 파악하지 못했다. 그분들은 한 발은 지부에 (두 분은 건강보험공단 소속이었고 협회에도 회비를 내고 있었다) 들여놓았고, 다른 발은 공중에 두었다. 아버지는 그들이 쓰는 폭탄이나 라이플과는 아주 거리가 먼 분이었지만, 이데올로기적으로는 지부 없는 공동체, 즉 야보틴스키의 신新시온주의자와 상통했다. 아버지가 하던 일은 대부분 영어 지식을 지하 조직에 제공하는 것이었는데 '배반자 알비온'*, 즉 등을 돌린 영국에 대해 이따금 불법적이고 선동적인 전단지에 기고하는 일이었다. 내 부모님은 르하비아의 인텔리겐치아에 끌렸지만, 마르틴 부버가 내세운 '브리트 샬롬'**의 평화주의자적 이상―유대인과 아랍인 사이의 감상적인 연대감, 즉 아랍인이 우리를 동정해서 친절하게도 우리가 자신들의 발아래 이곳에 살 수 있게 허락하게끔 히브리 국가 건설의 꿈을 전면적으로 포

---

* 영국을 모멸적으로 지칭할 때 쓰던 표현. 알비온은 고대 그리스 시대에 영국을 가리키던 말이다.
** '평화조약'이라는 뜻.

기하는 일—은 두 분에게는 뼈대 없는 유화정책에 불과했고, 수세기 동안 이어진 유대인의 디아스포라적 삶을 특징짓던 표상을 배신하는 비겁한 패배주의였다.

어머니는 프라하 대학에서 수학하고 예루살렘에 있는 대학을 졸업한 후 역사나 문학 시험을 준비하는 학생들에게 개인 과외 수업을 해주었다. 아버지는 빌나 대학(현재의 빌니우스 대학)에서 문학으로 학사학위를 받고 마운트 스코푸스에 있는 히브리 대학에서 석사학위를 받았지만, 예루살렘에서 자질 있는 문학 전공자들의 수가 학생 수를 훨씬 넘어서던 때인지라 히브리 대학에서 가르치는 일을 업으로 삼을 가망은 없었다. 설상가상으로 강사 중 다수가 아버지와 같은 초라한 폴란드·예루살렘 쪽 대학 학위가 아니라 유명한 독일 대학에서 딴 빛나는 진짜 학위를 가지고 있었다. 아버지는 결국 마운트 스코푸스의 국립도서관 사서직에 정착하게 되었고, 히브리 단편소설이나 문학사 개론서에 대한 자신의 책을 쓰기 위해 밤늦게까지 자리를 뜨지 않았다. 아버지는 교양 있고 예절 바른 사서였다. 수줍어하면서도 엄격하고, 넥타이에 둥근 테 안경을 착용하고, 닳아서 올이 풀린 재킷을 걸치고서, 상관 앞에서는 허리 굽혀 인사하고, 숙녀에게 문을 열어주기 위해 뛰어나가며, 자신의 권리를 단호히 주장하고, 열정적으로 시 구절을 10개 국어로 인용하며, 항상 명랑하고 쾌활하려 노력하고, 끝없이 같은 레퍼토리로 (당신이 일화나 우스개로 여긴) 농담을 되풀이하던 사람이었다. 그 농담은 보통 고초에서 나온 것들이었는데, 살아 있는 유머의 견본이라기보다는 역경의 시대를 풍미했던 우리의 의무에 대한 의지를 적극적으로 선포한 것이었다.

아버지는 카키색 옷을 입은 개척자, 혁명가이자 지식인에서 노동자로 변한 자기 자신과 마주할 때면, 고통스러운 당혹감을 느꼈다. 외국에서, 빌나에서, 바르샤바에서 프롤레타리아가 어떤 취급을 받는지는 명백한 일이었다. 설사 어떤 사람이 자신이 얼마나 민주적이고 겸손한 존재인지 이 노동자에게 분명히 증명할지라도, 모든 프롤레타리아는 자신의 마땅한 위치를 알고 있다. 그러나 이곳 예루살렘에서는? 여기서는 모든 것이 모호하다. 러시아 공산주의자의 세상 같지도 않고 뒤죽박죽인 세상도 아닌 것이, 그저 모호하다. 아버지는 약간 중하위층이긴 했지만 확실히 중산층에 속해 있었다. 그는 교육받은 사람이었고, 논설과 책의 저자였으며, 국립도서관에서 적절한 지위를 차지하고 있었다. 하나 남들과 대화할 때 그는 노동복을 입고 작업화를 신은 건축 노동자였다. 다른 한편으로 아버지가 스스로를—적어도 가슴 깊은 곳에서—뿌리 뽑힌, 좌익의 근시안적 지성이라고 간주했던 반면, 그는 화학 분야에 몇 개의 학위를 가진 학자였고, 또한 헌신적인 개척자이자 이 지상의 소금인 히브리 혁명의 영웅, 수공업 노동자였다. 조국 건국의 최전선에서 약간 비껴나 있는.

*

우리 이웃들은 대개 평범한 사무원, 소매상, 은행이나 영화관의 출납원, 학교 선생, 치과의사 들이었다. 그들은 종교적인 유대인들은 아니었다. 단지 속죄일에 회당에 가거나 가끔 심핫 토라* 행렬에 참가하는 게 다였지만, 안식일 밤이면 유대인다운 어떤 흔적을 지키기 위해,

그리고 결코 이유는 알지 못하지만 그래도 신중을 기하기 위해 안전조치로 촛불을 켜는 이들이었다. 그들은 모두 잘 교육받았지만, 그 점에 대해 전적으로 안락함을 느끼지는 못했다. 그들은 모두 영국의 위임통치에 대해서나, 시오니즘의 장래나, 노동계급 문제, 문화적인 삶, 마르크스와 뒤링의 논쟁이나, 크누트 함순의 소설이나, '아랍 문제'와 '여성 문제'에 대해 명확한 의견을 가지고 있었다. 온갖 부류의 사상가며 설교자 들이 있었다. 이들은 예를 들면 정통파 유대인이 스피노자에 대한 금지령을 철폐해야 한다고 주장하거나, 진짜 아랍인은 아니지만 고대 히브리인의 후예인 팔레스타인 거주 아랍인에게 설명하기 위한 군사행동을 요구하거나, 칸트와 헤겔의 사상과 톨스토이와 시오니즘의 가르침을 바탕으로 이스라엘 땅에서 순수하고 건강한 삶의 방식이라는 통합적 명제를 멋들어지게 이끌어내며, 염소젖을 많이 마시고, 미국과의 동맹은 물론이고 영국을 몰아내려는 목적을 가졌다는 이유로 스탈린과도 동맹을 맺자 주장하며, 모든 사람에게 매일 아침 절박하고 우울한 상태를 유지하고 영혼을 맑게 할 간단한 몇 가지 운동을 하라고 요구하는 이들이었다.

안식일 오후면 이 이웃들은 우리집 작은 앞마당에 모여 러시아산 차를 마시곤 했는데, 거의 모두 탈구된 사람들이었다. 그들은 퓨즈를 고치거나 벽에 못을 박거나 나사를 끼워야 할 때면 매번 바루크를 부르러 사람을 보냈다. 그는 이러한 마법 같은 일을 할 줄 아는 유일한 사람으로, 그가 '황금손 바루크'라고 불리는 이유이기도 했다. 나머지 사

---

* 모세가 시나이 산에서 토라를 받은 날을 기념하는 축제.

람들은 날카로운 수사로 분석하는 법을 알고 있었는데, 이는 농업과 수공업의 삶으로 복귀한 유대인에게 중요한 것이었다. 지식인이 필요 이상 많다고 다들 말했지만 우리에게는 그저 단순 수공업자가 부족할 뿐이었다. 황금손 바루크를 제외하고는, 이웃에서 노동기술자를 찾아 보기 어려웠다. 물론 진중한 지식인 역시 없었다. 모두 신문을 많이 읽었고 이야기하는 것을 좋아했다. 몇몇 이들은 온갖 일에 유능했던 것 같고 나머지 사람들은 날카로운 위트를 갖추었지만, 그들 대부분은 단지 신문이나 오만 가지 팸플릿과 정당 선언문 등에서 읽었던 내용을 그대로 떠들어댈 뿐이었다. 어린아이였던 나는 세상을 개혁하려는 그들의 열정적인 의지와 그들이 차 한 잔을 대접받을 때 모자챙을 만지작거리는 모습 사이의 간극이나, 어머니가 그들의 차에 설탕을 넣어주기 위해 (아주 약간) 몸을 굽히자 단정한 목선이 평상시보다 살짝 더 드러나고 그들의 뺨이 붉어지던 순간의 끔찍한 당혹스러움을 희미하게나마 느낄 수 있었다. 손가락을 안쪽으로 굽혔다가 멈추는 그들의 혼란스러움.

이 모든 것이 체호프에 있었다. 그리고 나는 이들에게서 탈구된 감정을 느꼈다. 여전히 실제 삶이 펼쳐지는 세계의 여러 장소들은 여기와는 머나먼, 히틀러 이전의 유럽에 있다. 매일 저녁 수백 개의 빛이 비치고, 신사 숙녀들이 크림을 탄 커피를 마시기 위해 오크 판을 댄 방에 모여들거나, 금장 샹들리에가 빛나는 멋들어진 카페에 편안히 앉아 있거나, 손에 손을 잡고 오페라나 발레를 보러 한가로이 다니거나, 위대한 예술가의 삶이나 열정적인 사랑 놀음, 실연, 화가의 절친한 친구인 작곡가와 사랑에 빠져버린 화가 애인의 삶 등을 가까이에서 지켜보고, 비 내리는 한밤중에 우산도 없이 나가 고풍스러운 다리 위에 홀로 서서 강물에 흔들리는 자신의 모습을 보는, 그런 곳들의 삶은 여기와 는 멀고도 멀었다.

*

이런 일은 우리 이웃에서는 한 번도 일어난 적이 없었다. 이런 일은 오직 어둠의 언덕 너머 머나먼 세계, 부주의하게 살아가는 사람들이 있는 곳에서나 일어나는 것이었다. 예를 들면, 미국은 사람들이 금을 찾기 위해 땅을 파고, 우편열차를 탈취하고, 소떼가 끝없는 평원에 몰려다니고, 인디언을 많이 죽인 사람은 누구든 결국 여자를 얻고 끝나는 곳이다. 그게 우리가 에디슨 영화관에서 본 미국의 모습이었다. 예쁜 아가씨는 최고의 총잡이가 얻는 상이었다. 그 상으로 무엇을 하는 지는 알 길이 없었다. 그런 영화에서 미국은 인디언을 쏴대는 남자가 가장 예쁜 아가씨를 보상으로 받는 곳이었기에, 나는 당연히 원래 그런 것이려니 생각하게 되었다. 아무튼 요원한 세계였다. 미국에서는, 그리고 내 우표 수집책 속의 멋진 세계, 그러니까 파리, 알렉산드리아, 로테르담, 루가노, 비아리츠, 장크트모리츠 같은 곳에서는 신神 같은 남자들이 사랑에 빠지고, 절도 있게 결투하며, 지고, 싸움을 포기하고, 길을 잃고, 비에 젖은 도시 대로변에 있는 불빛 희미한 호텔 바에 홀로 앉아 늦은 밤까지 술을 마셨다. 무모하게 살아가면서.

톨스토이나 도스토옙스키의 소설에서조차, 그들은 늘 무모하게 살아갔다. 그렇게 살던 영웅들은 사랑 때문에 죽었다. 또는 어떤 숭고한 이상을 좇다가, 아니면 소모적인 실연의 상처 때문에 죽었다. 햇볕에 그은 개척자들 역시 갈릴리 언덕 꼭대기에서 무모하게 살아갔다. 그러나 우리 이웃은 아무도 그런 소모적인 일이나 보답 없는 사랑이나 이상 때문에 죽지 않았다. 그들은 무모함과는 거리가 먼 존재였다. 내 부모님뿐만 아니라 모두가.

*

우리는 모두 우리 지역에서 만들어진 것을 같은 값으로 살 수 있다면 무엇이든 수입품이나 외제를 절대로 사면 안 된다는 철통같은 규칙을 가지고 있었다. 오바댜 거리와 아모스 거리의 코너에 있는 오스터 씨의 식료품점에 가면, 우리는 항상 키부츠 트누바에서 만든 치즈와 아랍 치즈 사이에서 선택을 해야만 했다. 마을 근처 리프타에서 나온 아랍 치즈는 국내산으로 간주했던가, 아니면 수입 제품으로 쳤던가? 까다롭다. 사실 아랍 치즈는 아주 조금 더 쌌다. 하지만 아랍 치즈를 살 때면, 시온주의의 배반자라도 되는 것 같지 않았던가? 어디선가, 어떤 키부츠나 모샤브에서, 이즈르엘 골짜기나 갈릴리 언덕에서, 힘들게 일하는 한 개척자 소녀가 눈물을 그렁그렁 머금은 채 앉아 우리를 위해 이 히브리산 치즈를 포장하고 있을지도 모를 일이다. 그런데 어떻게 그녀에게 등을 돌리고 외국산 치즈를 살 수 있겠는가? 우리에게 심장이 있기는 하단 말인가? 반면 우리가 아랍 이웃의 제품을 보이콧했다면, 두 민족 간의 증오는 더 깊어지고 영속화되었을 것이다. 그리고 우리는, 맙소사, 일부나마 피를 나눈 책임이 있다. 그 비천한 아랍 노동자는 분명 단순하고 정직한 토지의 농부고, 그의 영혼은 아직 도시의 독기에 오염되지 않았으며, 톨스토이 소설에 나오는 단순하고 고귀한 마음을 가진 러시아 농민 같은 거무스름한 형제 이상도 이하도 아니다! 우리가 그의 소박한 치즈에 야멸차게 등을 돌릴 만큼 무심하단 말인가? 그에게 그런 벌을 줄 만큼 잔인하단 말인가? 무엇 때문에? 간교한 영국과 부패한 샌님들이 그를 우리의 대척점에 두었기 때문에? 아니다. 이번엔 명백히 아랍 마을에서 나온 치즈를 사야만 했다. 사실 말이 나와서 하는 말이지만 그 치즈가 트누바 치즈보다 훨씬 맛이 좋고, 게다가 조금 더 싸기까지 했다. 그러나 다시, 다른 면에서 봤을 때, 아랍 치즈가 그리 깨끗하지 않다면? 거기에 있는 그들의 치즈 가공 공장이 어떤지 누가 알겠는가? 만약 아랍 치즈에 세균이 득실거린다는 것이 너무 뒤늦게 알려진다면?

세균은 우리가 생각하는 최악의 악몽 중 하나다. 마치 반유대주의와도 같다. 그대는 결코 반유대주의자나 세균을 실제로 또는 시야 너머로라도 볼 수는 없지만 그것들이 어디서나 그대를 기다리며 잠복해 있다는 사실은 잘 알고 있을 것이다. 물론 우리 중 아무도 세균을 본 적 없다는 것은 사실이 아니다. 나는 본 적이 있으니까. 나는 종종 수천 마리 세균의 아주 미세한 꿈틀거림이 갑자기 보일 때까지 오래된 치즈 조각을 골똘히, 아주 오랫동안 바라보곤 했다. 예루살렘의 중력─그때는 지금보다 훨씬 더 강했는데─처럼 세균은 점점 더 커지고 강해졌고, 나는 그 모습을 보았다.

오스터 씨의 식료품점에서는 손님들 사이에 소소한 논쟁이 벌어지곤 했다. 아랍 치즈를 살 것이냐 말 것이냐? 생각해보면, '자선은 가정에서부터 시작되는 것'이므로 오로지 트누바 치즈만 사는 것이 우리의 의무였다. 하지만 "본토민이든 너희에게 몸붙여 사는 사람이든 이 법 앞에서는 동등하다"는 말도 있으니, "너희가 이집트 땅에서 몸붙여 살았을 때"를 생각해서라도 가끔 아랍 이웃의 치즈를 사주어야 한다. 그리고 어쨌든 간에, 누군가가 오직 한 가지 종류의 치즈만 사고 다른 것은 단지 종교와 인종과 국적의 차이 때문에 사지 않는 모욕적인 모습을 톨스토이가 본다고 상상해보라! 대체 보편가치라는 것이 무엇인가? 휴머니즘? 인류애? 개척자들이 만든 치즈, 우리 이득을 위해 등이 굽은 개척자들이 만든 치즈 대신에, 고작 몇 푼 더 싸다고 아랍 치즈를 사는 것은 얼마나 감정적이며, 얼마나 약하며, 얼마나 저열한 마음인가?

수치다! 수치며 불명예다! 어느 쪽이든 수치며 불명예다!

삶 전체가 그런 수치와 불명예로 가득차 있다.

*

예를 들면, 이런 딜레마가 있다고 치자. 생일에 꽃을 보내는 게 좋을까, 아니면 보내지 않는 게 좋을까? 만약 보낸다면 어떤 꽃을? 글라디올러스는 너무 비싸지만, 세련되어 보이고 귀족적이고 감각적인 꽃이며 반﹢야생의 동양적인 잡초류도 아니다. 좋아하는 아네모네와 시클라멘 중에서 고를 수도 있지만, 시클라멘과 아네모네는 생일 축하나 책 출간 기념으로 보내기 적합해 보이지는 않는다. 글라디올러스는 리사이틀이나 큰 파티, 연극, 발레, 문화, 깊이 있고 좋은 감정들을 연상시킨다.

　그래서 글라디올러스를 사서 보낸다고 하자. 그러면 비용을 감수해야 한다. 하지만 문제는, 글라디올러스 일곱 송이는 너무 과한가? 다섯 송이는 너무 적은가? 그럼 여섯 송이? 그냥 일곱 송이를 보내야 하나? 비용을 감수하라. 우리는 아스파라거스 덩굴로 글라디올러스를 싸서 여섯 송이를 보낼 것이다. 하지만 다른 한편으로 생각해보면, 너무 진부한 일은 아닌가? 글라디올러스라니? 대체 요즘 세상에 누가 글라디올러스를 보낸단 말인가? 갈릴리에서 개척자들은 다른 이들에게 글라디올러스를 보내나? 텔아비브 사람들은 여전히 글라디올러스에 신경 쓰고 있나? 게다가 대체 무슨 쓸모가 있단 말인가? 돈이나 많이 들고, 사나흘 후면 쓰레기통에 처박히게 될 텐데. 그럼 그 대신에 무엇을 선물로 줄 수 있을까? 초콜릿 한 상자는 어떨까? 초콜릿 한 상자라니, 웬 초콜릿. 글라디올러스보다도 더 웃긴다. 아마 가장 좋은 아이디어는 간단하게 식탁용 냅킨이나, 약간 구부러졌고 귀여운 은색 금속 손잡이가 달렸으며 뜨거운 차를 대접할 수 있는, 미적이고 실용적이면서 버리지 않고 수년간 잘 사용할 수 있는 유리컵 세트 같은 소박한 선물일 테고, 상대방은 그걸 사용할 때면 한순간 우리를 생각할 것이다.

3

당신은 어디서든 약속의 땅 유럽의, 온갖 종류의 작은 특사들을 발견할 수 있을 것이다. 한 예로, 작은 마네킹, 즉 낮에 셔터를 열어 고정해두는 작은 사람들을 얘기하는 것인데, 셔터를 닫고 싶다면 이 작은 금속 마네킹이 밤새도록 머리가 떨어진 채 있도록 돌려놓으면 된다. 바로 세계대전 말에 무솔리니와 그의 정부情婦 클라라 페타치를 매단 방식이다. 그것은 끔찍하고 무시무시했다. 물론 그들은 그렇게 당해도 싸지만, 거꾸로 매달렸다는 사실이 아니라 머리가 잘려나갔다는 것이 끔찍하다는 말이다. 비록 그런 마음도 가지면 안 되긴 하지만, 상상할 수조차 없는, 정말 유감스러운 일이다. 뭐, 미치기라도 했느냐? 넋이 나가기라도 한 거냐? 무솔리니가 죽은 것이 안된 일인가? 그건 마치 히틀러 일이 유감스럽다고 하는 것과 마찬가지다! 하지만 나는 한 가지 시험을 해보았다. 벽에 붙어 있는 파이프에 다리를 걸고 거꾸로 매 달려보았는데, 몇 분쯤 지나자 모든 피가 머리로 몰려서 기절할 것 같 았다. 그런데 무솔리니와 그의 정부는 몇 분이 아니라 자그마치 사흘 밤낮을 그렇게 매달려 있었고, 그런 식으로 죽임을 당한 것이다! 지나 치게 가혹한 형벌이라고 생각했다. 아무리 살인자일지라도. 게다가 정 부까지.

대체 정부가 뭐기에, 라는 것이 나만의 어렴풋한 생각은 아니었다. 그 시절에는 예루살렘을 통틀어 단 한 명의 정부도 없었다. '동료'가 있었고, '인생의 파트너'가 있었고, '이중적인 어감이 있는 여자친구' 가 있었을 뿐이며, 여기저기 이상야릇한 사건들만 있었던 것 같기도 하다. 아주 조심스럽게 예를 들자면, 체르니안스키가 루파틴의 여자친 구와 무슨 일이 있었다고들 하는데, 내 마음속에서 '무슨 일이 있었다' 는 말은 무언가 황홀한데 끔찍하고, 수치스러운 감정을 감추는 미스터 리하고 숙명적인 표현이라는 울림을 지닌 듯 느껴졌다. 하지만 정부라 니?! 그건 전적으로 성서적인 무엇이었다. 인생보다 더 큰 무엇이었 다. 상상을 초월하는 것이었다. 만약 텔아비브에 그런 것들이 존재했 다고 한다면, 내가 생각하기엔, 아마도 우리에게는 없거나 금지된 온 갖 종류의 것을 그들은 언제나 가지고 있었다는 의미이리라.

*

나는 아주 어렸을 때 거의 혼자 힘으로 책을 읽기 시작했다. 그 외에 달리 할 일이 뭐가 있었겠는가? 저녁은 지금보다 훨씬 길었는데, 그건 지구가 훨씬 더 천천히 회전했기 때문이고, 예루살렘의 은하계가 오늘날보다 훨씬 더 느슨했기 때문이다. 전깃불은 창백한 노란색이었는데, 불이 자주 나가곤 했다. 촛불 타는 냄새와 그을음 나는 파라핀 램프는 지금까지도 나로 하여금 책을 읽고 싶게 만든다. 영국이 예루살렘에 내린 소등 명령 때문에 일곱시면 우리는 집에 갇혔다. 그리고 소등 명령이 없다 해도, 예루살렘에서 누가 그 시간에 어두운 밖으로 나가고 싶겠는가? 모든 것이 닫히고 잠기고, 돌로 포장된 도로는 황량했으며, 좁은 거리를 지나가는 그림자는 모두 서너 개의 다른 그림자에게 질질 끌려가는데.

절약하는 것이 중요했기 때문에 정전이 아닐 때도 우리는 항상 흐릿한 불빛 속에 살았다. 부모님은 40와트 전구를 25와트짜리로 바꿨는데, 그건 전기요금 때문이 아니라, 밝은 빛은 소모적인 것이고 낭비는 비도덕적이라는 관념 때문이었다. 우리의 작은 집은 언제나 모든 인류의 고통으로 가득 채워져 있었다. 인도에 굶주린 아이들이 가득한 까닭은 내가 접시에 놓인 음식을 모두 해치웠기 때문이다. 영국이 키프로스의 유치장으로 추방한, 히틀러의 지옥에서 살아남은 생존자들. 아직도 황폐한 유럽의 눈 덮인 숲 언저리를 방황하는 남루한 고아들. 아버지는 빈혈 걸린 25와트짜리 전구 빛으로 눈을 혹사하면서 새벽 두시까지 일하느라 책상에 앉아 있곤 했는데, 밝은 빛을 사용하는 건 옳지 않다고 생각했기 때문이다. 갈릴리 키부츠에 있는 개척자들은 촛농이 흘러내리는 촛불 곁에서 시나 철학 논문을 쓰며 천막에서 매일 밤을 지새웠는데, 어떻게 그들을 잊을 수 있겠는가? 타오르는 40와트짜리 전구를 쓰는 로스차일드*처럼 거기 앉아 있을 수 있겠는가? 만약 이웃들이 갑자기 무도장처럼 밝아진 우리집을 보기라도 하면 우리를 뭐라고 생각하겠는가? 아버지는 다른 사람들의 이목을 끄느니 시력을 망치는 게 더 낫다고 여기는 분이었다.

우리는 극도로 가난한 사람들은 아니었다. 아버지는 국립도서관 사서였고 적지만 정기적으로 봉급을 받았다. 어머니는 개인 과외를 몇 개 했다. 나는 단돈 몇 푼이라도 벌려고 매주 금요일 텔아르자에 있는 코헨 씨의 정원에 물을 주었고, 수요일마다 오스터 씨의 식료품점 뒤편에 있는 나무상자에 빈병을 넣어 4피아스터 정도를 벌었으며, 2피아스터를 받기로 하고 핀스터 씨의 아들에게 지도를 보는 방법을 가르쳤다(외상으로 가르쳐주었는데, 지금까지도 핀스터 일가는 과외비를 주지 않았다).

이런 잡다한 수입원에도 불구하고, 우리는 돈 벌기를 멈추지 않았다. 자그미한 공동주택에서의 삶은 에디슨 극장에서 딱 한 번 본 영화에 나온 잠수함에서의 삶과 유사했는데, 그곳에서 선원들은 다른 객실로 넘어갈 때마다 뒤에 있는 승강구를 닫아야 했다. 바로 그 시절 나는 전기를 낭비하지 않기 위해 한 손으로는 화장실 불을 켜고 다른 한 손으로 복도 불을 껐다. 쇠고리는 살짝만 잡아당겼는데, 물탱크의 나이아가라 같은 물 전체가 소변 한 번으로 다 내려가는 것은 잘못된 일이었기 때문이다. 종종 가득찬 물을 다 소비하는 일을 (우리가 결코 이름을 붙인 적은 없었지만) 정당화할 수 있는 다른 요소들도 있긴 했다. 하지만 오줌 한 번 때문에? 그 나이아가라를? 네게브에서 개척자들은

---

* 유럽의 유대계 대부호.

물을 아끼려고 이를 닦고 머금은 물을 화분에 주지 않았던가? 키프로스의 국외 추방자 숙소에서는 온 가족이 물 한 양동이로 사흘을 버티지 않았던가? 화장실에서 나올 때 나는 왼손으로는 불을 끄고 동시에 오른손으로 복도 불을 켰는데, 쇼아*가 바로 어제였기 때문이고, 여전히 카르파티아 산맥과 돌로미티케 산맥을 배회하는 갈 곳 없는 유대인들이 많았기 때문이고, 그들이 남루한 옷을 입고 해골처럼 야윈 채 국외 추방자 숙소와 항해에 부적합한 폐선 위에서 쇠락해가고 있었기 때문이며, 세계 곳곳의 다른 지역에도 고난과 빈곤이 있었기 때문이다. 중국의 쿨리**나 미시시피의 면화 따는 사람들, 아프리카의 아이들, 시칠리아의 어부들같이. 낭비하지 않는 것이 바로 우리의 의무였다.

이런 것들과 별개로, 하루하루가 우리에게 무엇을 가져다줄지 누가 알 수 있었겠는가? 우리의 문제는 아직 끝나지 않았고 여전히 최악의 상황이 다가오고 있다는 것은 거의 확실했다. 나치는 벌써 패했을지도 모르지만, 반유대주의는 어디서나 매우 거칠게 퍼져나갔다. 폴란드에서는 유대인 대학살이 더욱 심하게 자행되고 있었고, 히브리 대변인들은 러시아에서 박해당하고 있었으며, 이곳의 영국인들은 최후의 한 마디를 아직 하지 않고 있었고, 무프티***는 유대인 학살에 대해 이야기했고, 유대인들은 냉소적인 세계가 석유니 시장이니 하는 다른 이권들을

---

* 나치 대학살, 즉 홀로코스트를 가리키는 히브리어. '대재앙' '파멸'이라는 뜻이다.
** 육체노동에 종사하는 하층계급의 중국인, 인도인 노동자. 19세기에 아프리카, 인도, 아시아의 식민지에서 혹사당했다.
*** 코란과 하디스에 나오는 이슬람의 율법과 규범 체계인 샤리아의 해설자이자 해석자에 해당하는 학자 또는 지도자를 이르는 아랍어. 여기서는 당시 예루살렘의 무프티 무함마드 아민 알 후세이니를 가리킨다.

고려해 아랍을 지원하는 동안 아랍 국가들이 우리에 대한 계획을 세우고 있다는 것을 알고 있었다. 일이 우리에게 쉽지 않게 흐르고 있었고, 그 점은 내 눈에도 명백히 보였다.

*

우리가 가지고 있던 단 한 가지, 그건 엄청난 책이었다. 책은 도처에 널려 있었다. 벽에서 벽까지, 복도에, 주방에, 현관과 모든 창틀에도 없는 곳 없이. 수천 권의 책이 집 구석구석에 있었다. 나는 사람들은 왔다가 가고 태어나고 죽지만, 책은 영원하다는 생각을 가지고 있었다. 어렸을 때 내 야심은 자라서 한 권의 책이 되는 것이었다. 작가가 아니라 책 말이다. 사람들은 개미처럼 죽을 수 있다. 작가들은 어떤 인물이든 쉽게 죽일 수 있다. 하지만 책은 그렇지 않다. 계획적으로 파괴하려 들어도 늘 하나의 복사본이 살아남고, 레이캬비크나 바야돌리드 혹은 밴쿠버의 어딘가 인적 드문 도서관 한구석 선반에서의 삶을 계속 즐길 기회를 얻는다.

두세 번쯤 안식일에 필요한 음식을 살 돈이 부족한 일이 생기면 어머니는 아버지 눈치를 살폈고, 아버지는 희생이 필요한 때임을 이해하고는 서가로 갔다. 아버지는 윤리적인 사람이었고, 빵이 책보다 우선하며 아이의 행복이 모든 것에 선행한다는 사실도 알았다. 나는 현관으로 걸어나가던 아버지의 구부러진 등을 기억하며, 애지중지하던 서너 권의 책을 팔 아래 끼고는 마치 급소를 찔린 사람처럼 마이어 씨의 헌책방으로 걸어가던 모습을 기억한다. 우리 조상 아브라함의 등도 번

제犧祭를 준비하려고 모리아 산으로 올라가는 길에 이른 아침 장막에서 부터 이삭을 둘러업었기에 그렇게 구부러진 게 분명하다.

나는 아버지의 슬픔을 상상할 수 있었다. 아버지는 자신의 책과 감정적인 교류를 나누었다. 또한 그것들을 느끼고 뒤적이고 어루만지고 냄새 맡는 것을 사랑했다. 그는 책에서 육체적인 즐거움을 취했다. 자신을 억제하지 못하고 손을 뻗어 책들을 만져야만 했고, 심지어 다른 사람들 책이라도 마찬가지였다. 그리고 그때의 책은 정말이지 지금의 책보다 더 관능적이었다. 냄새를 맡고 어루만지고 애지중지하기에 좋았다. 향기롭고 약간 거친 가죽 표지의, 금장을 두른 책들도 있었는데, 그걸 만질 때면 소름이 돋는 것이, 마치 은밀하고 접근할 수 없는 무엇, 만지면 털이 곤두서고 몸이 떨릴 듯한 무언가를 더듬는 것 같은 느낌이 있었다. 천으로 싸인 마분지로 제본된 책들도 있었는데, 멋들어지게 감각적인 향을 가진 풀로 접착되어 있었다. 모든 책이 비밀스럽고 자극적인 냄새를 가지고 있었다. 때때로 그 천은 음탕한 여자의 치마처럼 마분지에서 떨어져나왔는데, 옷 사이로 살짝 드러나는 몸과 혼미하게 만드는 냄새 사이의 어둑한 공간 속을 들여다보고 싶은 유혹을 거부하기란 어려웠다.

아버지는 대개 한두 시간 후 책 대신 빵, 달걀, 치즈 그리고 가끔 절인 소고기 통조림이 담긴 무거운 갈색 종이봉투를 들고 돌아왔다. 그러나 때로는 얼굴 가득 환한 미소를 지으며 애지중지하던 책도 먹을 것도 없이, 희생 제사에서 돌아오기도 했다. 책을 팔았으나 바로 그 자리에서 다른 책을 사버린 것이다. 헌책방에서 무척 진귀한 보물을 찾았고, 그런 기회는 일생에 한 번 있을까 말까 한 것이기에 도저히 참을 수 없었기 때문이다. 어머니는 아버지를 용서했고 나도 마찬가지였던 것이, 옥수수와 아이스크림을 빼면 먹는 것에 심취해본 적이 없었던 탓이다. 나는 오믈렛과 소고기 통조림이라면 질색했다. 이실직고하자면, 접시에 있는 음식을 몽땅 해치우라고 말하는 사람이 없다는 사실 때문에 가끔 인도의 굶주린 아이들을 질투하기까지 했다.

*

여섯 살쯤 되었을 때 인생 최고의 날이 왔다. 아버지가 나를 위해 아버지 책장 중 하나를 비워 공간을 마련하고 그곳에 내 책들을 두게 해준 것이다. 정확히는, 맨 아래 칸의 약 4분의 1가량 되는 30센티미터 정도를 내주었다. 나는 그때까지 침대 곁 의자 위에 놓여 있던 모든 책을 끌어안고 책장으로 가 적절한 방식으로, 책등은 바깥 세계를 책배는 벽을 향하도록 잘 세워두었다.

그것은 일종의 입문 의례, 성인식이었다. 누구든 책을 세워서 꽂았다는 것은, 그가 이제 아이가 아니라 어른이라는 뜻이다. 나는 이제 아버지와 같았다. 내 책들은 이미 세워져 있었다.

그런데 한 가지 끔찍한 실수를 저질렀다. 아버지가 일하러 나가면 내 몫의 책장 구석에서 하고 싶은 일은 뭐든 할 수 있었는데, 무엇을 어떻게 하든 간에 정말 유치하기 짝이 없었다. 책들을 키 순서대로 배열한 것도 바로 나였다. 키가 가장 큰 책은 지금은 내 위신을 떨어뜨리는 어린이용 책들로, 운문에 그림이 많고 아이였을 때 보던 것들이었다. 나는 내게 주어진 선반 전체를 모두 채우고 싶었다. 내 선반도 아버지의 선반들처럼, 가득 넘치고 수북하기를 원했다. 나는 아버지가 일을 마치고 집으로 올 때까지 여전히 행복감에 도취되어 있었다. 아버지는 내 책 선반에 깜짝 놀란 눈길을 던지고는 입을 다물더니, 영원히 잊지 못할 경직된 시선으로 나를 오래도록 바라보았다. 그건 경멸과 형용할 수 없는 쓰디쓴 실망감, 저절로 흘러나온 절망이 담긴 시선이었다. 마침내 아버지는 일그러진 입술로 쉿소리를 냈다. "말해봐, 너 완전히 돈 게냐? 키 높이대로? 뭐, 책이 군인이라도 되는 게냐? 책이 무슨 의장대라도 되냐고? 퍼레이드에 나선 소방대원이라도 된단 말이야?"

그러고는 말을 멈췄다. 길고 어색한 침묵이 아버지로부터 흘러나왔는데, 그것은 그레고르 잠자*의 침묵과도 같아서, 마치 내가 아버지 눈앞에서 바퀴벌레로 변해버린 느낌이었다. 내 곁에는 유죄의 침묵이 있었고, 침묵 내내 나는 비참한 벌레라도 된 것 같았으며, 이제 나의 모든 비밀은 떠나고 영원히 사라졌다.

침묵 끝에 아버지가 말문을 열었고, 약 이십여 분간 내게 삶의 여러 사실들을 드러내 보여주었다. 아버지는 어떤 주장을 하지는 않았다. 그저 책 세상의 가장 깊은 비밀 속으로 나를 끌어들였다. 그런 다음 왕의 대로뿐만 아니라 숲속 길, 변화를 향한 숨가쁜 기대, 뉘앙스, 판타지, 이국적인 가로수 길, 대담한 계획과 괴벽스러운 변덕까지도 펼쳐보였다. 책은 주제별로 배열할 수 있고, 저자명의 알파벳 순서대로, 또는 시리즈나 출판사별로, 출판 연도 순으로, 언어별로, 주제별로, 분야

---

* 체코 태생의 유대계 독일 작가 프란츠 카프카의 소설 「변신」의 주인공. 세일즈맨인 그레고르 잠자는 어느 날 아침 눈을 뜨자 벌레로 변해 있는 자신을 발견한다.

별로 그리고 출간된 장소별로 배열할 수도 있다. 수많은 배열 방식이 있고 또 있었다.

그래서 나는 다양한 비밀을 배웠다. 삶은 서로 다른 길들로 만들어져 있음을. 모든 일이 다른 악보와 병렬의 논리에 따라, 그렇게 일어나고 또한 다르게 일어날 수 있음을. 이러한 병렬의 논리학은 각각 자신의 방식에 따라 일치하고 일관되며, 그 자체로 완벽하고, 다른 모든 것과는 무관함을.

내 작은 도서관을 정리하는 데 많은 시간을 보내던 그때, 내가 다루고 카드처럼 뒤섞었던 이삼십 권의 책은 온갖 종류의 다른 방법들로 재배열되었다.

그래서 나는 책들로부터 작문 기술을 배웠다. 책에 쓰여 있는 내용에서 배운 것이 아니라 책 자체, 물리적인 존재에게서 배운 것이다. 그것들은 내게 현기증 나게 넓은 주인 없는 땅이나, 허락된 공간과 금지된 공간 사이, 합법적인 것과 기괴한 것 사이, 표준적인 것과 변태적인 것 사이에 있는 여명의 공간에 대해 가르쳐주었다. 이 교훈은 아직 나에게 남아 있다. 사랑을 발견했을 때 나는 더이상 애송이가 아니었다. 나는 이미 그곳에 다른 메뉴들이 있다는 것을 알고 있었다. 그곳에 자동차 도로와 풍경 좋은 길이 있다는 사실도 알았고 인적이 드문 샛길이 있다는 사실 또한 알았다. 거의 금지된 것은 허락된 것이고 거의 허락된 것은 금지된 것이다. 수많은 다른 길이 있고 또 있었다.

*

　종종 부모님은 내가 아버지의 선반에서 책을 꺼내 먼지를 털어내기 위해 밖으로 가지고 나가도 된다고 허락했다. 한 번에 세 권 이상은 안 되고, 질서를 파괴해서도 안 되고, 모든 것을 제자리에 제대로 돌려놓아야 했다. 그건 막중하면서도 달콤한 임무였는데, 취하게 하는 먼지의 향취 때문인지 나는 때때로 그 책무를 잊었고, 어머니는 화를 내며, 임무를 완수하기 위해 아버지를 급파해서는 내가 일사병에 걸리거나 개한테 물리지는 않았는지 확인하게 했다. 나는 언제나 마당 구석에 웅크리고, 무릎 아래 욱여넣은 책 속에 묻혀, 머리는 한편에 기대고, 입술은 반쯤 벌린 채로 있었다. 아버지는 반쯤은 화가 나고 반쯤은 애정 어린 목소리로 이번엔 무슨 일이냐고 물었는데, 내가 이 세계로 되돌아오는 데는 얼마간의 시간이 필요했다. 그건 마치 물에 빠졌거나 기절했던 이가 아주 천천히, 마지못해, 상상할 수 없는 머나먼 곳에서부터 잡스러운 눈물의 일상이 있는 세상으로 돌아오는 것과도 같았다.

　어린 시절 동안 나는 물건을 매번 약간 다르게 배열하고 또 재배열하는 일을 사랑했다. 달걀 담는 빈 컵 서너 개는 일련의 요새나 잠수함 부대, 대단한 권력을 지닌 얄타 시의 지도자 회합이 될 수 있었다. 나는 임시 돌격대원들을 만들어 굴레를 벗어난 무질서의 영역 안으로 보냈다. 그곳에는 매우 대담하고 흥분되는 무언가가 있었다. 나는 마룻바닥 위에 성냥 상자를 쏟은 다음 그 성냥들로 만들 수 있는 무궁무진한 모든 조합을 알아내는 일을 좋아했다.

　세계대전 시기 내내 복도 벽 위에는 유럽 내의 전쟁 지역을 보여주는 커다란 지도가 걸려 있었는데, 거기에는 핀과 색색의 깃발이 여러 개 꽂혀 있었다. 매일 또는 이틀에 한 번씩 아버지는 라디오 뉴스에 따라 그것들을 움직였다. 그러면 나는 개인적이고 병렬적인 실재를 구성했다. 나만의 군대 현황판 지도 위에 내 가상의 실재를 펼쳐놓고, 군사들을 옮기고, 협공과 분산을 지시했으며, 교두보를 점령하고, 적의 허를 찌르고, 타개책을 찾기 위한 전략적 후퇴로 스스로 사임했다.

나는 역사에 매료된 아이였고, 과거 지휘관들의 실수를 교정하려고 시도했다. 로마에 대항했던 대★ 유대 반란을 다시 일으켜 티투스 군대의 파괴로부터 예루살렘을 구했고, 적진을 뚫고 전선을 구축했고, 바르 코크바*의 군대를 로마의 성벽까지 보냈고, 콜로세움을 돌로 징벌했으며 의사당 꼭대기에 히브리 국기를 꽂았다. 마지막으로 영국 군대의 유대인 여단을 제2차 성전시대**로 옮겨, 여러 개의 기관총으로 위세 등등한 빌어먹을 하드리아누스와 티투스의 군단을 초토화하고는 그곳에서 흥청망청 주연을 베풀었다. 날쌘 전투기 한 대가 단독 임무를 맡아 교만한 로마제국을 무릎 꿇게 했다. 나는 단 한 대의 박격포와 수류탄 몇 개의 힘을 가지고 마사다 수비군의 저주받은 분투를 단번에 유대인의 승리로 바꾸었다.

내가 어릴 때 가졌던 그 이상한 압박이—일어나지 않았고 결코 일어날 수도 없는 어떤 일에 두번째 기회를 주고 싶은 욕망이—글을 쓰기 위해 앉아 있을 때마다, 손을 움직이게 하는 자극 중 하나가 된다.

---

* 132~135년 로마제국에 맞선 유대인의 대항쟁을 이끈 지도자.
** 기원전 587년 제1차 예루살렘 성전 멸망과 기원후 70년 제2차 예루살렘 성전 멸망 사이의 유대 역사.

*

많은 일이 예루살렘에서 일어났다. 도시는 파괴되고 다시 건설되고, 또 파괴되었다가 다시 건설됐다. 정복자들이 예루살렘에 줄줄이 와서 얼마간 다스리다가 몇 개의 벽과 성과 돌 사이의 틈새만 남겨두고 떠나갔고, 한줌의 질그릇과 서류는 사라져갔다. 언덕의 경사면을 따라 내려오는 아침 안개처럼 흔적도 없이 사그라졌다. 예루살렘은, 남자가 하품을 하며 여자를 떨쳐내려 하기도 전에 연인을 죽음에 이르도록 쥐어짜는 색정증色情症 노부이고, 수컷이 자신을 관통하고 있는 동안에도 자신의 짝을 삼켜버리는 미국산 암컷 독거미다.

그동안 세계의 다른 편 저멀리에서는 신대륙과 섬들이 발견되고 있었다. 어머니는 "너는 늦었단다, 아가, 잊어버리렴. 마젤란과 콜럼버스가 가장 멀리 떨어져 있는 섬까지도 이미 발견했잖니" 하고 말하곤 했다. 나는 어머니와 논쟁했다. "어떻게 그렇게 확신하세요?" 어쨌든 콜럼버스 이전에도 사람들은 이미 모든 게 알려졌다고 생각했으며 더이상 발견할 만한 것은 아무것도 없다고 여겼지 않은가.

가구의 다리 밑과 침대 밑 공간, 매트 사이에서, 나는 때때로 알려지지 않은 섬은 물론이고 신생 별부터 태양계, 전체 은하계까지 발견해냈다. 만약 감옥에 들어간다면, 의심의 여지 없이 나는 자유를 잃을 것이고 다른 것들도 한두 개 잃겠지만, 도미노 한 상자와 카드 한 갑, 성냥 몇 상자나 손에 쏙 들어오는 단추 몇 개가 허락되는 한 권태로움으로 고통받는 일은 없을 것이다. 그것들을 배치하고 재배치하면서, 그것들을 따로 혹은 함께 움직여 작은 조립품으로 만들면서 나날을 보낼 것이다. 그건 내가 외동아들이기 때문인지도 모르겠다. 나는 형제자매가 없었고 친구도 거의 없었는데, 그나마 있는 친구들은 활동적인 놀이를 원했고 내가 하는 게임의 서사적인 속도에 적응하지 못한 탓에 곧 싫증을 냈다.

때로 나는 월요일이면 새로운 게임을 시작했고, 화요일에는 학교에서 다음 수를 생각하면서 아침 시간을 보냈으며, 그날 오후 한두 가지 수를 생각해냈고, 수요일과 목요일에는 그 상태로 내버려두었다. 친구들은 그걸 싫어해서 밖으로 나가 뒷마당을 돌고 서로 쫓아다니며 놀았는데, 반면 나는 날이면 날마다 마룻바닥에 혼자 앉아 역사 놀이에 몰두해서 부대를 움직이고, 성이나 수도를 포위하고, 후퇴시키고, 무너뜨리고, 산에서 저항운동을 시작하고, 요새를 공격하고 작업을 호위하고, 해방시키고 다시 정복하고, 성냥개비로 표시한 국경을 확장하거나 협정을 하며 놀았다. 부모님 중 한 분이 우연히 내 작은 세계를 밟았다면 나는 단식투쟁을 벌이거나 양치질에 반란을 선포했을 것이다. 그러나 결국에는 파멸의 날이 다가왔으니, 어머니는 모래를 쌓아두지 못하게 했고, 배니 군대니 도시니 산과 바다. 전체 대륙이니 하는 모든 것을 몽땅 쓸어내버렸다. 핵무기에 의한 대량살상처럼.

내가 아홉 살 때, 한번은 느헤미야라는 나이든 삼촌이 프랑스 격언을 가르쳐주었다. "사랑에 빠져 있다는 것은 전쟁중인 것과 같다." 그때 나는 사랑에 대해서는 에디슨 극장에서 본 사랑과 죽은 인디언들 사이의 모호한 관계 같은 것을 제외하고는 아무것도 몰랐다. 하지만 느헤미야 삼촌의 말에서 서두르지 않는 것이 최선이라는 결론을 추론해냈다. 몇 년 뒤 완전히 잘못 이해하고 있었다는 사실을 깨달았는데,

적어도 전쟁에 관해서는 그랬다. 전쟁터에서는 속도가 핵심이라고들 한다. 아마도 내 실수는 느헤미야 삼촌이 변화를 싫어하고, 느리게 움직이는 사람이라는 사실로부터 비롯된 것이리라. 그가 일어섰을 때 다시 앉히기란 거의 불가능했고, 한번 자리에 앉으면 일으켜 세우는 게 절대 불가능했다. 사람들은 그에게 말하곤 했다. 일어나, 느헤미야, 제발 일어나주겠니, 정말로, 대체 무슨 일이니, 이미 늦은 것 같구나, 일어나라, 언제까지 거기 앉아 있을 거니, 내일 아침까지? 다음 속죄일까지? 메시아가 도래할 때까지?

그러면 삼촌은 대답했다. 최소한 그래야지.

그다음에 그는 숙고하고, 마치 우리의 계략을 알아채기라도 했다는 듯이 교활하게 웃으며 덧붙였다. 어디 불났소?

그의 몸은 다른 모든 몸과 마찬가지로 원래 있던 자리에 남아 있도록 자연스럽게 만들어져 있었다.

나는 삼촌을 닮지 않았다. 나는 변화와 만남과 여행을 매우 좋아한다. 하지만 느헤미야 삼촌 역시 좋아했다. 얼마 전 기브앗 샤울에 있는 공동묘지에서 그를 찾아보았으나 아무 성과가 없었다. 공동묘지는 확장되고 있었다. 곧 베이트 네코파 호수 끝자락이나 모체 변두리까지 확장될 것이었다. 나는 반시간에서 한 시간가량 벤치에 앉아 있었다. 사이프러스 나무에서 고집 센 말벌들이 윙윙거리고 새는 대여섯 번 정도 같은 음조로 반복해서 지저귀었으나, 앉은 자리에서 볼 수 있었던 것은 묘비, 나무, 언덕 그리고 구름뿐이었다.

검은 옷을 입고 검은 스카프를 머리에 두른 마른 여자가 나를 지나쳐 걸어갔는데, 대여섯 살쯤 된 아이가 그녀에게 매달려 있었다. 아이

의 작은 손가락은 그녀의 옷자락 한쪽 끝을 붙잡고 있었고, 둘 다 울고
있었다.

4

혼자 집에 있던 어느 겨울날 늦은 오후. 다섯시 혹은 다섯시 삼십분이 지났을 즈음, 밖은 벌써 춥고 어두웠으며, 바람을 머금은 비가 닫힌 철제 셔터를 두드리고 있었다. 부모님은 선지자의 거리 모퉁이의 챈슬러 거리에 있는 말라와 슈타체크 루드니츠키 씨 댁에 차를 마시러 갔고, 저녁 여덟시 전에, 늦어도 여덟시 십오분이나 이십분 전에는 돌아오겠노라고 약속했다. 만일 조금 늦더라도 걱정할 것은 아무것도 없었다. 우리는 루드니츠키 씨 댁에 자주 갔고, 그 집은 우리집에서 십오분 이상 걸리지 않았다.

말라와 슈타체크 루드니츠키는 아이 대신 쇼팽과 쇼펜하우어라는 두 마리 페르시안 고양이를 기르고 있었다. 고양이들은 겨울 내내 소파 끝자락이나 포프라고 부르는 부드러운 방석 위에 폭 파묻혀 얌전히 잠을 자는데, 영락없이 동면하는 두 마리의 곰 같았다. 응접실 구석에는 늙고 반쯤 장님인 새가 있는 새장도 있었다. 새가 외로워하면 루드니츠키 씨가 막대기 다리에 색칠한 소나무 원뿔을 붙여 만든 모조 새를 새장에 넣어주었는데, 그 새에는 진짜 새털 몇 개로 장식된 색색의 종이 날개가 달려 있었다. 어머니 말에 따르면, 외로움이란 무거운 망치로 얻어맞는 것과 같아서, 유리는 산산조각 내지만 쇳덩이는 더 단단하게 한다고 했다. 아버지는 망치(타하삼)라는 단어의 어원을 다양한 언어들 안에서 가지처럼 뻗어나가는 방식을 통해 박학한 담론으로 다뤘다. 담금질한다(레하솀)는 것은 더 강하게 만드는 것이고, 이는 곧 면역(라흐산)을 키운다는 것이다. 그러나 실상은 방어한다(하시마)는 뜻에 가깝다. 무기고(마흐숨)라는 뜻의 유럽어 매거진은 아랍어 마크산에서 파생된 것인데, 이는 창고(마그진)라는 말과 연관되어 있다.

아버지는 내게 단어들 간의 온갖 연결 고리를 설명하는 일을 좋아했다. 어원과 어족 관계. 그러나 단어들은 마치 동부 유럽에서 온 복잡한 가계―육촌과 팔촌, 시숙모와 처이모, 조카딸, 사돈 손자, 손자, 손녀, 증손자, 증손녀 등의 집단을 의미하는―인 듯했다. 이모나 사촌 같은 단어조차 그 가족만의 역사, 그들만의 혈육 관계망을 가지고 있었다. 예를 들어 '고모(브네이 도딤)'라는 단어는 라틴어인 아미타에서 유래한 것이고 그 단어는 바로 아버지의 여동생이나 누나를 의미하며, '외삼촌'은 라틴어 아붕쿨루스에서 유래했는데 그 단어가 명확하게 어머니의 남동생이나 오빠를 뜻한다는 사실을 알고 있었던가? 그리고 정말 어원이 같은 단어인지 확신할 수는 없지만, 히브리어로 삼촌은 도드인데 그 단어에는 연인이라는 뜻도 있다. 아버지는 내가 큰사전을 찾아서 이 단어들이 어디에서 유래했는지 정확히 알아보고 그 용법이 세대에 걸쳐 어떻게 변화해왔는지 때때로 당신에게 상기시켜줘야 한다고 말했다. 아니면 나에게 알려줄 게 아니라 큰사전을 가지고 와서 함께 확인하고 잠깐 공부해보자, 너랑 나랑. 우선 가는 길에 네 더러운 컵은 제자리에 갖다 놓고 오렴.

*

마당과 거리에서 침묵은 너무나 검고 넓어서 구름이 지붕 아래로 낮게 날며 사이프러스 나무 꼭대기를 스치는 소리를 들을 수 있다. 욕조에서 수돗물 떨어지는 소리나 옷장과 벽의 틈새에서 흘러나오는 바스락거리거나 긁히는 소리는 너무 희미해서 거의 들리지 않지만, 목덜미에 닿는 머리카락 끝 언저리쯤에서 느낄 수는 있다.

나는 부모님 방 불을 켜고, 아버지 책상에서 클립 예닐곱 개나 연필깎이, 공책 몇 권, 검은 잉크가 가득 들어 있는 목이 긴 잉크병, 지우개, 압정 한 통을 가지고 와서 이것들로 새로운 키부츠를 개척한다. 매트 위 모래 깊숙이 지어진 성벽과 성채에 반원형으로 클립을 배치하고, 연필깎이와 지우개는 급수탑인 큰 잉크병 양쪽에 세워두고, 연필과 펜으로 울타리를 삼아 전체를 에워싼 다음 압정으로 요새를 만들었다.

곧 기습이 있을 것이다. 피에 굶주린 맹수 같은 깡패들(몇십 개의 단추들)이 남쪽과 동쪽에서 부락을 공격하겠지만, 우리는 그들을 속이는 전법을 구사할 것이다. 성문을 열어주고 피의 숙청이 벌어질 농장 안으로 유인한 다음, 그들이 탈출하지 못하도록 뒤에서 성문을 닫을 것이고, 그다음 나는 발포 명령을 내릴 테고, 바로 그때 모든 지붕 꼭대기와 급수탑 역할을 하는 잉크병 꼭대기에서 개척자 역을 맡은 흰 체스말이 사격을 개시할 것이며, 몇 번의 맹렬한 포격으로 포위된 적의 전력을 궤멸시킬 것이고, 영광을 찬양하고 피투성이 학살 이야기를 소리 높여 노래할 것이며, 그리고 나면 나는 환호를 올리고 매트를 지중해로 임명한 다음, 책장을 유럽 해안으로, 소파를 아프리카로 지정하고 지브롤터 해협이 될 의자 다리 사이에 키프로스와 시칠리아와 몰타를 나타내는 카드를 흩어놓을 것이다. 공책은 항공모함이 될 테고, 지우개와 연필깎이는 파괴자들, 압정은 지뢰 그리고 클립은 잠수함이 될 것이었다.

*

방은 추웠다. 그곳은 나더러 스웨터를 한 겹 더 껴입고 전기를 아끼라고 말하는 것만 같아서, 전기 히터를 딱 십 분만 켰다. 히터에는 코일이 두 개였지만, 그중 한 개에만 불이 들어오는 절약 모드 스위치가 있었다. 아래에 있는 코일. 나는 코일이 달아오르는 모습을 한참 지켜보았다. 코일은 서서히 달아올랐다. 처음에는 아무것도 보이지 않았지만 곧 약간 덜그럭거리는 소리가 들리고, 마치 설탕가루 위를 걷는 것 같은 소리가 나더니, 그다음엔 창백하고 어스름한 자주색 빛이 코일 양 끝에서 서서히 나타나다가 부끄러워하며 뺨을 물들이는 희미한 홍조 같은 분홍색이 중앙 쪽으로 조금씩 퍼져나가기 시작하더니, 금세 진홍색으로 변하고, 빛이 코일의 중앙에 다다라 불붙을 때까지 멈추지 않고, 곧 벌거벗은 노란색과 원색적인 라임색이 되어 수치를 모르는 모양새로 만발했는데, 붉게 타오르는 붉은 빛나는 반사 접시에 비친 야만적인 태양처럼 얼굴을 찡그리지 않고는 쳐다볼 수 없을 정도로 눈부시고, 절제되지 않은 채, 이제는 화산에서 흘러나와 모든 걸 녹아내리게 하는 용암처럼, 빗줄기나 폭포수처럼 내 지중해에 내리쬐며 잠수함과 파괴자들의 소함대를 파괴하듯 빛나고 있었다.

지금까지 내내 그의 파트너인 위쪽 코일은 추위와 무관심 속에 잠들어 있었다. 다른 쪽이 밝아질수록 이 녀석은 더 무관심해졌다. 어깨를 움츠리며, 바로 앞에서 모든 것을 보면서도 전혀 움직이지 않은 채로. 마치 내 피부가 두 코일 사이의 모든 격렬한 긴장관계를 느낀 듯 갑자기 몸이 떨렸고, 나는 이 무심한 코일이 빛날 기회를 한 번도 얻지 못했다는 문제를 해결하는 간단하고 빠른 방법이 있다는 것을 깨달았다. 불을 켜려고 했지만 몸이 심하게 떨렸다. 그건 엄격하게 금지된 일이었다. 정말이지 일절 금지된 일로, 결코 해서는 안 되는 낭비일 뿐만 아니라 회로 과열로 퓨즈가 나가서 집이 어둠 속에 빠질 위험이 있었다. 그렇게 되면 누가 이 한밤중에 나를 위해 황금손 바루크를 데려오겠는가?

내가 미쳤다면, 완전히 미쳤다면, 그러나 뭐, 될 대로 되라지. 그런데 두번째 코일을 끄기 전에 부모님이 돌아오시면 어쩌지? 아니면 내가 제시간에 스위치를 끄려고 애써도 코일이 식을 시간이 모자라서 멀쩡하게 돌아가면, 그다음엔 뭐라고 자기변호를 하지? 그래, 자제해야 한다. 켜서는 안 된다. 그러니 어질러놓은 것을 치우고 모든 것을 제자리에 가져다놓는 편이 낫다.

5

그래, 내 이야기가 자전적이라 치자. 그래서 뭐가 어떻다는 것인가?

모든 것은 자전적이다. 만일 내가 어머니 티르자와 아버지 에벤 사이의 사랑 이야기를 쓴다 하더라도, 그것은 분명 자전적일 수밖에 없을 것이다. 그것이 고백적인 것이 아니라 하더라도. 내가 쓴 모든 이야기가 자전적이지만, 그 어떤 이야기도 고백은 아니다. 나쁜 독자들은 항상 '진짜로 무슨 일이 있어났는지' 알고 싶어하고, 심지어 즉시 알고 싶어한다. 이야기 뒤에 숨어 있는 이야기는 무엇이고, 뭐가 중요하고, 누가 누구와 싸우고, 누가 누구와 잤는지를. 한번은 미국 텔레비전 생방송 인터뷰에서 여기자가 이렇게 묻는 모습을 본 적이 있다. "나보코프 교수님, 정말로 어린 소녀들을 그렇게 낚았나요?"

나 또한 가끔 '대중의 알 권리'를 내세우며 나의 아내가 내 소설 『나의 미카엘』에 나오는 한나의 모델인지,『제3의 조건』에 나오는 피마의 부엌처럼 우리집 부엌도 더러운지 묻는 진지한 기자들을 만난다. 때로 그들은 묻는다.『같은 바다』에 나오는 젊은 처녀가 누구인지 말해주시죠? 혹시 극동에서 잠시 실종되었던 아들을 두지 않았나요?『여자를 안다는 것』에 나오는 요엘과 이웃집 여인 앤 마리 사이의 이야기 이면에 실제로 무엇이 있는지요?『완전한 평화』의 로맨스가 실상 무엇에 관한 것인지 직접 말씀해주시면 안 되나요?

이 숨가쁜 기자들이 나보코프 교수와 나에게 원하는 것이 무엇인가? 나쁜 독자는 뭘 원하는가? 이들은 게으른 독자이고, 사회학적인 독자이며, 엿보기 좋아하는 수다쟁이가 아닌가?

심한 경우 그들은 플라스틱 수갑으로 무장하고, 나의 메시지를 캐러 오기도 한다. 살았는가 아니면 죽었는가. 그들은 '밑줄 친 문장'을 원한다. '그 시인이 말하려 했던 것'을 가지러 온다. '내 언어들로' 저들에게 파괴적인 메시지를 건네줄 것인가, 아니면 교훈을, 정치적인 견해를, '세계관'을 건네줄 것인가. 선심을 베풀어 그들에게 소설 대신 좀더 구체적인 것을 기꺼이 주겠는가, 땅에 두 발이 닿는 뭔가를, 손에 잡을 수 있는 뭔가를, '정복이 파괴시킨다' 같은 어떤 것 또는 '사회적 차별의 모래시계가 똑딱거린다' 또는 '사랑은 승리한다' 또는 '썩은 지도층' 또는 '착취당하는 소수'. 그들에게 주라. 플라스틱 가방에 시신들이 포장된 것처럼 당신의 마지막 책에서 그들을 위해 잡은 거룩한 암소들을 주라. 감사.

가끔씩 그들은 당신의 아이디어와 거룩한 암소들도 양보한다. 그리고 '이야기 뒤의 이야기'로 만족할 준비도 되어 있다. 그들은 가십거리를 원한다. 당신의 삶에 실제로 무슨 일이 일어났는지 이야기해주길 바란다. 그 일 이후 그에 관해 책에 무엇을 기록했는지보다는. 아무런 장식이나 지적인 포장 없이 누가 누구와 정말 그것을 했는지, 어떻게 얼마나 했는지 끝까지 드러내주길 원한다. 이것이 그들이 원하는 모든 것이고 이것만으로 그들은 바로 만족한다. 사랑에 빠진 셰익스피어를 그들에게 주라. 침묵을 깨는 토마스 만을, 노출하는 달리야 라비코비츠*를, 사라마구의 고백을, 레아 골드베르그**의 생생한 사생활을.

나쁜 독자가 와서 내가 쓴 책의 껍질을 벗기라고 요구한다. 자기를 위해 내 손으로 포도를 쓰레기통에 던져 넣고 단지 씨만 대접하라고 요구한다. 나쁜 독자는 정신이 이상한 구혼자 같아 손에 닿는 아무 여자나 덮쳐서 옷을 찢는다. 그녀가 이미 발가벗은 상태인데도 계속 그녀의 가죽을 벗긴다. 조급하게 그녀의 살을 옆으로 제쳐내고 뼈대를 해체한다. 그리고 마지막엔—이미 그가 날카롭고 누런 이 사이로 그녀의 뼈를 씹고 있을 때에야—드디어 만족해한다. 그런 것이다. 이제 정말로 속에 들어왔다. 갈 데까지 다 갔다.

그가 어디에 이르렀단 말인가? 진부하고 낡고 오래된 도식으로 바짝 마른 어구들, 즉 나쁜 독자가 이미 오래전부터 알고 있던, 그래서 익숙한 것에 이른 것이다. 책 속의 인물들은 당연히 결국 작가 자신, 그의 이웃 아니면 그 자신과 이웃들이 아닌가. 그들은 확실히 의인은 아닌 모습으로 표현된다. 결국 우리 모두와 같이 너저분한 자들이다. 뼈까지 다 벗겨내고 나면 늘 '모두 다 똑같다'는 식으로 드러난다.

---

* 이스라엘 시인이자 평화운동가.
** 이스라엘 시인, 아동문학가, 소설가.

여기에 더하여, 나쁜 독자와 숨가쁜 기자는 항상 어떤 의심스러운 적대감이나 경건주의적–율법주의적인 미움을 가지고 작품을, 독창성을, 숙련과 과장을, 돌아가기 놀이를, 이중적 의미를, 음악적인 것을, 몽상을, 상상 그 자체를 대한다. 그는 어쩌면 가끔은 복잡한 문학작품을 엿보려고 할 것이다. 그러나 그것은 거룩한 암소들을 잡는 데서 나타나는 '희생적인' 만족이 미리 약속되어 있다는 전제하에서다. 아니면 황색신문이 제공하는 메뉴에서 온갖 종류의 '노출'이나 스캔들의 소비자들이 빠져 있는, 의롭지만 약간 시린 그런 만족이 약속될 때이다.

나쁜 독자의 만족은 영예와 힘으로 칭송받는 유명한 도스토옙스키가 노인을 습격하고 살해하는 혼미함에 빠지는 흐릿한 성향이 있다 의심받는 데 있고, 윌리엄 포크너가 어찌되었든 근친상간에 약간 연루되어 있다는 데, 그리고 나보코프가 어린 소녀들을 범한다는 데, 카프카가 경찰에게서 범죄 혐의를 받는다는 데 있다(아니 땐 굴뚝에 연기가 날 수 없으니). 그리고 A. B. 여호수아*가 케렌 카예메트**의 국유림에 불을 질렀다는 데 있다(연기도 있고 불도 있다). 소포클레스가 자기 아버지에게 한 일이나 자기 어머니에게 한 일에 대해서는 말할 것도 없다. 아니면 그가 어디서 그것을 그렇게 생생하게 묘사하는 방법을 배웠단 말인가? 생생하다는 게 뭔가, 실제 삶 속에서 벌어지는 것보다 더 생생한 게 대체 뭐란 말인가?

난 단지 나 자신에 대해서만 이야기할 줄 안다.

---

* 이스라엘 작가이자 교수.
** 산림청.

내 세상은 개미 세상같이 좁다……

그리고 나의 길—정상으로 향하는 길같이—

고통의 길과 수고의 길,

거인의 악하고 확실한 손,

놀리는 손, 그 이름은 신에게.

나의 옛 제자 하나가 이 시를 요약해서 제출한 적이 있었다.

시인 라헬은 어렸을 때 나무 타기를 굉장히 좋아했다. 그러나 그녀가 나무에 오를 때마다 매번 불량배 하나가 와서는 그녀를 다시 바닥에 내치곤 했다. 이 때문에 그녀는 불쌍한 존재였다.

*

작품과 그것을 쓴 작가 사이의 공간에서 작품의 핵심을 찾는 이들은 큰 실수를 하고 있다. 작품과 작가 사이의 영역이 아니라 작품과 독자 사이의 영역에서 찾는 편이 훨씬 나을 것이다.

텍스트와 작가 사이에 뭔가가 없다는 말이 아니다. 자전적 연구가 필요한 부분이 있는 반면 가십거리에는 달콤한 것이 있다. 여러 작품을 쓰는 것과 자전적 배경을 연구하는 것에는 점잖은 가십거리로서의 가치도 있을 수 있다. 어쩌면 가십거리를 무시해서는 안 되는 경우도 있다. 가십거리는 좋은 문학작품의 사촌이다. 실상 문학은 보통 거리에서 가십거리에게 인사를 건네진 않는다. 그러나 그 둘 사이의 혈통적인 동일성을 무시할 순 없다. 주변 이웃의 비밀을 엿보려는 것은 보편적이고 영원한 충동이 아니던가.

한 번도 가십거리를 즐기지 않은 이가 먼저 일어나 첫 돌을 던져야 한다. 가십거리의 즐거움은 설탕 향이 나는 분홍색 솜사탕이다. 가십거리의 즐거움은 좋은 책의 즐거움과는 거리가 멀다. 마치 온갖 색소로 단맛을 넣은 탄산음료가 생수나 고급 와인과 거리가 먼 것같이.

어렸을 때 아디 로고즈닉은 유월절이나 로슈 하샤나*를 맞아, 텔아비브의 버거숍 해변에 있는 그의 스튜디오로 나를 두세 번 데려간 적이 있었다. 거기에는 근육이 엄청난 사나이가 서 있었다. 종이박스에서 잘라낸 조각에 그린 산 같은 사람으로, 기둥 두 개가 박스 뒷면을 받치고 있었다. 황소 허리에 딱 붙은 수영복, 근육의 산이 첩첩이 보였다. 구리같이 그을린 털 난 장부들의 가슴. 종이박스로 만든 이 거인의 얼굴 자리에는 구멍이 뚫려 있었다. 그 뒤에는 작은 계단식 발판이 있었다. 거인의 등뒤로 돌아가 발판 계단을 두 개쯤 올라가 카메라를 향해 서서 헤라클레스의 얼굴 구멍으로 머리를 끼워 넣으라고 한다. 아디 로고즈닉은 웃으라고, 움직이지 말고 눈도 깜빡이지 말라고 명한다. 한 열흘 후에 우리는 사진을 받으러 간다. 박력 있는 소머리 안에 들어 있는 진지하고 창백한 내 작은 얼굴이 보인다. 내 얼굴은 영웅 삼손의 땋은 머리카락에 둘러싸여 있고 아틀라스의 어깨와 헥토르의 가슴과 콜로서스의 팔에 연결되어 있다.

좋은 문학은 우리로 하여금 아디 로고즈닉의 이런저런 인물 뒤에서

---

* 유대인의 신년.

얼굴을 끼워 넣게 만들지 않는가? 진부한 독자들이 하듯 거기에 작가의 얼굴을 밀어넣는 대신 당신의 머리를 그 입구에 집어넣어보라. 무슨 일이 일어나는지 볼만할 것이다.

다시 말하면, 좋은 독자가 좋은 문학을 읽으면서 갈아엎으려고 하는 공간은 작품과 작가 사이의 영역이 아니라 작품과 당신 사이의 영역이다. 문제는 '도스토옙스키가 학생이었을 때 진짜 나이든 과부들을 죽이고 도적질을 했을까?'가 아니다. 독자인 당신 자신을 라스콜니코프 자리에 대신 세워보는 것이다. 자신을 느껴보고 그 공포와 좌절과 지독한 참담함과 나폴레옹적인 교만의 허망함과 위대함의 기만과 죽음에 대한 동경과 함께 배고픔과 고독과 욕망과 피곤의 열기를 스스로 느껴보며, 이야기 속 인물과 작가의 삶 속 온갖 스캔들 사이가 아니라 이야기 속의 인물과 비밀스럽고 위험하고 참담하고 미쳐 있고 범죄적인 '나'인 당신 사이를 비교해보는 것이다(그 결과는 비밀스럽게 남을 것이다). 가장 어둡고 깊은 감옥에 늘 깊숙이 가둬둔 그가 바로 무시무시한 당신 그 자체다. 아무도 그 존재를 알아차려선 안 된다. 당신의 부모도, 당신이 사랑하는 이들도. 괴물 앞에서 도망치듯 그들이 충격에 휩싸여 달아나지 않도록—당신이 가십거리나 찾는 독자가 아니라 좋은 독자라는 가정 아래, 라스콜니코프의 이야기를 읽을 때 당신은 라스콜니코프를 자신의 내면으로 데려올 수 있지 않은가. 당신의 지하실로 당신 안의 어두운 미궁으로 모든 창살 뒤편으로 감옥 속으로. 그곳에서 그와 당신의 수치스러움과 치욕스러운 당신 안의 괴물들을 만나게 할 수 있다. 그곳에서 라스콜니코프의 괴물과 당신의 괴물을 비교할 수 있다. 이 괴물은 문화적인 삶에서는 무엇과도 결코 비교할 수 없다. 왜냐하면 당신은 그 어떤 이에게도 이 괴물을 드러내지 않기 때문이다. 귓속말로도, 침상에서도, 밤마다 당신 옆에 눕는 사람의 귀에도. 바로 그 순간 참담하게도 그것들이 이불을 낚아채 뒤집어쓰고는 위협적인 괴성을 지르며 달아나지 않도록 하기 위해서.

그렇게 라스콜니코프는 그 수치심과 감옥에서의 외로움을 조금은 달콤하게 만들 수 있을 것이다. 그것은 곧 우리 모두가 한평생 자기 안에 숨겨둔 죄인들에게 선고해야 하는 판결이다. 그렇게 책들은 당신의 치욕스러운 비밀로 인한 재앙을 조금이나마 안위해주는 것이다. 당신뿐만 아니라 어쩌면 어느 정도는 당신과 비슷한 우리 모두를. 우리 모두는 반도일지언정 섬은 아니다. 거의 모든 면이 시커먼 물로 둘러싸였지만 일부는 다른 섬들의 일부와 연결되어 있다. 예를 들어, 『같은 바다』에서 리코 다논이 히말라야 산속 미스터리한 설인에 대해 생각하는 것처럼.

여인의 소생이 그의 부모를 짊어지고 다닌다. 그의 어깨가 아니라 빚에.

평생 그들을 업고 다녀야 한다. 그들과 그 모든 무리를. 그들의 부모를,

부모들의 부모를, 임신한 러시아 인형과 마지막 세대까지.

그 아이가 가는 곳에 부모가 가고 그 아이가 눕는 곳에 부모가 있고

그 아이가 일어나는 곳에 부모가 있고 멀리 방황하든지 그 자리에 남든지.

밤마다 — 밤마다 그 아비와 요람을 나누고 그 어미와 침상을 나

누네. 그의 날이 올 때까지.

그대여, 묻지 말라. 이것들이 사실이오? 이게 저 작가에게 일어난 일이오? 스스로 질문하라. 자신에 관해 물으라. 그러면 그 답을 당신에게 남길 수 있을 것이니.

6

때로 사실은 진실을 덮지 못한다. 한번은 할머니가 돌아가신 진짜 이유에 대해 쓴 적이 있었다. 슐로밋 할머니는 1933년 어느 더운 여름 날 빌나에서 곧장 예루살렘에 도착했는데, 땀에 전 시장통을 보고 소스라치게 놀란 표정을 지었다. 시장통은 갖가지 색의 노점과 사람으로 득시글거리고, 거리는 창녀들이 외치는 소리로 가득차 있고, 당나귀가 힝힝거리는 소리며, 염소들이 메에거리는 소리, 날개와 다리가 함께 묶여 있는 어린 암탉이 꼬꼬댁거리는 소리가 들렸고, 목이 달아난 닭에서는 피가 뚝뚝 떨어지고 있었다. 할머니는 중동 남자들의 어깨와 팔 그리고 거슬리는 색상의 온갖 야채와 과일을 보았고, 암벽으로 둘러싸인 언덕으로 눈을 돌리고는 곧장 마지막 판정을 내렸다. "레반트는 세균들로 득실거리는구나."

할머니는 예루살렘에 25년간 살았는데, 어려운 시절과 얼마간의 좋은 시절을 다 겪고도 마지막 날까지 자신의 판단을 수정할 이유를 찾지 못했다. 예루살렘에 도착한 바로 다음날부터 할머니는 빌나에서 여름이나 겨울이나 한결같이 그랬던 것처럼, 매일 아침 여섯시나 여섯시 반에 일어나서 세균을 쫓아내기 위해 방 구석구석마다 플릿*을 뿌렸는데, 침대 밑과 옷장 뒤, 심지어 찬장 다리 사이 좁은 공간에도 뿌렸다. 그리고 나서는 모든 침대 매트리스와 침대보, 이불을 털어냈다. 내가 어릴 적 이른 아침 알렉산더 할아버지가 내의와 슬리퍼 차림으로 발코니에 서서 포도주 가죽 부대를 때리는 돈키호테처럼 베개를 두드려 턴 다음, 절망과 비참함을 털어내듯 온 힘을 다해 먼지떨이로 양탄자를 계속 쓸어내리던 것을 기억한다. 할아버지보다 키가 큰 슐로밋 할머니는 몇 발자국 뒤에 서 있었는데 꽃무늬 실크 잠옷 가운의 단추를 모두 채운 채, 머리는 나비같이 생긴 녹색 끈으로 묶고, 꼭 여학생 기숙학교의 사감처럼 경직되고 뻣뻣한 모습으로 하루 일과가 승리로 마무리될 때까지 전장을 지휘했다.

계속되는 세균과의 전쟁 속에서, 할머니는 야채와 과일을 단호히 삶곤 했다. 빵은 칼리라고 부르는 연분홍색 살균소독제에 담가뒀던 헝겊으로 두세 번 이상 닦아냈다. 식사 후 매번 설거지를 할 때마다, 보통 유월절 전야에 하는 방식처럼, 접시를 아주 오래도록 삶았다. 슐로밋 할머니는 하루에 세 번 자기 자신도 삶았다. 여름이든 겨울이든 한결같이 병균을 뿌리 뽑기 위해 거의 끓는 물이나 다름없는 물에서 하루

---

* 1920년대부터 50년대 초반까지 전 세계에서 사용한 살충제 브랜드.

에 세 번 목욕했다. 할머니는 원숙한 노년을 보냈는데, 벌레나 바이러스는 멀리서 그녀가 다가오는 것을 보기만 해도 길 건너편으로 도망쳐버렸다. 할머니가 여든을 넘기고 몇 번의 심근경색을 겪은 후에 크롬홀츠 의사 선생님이 경고했다. 친애하는 여사님, 과도한 목욕을 그만두시지 않는 한 유감스럽고 불행한 결말이 오더라도 저는 책임질 수 없습니다.

그러나 할머니는 목욕을 포기하지 않았다. 세균에 대한 그녀의 공포는 너무나 강력했으니까. 결국 할머니는 욕조 안에서 돌아가셨다.

심근경색이 사인이었다.

그러나 진실은 할머니가 심근경색 때문이 아니라 과도한 위생 관념 때문에 돌아가셨다는 것이다. 사실은 진실을 모호하게 하는 경향이 있다. 바로 할머니의 청결함이 그녀를 죽인 것이다.

비록 그녀가 갖고 있던 "레반트는 세균으로 득실거린다"는 고정관념이 '위생'이라는 악마보다 더 깊고 근본적인 것으로 판명났을지라도, 진실은 가려지고 억압된 채 남아 있는 것이다. 어쨌든 슐로밋 할머니는 유럽 북동부에서 왔고, 온갖 해로운 것들에 대해 말은 안 했지만, 그 지역은 예루살렘만큼이나 세균이 많은 곳이었다.

예루살렘은 동양의 풍광, 색깔, 냄새를 슬쩍 볼 수 있게 해주는 문구멍이다. 우리 할머니와 아마도 그녀를 좋아했던 다른 이민자들과 망명자들은 동유럽의 우울한 유대인 마을에서 왔기에, '레반트'의 스며드는 관능적인 혼란의 위협으로부터 스스로를 보호하기 위해 그들만의 게토를 만들기로 결심했다.

위협이라? 할머니가 예루살렘에 살던 시절 밤이고 낮이고 할 것 없이 자기 몸을 끓는 물로 매일 닦으며 고행하고 정화하게 만든 것은 실은 레반트의 위협이 아니라 오히려 유혹적이고 관능적인 매력, 그녀 자신의 몸이었는지도 모른다. 낯선 야채와 과일, 맛좋은 치즈, 알싸한 냄새와 자극적인 음식은 그녀를 숨가쁘게 만들고 다리에 힘이 빠지게 했으며, 그녀를 고문하고 흥분시켰다. 익숙한 과일과 야채의 깊은 곳을 더듬고 헤집어내는 탐욕스러운 손, 붉은 고추와 매콤한 올리브, 농익은 모든 것들의 벗겨진 속살, 푸줏간 고리에 수치를 모르고 걸려 있는 벌거벗은 새빨간 고기, 뚝뚝 떨어지는 피, 눈앞이 빙글빙글 도는 향신료, 약초, 늘어선 가루들, 갖은 색깔의 음탕하고 자극적인 모든 유혹거리들, 고도로 양념된 세계, 잘 구운 신선한 고기에서 나오는 냄새와 갓 볶은 커피, 레몬 조각이 들어 있는 시원하고 달착지근한 색색의 음료로 가득찬 병에서 스며드는 향기는 말할 것도 없고, 체격이 탄탄하고 짙게 그을린 털투성이 시장 짐꾼들은 옷을 허리까지 벗어젖혔는데, 태양 아래 힘을 쓸 때마다 등의 근육에서 쏟아지는 땀이 개천같이 흘러내려 빛나는 뜨거운 피부 아래 물결친다. 아마도 깔끔함에 대한 할머니의 모든 제례 의식은 정말 불가사의한 불모의 공간이 틀림없지 않았을까? 그녀가 여기 온 첫날 이후 자발적으로 일곱 개의 자물쇠를 채운 살균된 순결의 벨트는 곧 모조리 파괴되었던 것일까?

혹은 위생도 아니고 욕망의 문제도 아니고 그녀를 죽이려는 자신의 욕망에 대한 두려움도 아니며, 단지 이러한 두려움에 대한 끊임없이 계속되는 은밀한 분노, 떨어져나가지 않은 부스럼 같은 억압되고 심술궂은 분노, 자신의 열망에 대한, 자신의 몸에 대한 분노, 그래서 또 더 깊어지는 분노, 바로 이렇게 열망이 급변하면서 일어나는 음울한 갈망과, 죄수와 교도관 모두에게 향하는 유독한 분노로, 끊임없이 흐르는 황량한 시간에 대해 해를 거듭하며 이어지는 비밀스러운 애도와 그녀의 시들어가는 육신과 그 육신에 대한 시들어가는 욕망, 욕망들에 대한 애도, 수천 번 때 빼고 깨끗이 세탁되고 폐기되고 소독되고 삶아지면서, 불결하고 땀에 절고 야만적이며, 황홀한 시선으로 흥분시키지만 세균들로 우글거리는 바로 그 레반트 때문에.

7

그로부터 거의 60년이 지났지만 나는 여전히 그의 체취를 기억하고
있다. 나는 그 체취를 떠올렸다. 그것은 약간 조악하고 탁하나 강하고
기분좋은 냄새로, 거친 삼베에서 연상되는 촉감 같은 것으로, 피부, 머
리카락, 내 볼에 비비며 나를 기분좋게 하던 두터운 콧수염의 감촉에
대한 기억으로 내게 돌아오는데, 마치 어느 겨울날 낡고 어두운 주방
에 있는 것 같은 느낌이었다. 시인 사울 체르니콥스키*는 1943년 가을
에 죽었는데, 그 당시 나는 네 살을 막 넘었을 뿐이라, 이 감각적인 기
억은 오로지 전달과 확장의 몇 단계를 거침으로써 살아남을 수 있었

---

* 현대 히브리 문학사에서 하임 비알리크와 더불어 가장 유명한 시인. 유대인과 시온
주의에 관련한 시를 썼으며, 그리스 고전시나 핀란드 서사시 등을 히브리어로 번역하
기도 했다.

다. 어머니와 아버지는 아이가 체르니콥스키의 무릎 위에서 그의 콧수염을 가지고 놀 정도로 친분이 있다는 것을 자랑스럽게 여기며 즐거워했기에, 종종 내게 그 순간을 상기시켰다. 두 분은 언제나 자신들의 이야기를 재차 확인했다. "토요일 오후에 사울 삼촌이 무릎에 너를 앉히고 '작은 악마'라고 불렀던 일을 아직 기억하고 있지? 그렇지?"(두번째 음절에 강세를 둔, 작은 악마). 내 임무는 부모님을 위해 후렴구를 계속 반복하는 것이었다. "네. 또렷이 기억나요."

나는 부모님에게 내가 기억하고 있는 광경이 그들이 기억하는 이야기와 약간 다르다고는 도저히 말할 수 없었다. 부모님을 위해서라도 그 추억을 망치고 싶지 않았다. 나로 하여금 이 이야기를 계속 되뇌고 확인하게 하는 부모님의 습관은 점점 더 심해졌고 결국은 그 순간의 기억을 보존하다시피 했는데, 그 기억은 희미하게 사라질지도 모를 자신들의 자존감을 위한 것은 아니었다. 그러나 두 분의 이야기와 내가 기억하는 광경에 차이가 있다는 것은 기억이 단지 부모님의 이야기를 반영하는 것이 아니라 나 자신의 원초적인 삶을 담는다는 반증이며, 부모님의 각색에 따른 위대한 시인과 어린아이의 이미지가 내가 가진 이미지와 다소 다르다는 것은 내 이야기가 그저 그들로부터 전해진 것이 아니라는 증거다. 부모님의 이야기에 따르면, 커튼이 열리자 히브리 천재 시인의 무릎 위에 금발의 어린아이가 앉아 있다. 아이가 시인의 콧수염을 잡아당기고 건드리는 동안 시인은 그 어린아이에게 '작은 악마' 작위를 수여하고, 아이—오, 달콤한 순수!—는 그에게 "당신이 진짜 악마예요!"라며 앙갚음한다. 그리고 아버지의 이야기에 의하면, 「아폴론 조각상 앞에서」의 작가가 "아마도 우리 둘 다 그런가보구나"

라고 응수하고, 심지어 내 이마에 키스까지 했는데, 부모님은 그것을 은혜로운 기름부음 내지는 마치 푸시킨이 몸을 숙여 어린 톨스토이의 이마에 키스하던 모습과 같은 의미로 해석한 것이었다.

하지만 그 장면은, 부모님의 되풀이되는 탐조등 때문에 그 일을 기억하게 된 것 같은데, 내 시나리오에는 명확히 각인되지 않았지만, 부모님의 것보다는 덜 달콤한 내 기억 속에서는, 나는 결코 시인의 무릎 위에 앉은 적이 없고, 그의 유명한 콧수염을 잡아 뽑은 적도 없으며, 실상은 요셉 큰할아버지의 집에서 걸려 넘어졌는데, 넘어지면서 혀를 깨물어 피가 조금 났고, 그래서 울었고, 시인은 거의 의사, 아니 소아과 의사가 되어, 부모님에게 나를 데려다주고, 커다란 두 손으로 나를 들어올렸으며, 울고 있는 내 얼굴을 방 쪽으로 돌리면서, 팔로 나를 이리저리 흔들며 뭔가 말하기를, 분명 톨스토이에게 푸시킨의 왕관을 올리는 내용이 아닌 다른 말이었는데, 그때 나는 내 입을 벌린 채 얼음 조각을 넣어줄 사람을 부르던 그의 팔 안에서 여전히 버둥거리고 있었고, 상처를 살펴보고 나서 그는 말했다.

"별것 아니야. 그냥 약간 상처가 났어. 우리 둘 다 너무 울었으니 이제 곧 웃게 되겠구나."

시인이 우리 둘 다라고 말해서였는지, 아니면 내게 닿은 뻣뻣하고 뜨거운 타월 같던 그의 뺨의 까끌까끌한 감촉 때문이었는지, 아니면 지금까지도 내가 떠올릴 수 있는 (면도 로션이나 비누 냄새도 아니고 담배 냄새도 아닌, 뭔가 진한 살냄새, 겨울날의 치킨수프 맛 같은 그런 냄새) 그의 강하고 가정적인 냄새 때문이었는지, 나는 곧 잠잠해졌다가 종종 그랬던 것처럼 토했고, 고통스럽기보다는 너무 놀랐다. 부숭부숭한 니체의 콧수염은 나를 스치면서 조금 간질이고, 그다음에는—내가 기억하는 한—사울 체르니콥스키 박사는 나를 조심스럽게 안아올린 다음 요셉 큰할아버지, 즉 요셉 클라우스너* 교수의 소파 위에 조심스레 그러나 미동 없이 내려놓고, 그 시인-의사였는지 어머니였는지 누군가가 치포라 큰할머니로부터 급하게 받은 얼음 몇 개를 내 혀에 올려주었다.

내가 기억하는 한, 그 일이 있었을 때 '민족 부활 세대' 형성기의 가장 위대한 천재와 이른바 '이스라엘 국가 세대'의 흐느끼는 작은 대표 사이에서 불멸의 가치를 지닌 어떠한 재치 있는 경구가 오간 적은 없었다.

체르니콥스키의 이름을 겨우 제대로 발음할 수 있게 되고 나서 이삼 년이 흘러, 그가 시인이었다는 말을 들었을 때도 나는 놀라지 않았다. 그 당시 예루살렘에서는 거의 모두가 시인이거나 작가거나 연구자 아니면 사색가나 학자나 세계 개혁가였으니까. 의사라는 말에도 별 감흥을 받지 않았다. 요셉 큰할아버지와 치포라 큰할머니의 집에서도 모든 남자 손님은 교수 아니면 의사였다.

하지만 그는 그런 종류의 나이든 의사나 시인이 아니었다. 그는 소아과 의사였고, 곱슬머리에 머리카락이 듬성듬성 빠진 사람이었으며, 눈웃음을 짓고, 손은 커다랗고 따스했으며, 보드라운 뺨에 콧수염 덤불과 독특하면서도 강하고 부드러운 냄새를 지닌 사람이었다.

지금까지도 나는 시인 사울의 그림이나 사진 또는 체르니콥스키 기

---

* 예루살렘 히브리 대학교 유대 역사 및 히브리 문학 교수. 『히브리 백과사전』의 편집장이었으며, 이스라엘 초대 대통령 후보이기도 했다.

넘관 입구에 서 있는 그의 두상을 볼 때면 마치 겨울 담요를 두른 것처럼 위안이 되고, 마음을 안정시키는 그의 냄새에 감싸이곤 한다.

*

아버지는 당신이 좋아했던 요셉 큰할아버지를 따라, 대머리인 비알리크*보다 곱슬머리가 많은 체르니콥스키를 선호했다. 그의 눈에 비알리크는 지나치게 유대교적이고 약간은 디아스포라적이며 '여성적'인 시인이었던 반면, 아버지는 체르니콥스키에게서 확실한 히브리 시인을 보았다. 다시 말해서 남성적이며 약간은 무례하고 약간은 이교도적이고 감성적이고 대범하며, 요셉 큰할아버지가 '활달한 그리스인'이라고 별명을 붙였던 디오니소스 같은 시인 말이다(지금보다 좀더 세속화되기를 바랐던 체르니콥스키의 열망과 그의 유대적인 우울을 전적으로 무시한 채). 아버지는 비알리크에게서 유대적 절망, 어제의 세계, 소도시, 참담하고 무기력하고 불쌍한 시인을 보았다(「불의 두루마리」「광야의 사자들」「사망의 도시」는 제외하고—아버지는 이렇게 말했다—"거기서는 비알리크가 울부짖지").

우리 시대의 많은 시오니스트 유대인처럼, 아버지도 조금은 내밀한 가나안 사람**이었다. 아버지는 작은 유대인 마을과 그 안에서 벌어지는 모든 일에 대해 당혹스러워했는데, 현대 문학의 대표 작가인 비알리크와 아그논에 대해서도 난감해했다. 아버지는 우리가 모두 금발머

---

* 하임 나흐만 비알리크. 현대 히브리 시문학의 개척자로 이스라엘 민족 시인으로 꼽히며, 이스라엘 건국을 보지 못하고 사망했다.

리에, 근육질에, 잘 그을린 모습으로, 유대계 동부 유럽인이 아닌 유럽계 히브리인으로 다시 태어나기를 바랐다. 아버지는 언제나 이디시어를 지긋지긋하게 싫어했고, 그것을 '자르곤'***이라고 명명했다. 또한 비알리크를 피해의식을 지닌, '영원한 죽음의 격통激痛'을 표현하는 시인으로 본 반면, 체르니콥스키는 부서지는 듯한 새로운 여명의 징조이자, '폭풍을 통한 가나안의 정복자들' 같은 새벽의 조짐으로 여겼다. 그는 체르니콥스키의 작품 「아폴론 조각상 앞에서」를 대단한 풍미를 담아, 그 시인이 아폴론에게 아직 절하고 있는 동안에도 부지불식간에 디오니소스에게 찬미를 한다는 사실을 심지어 알아차리지도 못하게 술술 암송할 수 있었다.

아버지는 오데사-야보틴스키의 폭풍 같은 혼을 담아 체르니콥스키의 우레 같은 시들을 아슈케나지**** 식으로 강세를 주어 낭송했다. "나를 위해 연주해다오. 나를 위해 죽을 때까지 연주해다오……/ 피와 불의 곡조로/ 산에 올라 초원을 짓밟으라, 보이는 모든 것들을 — 초라함이여" 또는 "밤이여…… 밤이여…… 우상들의 밤이여/ 별도 없이, 빛도 없이……" 그가 창백한 얼굴, 겸손한 학자의 얼굴로 마음에 죄의식

** '가나안이즘'은 1939년에 시작된 문화·이념 운동으로 팔레스타인의 유대인들 사이에서 1940년대에 절정을 이뤘다. 이 사상은 이스라엘 예술, 문학, 정치 사상 등에 큰 영향을 끼쳤다. '가나안'은 히브리어를 사용하는 고대 문명 중 하나다. 이들은 고대 히브리 문명을 재건하고, 자신들을 그 뿌리와 연결시키려 했다. 유대인들이 건설해야 할 나라는 유대교에 뿌리를 둔 유대국가나 유대인의 이스라엘이 아니라, 가나안 땅과 히브리어에 기반을 둔 히브리 국가여야 한다고 주장했다. 가나안이즘은 정치적으로는 큰 영향력을 갖지 못했으나 문학, 예술 등 지적 세계에 영향을 끼쳤다.
*** 특정인들의 말.
**** 독일·폴란드·러시아계 유대인.

이 스치는 수도사처럼, 잠시 눈을 반짝이다가 「피는 피를 부른다」와 같은 긴 시를 큰 소리로 힘있게 읽을 때면, 나는 '피는'이라는 단어와 아버지가 음률에 따라 아슈케나지식 강세로 발음한 '부른다'라는 단어 때문에 질식할 것만 같았다.

아버지는 내가 만난 그 어떤 사람보다도 체르니콥스키의 시를 잘 암송하는 분이었는데, 아마 체르니콥스키 자신보다도 더 잘했을 것이다. 그는 크나큰 열정을 안고 독특한 어조로 암송했고, 시는 마치 음악의 여신 뮤즈가 영감을 준 듯 음악적이었다. 시인은, 너무나도 단순명료하게, 사랑과 육체적 쾌락에 대해서조차 수치심 없이 글을 쓰는 인물이었다. 아버지는 말했다. 체르니콥스키는 결코 초라스('불운')나 크레크첸('운명') 같은 부류와 어울려 뒹굴지는 않아.

바로 그런 순간에 어머니는 회의적인 시선으로, 마치 그의 조야한 쾌락에 대한 천성이 놀랍다는 듯이, 그러나 말은 자제하면서 아버지를 바라보았다.

*

아버지는 명백히 '리투아니아인의' 기질을 가졌고, '명백히'(클라우스너 가문은 오데사에서 왔지만, 전에는 리투아니아에 있었고, 그보다 전에는 헝가리 국경 근처 동 오스트리아에 있는, 마테르스도르프에 있었다)라는 단어를 무척 즐겨 사용했다. 그는 감성적이고 열정적인 사람이었지만, 인생 대부분의 시간 동안 모든 형태의 마술이나 신비주의는 혐오했다. 그는 초자연적인 것을 돌팔이나 사기꾼의 영역으로 간주했다. 아버지는 하시디즘*의 이야기를 단지 민간전승 정도로 생각했고, 이 단어를 말할 때면, 예를 들어 '자르곤'이니 '엑스터시'니 '해시시'**니 '직관' 같은 단어를 사용할 때와 마찬가지로 너무나 싫어하여, 늘 찡그린 얼굴이 뒤따랐다.

어머니는 우리에게 슬픈 미소를 지어 보이고는, 대답 대신 아버지가 말하는 것을 줄곧 듣고 있거나, 가끔 내게만 말하곤 했다. "너희 아버지는 현명하고 이성적인 분이란다. 잠잘 때조차도 이성적이시지."

몇 년 뒤 어머니가 돌아가시자, 아버지의 낙천적인 경쾌함은 다변多辯과 함께 어느 정도 사라지고 취향 역시 바뀌었는데, 어머니의 취향과 좀더 가까운 쪽으로 변한 것 같았다. 국립도서관 지하에서 아버지는 이전에 발표된 적 없는 I. L. 페레츠***의 원고를 발견했는데, 그것은 작가가 젊은 시절 저술한 습작으로, 여러 종류의 스케치와 낙서, 습작시뿐 아니라 알려지지 않은, '복수'라는 제목이 붙은 이야기가 담겨 있었다. 아버지는 런던에 몇 해 동안 가 있으면서 이 발견을 다룬 박사학위 논문을 썼고, 신비주의적 경향의 페레츠와 조우하면서 자신에게서 초기 체르니콥스키의 '질풍노도 문학운동'의 영향을 씻어냈다. 아버지는 머나먼 곳에 사는 사람들의 신화와 전설을 공부하고 이디시 문학을 살피기 시작했으며, 특히 페레츠의 이야기와 하시디즘 설화의 신비한 매력에 빠져, 마치 부여잡고 있던 난간을 결국 놔버린 사람처럼 압도당

* 바알 셈 토브에 의해 18세기 동유럽에서 발흥한 유대 경건주의 운동.
** 대마초의 일종.
*** 3대 이디시어 작가 및 극작가 중 한 명으로 문화적 보편주의를 거부하고, 유대 전통과 역사에 뿌리를 둔 유대인의 이상을 강조했다.

했다.

*

어쨌거나 몇 년 동안 토요일 오후면 우리는 탈피옷에 있던 요셉 큰할아버지 댁으로 걸어가곤 했는데, 그동안 아버지는 자신이 그러하듯 우리 모두를 빛의 자녀로 교화시키고자 애썼다. 부모님은 종종 문학에 대해 논쟁을 벌이곤 했다. 아버지는 셰익스피어, 발자크, 톨스토이, 입센과 체르니콥스키를 좋아했다. 어머니는 비알리크, 실러, 투르게네프와 체호프, 스트린드베리, 그네신* 그리고 요셉 큰할아버지 댁 길 건너에 살던 아그논 씨를 더 좋아했다. 내가 보기엔, 큰할아버지와 아그논 씨가 친분이 두터운 것 같지는 않았다.

그 둘, 요셉 클라우스너 교수와 아그논 씨가 우연히 길에서 만나면, 점잖지만 냉랭한 기운이 좁은 길 위에 잠시 감돌았다. 그들은 2센티미터가량 모자를 들어올리고, 약간 고개를 숙여 인사하면서, 어쩌면 서로가 마음 깊이 망각의 가장 깊은 지옥으로 영원히 인도되기를 바랐을지도 모른다. 요셉 큰할아버지는 아그논 씨에 대해 그다지 신경쓰지 않았으며, 아그논의 글은 지루하고, 지방색이 넘치고, 온갖 종류의 과하도록 영민한 성가곡의 꾸밈음으로 가득차 있다고 여겼다.

아그논 씨로 말하자면, 그는 원한을 키웠고, 마침내 요셉 큰할아버지에게 찌르는 듯한 아이러니 한마디를 내뱉어, 자신의 소설 「시詩」에

---

* 우리 니산 그네신. 유대계 러시아 작가. 근대 히브리 문학의 개척자라 불린다.

나오는 바크람 교수의 우스꽝스러운 모습을 통해 복수했다. 요셉 큰할아버지는 운좋게도 그 소설이 출판되기 전에 돌아가셔서 끔찍한 고통에 시달리지 않았다. 반면 아그논 씨는 오래 살았고, 노벨문학상을 받았으며, 세계적인 명성을 얻은 사람 가운데 하나가 되었으나, 그가 탈피옷에서 살았던 아주 작은 막다른 골목이 클라우스너 거리라고 명명된 것을 바라보아야 하는 쓰디쓴 고통을 언도받았다. 죽을 때까지 그는 클라우스너 거리의 작가 S. Y. 아그논 씨라고 불리는 모욕을 당하며 고통받았다.

그래서 오늘날까지, 심술궂은 운명처럼, 아그논 하우스는 클라우스너 거리에 남아 있다. 반면 참으로 얄궂게도 클라우스너의 집은 철거되고, 그 자리에는 평범한 서민 아파트들이 들어섰으며, 그 아파트들은 오늘날까지 아그논 하우스 반대쪽에 위치하고 있다.

8

둘째 또는 셋째 토요일마다 우리는 탈피옷으로, 요셉 큰할아버지와
치포라 큰할머니의 작은 빌라로 순례 여행을 떠났다. 탈피옷은 케렘
아브라함에 있는 우리집에서 6~7킬로미터 떨어져 있었는데, 조금 외
지고 다소 위험한 히브리 교외 지역이었다. 르하비아와 키리앗 슈무엘
의 남쪽, 몬티피오리 풍차의 남쪽은 고립된 예루살렘의 외곽으로 넓게
펼쳐져 있었다. 탈비예의 교외, 아부 토르와 카타몬, 모샤바 게르마니
아와 모샤바 그리스와 바카. (아비샤르 선생님이 설명해줬는데, 아부
토르는 '아비 쇼르', 즉 '나의 아버지는 황소'라는 뜻인 늙은 병사의 이
름에서 딴 지명이며, 탈비예는 '타알레브'라는 남자의 소유지였던 적
이 있었고, 바카는 '평지' '계곡'이라는 뜻으로 성서에 나오는 '거인들
의 골짜기'를 의미하며 카타몬이라는 이름은 그리스어 '카타 모네스'

의 아랍어형으로 '수도원 근처'라는 뜻이다.) 남쪽으로 훨씬 더 멀리, 이 모든 낯선 세계들을 넘어, 어두운 언덕을 넘어, 저 세상 끝에, 메코르 하임, 탈피옷, 아르노나와 키부츠 라마트 라헬 등 고독한 유대의 지점들이 베들레헴 거의 끝자락에 인접해 있다. 우리가 사는 예루살렘에서 탈피옷을 보기란 거의 불가능했으며, 그저 멀리 언덕 위에 먼지를 뒤집어쓴 아주 작은 나무숲처럼 보이는 정도였다. 한번은 밤에 우리집 지붕에서, 이웃이던 엔지니어 프리드만 씨가 먼 지평선에서 창백하게 아롱진 빛무리를 가리켰는데, 그것들은 하늘과 땅 사이에 매달려 있다. 그는 말했다. 저게 앨런비* 병영이야. 그리고 저 너머에 보이는 것이 아마도 탈피옷이나 아르노나의 불빛일 게다. 만일 어떤 일들이 자꾸 일어난다면 상황이 좋지만은 않다는 뜻일 거야. 실제 전쟁에 관해 얘기하는 게 아니란다.

*

우리는 오후에 나서곤 했는데, 도시는 빗장 걸린 덧문 뒤로 굳게 닫힌 채 안식일 오후의 몽롱함 속으로 빠져들었다. 침묵이 거리와 물결 모양 쇠창살이 달린 석조 건물들의 안마당을 온통 뒤덮었다. 마치 예루살렘 전체가 투명한 유리공 안에 담겨 있는 듯했다.

우리는 게울라 거리를 건너, 아흐바 주택지구 꼭대기에 있는 초라한 초정통파 유대인 구역의 토끼굴 같은 거리에 들어서서, 아무렇게나 방

---

* 1917년 예루살렘을 점령한 영국 장군.

치된 베란다와 바깥 계단의 녹슨 철 난간 사이, 검은색과 노란색, 흰색 옷이 널린 무거운 빨랫줄 밑을 통과해, 가난한 아슈케나지들의 출렌트*와 보르슈트**, 마늘과 양파, 절인 양배추 요리 냄새로 항상 뒤덮여 있는 지카론 모세 길을 지나 올라간 다음, 예언자의 거리를 가로질러 계속 걸어갔다. 토요일 오후 두시경이면 예루살렘 거리에서 살아 있는 영혼은 보이지 않는다. 우리는 예언자들의 거리에서부터 스트라우스 거리까지 돌아 내려갔는데, 그 거리는 사시사철 노송 그림자가 담벼락에 드리워져 있고, 거리 한쪽에는 기독교 여女선교회에서 운영하는 프로테스탄트 병원의 이끼 긴 회색 돌 담벼락이 자리잡고 있었고, 다른 쪽에 있는 으스스한 돌 담벼락은 유대계 병원인 비쿠르 홀림으로 웅장한 청동문 위에 이스라엘 열두 지파의 상징이 양각되어 있었다. 이 두 병원에서는 노인의 몸에서 나는 듯한, 코를 찌르는 리졸 약 냄새가 흘러나왔다. 그러고 나서 우리는 유명한 옷 가게인 마얀 슈투브 옆의 욥바 거리를 건너 아히아사프 서점 앞에서 잠시 머물렀는데, 아버지는 서점 창에 비친 많은 히브리 새 책을 굶주린 눈으로 즐겼다. 그곳에서 시작해서 우리는 조지 5세 거리 전체를 걸으며, 화려한 가게와 높은 샹들리에가 매달린 카페와 고급스러운 가게 들을 지나쳤는데, 안식일이라 모두 텅 비고 문도 닫혀 있었지만 창문을 가로지른 쇠창살 너머는 윙크하며 우리를 다른 세계의 유혹적인 매력으로 홀렸다. 그 세계는 머나먼 대륙에서 온 부유함의 연기, 밝게 타오르는 향, 넓은 강둑 위에 안전하게 자리잡은 부산스러운 도시로, 거기에는 우아한 숙녀들과 부

---

* 대표적인 안식일 요리. 고기, 감자, 양파, 콩 등을 넣고 물을 더해가며 오래 끓인다.
** 근대 뿌리로 끓인 수프. 보르시, 보르시치 등으로도 부른다.

유한 신사들이 있었는데, 그들은 어떤 공격이나 정부의 정책에 휘둘리며 사는 사람들이 아니었고, 고난을 모르며, 동전 같은 푼돈은 셀 필요도 없고, 개척과 자기희생의 압제적인 규칙에서 자유롭고, 공동체 자금의 부담과 의료기금 기부에서도 면제되고, 배급표를 받을 필요도 없고, 지붕 위로 굴뚝이 솟은 아름다운 집이나 현대적인 블록으로 지은 넓은 아파트에서 안전하게 사는데, 그 집에는 마루에 카펫이 깔려 있고, 파란 제복을 입은 문지기가 입구를 지키고 엘리베이터 보이가 빨간 제복을 입고 엘리베이터를 가동하며, 시종, 요리사, 집사와 부동산 중개업자가 항상 대기하다가 그들이 시키는 일을 하는, 안락한 삶을 누리는 신사 숙녀들이었다. 여기 우리와는 달리.

*

독일계 유대인 구역인 르하비아나 부유한 그리스-아랍계 구역인 탈비예뿐만 아니라, 이곳 조지 5세 거리에도 고요가 군림하는데, 답답하고 방치된 아슈케나지 골목에 있는 안식일 오후의 궁핍하고 독실한 고요와는 다른 것이었다. 토요일 오후 두시 반이면 텅 비는 조지 5세 거리를 쥐고 흔들던 특이하고 흥미롭고 비밀스러운 고요는 이국적인, 특히 영국적인 고요로, 아이였던 내게는 조지 5세 거리—단지 그 이름 때문만이 아니라—가 영화에서 항상 보던 멋진 런던 타운의 확장판 같았다. 조지 5세 거리에는 공공 기관의 빌딩들이 똑같은 외관으로 길 양옆에 웅장하게 늘어서 있었고, 우리 동네 주택가처럼 집들 사이의 공터에 잡동사니와 쓰레기가 가득차 있지도 않았다. 여기 조지 5세 거리에는 황폐한 베란다도, 이 없는 노인의 입천장이 갈라진 틈 같은 창문에 달린 부서진 덧문도 없었다. 극빈자들의 창문은 지나가는 사람에게 비참한 집 내부와 누더기를 기운 쿠션과 조잡한 색깔의 깔개, 비좁게 들어찬 가구, 시커멓게 눌어붙은 프라이팬, 주물 주전자, 찌그러진 법랑 냄비, 그리고 열 지어 모아놓은 얼룩덜룩하게 녹슨 주석 깡통을 드러낸다. 그러나 이 거리의 양쪽에 있는 것은 문과 레이스 커튼이 달린 창문 등 모든 것이— 품격을 갖춘 부유함과 체통, 부드러운 목소리, 엄선된 직물, 부드러운 카펫, 고급스러운 유리잔, 세련된 매너—단절 없고 자랑스러운 외양 그 자체였다.

이곳 건물의 문간은 변호사, 브로커, 의사, 공증인 그리고 유명한 외국 회사의 중개업자의 검은 유리 간판으로 장식되어 있다.

우리는 탈리타 쿰 건물을 지나 걸어가곤 했다(아버지는 마치 두 주나 한 달 전쯤에 설명한 적이 없는 양 그 이름의 유래를 설명하길 좋아했고, 그러면 어머니는 아버지에게 이렇게 말하곤 했다. 그만해요, 아리에. 이미 들었거든요. 당신의 설명 때문에 벌써 졸린다고요). 우리는 시버의 공사 현장을 지나갔는데, 거기에는 아직 짓지 않은 건물의 기초를 다지기 위해 파헤쳐놓은 구덩이가 있었고, 크네세트*의 임시 청사로 사용하는 프루민 건물과 베이트 하마알롯의 반원형 바우하우스 양식의 외관은 들어오는 모든 이에게 독일계 유대인의 엄격한 미학이 주는 현학적인 기쁨을 약속했다. 우리는 마밀라 무슬림 공동묘지 건너편에 있는 구도시의 성벽을 잠시 멈춰 서서 바라보았다. (벌써 세시 십오

---

* 이스라엘 국회.

분 전이로구나! 갈 길이 아직 멀다!) 그런 다음 예슈룬 회당과 거대한 유대 정부 기관의 반원형 건물 앞을 스쳐지나갔다. (아버지는 마치 국가 기밀이라도 폭로하듯, 그 건물을 올려다보며 반쯤 속삭이듯 말했다. "저게 우리 정부가 있던 곳이야. 바이츠만 박사*, 카플란**, 셰르토크*** 그리고 가끔 다비드 벤구리온도 있던 곳이라고. 여기가 히브리 정부가 박동하는 심장부란다. 민족회의가 정부보다 더 인상 깊지 않다는 건 안타까운 일이 아니겠니!" 그러고는 내게 '임시정부'란 무엇인지, 조만간 우리에게 어떤 일이 벌어질지, 영국이 결국 이곳을 떠날 때 무슨 일이 생길지 계속해서 설명했다. "좋을지 나쁠지는 그들 하기에 달렸다.")

그곳에서 우리는 테라 상타로 향하는 내리막길을 걸었다(아버지는 독립전쟁과 예루살렘 계엄 이후 테라 상타 건물에서 거의 10년 가까이 일했는데, 마운트 스코푸스에 있던 대학 건물이 철거되자 거기에 있던 국립도서관 정기간행물 부서가 이곳 3층 구석에 임시 거처를 마련했기 때문이다).

테라 상타에서 둥근 모양의 다비드 건물까지는 걸어서 약 십 분 거리였는데, 거기에서 도시는 갑자기 멈추고 에멕 르파임의 철도 정거장으로 가는 길에 펼쳐진 들판과 마주하게 된다. 왼편으로 예민 모세에 있는 풍차의 날개를 볼 수 있고, 오른편 위쪽 경사면으로는 탈비예 마

---

* 하임 바이츠만. 정치가이자 과학자로 시온주의기구 의장과 이스라엘 초대 대통령을 지냈다. 또한 르호봇에 바이츠만 연구소를 설립했다.
** 엘리에제르 카플란. 이스라엘의 재무장관, 부총리를 지냈다.
*** 이스라엘의 제2대 총리 모세 샤레트.

을의 끄트머리에 있는 집을 볼 수 있었다. 히브리 도시의 경계를 떠날 때면 마치 보이지 않는 경계를 건너 외국으로 들어가는 것처럼, 잠잠한 긴장을 느꼈다.

세시가 막 지날 즈음 우리는 오스만제국 순례자 숙소의 유적과 왼편 스코틀랜드 교회와 잠겨 있는 철도 정거장 사이를 가르는 길을 따라 걸었다. 거기에는 다른 빛, 보다 흐린 빛, 오래된 이끼가 긴 듯한 빛이 있었다. 그곳은 어머니에게 서부 우크라이나 고향의 교외에 있는 작은 발칸-무슬림 거리를 떠올리게 했다. 이 지점에서 아버지는 꼭 투르크 시대의 예루살렘에 대해, 제말 파샤의 법령에 대해, 19세기 말 오스만제국으로부터 통치권을 이양받은 요셉 베이 나본이라는 예루살렘 유대인이 지은 이 철도 정류장 앞 포장된 광장에 운집한 군중 앞에서 자행된 참수와 채찍질에 대해 이야기했다.

*

기차역 앞 광장에서부터 우리는 요새화된 영국 군사기지와 육중한 연료 탱크 무더기들을 둘러싸고 있는 울타리와 그 앞에 세워진, 3개 국어로 '배큐엄 오일vacuum oil'이라 쓰인 팻말을 지나, 헤브론 가를 따라 내려왔다. 그 팻말에 쓰인 히브리어는 모음이 빠진 듯 무언가 이상하고 우스꽝스러웠다. 아버지는 웃으며 말했다. 표지판에 '일어나라'*고 명령하는 저 바보는 누구지? 내 대답을 기다리지 않고 아버지는 스스

---

* 영어 vacuum을 히브리어로 음역하면 '그리고 일어나라'는 뜻이 된다.

로 대답했다. 저건 모음 없는 히브리어로 쓴 배큐엄 오일이 아니야. 히브리어를 읽는 데 교통경찰 같은 역할을 해줄 모음 부호들을 우리가 사용해야 한다는, 불쌍한 히브리어에 현대 유럽적인 수정을 더해야 한다는, 근대화를 강제해야 할 시간이 마침내 왔다는 또다른 증거지. 그뿐만 아니라 터키 황제 기차의 객차 측면에도 영어로 'inflammable'(인화성의), 아랍어로는 카벨 릴일티하브*, 그리고 신탁통치-정부-히브리어로는 '폭발할 수 있음'이라고 쓰여 있었다.

왼편으로 몇 개의 내리막길이 아부 토르의 아랍 마을을 향해 뻗어 있었다. 오른편으로는 고요한 모샤바 게르마니아의 마을이 보였는데, 새들이 지저귀는 소리가 가득하고 개 짖는 소리와 닭 우는 소리가 넘쳐나며 비둘기장이 있고 빨간 지붕들이 사이프러스 나무와 소나무 사이 여기저기에 있고, 무성한 잎에 그늘진 작은 돌담 정원이 있는 매혹적인 도로가 있었다. 이곳의 모든 집에는 다락과 지하실이 있었는데, 다락이니 지하실 같은 단어의 울림은 발밑에 어두운 지하실이나 머리 위에 어스름하게 빛나는 다락이나 식료품실이나 2층 장롱이나 서랍장이나 대형 괘종시계나 도르래가 달린 정원 우물 같은 것이 없는 곳에서 태어난 나 같은 어린아이들에게 감성적인 번민을 안겨주었다.

헤브론 가를 따라 계속 내려가면서 분홍색 석조 건물 대저택을 지났다. 그곳에는 부유한 학자 나리들과 기독교도 아랍인 전문가들과 영국 위임 통치 기관의 시의원과 아랍계 고위 위원인 마르담 베이 알마트나위, 하지 라시드 알 아피피, 에밀 아드완 알 보스타니 박사, 변호

---

* '불붙다' '화염'이라는 뜻.

사 헨리 타월 투타크와 바카 교외의 부유한 거주자들이 살고 있었다. 상점은 모두 열려 있었고 카페에서는 웃음소리와 음악이 흘러나왔다. 마치 예민 모세와 스코틀랜드 숙사宿舍 사이 어딘가의 길을 가로막고 있는 가상의 벽으로 우리를 가둔 채, 우리 뒤로 안식일 그 자체를 멈춰 세워둔 것처럼.

넓은 인도 위 카페 앞에는 세상 이치를 꿰고 있는 서너 명의 신사들이 노송 두 그루의 그늘 아래 낮은 나무 테이블 둘레에 모여 버드나무 의자에 앉아 있었는데, 똑같이 차려입은 감색 정장의 단춧구멍으로 금줄이 내비쳤고, 그 금줄은 배를 가로질러 호주머니로 사라졌다. 신사들은 유리잔으로 차를 마시거나 자잘한 무늬로 장식된 컵으로 커피를 마시면서, 앞에 놓인 놀이판 위에 주사위를 굴렸다. 아버지는 그들에게 혀끝에서 꼭 러시아어처럼 발음되는 아랍어로 반갑게 인사했다. 신사들은 잠시 대화를 멈추고는 놀란 표정으로 아버지를 부드럽게 바라보았고, 그들 중 한 명이 불명확하게 무어라 웅얼거렸는데, 아마도 우리의 인사에 응수하는 인사말 한 단어였던 것 같다.

세시 반에 우리는 철조망으로 둘러쳐진 앨런비 병영을 지났는데, 그 막사는 남쪽 예루살렘에 있는 영국의 군사 거점이었다. 나는 종종 매트 위에 내 게임판을 펼치고 이 캠프에 난입해 그 위에 히브리 국기를 올려 이곳을 정복, 진압, 일소했다. 그곳에서 나는 음모를 꾸미는 악한 고위직이 사는 언덕 위에 있는 저택에 특공대를 보냄으로써 외국 점령자들의 심장을 압박했는데, 히브리 군대의 대 협공 전략으로 그곳을 연거푸 포위해서는, 한쪽은 종대를 무장시켜 앨런비 병영 서쪽에서 저택으로 난입시켰으며, 다른 협공 무장 세력은 유대 광야를 향해 내리

뻗은 황량한 동쪽의 경사에서 놀랍도록 완벽하게 급습했다.

1947년, 내가 여덟 살인가 그보다 조금 더 지났을 때, 영국의 위임 통치 마지막 해에 친구 두 명과 함께 우리집 뒷마당에 굉장한 로켓을 만들었다. 우리의 계획은 그 로켓을 런던에 있는 버킹엄 궁전 쪽으로 발사하는 것이었다(아버지의 수집품 가운데 런던 중앙이 아주 자세하게 나온 지도를 발견했었다).

나는 아버지의 타자기로 윈저 궁의 조지 6세 앞으로 보낼 최후통첩을 정중한 편지 형식으로 타이핑했다(히브리어로 썼는데, 왕에게는 분명히 번역해줄 누군가가 있을 테니까). 당신들이 늦어도 여섯 달 안에 우리 땅을 떠나지 않으면, 우리의 대ㅅ 속죄일은 영국의 심판일이 될 것이오. 그러나 복잡한 유도 장치를 개발할 수 없었기 때문에(우리는 버킹엄 궁을 칠 생각이었지, 죄 없는 영국 시민들을 칠 마음은 없었다), 그리고 케렘 아브라함에 있는 아모스와 오바댜 거리의 구석에서 런던 시내 중앙까지 로켓을 발사할 연료 장치에 문제가 생겼기 때문에 이 프로젝트는 결실을 맺지 못했다. 우리가 기술 연구와 개발에 여전히 발이 묶여 있는 동안 영국은 마음을 바꿔 신속하게 이 나라를 떠났고, 그 덕분에 결국 런던은 내 애국적 열정과 폐기된 냉장고와 낡은 자전거 부속품 조각들로 만든 로켓으로부터 살아남을 수 있었다.

*

네시 직전에 우리는 마침내 헤브론 가 왼편으로 돌아섰고, 살랑거리는 서풍이 내게 경이로움과 겸손과 존경심을 한꺼번에 일으키며 음악을 연주하던 어두운 사이프러스 나무 숲을 따라 탈피옷 교외로 들어섰다. 그 시절 탈피옷은 유대 광야 끝에 있는 고요한 정원으로, 도시 중심지와 상업 지구에서 꽤 멀리 떨어져 있었다. 평화롭고 조용하며, 유유자적한 학자와 의사와 작가와 사색가 들을 위해 잘 설계된 중부 유럽식 주택으로 이루어진 곳이었다. 길 양쪽에는 예쁜 정원을 갖춘 쾌적하고 아담한 단층집들이 서 있었는데, 우리가 상상했던 대로, 거기에는 저명한 학자나, 비록 아이는 없지만 국내뿐만 아니라 번역판을 통해 머나먼 나라에서도 유명한, 요셉 큰할아버지처럼 잘 알려진 교수들이 살고 있었다.

오른편으로 돌아 코레 하도롯 거리로 들어서 소나무숲이 나올 때까지 걷다가 다시 왼편으로 돌면, 큰할아버지의 집 앞이었다. 어머니는 말하곤 했다. 딱 네시 십 분 전이구나, 아직 쉬고 계시겠지? 여기 정원 벤치에서 조용히 앉아서 몇 분 기다릴까? 또는 이렇게 말하곤 했다. 오늘은 조금 늦었구나, 벌써 네시 십오분이야, 찻주전자가 끓고 있을 거야. 치포라 큰할머니가 과일을 내놓으셨을 텐데.

야자수 두 그루가 두 명의 보초처럼 출입문 양편에 서서, 출입문에서부터 앞쪽 베란다와 현관으로 걸어 올라가도록 널찍하게 인도해주고, 나무 너머로 잘 닦인 도로가 측백나무 울타리 양쪽으로 나 있고, 베란다와 현관 위 섬세한 황동판에 요셉 큰할아버지의 좌우명이 새겨져 있었다.

유대주의와 휴머니즘

문 위에는 더 작고 더 빛나는 동판에 히브리어와 로마어로 이렇게 새겨져 있었다.

교수 요셉 클라우스너 박사

그리고 그 아래에 치포라 큰할머니의 둥근 필체로 적힌 작은 카드가 압정으로 꽂혀 있었다.

두시에서 네시 사이에는 방문을 삼가주시기 바랍니다.
감사합니다.

9

현관 안 널찍한 홀에서, 나는 벌써부터 마치 심장조차 신발을 벗고 까치발로 걸어 들어가라는 명을 받기라도 한 것같이, 입은 꼭 다문 채 예의바르게 숨을 쉬며, 그게 마땅한 일이기라도 한 듯 경이로움에 사로잡혀 있었다.

문 근처에 있는, 구부러진 고리가 달린 갈색 나무 모자걸이와 작은 벽거울 그리고 어두운색으로 직조된 양탄자를 제외하면, 열 지은 책으로 덮여 있지 않은 공간은 한 군데도 없었다. 선반은 마루에서 천장 높이까지 칸칸이 식별할 수도 없는 알파벳과 각종 언어로 된 책들로 가득차 있었고, 세워진 책 위에도 다른 책들이 잔뜩 누워 있었고, 도톰하고 눈부실 만큼 찬란한 외국 서적들은 안락하게 뻗어 있었고, 비좁고 주변이 꽉 들어차 있는 상황에서 무언가를 응시하는 듯한 남루한 책들은 해외 출항선 침대칸의 불법 이민자들처럼 누워 있었다. 금으로 세공된 가죽 장정의 무겁고 존경스러운 책들과 질 나쁜 종이로 제본된 얇은 책들은 각각 풍채 좋고 멋진 신사와 남루하고 초라한 거지였으며, 주변과 안팎 모든 곳에 널린 땀에 젖은 소책자와 팸플릿과 전단지와 발췌 인쇄물과 정기간행물과 저널과 잡지, 온갖 잡동사니 무더기는 광장과 시장통 주변에 항상 포진해 있는 소란스러운 군중이었다.

이 현관에 난 창문 하나로 밖을 볼 수 있는데, 수도승의 기도실을 연상시키는 쇠난간 사이로 음울한 정원의 나무 잎사귀들이 보였다. 이곳에서 치포라 큰할머니는 우리와 다른 모든 손님들을 맞았다. 큰할머니는 쾌활한 노인이었는데, 밝고 온화한 얼굴에, 잿빛 옷을 걸치고 어깨 주변에 검은색 숄을 두른, 무척이나 러시아스러운 사람으로, 흰머리는 뒤로 가지런히 당겨 작고 깔끔하게 쪽지고, 두 번의 키스를 받기 위해 양볼을 번갈아 내밀고, 환영의 표시로 둥그스름한 얼굴 한가득 온화한 웃음을 짓고, 상대가 어떻게 지냈는지를 항상 먼저 물어본 다음, 대개는 대답을 기다리지도 않고, 우리의 친애하는 요셉 큰할아버지에 대한 안부로 곧장 얘기를 돌렸다. 할아버지가 또 밤새 한숨도 못 주무셨다거나, 언제나 그렇듯 질질 끄는 문제들 때문에 또다시 위장병에 시달리셨다거나, 펜실베이니아의 매우 유명한 교수로부터 멋진 편지를 막 받으셨다거나, 담석이 다시 말썽이라거나, 아니면 바로 다음날까지 라비도비치의 「요새」에 대해 아주 중요하고도 긴 논문을 마무리하셔야 한다거나, 이츠하크 실버슐랙으로부터 또다른 모욕을 받았으나 다시금 무시하기로 결심하셨다거나, 마침내 '브리트 샬롬' 갱단의 지도자 중 한 명이 내뱉은 욕설에 대해 공격적인 답신을 보내기로 결심하셨다거나 하는 할아버지에 관한 이야기들을.

이러한 소식을 늘어놓은 후에, 치포라 큰할머니는 달콤한 미소를 지으며 우리를 큰할아버지가 있는 곳으로 인도했다.

"요셉이 휴게실에서 기다리고 있단다" 하고 웃거나 또는 "요셉은 벌써 거실에 있는데, 크루프닉 씨와 네타냐후 부부와 요니츠만 씨와 슈호트만 부부가 함께 계시고, 가시는 길에 들른 명예로운 손님 몇 분이 더 계시지"라고 하면서 안내했다. 때로 할머니는 이렇게 말했다. "그이가 오늘 아침 여섯시부터 쭉 연구실에 처박혀 있어서 거기에 식사를 차려야 했지만, 뭐 별일 아니야. 별일 아니니까 바로 가보렴. 그냥 가면 반가워할 거야. 언제나 여러분을 보면 기뻐하니까, 그리고 나 역시 기쁠 거고. 그이도 잠시 업무에서 손을 떼는 게 낫겠지, 잠시 쉬면서 말이야. 그이는 너무 건강을 해치고 있어! 꾀도 전혀 부리지 않으니!"

*

현관에는 문이 두 개 있었다. 하나는 꽃과 줄기로 장식된 유리문이고, 거실과 이어져 있었다. 다른 하나는 무겁고 거무칙칙한 문으로, '도서관'이라고도 불리는, 큰할아버지의 연구실로 통하는 문이다.

어린 내게는 요셉 큰할아버지의 연구실이 지혜의 궁전으로 향하는 대기실같이 여겨졌다. 거기에는 적어도 2만 5천 권이 넘는 서적이 있었는데, 한번은 아버지가 내게 속삭이기를, 여기 큰할아버지의 개인 서재에 있는 책 가운데는 값을 매길 수 없는 고서적도 있고, 또 우리의 가장 위대한 작가들과 시인들의 육필 원고도 있으며, 상도를 벗어난 협잡꾼이 소비에트 오데사에서 밀수해온 것으로 수집가들의 가치 있는 상품이자 신성하고 세속적인 온갖 종류의 작품도 있고, 사실상 유대 문학 전체와 여러 세계문학에까지 이르는 것들이 있는데, 이 책들은 큰할아버지가 오데사에서 가져왔거나 하이델베르크에서 사온 것이고, 로잔에서 발견한 책이나 베를린과 바르샤바에서 발견한 책도 있으며, 미국에서 직접 주문한 책도 있고, 지금은 바티칸 도서관을 제외하고는 어디에도 존재하지 않는 책들. 히브리어와 아람어와 시리아어와 고대 및 현대 그리스어로 된 것도 있고, 산스크리트어와 라틴어와 중세 아랍어, 러시아어와 영어와 독일어와 스페인어와 폴란드어와 프랑스어와 이탈리아어 그리고 우가리트어라든가 슬로베니아어라든가, 몰타어나 초기 슬라브어 등 내가 들어보지도 못한 각종 언어와 방언으로 된 책도 있다고 했다.

그 서재로 말하자면, 심지어 마루에서 높은 천장까지, 창문과 현관까지 뻗은 책 선반 수십 개의 곧고 검은 행렬, 뭔가 엄격하고 금욕적인 곳, 무언가 고요하고 엄격한 장엄함 같은 공간이며, 경솔하고 천박한 것은 견딜 수 없고 우리 모두 거역할 수 없는 장소여서, 그곳에서는 요셉 큰할아버지조차 늘 속삭이며 말했다.

큰할아버지의 거대한 서재에서 나는 향기는 내 온 삶을 따라다녔다. 먼지에 뒤덮이고 숨겨진 일곱 개의 지혜가 내뿜는 매혹적인 향기, 비밀스러운 고행자의 삶, 학문의 길에 헌신한 고요하고 은둔적인 삶의 냄새, 가혹한 침묵의 유령은 지식의 가장 깊은 우물에서부터 휘몰아쳐 올라왔다. 그것들은 죽은 현자들의 속삭임과 깊게 묻힌 작가들의 비밀스러운 생각의 발로이자, 선조들이 가졌던 욕망의 차가운 애무였다.

또한 서재로부터, 높고 폭이 좁은 세 개의 창문을 통해, 우울하고 무성한, 바로 그 정원의 우물 너머 유대 광야와 사해 쪽을 향해 폭포처럼 떨어지는 암벽들의 황막함이 시작되었다. 정원은 키 큰 사이프러스 나무와 속삭이는 소나무로 둘러싸여 있었는데, 그 사이에는 간혹 서양 협죽도와 잡초와 가지 치지 않은 장미 덩굴, 먼지 낀 측백나무가 있었고, 어둑어둑한 자갈길이 있었으며, 숱한 겨울비 아래 썩어버린 정원용 나무 테이블이 있었고, 늙고 굽어 반쯤 시들어버린 인도 멀구슬나무가 있었다. 가장 더운 여름날조차도 이 정원에는 무언가 러시아 겨울 같은 분위기와 우울이 있었다. 요셉 큰할아버지와 치포라 큰할머니는 정원의 고양이에게 남은 음식을 먹였는데, 고양이들도 그분들처럼 새끼가 없었다. 나는 그들 중 어느 한 마리도 저녁 미풍에 한가로이 거닐거나 두 개의 빛바랜 벤치 중 하나에 앉아 있는 것을 본 적이 없었다.

　나야말로 안식일 오후면 언제나 혼자 이 정원을 이리저리 거니는 유일한 사람이었는데, 거실에서 벌어지는 학자들 간의 고리타분한 대화에서 빠져나와, 덤불숲에서 표범을 사냥하면서, 고대 양피지 두루마리가 있을 법한 동굴을 파내면서, 내 군대를 거칠게 돌격시켜 우물 너머 불모의 언덕을 정복하는 상상을 하면서 정원에 있었다.

*

　서재를 둘러싼 높고 넓은 벽은 네 면 모두 빽빽하지만 잘 정돈된 책들로 뒤덮여 있었는데, 파란색과 녹색, 또는 검정색으로 감싸이고 금이나 은으로 장정된 값비싼 책들이 층층을 이루고 있었다. 책이 너무 많아서 선반 하나에 두 줄로 빽빽이 꽂혀 있었다. 현란한 고딕체처럼 되어 있어 첨탑과 각종 탑을 연상시키던 선반도 있었고, 성스러운 히브리 책인 게마라* 미슈나**, 기도서들과 할라카***, 미드라시, 아가다, 마아시옷****이 꽂힌 선반도 있었으며, 스페인에서 온 히브리 작품들 선반과 이탈리아에서 온 책들을 놓는 선반 그리고 히브리 계몽 운동에 대한 저작들의 선반이 있었으며, 베를린과 여기저기 다른 곳에서 온 책들의 선반, 그리고 이스라엘 지혜문학과 이스라엘 역사와 고대 근동 역사와 그리스–로마사와 초기 및 현대 기독교사와 다양한 이교 문화와 이슬람의 지혜서와 아시아의 종교와 중세사에 대한 선반과, 고대 및 중세와 현대 이스라엘 민족의 역사책으로 가득한 선반도 있었다. 그리고 나를 미혹시킨 광범위한 슬라브 지역과 그리스 땅에 대한 각종 원고와 인쇄물로 가득찬 링 제본 묶음과 마분지 폴더가 있는 회갈색 선반도 있었다. 마루에까지 수십 권씩 책이 쌓여 있었는데, 그중 몇 권은 펼쳐진 채 누워 있었고, 몇 권은 작은 갈피표가 가득했으며 어떤 책들은 등받이가 높은 손님용 나무의자 위에서 겁먹은 양처럼 뒤죽박죽 쌓여 창틀에까지 닿았다. 서재 모든 벽에 있는 철제 책장을 오갈 수 있

---

* '전통에서 배우다'라는 뜻으로, 탈무드를 구성하는 미슈나에 관한 랍비들의 주석과 주해를 일컫는다.
** '연구하다'라는 뜻. 모세 법(Written Torah)과 구별되는 구전 토라(Oral Torah) 전통을 편집한 책으로 랍비 유대교의 근간이 된다.
*** '길' 또는 '걷다'라는 뜻. 유대 법의 총합으로 성서 법, 탈무드와 랍비 법, 관습과 전통을 총망라한다.
**** 미드라시는 교훈적인 내용의 성경 주석으로 설교 형식을 띤 편찬서, 아가다는 유월절 식사 기도문으로 이집트 탈출 설화를 기도와 식사 형식에 맞게 각색한 예식서, 마아시옷은 유명한 랍비들의 성경 해설서다.

는 검은색 사다리는 높은 천장 아래에 있는 위쪽 선반까지 닿았다. 이따금 나는 고무바퀴가 달린 사다리를 이곳저곳의 책꽂이로 아주 조심스럽게 옮겨도 된다고 허락받았다. 선반 위에 사진이나 식물이나 장식품 같은 것은 없었다. 오직 책들, 더 많은 책과 침묵만이 방을 채우고 있었고, 가죽 표지의 경이롭고 풍요로운 냄새와 누런 종이, 주조 틀, 해초와 오래된 풀, 지혜와 비밀과 먼지의 기괴한 암시가 있었다.

서재 중앙에는, 산으로 에워싸인 섬에 닻을 내린 크고 어두운 파괴자처럼, 클라우스너 교수의 책상이 놓여 있었는데, 책상 위는 참고 자료, 공책, 각양각색의 펜과 파랑, 검정, 초록, 빨강 연필과 지우개, 잉크병이니 클립이 가득 든 상자, 고무 밴드와 스테이플러, 담황색 봉투와 흰색 봉투, 매혹적인 색상의 우표들이 붙어 있는 봉투, 종이다발, 전단지, 노트와 색인 카드로 가득했고, 펼쳐진 히브리 서적들 여기저기에는 메모 종이가 끼워져 있었고, 그 위에는 펼쳐진 외국 서적들이 켜켜이 쌓여 있었으며, 메모용 스프링노트에서 뜯긴 쪽지에는 큰할아버지의 거미 같은 필체가 거미줄같이 새겨져 있었는데, 여기저기 줄이 그어지고 수정한 흔적으로 꽉 차 있는 것이 마치 살찐 파리 시체 같았으며, 잘못 쓴 작은 종이들도 잔뜩 있었고, 요셉 큰할아버지의 금테 안경이 마치 아무것도 없는 허공을 맴도는 듯 파일 꼭대기에 놓여 있고, 반면 두번째 검은테 안경은 의자 옆 작은 손수레에 쌓인 다른 책더미 위에 있고, 세번째 안경은 어두운색 소파 옆 작은 궤짝 위에 펼쳐진 소책자 가운데에 무언가를 응시하듯 놓여 있었다.

소파 위에 태아처럼 웅크리고 있는 큰할아버지는 꼭 스코틀랜드 병사의 킬트 같아 보이는 녹색과 빨간색의 격자무늬 숄로 어깨를 감싸고 있었는데, 안경이 없어서 그런지 아이 같고 꾸밈없어 보이는 요셉 큰할아버지의 얼굴은 마르고 아이처럼 작았으며, 길게 늘어진 갈색 눈은 행복해 보이기도 하고 약간 정신이 팔린 듯 보이기도 했다. 그는 하얀 콧수염과 턱수염 사이로 분홍빛 미소를 짓고, 투명한 하얀 손을 약하게 흔들며 이렇게 말했다.

"들어오거라, 사랑스러운 녀석, 들어오렴, 들어와." (아버지와 어머니, 나는 이미 방에 들어와 큰할아버지 앞, 문과 약간 더 가까운 위치에 서서 마치 기묘한 목초지로 빠져든 조그만 무리처럼 덩그러니 모여 있었다.) "일어나 너희들을 맞이하지 못하는 걸 부디 용서해다오. 너무 심하게 뭐라고 하지는 말고. 지금까지 2박 3일간 책상에서 옴짝달싹 못했고 눈도 감지 못했으니. 할머니에게 물어보아라. 아마 할머니가 증명해줄 게야. 나는 먹지도 자지도 못했고, 논문을 끝마치기 전까지는 신문 한 줄 보지 않지. 이 논문은 출판되기만 하면 대단한 반향을 일으킬 게야. 비단 우리 나라에서뿐 아니라 개명된 전 세계가 숨죽이고 논쟁에 뒤따르게 될 테고, 나는 이번만큼은 어리석은 민중을 잠재우는 데 성공했다고 믿는다! 이번엔 그들이 한결같이 아멘이라고 말하게 될 거다. 아니면 적어도 자신들이 더는 할말이 없다는 걸 인정하게 될 테고. 그들은 졌고, 게임은 끝났어. 그래, 너희들은 어떠냐? 우리 아가 파니아? 복덩이 로니아? 그리고 우리 사랑스러운 작은 아모스? 너는 어떻게 지냈느냐? 별고는 없고? 내 원고「민족이 자유를 위해 싸울 때」를 몇 페이지라도 우리 사랑스러운 아모스에게 읽혀보았니? 나는 말이다. 얘들아, 특히 사랑스러운 아모스에게 그리고 훌륭한 히브리 젊은이 전체에게 영적 양식으로「민족이 자유를 위해 싸울 때」보다 더

적합한 것은 없다고 믿는다. 내 책『제2차 성전시대사』에 여러 페이지에 걸쳐 들어 있는 영웅적 자질과 저항에 대한 묘사와는 별개로 말이다. 하필이면 한 이방인—더없이 이스라엘을 사랑하는 교양 있고 학식 있는 스위스 성직자—이 얼마 전에 내게 편지를 보냈는데, 내 책『나사렛 예수』와『예수에서 바울까지』그리고『제2차 성전시대사』에서 언급한 것처럼, 구약성서에도 이교적인 헬레니즘 귀족주의와 맞서 싸우는 유대인이 있는 반면, 지금 시대의 정통주의 종교인 중에 당시의 그들보다 더 구태의연한 랍비가 있다면서, 로마주의나 헬레니즘과도 한참 멀었던 예수가 얼마나 유대적이고 히브리적이었는지 생애 처음으로 선명하게 이해했다고 말하더구나.

그래, 사랑스러운 너희들은? 여기까지 걸어왔겠지? 그렇게 먼 길을. 케렘 아브라함에 있는 너희집에서부터 말이지? 30년 전 내가 아직 젊었을 때. 그림 같은, 너무나 엄숙한 부카리스 지역에 살았을 때, 토요일이면 예루살렘을 출발해 베델이나 아나돗 그리고 때로는 선지자 사무엘의 무덤까지 걷곤 했던 기억이 난단다. 자, 할머니에게 가면, 내 사랑스러운 아내가 뭔가 먹고 마실 것을 줄 게야. 나도 이 어려운 문장을 마치는 대로 곧 합류하마. 오늘 우리는 보이슬랍스키와 시인 우리 츠비와 에븐 자하브를 기다리고 있거든. 친애하는 네타냐후와 그의 매력적인 아내가 거의 매주 안식일마다 우리를 방문한단다. 이제 가까이 오렴, 애들아. 더 가까이 와서 두 눈으로 똑똑히 보도록 해라. 작고 사랑스러운 아모스야, 너도. 내 책상 위에 있는 초고들을 잘 보려무나. 내가 죽은 후에 그들이 이리로 학생 무리를 데리고 오겠지. 대대로, 그리고 그들 눈으로 작가들이 예술을 창조하기 위해 견뎌내야 했던 고통을 똑똑히 보게 될 거다. 내가 분투해온 과정도, 내 문체가 간결하고 유창하고 유리처럼 명확하다는 걸 증명하기 위해 이어져온 책의 길이도. 봐라. 내가 줄마다 직직 그어버린 이 많은 단어들을. 쓴 것이 만족스러울 때까지 얼마나 많은 초고들을 찢어내 버렸는지, 때로는 예닐곱 장보다도 많이 찢어 버렸지. 성공이란 땀의 분투에서 흘러나오고, 영감은 근면과 노력에서 나오는 법이다. 양서에 적힌 바에 따르면 하늘의 축복은 위로부터 오지만, 축복의 정수는 아래로부터 오는 거란다. 이건 그저 내 변변찮은 재담이니 부디 나를 용서해주시게나, 숙녀분들. 얘들아, 이제 클라우스너 부인의 뒤를 따라가서 갈증을 달래려무나. 나는 더이상 늑장을 부리면 안 되겠구나."

*

서재에서 나오면 집의 중심부인 좁고 긴 복도로 들어갈 수 있었는데, 이 복도 오른편에서 욕실과 창고가 시작되고 곧장 직진하면 부엌과 식기실과 부엌 쪽으로 열려 있는 하녀들의 방이 나오고(비록 하녀는 한 명도 없었지만), 또 곧장 왼편으로 돌면 거실로 통하고, 복도 끝으로 향하면 큰할아버지와 큰할머니의 하얀 꽃무늬 침실이 나오는데, 방에는 양옆에 장식용 붙박이 촛대가 붙어 있는 청동 테두리의 커다란 거울이 있었다.

세 통로 중 어디로 가도 거실에 닿을 수 있었다. 집에 들어가 현관에서 왼편으로 돌아 서재로 직행하거나, 요셉 큰할아버지가 안식일이면 늘 해왔던 것처럼, 현관에서 복도로 들어와 바로 왼쪽으로 돌면, 거의 거실 전체 길이만한 길고 검은 식탁의 머리 부분인 영예의 자리를 바로 찾을 수 있을 것이다. 덧붙이자면, 망루처럼 생긴 거실에는 앞마당의 정원이 내다보이는 창문들이 있었고, 휴게실로 통하는 거실 구석에는 아치형의 낮은 문이 있었다. 야자수, 조용하고 작은 거리, 아그논씨의 집은, 바로 건너편, 길 반대편에 있었다.

휴게실은 흡연실이라 불리기도 했는데(클라우스너 교수의 집에서는 안식일이 끝나기 전까지, 혹은 항상은 아니었지만 안식일이 끝났다 하더라도 요셉 큰할아버지가 논고를 쓰시는 동안은 흡연이 금지되어 있었다), 그곳에는 무겁고 부드러운 안락의자 몇 개와 오리엔탈 양식으로 수놓은 쿠션이 놓인 소파와 넓고 부드러운 양탄자와 손과 이마에 트필린*을 차고 기도용 탈릿**을 두르고 손에는 거룩한 기도서를 들고 있는 유대 노인이 그려진 커다란 유화(아마도 마우리치 고틀리에프의 그림이었던가?)가 있었는데, 눈을 감고 있는 모습을 보니 그림 속 남자는 기도서를 읽고 있는 것은 아니었고, 입은 벌리고 있었으며 얼굴에는 경건함과 영적 고양으로 인한 고통스러움이 묻어 있었다. 나는 언제나 이 경건한 유대인이 내 모든 수치스러운 비밀을 알고 있다는 느낌을 받았지만 그는 나를 꾸짖는 대신 조용히, 잘못을 고치도록 간구할 것 같았다.

이 휴게실, 그리고 침실, 이 방은 다시 큰할아버지와 큰할머니의 하얗고 화려한 침실로 연결된다. 그렇게 해서 부모님의 꾸지람에도 불구

---

* 성구갑. 작고 검은 가죽 상자에 성구(聖句)를 써서 넣은 일종의 부적으로, 유대인들은 기도할 때 이것을 이마나 팔에 묶어두는 관습이 있다.
** 유대인들이 기도할 때 머리와 어깨에 두르는 숄.

하고, 때로 휴식이 모자란 강아지같이 집안에서 설치던, 풀리지 않는 특이한 수수께끼 같은 나의 어린 시절이 펼쳐졌다. 자꾸 집의 구조를 알아내려고, 복도 뒤가 어떻게 출입구와 서재 그리고 또 복도 쪽으로 열려 있는 응접실에 연결된 휴게실로 나갈 수 있는 침실로 연결되는지 이해하려고 힘썼다. 침실과 작업실을 포함해 집안에 있는 모든 방에는 두세 개의 문이 있었고, 이 때문에 이 집은 현관에서 집안 깊숙이 있는 부엌 뒤에 위치한 하녀 없는 침실까지 어디서든 서너 갈래 길로 빠지거나 헤매게 되곤 했는데, 숲이나 복잡한 골목길처럼 엉클어져 거의 미로 수준이었다. 이쪽 방, 아니, 부엌 옆의 메주자*가 달린 문에서 정원으로 내려갈 수 있는 베란다로 나가는 뒷문이 있었다. 정원조차도 꼬여 있었다. 나무는 무성했고 갈라지는 길들과 어둠침침한 숨을 자리들로 가득했다. 밑동이 두툼하고 윗동이 무거운 쥐엄나무가 그늘을 드리웠고, 사과나무 두 그루와 비틀리고 쪼개진 듯한 체리나무가 사막 가장자리를 향해 그리 예쁘지 않게 뻗어 있었다.

그리고 그렇게, 클라우스너 교수, 그의 형제이자 언론인이자 〈하마 스키프〉**의 작가인 겸손한 수정주의자 베찰렐 엘리체데크, 학자 게르숀 호르긴과 벤 치온 네타냐후와 부모님과 이웃 건축가 코른베르그 씨와 요나탄 타브르스키와 이스라엘 자르키와 하임 토렌 같은 작가들 그리고 다른 이들이 길쭉한 검정색 탁자에 둘러앉아 사모바르***에 담긴 차

* 얇은 양피지나 종이에 성구를 써서 담은, 어른 손가락만한 은이나 쇠로 만든 상자. 문설주에 설치해놓고 출입할 때마다 입을 맞춘다.
** 영국 식민지 위임 통치 시기 수정주의 정당 하초하르가 발행한 히브리어 일간지.
*** 물을 끓이는 데 쓰는 러시아식 주전자.

를 한 잔 들면서 민족과 세상일에 대한 이야기를 이어갈 때, 난 유령처
럼 방에서 복도로 부엌방에서 정원으로 그리고 다시 입구로 서재로 흡
연실로 다시 부엌으로 정원으로 걷곤 하면서, 혼란스럽고 불안정하고
지침 없이는 눈에 보이지 않는 비밀스러운 집 내부로 나를 끌어들일,
아직까지 찾아내지 못한 어떤 외진 입구를 찾아 더듬었다. 이중벽 사
이 어딘가 숨어 있는 곳, 미궁의 갈라지는 굴곡 사이에, 또는 그 아래
에, 기둥들 사이에. 그리고 보물을 찾곤 했다. 뒤쪽 베란다 밑으로 연
결되는, 잠긴 지하 창고로 이어지는 계단을 수풀 아래서 찾아보기도
했다. 알려지지 않은 섬들도 찾고 정원 구석 단단한 땅바닥 위에 펼쳐
진 철도 노선들을 표시하기도 했다.

　예루살렘 전체가 1.5개나 2개의 침실이 딸린 공동주택에 속박되어
있고 서로 사이가 좋지 않은 두 가족이 벽 하나를 사이에 두고 살던 당
시에, 클라우스너 교수의 저택은 내게 술탄이나 로마 황제의 궁전이라
도 되는 듯 여겨졌고, 나는 종종 침대에 누워 잠들기 전에 탈피옷에 다
윗 왕국이 재건한 히브리 군대가 궁전을 경비하며 서 있는 상상을 해
보곤 했다. 1949년에 크네세트에서 야당 수장이던 메나헴 베긴은 이스
라엘 대통령 선거에서 하임 바이츠만의 경쟁자로 요셉 큰할아버지를
헤룻당* 후보에 세웠는데, 그때 나는 탈피옷에 있는 큰할아버지의 거처
사방이 히브리 군대로 둘러싸여 있고, 황동판에는 유대주의와 휴머니
즘의 가치가 통합되어 결코 서로 대립하지 않는다는 말과 그에 점점
근접하는 모든 사람에게 약속하는 말이 새겨져 있으며, 그 아래 출입

---

* 1940년대부터 1988년 리쿠드당에 흡수 통합되기 전까지 이스라엘에서 가장 영향력
있던 우파 정당.

구 양편에는 번쩍이는 보초병 두 명이 서 있는 모습을 그려보곤 했다.

"그 정신 나간 애가 다시 온 집안을 뛰어다니고 있어"라고 그들은 나에 관해 말했다. "저애를 좀 보라고. 이리 뛰고 저리 뛰고, 온통 숨이 차서 얼굴은 벌게지고 땀을 흘리고 있는 것이, 마치 수은이라도 삼킨 것 같잖아." 그리고 나를 꾸짖었다. "대체 뭐하는 녀석이냐? 매운 고추라도 집어먹은 게냐? 아니면 네 꼬리라도 쫓고 있어? 네가 무슨 하누카* 팽이라도 되는 줄 아는 거냐? 나방이라도? 아니면 선풍기라도? 예쁜 신부라도 잃어버렸어? 바다에서 배가 침몰이라도 했어? 너 때문에 머리가 다 지끈거리는구나. 치포라 큰할머니에게 참 친하게도 구는구나. 이제 그만 마음 좀 가라앉히고 앉지그러냐? 좋은 책이라도 찾아 읽든지? 아니면 조용히 앉아 우리에게 예쁜 그림이라도 그려줄 수 있게 연필 몇 개랑 종이를 찾아다 줄까? 응?"

그러나 나는 이미 흥분해서 홀에서부터 판타지로 가득찬 복도와 하녀의 방까지 정신없이 뛰어다녔고 정원 밖과 뒤를 나다녔으며, 숨겨진 방, 보이지 않는 숨은 공간, 비밀 통로, 지하 감옥, 터널, 은신처, 비밀 칸막이나 위장문 등을 발견하기 위해 벽을 두드려보곤 했다. 지금까지도 나는 그런 버릇을 버리지 못하고 있다.

---

* '빛의 축제'라고도 불리며, 마카비 혁명(기원전 167년)을 통해 빼앗겼던 예루살렘을 탈환하고 성전을 정화한 날을 기념하는 유대인의 절기. 8개의 가지가 달린 촛대에 촛불을 켜는 관습이 있으며, 하누카 팽이를 돌리는 전통이 있다.

10

거실에 있는, 앞면이 유리로 된 어두운색 찬장에는 꽃으로 장식된
식기가 전시되어 있었는데, 목이 긴 유리 주전자부터, 유명한 도자기
와 크리스털, 수집해놓은 오래된 하누카 촛대, 유월절 세데르*용 특별
식기 들이 놓여 있었다. 진열장 맨 위 선반에는, 두 개의 청동 흉상이
세워져 있었다. 한쪽에는 조용한 얼굴을 하고 있는 음울한 베토벤 상
이 있고, 반대쪽에 입 주위가 일그러진 야보틴스키가 있었는데, 전체
적으로 골고루 섬세하게 광택이 났고, 장교가 쓰는 챙이 있는 모자를
쓰고 권위 있는 가죽 견장을 대각으로 가슴에 두르고 있었다.

요셉 큰할아버지는 테이블 상석에 앉아 여자같이 높은 새소리로 이

---

* 유월절 축제를 기념하는 종교적 식사.

야기하면서, 탄원하고 구슬리고 때로는 거의 흐느끼다시피 했다. 그는 민족에 대해, 작가와 학자의 지위에 대해, 영적 존재의 책임 의식에 대해 그리고 동료 교수들의 연구와 발견과 국제적 입지에 대한 그들의 경외심 부족에 대해 이야기하면서도 큰할아버지 자신은 그들에게서 아무런 감명도 받지 않았는데, 사실 그는 그들의 편협한 소견머리와 단조로움, 자기만족적 이상 등을 경멸했다.

더 넓은 국제정치학의 세계로 관심을 돌릴 때면, 큰할아버지는 스탈린의 앞잡이들이 도처에서 벌이는 파괴에 대해 걱정을 표출하면서, 독실한 척하는 영국의 위선에 대한 경멸과 바티칸의 음모에 대한 두려움을 드러냈다. 바티칸은 이스라엘의 독립을 결코 수락한 적도, 수락할 일도 없는 이들이라고 했고, 이스라엘 땅, 그중에서도 특히 예루살렘에 대한 유대인의 통제, 계명 민주주의를 꺼리는 신중한 낙관주의, 의구심 없는 감탄 등에 대해서도 말했다. 미국에 대해서는, 설령 천박한 상업주의에 오염되고 문화적 영적인 깊이가 부족하다 할지라도 우리시대 모든 민주주의의 수장으로 서 있다고 언급했다. 또한 19세기의 일반적인 영웅적 모습은 가리발디나 링컨, 글래드스톤 같은 남자들로, 위대한 국가의 해방자이자 문명화되고 계명된 가치에 대한 걸출한 옹호자였던 데 반해, 새로운 세기는 크렘린의 그루지야인 구둣방집 아들하고 괴테와 실러와 칸트의 나라 출신의 발광한 부랑아, 이 두 살육자의 군홧발 아래 놓여 있다고 토로했다.

손님들은 강의의 흐름에 방해되지 않도록 공손하게 침묵하며 듣거나, 몇 마디 조신한 단어로 동의를 표한다. 요셉 큰할아버지의 식탁 좌담에는 감정에 호소하는 독백도 포함된다. 테이블 상석에 있는 그의 좌석에 앉아, 클라우스너 교수는 책망하고 비난하며, 추억에 잠기거나 하면서, 유대 정부 기관 리더십의 비속한 비참함, 이교도에게 영원히 비위나 맞추는 정부, 한편으로는 진퇴양난에 빠진 이디시어에게 계속해서 위협받고 다른 한편으로는 유럽 언어들에게 위협받는 히브리어의 위상, 동료 교수 중 몇몇의 좀스러운 질투, 젊은 작가들과 시인들의 깊이 없음, 특히 그 땅에서 태어났으나 유럽 문화의 단일 언어를 완전히 익히는 데 실패했을 뿐 아니라 히브리어조차 절름발이 신세가 된 이들, 또는 야보틴스키의 예언적인 경고를 이해하는 데 실패한 유럽의 유대인들과 히틀러 이래 지금까지도 여전히 고국에 정착하지 않고 사치에 매달려 사는 미국계 유대인들 같은 사안에 관한 자신의 의견이나 생각, 감정을 나누었다.

이따금 남자 손님 중 하나가, 모닥불에 나뭇가지를 집어던지듯, 질문을 하거나 의견을 내는 모험을 감행하기도 하고, 아주 드물게 그들 중 하나가 감히 이야기에서 지엽적인 세부 내용이나 다른 것들로 화제를 돌리기도 했지만, 대부분의 시간 동안 그들은 동의와 만족을 표하며 모두 예절 바른 태도로 공손히 앉아 있었고 요셉 큰할아버지가 냉소적이거나 유머러스한 어조를 택하면 웃곤 했는데, 그런 상황에서 그는 항상 이렇게 설명했다. 내가 방금 전에 말한 것은 그냥 해본 농담이라고.

숙녀들에 관한 한, 대화에서 그들의 역할은 고개를 끄덕이는 청중으로 제한되어 있었는데, 적절한 시점에 맞춰 미소 짓는 얼굴로 요셉 큰할아버지가 그들 앞에서 아주 관대하게 흩뿌리는 지혜의 진주들을 얻는 기쁨을 전했다. 치포라 큰할머니가 테이블에 앉아 계신 적이 있었는지는 잘 기억나지 않는다. 그녀는 계속해서 주방이나 식료품실과 거실 사이를 이리저리 분주하게 종종걸음으로 걸어다녔고, 비스킷 접시나 과일 그릇을 채우거나, 은도금된 커다란 찻주전자에 뜨거운 물을 더 붓고 있었으며, 허리에 작은 앞치마를 두른 채 언제나 서두르고 있었고, 차를 따를 필요가 없을 때나 케이크, 비스킷이나 과일, 바린예라고 부르는 달콤한 음료 같은 것을 새로 준비할 필요가 없을 때면, 거실과 복도 사이에 난 문 근처, 요셉 큰할아버지의 오른편 몇 발짝 뒤에서서, 손은 배 위에 가지런히 모은 채, 뭔가 더 필요한 것이 있는지 혹은 손님 중 누구라도 걸레부터 이쑤시개까지 뭔가 원하지 않는지 살폈고, 또는 요셉 큰할아버지가 자신의 논쟁을 지지할 무언가를 인용하고 싶어서 서재 책상 오른쪽 맨 끝 구석에서 최신 정기간행물 〈리숀네이누〉나 이츠하크 람단의 최근 시선집 같은 것을 가져다달라고 정중히 지시할 때를 대비해 기다리며 서 있었다.

이것이 그 시절 변함없는 일의 순서였다. 테이블의 상석에 앉아 있는 요셉 큰할아버지는 지혜와 논쟁, 위트 있는 말들을 쏟아내고, 치포라 큰할머니는 하얀 앞치마를 두른 채 서서 누군가 그녀를 필요로 할 때까지 기다리거나 손님을 대접하고. 그런데도 큰할아버지와 큰할머니는 온전히 서로에게 헌신하고 애정 표현도 넘쳐났으며, 노쇠하고 만성질환을 갖고 있으며 아이 없는 부부였는데, 그는 아내를 아기처럼 다루고 그녀를 향해 극단적인 달콤함과 애정을 표했으며, 그녀는 남편을 마치 외동아들 응석을 받아주듯 대했고, 그가 감기라도 걸리면 코트와 목도리로 그를 강보에 싸듯 감싼 다음 목을 진정시키기 위해 우유에 꿀과 달걀을 넣어주었다.

한번은 우연히 두 분이 침대에서 바로 옆에 붙어 앉아 있는 광경을 본 적이 있었는데, 큰할아버지는 큰할머니에게 자신의 창백한 손을 내밀고 있었고, 큰할머니는 세심하게 손톱을 다듬어주면서 온갖 애정 표현을 러시아어로 속삭이고 있었다.

*

안식일에 클라우스너 교수님 댁으로 찾아오는 손님 가운데 아주 열정적인 시인이었던 우리 츠비 그린베르그를 희미하게나마 기억하는데, 그는 손가락 마디가 하얘지도록 온 힘을 다해 의자 뒷부분을 쥐고 있지 않으면, 열정과 거룩한 분노 때문에 우리 위로 두둥실 뜰 사람이었다. 또 샬롬 벤바루크와 그의 아내와 요셉 네다바 박사와 벤 치온 네타냐후 박사와 그의 아이들이 기억나는데, 내가 성년식을 할 나이가 됐을 즈음 그중 한 녀석을 발로 찬 적이 있다. 그 아이가 탁자 밑으로 기어들어가 내 신발끈을 풀고 바짓자락을 당겨서 발로 힘껏 찼었다(지금까지도 난 형제 중 용감한 녀석을 찬 것인지, 날랜 녀석을 찬 것인지 잘 모른다).* 가끔씩 바루크 쇼하트만 박사와 그의 신실한 아내, 디누르와 투르시나이 교수님도 왔고(이 두 분은 그전에 딘보르크와 토르치나르라는 이름을 가지고 있었다), 세균을 싫어하던 나의 할머니, 여자들이 좋아했던 내 할아버지 알렉산더, 삼형제 중 막내이며 근시인 삼촌 베찰렐 엘리체데크, 그의 아내 하야도 왔다. 그녀는 치포라 큰할머

---

* 용감한 녀석은 형인 요나단 네타냐후를 가리킨다. 군인이었으나 엔테베 인질 구출 작전중 전사했다. 날랜 녀석은 동생 베냐민 네타냐후로, 현 이스라엘 총리다.

니가 돌아가신 후 남편의 동의하에 요셉 큰할아버지 댁에 가서 살게 된다("왜냐하면 혼자 길을 잃어버릴지도 모르고 스스로 우유 한 잔 따르지 못하며 저녁에 넥타이도 풀지 못하기 때문에").

이들 외에 안식일 오후에 차 한잔하러 마음이 따뜻한 크루프니크 경 바루크 크로가 왔고, 시인이자 번역가인 요셉 리크텐바움이 왔고, 슈무엘 브라세스, 하임 토렌, 이스라엘 자르키, 츠비 비슬랍스키, 요하난 타바리스키 같은 요셉 큰할아버지의 팬들과 그의 학생들 중 몇이 왔었다. 그들과 함께, 요셉 큰할아버지가 『창작가들과 건축가들』이라는 책의 헌사에 "내 아들 같은 조카"라고 썼던 내 아버지 예후다 아리에 클라우스너도 왔다. 큰할아버지는 감격적인 헌사를 쓰는 경향이 있었다. 그는 내가 아홉인가 열 살이 됐을 때부터 매년 내 생일에 『청소년 백과사전』 전집을 한 권씩 사주었는데, 각 권마다 마치 뒷걸음질하듯 약간 뒤로 기울어진 글씨로 헌사를 써놓았다.

> *내 작은 아모스에게,*
> *영특하고 뭐든 열심인*
> *그가 그의 사람들에게 신뢰가 되도록 자라기를*
> *가슴 한가득 느끼고 희망하며*
> *요셉 큰할아버지로부터*
> *생일을 축하하며*
> *예루살렘-탈피옷, 라그 바 오메르*, 5710***

50여 년이 훨씬 지났는데도 지금 그 문구들을 바라보고 있노라면,

요셉 할아버지가 나에 대해 잘 알고 있는 것이 정말 놀라울 따름이다. 요셉 큰할아버지는 내 뺨 위로 작고 차가운 손을 올리고는, 온화한 미소를 하얀 콧수염 아래로 내비치면서, 내가 최근에 무슨 책을 읽었는지, 그의 책 중에 뭘 읽었는지, 그리고 요즘 학교에서는 유대 어린이들에게 뭘 가르치는지, 비알리크와 체르니콥스키의 시 중 어떤 것을 암송하고 있는지, 제일 좋아하는 성서의 영웅은 누구인지 등을 물은 다음, 내 대답은 듣지도 않고 그가 『제2차 성전시대사』에서 쓴 하스모니아에 관해 내가 정통해야 한다고 말했다. 또한 국가의 미래에 관해 당신이 어제 〈하마스키프〉에 쓴 글과 이번 주 〈하보케르〉***의 인터뷰 기사에 언급한 강한 어조의 글을 읽게 했다. 그는 글에 애매하게 읽힐 여지가 있는 곳마다 일일이 모음부호를 찍어 명확히 해두었으며, 그의 이름 '요셉'의 마지막 글자는 바람에 펄럭이는 깃발처럼 나부꼈다.

다비드 프리슈만****의 번역서 속표지에 할아버지는 나에게 3인칭으로 바람을 쓰셨다.

그가 인생길에서 성공하기를

---

* '오메르의 33일째'라는 뜻으로, 존경받던 랍비 아키바와 그의 제자 2만 4천 여명이 바르 코크바 반란에 참여하여 로마제국에 대항한 일을 기념하는 날이다. 유대정신을 기리는 절기로 지키고 있다.
** 유대인들이 사용하는 히브리력(유대력)은 기원전 3761년 10월 6일을 천지창조의 날로 삼는다. 유대력 5710년은 서기 1948~49년이다.
*** '아침'이라는 뜻의 히브리어 일간지. 1935년 창간한 우파 시온주의자의 신문. 이스라엘 독립선언서에 서명한 페레츠 번슈타인 등이 주필을 맡았다.
**** 폴란드 태생의 유대인 작가, 저널리스트.

그리고 이 위대한 번역서의 낱말들로부터 배우기를 바란다.

인간 금수 — 이 순간에 지배받는 군중들 — 가 아닌

한 사람의 양심을 따름으로써

 애정을 담아

 할아버지 요셉

 예루살렘-탈피옷, 라그 바 오메르, 5714

열다섯 살 때 나는 집을 떠나 키부츠에서 살기로 결심했다. 책과 학문과 각주에서 자유로워지고, 관념 따위는 없는 사회주의적 개척자, 햇볕에 갈색으로 그은 강건한 트랙터 운전자로 변하길 원했다. 비록 요셉 큰할아버지는 사회주의(그의 기록에는 '소치알리스무스'라 되어 있다)를 믿지 않고, 키부츠를 좋아하지 않으며, 내가 마음을 바꿔 먹길 바랐지만 말이다. 큰할아버지는 자기 집 서재에서 단둘이 대화를 좀 하자며 나를 초대했다. 그것도 평소와 달리 평일이 아닌 토요일에. 나는 이 대화를 앞두고 무척 긴장했으며, 큰할아버지와의 논쟁에 대비해 방어벽을 단단히 준비했다. '인간 금수가 아닌 양심이 가리키는 길'을 따르겠다며 용감히 맞설 작정이었다. 그러나 마지막 순간, 큰할아버지에게서 유감스럽지만 갑자기 급한 일이 생겼으니 나중에 대화의 자리를 마련하겠다는 연락이 왔다.

 그리하여 나는 요셉 큰할아버지의 동의 없이, 그리고 골리앗 앞의 다비드 혹은 벌거벗은 임금님 동화 속에서 임금님에게 진실을 말한 어린아이 같은 강렬한 대면 없이, 키부츠 훌다에서 개척자와 농부로서의 삶을 시작했다.

*

    보통 나는 절인 생선, 음료, 요구르트 케이크, 향이 나는 차가 잘 차려진 식탁을 떠날 때면 예의바르게 양해를 구했다. 그곳은 요셉 큰할아버지가 상석에 앉아 손을 뻗치며 왕처럼 행세하는 곳이었지만, 나는 집안의 미로와 정원의 비밀 장소를 신나게 배회하는 일에 빠져 있었다. 이곳은 어린 시절 엇갈린 길들의 정원이다. 그럼에도 요셉 큰할아버지의 독백이 약간 기억난다. 그는 오데사나 바르샤바로 항해하는 것과 헤르츨*의 연설에 대한 기억을 떠올리는 것과 우간다 논쟁**과 민주주의 책략, 그리고 아름다운 하이델베르크와 스위스의 높은 산들을 좋아했고, 〈하쉴로아흐〉와 비망록, 1912년 이스라엘 땅을 첫 방문한 일과 1919년 로스란호를 타고 이스라엘로 귀환했던 것과 '볼셰비키주의자'의 범죄와 '허무주의자'의 위험성, '파시스트'의 근원, 그리스 현인들과 스페인의 시인들, 히브리 대학의 시작과 '그리스 동화주의자'(그는 자신이 싫어하는 사람들, 즉 히브리 대학 총장 마그네스 교수와 다른 독일 출신 교수들을 그렇게 불렀다. 그가 보기에 그들은 일찌감치 아랍인과 협상을 해버리자는 '평화협정'파를 세운 이들이고 유대국가 건설의 요구를 포기하는 자들이었다), 영국 사람들 다리 앞에서 기어다녔던 허울뿐인 지도자들과 온갖 '산발랏'*** 같은 사람들과 온갖 사

---

* 이스라엘 건국에 기여한 정치적 시온주의의 아버지이자 저널리스트.

** 1903년 제6차 시온주의 총회에서 영국이 제안한, 러시아에서 박해받던 유대인 난민을 임시로 우간다에 배치하자는 문제를 토론에 부쳤다. 결국 제7차 총회(1905)에서 이 제안은 거부되었다.

회주의자를 따라 잘못된 길로 가버린 비천한 나머지 사람들과 비교되는 헤르츨과 노르다우와 제에프 야보틴스키의 위대함에 대해 상기했다.

그리고 여기, 돛을 올리고 히브리어 부활의 기적으로 나아간, 그 언어의 멸망과 부패의 위험을 향해 나아간, 문장 하나에 한 일곱 군데쯤 틀리지 않고는 히브리어로 표현 못하는 정통주의 종교인들의 퇴화로 나아간, 자기들도 우리 가운데 이스라엘 땅으로 비집고 들어오겠다고 요구했으면서 우리 민족 한가운데서 이스라엘 땅을 비하하고 심지어 잊게 만들기 위해 모든 짓을 다한 이디시주의자의 무례함을 향해 나아간 이가 있었다. 한번은 요르단 강 건너편 지역에 유대 농부들을 정착시키는 일이 얼마나 긴박하고 절실한지 청중 앞에서 설명한 적도 있었다. 그는 큰 목소리로 이스라엘 땅의 아랍인들을 설득할 방법에 대해서도 주장했다. 잘 대해주고 보상해줌으로써 반은 비어 있는 비옥한 메소포타미아 지역으로 그들 스스로 일어나 이민을 가도록 해야 한다는 것이었다.

*

거의 모든 경우에 요셉 큰할아버지는 자신의 청중 앞에 두 상대 진영, 빛의 자녀들과 어둠의 자녀들을 그렸다. 그는 어둠과 빛을 나누고, 자신이 빛의 진영에 있는 첫번째 사람임을 설명했다. 목을 달아야 할 사람들은 목을 달았다. 혼자서 다수를 상대하며 의인들의 전쟁을 했다

*** 기원전 5세기 페르시아 통치하에서 유대 지도자 느헤미야와 적대 관계에 있던 사마리아의 유력한 지도자. 유대인의 재건 운동과 개혁을 방해한 자로 묘사된다.

고 말했다. 자기의 명예나 지위를 위험하게 해서는 안 된다고 어떻게 친구들의 귀에 속삭였는지, 사람들의 이야기에 현혹되지 않고 양심이 자신을 세우는 그 문에 어떻게 섰는지 이야기했다. '나는 여기에 선다. 다른 곳에 설 수는 없다'는 식이었다. 자기를 싫어하는 사람들이 어떻게 자기를 비하했고 어떻게 적법하거나 적법하지 않게 손해를 입혔으며 어떻게 자신에게 독과 쓸개의 잔을 부었는지 묘사했다. 그러나 결국에는 '시간이 말해준다'는 식으로 진리가 드러났고 종국에는 늘 다시 소수가 의인임이 드러났다고 했다. 항상 '다수의 의견을 따르는 것'이 아니며, 양심이 산을 포도주 통으로 만든다고 했다. 여기 우리 작은 아모스, 똑똑하고 귀한 특별한 아이, 온갖 장난으로 온 세상을 떠들썩하게 하는 내 소중한 파니아와 예후다 아리에의 외아들. 이 아이의 이름은 사마리아의 사채업자들을 책망하며 대항하도록 성령이 임하셨던 드고아의 무화과 열매 수집자* 이름을 딴 것이 아닌가. 비알리크의 말을 빌리면 "나 같은 사람은 도망치지 않는다. 비밀리에 행하고 행간으로 나를 가르치나니"인데, 용기와 도덕적 떳떳함 또 약간의 아이러니, 여러 종류의 유력자와 강자의 얼굴에 나타나는 서민적이고 시골적인 무시가 배어나는 말들이다. 무화과 열매 수집자라는 말은 무화과 열매에 상처를 내는 사람이라는 뜻인데, 곧 열매가 빨리 익도록 칼로 자국을 내는 사람이지. 내가 이 이야기를 해도 과장은 아닐 텐데, 엘리에제르 벤예후다**가 한 번 방문하여 대화중에 '볼레스'***라는 단어를 사용

---

* '농부'를 가리키는 표현.
** 사어(死語)였던 히브리어를 되살린 현대 히브리어의 아버지이자 히브리어 사전 편찬자.

하면서 깨끗하지 않은, 썩은, 순결하지 않은, 희석된, 뒤섞인, 때때로 오염된 아니면 격된, 종양이 가득한, 더러운, 잡종 등의 뜻이 있는 '발루스'와 연결시키고자 했을 때 나도 약간 도왔다. 그러나 크라비스, 코호트, 레위 같은 현자들이 페르시아어나 헬라어 어근을 찾아내지 못하고 지쳐버리고 말았는데, 사실 그들의 해석은 전체적으로 지나치게 인위적이었어. 근데 어쩌다 갑자기 크라비스나 코호트까지 왔지. 엘리에제르 벤예후다에 대해 이야기하고 있었는데. 그는 어느 안식일 아침에 와서 할아버지에게 이야기했다. 이보게, 클라우스너. 살아 있는 언어의 생동력의 비밀은 사용하는 거의 모든 어휘와 개념을 취하고 그것을 그 안에서 소화해내고 그 언어의 논리와 형태에 맞도록 사용하는 데 있다는 것을 자네와 내가 어찌 알지 못하겠는가? 시야가 좁은 순수주의자들은 외래어가 히브리어에 유입되는 것을 막아내기 위해서 싸운다네. 그들은 우리 언어가 처음부터 대여섯 개 언어에서 온 어휘로 넘쳤다는 것을 파악하지도 기억하지도 않지. 살아 있는 언어의 살아 있는 요새 안으로도 그렇게 들어왔는데 부활하는 언어에는 얼마나 더 심할지 전혀 알지 못하는 게야. 벤예후다에게 이렇게 대답했지. 그것이 바로 기본 형태들, 문장론, 문장 구조와 어순의 요새들이 아닌가─짧게 말하면 언어의 혼으로, 그것의 '정신' '영혼'이란 가장 내적인 그 무엇이며 변하지 않는 영원한 것이다. 이미 수십 년 전에 내가「지나간 언어 살아 있는 언어」에 쓴 그대로야. 이 글은 이스라엘 땅에 와서 내가 다시「히브리어는 살아 있는 언어다」라는 새로운 제목과 표지로 발

*** 히브리어로 '수집자'라는 뜻.

표했지. 그때 이미 몇몇 주요한 인물로부터 내 글이 눈을 뜨게 하고 그들의 '언어적인 시계'를 제대로 교정했다고 들었다. 고대 히브리어 전문가인 아슈케나지 출신의 현인 몇몇의 입으로 그리고 야보틴스키의 입으로 직접 그렇게 들을 수 있었지. 모든 면에서 혐오스러운 파시스트들과 민족 사회주의자들에게서 독일 냄새의 그림자가 퍼지기 전이었는데, 그들은 유감스럽고 수치스럽게도 우리 대학에서 독일 파시스트 정신과 반민족적인 코스모폴리탄 정신을 주도했던 '평화협정'파의 내 동료들 몇몇과 같이 행동하지 않았단다. 그리고 이제 그들은 독일이 국 몇 그릇으로 속죄하는 데 서두르고 있다. 심지어 길 건너 우리 이웃에 사는 작가도 이 타협주의자들에게 동참했어. 그들과 연합할 수도 있고. 왜냐하면 그는 약삭빠르게 계산하고 또 계산해서 '평화협정'교에 가입하는 것이 그를 세상에서 인정받게 하고 이교도들 가운데 그의 유명세를 더할 방법이라 기대하고 있기 때문이다.

그나저나 우리가 어쩌다 독일에게로, 부버에게로, 마그네스에게로, 아그논에게로 그리고 마파이에게로 잘못 오게 된 거지? 아모스 선지자 이야기를 하고 있지 않았던가. 난 그에게 몇 마디 헌사를 하려는 것이 아니다. 정의를 부르짖던 예언자 아모스의 말이 거짓이 아니라면, 잘못의 근원은 그를 알아보지 못한 이스라엘의 다른 예언자들에게 있지.

이에 반해 유대 학문의 현자들, 그들은 우리 시대의 즐거움으로 살찌고 교만하며 생각이 거만한 바산*의 암소가 아닌가. 여기, 예컨대, 페레츠 스몰렌스킨 같은 위인, 그의 삶은 어떠했는가? 방황과 가난, 고통

---

* '골란 고원'을 뜻한다. 「아모스」 4장 1절. "바산 풀밭의 암소들아, 이 말을 들어라."

과 결핍, 그런 그는 생의 마지막 순간까지 글을 쓰며 싸우지 않았는가. 마지막에 그는 무시무시하게 울부짖는 외로움 속에 죽었고 그가 떠나는 길에 아무도 함께하지 않았다.

그리고 어릴 때부터 내 친구 대부분은 좋은 일이 아무것도 없었다. 최근 우리 세대 가운데 위대한 시인이었던 사울 체르니콥스키?

여기 이 땅에서 이 위대한 시인은 문자 그대로 배를 곯지 않았는가.

문학의 길을 시작한 이래 공인으로서 지금까지 살아오면서 나는 늘 작가의 힘과 위대함을 그 작가의 파토스에서 보아왔다. 그것은 사람들이 발견하고 받아들이는 모든 것에 대한 투쟁이었지! 좋은 이야기와 아름다운 시, 이것들은 생각을 넓혀주는 것들이다. 그러나 위대한 작품에 들지는 못해. 민족은 위대한 작품에서 좋은 소식과 예언과 새롭고 신선한 세계관을 요구하고 그 모든 것 위에 어떤 도덕적인 비전까지 요구한다.

파토스가 없는, 즉 도덕적인 비전이 빠진 작품, 그것은 궁극적으로 하나의 민속과 좋은 지적 노동 그 이상도 이하도 아니야. 가장 훌륭한 작품이라 해도. 예를 들어 아그논의 이야기 같은 경우, 가끔씩 어떤 아름다움이 있기도 하겠지만 대부분 아름다움도 도덕적 열정도 찾을 수가 없어. 특별한 혼이 없는 치장들, 비극적인 경건함을 겸하는 비극적인 성애주의의 예민한 짝짓기도 물론 없지. 아그논과 그와 비슷한 이들은 도덕적인 파토스에 대한 어떤 언급도 하지 않는다. 반면 샤니오르의 산문에는.

대체로 위대한 작가에게는 성령의 육십 가지 중 하나, 예언의 육십 가지 중 하나가 있다고 할 수 있다. 러시아에서 허무주의자가 나타나기 전에 투르게네프가 그의 훌륭한 소설 『아버지와 아들』에서 허무주의자 바자로프를 묘사하지 않았더냐? 그리고 도스토옙스키는? 그의 『악령』이 놀라운 정확성으로 볼셰비키주의자의 도래를 완벽히 예언하고 있지 않은가?

이제 우리에게 흐느끼는 문학은 필요 없다. 우리는 만달리 시절 소도시 지방색에 질렸고, 거지, 젊은 종교인, 학생, 누더기 장사꾼 그리고 온갖 종류의 논쟁가, 율법학자 들이 나오는 인간적인 내용들도 충분히 접했어. 이제 이곳 우리 땅에서 우리에게 요구되는 것은 완전히 새로운 문학이야. 주인공이 수동적이지 않고 적극적인 여자와 남자가 나오는 문학, 이상적인 남녀 주인공이 아니라 피와 살을 가진 강한 본능의 소유자, 비극적인 약점의 소유자, 신랄한 내적 모순을 가진 주인공이 나오는 문학 말이다. 우리의 청소년이 자랑스러워할 수 있고 배울 수 있는 인물, 그들의 사상과 행실로부터 영감을 얻을 수 있는 인물, 우리 세대의 남녀 주인공이나 우리 민족의 고대 역사 가운데 비극적이고 신화적인 인물, 경외감과 동질감을 일으키고 구역질과 동정을 일으키지 않는 인물, 히브리적이고 유럽적인 문학의 주인공이 지금 이 땅, 우리에게 필요한 거야. 더이상 디아스포라의 이야기나 주절대는 코미디언, 중재자, 관리인, 거지 들은 필요 없다.

*

어느 안식일에 요셉 큰할아버지가 대략 이런 말을 했다.

"나는 아이가 없는 사람이오. 신사 숙녀 여러분, 그러니 결국 내 저서들이 자식인 셈이며, 나는 여기에 내 혼신의 노력을 경주해왔어요. 그러니 내가 죽은 후 미래 세대에 내 혼과 꿈을 전할 이는 오직 저서들 뿐이라오."

여기에 치포라 큰할머니가 대답했다.

"글쎄, 오시야. 이제 충분해요. 샤. 오신카. 그걸로 충분해요. 그만해요. 의사가 그렇게 흥분하면 안 된다고 말한 거 아시잖아요. 그리고 차가 식도록 두셨네요. 돌같이 차요. 아니요, 아니에요, 여보, 마시지 마요. 내가 가서 새 잔으로 가져다드릴게요."

경쟁자들의 위선과 저열함에 대한 요셉 큰할아버지의 분노는 때로 그의 언성을 높이게 했지만, 목소리는 결코 우렁차지 않았다. 오히려 높은 톤의 염소 울음소리 같았고, 조소하며 비난하는 선지자보다는 흐느끼는 여인에 훨씬 더 가까웠다. 때로 그는 유약한 손으로 테이블 위를 내리치기도 했지만, 그건 강한 일격이라기보다 차라리 애무처럼 느껴졌다. 한번은, 그가 볼셰비즘이나 분트당이나 아슈케나지 유대인 자르곤 옹호자들(그가 이디시어로 이름 붙인 것)에 반대하는 장광설을 절반쯤 늘어놓다가, 얼음 가득한 레모네이드 주전자를 무릎으로 쳐서 넘어뜨렸고, 앞치마를 두른 채 큰할아버지 바로 뒤 문간에 서 있던 치포라 큰할머니는 서둘러 앞치마로 그의 바지를 닦아내며, 미안해하고, 그를 도와 침실로 인도했다. 십 분 후 그녀는 그를 다시 데려왔다. 그는 옷도 갈아입고, 말끔하게 보송하고 빛나는 모습으로, 테이블에 둘러앉아 이 집 주인, 마치 한 쌍의 비둘기처럼 살고 있는 이들에 대해 소곤거리며 참을성 있게 기다리던 친구들에게 나왔다. 그는 그녀를 노년에 얻은 딸처럼 대했고, 그녀는 그를 사랑스러운 아기나 자신의 눈동자처럼 여겼다. 때로 그녀는 자신의 토실토실한 손가락을 그의 여윈 손가락에 깍지 끼고 잠시 서로 시선을 교환하다가 눈을 아래로 내리깔고 수줍어하며 미소 짓곤 했다.

　때때로 그녀는 부드럽게 그의 넥타이를 풀어주고, 그가 신발을 벗도록 도와주었으며, 잠시 쉴 수 있도록 그를 눕혔는데, 그러면 그의 야윈 몸은 그녀의 풍만한 몸에 매달린 채 슬픈 머리를 그녀의 가슴에 대고 쉬었다. 또는 그녀가 부엌에서 설거지하며 소리 없이 울면서 서 있으면, 그는 그녀 뒤로 다가가 연분홍빛 손을 그녀의 어깨 위에 올리고 마치 아기를 달래려 애쓰거나 그녀의 아기가 되기를 자청하듯 칭얼거리고 깔깔거리고 까꿍거리는 듯한 소리를 냈다.

11

요셉 클라우스너는 1874년 리투아니아의 올키에니키에서 태어나 1958년에 예루살렘에서 사망했다. 그가 열 살 때 클라우스너 집안은 리투아니아에서 오데사로 갔는데, 오데사에서 그는 헤데르*부터 현대적 양식의 예시바**에 이르기까지 전통 유대 교육 과정을 밟았고, 히밧 치온 운동***과 아하드 하암**** 동아리를 통해 성장했다. 열아홉 살에 그는 「신조어들과 좋은 글쓰기」라는 제목의 첫번째 논고를 출판했는데, 외

---

* 유대인 초등학교.
** 유대인 종교학교.
*** 테오도어 헤르츨의 '정치적 시온주의 운동'(1894년)이 본격적으로 시작되기 이전인 1880년부터 동유럽 등지에서 펼쳐진 '시온을 사랑하는 자들'의 운동.
**** 문화적 시온주의의 제창자이자 유대의 정신적인 지도자.

국어의 흡수로 확장되고 있는 히브리 언어의 경계에 대해, 히브리어가 살아 있는 언어로서 기능하는 것이 가능한가에 관해 논하는 내용이었다. 1897년 여름 그는 하이델베르크에 수학하러 갔다. 러시아 차르 정권하에서 대학들이 유대인에게는 문을 굳게 닫았기 때문이다. 하이델베르크의 쿠노 피셔 교수 밑에서 철학을 공부했던 5년간 그는 르낭의 동양사에 깊이 매료되었고, 칼라일에게서 큰 영향을 받았다. 그곳에서 철학에서부터 문학사, 셈어(그는 산스크리트어와 아랍어, 그리스어와 라틴어, 아람어와 페르시아어와 암하라어 등 약 15개 언어를 익혔다), 그리고 오리엔트 연구에 파묻혀 있었다.

체르니콥스키는 오데사 시절의 친구로, 같은 시절 하이델베르크에서 약학을 공부했으며, 그들의 우정은 갈수록 깊어져 온기와 호감이 넘쳤다. "열정적인 시인!" 요셉 큰할아버지는 그에 대해 이렇게 말했다. "한쪽 날개는 히브리 성서와 가나안 풍경을 부여잡고, 다른 쪽은 현대 유럽 전체에 펼친 히브리의 독수리 시인!" 종종 이렇게도 말했다. "카자흐스탄의 강인한 육체에 단순하고 순수한 어린아이의 영혼을 지닌 자!"

요셉 큰할아버지는 바젤에서 열린 제1차 시온주의자 회의에서 유대 학생 대표 사절로 선발되었고, 그다음해에도 뽑혔는데, 시온주의의 아버지인 테오도어 헤르츨과 직접 몇 마디 대화를 나누기도 했다("그는 잘생긴 사람이었다! 마치 신의 천사처럼 멋졌어! 그의 얼굴은 내면의 빛을 가지고 있었다! 검은 턱수염과 영감에 넘치고 꿈꾸는 듯한 표정은 고대 아시리아 왕처럼 보였지! 그리고 그의 눈은, 나는 죽는 날에도 그 눈은 기억할 수 있을 거야. 헤르츨은 사랑에 빠진 젊은 시인의 눈을 가졌는데, 타오르는 듯하고 그 눈을 들여다보는 모든 이를 마법에 걸리게 하는 애처로운 눈이었다. 그리고 그의 높은 이마는 그에게 웅장한 광채를 부여했지!").

요셉 클라우스너는 곧 그의 멘토인 아하드 하암의 문화적 시온주의에 더이상 만족하지 못하게 되었고, 죽을 때까지 헤르츨의 정치적 시온주의를 지지했다. 그의 견해에 따르면 헤르츨은 노르다우와 야보틴스키, '독수리들'의 계승자였고, 바이츠만과 소콜로프와 그 외 '비굴한 디아스포라 유대인과 타협적인 화해주의자'와는 달랐다. 그러나 그는 우간다 논쟁에서 헤르츨과 맞서 진정한 시온으로 돌아가야 한다고 주장하는 것을 주저하지 않았고, 정치적 노력을 무의미한 일로 간주하지 않았으며, 문화적·정신적 부활에 대한 희망을 포기하지 않았다.

오데사로 돌아온 클라우스너는 약관 29세에 아하드 하암이 발행하고 현대 히브리 문화 운동을 이끌던 대표적인 월간지 〈하쉴로아흐〉의 편집권을 물려받을 때까지 시온주의 활동에 종사하면서 글을 쓰고 가르쳤다. 더 정확히 말하자면, 아하드 하암이 요셉 큰할아버지에게 '정기간행물'을 물려주었는데, 젊은 요셉은 거기에서 히브리어 단어 '월간'이라는 말을 창안해 즉시 월간지로 바꾸었다.

아이였을 때 내가 가장 숭배하던 사람은 요셉 큰할아버지였는데, 내가 이야기해왔듯, 그는 '월간'이라는 단어뿐만 아니라 몇 가지 간단하고 일상적인 히브리어 단어들, '연필' '빙산' '셔츠' '온실' '토스트' '화물' '단조로운' 그리고 '색색의' '감각적인'과 '기중기'와 '코뿔소' 같은 단어들을 포함해 지금까지 알려져 있고 계속해서 사용되는 단어들을 발명해서는 우리에게 주곤 했다(한번 생각해보라. 요셉 큰할아버지가

'셔츠'라는 단어를 우리에게 던져주지 않았다면, 내가 아침마다 무엇을 입었겠는가? 여러 색깔의 코트? '연필'이 없었다면, 내가 뭘로 쓸 수 있었겠는가? 납으로 된 철필? '감각적인'이라는 단어는 너무나 청교도적이던 큰할아버지로부터 나온, 말할 필요도 없이 깜짝 놀랄 만한 선물이었다).

새로운 단어를 낳고 그것을 언어의 혈류에 도입하는 능력을 가진 사람은, 내게 있어서는 빛과 어둠의 창조자보다 아주 약간 한 급수 정도 아래인 이와 같다. 책을 쓰는 일이란, 운이 좋으면 다른 더 좋은 새 책들이 나와서 그 자리를 차지할 때까지 충분히 사람들에게 읽힐 수 있을 것이다. 하지만 새로운 단어를 만드는 것은 불멸에 접근하는 일이다. 지금까지도 나는 때때로 눈을 감고, 찌르는 듯하던 하얀 염소수염과 부드러운 콧수염을 기르고, 손은 섬세하며, 러시아식 안경을 쓰고, 달걀 껍데기같이 부스러지기 쉬운 걸음으로 발을 질질 끌며 정신없이 걷는 모습이 마치 색색의 군중과 커다란 기중기와 육중한 코뿔소로 넘쳐나던 거대한 빙산에 있는 거인국의 조그만 걸리버 같던, 그리고 모두가 그에게 감사를 표하며 공손히 머리 숙이던, 그 유약한 노인을 그려본다.

*

오데사 리미스리나야 거리에 있는, 요셉 큰할아버지와 그의 아내 파니 베르닉(그녀는 결혼식 날부터 변함없이 '내 사랑하는 치포라'로 불렸으며, 손님들 앞에서는 항상 '클라우스너 부인'이라 불렸다)의 집은 시온주의자와 문학계 인사의 사교장이나 사랑방이 되곤 했다. 거기에는 만들리와 나훔 슬로세츠 부부, 릴리엔블룸과 아하드 하암, 우시슈킨과 야보틴스키와 비알리크와 체르니콥스키가 포함되어 있었다.

요셉 큰할아버지는 늘 아이 같은 활발함으로 빛났다. 그가 자신의 슬픔과 깊은 외로움, 자신의 적과 질병으로 인한 고통, 순응하지 않은 자들의 비극적 운명과 불의와 생애 전체에 걸쳐 고통받던 굴욕적인 일에 대해 말할 때조차도, 그의 둥근 안경 뒤엔 늘 숨어 있는 억제된 기쁨 같은 것이 있었다. 그의 움직임, 빛나는 눈, 쾌활하고 낙관적인 활기를 투사하는 아이 같은 연분홍빛 뺨, 그것은 삶에 대한 사랑이었고 쾌락주의에 가까운 것이었다. "간밤에 한숨도 못 잤다"고 그는 늘 방문객들에게 말하곤 했다. "우리 국가의 불안과 미래에 대한 공포, 난쟁이 같은 지도자들의 편협한 시각은 어둠 속에서, 통증이나 숨가쁨, 그리고 내가 밤낮으로 고통받는 끔찍한 편두통은 물론 나 자신의 중요한 문제보다도 더 무겁게 다가온다네."(저 말을 믿는다면, 그는 적어도 1920년대 초반부터 1958년 죽을 때까지 잠시 동안도 눈을 감은 적이 없는 셈이다.)

1917년에서 1919년까지 클라우스너는 강사였고, 오데사 시의 대학에서 마침내 교수가 되는데, 그때는 레닌의 혁명과 이어진 내전에서 '백색분자'와 '적색분자' 사이의 피의 교전으로 이미 시대의 주인이 바뀌고 있던 시기였다. 1919년에 요셉 큰할아버지와 치포라 큰할머니와 큰할아버지의 노쇠한 어머니, 즉 내 증조할머니 되는 브라즈 집안의 라샤 케일라는 오데사에서부터 욥바까지 루슬란을 타고 항해했는데, 루슬란은 제1차대전 이후 이민 물결을 이룬다. 제3차 알리야 시온주의자들의 '메이플라워호'였다. 그해 하누카에 그들은 예루살렘의 부카리스 지역에 정착했다.

다른 한편, 나의 할아버지 알렉산더와 할머니 슐로밋은 나의 아버지와 큰삼촌인 다비드와 함께, 열렬한 시오니스트였음에도 불구하고 팔레스타인으로 가지 않았다. 그 땅에서 살기 위한 조건이 그들에게는 너무나 (경멸적으로) 아시아적이어서, 그들은 리투아니아의 수도인 빌나로 갔고 1933년까지 그곳에서 살았다. 그때 빌나에는 벌써 유대계 학생들을 향한 폭력이 자행될 만큼 반시온주의가 자라 있었다.

나의 아버지와 조부모는 결국 예루살렘에 정착했다. 아버지의 형제, 큰삼촌 다비드는 확실한 유럽인으로 빌나에 머물러 있었는데, 그때 유럽에 진정한 유럽인이라고는 아무도—우리 가족과 그들 같은 다른 유대인들 외에는—없는 것처럼 보였다. 모두가 범슬라브주의적이고 범게르만적이거나 단순히 라트비아적이고 불가리아적이고 아일랜드적이거나 슬로바키아적인 애국자로 판명되었다. 1920년대와 1930년대에 유럽 전체에서 유럽인이라고는 오직 동화된 유대인들뿐이었다. 아버지는 항상 말하곤 했다. 체코슬로바키아에는 세 개의 민족이 있지. 체코 사람, 슬로바키아 사람, 그리고 체코슬로바키아 사람, 즉 유대인들 말이다. 유고슬라비아에는 세르비아인, 크로아티아인, 슬로베니아인, 몬테네그로인이 있지만, 거기조차도 명백한 유고슬라비아 민족 집단이 살고 있지. 그리고 스탈린의 제국에도 러시아인, 우크라이나인, 우즈베키스탄 사람과 추크치인과 타타르 사람이 있고, 그들 중에도 우리의 동포이자 소비에트연방의 실제 구성원인 사람들이 있다.

다비드 삼촌은 유럽을 사랑하고 자신이 유럽인임을 분명히 자각하고 있는 사람이었다. 비교문학 전문가인 그에게 유럽 문학은 정신적 고향이었다. 그는 자신이 왜 살던 곳을 포기하고 무지한 반유대주의자들과 융통성 없는 국수주의자들을 만나기 위해 낯선 서남아시아 지역으로 이주해야 하는지 납득하지 못했다. 그래서 자신의 자리를 지켰고, 나치가 빌나로 들이닥칠 때까지 진보, 문화, 예술 그리고 정신에 대한 신념을 굽히지 않았다. 문화를 사랑하는 유대인, 지적인 세계주의자는 나치의 취향과 전혀 맞지 않았기에, 다비드 삼촌과 그의 부인 말카 그리고 나의 어린 사촌 다니엘은 그들에게 살해당했다. 다비드 삼촌 부부는 다니엘을 다누시 혹은 다누체크라고 부르곤 했다. 1940년 12월 15일, 그들에게서 온 마지막 편지엔 이렇게 쓰여 있었다. "얼마 전부터 다니엘이 뛰기 시작했어요…… 이 아이는 놀라울 정도로 기억력이 좋답니다."

당시 유럽은 완전히 변했고, 이쪽 벽에서부터 저쪽 벽까지 유럽인들로 가득했다. 더불어 유럽의 낙서들도 역시 이쪽 벽에서 저쪽 벽까지 함께 변화해왔다. 빌나에서 아버지가 젊은 청년이던 시절에는, 유럽의 모든 벽에 "유대인들은 팔레스타인으로 꺼져라"라는 낙서가 있었다. 50년이 흐른 후, 그가 방문차 유럽에 다시 돌아갔을 때, 벽들은 모두 괴성을 지르고 있었다. "유대인들은 팔레스타인에서 꺼져라."

*

요셉 큰할아버지는 필생의 역작 『나사렛 예수』를 저술하며 여러 해를 보냈는데, 책에서 주장하기를―형제간인 기독교인과 유대인의 유사성에 대한 내용으로—예수는 유대인으로 나서 유대인으로 죽었고, 결코 새로운 종교를 창시하고자 시도한 적이 없다고 했다. 게다가, 예수는 자신을 '유대의 탁월한 윤리주의자'로 간주했다고도 주장했다. 아하드 하암은 클라우스너에게 유대인의 세계에 어마어마한 스캔들이 일어나는 것을 피하기 위해 이 부분과 다른 문장들을 삭제하라고 간청했고, 실제 그 책이 1921년 예루살렘에서 출간되었을 때 유대인과 기독교인 양단에서 그런 일이 발생했다. 과격파들은 "인자人子*를 찬양하도록 선교사들이 그에게 뇌물을 주었다"고 비난했다. 반면 예루살렘에 있는 영국 선교사들은 대주교에게 이 '더러운 이단서'『나사렛 예수』를 영어로 번역한 선교사 댄비 박사를 파문하라고 요구했는데, 자신들의 구세주를 "개혁가 랍비이자 죽을 수밖에 없는 한 인간으로, 그리고 교회와 아무 상관 없고 또 전혀 한 일이 없는 일개 유대인"으로 묘사했기 때문이다. 요셉 큰할아버지의 국제적인 명성은 사실 이 책과 몇 년 후 쓴 속편『예수부터 바울까지』에서 비롯된 것이었다.

한번은 요셉 큰할아버지가 내게 대략 다음과 같은 말을 했다. "사랑하는 아가, 학교에서 네게 그 비극적이고 멋진 유대인 예수를 싫어하도록 가르치리라는 건 상상이 간다만, 그들이 네게 그의 이미지나 십자가를 무조건 내팽개치라고 가르치지는 않았으면 좋겠구나. 네가 더 나이를 먹으면, 아가, 선생님들이 하지 말라고 해도 신약전서를 한번 읽어보도록 해라. 그러면 이 사람이 우리의 살과 같은 살로 이루어지고 우리의 뼈와 같은 뼈로 이루어진 사람이며, 그가 '정의'를 행한 '본

---

* 예수를 가리킨다.

보기의 주±'라는 사실을 발견하게 될 게다. 비록 그가 몽상가이고, 정치적 이해는 좀 부족했음에도 불구하고, 파문당한 스피노자 곁에, 위대한 이스라엘의 전당에 자리하고 있단다. 여기 새롭게 건설된 예루살렘에서, 스피노자에게 '당신은 우리의 형제다, 당신은 우리의 형제다'라고 애원한 그들이, 예수에 대해서도 그런 말을 하는 소리를 들을 게야. 이걸 알아야 한다. 나를 힐난하는 무리는 어제를 사는 유대인들로, 편협한 마음을 가진 무익한 벌레 같은 자들이란다. 그러니 너는, 내 사랑하는 아가, 그들과 같은 종국을 맞이하는 것을 피하기 위해서라도, 좋은 책을 많이 읽어야 한다. 읽고 또 읽고, 다시금 또 읽어라! 그리고 이제, 네 사랑하는 치포라 큰할머니, 클라우스너 여사에게 가서 크림이 어디 있는지 좀 물어봐주련? 내 얼굴에 바를 크림 말이다? 가서 큰할머니한테 말씀드려라. 옛날 크림을 달라고, 새 크림은 개한테 먹이기에도 좋지 않거든. 아가, 너 혹시, 이교도 언어 '고엘(구세주)'과 우리 메시아 사이의 크나큰 차이를 알고 있니? 메시아는 단순히 기름 부음을 받은 자란다. 성서에 기록된 모든 선지자와 왕이 메시아야. 히브리어로 '메시아'는 전적으로 단조로운 일상어로, 얼굴에 바르는 '크림' 같은 단어랑—이교도 언어와는 다르지. 사실 거기서는 메시아가 구세주나 속죄주로 불린단다—더 가까운 거야. 이런 교훈을 듣고 이해하기에는 네가 아직 너무 어린가? 그렇다면 나가 놀아라. 그리고 큰할머니한테 내가 물어보라고 한 것 여쭙고. 그게 뭐냐고? 이런, 깜박했는데? 너는 기억나니? 그러면 할머니한테 가서 차 한 잔만 만들어달라고 부탁 좀 해주겠니. 랍비 후나가 바빌로니아 탈무드의 페사힘에서 말하기를 '집주인이 당신에게 하라고 말하면 그게 무엇이든지 행하라. 떠나는 일을 제외하고'라고 했는데, 나는 그걸 '찻잎 우리는 일을 제외하고는'이라고 해석했었지. 물론, 그냥 농담이다. 자, 이제 아가, 나가 놀려무나. 일분일초가 금쪽같은 재산임에도, 세상이 모두 다 그렇듯 생각 없이 내 시간을 더는 빼앗지 마라. 철학자 블레즈 파스칼은 『팡세』에서 시간이 흘러가버리는 그 두려운 느낌에 대해 묘사했지. 매분 매시간, 네 인생이 끊임없이, 돌이킬 수도 없이 흘러가고 있단다. 그러니 서두르렴, 아가. 뛰어갈 때 어디 걸려 넘어지지 않도록 조심하고."

*

1919년 요셉 큰할아버지는 예루살렘에 도착했고, 1925년 문을 연 예루살렘 히브리 대학에서 히브리 문학 교수직으로 임명되기 전까지, 히브리 언어위원회의 비서직을 수행했다. 그는 이스라엘 민족사 분과를 전담하거나, 아니면 적어도 제2차 성전시대사를 가르치는 일을 맡게 되기를 희망하고 기대했지만, "그 대학의 고관들은 자신의 독일다움을 드높여서 나를 깔보았다"고 했다.

히브리 문학과에서 요셉 큰할아버지는, 그의 말을 빌리자면, 자신이 엘바 섬의 나폴레옹이 된 것처럼 느꼈다. 전 유럽 대륙을 향해 나아가는 것을 저지당했기 때문에, 그는 자신이 유배된 작은 섬에서 진보적이고 잘 조직된 질서에 부과된 임무를 어깨에 짊어진 것이었다. 약 20여 년 후에야 제2차 성전시대사학과가 신설되었고, 마침내 요셉 큰할아버지는 히브리 문학과의 학과장직을 겸하면서 성전시대사학과의 학과장직을 담당하게 되었다. 그는 이렇게 썼다. "이질적인 문화를 흡수하여 그것을 우리 고유의 민족적이고 인간적인 피와 살로 변화시키기 위해. 그것이 내가 대부분의 생애 동안 싸워온 이상이며 내가 죽는 날까지 포기할 수 없는 이상이다."

나는 그의 집에서 이런 말도 찾아냈다. "우리가 우리 자신의 땅을 다스리는 사람이 되기를 열망한다면, 우리의 아이들은 **무쇠**가 되어야 한다!"(굵은 글씨는 강조하기 위해 내가 표시한 것이다.) 그는 종종 거실 찬장 위에 있는 두 개의 청동 흉상, 화려한 제복을 입고 결연하게 입술을 다물고 있는, 격하고 열정적인 베토벤과 야보틴스키의 흉상을 가리키면서 손님들에게 말했다. "개인의 정신은 그 나라의 정신과 부합하지. 둘 다 높은 곳을 향하며, 환상이 부재할 때는 다루기 힘들게 되거든."

그는 '우리의 살과 피' '인간적이고 민족적인' '이상들' '나는 내 대부분의 생애 동안 싸워왔다' '우리는 한 치도 물러서지 않을 것이다' '다수에 대항하는 소수' '그의 동시대인들로부터 고립된' '도래하지 않은 세대들' '내 죽어가는 숨결'과 같은 처칠류의 문체가 우러나는 표현을 즐겼다.

1929년 그는 탈피옷이 아랍 세력의 공격을 받을 때 피하지 않을 수 없었다. 그의 집은 아그논의 집과 마찬가지로 뿌리째 뽑히고 불탔으며, 서재도 아그논의 서재와 마찬가지로 치명적으로 손상되었다. 그는 자신의 책 『민족이 자유를 위해 싸울 때』에서 "우리는 젊은 세대들을 다시 교육시켜야만 한다"고 썼고, 이어 "우리는 그들에게 **영웅적 정신**(굵은 글씨는 강조하기 위해 내가 표시한 것이다), 불굴의 저항정신을 전해야 한다…… 우리 교사 대부분은 공산주의 국가의 디아스포라든지 아랍의 디아스포라라든지 간에, 그 안에 잠복해 있는 굴종적인 패배주의 디아스포라 정신을 여전히 극복하지 못했다"고 썼다.

*

요셉 큰할아버지의 영향 아래 나의 할머니와 할아버지 역시 야보틴스키주의자가 되었고, 실질적으로 나의 아버지는 그보다는 이르군 자위대와 메나헴 베긴의 헤룻당에 더 가까웠다. 베긴은 넓은 도량과 억제된 겸양이 혼재된 감정을 동원해 세속적인 오데사의 야보틴스키주의에 불을 질렀다. 베긴이 폴란드의 작은 유대 마을 출신이라는 점과 과도하게 감성적인 사람이라는 점이 그를 다소 서민적이거나 지역적으로 보이게 했을지도 모른다. 그러나 논란의 여지 없이 그는 애국심 강한 민족주의자로 헌신했다. 세계의 일원으로서 충분한 모습은 아니었는지도 모르고, 꽤 매력적으로 생기지도 않았고, 시적 재능이나 영혼의 광대함인 카리스마를 빛내는 능력도 충분치 않았으나, 비극적인 외로움을 만지는 능력, 거기에서 사람들은 사자의 용맹함이나 독수리의 기개와 같은 자질을 소유한 지도자 상을 느꼈다. 야보틴스키가 민족적 부흥 이후 신생 이스라엘과 다른 국가들 간의 관계에 대해 무어라 썼던가? '다른 사자들과 맞닥뜨린 한 마리 사자처럼.' 베긴은 사자처럼 생기지는 않았다. 아버지 역시 그의 이름에도 불구하고,* 한 마리의 사자가 아니었다. 그는 근시였고, 예루살렘의 서투른 학자였고, 왼

---

* 히브리어로 '아리에'는 사자라는 뜻이다.

손이 두 개인* 주인이었다. 그는 지하조직의 투사가 될 능력은 없었지만, 이따금 지하조직을 위해 '배반자 알비온'의 위선을 비난하는, 영어로 된 선언문을 작성해줌으로써 투쟁에 기여했다. 이 선언문은 비밀 인쇄기로 인쇄되었고, 유연한 젊은 남자들이 밤이면 가가호호를 돌며 벽이나 심지어 전봇대 위에까지 붙이곤 했다.

나 역시 지하조직의 어린아이였다. 한 번 이상 나는 내 부대의 측면 공격을 통해 영국인을 쫓아냈고, 바다에서 기습적인 복병 공격으로 영국 여왕의 함대를 침몰시켰고, 고등 판무관과 영국 왕까지 납치, 인질로 삼고서는 악한 음모의 언덕 위 총독 관저에 꽂힌 깃대 위에 내 두 손으로 히브리 깃발(미국 우표에 그려진 이오지마의 미군처럼)을 들어 올렸다. 그들을 쫓아낸 후, 구불구불한 고대 문자들과 휘어진 아랍 언월도를 가진 야만적인 동양의 물결에 대항하여 소름 끼치는 비명소리로 우리를 죽이고 약탈하고 태우기 위해 유대 광야에서 벗어난 곳을 폭발하겠다고 위협했던 이른바 문명화되고 계명된 국가들 앞에서, 나는 정복된 배신자 영국을 제물로 삼겠다는 서약에 서명했다. 나는 요셉 큰할아버지가 쓴『민족이 자유를 위해 싸울 때』의 맨 앞 페이지에 나와 있던, 잘생기고, 굽슬굽슬한 머리칼에, 입술을 꼭 다물고 있는, 미켈란젤로의 다비드 상처럼 자라고 싶었다. 느릿느릿하지만 깊은 음성을 가진 조용하고 강한 남자가 되고 싶었다. 피리 소리 같고, 약간 성마른 듯한 요셉 큰할아버지의 음성이 아니라. 내 손 역시 그의 부드럽고 늙은 여자 손처럼 되기를 바라지는 않았다.

---

* '유약하다'는 의미의 관용구.

*

    큰할아버지 요셉은 굉장히 솔직한 남자로, 자기애와 자기연민으로 가득차 있었고, 쉽게 상처 입었으며, 열정적인 인식과 아이 같은 명랑함이 넘쳐흐른, 그리고 언제나 비참함을 가장했던 행복한 남자였다. 기분좋은 만족감과 함께 그는 끝없이 자신의 성취와 발견과 불면증과 그를 중상하는 무리와 자신의 경험, 예외 없이 모두에게 '세계 속의 위대한 소동'을 일으켰던 책과 논고와 강의, 그의 만남, 그의 작품 계획, 위대성, 중요성과 관대함에 대해 늘어놓는 것을 사랑했다.

    그는 친절한 남자인 동시에, 아기 같은 달콤함과 신동의 거만함을 갖춘 이기적이고 응석받이 남자였다. 탈피옷은 베를린 전원주택지를 모방해 예루살렘식으로 꾸미려던 곳이었는데, 지붕은 때가 탄 붉은 타일 같은 잎사귀로 덮였고 평화롭게 산림이 우거진 언덕은 어스름하게 빛났으며, 빌라들은 유명한 작가나 명성 있는 학자를 위해 조용하고 안락한 고향을 제공했다. 때때로 저녁에 미풍이 불 때면 요셉 큰할아버지는 이후 클라우스너 거리가 된 작은 거리를 따라 산책했고, 그의 가느다란 팔은 어머니이자 아내이자 노년의 아기이자 오른팔인 치포라 큰할머니의 포동포동한 팔에 감겨 있었다. 그들은 아주 작고 섬세한 보폭으로, 역시 탈피옷의 끝인 막다른 길의 끝으로, 예루살렘의 끝으로, 정착 국가의 끝으로, 이따금 점잖고 세련된 부류의 손님들에게만 입장을 허락하던 건축가 코른베르그의 집을 지나쳐 걸어갔다. 쭉 뻗어 있는, 으스스하고 황량한 유대 광야의 언덕 너머. 사해는 주조된 강철 원반처럼 멀리서 빛나고 있었다.

나는 그곳에 서서 광야 끝자락 위, 세계의 끝에 있는 그들을 볼 수 있었는데, 둘 다 매우 부드럽게, 마치 장난감 곰 한 쌍처럼 서로 팔짱을 끼고 있었고, 그들의 머리 위로는 예루살렘의 저녁 바람이 불고, 소나무가 살랑대고, 제라늄의 쓴 향취가 청명하고 건조한 공기를 떠다녔으며 요셉 큰할아버지는 재킷(그가 제시한 단어로 말하자면 히브리어로 '야코비트'라고 하는)을 입고 타이를 매고, 슬리퍼를 신고 있었는데, 백발이 바람에 나부꼈다. 치포라 큰할머니는 어깨를 회색 양모로 두른 꽃무늬의 어두운 실크 드레스를 입고 있었다. 수평선 전체는 사해 너머 푸르고 커다란 모압 언덕에 점령당해 있었고, 그 아래로 구도시의 성벽과 그 안으로 통하는 구 로마 거리가 이어졌는데, 그곳에서 이슬람 사원의 둥근 지붕이 눈앞에서 황금색으로 변하고, 교회 탑의 십자가와 이슬람 사원 첨탑 끝의 초승달은 석양 속에 어스름히 빛났다. 성벽은 무거운 잿빛으로 변하고, 구도시 너머로 요셉 큰할아버지에게는 매우 친근한 대학 건물들이 왕관처럼 씌워진 스코푸스 산과 올리브 산을 볼 수 있었는데, 올리브 산 둔덕은 치포라 큰할머니가 묻히게 될 곳이기도 했다. 요셉 큰할아버지 역시 그곳에 묻히길 소망했으나, 그가 죽었을 때 동예루살렘이 요르단의 통치 아래에 있었기 때문에 그 소망은 이루어지지 못했다.

저녁 빛은 큰할아버지의 아기 같은 뺨과 높은 이마의 연분홍빛 색조를 더 강하게 보이도록 했다. 그의 입술은 산란하고 약간은 당황한 듯한 미소를 띠고 있었다. 마치 종종 찾아가면 매우 따스하게 환대해주던 사람의 집 문을 두드렸는데, 그러나 막상 문이 열렸을 때 갑자기 이교도가 그를 노려보고는 놀라 뒷걸음질치며, 마치 "선생은 누구시오,

그리고 하필이면 왜 여기 오신 거요?"라고 묻기라도 한 것처럼.

*

아버지와 어머니와 나는 거기 서 있던 할아버지와 치포라 할머니 곁에 한 시간가량 머물다가, 작은 소리로 인사하고 그들을 떠나 7번 버스를 타러 정류장으로 갔다. 그 버스는 몇 분만 기다리면 라맛 라헬과 아르노나에서 반드시 도착하는 버스였다. 벌써 안식일이 끝나고 새로운 한 주가 시작되었기 때문이다. 7번 버스는 우리를 욥바 거리까지 데려다주었고, 그곳에서 집에서 오 분 거리에 있는 스바냐 거리로 가는 3B번 버스로 갈아탔다. 어머니는 말했다.

"그분은 변한 게 없어요. 늘 똑같은 설교를 하시고 늘 똑같은 얘기와 똑같은 일화들이에요. 내가 기억하는 한 그분은 매주 안식일마다 똑같은 말을 되풀이하셨죠."

아버지가 응수했다.

"때로 당신은 너무 비판적이야. 그분은 젊은 사람이 아니라고. 그리고 우리 모두 때때로 했던 말을 되풀이하잖아. 당신도 말야."

나는 장난스럽게 야보틴스키의 시 「베이타르」에서 한 줄을 패러디해 덧붙였다.

"피와 젤레조가 우리 젤조를 일으켜 세우리라."(요셉 큰할아버지는 야보틴스키가 어떻게 단어들을 선택했는지 상세하게 늘어놓곤 했다. 명백히, 야보틴스키는 '민족'이라는 뜻의 히브리어 '제자'에 적절한 각운을 찾지 못해서, 임시로 '철'이라는 뜻의 러시아 단어인 '젤레조'를

144

사용했다. 그래서 나온 시가 이러했다. '피와 젤레조로/ 우리는 민족을 일으키리라/ 긍지를 가지고, 아낌없이, 거칠게.' 그의 친구인 바루크 크루프니크가 와서 젤레조를 히브리어로 '땀'이라는 뜻의 '예자프'로 바꿔줄 때까지, '피와 땀으로/ 우리는 민족을 일으키리라/ 긍지를 가지고, 아낌없이, 거칠게.')

아버지가 말했다.

"글쎄 정말이지, 농담을 그만두시게 할 만한 뭔가가 있을 거야."

그러면 어머니가 말한다.

"내가 생각하기에는 사실 그런 건 없어요. 그럴 만한 가치도 없고요."

이때쯤 아버지가 끼어들었다.

"그만. 끝내자고. 오늘 하루의 일과는 이걸로 충분해. 얘야, 오늘밤 목욕해야 한다는 걸 기억해라. 머리도 감고. 아니, 분명히 내가 해줄 건 아니야. 왜 내가 그래야 하니? 내가 네 머리를 감겨줘야 하는 이유를 한 가지만 말해볼 수 있니? 없지? 이런 경우는, 네게 이유가 될 만한 약간의 여지조차도 없다면, 논쟁을 시작할 수조차 없는 거다. 지금부터 이걸 잘 기억해라. '내가 하고 싶다'와 '내가 하고 싶지 않다'가 항상 이유가 될 수는 없다는 거. 그건 그냥 자기방종이라고 정의될 뿐이니까. 그리고 말이 난 김에, '정의하다'라는 단어는 라틴어로 '끝'이나 '한계'라는 뜻을 가진 단어에서 유래한 거란다. 정의라는 행동은 매 순간 외관상 드러나는 것과 안에서 드러나지 않는 것을 가르는 것으로, 사실상 '방어'라는 단어와 더 연관될지도 모르겠지만, '방어'와 히브리 단어 '정의'는 똑같은 이미지로, '울타리'라는 단어에서 파생되었는데, 안과 밖 사이의 한계나 경계를 좇는 것을 의미한단다. 이제 손톱 좀 깎고, 더러운 옷들을 세탁 바구니에 모두 던져 넣어라. 네 속옷이랑, 셔츠랑 양말 모두. 그러고 나서 즉시 파자마로 갈아입은 다음에, 코코아 한 잔 마시고 가서 자거라. 오늘 네 할 일은 그걸로 충분해."

12

때로 우리는 요셉 큰할아버지와 치포라 큰할머니의 집을 떠났을 때 시간이 너무 늦지 않았으면, 길 건너 이웃집을 방문해 이십 분이나 반시간쯤 시간을 보낸다. 말하자면 살금살금 아그논 씨의 집으로 가는데, 그들을 화나게 하지 않기 위해 큰할아버지 댁에 갔었다는 사실은 말하지 않았다. 때로 7번 버스 정류장에서 유대 회당에서 걸어오는 아그논 씨를 우연히 마주친 적도 있는데, 그러면 그는 아버지 팔을 잡아당기고 경고하기를, 즉 아버지에게 말하기를, 아버지가 아그논 씨 댁을 방문하는 일을 줄여 숙녀의 얼굴에 드러난 빛을 대하는 자신의 기쁨을 줄인다면, 그것은 아그논 씨 자신의 광채를 빼앗기는 것과 다름없다고 말했다. 이런 식으로 아그논 씨는 어머니의 입술을 미소 짓게 만들었고, 아버지로 하여금 초대에 응하게 했다. "물론이죠. 아그논 씨께서 저희를 허락해주시기기만 한다면요, 단 몇 분만요. 그렇게 오래 머무르지는 않을 겁니다. 오늘 저녁에 케렘 아브라함으로 돌아가야 하니까요. 애가 너무 피곤해하고 학교 때문에 아침 일찍 일어나야 해서요."

"그 아이는 전혀 피곤하지 않은데요." 내가 말했다.

그러면 아그논 씨가 말한다.

"보게, 훌륭한 박사 양반. 젖먹이 아이들은 몇 달만 지나면 건강하게 자란다네."

아그논 씨의 집엔 사이프러스 나무로 둘러싸인 정원이 있었는데, 안전을 위해, 마치 정원이 얼굴을 감추려 드는 것처럼, 정원 뒤쪽이 거리로 연결되어 있었다. 정면에서, 거리에서 보이는 것이라곤 좁고 긴 창문 네댓 개뿐이었다. 사이프러스 나무로 덮인 대문으로 들어가, 집 옆으로 닦인 길을 따라 걷다, 네댓 걸음쯤 올라가, 하얀색 현관문의 초인종을 누르고, 문이 열리기를 기다린 다음, 인도해주는 이를 따라 오른편으로 돌아 아그논 씨의 연구실로 향하는 반쯤 어두운 길을 걸어 올라가는데, 그 연구실에서는 유대 광야와 모압 언덕이 보이는 잘 닦인 커다란 지붕의 테라스로 갈 수 있다. 왼편으로 돌면 비좁은 거실의 작은 창문을 통해 빈 정원이 보인다.

아그논 씨 집은 결코 채광이 좋지 않고, 항상 연한 커피 향과 페이스트리 향이 나는 여명 같은 상태였는데, 아마도 우리가 안식일이 끝나기 직전 저녁 무렵에 방문했기 때문인지도 모르고, 별이 셋 정도 창문에 나타나기 전까지는 전깃불 스위치를 켜지 않았기 때문인지도 모른다. 아니면 이미 전깃불이 켜져 있었지만 노랗고 너무 희미한 예루살렘 전기였기 때문이거나 아그논 씨가 절약을 하려 했기 때문인지도 모르고, 혹은 정전이라 파라핀 램프 빛만 있어서였는지도 모른다. 나는 여전히 그 반쯤 어두운 상태를 기억할 수 있고, 사실 그걸 거의 만질 수도 있다. 교도소 창살 같아 반쯤 어두운 상태를 더 두드러지게 하는 듯 보이던 창문 위의 격자 창살들. 그렇게 보인 이유는 지금도 설명하기 어렵고, 그때 역시 그랬는지도 모른다. 이유가 무엇이든 간에 아그논 씨가 집회에서 초라한 어두운색 옷을 입고 빽빽이 들어찬 예배자처럼 생긴 선반에서 책을 꺼내려고 서 있을 때면 언제나, 그의 모습엔 하나가 아니라 두세 개 또는 그 이상의 그림자가 서려 있었다. 이것이 그의 이미지가 내 어린 시절 기억에 각인된 방식이었고, 지금까지도 그를 기억하는 방식이다. 반쯤 어두운 곳에서 서성일 때면 그의 앞에, 그의 오른쪽에, 그의 뒤에, 그의 위나 발 아래로 각각 흔들리는 서너 개의 그림자를 지닌 흔들리는 남자.

이따금 아그논 부인은 날카롭고 당당한 목소리로 의견을 내곤 했는데, 그러면 곧 아그논 씨는 머리를 한편으로 약간 기울이고 그녀에게 냉소적인 미소로 암시를 주면서 말했다. "우리 손님들이 여기 함께 있는 동안만은 부디 내가 주인이 되게 허락해주시오. 그들이 떠나는 대로 곧 당신이 안주인이 될 거요." 나는 이 문장을 아주 선명하게 기억하고 있는데, 그것이 담고 있는 (오늘날 우리가 파괴적인 용어로 정의하는) 예상치 못한 장난기 때문만이 아니라, '안주인'이라는 단어가 히브리어에서는 원칙적으로 거의 쓰이지 않는 단어이기 때문이다. 세월이 흐른 뒤 나는 그의 단편소설 「안주인과 보부상」을 읽으면서 그 단어를 다시 마주하게 되었다. 나는 결코 아그논 씨 말고는 '안주인'이라는 단어를 집의 '여주인'이라는 의미로 사용하는 사람을 만나본 적이 없다. 어쩌면 그가 '안주인'이라는 말 속에 뭔가 약간 다른 의미를 집어넣으려 했는지도 모르지만.

뭐라 말하기는 어렵다. 그는 서너 개 혹은 그 이상의 그림자를 지닌 사람이었다.

*

아그논 씨와 관련해서 어머니를 어떻게 언급해야 할지. 마치 그녀는 시종일관 살얼음판에 있는 것 같았다. 그 집에 앉아 있을 때조차도, 살얼음 위에 앉아 있는 것처럼 보였다. 아그논 씨는 어머니에게 거의 말을 하지 않았고 대부분 아버지에게만 말했지만, 아버지에게 말할 때 그의 시선은 어머니의 얼굴에 잠시 머무르는 듯 보였다. 이상하게도, 어머니에게 의견을 말하는 아주 드문 순간에 그의 눈은 그녀를 피해 내게로 향했다. 아니면 창문으로. 아니면 그러지 않았는지도 모르고, 단순히 내 상상 속의 기억인지도 모른다. 이 살아 있는 기억—마치 수면 위에 흔들리는 잔잔한 물결이나 도망치기 직전 두려워서 떠는 가젤의 요동치는 피부 같은—이 갑자기 튀어나와 몇 개의 리듬이나 다양한 시선 속에서 눈 깜짝할 사이에 떨리기 시작한다. 기억의 기억 속에서 얼어붙어 움직일 수 없게 되기 전에.

1965년 봄 내 첫번째 책인 『자칼의 울음소리』가 출간되었고, 나는 약간 떨리는 마음으로 아그논 씨에게 책 앞면에 몇 글자 적어 보냈다. 아그논 씨는 답신으로 멋진 편지를 보내주었는데, 내 책에 대한 몇 가지가 적혀 있었고, 다음과 같이 끝을 맺고 있었다.

"자네가 책에 글을 써 보내준 것은 세상을 뜬 자네 어머니를 떠올리게 했네. 15년 전인가 16년 전에 자네 아버지의 부탁으로 그녀가 내게 책을 갖다줬던 모습이 생각났지. 자네가 함께 있었는지도 모르겠네만. 그녀는 현관문에 서 있었고 몇 마디 하지 않았지. 하지만 그녀의 얼굴은 내게 오랜 세월 동안 우아함과 순수함을 떠올리게 했다네. 자네의 진실한 벗, S. Y. 아그논."

아버지는 아그논 씨가 『도시와 그 안의 충만함』을 쓰고 있을 때, 아그논 씨의 요청에 따라 폴란드어 백과사전의 '부차치' 항목을 번역했는데, 사전이 아그논을 '디아스포라 작가'로 분류하자 입술을 찌푸렸다. 아버지는 그의 소설에는 날개가 부족하고, 비극적 깊이도 없고, 건강한 웃음뿐 아니라 재담이나 풍자조차 없다고 했다. 그가 여기저기서 아름다운 묘사를 하려고 든다면, 그는 장황한 익살과 갈리치아 출신다운 영리함의 웅덩이 속에서 빠져 죽을 때까지 펜을 내려놓거나 쉬지 않았을 것이다. 나는 아버지가 아그논 씨의 이야기들을 이디시 문학의 확장판으로 보고 있다는 느낌을 받았는데, 아버지는 이디시 문학을 좋아하지 않았다. 합리적인 리투아니아 미트나게드(현인)의 기질 때문에 그는 마법이나 초자연적이고 과도한 감정주의나 몽롱한 로맨티시즘으로 덧칠된 것이나 미스터리나, 감각이 뱅글뱅글 회전하게 하거나 이성을 가리는 모든 것을 혐오했다. 취향이 변해버린 생애 마지막 몇 년이 오기 전까지는 말이다. 과도하게 청결해서 돌아가신 슐로밋 할머니의 사망진단서에 심장마비로 죽었다고 기록되어 있었던 것처럼, 아버지의 이력에는 그의 마지막 연구가 알려지지 않은 I. L. 페레츠의 육필 원고에 관한 것이라고만 기록되어 있다. 이것은 사실이다. 진실이 무엇인지 나는 알지 못한다. 왜냐하면 아버지와 그 진실에 대해 말해본 적이 없기 때문이다. 그는 자신의 어린 시절에 관해, 자신의 사랑에 관해, 일반적인 사랑에 관해, 부모에 관해, 형의 죽음에 관해, 질병에 관해, 자신의 고통에 관해, 일반적인 고통에 관해 내게 말해준 적조차 없었다. 우리는 결코 어머니의 죽음에 대해서도 이야기하지 않았다. 단한 마디도. 나 역시 아버지를 편하게 대한 적이 없었고, 누군가의 폭로할 만한 사실에 대한 얘기가 나올지도 모를 대화를 결코 시작하고 싶어하지도 않았다. 내가 여기에 우리가 말하지 못했던, 아버지와 나에관한 모든 것을 쓰기 시작한다면, 책을 두 권은 채울 수 있을 것이다. 아버지는 내게 할 일을 엄청나게 많이 넘겨주었고, 나는 여전히 그 일을 하고 있다.

*

어머니는 아그논 씨에 대해 이렇게 이야기하곤 했다.

"그 사람은 많은 것을 보고 이해하고 있어."

그리고 한번은 이렇게 말했다.

"그는 좋은 사람은 아닐지도 모르지만, 적어도 무엇이 나쁜 것이고 무엇이 좋은 것인지는 알고 있어. 그리고 우리에게 선택권이 그리 많지 않다는 것도 알고 있지."

그녀는 소장 도서 가운데 『장치의 손잡이에서』에 실린 이야기들을 거의 매해 겨울 반복해서 읽곤 했다. 어쩌면 거기에서 자신만의 슬픔과 외로움을 발견했는지도 모른다. 나 역시 때로 『그녀의 삶이 혈기 왕성한 때』의 시작 부분에 나오는 민츠 집안 티르차 마잘의 말을 다시 읽었다.

어머니는 혈기 왕성할 때 돌아가셨다. 서른 살이었던 어느 날 나의 어머니는 죽음에 이르렀다. 그녀 삶의 나날들은 짧고 불행했다. 하루종일 그녀는 집에 앉아 있었고, 결코 집밖으로 나가지 않았다…… 침묵이 흐르는 우리집은 슬픔에 빠져 있었다. 집 문은 이교도에게는 열리지 않았다. 어머니는 침대에 누웠고 몇 마디도 채 하지 않았다.

아그논 씨가 내게 어머니에 대해 써준 몇 마디도 거의 이와 같았다. "그녀는 현관문에 서 있었고 몇 마디 하지 않았지."

몇 년 후 '누가 왔었나?'라는 제목의, 아그논 씨의 『그녀의 삶이 혈기 왕성한 때』의 시작 부분에 관한 에세이를 쓸 때, 나는 명백히 동어반복적인 문장인 "하루종일 그녀는 집에 앉아 있었고, 결코 집밖으로 나가지 않았다"라는 부분에서 머뭇거리고 있었다.

나의 어머니는 하루종일 집에 앉아 있지 않았다. 그녀는 어지간히도 집밖으로 나다녔다. 하지만 당연하게도 그녀 삶의 나날들은 길지 않고 불운했다.

"그녀 삶의 나날들"? 때때로 나는 이 말 속에서 어머니 삶의 이중성과 티르차의 어머니인 레아의 삶의 이중성과 민츠 집안 티르차의 삶의 이중성을 본다. 마치 그들 역시 벽에 하나 이상의 그림자를 던지고 있는 것같이.

*

몇 년 후, 키부츠 중학교에 문학 교사가 필요했기에 키부츠 훌다의 총회는 문학 공부를 시키기 위해 나를 대학에 보냈다. 그때 어느 날인가 나는 용기를 내어 아그논 씨 집 초인종을 눌렀다(또는 아그논 씨의 언어로 표현하자면 "나는 내 심장을 가지고 그를 찾아갔다").

"그런데 아그논 씨는 지금 집에 없는데요." 아그논 부인은 내게 정중히, 그러나 남편의 황금 같은 시간을 훔치러 온 노상강도나 약탈자 무리에게 대답하듯 화를 내며 말했다. 안주인 아그논 여사는 딱히 내게 거짓말을 했던 것은 아니었다. 아그논 씨는 정말 집안에는 없었고, 집 뒤편 정원에 나가 있었는데, 슬리퍼와 소매 없는 스웨터 차림으로 갑자기 나타나서는 내게 인사하고, 그다음에 의심스러운 눈초리로 물었다. "그런데 선생은 누구십니까?" 나는 예전에 우리가 그 집 현관문에 서서 그러했듯이 내 이름과 부모님의 이름을 말했고(아그논 여사는 말 한마디 없이 안쪽으로 사라져버리고), 아그논 씨는 몇 년 전 예루살렘에서 혀를 연신 움직이며 이런저런 대화를 했던 것을 기억해내고서, 손을 내 어깨 위에 올리며 말했다. "자네는 그 아이, 불쌍한 어머니에 의해 고아로 남겨지고 아버지로부터도 멀찍이 떨어져 있다가, 키부츠의 삶에서 벗어난 바로 그 아이가 아닌가. 자네가 어린 시절 바로 이 집에서 케이크를 헤집고 건포도를 골라내서 부모님한테 혼난 그 아이는 아니지?"(나는 이건 기억하지 못했고, 골라냈다는 말도 믿지 않지만, 그를 부인하는 쪽을 선택하지는 않았다.) 아그논 씨는 나를 안으로 들이고 잠시 동안 키부츠에서의 내 행적에 대해, 그리고 내 연구에 대해 물었고(요즘 대학에서는 내 글 중 무엇을 읽는지? 그리고 내 책 중에서 자네가 좋아하는 것은 무엇인지?), 또 내가 누구와 결혼했는지 내 아내의 가족은 어디 출신인지 물었는데, 내가 아내는 부계 쪽으로 17세기 탈무드 연구자이자 카발라주의자인 이사야 호로비츠의 후손이라고 말하자 눈을 번득였다. 그러고는 내게 두세 가지 이야기를 해주었는데, 그러는 사이 점차 그의 인내심이 고갈되고 이제 내가 사라져주었으면 하고 고대하는 게 보였지만, 나는 어머니가 그 앞에서 그랬듯 똑같이 살얼음에 앉아 있는 듯했음에도 불구하고, 용기를 내서 내가 왜 왔는지 그에게 털어놓았다.

나는 게르숌 샤케드*가 히브리 문학 수업에서 1학년 학생들에게 브레너와 아그논이 욥바를 배경으로 쓴 이야기들을 비교하라는 과제를 주었기 때문에 온 것이었는데, 그 이야기들을 다 읽었고, 제2차 알리야 시절 욥바에서의 그들의 우정에 관해 도서관에서 찾을 수 있는 모든 자료도 읽었으며, 그렇게 다른 두 남자가 친구가 될 수 있었다는 사실에 놀라워했다. 요세프 하임 브레너는 성마른 러시아계 유대인으로, 신랄하고 변덕스러우며, 땅딸막하고, 나약하고 감성적이며, 열정과 우울 사이, 동정과 격노 사이를 끊임없이 진자운동하던 도스토옙스키적인 영혼으로, 그 당시 이미 현대 히브리 문학의 중심에 자리한 인물이자 개척자 운동의 핵심에 있던 사람이었다. 반면 그때 아그논은 단지 부끄럼 많은 젊은 갈리치아인으로, 브레너보다 몇 살쯤 아래였고 문학적으로 아직 보여준 것이 없는 미완의 대가이자 세련되고 명민한 탈무

* 현대 히브리 문학비평가이자 학자.

드적 학생이며, 옷차림이 우아하고, 매우 사납고 정확한 글쓰기를 하는, 마르고, 꿈꾸는 듯하지만 냉소적인 젊은이였다. 제2차 알리야 시절 도대체 무엇이 그들을 욥바에서 그렇듯 가깝게, 거의 한 쌍의 연인처럼 끌어당겨주었단 말인가? 지금은 대답의 실마리를 추측할 수 있을 것 같지만, 그날 아그논의 집에서, 당시 나는 순진했으므로, 나는 교수가 부여한 임무를 설명했고, 브레너와 가까울 수 있었던 비밀을 말해줄 수 있느냐고 순진하게 물었다.

아그논 씨는 눈을 가늘게 치켜뜨고 나를 살폈다. 혹은 곁눈질하면서, 기쁜 모습으로 약간 웃으면서, 마치 나비잡이가 귀엽고 작은 얼룩점박이 나비를 발견했을 때 짓는 것 같은 미소를—나중에 이해하게 되었던—띠며 잠시 나를 뚫어져라 쳐다보았다. 한동안 쳐다본 후에 그는 말했다.

"그 시절 요세프 하임—하느님께서 죽음으로 복수해주실지도 모를—과 나 사이에는 사랑을 나눔으로써 만들어진 친밀감이 있었지."

나는 모든 비밀을 끝낼 하나의 진실을 듣게 될 거라는 믿음으로, 내가 세상을 놀라게 할 논고를 출판할 수 있도록 해줄, 그리고 히브리 문학 연구 세계에서 하룻밤 사이에 나를 저명하게 만들어줄 어떤 짜릿하고도 감춰진 사랑 이야기를 알게 될 거라는 믿음으로 귀를 쫑긋 세웠다.

"그러면 사랑을 나눈 상대는 누구였습니까?" 나는 젊은 순수와 쿵쾅대는 마음으로 물었다.

"그건 엄밀한 비밀이지." 아그논 씨는 나를 향해서가 아니라 자신을 향해, 윙크하듯 웃으면서 말을 이었다. "그래, 아주 엄밀한 비밀이야. 자네가 다른 어떤 살아 있는 영혼에게도 발설하지 않겠노라고 약속해준다면 오직 자네에게만 밝히겠네."

  나는 너무나 흥분해서 목소리까지 쉬었으나, 바보같이 약속할 수밖에 없었다.

  "비밀 중의 비밀을 자네에게 말해주겠네. 그때 욥바에서 살던 시절 요세프 하임과 나 둘 다 슈무엘 요세프 아그논을 미치도록 사랑하고 있었다는 비밀을 말이야."

*

  그렇다. 이는 아그논식의 반어, 주인의 소매를 끌어당기러 온 순진한 방문객, 이 방문객과 동시에 그 주인까지 때려눕힐 수 있는 자조적인 반어였던 것이다. 그러나 여기 숨겨진 진실의 아주 작은 티끌에, 이 불같은 남자―마르고 응석받이이며 또한 세련된 갈리치아인 청년을 데려와 아버지 같은 날개 아래 품을 수 있었을지 모를, 또는 그에게 큰형의 어깨가 되어주었을지 모를 매우 육체적이고 열정적인 남자―를 숭배하게 된 매력의 비밀에 대한 모호한 힌트가 있다.

  이와 더불어, 그 비밀은 사실 공유된 사랑이라기보다는 오히려 아그논의 이야기를 브레너의 이야기에 가까이 접근시키는 공유된 증오였다. 그릇되거나 수사적이거나 제2차 알리야의 세계(1차대전과 함께 끝난 이주의 물결)에서 자만심에 의해 과장된 것이었고, 시온주의자의 현실 속에서 자화자찬하거나 거짓말하는 모든 것이었으며, 그 시절 유대인의 삶 속에 있는 아늑하고, 독실한 척하며, 부르주아적 방종인 모든 것이었는데, 이 모든 것들을 아그논과 브레너는 똑같이 혐오했다.

브레너는 자신의 글에서 그것들을 분노의 망치로 깨부순 반면, 아그논은 허위와 가식을 날카로운 반어법으로 쑤셔대고, 그것들을 부풀리던 구린내 나는 열기를 방출시켰다.

그럼에도 불구하고, 아그논의 욥바에서처럼 브레너의 욥바에서도, 사기꾼과 수다쟁이 무리 가운데 소수의 진실한 사람들이 이따금 나타나 희미하게 빛났다.

*

아그논은 보수파 유대인이었는데, 안식일을 꼬박꼬박 지키고, 키파*를 썼으며, 문자 그대로 하느님을 경외하는 사람이었다. 히브리어에서 '경외'는 '믿음'과 동의어다. 간접적이고 교묘하게 위장된 방식으로, 하느님에 대한 경외를 마치 끔찍하게 무서운 하느님처럼 묘사하는 아그논의 이야기에는 막다른 궁지가 있다. 아그논은 하느님을 신뢰하고 경외했지만, 그를 사랑하지는 않았다. "나는 안이한 사람이야." 아그논의 소설 『밤에 찾아온 손님』에서 다니엘 바흐는 이렇게 말했다. "그리고 나는 전능자가 자신의 피조물이 선하기를 바란다고 믿지 않아." 이것은, 아그논이 결코 논증적으로 표현하지는 않았지만, 그의 작품 속 부차적 인물들이 내는 목소리와 영웅에게 들이닥치는 사건들이 암시하는, 역설적이고 비극적이며 심지어 절박하기까지 한 신학적 지점이다. 내가 『하늘의 침묵: 아그논의 신에 대한 경외』라는 책에서 아그

---

* 종교적인 유대인이 머리에 쓰는 작은 모자.

논에 대해 썼을 때, 이 주제를 탐구하던 수십 명의 종교적 유대인들—대부분이 정통파에 속해 있으며, 젊은이와 여자, 심지어 종교적인 교사와 공무원 들까지 포함하고 있는—이 내게 개인적인 편지를 써 보냈다. 이 편지 중 몇몇은 진실한 고백이었다. 그들은 내가 아그논 안에서 보았던 것을 자신의 영혼에서 다양한 방식으로 볼 수 있었노라고 말했다. 그러나 아그논의 작품에서, 아그논 씨 자신 안에서, 나 역시 일견으로, 잠시 잠깐 동안 볼 수 있었던 것은, 거의 절박에 가까운 조롱하는 냉소주의였으며, 시시덕거리는 허무주의였다. 그는 한번은 "주님께서는 의심의 여지 없이 내게 자비를 내려주실 것이다" "만일 주님께서 내게 자비를 베풀지 않으신다면 대신 마을 의회가 베풀어줄 테지만, 나는 그 둘보다 '운송조합'이 더 강하다는 점이 두려울 뿐이다"라며 끊임없는 불만들 중 하나인 버스 서비스에 대해 말한 적이 있다.

*

예루살렘 소재 대학에서 2년 동안 연구하던 시절, 나는 탈피옷으로 두세 번 이상 순례여행을 했었다. 내 초기 단편소설들이 〈다바르〉의 주말판과 계간지 『케세트』에 실렸는데, 나는 그것들을 가지고 아그논 씨에게 가서 그가 어떻게 생각하는지 들으려고 했다. 그러나 아그논 씨는 "요즘은 책을 읽을 수 있을 것 같지 않아 유감이구먼"이라며 미안해하면서, 다른 날 책들을 다시 가져오라고 말했다. 이후 나는 그에게 빈손으로, 그러나 원치 않은 임신이라도 한 양, 내 이야기가 실린 『케세트』 몇 권을 스웨터와 배 사이에 숨긴 채 찾아갔다. 결국 나는 그곳에서 출산할 용기를 잃었고, 폐를 끼칠까 두려워져서는 막 도착했던 때처럼 배만 부푼 채, 혹은 불룩해진 스웨터 차림으로 그 집을 떠났다. 그 단편소설들은 몇 년이 지난 후 한 권의 책 『자칼의 울음소리』에 수록되었고, 그것을 그에게 보낼 용기를 얻었다. 아그논 씨의 멋진 편지를 받은 후 나는 사흘 밤낮으로 홀다 주변을 돌며 춤을 추었고, 기쁨에 겨워 술을 마셨고, 조용히 노래하고 행복에 겨워 큰 소리를 쳤으며, 마음속으로는 울부짖으며 흐느끼고 있었다. 그는 내게 이렇게 썼다. "……그리고 우리가 만나면 내가 여기 적은 것 이상을 직접 말해주지. 나는 영웅들이 자기 존재의 완전한 실존의 모습으로 등장하는 자네 소설 같은 단편을 즐겨 읽으니까, 유월절 동안 자네 단편소설들 중 나머지를 읽어보도록 함세."

한번은 내가 대학에 있을 때, 비교문학 분야의 대가인 한 학자가(아마 스위스인 에밀 슈타이거였던가?) 외국 저널에 논고를 실었는데, 그는 20세기 초반의 가장 중요한 중부유럽 작가 세 명을 꼽는다면 토마스 만, 로베르트 무질, 그리고 S. Y. 아그논이라는 의견을 폈다. 그 논고는 아그논 씨가 노벨상을 받기 몇 년 전에 쓰인 것으로, 나는 너무나 흥분한 나머지 그 저널을 도서 열람실에서 훔쳐서(그 시절 대학에는 복사기가 없었다), 아그논 씨에게 기쁨을 줄 요량으로 서둘러 탈피옷으로 갔다. 그는 정말로 기뻐했고, 너무나 기쁜 나머지 집 현관문에 선 채 그 논고 전체를 게걸스럽게, 그것도 단숨에, 나에게 들어오라는 말을 하기도 전에 다 읽어치웠다. 다 읽고, 또 읽고 난 후에 그는 입술을 핥으면서, 때때로 내게 던지던 그 시선으로 나를 보며 순진무구하게 물었다. "자네도 토마스 만이 그렇게 중요한 작가라고 생각하나?"

언젠가 그에게 비알리크와 우리 츠비 그린베르그, 알터만과 하자즈와 슐론스키를 어떻게 평가하는지 물어본 적이 있다. 그는 이렇게 말했다. "비알리크는 언어와 시의 대가지. 성경이 완결된 날 이후 이스라엘 민족은 비알리크만큼 히브리어에 능통한 사람을 배출한 적이 없다네. 비알리크는 우리 언어의 대가라고. 게다가 난 그의 작품에서 어법상의 오류를 단 두 개밖에 찾지 못했어." 아그논은 우리 츠비 그린베르그에 대해서도 말했다. "언어와 시의 대가! 서정시의 전사! 그 어떤 나라와 언어에서도 우리 츠비에 필적할 만한 시인이 나타난 적은 없네. 위대한 괴테조차도 우리 츠비가 이루어낸 것을 이루어내진 못했지. 그는 선언을 쓰고 그것을 음계로 노래했다고!" 그리고 슐론스키에 대해서도 묻자 그는 미소 짓더니 눈을 깜박이고는 이렇게 말했다. "그는 영원히 칭송받을 거야. 각운의 천재였지. 슐론스키는 일어서서 창세기를 각운에 맞춰 소리 내어 읽곤 했는데, 여러 번 반복했지. 마치 세상이 각운에 맞춰 창조된 것처럼. 그는 창조성의 비밀을 직관적으로 알고 있었어."

그때 아그논의 얼굴에선 조롱도, 교만도 보이지 않았다. 오히려 어른을 속이는 데 성공한 호기심 많은 어린이 같은 장난기가 보였다. 애정과 활력과 자부심을 힘겹게 가라앉히고 있는 모습은 마치 화를 참고 있는 것 같았다. 그 순간 이 노벨상 수상 작가는 사랑에 빠진 신동, 엄청난 양의 물로도 결코 풀 수 없고, 강력한 폭풍도 누그러뜨리지 못한 사랑을 향한 갈증을 품은 신동처럼 보였다. 그리고 나는 마치 태곳적부터 존재한 거대한 비밀을 깨달은 사람처럼 기쁜 마음으로 그의 집을 떠났다.

1966년 어느 날 밤 나는 르호봇에서 훌다에 있는 키부츠로 돌아가는 마지막 버스를 놓쳐서 택시를 타야 했다. 그날은 하루종일 라디오에서 노벨상에 대해 떠들어대고 있었는데, 노벨상을 아그논과 시인 넬리 작스가 공동수상했다는 것이었다. 택시 기사는 아그논(그는 '에그논'이라 발음했다)인가 하는 작가에 관해 들어본 적이 있느냐고 물었다. "생각해봐요." 그가 놀라워하며 말했다. "우리는 이전에 그의 이름을 들어본 적도 없는데, 갑자기 그가 우리를 세계 결승전으로 들어가게 하다니 말이에요. 안타까운 것은 이제 그가 한 여자하고만 묶이기는 글렀다는 거지요."

아그논 역시 이 '무승부'를 무척 유감스럽게 생각했다. 그는 진심으로 마치 어린아이처럼 흥분해서, 이삼년 후 노벨상 위원회를 다시 구성해 자신에게 그 어떤 조건이나 공동수상자 없는 온전한 노벨상을 수여해야 한다는 의견을 피력했다. 그런가 하면 언젠가 그는 자신을 몹시 갉아먹고 있는 이기심과 명예욕에 대해 스스로 조롱하며 말했다. "인간이 죽을 때까지 제 품위를 더럽히면서도 굴복할 각오를 하게 만드는, 저 명예라는 것이 얼마나 거대한지 좀 보게나."

몇 해 동안 나는 아그논의 그림자에서 벗어나기 위해 애썼다. 나는 내 작품을, 그의 영향력과 그의 조밀하고 기교적이고 때로는 속물적인 언어와 그의 측량된 리듬과 미드라시적인 자기만족이라든가, 이디시어조와 하시디즘 이야기의 축축한 파동 같은 것과 거리를 두고자 부단히 노력했다. 그의 풍자와 위트, 바로크풍의 상징주의와 수수께끼 같은 미로 게임들, 이중적 의미와 복잡하고 박학한 문학적 기교의 영향으로부터 나 자신을 해방시켜야만 했다.

그로부터 자유로워지고자 하는 모든 노력에도 불구하고, 내가 아그논에게서 배운 것은 의심의 여지 없이 여전히 내 작품 속에 공명하고 있다.

그러나 내가 실제로 그로부터 배운 것은 무엇인가?

아마 이것이리라. 하나 이상의 그림자를 드리우는 것. 케이크에서 건포도를 골라내지 않는 것. 고통에 고삐를 매어 세우고 그것을 갈고 닦는 것. 그리고 다른 한 가지는, 아그논이 표현했던 것에서 발견했다기보다는 내 할머니가 더 날카롭게 하던 말에서 배운 것이었다. "더이상 흘릴 눈물이 남아 있지 않다면, 울지 마라. 웃어라."

13

그리고 나는 간간이 할아버지와 할머니와 함께 지냈다. 할머니는 갑자기 가구 한 개나 옷 한 벌 또는 한 사람을 가리키며 내게 말하곤 했다.

"너무 못생겨서 아름답기까지 하구나."

그리고 때로는 말했다.

"그는 너무나 영리해져서, 영리한 나막신이 되어가지고는, 더이상 아무것도 이해할 수 없게 되었구나."

아니면 이렇게.

"그게 내게 너무 심하게 상처를 입히고 입히고 또 입혀서 웃음이 나올 지경이구나."

그녀는 세균에 대한 공포로 떨거나 오염된 모든 것에 불평하는 무례를 범하지 않고 살아도 되던 곳에서 온 자기 자신을 향해 하루종일 콧노래 가락을 흥얼댔다.

"짐승같이." 그녀는 뭔가 눈에 보이는 어떤 이유 때문도 아니고, 도발하거나 관계된 것도 없는데 짐승에 빗댄 것이 누구인지 설명해주느라 우리를 귀찮게 굴지도 않고, 그저 불현듯 역겹다는 듯 쇳소리를 냈다. 심지어 내가 저녁 시간 공원 벤치에서 그녀 바로 옆에 앉아 있을 때, 공원에 아무도 없고, 부드럽게 나무 이파리 끝을 일렁이거나 보이지도 닿지도 않았지만 나뭇잎을 떨게 만들었을 약간의 미풍만 있었을 뿐인데도, 할머니는 갑자기 정말 몸서리치게 싫다는 듯, 충격과 갖은 혐오를 담아 바들바들 떨며 폭발하곤 했다.

"정말이지! 어떻게 그럴 수가 있어! 짐승보다 못한 놈들!"

잠시 후 그녀는 낯설지만 부드러운 음조로 콧노래를 부르고 있었다.

그녀는 언제 어디서나, 부엌에서든 거울 앞에서든 베란다에 있는 자신의 발코니용 의자에서든, 심지어 한밤중에도 혼자 콧노래를 흥얼거렸다.

때때로 나는 목욕하고 이를 닦고 끝이 솜으로 된 면봉으로 귀를 후비고 난 후, 할머니의 엄청 넓은 침대(2인용 침대는 내가 태어나기도 전에, 할아버지가 버렸다) 위 할머니 바로 옆에 누웠다. 할머니는 이야기 한두 개를 읽어주고, 내 뺨을 어루만진 다음 이마에 키스해주고는, 늘 오른쪽 소매에 넣어 다니면서 세균들을 닦아버리던, 향수 뿌린 작은 손수건으로 내 이마를 닦았고, 그러고는 불을 껐다. 바로 그때조차 그녀는 어둠 속에서 혼자 계속 콧노래를 흥얼거리거나, 아니면 자기 내부 멀리서 들리는 무언가 꿈 같은 음성, 밤나무 빛 음성, 점차 하나의 메아리로, 색깔로, 향취로, 거친 온화함으로, 다갈색 따스함으로,

양막 속 미지근한 액체로 정제되는 기쁘고 어두운 음성을 몰아냈다. 밤새도록.

*

그러나 할머니는 아침이면 맨 먼저 이 모든 야밤의 기쁨들을, 심지어 코코아 한 잔에 엷은 막이 생기기도 전에, 맹렬히 씻어냈다. 나는 그녀의 침대에서 할아버지가 마치 침구와 정기적으로 새벽 전투라도 하듯 카펫을 터는 소리를 들으며 깨어났다.

눈을 뜨기도 전에 벌써 김이 모락모락 나는 뜨거운 욕조가 기다리고 있었는데, 욕조에서는 물에 탄 소독약 때문에 병원 냄새가 났다. 욕조 끝에는 이미 상아색 치약이 몸을 구부린 하얀 벌레처럼 칫솔모를 따라 길게 누워 있었다. 내가 할 일은 몸을 물에 푹 담그고, 온몸을 비누칠해서 때 타월로 벅벅 문지르고, 헹구는 것이었다. 그러고 나면 할머니가 와서, 욕조 안에서 나를 무릎을 꿇고 반쯤 서게 한 후 팔로 나를 꼭 붙들고 온몸의 때를 구석구석 머리부터 발끝까지, 꼭 사악한 로마인들이 랍비 아키바와 바르 코크바 혁명의 순교자들의 살을 찢는 데 사용했던 강철 빗을 연상시키는 무시무시한 말솔로, 피부가 날고기처럼 벌게질 때까지 다시금 밀어준다. 그러고는 할머니는 샴푸를 하는 동안 눈을 감으라고 말하고는, 머리를 두드리고, 욥이 질그릇 조각으로 자기 몸을 벅벅 긁었듯 날카로운 손톱으로 내 두피를 박박 긁어내고, 그러는 내내 다정하고 쾌활한 목소리로, 잠자는 동안 몸의 분비샘에서 나온, 끈적끈적한 땀과 온갖 종류의 지방질 분비물과 피부 각질과 빠진 머리카락과 수백만의 죽은 세포들과 차라리 모르는 게 더 나은 아주 미세하고 다양한 분비물 등 각종 때와 더러운 것들에 대해 설명해주고, 잠든 동안 이 모든 찌꺼기와 노폐물이 몸 전체에 덮여 있다가 재빨리 서로 뒤섞이고 활성화되어 박테리아나 바이러스 등 각종 균이 몸 전체에 들러붙어 우글거리도록 불러들인다고, 과학이 아직 발견하지도 못한 모든 것은 말할 필요도 없이, 이런 것들은 초강력 현미경으로도 보이지 않고, 그것들이 밤새 그 조그맣고 무시무시한 1조억 개쯤 되는 숱한 다리들로 몸 전체를 기어다니는 것을 볼 수 없다 해도, 마치 바퀴벌레 같지만 너무 작아서 보이지 않는 이것들은, 과학자조차 아직은 볼 수 없지만, 역겨운 털로 뒤덮인 다리로 우리의 코나 입이나, 말할 필요도 없이, 들어올 수 있는 곳이면 어디든지 거기를 통해서 우리 몸 안쪽으로 기어들어 살금살금 돌아다닐 것이라고, 특히 사람들이 닦아내기 불편해서 씻지 않았을 때, 깨끗이 닦지 않았을 때는 반대로, 우리 피부에 있는 미세한 수백만 개의 구멍 속으로 지저분한 분비물이 퍼져나가고, 더 지저분하고 역겨운 것들로 채워지고, 몸이 끊임없이 내뿜는 내부의 더러운 분비물이 밤낮으로 앞서 스쳐간 누군지도 모를 사람의 손이 닿은 비위생적인 것에서 나온 외부의 오염 물질과, 그러니까 동전이라든지, 신문이라든지, 손잡이나 문고리나 심지어 음식을 사려고 고르면서 접촉하게 되는 모든 것과 섞이게 되니, 결국 만지고 있는 물건에 누군가 재채기를 했을지 알 길이 없는 노릇이며, 심지어 길거리에서 집은 과자 포장지에 누가 코를 흘렸거나 닦았을지도 모를 일이고 사람들이 자던 곳에 나중에 누울지도 모를 일이며, 쓰레기통에서 막 들어낸 코르크 마개는 두말할 것도 없고, 네 어머니가, 오 주님,

그 아이를 지켜주소서, 실례합니다라고 한 후에 산, 손을 씻지도 말리지도 않았을지 모를 어떤 남자의 손이 닿은 삶은 옥수수는 또 어떻고, 게다가 우리가 어떻게 그가 건강한 남자라 확신할 수 있겠느냐고, 그 사람이 결핵이나 콜레라에 걸리지 않았는지, 아니면 발진티푸스나 황달이나 이질 같은 것에 걸리지 않았는지 어찌 알겠느냐고, 아니면 종기나 장염, 습진이나 건선이나 농가진이나 부스럼 같은 건? 심지어 그는 유대인이 아닐지도 모른다고, 이곳에 얼마나 많은 질병이 있고 얼마나 많은 레반트 사람들이 전염병에 걸리는지 아느냐고, 그리고 이건 심지어 알려진 질병에 대해서만 말하는 것이지, 아직 밝혀지지 않은 것이나 의학으로도 밝히지 못한 것은 말도 안 했고, 기생충이나 세균이나 미생물이나 파리와 모기와 나방과 개미와 바퀴벌레와 작은 날벌레와 어떤 의사도 알지 못할 온갖 종류의 벌레로 가득한 유난히 더운 이 나라에서조차 식별하지 못할, 그래서 현미경으로만 보이는 온갖 벌레에 의해 사람들이 파리처럼 죽지 않고는 하루도 넘기지 못하는 레반트에서, 사람들은 늘 땀을 흘리고 서로의 염증과 배출물과 땀과 몸에서 나는 온갖 액체를 만지고 비벼대고 있고, 누구든 쉽게 다른 이들을 끈적거리게 할 수 있는데 네 나이 또래는 이런 더러운 액체는 모르는 게 더 낫고, 상대방은 뭔가에 닿아 있는 와중에도 자신이 뭔가에 닿아 있는지조차 느끼지 못하는 곳이 이곳이며, 손을 흔드는 것만으로도 충분히 온갖 종류의 전염병을 전달할 수 있고, 심지어 만지지 않아도 온갖 종류의 트라코마나 주혈흡충이나 백선균과 미생물이 있는 폐로 숨을 들이마셨던 다른 사람이 앞에서 내뿜은 공기만으로도 더러워질 수 있는 곳이라고. 그리고 이곳의 공중위생은 결코 유럽적이지 않고, 이곳 사람들의 절반은 위생에 관해서 들어본 적도 없으며, 공기는 온갖 난폭한 곤충과 아랍 부락이나 심지어 아프리카에서부터 곧장 이곳으로 날아온 날개 달린 메스꺼운 파충류로 가득하니, 그것들이 어떤 이상한 질병과 염증과 분비물을 몰고 올지 알 수 없는 일이고, 이곳은 세균으로 가득한 곳이라고. 그러니 다 큰 소년처럼 잘 닦아 말리고, 어디든 습기찬 곳에는 가지 말고, 안에서 네가 아는 어느 곳에든 혼자 힘으로 탤컴파우더를 바르고, 이 튜브에서 벨베타 크림을 짜서 목에 문질렀으면 좋겠다고. 그리고 그다음엔 여기 내가 내놓은, 네 어머니가, 하느님, 그녀를 보호하소서, 너를 위해 준비해놓은 옷을 입으라고. 옷에 기생하고 있을지 모를 그 어떤 것도 다 죽이고 소독하는 차원에서 세탁보다 효과적인 뜨거운 다리미로 다려놓은 것이니까, 그런 다음엔 머리를 예쁘게 빗고 부엌으로 오라고, 그럼 내가 예쁜 컵에 코코아 한 잔을 담아주고, 아침도 주겠노라고.

욕실에서 떠날 때면 그녀는 중얼거렸는데, 화난 목소리가 아니라 깊은 슬픔이 담긴 목소리였다.

"짐승 같은 것들. 그보다도 못한 것들."

*

간유리가 끼워진 문은, 기하학적인 꽃 모양으로 장식되어 있었는데, 그 문은 '알렉산더 할아버지의 캐비닛'이라고 부르는 작은 서재와 할머니의 침실을 구분지어주었다. 할아버지는 이곳에서 베란다로 나가는 개인 출구를 이용했는데, 그곳은 정원과 마침내는 바깥, 도시, 자유로 연결되어 있었다.

이 작은 방 한구석에는 널빤지처럼 좁고 딱딱한 오데사산産 소파가 놓여 있었는데, 할아버지는 밤에 거기서 잤다. 소파 아래로는, 마치 열병 대형으로 선 신병들처럼, 여덟 내지 아홉 켤레의 신발이 깔끔하게 정렬되어 있었다. 모두 검고 윤이 났다. 슐로밋 할머니의 녹색, 갈색, 고동색의 모자 컬렉션과 흡사했는데, 그녀는 마치 상패를 모아두듯 그것들을 둥그런 모자 상자에 소중히 보관했다. 알렉산더 할아버지는 전 신발 함대의 통솔권을 가지고 있길 좋아했기 때문에 그것들이 크리스 털처럼 빛날 때까지 광을 냈다. 어떤 것은 딱딱하면서 밑창이 두꺼웠고, 어떤 것은 발끝이 둥그렇거나 뾰족했고, 어떤 것은 투박했고, 어떤 것은 끈으로 묶여 있었으며, 어떤 것은 가죽끈이 달려 있고 어떤 것은 버클이 달려 있었다.

소파 반대편에는 늘 산뜻하고 말끔하게 치워져 있고, 잉크병과 올리 브나무 재질의 압지가 놓여 있는 작은 책상이 있었다. 압지는 내게 항상 탱크나 혹은 밝은 은색의 컨테이너 삼인조와 함께 부두로 향하는 육중한 굴뚝이 달린 배처럼 보였는데, 하나는 클립으로 가득차고 바로 옆에 있는 것에는 압정이 있었으며, 세번째 것은 독사 둥지 같은 고무줄 묶음이 휘감겨 있었다. 책상 위에는 직사각형 모양의 금속 서류함도 있었는데, 하나에는 받은 우편물, 다른 하나에는 보낼 우편물, 세번째 것에는 신문 기사 오려둔 것, 또 하나에는 지방자치체나 은행에서 온 서류들이 들어 있었고, 나머지 하나에는 헤룻 운동 예루살렘 지부와 주고받은 편지들이 있었다. 책상에는 올리브 목재로 된 상자도 있었는데, 각기 값어치가 다른 우표들로 가득했고, 급행, 등기우편, 항공

우편 스티커 들이 구획지어 나뉘어 있었다. 그리고 편지 봉투 함과 엽서를 담는 상자가 있었고, 그 뒤에는 한쪽 끝은 파란색이고 다른 쪽 끝은 빨간색인 신기한 연필을 포함해 갖가지 색깔의 연필과 펜이 꽂혀 있는 에펠탑 모양의 회전식 은색 펜꽂이가 있었다.

할아버지 책상의 한구석 서류 더미 바로 옆에는, 항상 수입 리큐어가 담긴 커다란 암색 병과 허리가 날씬한 여자 같은 모양새의 굽 달린 녹색 잔 서너 개가 놓여 있었다. 할아버지는 아름다움을 사랑했고 못생긴 것은 전부 혐오했다. 그는 때때로 혼자만의 체리브랜디 한 모금으로 자신의 열정적이고 외로운 심장을 강화시키길 좋아했다. 세상은 그의 마음을 이해하지 못했다. 아내인 할머니도 그의 마음을 이해하지 못했다. 아무도 그의 마음을 진정으로 이해하지 못했다. 그의 마음은 언제나 고매한 것을 갈망했지만, 모두가 그의 날개를 잘라내는 일을 공모했다. 그의 아내, 친구들, 사업 파트너들은 모두 무수한 밥벌이의 의무와 위생, 몸단장, 사업상의 흥정과 거래 같은 성가신 일로 그를 옭아매기 위해 작당한 골칫거리들이었다. 그는 평범한 기질의 소유자로, 성미가 불같긴 해도 금세 진정하는 사람이었다. 어떤 의무가 주어지면 언제나, 공적인 것이든 사적인 것이든 또는 도덕적인 의무든, 몸을 굽혀 그것을 짊어졌다. 그러나 그러고 나서는 한숨을 쉬고 짐의 무게에 대해 그리고 다른 모두, 특히 그의 선한 천성을 이용해 시적 영감을 질식사시키는 수많은 짐을 지우고 그를 심부름하는 어린아이처럼 부려먹는 할머니에 대해 불평해댔다.

알렉산더 할아버지가 상품 판매 대리인, 의류 판매원으로 일하던 시절, 그는 로지아 섬유 회사와 다른 수많은 유명 회사들의 예루살렘 대리인이었다. 의류 샘플, 그러니까 트리코와 개버딘으로 된 셔츠, 바지, 양말과 온갖 종류의 타월, 냅킨, 커튼 샘플의 색색가지 컬렉션 등을 모은 연구 자료들이 벽 천장부터 바닥까지 이어진 선반 위에 가득 쌓여 있었다. 나는 열어보지 말라는 당부와 함께 이 샘플들을 성채와 요새, 방어벽을 짓는 데 사용해도 된다고 허락받았다. 할아버지는 등받이가 없는 작은 의자에 앉아 등을 책상에 기댄 채 두 다리를 쭉 뻗고 있었는데, 분홍빛 얼굴 전체에 친절함과 만족감을 드러내며, 마치 내 손 아래서 세워지고 있는 그 샘플과 상자로 된 성벽들이 세상의 기억 속에서 사라진 바벨탑과 중국의 만리장성과 피라미드라도 되는 듯 행복한 미소를 지었다. 내게 중국의 만리장성, 피라미드, 바벨탑과 인간 정신이 만든 파르테논이나 콜로세움, 수에즈와 파나마 운하, 엠파이어스테이트 빌딩, 크렘린의 교회들, 베네치아 운하, 파리 개선문과 에펠탑 같은 여러 진기한 것들에 대해 말해준 사람도 바로 알렉산더 할아버지였다.

*

　밤, 고독한 시간이 오면 연구에 전념하는, 알렉산더 할아버지는 책상에서 달콤한 체리브랜디가 담긴 술잔을 기울이며 사랑과 기쁨, 열정과 갈망 같은 외부 세계의 시를 모두 러시아어로 쓰던 감성적인 시인이었다. 그의 좋은 벗이었던 요세프 코헨 차디크는 그것을 히브리어로 번역했다. 여기 그 시가 있다. "수년의 잠들었던 시간이 지나/ 인자하신, 주여!/ 내 죽은 몸을 들어올리소서/ 사랑스러운 손으로 내 눈을 여시고/ 내가 사흘을 더 살게 하소서/ 단에서 브엘세바까지/ 내가 내 조국을 두루 다니게 하시고/ 계곡과 골짜기마다 다니게 하소서/ 그리고 아름다운 그곳을 서서 바라보게 하소서/ 모든 인간은 안연히 살게 되며/ 각각 자신의 무화과와 포도나무 아래/ 대지가 풍요로움을 선사했듯/ 기쁨으로 가득한 이 내 땅에……"

혹은 이런 시. "어둠이 아가리를 벌린다/ 밤은 나에게 그림자를 덮어씌우고/ 나는 신 앞에서 절규하며 복수, 복수, 복수를 울부짖는다……"

그는 제에프 야보틴스키와 메나헴 베긴과 자신의 유명한 형제, 내 큰할아버지 요셉과 같은 인물을 찬미하는 헌시를 썼고, 또한 독일인, 아랍인, 영국인 그리고 여타 모든 이스라엘 혐오자에 대항하는 분노의 시를 썼다. 나는 그 가운데 슬픔과 외로움에 대한 이런 구절을 지닌 시 서너 개를 찾아냈다. "꿈속에서" 혹은 "그러한 울적한 생각이 내 주변에 둘러서/ 내 생의 저녁 시간에/ 내 젊은 날의 기력이여 안녕/ 그리고 희망적인 햇살에게도/ 이제 얼음으로 뒤덮인 겨울이 머물리니……"

그러나 대개 그를 에워싼 것은 얼음으로 뒤덮인 겨울은 아니었다. 그는 민족주의자이자 애국자였고, 군대와 승리와 정복의 연인이었고, 우리 유대인 스스로 용기와 대담함과 강철 같은 결의 등으로 스스로 무장하고 일어나, 마침내 이 이교도들에 대한 걱정을 멈추기만 한다면, 우리는 원수를 물리치고 나일 강부터 그 큰 강 유프라테스에 이르기까지 다윗 왕국을 건설하고, 모든 잔혹하고 사악한 이교도 세계는 우리 앞에 와서 절하게 되리라 믿은 열정적이고 순수한 마음을 지닌 매와 같은 사람이었다. 그는 장엄하고 힘있고 희미하게 빛나는 모든 것들—군복, 황동 나팔, 햇빛 아래 빛나는 깃발과 창검, 왕의 궁전과

도금된 무기 —에 약했다. 20세기의 4분의 3을 눈으로 볼 만큼 충분히 오래 살았다 하더라도, 그는 19세기의 자손이었다.

나는 밝은 크림색 플란넬 정장을 입고 있거나 또는 세련된 은장 사슬이 허리 주변을 돌아 바로 피케 조끼의 아랫주머니로 들어가고, 조끼 아래로 날카롭게 빠진 핀스트라이프 정장을 입고 있던 그의 모습을 기억한다. 여름이면 머리에 느슨하게 짠 밀짚모자를 썼고, 겨울이면 어두운색 공단으로 테두리를 두른 보르살리노* 모자를 썼다. 그는 끔찍이도 성미가 급했고, 걸핏하면 갑작스레 울려퍼지는 뇌성의 회오리처럼 쉽게 폭발하던 분이었지만, 그 화가 마치 나쁜 감기 때문에 콜록거리는 기침인 양 아주 순식간에 기분이 밝아지고, 용서하고, 사과하고, 죄를 뉘우쳤다. 그의 얼굴색은 신호등처럼, 핑크색-흰색-붉은색-다시 핑크색으로 변했기 때문에, 멀리서도 기분을 가늠할 수 있었다. 대부분 할아버지의 뺨은 안정된 분홍빛이었는데, 속이 상하면 새하얗게 변했고, 정말 화가 났을 땐 빨갛게 변했지만, 온 세상의 뇌우가 끝났다는 것이 알려지면 순식간에 뺨은 분홍빛을 되찾았고, 겨울은 완전히 끝나고 지상에 꽃이 피어났으며, 할아버지의 습관적인 명랑함은 잠시 멈췄다가 다시금 빛나곤 했다. 그리고 그는 곧 누가 또는 무엇이 그를 그리도 화나게 했었는지 잊었고, 마치 잠깐 울던 아이가 곧 잠잠해지고, 웃으며 행복하게 노는 모습으로 되돌아가듯, 동요가 일어났다는 사실조차 잊었다.

_____

* 이탈리아의 유명한 모자 브랜드.

14

흐로드나(당시는 러시아, 이후 폴란드와 벨라루스의 영토가 되었다)의 랍비 알렉산더 지스킨드는 1794년에 죽었는데, 가장 유명한 초창기 작품『예소드 베쇼레시 하아보다』(예배의 기초와 뿌리) 이후, 예베시하의 저자로 알려진 인물이다. 그는 신비주의자, 카발라주의자에 금욕주의자이자 영향력 큰 몇 개의 도덕적 변증서의 저자였다. 들리는 말로 "그는 작은 방에서 자신의 삶을 세상과 격리한 채 토라를 공부하며 지냈고, 결코 자기 아이들에게 키스한 적이 없으며, 천상의 것들을 올바로 가르치지 않는 자들과는 한마디 말조차 나눠본 적도 없었다"고 했다. 그의 아내는 모든 가사일을 혼자 해냈고 아이들도 혼자 힘으로 키웠다. 그런데도 이 뛰어난 금욕주의자는 누구든 "가장 큰 기쁨과 열정으로 창조주를 예배해야 한다"고 가르쳤다(브라슬라브의 랍비 나흐만은 그에 대해 '하시드의 선구자'였다고 말했다). 그러나 어떤 기쁨과 열정도 랍비 알렉산더 지스킨드가 "장례식에서는 내 시체에 산헤드린* 에게 위탁된 네 번의 사형을 집행하게 될 것이다"라며 죽음 후 자발적 으로 사지가 모두 짓뭉개지도록 하라는 가르침을 버리게 하진 못했다. 예를 들면 "나를 천장 꼭대기까지 들어올려 종이 한 장 또는 지푸라기 하나 가로막힘 없이 과격하게 나를 바닥으로 내던지라. 이를 일곱 번 되풀이하라. 그러면 나는 이 일곱 번의 죽음으로 나를 괴롭힐 것이고, 내 굴욕은 나의 영예이므로 굴욕을 피하지 않고, 파문의 고통하에 그 장례식을 준엄하게 꾸짖을 것이며, 그로써 하늘의 위대한 심판으로부 터 얼마간 해방될 것이다." 죄에 대한 속죄와 정화를 위한 속죄 속에서 이 모든 것들은 "리브가라는 여성으로부터 태어난 알렉산더 지스킨드 의 영혼과 정신을 위해"서였다. 또 그에 대해 알려진 사실은 그가 유대 인들을 이스라엘 땅에 정착시키기 위해 독일 마을을 두루 돌아다니며 돈을 모았고, 이로 인해 투옥되기까지 했다는 것이다. 그의 후손들은 브라즈라는 성姓을 간직해오고 있는데, 이 성은 '랍비 알렉산더 지스킨 드의 후손들'을 축약한 것이다.

그의 아들, 랍비 요셀레 브라즈는 아버지가 결코 키스하거나 안아주 지 않았던 아이들 중 한 명으로, 평생 토라를 공부했고 평일에는 잠을 자려고 신학교 교실을 떠나본 적도 없는 완벽히 올바른 인간으로 여겨 진다. 그는 앉아서 꾸벅꾸벅 조는 게 전부였는데, 매일 밤 네 시간 정 도, 책상 위에 팔을 대고 그 위에 머리를 둔 채로, 촛농이 떨어져 내릴

---

* 고대 유대인 공동체의 최고 의결 기구.

때 잠을 깨기 위해 불붙은 촛불을 손가락 사이에 끼우고 졸았다. 식사를 급하게 한다는 소식조차 성직자 신학교로 전해졌고, 그는 안식일이 시작될 때 학교를 떠났다가 안식일이 끝나면 곧 돌아왔다. 랍비 요셀레는 아버지와 같은 금욕주의자였다. 그의 아내는 포목상을 했는데, 그가 죽을 때까지 그리고 그후에도, 그의 어머니가 평생 그랬던 것처럼 그와 그의 아이들을 돌보았다. 랍비 요셀레는 겸손해서 랍비의 자리를 당연한 것으로 받아들이지 않았기 때문에, 가난한 이의 아이들에게 토라를 거저 가르쳐주었다. 그는 아무 책도 남기지 않았는데, 선조들이 자기에 앞서 말하지 않았던 것이라면 무엇이든 새로운 것을 말하는 일은 부적절하다 여겼기 때문이다.

랍비 요셀레의 아들, 랍비 알렉산더 지스킨드 브라즈(나의 할아버지 알렉산더의 할아버지 되시는)는 곡물과 리넨, 그리고 돼지털까지 취급한 성공한 사업가였다. 그는 쾨니히스베르크와 라이프치히처럼 멀리 떨어진 곳과도 무역을 했다. 꼼꼼하고 신중한 유대인이었지만, 알려진 바로는, 아버지와 할아버지의 광신적 행동과는 거리를 두었다. 세상을 등지지도 않았고, 아내가 이마에 흘리는 땀으로 먹고살지도 않았으며, 시대정신이나 계몽을 혐오하지도 않았다. 자신의 아이들이 러시아어와 독일어, 그리고 약간의 '외국의 지혜'를 배우는 것을 허락했고 심지어 딸 라샤 케일라 브라즈도 공부하고, 읽고, 교육받은 여성이 되도록 격려했다. 결코 자신이 죽은 후에 몸을 짓뭉개는 무시무시한 위협적인 장례 관습을 고집하지도 않았다.

　메나헴 멘델 브라즈는 알렉산더 지스킨드의 아들이고, 랍비 요셀레의 손자이자, 『예소드 베쇼레시 하아보다』의 저자인 랍비 알렉산더 지스킨드의 증손자로, 1880년대 초반 아내 페믈라와 함께 오데사에 정착해서 작은 유리 공장을 운영했다. 젊은 시절 쾨니히스베르크에서 정부 관리로 일했다. 메나헴 브라즈는 유복하고 잘생기고 생기발랄했으며, 19세기 후반 오데사 유대인의 매우 관대한 기준으로 봐도 그렇게 규정할 수밖에 없는 강한 의지의 반反체제 순응주의자였다. 그는 공공연한 무신론자에다 유명한 쾌락주의자로, 할아버지와 증조할아버지가 모든 법 조항과 세부적인 지침까지 관찰하도록 강요했던 것만큼이나 몸과 마음을 다해 종교와 광신자 모두를 끔찍하게 혐오했다. 메나헴 브라즈는 노출증 환자라 불러도 좋을 만큼 불가지론자였다. 그는 안식일에 공공장소에서 담배를 피웠고, 쾌활하고 방종하게 행동하면서 금지된 음식을 먹었으며, 인간 삶이 유한하다는 우울한 관점에서 벗어나 쾌락을 좇으며 살았고, 내세와 신성한 심판에 대해서도 맹렬히 부정했다. 에피쿠로스와 볼테르의 열렬한 숭배자였던 그는, 다른 사람에게 상처를 주거나, 불의한 행동을 하거나, 고통을 끼치거나 남을 괴롭히는 것이 아닌 한, 인간은 삶이 인도하는 것이 무엇이든, 심장이 욕망하는 것이 무엇이든 억제하지 말고 즐겨야 한다고 믿었다. 그의 여동생 라샤 케일라는 랍비 알렉산더 지스킨드 브라즈의 교육받은 딸로, 그와 달리 리투아니아(빌나에서 그리 멀지 않은)에 있는 올키에니키의 한 마을로 돌아가 한 평범한 유대인 소작농 예후다 레이프 클라우스너와 결혼했는데, 나의 아버지의 이름 예후다 아리에 클라우스너는 그의 이름을 따서 지은 것이다. 그의 아버지 역시 『세페르 하민하김』(절기의 책)의 저자로서 14세기 후반 빈에 살았던 랍비 아브라함 클라우스너의 후손이었다.*

에스겔 클라우스너의 아들 예후다 클라우스너는 랍비 게달리아 클라우스너 올키에니키의 아들인 랍비 카디시의 아들 랍비 에스겔의 아들로, 아버지의 이름은 그의 할아버지인 리투아니아의 올키에니키 마을에서 살던 예후다 레이프 클라우스너에서 딴 이름이다.

올키에니키의 클라우스너 일가는, 트라카이 마을 근처에 사는 교육받은 사촌들과는 달리, 대부분 아주 단순한 시골 유대인으로 고집스럽고 소박한 사람들이었다. 에스겔 클라우스너는 소와 양을 길렀고 과일과 야채도 심었는데, 처음에는 포피슈크(아니면 파피슈키)라는 마을에서, 이후 루드니크를 거쳐 올키에니키에서 살았다. 세 마을 모두 빌나 근처였다. 예후다 레이프는 그의 아버지 에스겔처럼 마을 선생에게 토라와 탈무드를 조금 배웠는데, 훈고학적 세부 사항들은 싫어했지만 계명에는 주의를 기울였다. 그는 야외 생활을 무척 좋아했고 집안에만 처박혀 있는 것을 질색했다.

---

* 이름은 가족에게 이어진다. 나의 큰딸은 어머니 이름을 따라 파니아로 지었고, 아들 다니엘 예후다 아리에는 나보다 1년 먼저 태어난 큰 사촌 다니엘 클라우스너의 이름에서 따왔는데, 다니엘 클라우스너는 세 살 때 그의 부모 다비드와 말카와 함께 빌나에서 독일인에게 살해당했다. 내 이복형제 다비드 역시 빌나에서 독일인에게 살해당한, 아버지의 형제인 다비드 삼촌 이름을 딴 것이다. 나의 손주들 중 세 명은 그들의 조부모 중 하나의 이름을 갖게 된다(마카비 잘츠베르거, 로테 잘츠베르거, 리바 주커만). 그렇게 계속 이름이 이어진다. (원주)

예후다 레이프는 원래 농산물을 거래했으나 다른 장사꾼들이 그의 순진함을 이용해먹고 시장에서 쫓아내는 바람에 실패한 후, 남은 돈으로 말과 수레를 사서 기쁜 마음으로 여행객과 상품을 마을에서 마을로 나르는 일을 했다. 그는 태평스럽고 온화한 성품의 수레꾼이었고, 자신의 운에 만족하고, 좋은 음식과 안식일과 축제에 식탁에서 노래 흥얼거리기를 좋아했으며 겨울밤 독한 술 한 모금에 즐거워하는 사람이었다. 결코 자신의 말을 때리지 않았으며 위험 앞에서 뒷걸음질치지 않았다. 그는 천천히, 여유로운 보폭으로, 혼자 여행하기를 좋아했는데, 그의 수레에는 언제나 목재나 곡물 부대가 실려 있었고, 어두운 숲을 통과하여, 빈 평야를 넘어, 폭풍우를 지나, 겨울에 강을 덮은 얇은 얼음층을 건넜다. 한번은 (알렉산더 할아버지가 겨울 저녁마다 반복해서 이야기해주었는데) 얼음이 수레 무게를 견디지 못하고 깨졌고, 예후다 레이프는 얼음이 둥둥 뜬 찬물로 뛰어들어, 강한 손으로 말고삐를 잡아 말과 수레를 안전하게 끌어올렸다.

라샤 케일라 브라즈는 아들 셋과 딸 셋을 남편의 수레에서 낳았다. 1884년 그녀가 중병에 걸리자, 클라우스너가는 리투아니아의 외진 마을에서 떠나기로 결심하고 오데사로 수백 마일을 이동했다. 그곳은 라샤 케일라의 고향으로 그녀의 부유한 오빠가 살고 있었다. 메나헴 멘델 브라즈는 당연히 그들을 돌봐주었고 병든 여동생이 최고의 내과의에게 치료받을 수 있도록 해주었다.

클라우스너 일가가 오데사에 정착한 1885년, 그들의 장자이자 나의 큰할아버지 요셉은 11세의 '신동'이었고, 열심히 하지 않고는 못 배기는 아이였고, 열렬한 히브리어 애호가이자 지식에 목말라하는 아이였다. 그는 올키에니키에서 온 농부와 수레꾼이던 조상보다는 사촌인 트라카이의 클라우스너 일가의 날카로운 심성을 닮은 것처럼 보였고, 에피쿠로스 학파이자 볼테르주의자였던 그의 삼촌 메나헴 브라즈는 어린 요셉이 위대한 일을 행할 운명으로 태어났고 자신의 연구를 지지해줄 것이라고 선포했다. 그의 형제 알렉산더 지스킨드는 오데사로 이사했을 때 겨우 네 살이었는데, 다소 제멋대로인데다가 감성적인 아이였고, 그의 아버지와 조부 등 소박한 클라우스너 일가와 비슷한 면을 보였다. 그는 공부와는 거리가 멀었고, 어릴 때부터 장시간 밖에서 사람들의 행동을 관찰하거나 세계에 대해 쿵쿵거리며 느끼고, 숲이나 초원에서 혼자 꿈을 꾸며 노는 것을 더 좋아했다. 그의 생기발랄함과 관대함과 친절함은 그를 만나는 모두로 하여금 그를 귀여워하게 만들었다. 모두 그를 주시아, 또는 지셀이라고 불렀다.

더 나이 어린 형제였던 나의 작은할아버지 베찰렐과 세 명의 자매인 소피아, 안나, 다리아 할머니도 있었는데, 그들 중 누구도 이스라엘 땅을 밟지 못했다. 내가 확인할 수 있었던 바에 의하면, 러시아혁명 후에 소피아 할머니는 문학 교사로 일하다가 레닌그라드의 한 학교 교장이 되었다. 안나 할머니는 2차대전 전에 죽었고, 다리아 또는 드보라 할머니와 그녀의 남편 미샤는 혁명 후에 팔레스타인으로 탈출하려고 했으나 다리아 할머니가 임신하는 바람에 키예프에 '갇혀' 있게 되었다.*

메나헴 삼촌과 브라즈 가족 계보의 다른 오데사 친척들의 번성에도 불구하고, 클라우스너가는 도시에 도착하고 얼마 되지 않아 어려운 시기를 맞게 된다. 수레꾼이었던 예후다 레이프는 강인하고 인내심 많으며 삶을 즐기고 농담을 좋아하는 사람이었지만, 불확실한 생계를 간신히 이어가던 중 바람도 통하지 않는 작은 식료품점을 사들이느라 저축해두었던 돈을 투자한 이후 쇠약해져갔다. 그는 열린 평야와 숲, 눈 덮인 벌판, 말과 수레, 뒤로하고 떠났던 리투아니아의 산과 여인숙을 갈망했다. 몇 년 후 그는 병들었고 겨우 쉰일곱 살에 비루하고 작은 그 가게에서 숨졌다. 먼길을 함께했던 미망인 라샤 케일라는 남편이 죽고 나서 25년을 더 살았고, 1928년 예루살렘의 부카리아 지구에서 죽었다.

*

큰할아버지 요셉이 오데사와 하이델베르크 두 곳 모두에서 영특한 학생으로서 이력을 갖추어나가던 반면, 알렉산더 할아버지는 열다섯 살에 학교를 떠나 다양한 소규모 무역업을 시작해 이곳저곳에서 무언가 사고팔면서, 밤이면 러시아어로 열정적인 시를 썼고, 멜론과 포도, 수박더미나 가게 쇼윈도를 볼 때는 관능적인 남부 여인을 볼 때처럼 탐욕스러운 눈길을 던졌고, 또다른 감성적인 시들을 지어내기 위해 집으로 달려갔으며, 그러고선 오데사 거리 주변을 다시 한번 돌며 세심하게 기름 먹여 기른 검은 콧수염에 화려한 최신 스타일로 차려입고는

---

* 다리아 할머니의 딸인 이베타 라도프스카야는 팔십대에도 여전히 나와 편지를 주고받았다. 이베타 당고모는 아버지의 사촌으로, 소비에트연방 붕괴 후 상트페테르부르크를 떠나 오하이오의 클리블랜드에 정착했다. 그녀의 외동딸 마리나는 나와 연배가 비슷했는데, 한창 혈기 왕성할 때 상트페테르부르크에서 죽었다. 니키타는 마리나의 외동아들로 내 아이들과 같은 세대이며, 할머니와 함께 미국으로 건너갔지만 금세 마음이 바뀌어 러시아인지 우크라이나인지로 건너갔고, 그곳에서 결혼해 시골 수의사로 일하고 있다. 그의 딸들은 내 손주들과 같은 세대다. (원주)

어른처럼 담배를 피웠다. 때때로 그는 배와 하역 일꾼, 싸구려 창녀를 구경하기 위해 항만으로 가거나 육군 군악대의 반주에 맞춰 행진하는 군부대를 흥분해서 보곤 했다. 가끔은 도서관에서 두어 시간 정도 손에 잡히는 대로 책을 붙들고, 큰형의 학구열, 천재성과는 경쟁하지 않으리라 결심하면서 책을 읽었다. 그러는 사이 행실 바른 양갓집 어린 규수들과 춤추는 법을 배웠고, 이성을 잃지 않으면서 브랜디 몇 잔을 마시는 법도 배웠으며, 카페에서 사람 사귀는 법도 배웠고, 숙녀에게 구애하는 데 편리하도록 강아지를 어르는 방법도 배웠다.

그가 오데사의 태양이 빛나는 거리들 주변에서 번창하고 있을 때 그 항구도시에는 여러 국적으로 채색된 열정적인 분위기가 감돌았다. 그는 다양한 종류의 친구를 사귀었고, 여자들에게 구애했고, 물건을 사고팔아 때로 이문을 남겼고, 카페의 구석 자리에 앉아 있거나 공원 벤치에 앉아 공책을 꺼내 들고 시 한 편을 적었다(네 연에 여덟 개의 운으로 된). 또한 전화기가 없던 시절 오데사의 '시온을 사랑하는 사람들의 모임' 지도자들의 지시를 받아 무보수 심부름꾼 소년으로 도시 주변을 돌아다녔다. 아하드 하암에게서 멘델 모케르 세포림에게, 또는 멘델 모케르 세포림에게서 건방진 농담을 즐겼던 비알리크 씨에게, 아니면 메나헴 우시킨 씨에게까지, 오시킨 씨로부터 릴리엔블룸 씨에게 긴급한 쪽지를 들고서, 그러고는 응접실이나 홀에서 답신을 기다리며 서 있는 동안 심장에서 들끓는 시온 사랑 운동의 정신을 노래하는 러시아어 시를 적었다. 마노와 벽옥으로 닦인 거리들이 있는 예루살렘, 모든 거리거리 구석마다 서 있는 천사, 일곱 개 천국의 찬란한 빛을 지닌 광명 위에 하늘.

그는 히브리어의 아름다움과 음악성을 찬미하고, 소멸하지 않는 신실함을 맹약하면서 히브리어에 대한 연애시—모두 러시아어로—를 쓰기까지 했다(40년 이상을 예루살렘에서 살았음에도, 할아버지는 히브리어를 완전히 습득할 수 없었다. 돌아가시는 날까지 그는 모든 문법이 엉망진창인 사적인 히브리어를 사용했고, 작문할 때는 심각한 실수를 저질렀다. 돌아가시기 바로 직전 키부츠 훌다로 우리에게 보낸 마지막 엽서에서 할아버지는 다음과 같이 썼다. "나의 아주 사랑하는 손자들과 손녀들아, 나는 너희들이 마니마니 그렇구나. 나는 너희 모두를 마니마니 포구 싶다.").

*

1933년 할아버지가 공포에 떠는 슐로밋 할머니와 함께 마침내 예루살렘에 도착했을 때, 그는 시 쓰는 일을 멈추고 교역에 혼신의 힘을 다했다. 몇 년 동안 그는 유럽의 쾌락을 갈망하던 예루살렘 여성들에게 2년 전 빈에서 유행한 옷을 수입해 팔았다. 그러나 결국에는 할아버지보다 더 영리한 다른 유대인이 나타나 1년 전 파리에서 유행한 옷을 수입하기 시작했고, 할아버지와 빈의 옷은 패배를 인정해야만 했다. 그는 사업과 옷에 대한 애정을 포기해야 했고, 홀론의 롯지아에서 만든 메리야스와 라마트간에 있는 슈츄파크 & 선스라는 작은 회사에서 만든 수건을 수입해 예루살렘에 공급하기 시작했다.

실패와 곤궁은 상업적인 성공을 거두었던 시절 동안 그를 저버린 영감의 뮤즈를 다시 불러들였다. 다시 한번 그는 밤이면 서재에 틀어박혀 히브리어의 장관에 대한, 매혹적인 예루살렘에 대한, 배고픔에 사로잡히고 더럽고 열에 들뜬 열심당원의 도시가 아닌 몰약과 유향으로 향기로운 거리가 있는, 하느님의 천사가 거리 모퉁이마다 들어서 있는 예루살렘에 대한 열정적인 시들을 러시아어로 휘갈겨 썼다. 이 시점에서, 벌거숭이 임금님 이야기에 나오는 용감한 작은 소년 역할로 내가 등장한다. 나는 할아버지의 시에 대해 화를 돋우는 사실주의로 할아버지를 공격했다. "할아버지는 지금껏 몇 년 동안 예루살렘에 사셨으니, 길바닥에 무엇이 깔려 있고, 시온 광장이 사실은 무엇으로 가득차 있는지 누구보다 잘 아실 텐데, 왜 계속 있지도 않은 것에 대해 쓰세요? 왜 진짜 예루살렘에 대해서는 쓰지 않으시냐고요?"

알렉산더 할아버지는 나의 무례한 말에 몹시 화가 나서 기쁨으로 가득하던 홍조 띤 얼굴을 급작스레 새빨갛게 물들이고, 주먹으로 테이블을 내리치며 고함을 쳤다. "진짜 예루살렘이라고? 대체 너 같은 오줌싸개가 진짜 예루살렘에 대해 뭘 아는데? 내 시에 나오는 예루살렘이 진짜 예루살렘이야!"

"그럼 언제까지 러시아어로 쓰실 건데요, 할아버지?"

"뭐라, 티 두라크, 이 바보 같은 놈아, 조막만한 오줌싸개 녀석아! 나는 러시아어로 산수를 했어! 러시아어로 욕지거리를 배웠다고! 러시아어로 꿈도 꾸고! 심지어 나는……" (여기서 다음에 벌어질 일을 정확히 알고 있던 슐로밋 할머니는 할아버지를 말리면서 "치토 세 타보이? 티 니 노르말니? 비디시 말치크 리아돔 세 나미! ─ 대체 무슨 일이세요? 정신 나간 거예요? 애가 바로 여기 있는 게 안 보이세요!"라고 말했다.)

"할아버지는 러시아로 돌아가고 싶으세요? 그냥 놀러 말이에요."

"거긴 더이상 존재하지도 않아. 프로팔!"

"더이상 존재하지도 않는다는 게 무슨 뜻이에요?"

"그건 말이다, 무슨 뜻이냐면, 더이상 존재하지 않는다는 건 말이야, 러시아는 더이상 없어! 러시아는 죽었어. 거기엔 스탈린이 있지. 거기엔 제르진스키*가 있고, 예조프**가 있어. 거긴 베리야***가 있어. 거기엔 아주 거대한 감옥도 있지. 거기엔 굴라크****도 있지! 예프세킴! 아파라트슈킴! 살인자들도 있어!"

"하지만 할아버지는 오데사를 아직도 약간 사랑하시잖아요?"

"글쎄. 사랑한다는 것은 사랑하지 않는 것이지, 뭐랄까, 그게 이미 무슨 상관이란 말이냐. 초르트 예고 즈나예트. 악마가 알겠지."

"할아버지는 그곳이 다시 보고 싶지 않으세요?"

"글쎄다. 샤, 이 꼬맹이 오줌싸개야, 이제 됐다. 샤. 초르트 티 프로팔. 샤."

어느 날 온 나라를 뒤흔들었던 횡령과 부정 스캔들 중 하나가 터졌을 때 할아버지는 '캐비닛(서재)'에서 차 몇 잔과 키크아락*****을 거듭 마시고, 자신이 열다섯 살이었을 때라며 "한번은 자전거로 아주 빠르게, 속달 메시지를 오데사에 있는 '시온을 사랑하는 사람들의 모임'의 위

---

* 러시아 정치가이자 혁명가. 반체제 인사들을 탄압하는 정보기관 체카를 설립했다.
** 소련 대숙청을 실질적으로 지휘한 정치가.
*** 스탈린의 심복으로, 국가 공안기관 NKVD의 수장을 맡았다.
**** 1930~1955년 소련의 강제 노동 수용소.
***** 러시아 술.

원회 멤버였던 릴리엔블룸 씨에게 가져다주었지"라고 말했다(유명한 히브리 작가 릴리엔블룸 씨는 그 모임의 명예 재무관직을 수행하고 있었다). "릴리엔블룸, 그분은 정말이지 우리 최초의 재무장관이었어."

릴리엔블룸 씨가 답신을 작성하는 동안 기다리면서, 열다섯 먹은 어린 마을 청년이던 할아버지는 담배를 꺼내고 응접실 탁자 위의 재떨이와 성냥으로 손을 뻗었다. 릴리엔블룸 씨는 재빨리 할아버지의 손 위에 자신의 손을 얹어 담배에 불을 붙이지 못하게 막았고, 방 밖으로 나갔다가 잠시 후 부엌에서 다른 성냥을 가지고 돌아와서는, 응접실 탁자 위에 있던 성냥은 '시온을 사랑하는 사람들의 모임'의 예산으로 산 것이고, 그것은 오직 위원회 회의가 있을 때만 사용되며, 위원회 회원만이 사용할 수 있는 것이라고 설명했다. "그러니, 알겠지. 그 시절에 공공 재화는 공공 재화지 만인을 위한 공짜가 아니었어. 2천 년이 지나 우리가 세울 나라에서는 누가 뭘 훔친다는 건 도리가 아니지. 그 시절에는 모든 애들이 무엇이 해도 되는 일이고 무엇이 해서는 안 되는 일인지, 무엇이 사유재산이고 무엇이 사유재산이 아닌지, 무엇이 내 것이고 무엇이 내 것이 아닌지 알고 있었어."

언제나 그런 것은 아니었다. 아마 그가 오십대 후반쯤 되었을 때일 텐데, 비알리크의 모습을 담은 10리라짜리 세련된 새 지폐가 유통되기 시작했다. 처음 그 지폐를 손에 넣었을 때, 나는 할아버지가 젊은 시절 알았을 그 사람을 국가가 어떻게 영예롭게 해주었는지 보여드리고자 할아버지에게 곧장 달려갔다. 할아버지는 정말 흥분해서는 기쁨으로 홍조를 띠고, 지폐를 이리저리 돌리며 들여다봤고, 전구에 비춰보기도 하고, 비알리크(갑자기 할아버지에게 장난스럽게 윙크하면서 마치

"보자!"라고 말하는 듯 보였던)의 모습을 꼼꼼히 살펴보기도 했다. 할아버지의 눈에서 아주 조금 눈물방울이 비쳤고, 넘치는 자부심을 한창 즐기던 그는 손가락으로 새 지폐를 잘 접어 재킷 주머니 속으로 감춰버렸다.

10리라는 그 시절 상당한 금액으로, 특히 나 같은 키부츠 사람에게는 더 그랬다. 나는 경악했다.

"할아버지, 뭐하시는 거예요? 저는 그저 할아버지 기분 좋으시라고, 그 지폐를 보여드리려고 가져온 거예요. 하루 이틀 안에 할아버지도 분명히 할아버지 걸로 하나 손에 쥐실 수 있을 거라고요."

"글쎄다." 할아버지는 어깨를 으쓱하더니, "비알리크는 내게 22루블이나 빚진 게 있다"고 말했다.

15

오데사에서 돌아온, 콧수염 난 열일곱 살 할아버지는 슐로밋 레빈이라는 이름의, 좋은 것들을 사랑하고, 상류사회로 진입한, 훌륭한 젊은 여인과 사랑에 빠졌다. 그녀는 유명한 사람들과 풍류를 즐기기를 갈망했고, 예술가들과 친밀하게 지내고 싶어했으며 '교양 있는 삶을 살기'를 원했다.

그러나 그것은 끔찍한 사랑이었다. 그녀는 주머니 속의 카사노바보다 여덟 살 내지 아홉 살 위였고, 더구나 그의 친사촌이었다.

처음에 가족들은 무척 놀랐고 그 아가씨와 소년의 결혼에 대해 일절 듣고 싶어하지 않았다. 둘의 나이와 혈연관계만으로는 문제가 충분치 않았는지, 젊은 청년은 이름에 걸맞은 교육도 받지 않았고, 이렇다 할 직업도 없이 뜨내기처럼 이곳저곳 물건을 사고팔아 버는 것 외에는 고정 수입도 없었다. 이 모든 대재앙보다 더한 것은 러시아 차르 정권의 법이 친사촌 간의 결혼을 금지하고 있었다는 사실이다.

사진으로 본 슐로밋 레빈—브라즈 가문의 라샤 케일라 클라우스너의 조카였다—은 강건해 보이고 어깨가 넓은 젊은 여자였는데, 특별히 예쁘지는 않지만 우아하고 도도했으며, 엄격함과 절제를 몸에 두른 사람이었다. 그녀는 정교하게 세공된 펠트 모자를 이마를 가로지르도록 비스듬하게 썼는데, 모자의 오른쪽 테두리는 귀 바로 위 머리를 가지런히 정돈한 부분까지 내려오고 왼쪽은 배의 고물처럼 위로 쓸어올려져 있었다. 모자 앞쪽에 달린 과일 코르사주는 반짝이는 핀으로 고정되어 있고, 왼쪽에는 깃털 하나가 과일을 넘어 자랑스럽게 뻗어 있어서, 그녀에게 모든 것이었던 모자는 거만한 공작새의 꼬리와도 같았다. 유행하는 산양 가죽 장갑을 낀 왼팔은 직사각형의 가죽 핸드백을 들고, 다른 팔은 젊은 알렉산더 할아버지와 단단히 팔짱을 끼었고, 그녀의 손가락은 장갑에 감싸인 채 할아버지의 검정색 외투 소매 위에서 그를 만지작거리고 있었다.

그는 말쑥하게 잘 차려입고 그녀의 오른편에 뻣뻣하게 서 있었는데, 두꺼운 굽으로 키를 높이고 커다랗고 검은 홈부르크*를 썼음에도 할머니보다 약간 작아 보였다. 젊은 얼굴은 진중하고 단호했으며 애처로워 보이기도 했다. 사랑스럽고 부드러운 콧수염은 얼굴에 여전히 남아 있는 소년 같은 싱싱함을 쫓아내려 헛되이 애쓰고 있었다. 눈은 꿈꾸듯 길게 늘어진 모양이다. 그는 우아하고 넓게 접힌 옷깃과 어깨 패드가

---

* 펠트로 만든, 테가 좁은 중절모.

달려 있는 외투를 입고, 풀 먹인 셔츠 위에 폭이 좁은 실크 넥타이를 매고 있으며, 그의 오른쪽 팔 위엔 손잡이가 굽고 빛나는 쇠고리가 달린 우아한 지팡이가 매달려 있다. 어쩌면 흔들리고 있는지도 모른다. 지팡이는 낡은 사진 속에서 칼날처럼 반짝인다.

*

경악한 오데사는 이들 로미오와 줄리엣으로부터 등을 돌렸다. 두 사람의 어머니들은 자매 사이였는데, 상호 간 유죄로 시작된 전쟁은 영원한 침묵 속에서 협약으로 끝을 맺었다. 그래서 할아버지는 얼마 안 되는 적금을 해약했고, 이곳저곳에서 무언가를 팔았으며, 거기에 또 얼마를 보탰고—어쩌면 그 스캔들을 눈앞에서, 마음속에서 쫓아내기 위해 양쪽 가족이 무언가를 기부해주었는지도 모른다—사랑에 빠진 사촌 간이었던 나의 조부모님은, 그 시절 러시아나 다른 동부 유럽 국가 출신의 유대인 수백만 명과 마찬가지로, 배를 타고 뉴욕으로 떠나게 된다. 그들의 계획은 뉴욕에서 결혼하고 미국 시민권을 얻는 것이었는데, 만약 그랬더라면 나는 브루클린이나 뉴저지의 뉴어크에서 태어났을지도 모르며, 최상류층 이민자들의 억압과 열정, 그리고 고뇌의 결과인 신경증적인 고통에 대해 기발한 소설을 영어로 쓰게 되었을지도 모른다.

오직 그 배 위, 오데사와 뉴욕 사이 어딘가에서, 흑해 위나 시칠리아 해변을 지나 혹은 밤을 거쳐 미끄러져 내려가 지브롤터해협의 반짝이는 빛을 향해 가는 동안, 아마 그들의 사랑을 실은 배가 잃어버린 제국 아틀란티스 대륙을 지나치고 있었기 때문인지도 모르겠는데, 그 이상의 드라마, 즉 갑작스러운 플롯의 꼬임이 있었다. 사랑이 다시 한번 무시무시한 용의 머리를 흔들어 깨운 것이다. 너 젊은이의 심장, 청년의 심장은 슬픔과 사랑으로 평정을 알지 못하는구나.

긴 이야기를 줄이자면, 열여덟 살 생일을 앞두고 있었던 예비 신랑, 나의 할아버지는 다시 한번 열정적이고 애끓는 절체절명의 심정으로, 갑판 위나 배 어딘가에서, 우리가 아는 한 그보다 나이가 열 살 안팎으로 많은, 또다른 여성과 사랑에 빠져버렸다.

그러나 슐로밋 할머니는 전통적인 가족관을 가진 분인지라, 결코 그를 포기할 마음이 없었다. 그녀는 즉시 그의 귓불을 잡고는 재빨리 끌고 나왔다. 그러고는 이스라엘의 모세 율법에 따라 그들을 결혼시켜줄 뉴욕 랍비의 선서 앞에 이를 때까지 밤이고 낮이고 붙잡은 귀를 놓지 않았다. ("귀를 붙잡았다니까." 우리 가족들은 유쾌하게 수군댔다. "한번 귀를 붙잡은 할머니는 둘이 잘돼서 진정한 결혼으로 묶일 때까지 내내 할아버지를 붙잡곤 놔주질 않았지." 그리고 때때로 이렇게 말했다. "결혼식을 올린 다음에도 어떤 이유에서건 어디서건, 그녀는 단 한순간도 그를 내버려두지 않았어. 돌아가시는 날까지도, 그리고 아마 그후로도 좀더 그러셨을 거야. 남편의 귀를 붙잡고 늘어졌고 가끔은 약간씩 잡아끌기도 했지.")

그러고 나서 엄청난 혼란이 뒤따랐다. 1년인가 2년 만에 이 이상한 커플은 또다른 이야기를 만든다. 아마도 그들의 부모가 다시 한번 도와주었을 것이다. 증기선에 타고, 뒤도 한 번 돌아보지 않고 뉴욕에서 오데사로 돌아간 것이다.

이는 전례가 없는 일이었다. 약 2백만 명의 유대인들이 동에서 서로 이주했고 1880년에서 1917년까지 40년이 채 못 되는 기간 동안 미국에 정착했다. 되돌아가는 여정을 택한 우리 조부모님만 제외하면, 모두에게 편도 여행이었다. 그들만이 돌아가는 유일한 승객이었을 테니, 열정 넘치는 할아버지와 사랑에 빠질 사람은 아무도 없었을 것이고, 그의 귀는 오데사로 돌아가는 길 내내 안전할 수 있었다.

왜 그들은 되돌아왔을까?

나는 두 분에게서 어떤 명확한 대답도 얻어낼 수가 없었다.

"할머니, 미국에서 뭐가 잘못되었어요?"

"잘못된 일은 아무것도 없었단다. 그냥 거긴 너무 혼잡했을 뿐이야."

"혼잡했다고요? 미국이요?"

"그렇게 작은 나라에 그렇게나 많은 사람들이라니."

"누가 돌아오기로 결정하셨어요, 할아버지? 할아버지가 결심하신 거예요, 할머니가 결심하신 거예요?"

"뭐라, 치토, 무슨 뜻이냐? 무슨 놈의 질문이 그러냐?"

"왜 떠나기로 결심하셨어요? 뭐가 마음에 안 드셨냐고요."

"뭐가 맘에 안 들었냐고? 뭐가 맘에 안 들었냐고 묻는 게냐? 우린 거기에서 맘에 드는 게 아무것도 없었다. 자, 봐라. 온통 말馬과 인디언 천지잖니."

"인디언이요?"

"그래, 인디언."

할아버지로부터 이 이상은 결코 알아낼 수 없었다.

*

아래는 알렉산더 할아버지가 러시아어로 쓴 시 가운데 「겨울」이라는 시를 요세프 코헨 차디크가 번역한 것이다.

기쁨과 즐거움은 우울로 무거운 심장에서 떠나고,
봄철은 날아가버리고, 이제 겨울이 대신하니,
겨울바람은 격노하고 하늘은 검게 변했네.
나는 흐느끼고 싶지만 눈물은 주저할 뿐.

내 혼은 약해지고 내 영은 황량하니,
내 심장은 하늘만큼이나 어둡네.
내 날은 늙어가고, 나는 더이상
봄의 기쁨과 사랑의 희락을 바라보지 않을 것이네……

1972년 처음으로 뉴욕에 갔을 때, 나는 인디언 원주민같이 생긴 여자를 발견했다. 내 기억에 의하면, 그녀는 렉싱턴 가와 53번가 모퉁이에서 전단지를 나눠주며 서 있었다. 늙지도 젊지도 않았고, 넓은 광대뼈에, 남성용 구식 외투를 입고 살을 에는 듯한 차가운 바람에 맞서 숄 같은 것을 두른 채, 그녀는 전단지를 쥐고서 웃고 있었다. 나는 그것을 받아들고 고맙다고 말했다. "사랑이 당신을 기다립니다." 전단지가 내게 약속하고 있었다. 떠돌이들을 위한 술집 주소 밑에는 이렇게 적혀 있었다. "시간 낭비하지 말고 이리 오세요."

 1913년인가 1914년에 오데사에서 찍은 사진 속에서 할아버지는 나
비넥타이를 매고 빛나는 은색 줄이 둘러진 회색 모자와 스리피스 정장
을 입고 계셨는데, 단추를 채운 양복 조끼를 가로지른 회중시계의 세
련된 은색 줄이 열린 재킷 사이로 드러나 보였다. 검정색 실크 나비넥
타이는 찬란한 흰색 셔츠와 대조되어 두드러졌고, 검정 구두는 매우
반짝였으며, 우아한 지팡이는 언제나처럼 그의 팔에, 팔꿈치 바로 아
래 걸려 있었다. 그는 오른손으로는 여섯 살 된 소년을 잡고 왼손으로
는 예쁘장한 네 살짜리 소녀를 붙잡고 있다. 소년의 얼굴은 동그스름
했고, 잘 빗어 넘긴 사랑스러운 머리카락이 야구 모자 아래로 살짝 드
리워져 이마를 일직선으로 가로지르고 있었다. 크고 하얀 단추가 두
줄로 달린 웅장한 밀리터리풍의 코트를 입고 있었는데, 코트 아래로는
길고 하얀 양말로 감춘 흰 무릎 위로 짧은 바지가 솟아 있었다.

 작은 소녀는 사진사를 향해 웃고 있었다. 소녀는 자기 매력을 잘 알
고 있는 듯 보였는데, 그래서인지 일부러 카메라 렌즈를 향해 몸을 내
밀고 있었다. 부드럽고 긴 머리칼은 어깨까지 흘러내려 코트에 닿아
있었다. 머리칼은 말쑥하게 오른쪽으로 몰려 있었다. 동그란 얼굴은
포동포동하고 행복해 보였고, 눈은 가늘고 길어 마치 중국인 같았으
며, 입술에는 미소가 살짝 어려 있었다. 그녀는 옷 위에 겹자락 코트를
입어, 모든 면에서 소년과 쌍둥이같이 보였으나 더 작고 귀여웠다. 소
녀 역시 무릎까지 올라오는 양말에, 귀엽고 작은 리본 버클이 달린 신
발을 신고 있었다.

사진 속 소년은 다비드 큰삼촌으로, 언제나 지우쟈 또는 지우진카라 불렸다. 그리고 매력적이고 교태가 넘치는 작은 여자아이가 바로 내 아버지다.

아기 때부터 예닐곱 살이 될 때까지, 아버지는 때로 우리에게 아홉 살 때까지 계속되었다고 말하기도 했지만, 슐로밋 할머니는 아버지에게 무조건 옷깃이 넓은 옷이나 풀 먹인 작은 주름 스커트를 입히며 여자처럼 키웠고, 신발마저 여자애들 것을, 그것도 색깔까지 빨간색으로 신겼다. 어깨로 폭포처럼 흘러내리는 훌륭한 긴 머리칼은 빨간색이나 노란색 또는 연한 파란색이나 분홍색 나비 리본으로 묶어주었다. 매일 저녁 그의 어머니는 그의 머리를 향기 나는 샴푸로 감기고 때로, 밤새 낀 머리기름이 머리카락의 윤기와 생기를 앗아가는 비듬의 온상이라 며 아침에 또 감겼다. 손가락에 예쁜 반지들을 끼우고, 몽땅한 팔에는 팔찌를 둘러주었다. 가족이 바다에 해수욕하러 갔을 때 지우진카—다비드 큰삼촌—는 알렉산더 할아버지와 남성용 탈의실에 들어간 반면, 슐로밋 할머니와 어린 리오니츠카—나의 아버지다—는 여성용 샤워장으로 가 거기서 온통 비누칠하고, 그래, 거기서 또, 특별히 거기를, 오, 아래를 두 번이나 닦았다.

지우진카를 낳은 후 슐로밋 할머니는 마음속 깊이 딸을 가지기로 결심했다. 명백히 딸이 아닌 아이를 낳았을 때, 그녀는 즉시 이 아이, 자신의 살 중의 살이요, 뼈 중의 뼈이자, 마음으로 갈망해왔던 아이를 키우는 방식이 자신에게 내려진 자연적이고 두말할 것도 없는 권리라 생각하고, 오직 자신의 취향에 따라 선택했다. 이 세상의 어떤 힘도 그녀에게 로니아 또는 리오니츠카의 교육이나 의상이나 성별이나 예절에 대해 간섭하고 가르칠 권리가 없었다.

*

알렉산더 할아버지는 명백히 반항할 마음이 없어 보였다. 작은 동굴의 닫힌 문 뒤, 자신의 호두 껍데기 속에서 할아버지는 상대적으로 자유를 누렸고, 심지어 자신만의 흥미로운 소일거리를 추구하는 일을 허락받기까지 했다. 모나코나 리히텐슈타인처럼, 사방이 난쟁이 공작으로 둘러싸인 곳에서 자신을 바보로 만들거나 자신의 유약함을 드러낼 만한 내부 사건에 연루되어 위험에 빠지는 일은 일어나지 않았다.

나의 아버지 역시 결코 이의를 제기한 적이 없다. 하지만 그는 우리에게 머리를 짜내며 농담을 하려고 애쓸 때를 제외하고는, 여자 목욕탕에서 샤워를 한 일이나 여자아이들이나 할 법한 경험에 대한 기억을 거의 나누려 들지 않았다.

그 대신 그의 농담은 언제나 의지의 선포에 가깝게 보였다. 봐라, 나같이 진지한 사람이 어떻게 자청해서 밖으로 나가 너를 웃게 만들 수 있는지.

어머니와 내가 그의 수고로움에 감사하듯 아버지를 향해 미소를 지으면, 그는 흥분해, 아니 거의 감동하여 미소를 계속 즐겁게 해달라는 요청으로 해석하고는, 우리가 골백번은 더 들었을, 기차에 탄 유대인과 이교도에 대한 이야기 아니면 예카테리나 여제를 만난 스탈린 이야기 같은 농담을 두세 가지 더 했다. 그러고는 우리를 웃게 만들었다는 데 대한 자부심에 가득찬 모습으로, 버스에서 벤구리온과 처칠 반대편에 앉은 스탈린의 이야기와 파라다이스에서 슐론스키를 만난 비알리크에 대한 이야기, 한 소녀를 만난 슐론스키에 대한 이야기도 했다. 어머니가 부드럽게 이런 말을 하기 전까지 말이다.

"오늘 저녁에 뭐 더 하고 싶은 일 없었어요?"

아니면 이런 말이나.

"당신, 애가 잠들기 전에 아이랑 우표 정리한다고 약속한 거 잊지 마세요."

한번은 아버지가 손님들에게 이렇게 말했다.

"여자들의 마음이란! 헛되게도 위대한 시인들은 그 미스터리를 밝혀내려고 시도해왔지. 보라고, 실러는 모든 창조의 섭리 가운데서도 여자의 마음만큼 깊은 비밀은 없다고 어딘가에 썼고, 어떤 여자도 여성의 신비 전부를 드러낸 적이 없거나 남자에게 결코 드러내지 않을 것이라고도 썼었지. 그저 내게 물어봤으면 되는데 말이야. 나는 그곳에 가봤다고."

때로는 하나도 우습지 않은 농담을 했다. "물론 때때로 나는 치맛자락을 쫓아다녔지, 다른 남자들처럼 말이야. 어쩌면 그보다도 더했을지도 모르지만. 왜냐면 나는 이미 수십 장의 치마를 가지고 있었거든. 그런데 갑자기 그것들이 다 치워져버리더라고."

한번은 아버지가 이와 같이 말했다. "우리에게 딸이 하나 있었다면, 그애는 분명히 빼어난 미인이었을 거야." 그러고는 덧붙였다. "미래에는, 새로운 세대가 오면, 성별 간의 차이가 아주 좁아질지도 모르지. 지금은 이 간극이 일반적으로 비극으로 간주되지만, 어느 날엔가는 실수 연발의 코미디 정도로 다뤄질지도 모를 일이야."

16

책을 사랑하며 작가들을 이해하는 뛰어난 숙녀였고, 오데사에 있는 자신의 집을 문학 살롱 — 아마도 최초의 히브리 문학 살롱이었을 것이다 —으로 만든 이가 다름 아닌 나의 할머니, 중요한 여자, 슐로밋 할머니였다. 그녀는 자신의 감수성으로, 시인들과 작가들이 자기 방에서 벗어나 서로를 찾아 돌보게 만드는, 서로 어깨를 비비고 농담하고 뻐기고 겸손해하도록 만드는, 서로를 느끼고 어깨에 손을 얹고 허리에 팔을 감도록 만드는, 상대방을 쿡쿡 찌르며 수다를 떨고 논쟁하고 조금은 정탐하고 다른 솥에서 나는 요리 냄새를 킁킁거리며 떠들고 의견에 반대하고 결탁하고 정당화하고 방어하고 사과하고 고치게 만드는, 서로를 피하고 친구를 다시 찾도록 만드는 고독과 인식에 대한 욕망과 부끄러움과 방종과 깊은 불안감과 자아도취적 이기주의의 벽이 뒤섞인 시큼한 혼합물을 파악하고 조정했다.

할머니는 완벽한 안주인이었다. 그녀는 손님을 꾸밈없이, 그러나 상냥하게 맞이했다. 또한 모두에게 애정 어린 귀와 기댈 수 있는 어깨, 호기심 많고 찬미하는 눈과 동정 어린 가슴을, 그리고 겨울이면 집에서 구운 생선 요리나 걸쭉한 스튜가 담긴 그릇을 내놓았고, 입 속에서 살살 녹아내리는 양귀비 씨로 만든 케이크와 사모바르에서 펄펄 끓는 차를 아낌없이 제공했다.

할아버지의 일은 리큐어를 전문가의 솜씨로 따라 내는 것과, 숙녀분들에게 초콜릿이나 달콤한 케이크를, 남자들에게는 톡 쏘는 ('파피로시'라 부르는) 러시아 담배를 떨어지지 않게 제공하는 것이었다. 요셉 큰할아버지는 스물아홉 살의 어린 나이에 아하드 하암으로부터 〈하쉴로아흐〉의 편집장 자리를 물려받았는데, 이 잡지는 근대 히브리 문화를 선도하는 정기간행물이었다(시인 비알리크 역시 이 잡지의 편집자였다). 그는 오데사의 히브리 문학을 평정했고, 말 한마디로 작가를 발굴하거나 좌천시켰다. 치포라 큰할머니는 남편 형제자매의 '저녁 파티'에 그와 동행했는데, 울 목도리로 큰할아버지를 잘 감싸고, 코트와 귀마개로 따뜻하게 해주었다. 메나헴 우시킨은 '시온을 사랑하는 사람들의 모임'인 시온주의 선구자들의 지도자였는데, 그의 가슴은 들소처럼 헐떡였고 목소리는 러시아 통치자만큼이나 낭랑했으며, 끓는 주전자처럼 거품을 무는 것으로 평판이 자자했고, 그가 들어오면 방은 침묵으로 진압되었다. 모두가 존경심 없이 떠드는 것을 멈추었고, 누군가는 그에게 자리를 내주기 위해 벌떡 일어서고, 그러면 우시킨은 장군 같은 걸음으로 방을 성큼 가로질러가서 큰 다리를 넓게 벌려 널찍하게 자리에 앉고는 지팡이로 바닥을 두 번 두드렸다. 그것은 —살롱의 대화가 계속되어야 한다는 동의의 표시였다. 랍비 체르노비츠(필명은 '랍비 차이르')도 규칙적으로 오는 방문객이었다. 그곳엔 나의 할머니의 비위를 맞추던 통통한 젊은 역사가도 있었다. ("그러나 말쑥한 여자가 그를 가까이하기는 어려웠다. 그는 매우 지적이었고 재미있는 인물이었지만, 뭐랄까? 옷깃에는 언제나 온갖 역겨운 얼룩이 묻어 있었고 소매 끝은 때가 타 더러웠으며, 때때로 바지 접힌 부분에 음식 조각이 붙어 있기까지 했다. 그야말로 완전한 슐룸프, 슈무치히, 푸!였던 것이다.") 손님 중에는 한나 레브니츠키와 벤 치온 덴베르그와 슈말리야후 레빈과 요세프 사피르 박사도 있었으며, 학생 몇 명과 여러 정착민도 포함되어 있었다. 시인 지망생과 공무원 후보생도 끼어 있었다.

*

비알리크는 이따금 저녁 무렵에 들렀다. 비탄이나 추위와 분노로 몸을 떨면서 창백해져서, 또는 나의 할머니가 말한 것처럼 그 반대로. 그는 역시 즐겁고 익살스런 존재가 되는 법을 아는 사람이야! 어떻게! 애들처럼 그가! 정말 망나니네! 끝없이! 어쩜 그렇게 외설적일 수가! 때로 그는 숙녀들의 얼굴이 붉어질 때까지 우리에게 이디시어로 농담을 했다. 레브니츠키는 그에게 소리를 질렀다. "글쎄 말이야, 샤! 비알리크! 대체 뭔 일인가! 푸! 이제 그만!" 비알리크는 먹고 마시는 것을 좋아했고, 즐거운 시간을 나누는 것도 좋아했으며, 빵과 치즈와 뒤따라 나오는 케이크 한 조각, 끓는 차 한 잔과 리큐어 한 잔으로 배를 채웠다. 그러고 나서는 이디시어로 히브리어의 경이로움과 그에 대한 깊은 애정을 담은 세레나데 전곡을 읊기 시작했다.

시인 체르니콥스키 역시 살롱에 난입해서는 좌우 중앙에 있는 사람들에게 느닷없이 화려하지만 수줍게, 열정적이지만 가시를 담아 연설했다. 그는 정복자의 심장을 가진 자로, 아이 같은 순수함 속에는 감동을 품고 있고, 한 마리 나비만큼이나 유약하기도 했지만, 역시나 해악이 되었고 떠나간 사람들에게 상처를 입혔다. 진실? 그는 공격할 의도가 전혀 없었다. 너무도 순수했다! 선한 영혼! 죄라고는 결코 모를 아기 같은 영혼! 슬픈 유대인 아기 말고, 아냐! 이교도 아기 같은! 삶의 기쁨과 짓궂음과 에너지로 충만한! 때로 그는 정말이지 송아지 같았다! 그런 행복한 송아지라니! 여기저기 뛰어다니고! 모두의 앞에서 광대 노릇을 하고! 하지만 아주 가끔일 뿐. 평소에는 그는 너무 가엾게 등장해서 모든 여자로 하여금 즉시 그를 야단스럽게 치켜세워주고 싶도록 만들었다! 단 한 명도 빠짐없이 모두! 나이들거나 젊거나, 미혼이거나 결혼을 했거나, 밋밋하게 생겼거나 예쁘거나, 모두가 그를 치켜세워주고 싶은 숨겨진 욕망 같은 것을 느꼈다. 그것이 그가 가진 능력이었다. 그는 자신이 그렇다는 것조차 몰랐다. 글쎄다. 만약 그가 자신의 능력을 알았다면, 그런 방식이 결코 우리에게 간단히 먹혀들지는 않았으리라!

체르니콥스키는 그의 영혼을 보드카 두어 잔으로 채웠고, 때때로 환희나 슬픔이 흘러넘치는 자기 시 몇 편을 읽어주면서, 방의 분위기를 자신과 함께 그리고 자신을 위해 녹아들게 만들었다. 자유스러운 방식, 흐르는 머리칼, 그의 무정부주의적인 콧수염. 그가 데려온 소녀들은 그리 영리하지 않았고 심지어 유대인이 아닌 경우도 있었는데, 언제나 모두의 눈을 만족시킬 만한 미인이었기에 몇몇은 혀를 내둘렀고 몇몇은 그 소녀들의 단점을 지적하지 못하게 했다. "나는 한 사람의 여자로서 말하는 거예요. 여자들은 결코 그런 것들에 대해 잘못이 없어요. 비알리크는 앉아서 그를 이렇게 응시했어요…… 그리고 그가 혼자 데려온 그 이방인 여자애들은…… 비알리크가 체르니콥스키처럼 한 달이라도 그녀들과 살 수만 있었다면 삶 전부를 던졌을 거예요!"

히브리어와 히브리 문학의 부활, 개혁의 한계, 유대 문화 전승과 다른 나라의 문화 사이의 접점, 분트당, 이디시어주의자(요셉 큰할아버지는 논쟁할 때는 이디시어를 '자르곤'이라 불렀고, 평정을 찾으면 이디시어를 '유대-아슈케나지어'라고 불렀다), 유대와 갈릴리에서 일어나는 새로운 농경 정착지 문제와 헤르손이나 하르코프 유대인 농부의 오래된 문제들, 크누트 함순과 모파상, 강대국들과 사회주의, 여성 문제와 토지 균등 분배론자의 문제 등에 대한 논쟁이 거세게 벌어졌다.

*

10월혁명 4년 후인 1921년, 오데사가 '백군'과 '적군'의 혈전으로 몇 번이나 우열이 바뀌고 난 후, 아버지가 마침내 소녀에서 소년으로 바뀌고 난 이삼년 후, 할머니와 할아버지, 그리고 두 아들은 오데사에서 빌나로 도망쳤다.

할아버지는 공산주의자를 혐오했다. "내 앞에서는 볼셰비키주의자들에 대해 말도 꺼내지 마라." 그는 투덜거리곤 했다. "그래, 뭐랄까,

나는 그 작자들을 매우 잘 알지. 권력을 잡기 전의 모습, 다른 사람들에게서 훔친 집으로 이사하기 전의 모습도, 그들이 아파라트슈크, 예프세크, 폴리트루크와 인민위원이 되는 꿈을 꾸기 전부터 말이다. 나는 그들이 모리배일 때, 오데사 항만 지역, 소위 지하세계의 깡패일 때, 골목대장에다가 소매치기, 술주정뱅이에 포주이던 시절을 여전히 다 기억할 수 있단 말이다. 그래, 뭐랄까, 그들이 거의 유대인이라 해도, 그런 종류의 유대인이라면 뭘 할 수 있겠냐. 기껏해야 가장 무식한 집안 출신들인데—뭐라고 할까, 시장 생선장수 출신에, 주전자 밑바닥에 붙어 있는 찌끼에서 막 나온 존재에, 그게 우리가 말해왔던 거야. 레닌과 트로츠키—무슨 트로츠키, 어떤 트로츠키, 야노브카에서 온 도비들이라 불렸던 어떤 좀도둑의 미친 아들 라이벨라 브론스타인—혁명투사랍시고 입은 그 쓰레기라니, 그 뭐냐, 가죽 부츠에다 허리춤에 리볼버만 가지고, 명주옷을 걸친 더러운 암퇘지 같은 놈들이지. 그게 그들이 길거리를 돌아다니면서 사람들을 체포하고 남의 재산을 몰수한 방식이고, 그놈들은 자기가 갖고 싶어하던 여자친구나 아파트를 가진 누구든지, 피프-파프, 그런 사람들을 죽였어. 그래, 뭐랄까, 몽땅 불결한 날깡패들 같으니라고, 카메네프는 로젠펠트였고, 막심 리트비노프는 메이어 왈리흐였고, 그리고리 지노비예프는 원래 아펠바움이었고, 카를 라데크는 소벨손이었고, 라이저 카가노비치는 구두 수선공에다가 푸줏간 아들이었어. 흠, 글쎄, 내 생각에 그 무리엔 그들과 함께한 이교도도 한두 명 있었는데, 그들 역시 주전자 밑바닥 찌끼에서, 항만에서, 오물에서 나온 인간 쓰레기였어, 뭐랄까, 썩은 양말 냄새가 나는 그런 쓰레기 말이야."

*

그는 볼셰비키 혁명이 일어나고 50년이 지나도 공산주의와 공산주의자에 대한 자신의 견해를 바꾸려 들지 않았다. 이스라엘군이 6일전쟁에서 예루살렘의 옛 도시를 정복한 며칠 후 할아버지는 이제 이스라엘이 모든 레반트의 아랍 민족을 "매우 공손히, 그들의 머리카락 한 올 다치지 않게, 그들의 닭 한 마리라도 훔치는 일 없이" 그들의 역사적인 본국으로, 그가 '아라비아 사우디아'라고 부르는 곳으로 송환하도록 국제적인 공동체가 원조해야 한다고 주장했다. "우리 유대인들이 우리의 본향으로 돌아온 바로 그 방식으로, 그들도 영예롭게 그들의 고향, 아라비아 사우디아로, 여기에 오기 전에 있었던 바로 그곳으로 돌아가야만 한다."

논쟁을 짧게 줄이기 위해, 그리고 아랍 동맹과 아라비아로 돌아가는 여정의 고난을 덜어주고자 하는 욕망에서, 나는 만약 러시아가 우리를 공격한다면 할아버지는 무슨 제안을 할 것인지 물었다.

발그레한 뺨이 분노로 시뻘게지면서 잔뜩 부어오른, 할아버지는 소리를 질렀다.

"러시아라고? 무슨 놈의 러시아를 말하는 거냐? 더이상 러시아는 없어, 이 오줌싸개야! 없다고! 존재하지도 않는다고! 볼셰비키에 대해 말하고 있는 게지? 그렇지 않니? 그래서, 뭐. 나는 볼셰비키주의자들이 오데사의 항만 지구에서 뚜쟁이 노릇을 할 적부터 알아봤어…… 그들은 떼강도에 무뢰한과 다름없다고! 주전자 밑바닥의 찌끼 같은 놈들! 볼셰비키주의 전체는 거대한 속임수에 불과해! 우리가 봐온 대로라면 우리가 가진 멋진 히브리 비행기, 총, 글쎄, 뭐, 우리는 우리 젊은 이들과 비행기들을 페테르부르크로 건너보내야만 한다. 두 주간 갔다가 두 주간 돌아오는 점잖은 폭격―오래전부터 우리에게 받아 마땅한 것이지―강력한 압박―그리고 볼셰비키주의 전체는 아주 더러운 솜털로 된 지옥으로 몰락하게 될 게다!"

"할아버지는 이스라엘이 레닌그라드에 폭탄을 떨어뜨려야 한다고 생각하시는 거예요? 그리고 세계 전쟁이 일어나야 한다고요? 원자폭탄에 대해 들어보신 적 있으세요? 수소폭탄은요?"

"그건 모두 유대인 손에 달려 있어. 그러니까 미국인, 볼셰비키주의자, 그들의 모든 신식 폭탄이 유대인 과학자의 손에 달려 있다는 말이다. 그리고 그들은 해야 할 것과 하지 말아야 할 것을 확실히 안단 말이야."

"그러면 평화는요? 평화를 가져올 수 있는 방법이라도 있어요?"

"있지. 모든 적들을 다 물리쳐야만 해. 우리가 흠씬 두들겨 패면 그들은 우리에게 평화를 구걸하게 될 거다. 그러고 나면, 글쎄, 물론 우리는 그들에게 평화를 주겠지. 왜 평화를 거절해야 하니? 결국 우리는 평화를 사랑하는 사람들인데. 심지어 우리에겐 화평하라는 계명까지 있는걸. 그래, 뭐, 우리가 그래야 한다면, 바그다드는 물론이고 심지어 카이로까지도 평화를 좇게 될 거야. 그래야 하지 않겠니? 어떠니?"

*

10월혁명 후 내전과 적군의 승리에 당황한, 재산을 잃고 검열을 받고 공포에 젖은 히브리 작가들과 오데사의 시오니스트 활동가들은 곳곳으로 흩어졌다. 요셉 큰할아버지와 치포라 큰할머니는 여러 친구들과 함께 1919년 말 루슬란호에 올라 팔레스타인으로 향했고, 제3차 알리야의 시작을 알리며 욥바 항구에 도착하게 된다. 다른 이들은 오데사를 떠나 베를린, 로잔, 미국 등지로 피했다.

알렉산더 할아버지와 슐로밋 할머니는 두 아들과 함께 에레츠 이스라엘('이스라엘 땅')로 이주하지 않았다. 러시아어로 쓴 시에 고동치는 할아버지의 시온주의자 열정에도 불구하고, 그들에게 그 나라는 여전히 위생과 문화의 최소 기준치에도 미치지 못한 너무 난폭하고 미개하고 뒤떨어진 곳으로 보였다. 그래서 그들은 25년 전에 클라우스너 일가, 할아버지의 부모와 요셉과 베찰렐 형제가 먼저 떠나간 리투아니아로 갔다. 빌나는 여전히 폴란드령이었고, 언제나 존재해왔던 격렬한 반유대주의가 해를 더할수록 거세지고 있었다. 폴란드와 리투아니아는 민족주의와 외국인 혐오에 사로잡혀 있었다. 정복당하고 종속당한 리투아니아인들에게 커다란 유대계 소수민족은 압제 체제의 대행자로 여겨졌다. 국경 너머 독일은 나치의 새롭고 냉혹하며 살인적인 유대인 혐오 사상에 사로잡혀 있었다.

빌나에서도 할아버지는 사업가였다. 그는 시야를 넓히지 못했고, 여기저기서 조금씩 사고팔았고, 때때로 얼마간의 돈을 벌기도 했으며, 두 아들을 처음에는 히브리 초등학교에, 그다음에는 '전통적인'(이른

바, 인문학 중심의) 김나지움에 보냈다.

두 형제 다비드와 아리에는, 다른 이름으로는 지우쟈와 로니아인데, 오데사에서부터 3개 국어를 구사했다. 집에서는 러시아어와 이디시어로 말했고, 거리에서는 러시아어로 말했으며, 그리고 오데사의 시온주의 유치원에서는 히브리어를 배웠다. 빌나의 전통적인 김나지움에서 그리스어와 라틴어, 폴란드어와 독일어, 프랑스어를 더했다. 후에 대학의 유럽문학과에서 영어와 이탈리아어를 목록에 첨가했고, 아버지는 유대철학과에서 아라비아어, 아람어와 설형문자 쓰기까지 배웠다. 다비드 큰삼촌은 곧 문학을 가르치는 일을 얻게 되었다. 내 아버지 예후다 아리에는 1932년 빌나 대학에서 첫번째(학사) 학위를 얻었는데, 형의 선례를 밟기를 원했다. 그러나 그즈음 반유대주의는 견디기 어려울 정도가 되었다. 유대인 학생들은 모욕과 구타, 차별과 심한 학대를 견뎌내야만 했다.

"그런데 그들이 정확하게 아버지한테 무슨 짓을 했어요?" 내가 아버지에게 물었다. "어떤 종류의 가학이었어요? 때렸나요? 연습장을 찢었나요? 왜 그들에게 항의하지 않으셨어요?"

"너는," 아버지가 말했다. "이걸 이해할 수 있을 것 같지가 않구나. 그게 더 나을지도 모르지. 나는 네가 어느 쪽도 이해할 수 없다 할지라도 기쁠 거다. 다시 말해, 네가 이해할 수 없는 게 왜 기쁜가 하면, 네가 이해하기를 바라지 않아서야. 왜냐하면 그럴 필요가 없기 때문이야. 단지 더이상 그럴 필요가 없는 거야. 왜냐하면 모든 게 끝났으니까. 확실히 다 끝났어. 여기서는 그런 일이 일어나지 않을 거라는 말이지. 이제 다른 이야기를 하자꾸나. 네 행성 앨범에 대해 말해볼까? 물론 우리에겐 아직도 적이 있지. 전쟁도 있고. 포위되어 있기도 하고 약간 손실을 입을 수도 있겠지. 분명해. 그건 부인하지 않을 거야. 하지만 박해는 아니지. 그건, 아니다. 박해도 굴욕도 학살도 아니야. 우리가 거기서 견뎌야만 했던 것은 사디즘이 아니야. 그건, 분명히 말하건대, 결코다시 되돌아오지 않을 거다. 여기서는 아니야. 그들이 만일 우리를 공격한다면, 우리는 받은 대로 갚을 거야. 네가 토성과 목성 사이에 화성을 끼워넣은 것처럼 보이는구나. 잘못되었다. 아니, 너한테 말한 게 아니야. 너 스스로 잘 살펴보고 어디가 잘못되었는지 보려무나. 그러면너 혼자 힘으로 제자리에 잘 둘 수 있을 거야."

*

낡아 해진 사진첩은 빌나의 세월에서 살아남았다. 여기 아버지와 그의 형 다비드는 둘 다 여전히 학교에 있고, 창백하고 매우 심각한 표정을 짓고 있으며, 뾰족한 모자 아래로 큰 귀가 두드러진 가운데, 정장차림을 하고 넥타이에 뻣뻣한 칼라 셔츠를 입고 있다. 알렉산더 할아버지는 슬슬 대머리가 되기 시작했는데, 여전히 콧수염이 있고, 말쑥하게 차려입은 모습이 차르 정부의 이류 외교관처럼 보였다. 그리고단체 사진 몇 장이 있는데, 아마도 김나지움 시절의 모습인 듯하다. 아버지 아니면 형 다비드? 누구라 단정하기는 어렵다. 얼굴이 흐릿하게나온 사진이기 때문이다. 소년들은 야구 모자를 썼고 소녀들은 둥근베레모를 쓰고 있었다. 소녀들은 대부분 검은 머리이고, 몇몇은 자신이 죽어가리라는 것을 알지만 그것이 운명이라 정해진 것은 아니기 때문에 발설할 이유는 없다는 듯 모나리자의 미소를 짓고 있다.

이들은 누구를 위한 것인가? 사실상 이 단체 사진 속 모든 젊은이들은 아마 분명 나신인 채로 포나리의 거대한 구덩이 속에서 달리도록 강요받고 채찍질당하고 개에 쫓기고 굶주리거나 꽁꽁 얼어붙었다. 내 아버지 외에 그들 중 어떤 이가 생존했는가? 나는 밝은 빛 아래서 단체 사진을 연구하고 얼굴에서 뭔가 구별해내려 애썼다. 두번째 줄 왼편에 있는 그를 위해 준비된 것이 무엇일지 추측하고, 모든 고무적인 말들을 불신하고, 아직 시간이 있을 때 게토 아래로 난 배수로를 타고 내려가서, 숲의 일행과 합세하게 하는 교활함이나 단호함의 어떤 단서나, 이 소년을 만들었을지도 모를 내면의 강인함 같은 것의 단서를 구별해내기 위해. 아니면 중앙에, 영리하고 냉소적으로 보이는 얼굴을 한 예쁜 소녀는 어떨지, 나의 미운 사람, 그들은 나를 속일 수 없으니, 나는 아직 청년이지만 그것을 모두 알고 있고, 심지어 내가 알 것이라고 그들이 상상조차 못한 일도 알고 있다. 혹 그녀가 살아남았을까? 루드니크에 있는 일행과 합세하기 위해 탈출했을까? 아리아인 같은 외모 덕분에 게토 바깥 지구로 숨어들 수 있었을까? 수녀원에 피신했을까? 아니면 시간이 있는 동안 탈출했을까? 독일인과 그들의 심복인 리투아니아인의 눈을 교묘히 피할 수 있었을까? 그리고 러시아 국경으로 몰래 넘어갈 수 있었을까? 아니면 그들에게 시간이 있는 동안 이스라엘 땅으로 이주했을까? 그러고는 일흔여섯의 나이가 될 때까지 이즈르엘 계곡에 있는 키부츠에서 벌을 치거나 양계장을 운영하면서 말없이 어려움을 헤쳐나가는 인생을 보냈을까?

그리고 여기, 열일곱 살의 젊은 나의 아버지—내 아들 다니엘(다니엘의 중간 이름은 예후다 아리에로 아버지 이름을 따서 지은 것이다)과 아주 닮은, 정말 등골이 오싹해질 만큼 빼다 박은―가, 키만 멀대처럼 크고 마른 모습에, 나비넥타이를 매고, 둥근 안경테 너머로 나를 살피는 순수한 눈을 가진, 조금은 당황스럽고 조금은 자랑스러운 모습의, 다변가지만 아직 모순이라고는 전혀 없고, 아주 수줍어하며, 검은 머리를 말끔하게 이마 뒤로 빗어 넘기고, 얼굴에는 발랄한 낙관주의가 흐르는, 걱정하지 마, 친구들아, 모든 것이 다 괜찮아질 거야, 우리는 극복하게 될 거야, 어떻게 하든 우리는 모든 것을 이겨내게 될 거야, 더 무슨 일이 일어날 수 있겠어, 그리 나쁘지 않아, 모두 좋아질 거야, 라고 말하는 나의 젊은 아버지가 있다.

이 사진 속 아버지는 내 아들보다도 어리다. 가능하기만 했다면, 나는 사진 속으로 걸어들어가 아버지와 그의 활기찬 동료들에게 경고했을 것이다. 아마 준비해야 할 것을 알려주려고 애썼을 것이다. 그들에게 말해도 분명 믿지 않았겠지만. 되레 놀림감이 되었겠지.

그리고 여기 파티를 위해, 마치 축제에 가려는 사람처럼, 샤프카*를 쓰고, 보트를 저으며, 그를 향해 교태 섞인 미소를 짓고 있는 두 명의 여자와 함께 있는 아버지가 있다. 그는 약간 우스꽝스러운 헐렁한 반바지를 입고, 양말을 살짝 드러내고, 단정하게 반 가르마를 하고 미소 짓는 여자를 뒤에서 포옹하고 있다. 그 소녀는, 사진 속에서도 분명히 읽을 수 있는 단어 '스크신카 포치토바'**라고 쓰인 우체통에 편지를 부치려는 듯하다. 그 편지는 누구에게 보내는 것이었을까? 수취인에게는

---

* 동물의 모피로 만든 러시아 모자.
** 폴란드어로 우체통이라는 뜻.

무슨 일이 일어났을까? 사진 속에서 줄무늬 드레스를 입고, 팔 아래로 작은 검정색 핸드백을 걸친, 하얀 양말과 신발을 신은 예쁜 다른 소녀의 운명은 어떻게 되었을까? 사진을 찍은 후 이 예쁜 소녀는 얼마 동안이나 계속 미소 지을 수 있었을까?

그리고 여기, 역시 웃고 있는 나의 아버지가 있고, 다섯 명의 소녀와 세 명의 소년이 있는 장면을 보니, 갑자기 아버지가 아이였을 때 그의 어머니가 그를 작고 예쁜 여자아이로 꾸민 일이 기억난다. 그들은 숲에 있지만, 가장 좋은 도시의 옷을 입고 있다. 여하튼 소년들은 재킷을 벗고, 셔츠와 타이를 맨 채로, 대담무쌍하고 소년다운 자세로, 운명에 맞서며 혹은 소녀들에 맞서며 서 있다. 여기서 그들은 인간 피라미드를 만들고 있는데, 두 명의 소년은 좀 통통한 소녀를 어깨 위에 이고 있고, 세번째 소녀는 자기 허벅지로 간신히 버티고 있고, 다른 두 소녀는 그걸 보면서 웃고 있다. 밝은 하늘은 즐거워 보이고, 강에는 철교가 놓여 있다. 오직 숲의 가장자리만이 빽빽하고 심각하며 어두울 뿐이다. 숲은 사진의 한편에서 다른 편으로 이어져 있는데, 아마도 상당히 멀리 뻗어 있을 것이다. 빌나 근처의 숲. 루드니크 숲인가? 아니면 포나리 숲? 아니면 포피쇼크나 올키에니키 숲으로, 아버지의 할아버지인 예후다 레이프 클라우스너가 수레를 타고 건너기를 좋아하던, 그의 말馬을 믿고 빽빽한 어둠 속에서, 심지어 폭풍우 치는 겨울밤에도 자신의 강한 팔과 행운을 믿으며 건너길 좋아하던 그곳일까?

*

할아버지는 2천 년 세월을 폐허로 있다가 재건된 이스라엘 땅을 갈망했다. 갈릴리와 골짜기들, 샤론, 길르앗, 길보아, 사마리아의 언덕들과 에돔 산. "흘러라, 요단 강아 흘러라, 그대 포효하는 큰 물결아." 그는 유대민족기금에 기부했고, 시온주의 기구에 회비를 지불했으며, 이스라엘 땅에 대한 모든 정보를 스크랩하는 데 열중했고, 이따금 빌나의 유대인 거주지를 방문하여 열정적인 추종을 불러모은 야보틴스키의 연설에 취했다. 할아버지는 언제나 야보틴스키의 자랑스럽고 타협하지 않는 민족주의적 정치학의 진심 어린 후원자였고 그 자신을 호전적인 시온주의자로 간주했다. 그러나 그와 가족의 발아래에서 빌나가 타버렸을 때도 그는 여전히 그쪽으로 치우쳐 있었다. 아마도 슐로밋 할머니가 그로 하여금 팔레스타인보다는 덜 아시아적이고, 음울한 빌나보다는 더 유럽적인 새로운 고향을 찾도록 부추겼는지도 모른다. 1930년에서 1932년 사이에 클라우스너가는 프랑스, 스위스, 미국(인디언에도 불구하고), 스칸디나비아반도와 영국의 이민 서류를 얻어내려고 했다. 그러나 이들 국가 중 어느 곳도 그들을 원치 않았다. 이미 충분히 많은 유대인을 받아들였기 때문이다. ("한 사람도 이미 너무 많다!" 캐나다와 스위스의 장관들은 그렇게 말했고, 다른 국가들 역시 그 사실을 공표하지만 않았을 뿐 동일한 일을 수행했다.)

나치가 독일 정권을 잡기 약 18개월 전, 나의 시온주의자 할아버지는 빌나의 반유대주의로 인해 절망한 나머지 눈이 멀어 독일 시민권을 신청하기까지 했다. 우리에게는 다행스럽게도, 거절당했지만. 그곳에서 여러 개의 유럽 언어를 구사할 수 있으며, 시를 읊으며, 도덕의 우월성을 신뢰하며, 발레와 오페라를 감상하며, 유산을 장려하며, 탈민족적 연합체를 꿈꾸며, 양식과 의복과 패션을 찬양하며, 무조건적·무제한적으로 수십 년간 사랑해왔던 이 열정 넘치는 유럽 애호가들은, 유대 계몽 운동이 시작된 이래 유럽을 만족시키기 위해 인간적으로 가능한 모든 방법을 동원하고, 모든 영역에서 거기에 기여하기 위해, 그 일부가 되기 위해, 광적인 구애가 따르는 그것의 차가운 적의를 헤쳐나가기 위해, 친구들을 만들고, 저들의 비위를 맞추기 위해, 수용하고, 소속하고, 할 수 있는 모든 것을 다했던 이들이었다. 사랑받기 위해……

*

그리하여 1933년, 실망한 유럽 애호가들인 슐로밋 할머니와 알렉산더 할아버지는, 폴란드어와 세계문학으로 학사학위를 받은 작은아들 예후다 아리에와 함께 반신반의하며, 거의 그들의 의지와 반대로, 야만적인 아시아, 할아버지가 젊은 시절 이후 그의 감성적인 시들에서 쭉 갈망했던 예루살렘으로 이주했다.

그들은 이탈리아호를 타고 트리에스테에서 하이파까지 항해했고, 사진 끝 모서리에 기록된 바에 의하면, 가는 중에 베냐미노 움베르토 스타인들러라는 선장과 사진도 찍었다. 그게 다였다.

그리고 하이파 항구에서 가족의 이야기는 계속되어, 하얀 가운을 입은 영국 위임통치 의사인지 위생관인지가 승객 모두에게 소독약을 뿌

리기 위해 기다리고 있었다. 알렉산더 할아버지 차례가 되었을 때, 이
야기가 이어지는데, 그는 너무나 격노해서 스프레이를 잡아채 의사에
게 흠씬 뿌려주었다. 내내 말한 것처럼, 감히 이곳 자신의 고국에 있는
우리를 마치 아직도 디아스포라 상태인 양 대한 그 남자에게 벌어진
일이다. 2천 년 동안 우리는 모든 것을 침묵 속에 견뎌왔지만, 이곳, 우
리만의 고국에서 새로운 타향살이는 견디지 않을 것이었고, 우리의 명
예도 구둣발로 짓밟히지 않게 될 터였다. 더이상은 소독되지 않을 것
이다.

*

  헌신적이고 양심적인 유럽 애호가이던, 그들의 큰아들 다비드는 빌
나에 남아 있었다. 그곳에서 아주 어린 나이에, 유대인이었음에도 불
구하고, 그는 대학에서 문학을 가르치는 자리에 임명되었다. 의심의
여지 없이 그는 자신의 심장을, 내 아버지가 일생 동안 그러했듯이, 요
셉 큰할아버지의 영광스러운 업적 위에 두었다. 그곳 빌나에서 그는
말카라는 이름의 젊은 여자와 결혼했다. 그리고 1938년에 아들 다니엘
이 태어나는데, 나는 나보다 1년 반 정도 앞서 태어난 그 아들을 본 적
도 없고, 사진 한 장 찾지 못했다. 오직 말카(마시아) 큰어머니가 폴란
드어로 쓴 엽서와 편지 몇 장이 남아 있을 뿐이다. "1939. 10. 2. 다누
시가 저녁 아홉시부터 아침 여섯시까지 잤다. 밤에 잠을 설치거나 하
지는 않는다. 낮에는 팔다리를 끊임없이 꼼지락거리며 눈을 뜨고 누워
있다. 이따금 울음을 터뜨리며……"

어린 다니엘 클라우스너는 3년을 채 살지 못했다. 곧바로 그들이 와서 유럽을 보호하기 위해, '불쾌한 안짱다리 유대인 호래자식이 수천만 독일 소녀들을 유혹할 것이라는 히틀러의 악몽적인 예고'를 미리 차단하기 위해 죽인 것이다. "얼굴에 악마적인 기쁨을 띤 검은 머리의 유대인 젊은이는, 그가 자기 피로 자신을 더럽힐 것이라는 의심을 한 치도 품지 않은 소녀를 기다리며 잠복한다…… 유대인 최후의 목표는 탈脫국민화다…… 다른 민족을 서자로 만듦으로써, 가장 높은 인종적 단계를 저급하게 만들면서…… 은밀하게…… 백인종…… 파괴의 목적으로…… 만일 유대인 5천 명이 스웨덴으로 이송된다면, 단시간에 그들은 모든 주도적인 지위를 점하게 될 것이고…… 모든 민족의 보편적 독소가 될 것이고, 국제적인 유대인은……"*

그러나 큰삼촌 다비드의 생각은 달랐다. 그는 증오에 찬 그러한 견해들을 경멸하며 떨쳐버리고, 거대한 대성당의 석조 돔에 울려퍼지는 가톨릭의 엄숙한 반유대주의, 개신교의 냉혹하면서 치명적인 반유대주의, 독일의 인종차별주의, 오스트리아인의 흉악성, 폴란드인의 유대인 혐오, 리투아니아인이나 헝가리인이나 프랑스인의 잔인성, 우크라이나인, 루마니아인, 러시아인과 크로아티아인의 유대인 학살 옹호, 벨기에인, 네덜란드인, 영국인, 아일랜드인, 스칸디나비아인의 유대인 불신에 대해 생각하기를 거부했다. 이 모든 것이 그에게는 야만성의

---

* 헤르만 라우슈닝, 『히틀러가 말하다: 아돌프 히틀러와 그의 진정한 목표에 대해 나눈 정치적인 대화들』(텔아비브, 1941) 참고. 또한 요아힘 C. 페스트, 『히틀러』(예루살렘: 케테르 출판사, 1973)(히브리어판), 45~46, 216~217, 558~559, 778쪽에서 인용. (원주)

희미한 잔류 같았고, 무지한 영원이자, 지난 세월의 유물, 이제 끝나가는 과거와 같았다.

다비드 큰삼촌은 자신을 그 시절의 후예로 보았다. 특출나고, 다문화적이며, 여러 개 언어를 유창하게 구사하는, 계몽된 유럽인이며 명백한 근대인으로. 그는 선입견이나 민족적 증오를 경멸했으며, 교양 없는 인종차별주의자, 쇼비니스트나 민중선동가나 미개한 사람, 그리고 유쾌한 목소리로 '유대인들에게 죽음을' 약속하며 벽에서부터 "유대인들은 팔레스타인으로 꺼져라!"라고 짖어대는 선입견에 사로잡힌 반유대주의자들에게 굴복하지 않기로 결심했다.

팔레스타인으로? 분명 아니었다. 그의 본바탕은 어린 신부와 갓난아기를 데려가지 않고 최전방에서 망명해 가뭄이 닥친 몇몇 레반트 지역의 시끌벅적한 어중이떠중이의 난폭함으로부터 숨기 위해 도망치는 것이었는데, 레반트 지역은 절망적인 유대인 소수가 인종차별(분리주의)적 무장 독립국 지위를 세우려 시도하는 곳이었고, 아이러니하게도 그들은 그것을 명백히 적의 가장 사악한 면에서 배웠다.

아니, 다비드 큰삼촌은 분명 이곳 빌나에 있는 자신의 자리에서, 가장 요지이며, 합리적이고 마음이 넓고 관용적이고 자유주의적 유럽식 계명의 전방 참호로서, 이제 유럽의 계명을 빨아들이려 위협하는 야만의 물결에 대항해 계명의 존재를 위해 분투하고 있던 참호 중 한 곳에 머물렀다. 계명을 받아들일 수밖에 없었기 때문에, 그는 이곳에 있었다.

끝까지.

17

할머니는 주위로 놀란 시선을 던졌고, 그녀가 예루살렘에서 보낸 약 25년 세월의 기준이 된 유명한 문장을 말했다. "레반트는 세균으로 가득차 있어."

그때부터 할아버지는 매일 아침 여섯시나 여섯시 반이면 일어나서, 할머니를 위해 카펫과 매트리스와 침구를 먼지떨이로 거칠게 두들겨 패고, 침대보와 베개에 공기를 집어넣고, 온 집안에 DDT를 뿌려대고, 그녀가 야채, 과일, 리넨, 수건과 가정용품을 무자비하게 삶는 것을 도와야만 했다. 두세 시간마다 화장실과 세면대를 염소로 소독해야 했다. 세면기를 보통 마개로 막아두고, 배수구에서 바닥으로 밤낮 침투하는 바퀴벌레나 악한 정령의 공격을 막기 위해 중세 성城의 해자처럼 약간의 염소나 리졸을 바닥에 부어놓았다. 심지어 세면대의 공기구멍은 적군이 그런 식으로 잠입을 시도할 경우를 대비해 찌그러진 비누로 막혀 있었다. 창문의 모기장에서는 늘 DDT 냄새가 났고, 소독약 냄새가 온 마룻바닥에 진동했다. 소독의 정령, 비누, 크림, 스프레이, 덫, 살충제, 활석 가루의 빽빽한 구름이 항상 공기 중에 걸려 있었는데, 그중 어떤 것은 할머니의 살갗에서도 풍겨나오는 듯했다.

여기에다 이따금 초저녁에 몇몇 비주류 작가와 지적으로 보이는 사업가 두세 명이나 전도유망한 젊은 학자들이 두루 초대되었다. 인정하는 바와 같이, 그곳엔 더이상 비알리크도 체르니콥스키도 없었고, 성대하고 유쾌한 저녁 파티도 없었다. 제한된 예산과 비좁은 공간, 매일 고생해야 하는 나날은 할머니의 시야를 좁혔다. 그곳에 모이는 이들은 한나와 하임 토렌, 에스더와 이스라엘 자르키, 체르타와 야콥 다비드 아브람스키, 그리고 가끔 오데사와 빌나에서 온 친구 한두 명, 이사야 가街에서 온 샤인델레비치, 두 아들이 이미 '하가나'에서 정체 모를 자리를 차지한 유명한 과학자라는 다비드 옐린 가의 소매상 카찰스키 씨, 또는 메코르 바루크 출신의 바르 이츠하르(이츠라비치) 부부로, 남편은 가련한 잡화상이었고 아내는 여자 가발과 주문형 코르셋 제작자였는데, 둘 모두 노동당을 완전히 혐오하는 우파 시오니스트 수정주의자였다.

할머니는 둥둥 뜨는 육중한 사워크림의 빙산이 얹힌, 껍질 벗긴 클레멘타인과 계절 과일, 땅콩과 아몬드와 건포도와 말린 무화과와 설탕에 절인 과일, 오렌지 껍질 설탕 절임, 여러 가지 잼, 통조림, 그리고 양귀비 씨 케이크와 잼을 얹은 스펀지케이크, 아펠슈트루델* 또는 퍼프 페이스트리로 만든 멋들어진 타르트를 내기 위해, 할아버지를 급파해 쟁반에 잔뜩 쌓인 음식을 몇 번이고 날라 부엌에 군대식으로 펼쳐놓았다.

거기에서도 역시 그들은 시사 문제와 유대인과 세계의 미래에 대해 논의했고, 부패한 노동당과 패배주의자들, 이교도 압제자에게 알랑거리며 비위 맞추는 협조적인 지도자들을 욕했다. 키부츠에 관해 말하자면, 여기에서 그들은 발길질하는 무정부주의적 허무주의자에, 방탕함을 퍼뜨리고 국가가 성스럽게 붙잡고 있던 모든 것을 추락시키는 위험한 볼셰비키 세포 조직처럼, 공공 비용으로 자신을 살찌우는 기생충이나 국유지를 훔치는 기식자처럼 취급되었다. 예루살렘에 있는 내 조부모님 댁의 방문객들에게는 이후 '급진적인 미즈라힘**' 중에서는 키부츠에 대항하는 자들이 거의 없었다는 것이 이미 기정사실로 받아들여지던 때였다. 분명, 논쟁은 참여자들에게 큰 기쁨을 가져다주지는 않았다. 만약 그렇지 않다면—왜 종종 그들이 언뜻 나를 보았을 때 침묵에 빠져들거나 러시아어로 바꿔 말하거나, 거실과 할아버지 서재에서 내가 만들고 있던 샘플 상자로 된 성곽 사이에 있던 문을 닫았겠는가?

*

여기는 프라하 골목에 있는 작은 공동주택과 같았다. 무거운 가구로 꽉 차 있고, 다양한 물건과 여행 가방이 들어차 있는 매우 러시아적인 거실 하나가 있었다. 끓는 생선과 당근, DDT와 리졸이 섞인 반죽에서 나는 걸쭉한 냄새, 벽 둘레에 아무렇게나 쌓인 궤짝들과 걸상들, 어둡

---

* 반죽을 얇게 펴서 만 다음 버터에 굽는 디저트.
** 중동 지역 출신의 유대인.

고 남성적인 옷장, 다리가 두꺼운 테이블과 장식품과 기념품으로 뒤덮인 찬장이 있었다. 온 방이 하얀색 모슬린 매트, 레이스 커튼, 자수가 놓인 쿠션, 장식품으로 가득했고, 이용 가능한 모든 공간 위에는, 심지어 창틀에까지 자질구레한 장식품들이 복잡하게 놓여 있었다. 이를테면 꼬리를 잡아당기면 턱이 열리면서 견과류를 깰 수 있는 은제 악어라든지, 실물 크기의 하얀 푸들, 그 녀석은 검은 코에 둥근 유리 눈을 한 부드럽고 온화한 창조물로 항상 슐로밋 할머니의 침대 발치에 놓여 있었고, 결코 짖지도 않고 알려진 것처럼 벌레, 빈대, 벼룩, 진드기, 구더기, 이로 인한 습진, 결핵균과 다른 무시무시한 역병들을 가져올지도 모를 레반트로 보내달라고 부탁하지 않는 그런 존재였다.

이 붙임성 있는 창조물의 이름은 슈타크, 슈타체크, 아니면 슈타신카로, 가장 온화하고 순종적인 개였는데, 울과 헝겊으로 만들어졌기 때문이다. 녀석은 오데사에서부터 빌나, 빌나에서부터 예루살렘에 이르기까지 클라우스너가의 모든 이주 과정 동안 신실하게 따라다녔다. 건강을 위해, 이 불쌍한 강아지는 몇 주마다 좀약을 덮어써야 했다. 매일 아침 녀석은 할아버지가 뿌려대는 스프레이를 참아야 했다. 또 여름에는 때로 바람을 쐬고 햇빛을 받으려고 열린 창문 앞에 놓이기도 했다.

몇 시간 동안 슈타크는 창틀에 미동 없이, 우울한 검은 눈을 하고, 깊이를 헤아릴 수 없는 열망으로 거리 냄새를 맡으며, 길거리 작은 암캐들의 냄새를 킁킁거리기 위해 헛되이 검은 코를 들어올린 채, 울로 된 귀를 쫑긋 세우고, 이웃의 오만 가지 소리, 상사병 난 고양이의 울음소리, 새들의 지저귐, 이디시어로 들리는 시끄러운 외침, 넝마주이의 소름 끼치는 고함소리, 누가 자기보다 운이 더 좋은가 컹컹대는 똥개들 소리를 포착하려 애쓰면서 앉아 있었다. 녀석의 머리는 한쪽으로 신중하게 기울어 있었고, 짧은 꼬리는 뒷다리 사이에 슬프게 박혀 있었고, 눈은 비극적인 모양새를 하고 있었다. 녀석은 결코 행인들에게 짖지 않았으며, 거리의 강아지에게 도움을 청하며 울부짖지도 않았고, 컹컹 짖어댄 적도 없었지만, 거기 앉아 있는 녀석의 얼굴은 내 심금을 울리는 침묵 속의 절망과 무시무시한 울음소리보다 더 가슴이 미어질 듯한 말 못할 체념을 담고 있었다.

어느 날 아침 할머니는 다시 생각할 여지 없이 슈타신카를 신문지로 둘둘 말아 쓰레기통에 버렸는데, 갑자기 먼지와 곰팡이에 대해 슈타신카를 의심했기 때문이다. 할아버지는 말할 것도 없이 화가 났지만, 찍소리도 못했다. 그리고 나는 할머니를 결코 용서할 수 없었다.

*

이 복작복작한 거실은 색깔처럼 냄새도 진갈색으로, 할머니의 침실도 겸했고, 딱딱한 소파와 사무용 탁자, 샘플 상자 무더기와 책장, 오스트리아–헝가리 병사들의 밝고 빛나는 아침 행진만큼이나 언제나 깔끔하고 단정한 작은 책상이 놓여 있던 수도사적인 작은 공간인 할아버지의 서재로 이어졌다.

예루살렘에서도 두 분은 할아버지의 불확실한 소득으로 간신히 연명했다. 다시 한번 그는 여름에 물건을 사두었다가 가을에 팔았는데, 샘플 상자를 들고 욥바 거리와 킹 조지 가, 아그리파 거리, 룬츠 가와 벤예후다 거리에 있는 옷가게 주변을 돌아다니며 여기저기서 거래를 했다. 한 달에 한 번 정도 그는 수건 제조업자와 교류하거나, 속옷 제조업자나 기성복 공급 업체와 흥정하기 위해 홀론, 라마트간, 네타냐, 페타티크바로, 때로는 하이파까지 갔다.

아침마다 그는 일정을 시작하기 전에, 알맞은 옷가지와 헝겊 꾸러미들을 챙겼다. 때로는 도매업을 했고, 공장에서 지역 판매 대리인 자리를 구하거나 잃거나 다시 얻었다. 그는 거래를 즐기지 않았으며 잘하지도 못해서, 간신히 할머니와 본인이 살아남을 정도의 수입을 유지할 뿐이었지만, 언제나 윗주머니에 삼각형으로 접힌 하얀 손수건을 꽂고 은으로 된 커프스단추가 우아한 차르 시대 외교관 양복을 입고 예루살렘 거리를 걸어다니는 것을 즐겼으며, 카페에 앉아 시간을 보내는 일도 좋아했는데, 표면적으로는 사업 때문이었지만, 실상은 대화하고 논쟁하고 김이 모락모락 나는 차를 마시며 잡지와 신문을 죽 훑어보기 위해서였다. 또한 레스토랑에서 식사하는 것도 좋아했다. 그는 언제나 마치 자신이 매우 특별하면서도 기품 있는 신사인 양 웨이터들을 대했다.

"실례하네. 차가 차가워졌으니. 곧장 뜨거운 차를 가져다주길 바라네. 뜨거운 차 말일세, 요지인즉, 아주 아주 뜨거워야 한다는 것일세. 고맙네."

할아버지가 가장 사랑했던 일은 마을을 벗어나 긴 여행을 떠나고 바다에 인접한 마을에 있는 회사 사무실에서 비즈니스 미팅을 하는 것이었다. 그는 테두리는 금색이고 겹쳐진 마름모꼴 문양이 마치 다이아몬드 더미처럼 보이는, 인상적인 명함을 갖고 있었다. 명함에서 이런 문장을 읽을 수 있었다. "알렉산더 Z. 클라우스너, 수입상, 공인대리인,

총대리인, 공인도매상, 예루살렘과 그 주변." 그는 어린아이같이 웃으며 미안해하는 모습으로 명함을 내밀었다.

"글쎄, 뭐랄까. 사람은 어떻게든 살아야 하니까요."

하지만 그의 마음은 사업에 있지 않았고, 마치 일흔 살 늙은 학생처럼 오히려 순결하면서도 부정한 애정 행각, 로맨틱한 열망과 모호한 욕망과 꿈에 가 있었다. 만약 그가 삶을 다시 살도록 허락받았다면 분명, 마음이 진정 원하는 바를 따라, 여자들을 사랑하는 일을 선택했을 것이고, 사랑받고, 그들의 마음을 이해하기를 선택했을 것이고, 자연의 품 안 여름 피서지에서 교제를 즐기기를 선택했을 것이고, 꼭대기가 눈으로 덮인 산 아래 호수에서 노를 젓기를, 열정적인 시를 써내기를, 멋진 외모와 곱슬머리, 감성적이지만 남성적인 모습이기를, 대중에게 사랑받기를, 체르니콥스키가 되기를 선택했을 것이다. 아니면 바이런. 더 나아가 신성한 시인의 모습과 눈에 띄는 정치 지도자의 모습이 하나의 멋진 형상 속에 결합된 블라디미르 야보틴스키라든지.

일생 동안 그는 사랑의 세계와 정서적인 너그러움을 갈망했다. (그는 사랑과 찬미 모두 풍성하기를 목말라했고, 그 둘을 구분짓는 것처럼 보이지 않았다.)

때로 절망 속에 그는 자신을 속였고, 안달했고, 서재에서 고독에 차 브랜디 몇 잔을 마셨고, 또는 더 쓰디쓰고 잠이 오지 않는 밤에는 특히나 보드카 한 잔을 마시며 서글프게 담배를 태웠다. 때로는 어두워진 뒤 혼자 밖으로 나가 텅 빈 거리를 이리저리 방황했다. 그가 밖으로 나가기란 쉽지 않았다. 할머니는 우리 모두를 추적하는 고도로 발달한, 초정밀 레이더망을 가지고 있었다. 어떤 순간이든 우리가 어디에 있는지 알았는데, 로니아는 테라 상타 건물 4층에 있는 국립도서관 책상에, 주시아는 카페 아타라에, 파니아는 브네이 브리트 도서관에, 아모스는 가장 친한 친구, 옆집인 오른편 첫번째 건물에 사는 기술자 프리드만 씨네 엘리야후와 함께, 그렇게 정확히 목록을 점검할 수 있었다. 소멸해가는 은하수 뒤편, 레이더망 모서리 끝에는 그녀의 아들 지우쟈, 지우진카, 말카와 그녀가 결코 본 적도 씻겨본 적도 없는 작은 다니엘도 함께 있었는데, 그들은 할머니 뒤에서 어른거리며 깜빡거리고 있었고, 밤이나 낮이나 그녀가 볼 수 있는 거라곤 무시무시한 블랙홀뿐이었다.

할아버지는 모자를 쓰고, 자신의 발걸음에서 나는 울림을 들으면서, 소나무숲과 돌에 배어 있는 건조한 밤공기를 들이마시며 아비시니안 거리를 천천히 걸었다. 집으로 돌아와서, 그는 책상에 앉아 술을 조금 마시고, 담배 한두 대를 피우고, 러시아어로 혼이 깃든 시를 썼다. 뉴욕으로 가는 배 안에서 누군가와 수치스러운 타락에 빠져들었던 이래, 할머니는 힘으로 그를 랍비에게 끌고 가야 했다. 그 일은 할아버지가 다시는 반역할 마음을 품지 못하게 했다. 그는 아내 앞에서 귀부인 앞의 농노같이 서 있었고, 그녀를 무한한 겸손과 찬양, 경외심과 헌신, 인내를 가지고 모셨다.

그녀는 그를 주시아라 불렀고, 드물게 깊이 있는 관대함과 동정을 담아 지셸이라 부르기도 했다. 그러면 그의 얼굴은 마치 눈앞에 일곱 개의 천국이라도 펼쳐진 양 갑자기 밝아지곤 했다.

18

할아버지는 슐로밋 할머니가 욕조 안에서 숨을 거둔 뒤에도 20년을 더 살았다.

몇 주인가 몇 달 동안 할아버지는 새벽에 일어나, 발코니 난간에 매트리스와 침대보를 너는 일을 계속했는데, 간밤에 침구 속으로 은근히 스며들었을지도 모를 어떤 세균이나 악귀를 쳐부수기 위해 무자비하게 그것들을 두드려댔다. 어쩌면 그는 습관을 버리기 어렵다는 것을 알았는지도 모른다. 어쩌면 떠난 이에게 조의를 표하는 그만의 방식이 있었는지도 모른다. 어쩌면 자신의 여왕에 대한 그리움을 표현하고 있었는지도 모른다. 아니면 그가 멈추면 할머니의 복수의 정령을 깨우게 될까 두려워했는지도 모르겠다.

그는 세면대와 변기 모두를 소독하는 일을 곧바로 그만두지 않았다.

그러나 서서히, 시간이 지남에 따라, 할아버지의 미소 띤 볼은 이전엔 결코 그래본 적이 없는 분홍빛으로 물들어갔다. 양볼은 언제나 쾌활한 모습이었다. 물론 청결함과 단정함에서는, 말쑥한 남자의 천성덕에, 마지막 날까지 여전히 특별했지만, 사나움은 그에게서 사라졌다. 격노해서 두들겨대거나 리졸이나 염소 스프레이를 광적으로 뿌려대는 일도 더이상 없었다. 할머니가 돌아가시고 몇 달 뒤 그의 성생활은 폭풍우처럼 멋들어진 방식으로 활짝 폈다. 그리고 거의 동시에, 나는 일흔일곱의 할아버지가 섹스의 즐거움을 발견했다는 인상을 받았다.

그가 신발에서 할머니 무덤의 먼지를 간신히 털어내기도 전에, 할아버지의 집은 외로움과 연민으로부터 나온 조문과 격려, 자유를 전하는 여자들로 가득찼다. 그들은 할아버지에게 뜨거운 음식을 대접하며 머무르고, 사과 케이크로 위로하면서, 그를 결코 홀로 두지 않았고, 할아버지는 분명히 여자들이 그를 홀로 두고 떠나지 않는 상황을 즐겼다. 그는 언제나 여자들에게 끌렸다. 모든 여자, 아름다운 여자든 다른 남자들은 볼 수 없는 아름다움을 지닌 여자든. 한번은 할아버지가 선언하기를 "여자들은, 한결같이 모두 아주 아름다워. 그들 모두 예외 없이 말이야. 하지만 남자들은," 하고 말하더니 웃고는 "장님들이지! 완전 장님이야! 뭐랄까, 남자들은 오직 자기만 볼 줄 알지. 아니, 자기 자신도 못 봐. 장님들이지!"라고 말했다.

할머니가 돌아가신 후 할아버지는 사업에는 그다지 시간을 쏟지 않았다. 그러나 여전히 이따금, 얼굴에 자부심과 기쁨의 기색을 띠고는, "텔아비브의 그루젠베르크 가로 아주 중요한 사업차 출장을 가야 한다"거나 "라마트간에서 여러 기업 수뇌부들과의 중차대한 모임이 있다"고 알리곤 했다. 그는 여전히 만나는 어떤 사람에게든 '알렉산더 Z. 클라우스너, 직물, 피복, 기성복, 수입상, 공인대리인, 총대리인, 공인도매상' 등이 적힌 인상적인 여러 개의 명함 중 하나를 주는 것을 좋아했다. 그러나 이제 그는 폭풍우같이 가슴에 몰아치는 연애사로 거의 매일 바빴다. 차 한 잔을 위해 초대를 하거나 받거나, 몇 곳의 너무 비싸지 않은 선별된 레스토랑에서 촛불이 있는 저녁을 하며("치트린 부인과 함께, 티 두라크, 샤포슈니크 부인이 아닌 치트린 부인과 함께!").

그는 벤예후다 거리에 있는 카페 아타라 2층 자신의 테이블에서 진청색 양복을 입고, 물방울무늬 타이를 매고, 홍조 띤 얼굴에 빛나는 미소를 짓고, 말쑥한 모습으로, 샴푸와 활석 가루, 면도용 로션 냄새를 풍기며 몇 시간이고 앉아 있었다. 풀 먹인 흰 셔츠와 가슴 주머니에서 빛나는 하얀 손수건과 은으로 된 커프스단추에서 뿜어져 나오는 눈에 띄는 모습은 언제나 젊어 보이는 오륙십대 여자들 무리에 둘러싸여 있었다. 솔기가 뒤쪽으로 잡혀 꽉 조이는 코르셋과 나일론 스타킹 차림의 과부들, 엄청난 수의 반지와 귀걸이, 팔찌로 꾸미고, 매니큐어, 페디큐어, 파마로 마무리한, 잘 차려입은 이혼녀들, 학살당한 히브리어를 헝가리나 폴란드, 루마니아나 불가리아 악센트로 발음하는 기혼 부인들. 할아버지는 그 여자들과의 교제를 사랑했고, 그들은 그의 매력에 녹아내렸다. 그는 매력적이고 유쾌한 재담가이자 19세기식 신사로, 숙녀들의 손에 키스하고, 그녀들을 위해 문을 열어주려 서둘러 앞장서고, 모든 계단과 경삿길에서 손을 내밀어주며, 생일을 절대 잊어버리지 않고 꽃 한 다발과 사탕이나 초콜릿 상자를 보내주고, 옷차림새나 머리 모양의 변화, 우아한 신발이나 새 핸드백에 대해 섬세한 칭찬을 보낼 줄 알며, 맛깔나게 농담을 하고, 적절한 순간에 시를 인용하며, 따스함과 유머로 대화하는 이였다. 한번은 문을 열었을 때 아흔 살 된 할아버지가 유쾌하고 통통한 브루넷의 어떤 공증인의 과부 앞에 무릎을 꿇고 있는 장면을 목격했다. 그 귀부인은 자신에게 홀딱 반한 할아버지의 머리 너머로 내게 윙크를 하더니, 그녀 자신의 것이라고 보기엔 너무나 완벽한 두 줄 이를 내보이며 유쾌하게 미소 지었다. 나는 할아버지가 내 존재를 알아차리기 전에 문을 조용히 닫으며 나왔다.

할아버지 매력의 비밀은 무엇이었을까? 나는 몇 년이 지나서야 겨우 이해하기 시작했다. 그는 남자들에게서 찾아보기 어려운 자질, 즉 많은 여자들을 위한 가장 섹시한 모습이라는 경탄할 만한 자질을 한 남자 안에 갖추고 있었다.

그는 경청했다.

그는 여자가 이야기를 시작하면 입을 다물고 그 이야기가 끝나기를 참을성 있게 기다렸고, 결코 성의 없이 듣는 척만 하지 않았다.

그는 여자의 말머리를 중간에 끊지도 않고 그녀를 위한답시고 끼어들어 말을 마치려 하지도 않았다.

그는 다른 주제로 넘어가기 위해 여자가 말하는 내용을 요약하며 잘라내려 하지 않았다.

그는 여자가 마침내 말을 끝냈을 때를 포착해 머릿속으로 대답을 준비하는 동안 대화 상대인 그녀가 존재감 없이 혼자 말을 하도록 내버려두지 않았다.

그는 억지로 흥미 있거나 재미있는 척하지 않았고, 실제로도 그랬다. 그러니까, 지칠 줄 모르는 호기심을 가지고 있었다.

그는 인내심이 있었다. 여자의 사소한 관심사에서 자신의 중대한 관심사로 대화를 돌리려 애쓰지 않았다.

오히려 그는 여자의 관심사를 무척 사랑했다. 언제나 기다려주는 것을 즐겼으며, 만약 여자가 시간이 좀 필요할 때도 그는 그러한 그녀의 일그러짐을 기꺼이 즐겼다.

그는 서두르는 법이 없었다. 여자에게 돌진하지도 않았다. 그는 여자가 끝마치기를 기다리곤 했으며, 그녀가 끝마쳤을 때조차 와락 덤벼들거나 낚아채지 않았고, 무언가 이야기가 더 있거나 그녀가 또다른 파도에 휩쓸려 움직일 때도 기다리는 것을 즐겼다.

어쩌면 그녀에게 들을 게 조금 더 있을까? 어쩌면 그녀에게 파도가 조금 더 밀려온 걸까?

그는 여자가 그의 손을 잡고 그녀 자신의 장소로, 그녀만의 속도로 그를 이끌어가도록 두는 것을 사랑했다. 그는 여자의 연주자가 되기를 좋아했다.

그는 여자를 알아가는 것을 사랑했다. 이해하는 일을 사랑했고, 여자의 밑바닥 진심을 얻기를 사랑했다. 그리고 그걸 넘어서는 것까지도.

그는 자신을 내어주는 일을 사랑했다. 그는 여자가 자신을 위해 그녀를 희생하는 일보다 그녀를 위해 자신을 포기하는 것을 즐겼다.

글쎄, 치토. 여자들은 그가 현명하고 온화하게 앉아 공감하면서 인내심을 가지고 들어주는 동안 그에게 자신의 가슴 깊숙한 곳 이야기를, 그것도 가장 사적이고 비밀스럽고 상처받기 쉬운 것까지 말하고 또 말했다.

심지어 그는 기뻐하고 공감하면서 들어주었다.

주변에는 섹스는 좋아하지만, 여자는 싫어하는 남자들이 많다.

확신컨대, 나의 할아버지는 여자와 섹스 둘 다 사랑했다.

그것도 신사적으로. 그는 결코 계산적이지 않았다. 자신의 이익만을 움켜잡지도 않았다. 결코 서두르는 일도 없었다. 그는 돛을 올려 항해하는 일을 사랑했고, 닻을 내리느라 서두르는 법이 없었다.

*

할아버지는 할머니가 돌아가신 후, 20여 년간 꿀같이 달콤한 생을 누렸는데, 즉 그가 일흔일곱 되던 해부터 돌아가시기까지 숱한 로맨스를 거쳤다. 그는 때때로 귀부인 친구들 중 누군가와 며칠 동안 티베리아스에 있는 호텔에 가거나, 게데라에 있는 숙소에 머물거나, 네타니야 해변에 있는 '여름 별장'으로 갔다('여름 별장'이라는 표현은 명백히 크림 해변에 있는 체호프풍의 시골 별장에서 따온 러시아식 구문을 번역한 것이었다). 나는 한 번인가 두 번, 아그리파 거리나 베찰렐 거리에서 어떤 여자의 팔짱을 끼고 걸어가는 할아버지를 본 적이 있지만, 그들 곁으로 접근하지 않았다. 그는 우리에게 굳이 자신의 연애사를 감추려고 애쓰지도 떠벌리려 하지도 않았다. 귀부인 친구들을 집으로 불러들이지도, 우리에게 소개한 적도 없었으며, 그들에 대해 언급하는 일도 드물었다. 하지만 그는 때때로 십대만큼이나 사랑 때문에 눈꺼풀에 뭐가 씐 것처럼, 콧노래를 부르며, 입가에는 반쯤 정신 나간 미소를 띠며 들떠 있곤 했다. 그리고 가끔은 흐린 가을 하늘처럼, 뺨에 아기 같은 홍조를 띠며 얼굴을 떨구었고, 방 한가운데 서서 맹렬한 기세로 셔츠를 한 장씩 차례대로 다림질하고, 심지어 속옷까지 다리고 작은 병을 들어 향수를 뿌렸고, 그의 의견이 먹히지 않았을 때나, 아니면 반대로, 할머니와 약혼하고 뉴욕으로 향하던 그 굉장한 여행에서처럼, 두 개의 동시다발적인 사랑의 고뇌 속에서 골치 아픈 일에 휩쓸렸을 때, 이따금 거칠지만 부드럽게 러시아어로 중얼거리거나, 처량한 우크라이나 선율을 흥얼거렸다.

한번은 할아버지가 이미 여든아홉이었을 때, 우리에게 이삼일 정도 '중요한 여행'을 다녀올까 생각중이며, 아무 걱정할 필요가 없다고 공표했다. 그러나 일주일이 지나도 할아버지가 돌아오지 않자 우리는 걱정에 휩싸였다. 할아버지는 어디에 계시는가? 왜 전화도 안 하시는가? 만약 할아버지에게 무슨 일이 생겼다면? 아무래도 연세가 연세이니만큼……

우리는 고통스러웠다. 경찰에 신고해야 할까? 만일 할아버지가 아파서 병원에 실려가 누워 있다면, 하느님 맙소사, 혹여, 우리가 그를 찾지 못했는데 그에게 무슨 다른 문제라도 생겼다면, 우리는 결코 우리를 용서할 수 없을 것이다. 반면 경찰에 연락을 했는데, 그가 안전하고 건강하게 나타난다면, 우리가 어떻게 그의 폭발하는 노여움을 마주할 수 있을까? 우리는 하루를 꼬박 안절부절못하다가, 할아버지가 금요일 정오까지 나타나지 않는다면 경찰에 연락해야겠다고 결정했다. 다른 대안이 없었다.

할아버지는 금요일 오후에, 신고하려던 시간을 약 삼십 분 남겨놓고, 어린아이같이 만족감으로 발그레한 얼굴을 하고 쾌활한 기분과 기쁨, 열정이 넘치는 모습으로 나타났다.

"어디로 사라지셨던 거예요, 할아버지?"

"그래, 뭐. 여행중이었단다."

"하지만 딱 이삼일만 다녀오겠다고 하셨잖아요?"

"그렇게 말했지. 그래서 뭐 잘못됐냐. 글쎄, 헤르슈코비치 여사와 함께 여행하고 있었는데, 아주 멋진 시간을 보내느라 시간 가는 줄도 몰랐구나."

"하지만 어디 계셨는데요?"

"내가 이미 말했잖니. 우리는 재미 좀 보느라고 잠깐 갔던 거야. 조용한 숙소 하나를 발견했지. 아주 세련된 펜션이더구나. 스위스에 있는 숙소처럼 말이다."

"펜션이요? 어디에요?"

"라마트간 높은 산 위에."

"최소한 저희에게 전화 한 통이라도 하실 수 없었어요? 그럼 저희가 그렇게 할아버지 걱정을 안 할 수 있었잖아요?"

"방에 전화가 없었단다. 뭐랄까, 얼마나 멋들어지게 세련된 펜션이었던지."

"공중전화로라도 저희한테 전화 한 통 주실 수 없었어요? 제가 토큰도 드렸잖아요?"

"토큰. 토큰. 어디. 치토 타코예. 토큰이 뭐냐?"

"공중전화를 사용할 때 쓰는 토큰 말이에요."

"아. 네 그 제톤. 그거 옜다. 여기. 가져가라. 이 꼬맹이 오줌싸개야, 가운데 구멍 뚫려 있는 네 제톤 가져가라. 가져가, 확실히 개수 맞는지 확인해보고. 우선 제대로 세어보기 전에는 누구한테든 아무것도 받지 마라."

"하지만 왜 사용하지 않으셨어요?"

"제톤을? 글쎄, 뭐랄까. 제톤! 나는 그런 거 안 믿는다."

*

그리고 아흔세 살 때, 나의 아버지가 돌아가신 지 3년 후, 할아버지는 내가 할아버지와 남자 대 남자로 대화할 만큼 충분히 나이가 들었고 때가 왔다고 판단했다. 그는 자신의 동굴로 들어가 나를 호출했고, 창문을 닫고, 문을 잠그고는, 책상에 장엄하게 공식적으로 앉아, 책상 맞은편에 할아버지 얼굴을 마주보고 앉으라고 손짓했다. 그는 내게 꼬맹이 오줌싸개라고 말하지 않았고, 다리를 꼬고, 두 팔로 턱을 괴고는 잠시 생각에 잠기더니 말했다.

"여자에 대해 우리가 말할 때가 왔구나."

그러고는 곧 덧붙였다.

"그 뭐냐, 보통 여자 말이다."

(나는 그때 서른여섯 살이었고, 결혼한 지 15년이 지났으며, 사춘기가 된 딸을 둘이나 두고 있었다.)

할아버지는 한숨을 쉬고는, 손으로 입을 가린 채 기침하고, 넥타이를 똑바로 하고, 목을 몇 번이나 가다듬더니 말했다.

"뭐랄까. 여자들은 언제나 나한테 관심이 많았지. 다시 말하면, 늘. 넌, 좋지 않은 건 이해가 잘 안 가니! 내가 하려는 말은 완전히 다른 거다, 글쎄, 나는 그저 여자가 언제나 내게 관심이 많았다고 말하고 있는 거야. 아니, 넌 여자 얘길 물은 게 아니지! 사람으로서 여자 말이다."

그는 킬킬 웃더니 말을 고쳤다.

"글쎄다, 모든 면에서 나한테 관심이 많았지. 내 평생, 심지어 내가 작은 추다크(말썽꾸러기)였을 때조차, 난 언제나 여자들을 살피고 있었지, 뭐랄까, 아니지, 아니야. 파스쿠드냐크(불한당) 같은 종자처럼 여자를 살핀 적은 결단코 없지, 없어, 나는 오로지 경외감으로 여자를 살폈어. 보고 배우면서. 글쎄, 그리고 내가 배운 것과 지금 내가 너에게 또한 배우고 싶은 것은, 너도 알게 될 거다. 그러니 너도 이제, 제발 귀기울여 들어라. 바로 이거란다."

그는 말을 멈추고, 정말 우리 둘뿐이지, 혹시 우리 말을 엿듣는 사람이 없는지 확인하려는 듯 주변을 둘러보았다.

"여자는, 글쎄다, 어떤 면에서 여자는 우리랑 같아. 아주 정확하게 똑같지. 하지만 다른 면에서는" 하고 할아버지가 말했다. "여자는 전적으로 달라. 아주 아주 다르단다."

그는 다시 멈추더니 잠시 동안, 아마도 마음속에 어떤 이미지를 떠올리려는 듯, 곰곰이 생각하더니, 얼굴에 아이 같은 미소를 띠고 교훈을 마무리했다.

"그런데 너 아니? 여자는 어떤 방식에서는 우리와 같고 어떤 면에서는 아주아주 달라. 글쎄, 이런 점은," 그는 의자에서 일어났다. "나도 그 점에 관해서는 여전히 작업중이다."

그는 아흔세 살이었고, 마지막 날까지 그 질문에 대해 '작업'을 훌륭히 계속했는지도 모른다. 나 역시 그 문제에 대해 아직 작업중이다.

*

그는 자신만의, 알렉산더 할아버지만의 독특한 히브리어를 가지고 있었는데, 다른 말로 바꾸기를 거부했다. 그는 언제나 사파르(이발사)를 사판(선원)으로, 미스파라(이발소)를 미스파나(조선소)로 부르기를 고집했다. 한 달에 한 번씩은 정확하게, 벤야카르 형제 조선소로 가, 선장 자리에 앉아서는 앞으로의 항해에 대한 상세하고 엄격한 일련의 명령을 선원에게 하달했다. 그는 때때로 나를 야단치곤 했다. "그래, 이제 네가 선원한테 갈 시간이다. 올라가 앉아, 도대체 너는 어떻게 생겨먹은 게냐! 해적 악당 같으니!" 그는 단수 '선반'은 완벽하게 발음할 수 있음에도 불구하고, 언제나 '선반들'을 '선븐들'이라고 말했다. 그는 카이로를 히브리 발음인 카히르라 하지 않고, 언제나 카이로라고 불렀다. 나는 언제나 러시아어로, '호로시 말치크'(착한 녀석)나 '티 두라크'(이 멍청한 놈)로 불렸다. 그는 함부르크는 갬부르크로, 습관은 늘 습콴으로. 잠은 짬으로 발음했고, "안녕히 주무셨어요, 할아버지?"라고 질문을 받으면, 변함없이 "암, 훌륭하게!"라고 대답했으며,

히브리어를 전적으로 신뢰하지 않았기 때문에 러시아어로 명랑하게 "호로쇼! 오첸 호로쇼!"라고 덧붙이곤 했다. 그는 도서관을 비블리오테카로, 주전자는 차이니크, 정부는 파르타치, 백성들은 오일렘 고일렘, 여당, 노동당, 마파이당을 게시탄크(냄새 고약한)나 이발카이트(부패한)라고 불렀다.

그리고 할아버지가 돌아가시기 약 2년 전, 한번은 내게 자신의 죽음에 대해 말했다. "만약에, 그런 일은 없어야겠지만, 어떤 젊은 병사가 열아홉이나 스물의 나이로 전장에서 죽으면, 글쎄, 그건 끔찍한 재앙이지만 비극은 아니란다. 내 나이에 죽는 게 바로 비극이지! 아흔다섯 살이나 먹어, 거의 백 살이 다 된 나 같은 사람은, 너무 많은 세월 매일 아침 다섯시에 일어나고, 거의 백 살이 될 때까지 매일 아침 찬물로 샤워를 하고, 심지어 러시아에서도 아침에 찬물 샤워, 빌나에서도 찬물 샤워를 했지, 백 년을 매일 아침, 간이 된 훈제 청어와 빵 조각을 먹고, 차를 마시고, 매일 아침, 매일 아침 나가서 거리를 삼십 분씩 걷고, 여름이든 겨울이든 아침 산책에, 이게 다 움직이려는 거고 혈액순환이 잘되게 하는 거지! 그리고 집으로 돌아와서는 곧장, 매일 매일 신문을 조금 읽는 동안 차를 한 잔 더 마시고, 글쎄, 요약하자면, 이와 같다는 거다. 아가. 이 열아홉 살짜리 바추르치크(젊은 병사)는, 죽는다면, 그런 일이 없어야 하지만, 온갖 종류의 보통 습관들을 들일 시간이 없었던 거지. 그가 언제 그런 습관을 들였겠니? 그렇지만 내 나이에는 그런 습관들을 멈추기가 어렵지, 아주 아주 어려워. 매일 아침 거리를 걷는 거, 이건 내 오랜 습관이다. 그리고 찬물 샤워, 그것도 내 습관이지. 살기 위해서라도 그건 나를 위한 습관이야, 글쎄, 뭐랄까, 수백 년이 지난 후에라도 누가 습관을 갑자기 바꿀 수 있겠니? 아침에 더이상 다섯 시에 일어나지 않는 거? 찬물 샤워를 안 하는 거? 빵이랑 간 된 훈제 청어를 안 먹는 거? 신문을 안 보고 산책을 안 하고 뜨거운 차를 안 마시는 거? 이젠, 그게 비극이야!"

19

1845년에 새로운 영국 집정관 제임스 핀이 아내 엘리자베스 앤과 함께 오스만제국 지배하의 예루살렘에 도착했다. 두 사람 다 히브리어를 알고 있었고, 집정관은 언제나 연민을 품어왔던 유대인에 대한 책까지 썼다. 그는 예루살렘에서 선교 활동에 직접적으로 관계하지 않았다고 알려져 있긴 하지만, 유대인에게 기독교를 전파한 런던 협회 소속이었다. 집정관 핀과 그의 아내는 유대인이 귀향하는 것이 세계 구원을 앞당기는 일이라고 열렬히 믿고 있었다. 그는 몇 번이나 예루살렘에서 오스만 정권에 고통받는 유대인들을 보호했다. 또한 제임스 핀은 유대인을 '생산적인' 삶으로 인도해야 할 필요성이 있다고 믿었고, 심지어 유대인들이 건설 노동에 능숙해지도록 하고, 농사일에 적응하도록 도와주기까지 했다. 이 때문에 그는 1853년에 250파운드의 비용을 들여 예루살렘에서 멀리 떨어진 구도시 북서쪽에 있는, 아랍인들이 '케렘 알 할릴'이라 부르던 땅을 샀다. 히브리어로는 '케렘 아브라함'*이라고 했는데, 사는 사람도 없고 경작된 적도 없는 황폐한 암반 언덕이었다. 제임스 핀은 그곳에 집을 지어 가난한 유대인들에게 일을 제공해주고 유용한 삶을 위해 그들을 훈련시킬 요량으로 '기업 농장'을 설립했다. 농장은 약 40두남(10에이커)에 걸쳐 뻗어 있었다. 제임스 핀과 엘리자베스 앤 핀은 언덕 꼭대기에 집을 세우고, 그 주변으로 농업 식민지인 농장 건물과 작업장을 확장했다. 이층집의 두꺼운 벽은 석재로 치장되었고, 천장은 동양식의 십자형 둥근 지붕으로 건축되었다. 집 뒤에는, 정원의 모서리에 낮고 견고한 벽을 세우고 양 우리와 곡물 창고와 자재 창고와 포도 짜는 기구와 지하 저장고와 올리브 오일 짜는 기구도 설치했다.

2백여 명의 유대인들이 핀의 '기업 농장'에서 작은 돌을 채석하고 여러 가지 건설 무역일뿐 아니라 돌을 제거하고, 벽을 쌓고, 울타리를 치고, 과수를 심고 과일과 야채를 기르는 일에 고용되었다. 집정관이 죽은 후, 시간이 지나 미망인은 비누 공장을 세웠는데 그곳에서도 유대인 노동자를 고용했다. 거의 동시에 '아브라함의 포도밭'과 멀지 않은 곳에서, 독일인 개신교 선교사 요한 루트비히 슈넬러가 레바논 산지에서 벌어진 드루즈파와 기독교의 전쟁에서 도망친 기독교인 아랍 고아들을 위한 교육기관을 세웠다. 돌벽으로 둘러싸인 거대한 사유지였다. 슈넬러 시리아 고아원은 핀 내외의 기업 농장과 마찬가지로, 수공예와

---

* '아브라함의 포도밭'이라는 뜻이다.

농업 분야에서 구성원에게 생산적인 삶을 훈련시키는 데 목적을 둔 곳이었다.* 핀과 슈넬러의 방식은 서로 달랐으나, 둘 다 거룩한 땅의 아랍인과 유대인의 가난과 고통, 후진성에 마음이 움직인 경건한 기독교인들이었다. 둘 다 생산적인 삶을 위해서 거주민을 훈련시키고 건축과 농경을 발전시키는 일이 퇴보와 절망, 극빈과 무관심 속에서 '동양'을 살아남게 하는 일이라 믿었다. 어쩌면 그들의 관대함이 다른 방식으로 유대인과 무슬림의 길을 밝혀 교회의 품으로 인도할 것이라고 믿었는지도 모른다.

*

1920년 교외의 케렘 아브라함은 핀의 농장 산하에 설립되었다. 그곳에 군집된 작은 집들은 농장의 농경지와 과수원 가운데 지어졌고 혁신적으로 땅을 먹어들어갔다. 미망인 엘리자베스 앤 핀이 죽은 이후 집정관의 집은 다양한 변화를 겪었다. 젊은 초범자를 수용하는 영국 기관으로 바뀌었다가, 영국 행정 기관의 소유지가 되었다가, 마침내 군부대 본부의 소유지가 되었다.

세계대전이 끝으로 치달을 때 핀의 집 정원은 높은 가시 철책으로 둘러싸였고 포로가 된 이탈리아 장교들이 그 집과 정원에 수감되었다. 우리는 해질녘 포로들을 조롱하기 위해 기어나오곤 했다. 이탈리아인들은 우리에게 "밤비노! 밤비노! 본조르노 밤비노!"라고 외쳤고, 우리

---

* 히브리어로 된 다비드 크로얀커의 저서 『예루살렘의 건축: 성벽 바깥의 유럽식 기독교 건물, 1855~1918년』(예루살렘: 케테르 출판사, 1987), 419~421쪽 참조. (원주)

는 새된 소리로 고함치며 "밤비노! 밤비노! 일 두체 모르테(무솔리니 죽어라)! 피니토 일 두체(무솔리니는 끝났어)!"라고 응수했다. 때로 우리는 "비바 피노키오!"라 소리치기도 했는데, 철책과 언어의 장벽 너머 저편에서, 전쟁과 파시즘이 그 외침을 고대 말기의 어떤 슬로건처럼 언제나 공명하게 했다. "제페토*! 제페토! 비바 제페토!"

우리가 가시 철책 너머로 그들에게, 마치 동물원의 원숭이에게 하듯 던져준 사탕류와 땅콩, 오렌지나 비스킷의 대가로, 그들 중 몇몇은 우리에게 이탈리아 우표를 건네주거나 웃고 있는 여자들과 양복에 쑤셔 박힌 조그만 아이들, 넥타이를 맨 아이들, 재킷을 입은 아이들, 완벽하게 검은 머리를 빗어 넘기고 광택 나는 앞머리를 한 우리 또래 아이들의 모습이 담긴 가족사진을 멀리서 보여주었다.

한번은 포로 중 한 명이 철책 너머로, 노란색 껌 종이에 싸인 알마 풍선껌의 대가로 스타킹과 가터벨트 빼고는 아무것도 입지 않은 포동포동한 여자의 사진을 보여주었다. 나는 마치 속죄의 날에 회당 한가운데에서 어떤 사람이 갑자기 일어서서 입에 올리기도 황송한 하느님의 이름이라도 외친 것처럼, 혐오감으로 말문이 막히고 눈은 동그래져서 그것을 바라보며 잠시 동안 서 있었다. 그러다가 어질어질해져서 무서워하며 흐느꼈고, 어디로 달리고 있는지 제대로 보지도 못한 채 도망쳤다. 그때 나는 여섯 살인가 일곱 살이었는데, 마치 내 뒤꽁무니에 늑대라도 있는 것처럼 달리고 또 달렸고, 열한 살 혹은 그보다 좀 지나서까지 계속해서 그 사진으로부터 도망치곤 했다.

---

* 피노키오를 만든 목수.

1948년 이스라엘 건국 후 핀의 집은 베이트 브라카라는 이름으로, 유대교 여자 초등학교가 되기 전까지 국방시민군, 국경수비대, 민방위대, 준 군사청년운동 등이 계승해 사용했다. 나는 이따금 후에 말케이 이스라엘 가로 개명된 게울라 거리에서 방향을 틀어, 케렘 아브라함 주위에서 말라기 거리를 한가로이 거닐다가, 왼편 스가랴 거리로 꺾어 아모스 가를 몇 번 왔다갔다 거닐다가, 그다음에 오바댜 거리 끝자락 꼭대기에서 집정관 핀의 집 현관 앞에 잠시 서서 바라본다. 그 오래된 집은 마치 도끼로 일격을 맞아 어깨 밑으로 머리가 밀려 내려간 것처럼 세월을 따라 움츠리고 있었다. 그 집은 유대교화되어 있었다. 나무와 관목은 파헤쳐지고, 정원 전체에 아스팔트가 깔려 있었다. 피노키오와 제페토는 사라졌다. 준 군사청년운동 역시 흔적도 없이 사라졌다. 지난 초막절* 축제에서 남은 부서진 초막의 낡은 틀이 앞뜰에 서 있었다. 때로는 검은 드레스에 리본을 단 몇몇 여성들이 그 현관 앞에 서 있었다. 내가 그쪽을 살피자 그들은 이야기를 멈추었다. 그들은 내 쪽을 돌아보지 않았다. 내가 자리를 뜨자 그들은 다시 소곤거리기 시작했다.

*

아버지는 1933년 예루살렘에 도착해 마운트 스코푸스에 있는 히브리 대학 석사 과정에 등록했다. 처음에 그는 집정관 핀의 집에서 동쪽

---

* 유대인의 추수감사절. 출애굽 이후 40년간 초막 생활을 하며 광야를 방랑할 때 하느님이 인도한 일을 기념하는 명절이다.

으로 2백 미터쯤 떨어진 아모스 거리 케렘 아브라함의 어둡고 작은 공동주택에서 부모님과 함께 살았다. 그러다가 그의 부모님이 다른 공동주택으로 이사했다. 자르키라는 사람이 부인과 함께 아모스 거리의 공동주택으로 이사를 왔는데, 부모가 높은 기대를 걸고 있는 그 젊은 학생은 입구가 베란다로 이어진 방에서 살기 위해 임대료를 지불했다.

케렘 아브라함은 여전히 새로운 구역이었다. 거리 대부분이 비포장도로였고, 그곳에 이름을 부여한 포도밭의 흔적이 새로운 집의 정원에도 포도와 석류 덤불, 무화과와 뽕나무의 형태로, 미풍이 불 때마다 서로 속삭이며 여전히 드러나 있었다. 초여름 열린 창문을 통해, 푸른 잎의 향기가 작은 방 안으로 홍수처럼 밀려들었다. 지붕 꼭대기, 그리고 먼지 가득한 거리의 끝자락에서는 예루살렘을 둘러싼 언덕들을 살짝 볼 수 있었다.

각진 석조로 지은 집들과 작은 방 두세 개가 다닥다닥 붙어 비좁은 공동주택이 되는 엄청난 수의 2, 3층짜리 건물들이 번갈아 나왔다. 정원과 베란다에 금세 녹스는 쇠난간이 설치되어 있었다. 연철로 된 현관문에는 육각별 모양이나 '시온'이라는 단어가 새겨져 있었다. 짙은 상록수나 소나무가 점차 석류나무나 포도나무를 대신했다. 석류나무는 여기저기서 야생으로 자랐지만, 아이들은 속이 익을 기회를 얻기도 전에 열매를 잘라버렸다. 몇몇 사람들은 정원에 아무도 거들떠보지도 않는 나무와 밝은 광맥의 노두 가운데 서양 협죽도나 제라늄 덤불을 심었지만, 빨랫줄이 정원을 가로질러 걸리면서 꽃밭은 발에 밟히거나 엉겅퀴나 깨진 유리로 뒤덮이고 곧 잊혔다. 서양 협죽도나 제라늄은 관목 덤불처럼 야생으로 자랐다. 거주민들은 정원에 온갖 종류의 자재 창고, 즉 이곳으로 자기 물건을 담아온 포장 상자 골판지로 만든 오두막, 골함석 판잣집, 급조된 막사를 세웠는데, 마치 폴란드나 우크라이나, 헝가리나 리투아니아에 있는 유대인 촌락의 모사품이라도 창조해내려는 것 같았다.

몇몇은 빈 올리브 깡통에 막대기를 고정시켜, 비둘기장처럼 설치하고 비둘기가 오기를 기다렸다. 그들이 희망을 포기하기 전까지. 누군가는 여기저기서 암탉을 지키려 애썼고, 누구는 작은 채소밭에 무, 양파, 양배추며 파슬리 등을 길렀다. 그들 대부분이 이곳을 빠져나가 르하비아, 키리얏 슈무엘, 탈피옷이나 베이트 하케렘같이 어딘가 좀더 문명화된 곳으로 옮기기를 원했다. 모두가 나쁜 날은 곧 끝나고 히브리 국가가 건설될 것이며, 모든 것이 더 좋아질 거라고 열심히 믿으려했다. 분명 그들의 슬픔의 잔은 이미 넘치도록 가득하지 않았는가. 슈네이어 잘만 루바쇼프는, 나중에 이름을 잘만 샤자르로 바꾸고 이스라엘 대통령으로 선출된 사람으로, 그 시절 신문에 이와 같이 썼다. "자유 히브리 국가가 마침내 일어날 때, 이전과 같은 것은 아무것도 없을 것이다! 심지어 사랑조차 이전과 같지 않을 것이다!"

그러는 사이 케렘 아브라함에서는 1세대 아이들이 태어났고, 그 아이들에게 부모가 어디 출생인지, 왜 왔는지, 또는 부모가 기다려왔던 전부가 무엇이었는지를 설명해주기란 거의 불가능해졌다. 케렘 아브라함에 살았던 사람들은 유대인 정부 기구의 비주류 관료나 선생, 간호사, 작가, 운전수, 속기 타자수, 세계 개혁론자, 번역가, 가게 부지배인, 이론가, 사서, 은행원, 영화 티켓 판매원, 작은 가게 주인, 빈약한 저축으로 살아가는 외롭고 나이든 총각 들이었다. 오후 여덟시면 발코니의 창살은 닫히고, 아파트도 잠기고, 셔터도 내려지고 오로지 거리의 가로수만이 텅 빈 거리 구석의 우울한 황톳빛 웅덩이를 비춘다. 밤이면 날이 새도록 찢어지는 듯한 쇳소리, 멀리서 들려오는 개 짖는 소리, 과수원 나무에 걸리는 바람 소리를 들을 수 있다. 해질녘에만 케렘 아브라함은 포도원으로 되돌아갔다. 모든 정원에서 무화과나무, 뽕나무와 올리브나무, 사과나무, 포도나무와 석류나무 들이 잎 사이로 살랑대는 소리를 냈다. 돌벽은 달빛을 반사해 창백하고 뼈만 앙상한 나뭇가지를 비추었다.

*

아버지의 사진첩에 있는 한두 장의 사진 속에서 아모스 거리는 미완성 스케치처럼 보이는 거리였다. 철제 셔터와 베란다에 창살이 있는 각진 석조 건물들. 건물 여기저기 창틀 위 밀봉된 오이 피클 항아리, 마늘과 딜*로 담근 고추 피클 항아리 사이에는 화분에 담긴 창백한 제라늄 꽃. 건물 사이에는 길은 없고 임시 건축 부지의 먼지 낀 트랙에 자재들이 흐트러져 있으며 자갈, 반쯤 옷 입혀진 석조들, 시멘트 부대, 드럼통, 마루 타일, 모래 산, 울타리용 철사 코일, 목재 발판 재료 무더기만 흩어져 있었다. 가시투성이 프로소피스 몇 그루가, 희끄무레한 먼지에 덮인 채, 건축 자재 더미 사이에서 싹을 틔웠다. 석공들은 트랙 한가운데, 바닥에 맨발로, 허리 위로는 벗어젖히고, 옷을 머리에 얹고,

---

* 향신료의 일종.

헐렁한 바지를 입은 채로, 망치가 조각용 끌을 때리는 소리, 빈 공기로 가득찬 석조에 홈을 파는 어떤 기묘하고 고집스런 무성 음악 같은 소리가 들리는 가운데 앉아 있었다. 때때로 거리 끝에서 목쉰 외침이 "바루드(발파)! 바 루드!" 하고 울려퍼지면, 뒤이어 석조를 발파하는 천둥 같은 소리가 이어졌다.

마치 축제 전에 찍은 듯한, 격식을 차린 또다른 사진 속에서, 아모스 거리 한가운데, 이 모든 소요 한가운데, 검정색 영구차처럼 생긴 직사각형 자동차가 한 대 서 있다. 택시인지 빌린 차인지, 사진으로 봐서는 알 수 없다. 자전거처럼 얇은 타이어에, 금속 휠, 보닛 모서리 부분을 따라 흐르는 도금의 나신을 지닌 빛나는 1920년대 차였다. 보닛 옆쪽에는 공기를 들여보낼 수 있는 방열공이 있었고, '코'의 꼭대기에 빛나는 크롬 라디에이터 캡이 뾰루지처럼 튀어나와 있었다. 두 개의 둥근 헤드라이트 앞에 은장으로 된 긴 막대가 걸려 있고, 헤드라이트는 햇빛에 반사되어 너무나 밝은 은빛으로 빛났다.

이 웅장한 자동차 옆에, 크림색 열대 양복과 넥타이로 빛나고, 머리에는 파나마모자를 쓰고, 적도 부근 아프리카나 버마에 있는 유럽인 귀족에 대한 영화에 나오는 배우 에롤 플린으로 보이기까지 하는, 총대리인 알렉산더 클라우스너를 카메라가 포착한다. 그 옆에 그보다 더 강하고, 키가 크고, 덩치도 크고, 눈에 띄는 외양의 아내이자 사촌이자 안주인이자 귀부인인 슐로밋이 소매가 짧은 여름 프록코트를 입고 목걸이를 하고, 완벽한 머리 모양과 정확한 각도를 이루는 모슬린이 둘린 중절모를 쓰고 양산을 손에 든 채 위풍당당한 전함처럼 서 있다. 그들의 아들 리오니츠카 로니아는 그 옆에 결혼식 날 신경이 날카로운 신랑처럼 서 있다. 입은 약간 벌리고, 둥근 안경은 코끝까지 내려왔고 어깨는 축 늘어져 있으며, 꽉 끼는 양복에 갇혀 거의 미라가 되어, 억지로 이마에 얹은 것 같은 뻣뻣한 검정 모자를 쓰고 있는 모습이 익살스러워 보인다. 검정 모자는 뒤집힌 커다란 푸딩 그릇처럼 이마 중간쯤 내려가 있는데, 오직 큰 귀만이 모자가 턱까지 흘러내려가 얼굴의 나머지 부분까지 삼켜버리는 것을 막으며 얼굴을 보호해주는 것 같은 인상을 준다.

그들 셋 모두가 멋진 정장을 차려입고 특별 리무진을 부르게 한 어마어마한 사건은 무엇이었을까? 알 길이 없다. 앨범의 같은 장에 있는 다른 사진들로 판단컨대 날짜는 1934년, 그들이 그 땅에 도착한 다음 해로, 아직 아모스 거리에 있는 자르키 공동주택에 살 때다. 나는 어려움 없이 자동차에 적힌 숫자 M-1651을 식별할 수 있다. 나의 아버지가 스물네 살이었을 때지만, 사진에서 그는 존경받는 중년 신사로 변장한 열다섯 살짜리처럼 보인다.

*

처음 빌나에서 왔을 때, 클라우스너가의 세 사람은 일 년 남짓 아모스 가에 있는 방 두 개 반짜리 '캐비닛'에서 살았다. 이후 할머니와 할아버지는 방 하나와, 할아버지의 동굴이자 아내의 노여움 그리고 아내의 세균과의 전쟁으로 비롯된 위생상의 매질로부터 도망갈 수 있는 안전한 천국이 될 아주 작은 방이 덧붙은 임대 가능한 장소를 발견했다. 새로운 공동주택은 프라하 골목에 있는 이사야 거리와 이제는 스트라우스 거리로 개명된 챈슬러 거리 사이에 있었다.

아모스 거리에 있는 오래된 공동주택의 거실은 아버지의 침실 겸 서재 겸 살림방이 되었다. 그는 빌나의 학생 시절부터 지녀왔던 책을 담은 책꽂이를 이곳에 처음으로 설치했다. 그 위에 책상으로 쓰일 낡고 가는 다리를 가진 베니어합판을 세웠다. 옷장 역할을 했던 포장 상자를 가려주는 커튼 뒤에 옷을 걸었다. 그는 삶의 의미라든가, 문학이라든가, 세계와 지역 정치에 대한 지적인 대화를 나누기 위해 이곳에 친구들을 초대했다.

한 사진 속에서, 아버지는 마르고 젊고 단호하며, 머리칼은 뒤로 넘기고 진중한 검은 테 안경을 쓰고 흰색 긴팔 셔츠를 입고 책상에 기대 앉아 있다. 편안한 자세로 다리를 꼬고 책상에 비스듬히 앉아 있었다. 뒤에는 이중창이 있는데, 안쪽 창은 반쯤 열려 있지만 셔터는 철판 사이로 손가락 굵기 정도로 가느다란 빛이 통과될 뿐 여전히 닫혀 있었다. 사진 속에서 아버지는 커다란 책을 붙잡고 깊이 몰두하고 있다. 책상 위에는 또다른 책 한 권이 펼쳐져 있고, 자명종 시계처럼 보이는, 사선으로 뻗은 작은 다리가 붙은 둥근 주석 시계가 카메라에 등을 돌린 채 놓여 있다. 아버지의 왼편에는 책이 잔뜩 꽂힌 작은 책꽂이가 세워져 있는데, 선반 하나는 크고 두터운 학술 서적의 무게 때문에 내려앉아 책이 앞으로 기울어 있다. 빌나에서부터 가져왔을 외국 서적들은 이곳이 갑갑하고 덥고 불편하다고 느꼈으리라.

책장 위쪽 벽에는 권위 있고 장엄해 보이는 요셉 큰할아버지의 사진 액자가 걸려 있는데, 하얀 염소수염과 가는 머리칼 탓에 거의 예언자 같은 모습이고, 마치 높은 곳에서 내려다보며 조카의 연구를 경시하지 않는다는 것을 분명히 하거나, 학생으로서의 모호한 삶의 기쁨에 마음이 흐트러지지 않게 하거나, 유대국가의 역사적인 상황에서도 세대의 희망을 잃지 않게 하거나, 혹은 하느님 맙소사, 결국 큰 그림을 그리는 것 외에 사사로운 것들을 과소평가하는 일을 넘어가지 않겠다는 듯 주의 깊은 시선을 그에게 고정시키고 있는 것 같았다.

요셉 큰할아버지 액자 아래 못에 걸려 있는 것은 유대 민족기금의 모금함으로, 다윗의 별이 굵게 그려져 있었다. 아버지는 편안하고 마음을 놓은 듯 보였으며, 수도승만큼이나 진중하고 의연했다. 그의 왼손은 펼쳐진 책의 무게를 감당하고, 오른손은 이미 다 읽은 오른쪽 페이지 위에 올려두었는데, 오른편에서 왼편으로 읽는 것으로 보아 아버지가 히브리 책을 읽고 있었을 거라 추론해볼 수 있다. 하얀 셔츠 소매 밖으로 삐져나온 무성한 털이 손목과 손가락까지 뒤덮고 있다.

아버지는 자신의 의무가 무엇인지 알고 어떤 일이 일어나더라도 그것을 해내려는 젊은이같이 보인다. 그는 유명한 삼촌과 큰형의 행적을 따르려 결심했다. 저편에, 닫힌 셔터 너머로, 노동자들이 먼지 날리는 차도 아래서 배수관을 놓기 위해 도랑을 파고 있다. 샤아레 헤세트나 나할랏 시바의 구불구불한 통로에 있는 오래된 유대계 건물 안의 지하실 어딘가에서 예루살렘 하가나의 젊은이들이 비밀리에 훈련중이고, 불법 소지한 파라벨럼 권총을 분해하거나 조립중이다. 위협적인 아랍 마을 사이로 굽어지는 언덕 길 위로, 에게드 버스 운전사들과 트누바 트럭 운전사들이 차를 몰고 있고, 그들의 강인하고 검게 그을린 손이 운전대 위에 얹혀 있다. 유대 광야로 내려가는 와디에서는 카키색 반바지에 카키색 양말을 신은 젊은 히브리 스카우트 대원들이 군용 벨트

를 차고 하얀색 카피에*를 두르고 조국의 비밀 통로를 직접 발로 익힌
다. 갈릴리와 광야, 벳스안 골짜기와 이즈르엘 계곡, 샤론 헤페르 계
곡, 유대 저지대와 네게브와 사해 근처 광야에서 조용하고 용감하며
볕에 그을린 근육질의 개척자들은 땅을 일구고 있다. 빌나에서 온 열
성적인 학생인 예후다 아리에 클라우스너는 그동안 이곳에서 자기만
의 이랑을 열심히 갈았다.

어느 멋진 날 그 역시 마운트 스코푸스에서 교수가 되고, 지식의 첨
단을 높이는 데 도움을 주고, 사람들 가슴속에 자리한 망명자의 늪에
고여 있는 물을 뺄 것이었다. 사막에 꽃을 피운, 갈릴리와 골짜기의 개
척자들처럼, 그 역시 온 힘을 다해 열정과 헌신으로 민족정신의 이랑
을 갈기 위해 최선을 다하며, 새로운 히브리 문화를 꽃피우기 위해 매
진할 것이었다. 이 사진이 그 모든 것을 말해주고 있다.

---

* 팔레스타인 전통 의상의 하나로, 머리에 두르는 길고 큰 숄.

20

매일 아침 예후다 아리에 클라우스너는 게울라 거리에 있는 버스 정
류장 '연락 사무실'에서 9번 버스를 타고 부카리안 지구, 선지자 슈무
엘 거리, 의인 시므온 거리, 아메리칸 콜로니, 셰이크 자라흐 지구를
경유해 마운트 스코푸스에 있는 대학 건물로 향했고, 그곳에서 석사
과정을 성실하게 밟아나갔다. 그는 리하르트 미카엘 쾨프너 교수의 역
사 강좌를 수강했는데, 리하르트 교수는 히브리어를 완벽히 익히지는
못한 사람이었다. 또한 한스 야코프 폴로츠키 교수로부터 셈족 언어학
을, 움베르토 모세 다비드 카수토 교수로부터는 성서학을, 그리고 일
명 요셉 클라우스너 교수이자 『유대주의와 휴머니즘』의 저자인 요셉
큰할아버지로부터는 히브리 문학을 배웠다.

   요셉 큰할아버지는 당연히, 자신의 촉망받는 학생 중 하나였던 아버

지를 격려했지만, 막상 조교를 선택할 때가 되자 악의적인 혀들이 지껄이지 못하도록 아버지를 수업 조교로 선택하지 않았다. 클라우스너 교수에게는 그의 피와 살인 자기 형제의 아들을 공정하지 않게 대할지도 모른다는 중상모략이 자신의 명예로운 이름에 먹칠을 하지 않도록 피하는 일이 무엇보다 중요했다.

아이가 없던 큰할아버지는 저서 중 한 권의 첫 페이지에 다음과 같은 말을 써넣었다. "내게 아들과 같은 조카, 나의 사랑하는 예후다 아리에게, 그를 내 영혼처럼 사랑하는 요셉 큰아버지로부터." 한번은 아버지가 신랄하게 빈정댔다. "우리가 아무 상관이 없었더라면, 그가 나를 조금 덜 사랑했다면, 누가 알아, 내가 지금 도서관 사서 대신 문과대학의 강사가 됐을지."

아버지는, 빌나에서 죽을 때까지 문학을 가르쳤던 자기 형 다비드나 큰아버지처럼 진정으로 교수가 될 자격이 있었기 때문에, 그 시절은 그에게 영혼에 진물이 흐르는 부스럼 같은 시기였다. 아버지는 놀랄 만큼 박식하고 비상한 기억력을 지닌 뛰어난 학생이자, 히브리 문학은 물론이고 세계문학에도 전문가였고, 여러 나라 언어에 익숙하며, 호메로스나 오비디우스나 바빌로니아 시나, 셰익스피어와 괴테와 아담 미츠키에비치뿐만 아니라 토세프타*, 미드라시 문학, 스페인 유대인의 종교시에 아주 정통한 것은 물론이고, 벌처럼 열심히 일하고, 죽도록 강직하며, 야만인의 침공, 『죄와 벌』, 해양계와 태양계의 작용에 대해서도 명료하면서 정확하게 설명할 수 있는 재능 있는 교사였다. 그렇지

---

* 미슈나 시대 유대 구전법의 편집물.

만 그는 교단에 서거나 제자를 둘 기회를 얻지 못하고, 학술 서적 서너 권을 저술하고 히브리 백과사전에서도 주로 폴란드 문학과 비교문학 영역에 표제어 몇 개를 넣었을 뿐, 평생을 도서관 사서와 서지학자로 마감했다.

그는 1936년 마운트 스코푸스에 있는 국립도서관 신문 부서에서 적당한 자리를 발견해 그곳에서 20년 남짓 일했고, 1948년 이후에는 테라 상타 건물에서 단순한 사서로 시작해 마침내 부서의 책임자인 페퍼만 박사의 대리로 일했다. 폴란드와 러시아 이민자와 히틀러로부터 도망친 피난민으로 가득찬 예루살렘에는 유명 대학에서 온 뛰어난 권위자가 많았고, 학생보다 강사와 학자가 더 많았다.

1950년대 후반 아버지는 런던 대학에서 박사학위를 받은 후, 예루살렘에서 문학부 외부 강사로 기반을 마련하려 애썼으나 성공하지 못했다. 클라우스너 교수는 재직 시절 자신이 조카를 고용하면 사람들이 뭐라고 할까봐 두려워했다. 시인 시몬 할킨이 클라우스너의 뒤를 이어 교수가 되었는데, 그는 전통 유산과 방법, 바로 클라우스너적인 향취를 제거함으로써 신선한 출발을 시도했던 자로, 클라우스너의 조카를 임용하는 일을 원하지 않던 사람이기도 했다. 1960년대 초반 아버지는 막 문을 연 텔아비브 대학에 자신의 운을 맡겨보려 했으나, 그곳에서도 환대받지 못했다.

*

생애 마지막 해에 그는 브엘세바에 세워진, 종국에는 벤구리온 대학이 된 학술원의 문학 부서에서 직위를 협상했다. 아버지가 돌아가시고 16년 뒤 나는 벤구리온 대학의 문학부 외래교수가 되었다. 1~2년 후에 나는 정교수가 되었고 결국에는 아그논 석좌교수로 지명되었다. 때맞춰 예루살렘 대학과 텔아비브 대학 모두로부터 문학부 정교수가 되어달라는 관대한 요청을 받았다. 전문가도 학자도 아니고 산을 옮기는 자도 아니며 연구에 재능도 없고, 언제나 각주에 한숨짓는 몽롱한 마음의 소유자인 내가.* 내 아버지의 작은 손가락들이 나 같은 '낙하산 교수' 수십 명보다 더 나았거늘.

*

자르키 가족의 집은 작은 방 두 개 반짜리로, 3층 건물의 지하층이었다. 공동주택의 뒤편은 이스라엘 자르키와 그의 아내 에스더와 노령의 부모님이 차지하고 있었다. 거실은 처음에는 그의 부모님, 나중에는 부친 혼자, 마침내는 아내와 함께 산 곳으로 베란다로 나가는 문이 있고, 몇 발짝 ─ 두세 계단쯤 ─ 내려가면 여전히 보도도 길도 없이 먼지가 자욱하며 건축 자재 무더기가 잔뜩 쌓여 있고, 거리를 쪼는 비둘기 몇 마리와 허기에 지쳐 어슬렁거리는 고양이들 사이로 분해된 발판 재

---

* 아버지의 저서에는 각주가 많았다. 나는 각주를 한 권의 책 『하늘의 침묵: 아그논의 신에 대한 경외』(예루살렘: 케테르 출판사, 1933; 프린스턴 대학교 출판부, 2000)에서만 자유로이 사용했다. 나는 그 책의 히브리어판 192쪽 각주 92번에 내 아버지를 소개했다. 다시 말해, 독자들이 아버지의 책 『히브리 문학 중편소설』을 참조하도록 한 것이다. 아버지가 돌아가시고 20년 후에 그 각주를 쓰면서, 나는 그에게 작은 기쁨을 선사하고 싶었지만 그가 기뻐하기는커녕 내게 충고의 손가락질을 할까 두려웠다. (원주)

료만 널려 있는 아모스 거리로 이어지는 좁은 앞뜰이 나왔다. 하루에 서너 번, 나귀나 노새가 끄는 짐수레가 그 길로 내려왔는데, 건축에 쓰이는 긴 철근을 실은 수레나, 파라핀 판매 수레나, 얼음장수 수레, 우유 배달 수레, 쉰 목소리로 '알테에 자아케엔'이라고 외치는 소리가 늘 내 피를 얼어붙게 만들던 넝마주이의 수레들이었다. 어린 시절 내내 나는, 여전히 내게는 먼 일이지만 점차 냉혹하게 접근해 오며, 음침하게 뒤얽힌 초목을 통과해 비밀리에 뱀처럼 기어나와, 뒤에서부터 나를 급습할 준비를 하는, 질병이나 노령, 죽음에 대해 경고를 받았다고 상상했다. 이디시어 외침 "알테 자켄(오래된 문젯거리)"은 히브리 단어 "알-테자켄", 즉 "나이들지 않는다"처럼 들렸기 때문이다. 지금까지도 그 외침은 내 뼛속 깊이 차가운 떨림을 전해준다.

제비는 정원의 과일 나무에 둥지를 튼 데 비해, 도마뱀과 도마뱀붙이와 전갈은 바위 틈바구니를 기어 드나들었다. 이따금 거북이를 보기도 했다. 아이들은 이웃의 뒤뜰로 펼쳐지는 지름길의 그물망을 만들면서 울타리 밑에 굴을 파거나, 슈넬러 막사 안에 있는 영국 군인을 보기 위해, 언덕 둘레에 저멀리 있는 아랍 마을들, 이사위아, 슈아팟, 베이트 이크사, 리프타, 선지자 슈무엘을 내다보기 위해 공동주택의 옥상으로 올라갔다.

*

오늘날 이스라엘 자르키의 이름은 모든 이들의 가슴에서 거의 잊혔지만, 그 시절 그는 많은 부수의 판매량을 자랑하며 다작하는 젊은 작가였다. 그는 아버지와 비슷한 연령대였지만, 1937년 스물여덟 살쯤이었을 때 이미 책을 세 권이나 출판했다. 그도 마운트 스코푸스의 클라우스너 교수 밑에서 히브리 문학을 공부했다.

나는 그가 다른 작가들과 같지 않다는 말을 들었기에 그를 경외했다. 예루살렘 전체가 주석이나 다른 서적, 출판 목록, 사전, 묵직한 해외 학술서, 잉크 얼룩이 묻은 색인 카드를 한데 모아 학술 서적을 썼지만, 자르키 씨는 '자기 머리에서 나온 책'을 저술했다. (아버지는 말하곤 했다. "네가 책 한 권을 훔치면 표절자라는 판결을 받게 되겠지만, 열 권을 훔치면 학자로 간주될 것이고, 만약 삼사십 권의 책을 훔치면 대가大家로 여겨질 게다.")

일곱 살 혹은 여덟 살이었을 때 나는 이스라엘 자르키 씨의 책을 읽어보려고 시도했다. 그러나 그의 언어는 내게 너무 어려웠다. 당시 우리 가족이 작업실이자 서재이자 식당으로, 그리고 거실로도 사용하던 부모님 침실에는, 내 눈높이에 자르키 씨가 낸 책의 절반 정도가 꽂혀 있는 책꽂이가 있었다. 이를테면『할머니들이 집을 파괴한다』『실로아치 마을』『마운트 스코푸스』『내밀한 불꽃』『미개척지』『나쁜 나날』같은 책, 그리고『석유가 지중해로 흘러나온다』라는 특이한 제목으로 유난히 내 호기심을 자극한 장편소설도 있었다. 서른아홉의 나이로 세상을 뜰 때까지 이스라엘 자르키 씨는 단편과 장편을 합쳐 열다섯 개의 작품을 남겼다. 그는 대학사무국 일이 끝난 다음 이 작품들을 썼으며, 여섯 편 이상의 독일어 혹은 폴란드어 작품을 번역했다.

*

  겨울 저녁이면 부모님 모임의 소수 멤버들이 때때로 우리집에서 함께하거나 길 건너편 건물에 있는 자르키 씨의 집에서 모이곤 했다. 하임과 한나 토렌, 슈무엘 윌시즈, 브리만스 부부, 대단한 재담가이자 이목을 끄는 샤론 슈바드론 씨, 붉은 머리의 민속학자이던 하임 슈바르츠바움 씨, 유대인 기관에서 일했던 이스라엘 하나니 씨와 그의 아내 에스더 하나니. 그들은 저녁식사 후인 일곱시나 일곱시 반경에 도착해서, 당시로서는 늦은 시간인 아홉시 반쯤 돌아갔다. 그 사이 그들은 뜨거운 차를 마시며, 벌꿀 케이크나 신선한 과일을 야금거리면서 내가 이해할 수 없는 온갖 종류의 화젯거리를 가지고 점잖은 분노를 표하며 논쟁했다. 그러나 때가 되면 나는 그들을 이해할 수 있게 되고, 논의에 참여해 그들이 생각지도 못했던 결정적인 논의를 내놓을 수 있게 될 것이라는 사실을 알았다. 심지어 나는 그들을 놀라게 할지도 모르고, 자르키 씨처럼 내 머리에서 나온 책을 써내는 일을 할지도 모르며, 비알리크나 알렉산더 할아버지처럼 그리고 레빈 키프니스나 내가 결코 잊을 수 없는 향취를 가졌던 의사 사울 체르니콥스키 박사처럼 시선집 쓰는 일을 마칠지도 모른다.
  자르키 씨는 전에 살던 집 주인이자 수정주의자였던 아버지와 '적색분자'이던 그 사이에 늘 논쟁이 벌어졌음에도 불구하고, 친한 친구였다. 아버지는 이야기하고 설명하는 것을 좋아했고 자르키 씨는 듣는 것을 좋아했다. 어머니는 때때로 조용히 한두 문장씩 끼어들었다. 에스더 자르키는 질문 던지는 것을 좋아했고 아버지는 그녀에게 광범위하게 세세한 답변을 해주기를 즐겼다. 이스라엘 자르키는 논의중에 마치 자기편을 들어달라고 요청하는 암호처럼 때때로 어머니 쪽으로 눈을 내려뜬 채 몸을 돌려 어머니의 의견을 묻곤 했다. 어머니는 모든 일에 새로운 빛을 던지는 방법을 알고 있었다. 때때로 대화의 어조가 쾌활해지고 안정되거나 다시금 머뭇거리거나 조심스러워지고 논쟁을 시작하기를 주저하는 분위기가 되면, 잠시 후 다시금 불이 붙어 또 한번 느낌표들이 부글거리는, 격식을 갖춘 분노가 일어나기 전까지 그녀는 몇 가지 간단한 말로 대화를 거들었다.

*

1947년 텔아비브의 출판업자 요슈아 차치크가 아버지의 첫번째 책 『히브리 문학 중편소설: 기원부터 하스칼라 시대* 말까지』를 세상에 내놓았다. 아버지의 석사 논문에 기초한 책이었다. 표제지에는 이 책이 텔아비브 지방자치체 산하 클라우스너상을 수상한 사실과 그 지방자치체와 치포라 클라우스너 추모 기금의 지원으로 출판되었다는 사실이 명시되어 있다. 교수 요셉 클라우스너 박사 본인은 다음과 같이 서문을 기고했다.

나는 히브리어로 쓰인 중편소설에 대한 연구서의 출간을 보았다는 점과, 그 작품이 오랜 세월 동안 내 제자였으며 조카인 예후다 아

---

* 히브리어로 '계몽주의'라는 뜻. 18세기 모세 멘델손에서 시작된 계몽주의적 히브리 작가 또는 작품부터 1948년 이스라엘 독립 이전의 작가 또는 작품까지를 일컫는다.

리에 클라우스너를 통해 현대 히브리 문학 최종 학위 논문으로 나타나 우리의 유일무이한 히브리 대학의 문학 교수인 내 역량에 맡겨졌다는 점에서 두 배의 기쁨을 맛보았다. 이것은 범상한 저작이 아니다…… 이것은 모든 것을 포괄하며 종합적인 연구서로서…… 책의 문체는 풍성하고 명쾌하며, 중요한 주제의 문제와 일치를 이루는 것조차…… 그런고로 나는 기쁨을 억누를 수 없다…… 탈무드에 이르기를, 제자는 아들과 같다고 했다……

그리고 표제지 다음 페이지에서, 아버지는 별도로 자신의 형 다비드를 기리며 헌사를 바쳤다.

문학사에서 내 최초의 스승—
하나뿐인 나의 형
망명의 어둠 속에 내가 잃어버린
다비드에게
그대는 어디에 있는가?

*

아버지는 마운트 스코푸스에 있는 도서관에서 일을 마치고 집으로 돌아오자마자 첫 책이 출판되었다는 소식과 누군가 텔아비브에 있는 책방에서 그 책을 봤다는 말을 듣고, 열사나흘 동안, 책 사본을 열렬히 기다리느라 게울라 거리 동쪽 끝자락, 메아 셰아림 입구 맞은편에 있는 우체국으로 서둘러 갔다. 그는 날마다 우체국으로 황급히 갔다가 매번 빈손으로 돌아왔고, 다음날에도 시나이 출판사에서 소포가 도착하지 않으면 약국에 있는 전화로 텔아비브의 차치크 씨에게 분명코 강하게 전화하겠다고 매번 다짐했다. 이건 간단하게 넘어갈 일이 아니야! 책이 일요일까지 도착하지 않는다면, 주중에는, 아무리 늦어도 금요일까지는 도착해야 한다고. 그러나 소포는 우편이 아니라 미소 띤 예멘 소녀의 개인 배달을 통해 집에 도착했고, 텔아비브가 아니라 시나이 출판사에서 직접 왔다(예루살렘, 전화번호 2892).

꾸러미에는 막 인쇄된 뜨끈뜨끈한 처녀작, 『히브리 문학 중편소설』 다섯 부가 양질의 흰 종이 몇 겹(어떤 그림책의 교정지)으로 포장되어 줄로 묶여 있었다. 아버지는 배달한 소녀에게 고마워하고, 몹시 흥분했음에도 불구하고 그녀에게 몇 실링(그 시절에는 후한 금액으로, 트누바 레스토랑에서 채식 메뉴를 먹기에 충분한) 쥐여주는 것을 잊지 않았다. 그러고 나서 그는 나와 어머니에게 소포를 여는 동안 함께 있어달라며 서재로 들어오라고 했다.

나는 아버지가 떨리는 흥분을 억누르고, 소포를 묶고 있던 끈을 힘으로 잡아당기지 않고 심지어 가위로 자르지도 않고—나는 이 일을 결코 잊을 수 없을 것이다—무한한 인내심을 가지고, 강한 손톱과 날카로운 지칼 끄트머리와 압지대 끝을 두루 사용해 꽉 묶인 매듭을 차례대로 풀어나간 것을 기억한다. 그는 그 일을 끝내고는, 곧바로 자신의 새 책에 달려들지 않고, 줄을 감고 반들반들한 종이 포장지를 치운 다음 손가락 끝으로 책 표지를 수줍은 연인인 양 가볍게 어루만지고는, 얼굴 가까이로 부드럽게 들어올려 페이지를 몇 장 넘겨보다, 눈을 감고 코를 대고는 새 책을 맞는 기쁨인 막 인쇄된 책의 잉크 냄새와 취하게 하는 접착제 냄새를 깊이 들이마셨다. 그러고는 책을 쭉 훑어봤는데, 먼저 목차를 살펴보고, 부록과 정오표 목록을 검사하고, 요셉 삼촌의 서문과 자신의 서문을 읽고 또 읽고, 표제지를 보며 주저하고, 다시 책표지를 쓰다듬고 나서야 어머니가 몰래 자신을 놀림감으로 삼을지도 모른다는 생각에 흠칫 놀랐다.

"막 출판된 신선한 새 책," 아버지는 어머니에게 사과조로 말했다. "내 최초의 책이라니, 또 아기 하나를 가진 것만 같구려."

"기저귀 갈 때," 어머니가 말했다. "나를 불러주길 기대할게요."

그렇게 말하면서 어머니는 돌아서 방을 나갔다가, 몇 분 후 성찬에 쓰는 달콤한 토카이 포도주 한 병과 작은 잔 세 개를 들고, 우리가 아버지의 첫 책을 위해 축배를 들어야 한다고 말하면서 방으로 돌아왔다. 어머니는 잔 두 개에 와인을 가득 따르고, 나를 위해서도 몇 방울 부어주고선, 아버지가 어머니 머리칼을 쓰다듬는 동안, 아버지 이마에 키스까지 했던 것 같다.

그날 저녁 어머니는 그날이 안식일이나 축제날이라도 되는 듯, 식탁에 하얀 천을 깔고, 아버지가 가장 좋아하는 음식인 하얀 크림 빙산이 떠 있는 뜨거운 근대 뿌리 수프를 만들었다. 그녀는 아버지를 축하해주었다. 할아버지와 할머니 역시 우리의 조촐한 축하 자리에 동석했는데, 할머니는 어머니에게 말했다. 근대 뿌리가 정말 좋고 맛있지만―하느님, 제발 잔소리로 들리지 않기를 ―잘 알려진 것처럼, 아주 꼬맹이 여자애들이나 유대 가정에서 자라 요리해본 이방 여자들도 다 아는 것처럼, 보르슈트는 새콤하고 약간 달콤해야 하는데, 이 수프는 달기만 하고 약간 새콤하기만 하구나, 폴란드식으로, 폴란드인들은 이유도 없이 뭐든 달게 만드니까. 그리고 만약 네가 요리를 제대로 살피지 않았으면 간청어가 설탕에 절었거나, 츠린(고추냉이 소스)에 잼이 됐을 게다.

어머니는 할머니가 전문적 지식을 나누어준 것에 감사하고, 앞으로는 그녀를 만족시킬 것이 분명한, 씁쓸하고 신 음식만 만들겠노라고 약속했다. 아버지로 말할 것 같으면, 몹시 기쁜 나머지 그런 성가신 일을 알아챌 겨를이 없었다. 그는 부모님에게 이름을 써넣은 책 한 권을 선물했고, 한 권은 요셉 큰할아버지에게 주었으며, 세번째로는 친한 친구 에스더와 이스라엘 자르키에게, 또 한 권은 기억나지 않는 누군가에게 주었고, 마지막 한 권은 서재의 가장 잘 보이는 선반 위, 삼촌 요셉 클라우스너 교수의 저작들 바로 옆에 딱 붙여 꽂아두었다.

*

아버지의 행복감은 사나흘 동안 지속되다가, 그후로는 고개를 떨구었다. 꾸러미가 도착하기 전까지 매일 우체국으로 돌진했던 것처럼, 그는 매일 조지 5세 거리에 있는 아히아사프 서점으로 돌진했는데, 거기에는 아버지 책 세 권이 매대에 진열되어 있었다. 책이 도착한 다음날 책은 여전히 거기에 있었고, 그중 한 권도 팔리지 않았다. 다음날도, 그다음날도 마찬가지였다.

"자네는," 아버지가 서글픈 미소를 띠고 친구 이스라엘 자르키에게 말했다. "여섯 달마다 새 소설을 쓰지. 그러면 예쁘장한 처자들이 곧장 자네 소설을 서점 매대에서 낚아채 침대로 직행하잖아. 반면 우리 학자들은 수년간 자신을 소진하며 모든 세부 내용을 점검하고, 모든 질문을 증명하고, 각주 하나 다는 데도 한 주가 걸리는데 누가 귀찮아서 읽기나 하느냐고? 운이 좋으면, 두서너 명의 죄수놈들이나 책을 갈가리 찢기 전에 수양 삼아 읽는 거지. 때로는 그것조차도 안 해. 그냥 무시된다고."

한 주가 지나갔고, 아히아사프 서점에 있는 아버지 책은 단 한 권도 팔리지 않았다. 아버지는 더이상 슬픔을 말하지 않았지만, 그것은 냄새처럼 온 집을 가득 채웠다. 그는 더이상 면도하거나 설거지를 할 때 음이 맞지 않는 콧소리로 유행가를 흥얼대지 않았다. 더이상 『길가메시』나 『네모 선장의 모험 이야기』나 『신비의 섬』의 기술자 사이러스 스미스 이야기를 외워서 들려주지 않았고, 다만 다음에 태어나게 될 자신의 학술서를 위해 책상 위에 펼쳐진 논문들과 참고 서적을 맹렬히 연구했다.

그러던 며칠이 지난 금요일 저녁 갑자기, 그는 집에 행복한 빛을 쏘며, 마치 반에서 가장 예쁜 여자아이와 모두가 보는 앞에서 방금 키스라도 한 꼬마처럼 온몸을 부들부들 떨면서 돌아왔다. "책이 팔렸어! 모두 다 팔렸다고! 하루 만에! 한 부만 팔린 게 아니야! 두 부만 팔린 것도 아니고! 세 부가 다 팔렸다고! 전부! 내 책이 팔렸어. 샤크나 아히아사프가 텔아비브의 차치크에 내 책을 더 많이 주문할 거야! 이미 주문을 했다고! 오늘 아침에! 전화로! 세 권이 아니라 다섯 권이나! 그는 이제부터 시작이라고 생각한대!"

어머니는 다시 방에서 나가 심하게 달착지근한 토카이 포도주와 세 개의 작은 잔을 들고 돌아왔다. 그러나 이번에는 하얀 식탁보나 크림이 얹힌 근대 뿌리 수프로 성가시게 하지 않았다. 대신 내일 우리 모두 숭배해 마지않는 그레타 가르보가 출연하는 유명 영화가 얼마 전 상영을 시작했으니 그걸 보러 에디슨 영화관에 가자고 제안했다.

*

　나는 소설가 자르키 씨와 그의 부인 에스더의 집에서 저녁을 먹고, 부모님이 돌아올 아홉시나 아홉시 반까지 얌전히 잘 있으라는 당부와 함께 그 집에 맡겨졌다. 얌전히 하고 있어라, 알겠니? 너에 대해 눈곱만한 불평불만이라도 나오지 않게 해라! 그분들이 상 차리면 도와드리는 거 잊지 말고. 식사 후 모두 자리에서 일어나면 곧장 네가 먹은 식기들 싹 치워서 조심스럽게 싱크대에 넣어두고. 조심스럽게, 알았지? 그곳에서 아무것도 깨거나 하지 마라. 식탁이 다 치워지면 집에서처럼 행주 가져다가 잘 닦고. 그리고 누가 너한테 물어볼 때만 말해. 자르키 씨가 일하는 중이면 장난감이든 책이든 너 혼자 찾아서 생쥐처럼 조용히 앉아 있으렴! 그리고 그럴 리는 없어야 하지만 자르키 부인이 또 머리 아프다고 뭐라 하시면, 절대 귀찮게 하지 마라. 절대. 알아들었지?
　그러고는 부모님은 나가버렸다. 자르키 부인이 다른 방에서 입을 다물고 있었는지 이웃에 놀러 나갔는지는 모르겠고, 자르키 씨는 내가 자기 서재로 들어와도 된다고 제안했는데, 그곳은 지금 우리집도 그렇듯이 침실이자 거실이자 모든 것이었다. 그곳은 학생 시절 아버지의 방이었고, 내가 태어나기 한 달 전 부모님이 결혼식을 올리고부터 살왔던 곳이기도 해서 나는 그 방을 분명히 기억하고 있었다.

나는 소파에 앉아 자르키 씨와 조금 이야기를 나누었는데, 무엇에 대한 것이었는지는 기억나지 않지만, 소파 옆 작은 커피 테이블 위에 『히브리 문학 중편소설』이 네 권이나 포개져, 서점에서처럼 놓여 있던 것을 금세 알아챈 일은 결코 잊지 못할 것이다. 한 권에 아버지가 서명해서 자르키 씨에게 준 것은 알고 있는데, 세 권이 더 있다는 것을 이해할 수 없었고, 자르키 씨에게 물어보고 싶은 말이 혀끝에서 맴돌았지만, 그 순간 마침내 어제 아히아사프 서점에서 팔린 책 세 권이 기억났고, 내 안에 감사의 마음이 밀려들며 눈에 거의 눈물이 맺혔다. 자르키 씨는 내가 눈치챈 것을 알고 웃지 않았지만, 마치 공모자의 일원으로 조용히 받아준다는 듯, 눈을 반쯤 감고 나를 곁눈질로 보더니, 말 한마디 없이 몸을 숙여 커피 테이블 위에 있던 책 네 권 중 세 권을 집어 책상 서랍 안에 감추었다. 나 역시 침묵을 지켰고, 그에게도 부모님에게도 아무 말 하지 않았다. 나는 자르키 씨가 한창때에 죽고 이후 아버지가 돌아가실 때까지 누구에게도 그 일을 말하지 않았다. 몇 년이 지나, 내 말에 과한 인상을 받을 것 같지 않은, 자르키 씨의 딸인 누리트 자르키 외에는 아무에게도.

나는 아주 친한 친구로 두세 명의 작가를 꼽는데, 그 친구들은 수십 년간 나와 무척 가깝게 지냈고 친밀한 이들이지만, 이스라엘 자르키 씨가 아버지를 위해 한 일 같은 일을 내가 그들 중 누군가에게 똑같이 해줄 수 있을지 확신이 들지 않는다. 그런 관대한 책략이 나에게도 일어날 수 있는 일이라고 누가 말할 수 있겠는가? 그 시절 여느 사람들과 다를 바 없이, 그 역시 그날 벌어 그날 먹고 사는 존재였던지라,『히브리 문학 중편소설』 세 권은 최소한 그에게 정말 필요한 옷 몇 벌의 값과 맞먹었을 것이 분명했다.

자르키 씨는 방에서 나가더니 엷은 거품이 떠 있지 않은 뜨거운 코코아 한 잔을 들고 돌아왔는데, 우리 공동주택에 방문했을 때 내가 저녁이면 코코아를 마셨다는 걸 기억해냈기 때문이다. 나는 부모님께 들은 대로 그에게 정중하게 감사를 표했다. 그리고 다른 무슨 말을 더하고 싶었지만 할 수 없어서, 실제로 그날 저녁에 자르키 씨가 일은 안 하고, 부모님이 영화관에서 돌아와 그에게 고마워하며 잘 자라는 인사와 함께 서둘러 나를 집으로 데려가기 전까지, 신문이나 앞뒤로 넘겨 훑어보고 있었음에도 불구하고, 나는 그의 일에 방해되지 않도록, 그저 그의 방 소파에 찍소리 하나 내지 않고 앉아 있었고, 부모님은 시간이 너무 늦었기 때문에 서둘러 나를 데려갔고, 나는 이를 닦고 바로 잠들어야 했다.

*

그곳은, 몇 년 전인 1936년 어느 날 저녁에, 아버지가 말수 적고, 올리브 빛 피부에 검은 눈을 한 아주 예쁘장한 여학생을 처음으로 데려왔던 방이었는데, 그녀는 말이 거의 없음에도 남자들과 이야기를 하면 할수록 존재감을 주는 이였다.

그녀는 바로 몇 달 전 프라하 대학에서 예루살렘 마운트 스코푸스에 있는 대학에 역사와 철학을 공부하러 온 차였다. 나는 아리에 클라우스너가 언제, 어디서, 어떻게 파니아 무스만을 만났는지 알지 못하는

데, 문서상에는 치포라라고 명기되어 있고 한 서류에는 페이가로 등록되어 있지만, 가족과 친구들은 모두 그녀를 파니아라고 불렀으며, 그럼에도 그녀는 히브리어 이름 리브가로 여기 대학에 등록했다.

그는 이야기하고, 설명하고, 분석하는 일을 정말 좋아했고, 그녀는 듣는 방법과 숨은 뜻까지 알아듣는 법을 알고 있었다. 그는 매우 박학했으며, 그녀는 날카로운 눈과 마음을 읽는 능력을 지녔다. 그는 솔직했고, 말쑥했으며, 근면한 완벽주의자였던 반면, 그녀는 사람이 왜 군건하게 어떤 특정한 관점에 매달리는지, 또 의견에 맹렬히 반대하는 사람이 왜 그럴 필요를 느끼는지 항상 이해하고 있었다. 친구 집에 앉아 있을 때, 모두가 이야기하느라 바쁠 동안 그녀는 언제나 가구나 커튼, 소파나 창틀에 있는 기념품, 책장 위의 장식품 등에 평가하는 시선을 던졌다. 마치 스파이 임무라도 수행중인 양 말이다. 사람들의 비밀은 언제나 그녀를 매혹시켰지만, 가십거리에 대한 이야기가 계속 진행되면, 그녀는 대개 희미한 미소, 그것도 마치 호흡에서 뱉어내듯 주저하는 미소를 지으며 이야기를 경청했고, 아무 말도 하지 않았다. 그녀는 자주 침묵했다. 그러나 그녀가 침묵을 깨고 몇 마디 하면, 대화는 전과는 전혀 판이해졌다.

아버지가 어머니에게 이야기할 때는 이따금 목소리에 소심함과 거리감, 애정과 존경 내지 두려움, 이 모든 것이 섞여 드러났다. 마치 정체를 드러내지 않는 점쟁이 앞에서 말하는 것처럼. 아니면 천리안이라든가.

21

 우리집에는 꽃무늬 방수포가 깔린 식탁과 버드나무 가지로 된 걸상이 세 개 있었다. 부엌 안은 좁고 낮고 컴컴했으며, 바닥은 약간 내려앉아 있었고, 주방 벽은 파라핀 요리 기구와 프라이머스 석유난로 때문에 그을어 있었으며, 잿빛 콘크리트 벽으로 사방이 둘러싸인 지하실 바닥이 내려다보이는 작은 창문이 하나 있었다. 이따금 아버지가 일터로 가면, 나는 어머니 반대편에 앉지 않으려고 아버지 의자에 앉곤 했고, 어머니는 야채 껍질을 벗기거나 야채를 채 썰거나, 아니면 검은 렌즈콩을 받침 접시에 골라내며 내게 이야기를 들려주었다. 나중에 나는 이것들을 새들에게 먹이곤 했다.
 어머니의 이야기는 기묘했다. 그 이야기들은 그 당시 다른 집에서 들을 수 있는 종류의 것이 결코 아니었고, 내가 내 아이들에게 해줄 수 있는 이야기도 아니었는데, 안개 같은 무언가에 가려져 있어서, 시작 지점에서 시작하지도 않고 종점에서 끝나지도 않으면서 마치 덤불에서 튀어나와 잠시 나타났다가, 소외감이나 극한 공포감을 불러일으키고, 벽에 비친 비뚤어진 그림자처럼 순간 눈앞에서 움직여 나를 놀라게 하고 이따금은 뼛속까지 서늘하게 하고는, 내가 아는 그 일이 벌어지기 전에 그들이 나왔던 숲으로 살며시 돌아가는 것 같았다. 나는 지금까지도 어머니가 들려준 이야기 중 일부를 한마디 한마디 그대로 기억할 수 있다. 예를 들면, 아주 나이든 노인 알렐루예브에 대한 이야기 같은 것.

옛날 옛적에, 높은 산 넘어, 깊은 강 건너, 황량한 대평원도 지나서 길에서 멀리 떨어진 곳에, 아주 조그맣고 금방이라도 무너질 듯한 오두막들이 있는 마을이 하나 있었단다. 이 마을 끝자락에는 어두운 전나무숲이 있었는데, 그곳엔 가난하고 벙어리에 눈먼 한 사람이 살고 있었어. 그는 친구나 가족의 도움도 없이 오로지 자기 힘으로만 생계를 꾸려나갔는데, 이름이 알렐루예브였지. 이 나이든 알렐루예브는 그 마을에서, 그리고 골짜기와 대초원 등지에 사는 가장 나이 많은 사람보다도 더 나이가 많았단다. 그냥 나이가 많은 정도가 아니라, 거의 고대인이었어. 그리하여 구부러진 등허리에 이끼가 낄 정도였거든. 머리에서 머리카락 대신 까만 버섯이 자랐고, 얼굴에는 두 뺨 대신에 이끼가 덮인 움푹한 동굴 두 개가 있었단다. 갈색 뿌리가 그의 발에서 뻗어 나왔고, 휘황한 반딧불이 움푹 팬 눈구멍에 자리잡았지. 이 나이든 알렐루예브는 숲보다도, 내리는 눈보다도, 심지어 시간 그 자체보다도 더 나이가 많았다는구나. 그러던 어느 날 어떤 소문이 퍼졌는데, 그가 사는 오두막 깊은 곳에, 그의 오두막 문은 한 번도 열린 적 없었는데, 늙은 알렐루예브보다 훨씬 훨씬 나이가 많고, 심지어 더 장님에 더 가난하고 더 조용하고 더 구부러지고 더 귀머거리에 더 미동도 없는데다가, 타타르 동전만큼이나 반질반질하게 닳아버린 체르니초르틴이라는 사람이 살고 있다는 거였어. 마을 사람들은 긴긴 겨울밤 동안 그 마을에서 늙은 알렐루예브가 고대인 체르니초르틴을 돌보고 있노라고, 그의 상처를 씻어주거나 상을 차려주고 그의 잠자리를 펴고 숲에서 딴 산딸기를 먹이고 우물물이나 녹은 눈으로 닦아주고, 밤이면 이따금 아기에게 자장가라도 불러주듯 그를 위해 노래를 불러준다고 말했단다. 그 노래는 이랬대. 자장, 자장, 자장, 내 보물이여 무서워 말고, 자장, 자장, 자장, 내 사랑 떨지 마오. 그러고 나면 밖에는 눈보라 외에는 아무것도 없는데, 그들 둘이, 그 늙은이와 더 나이 먹은 늙은이가 서로 바짝 끌어안고 잠든다는 거야. 승냥이 떼에게 잡아먹히지 않았다면, 늑대는 숲에서 울부짖고, 바람이 굴뚝 속에서 으르렁거리는 동안 그 둘은 지금까지 그 처참한 오두막에서 여전히 살고 있을 거란다.

잠들기 전 침대에서 나는 홀로 공포와 흥분으로 떨면서, '늙은' '고대' '시간 그 자체보다도 더 나이가 많았다'는 말들을 몇 번이고 혼잣말로 속삭였다. 나는 눈을 감고 달콤한 공포를 느끼며 마음의 눈을 통해, 그 노인의 등에 이끼가 서서히 퍼져가는 모습과, 까만 버섯과 이끼, 다갈색의 탐욕스럽고 벌레 같은 뿌리가 어둠 속에서 자라나는 장면을 그려보았다. 또한 감은 눈 너머로 '타타르 동전만큼이나 반질반질하게 닳아버린' 게 뭔지 그려보려 애썼다. 그래서 나는 잠자리에서, 우리집 근처까지는 결코 닿을 수도 없는 바람에, 결코 들어본 적도 없는 소리에, 어린이 동화책에서 집마다 타일을 깐 지붕과 굴뚝이 있는 그림을 본 것을 빼면 한 번도 본 적 없는 굴뚝에서 바람이 내는 쉭쉭거리는 소리에 휩싸여 있었다.

*

나는 형제나 자매가 없었고, 부모님은 내게 장난감이나 게임류는 사줄 형편이 못 되었으며, 텔레비전이나 컴퓨터는 아직 탄생하기도 전이었다. 나는 유년 시절의 전부를 예루살렘의 케렘 아브라함에서 보냈지만, 내가 정말 살았던 곳은 어머니의 이야기와 침대 곁에 있는 낮은 탁자에 쌓여 있던 그림책 속에 나오는, 대평원과 눈 내리는 초원과, 그리고 오두막 곁에 있는, 숲의 한 끝자락이었다. 나는 동쪽에 있었지만 내 심장은, 그 책에서 이야기한 것처럼, 저기 가장 먼 서쪽에 가 있었다. 아니면 '저 머나먼 북쪽'이나. 나는 실제의 숲을 넘고, 글자들 속의 숲과 글자들 속의 오두막과 글자들 속의 초원을 넘어 어지러이 방황했다. 글자들 속의 실재는 숨막히는 뒤뜰과 석조 가옥 꼭대기에 펼쳐진 물결치듯 찌그러진 철판과 빨래통과 빨랫줄이 걸린 발코니를 제쳤다. 나를 둘러싼 것들은 그 실재에 포함되지 않았다. 포함된 모든 것은 글자로 된 것들이었다.

아모스 가에는 나이든 이웃들이 있었는데, 우리집을 고통스럽게 지나쳐 천천히 걸어가는 그들의 모습은 나를 뼛속까지 서늘하게 했던 늙은 고대인 알렐루예브의 창백하고 슬프고 어색한 모조품이었다. 그것은 바로 텔아르자 숲처럼 태고의 불가해한 숲을 형편없이, 아마추어처럼 스케치한 것이었다. 어머니의 렌즈콩은 어머니가 내게 해주었던 이야기 속에 나오는 버섯과 숲속의 과실들, 블랙베리와 블루베리를 상기시키는, 실망스러운 것이었다. 모든 실재는 글자의 세계를 모방하려는 헛된 시도였다. 여기 한 여자와 세 명의 대장장이에 관해 어머니가 내게 해준 이야기가 있는데, 어머니는 내가 어린아이임에도 불구하고 단어를 걸러내지 않고 나에게 언어의 세상을 열어주었다. 어린아이의 발길이 닿지 않은 다채롭고 머나먼 언어의 세계 말이다. 그곳은 언어의 극락조가 사는 진정한 둥지였다.

수 년 전, 깊고 깊은 골짜기 지역에 있는, 에눌라리아라는 나라에 평화롭고 작은 마을이 있었는데, 그곳에는 미샤, 알료샤, 안토샤라는 이름의 세 대장장이가 살았다. 모두 퉁퉁하고 털이 많은 곰 같은 사람들이었다. 그들은 긴긴 겨울이면 내내 잠을 잤고, 오로지 여름이 와야만 쟁기나 말편자, 날 선 칼이나 망치같이 주철로 된 도구를 만들었다. 어느 날, 큰형인 미샤가 트로시반이라는 지역으로 갔다. 그는 오래도록 떠나 있었고, 돌아왔을 때 혼자가 아니라 타티아나인지 타냐인지, 타니츠카인지 하는 웃음 많은 소녀 같은 여자와 함께였다. 그녀는 아름다운 여자였는데, 에눌라리아 지방 동서남북 어디서도 그녀와 같은 미모를 찾을 수 없었다. 미샤의 두 남동생은 하루 종일 이를 악물고 침묵을 지켰다. 만약 그들 중 하나가 그녀를 살펴보기라도 했다면, 이 타니츠카는 상대방이 눈을 내리뜨며 시선을 피할 때까지 살랑대며 웃었을 것이다. 혹 그녀가 그들 중 하나를 보기라도 하면, 그녀가 보고자 했던 그 형제는 떨면서 눈을 내리깔았다. 형제들의 오두막에는 커다란 방 하나밖에 없었고, 이 방에서 미샤와 타니츠카와, 용광로, 모루, 귓전을 울리는 소리들과 거친 알료샤, 조용한 안토샤가 무거운 쇠망치와 도끼와 끌과 막대기, 쇠사슬과 금속 코일 들에 둘러싸여 함께 지냈다. 그러던 어느 날 미샤가 용광로로 떨어지는 일이 벌어졌고 알료샤는 타니츠카를 데려왔다. 무거운 망치가 거친 알료사에게로 떨어져 그의 두개골을 부수기 전까지 7주 동안 아리따운 타니츠카는 그의 신부였다가, 결국 조용한 안토샤가 형을 묻고 형의 자리를 차지하는 일이 벌어졌다. 7주라는 시간이 지나갔고 둘은 버섯 파이를 먹었는데, 안토샤가 갑자기 창백해지다가 얼굴이 파래지더니 질식해 죽었다. 그날부터 에눌라리아의 동서남북에 있는 모든 방랑하는 대장장이들이 이 오두막에 와서 머물렀지만, 그 누구도 그곳에서 7주 이상 버티지 못했다. 어떤 이는 한 주 동안 머물렀고, 또 어떤 이는 이틀 밤을 지냈다. 그럼 타냐는 어떤 사람인가? 그러니까, 에눌라리아 동서남북에 있는 모든 대장장이들이, 타니츠카가 한 주만 와서 머문 대장장이, 며칠간 왔다간 대장장이, 하룻낮 하룻밤만 머물다 간 대장장이와, 반쯤 나신의 모습으로 그녀를 위해 일해주고, 돼지 새끼를 치고, 망치질을 하고, 연장을 만드는 대장장이 들을 사랑하지만, 돌아가는 것을 잊어버리는 대장장이와는 결코 함께하지 않는다는 사실을 알게 되었다. 한두 주는 괜찮다고 해도, 그들이 어떻게 감히 7주간이나?

＊

　헤르츠와 사라 무스만은, 19세기 초반 우크라이나에 있는 로브노라는 마을 근처, 트로페인지 트리페인지 하는 작은 고장에 살았고, 에브라임이라는 훌륭한 아들이 하나 있었다. 이는 우리 집안에 전해지는 이야기였다.＊ 에브라임은 바퀴를 가지고 놀고 물장난하는 것을 무척 좋아했다. 에브라임 무스만이 열세 살 때, 바르 미츠바＊＊를 치른 20일 뒤, 몇몇 손님들을 더 초대해서 연회를 열었는데 이때 에브라임은 열두 살짜리 하야 두바라는 소녀와 약혼하게 된다. 그 시절엔 소년들이 차르 군대에 징집되어 다시 돌아오지 못하게 되는 일이 없도록 보호받기 위해 서류상으로 결혼을 했다.

　나의 이모 하야 사피로(이 이름은 열두 살 어린 신부였던 그녀의 할머니 이름에서 따왔다)는 수십 년 전에 이 결혼식에서 어떤 일이 벌어졌는지 내게 말해주었다. 예식과 피로연이 끝난 후, 행사가 트로페 마을에 있는 랍비의 집 건너편에서 늦은 시간에 열렸기에, 어린 신부의 부모는 그녀를 재우기 위해 자리에서 일어났다. 늦은 시간이었고, 아이는 결혼식의 흥분과 받은 와인을 홀짝거리다 든 약간의 취기 탓에

＊ 그의 어린 시절부터 가족사가 이어지는데, 나는 이 이야기와 다음 페이지에서 다룰 다른 몇 개의 이야기들을 어렸을 때 어머니로부터, 그리고 일부는 외조부모님과 어머니의 사촌인 삼손과 미카엘 무스만으로부터 들었다. 1979년에 나는 하야 이모의 어린 시절 기억들을 기록했고, 1997년에서 2001년 사이에는 가끔 소니아 이모가 해주었던 이야기 중 몇 가지를 기록했다. 또 어머니의 사촌인 삼손 무스만 씨의 히브리어 책으로 텔아비브에서 1996년 출판된 『공포로부터의 탈출』에서 도움을 얻기도 했다. (원주)
＊＊ 유대인의 성년식으로 만 13세에 행해진다.

사랑과 어둠의 이야기　275

피곤한 나머지 어머니 무릎을 베고 잠이 들었다. 신랑은 열과 땀에 젖어 술래잡기와 숨바꼭질을 하며 어린 학교 친구들과 손님들 사이를 뛰어다니고 있었다. 하나둘씩 손님들은 자리를 뜨기 시작하고, 두 가족은 작별 인사를 나누었고, 신랑 측 부모는 아들에게 집에 갈 테니 서둘러 짐마차에 오르라고 말했다.

그런데 이 어린 신랑은 다른 꿍꿍이가 있었다. 어린 에브라임은 안뜰 한가운데 서서 '마치 어린 수평아리처럼' 갑자기 부어서는 발을 쿵쿵 구르며, 고집스럽게 자기 아내를 요구했다. 석 달이라는 시간 동안 심지어 3년이라는 시간 동안 한 번도 그러지 않더니, 바로 그때 바로 그곳에서. 바로 그 저녁에 말이다.

남아 있던 손님들이 크게 웃음을 터뜨리자, 그는 화가 나서 등을 돌리고는 성큼성큼 길을 건너 뛰어 랍비의 집 문을 쾅쾅 두드리고, 현관 문간에서 이를 드러내고 웃는 랍비의 얼굴을 마주하고 서서, 성서와 미슈나와 할라카의 각 조항에 나온 말들을 인용하기 시작했다. 그 소년은 분명 자신의 공격 무기를 준비했고 숙제를 잘해냈다. 그는 랍비에게 자기와 세상 사이에서 즉시 판결해달라고, 어떤 쪽으로든 판정을 내달라고 요구했다. 토라에는 뭐라고 쓰여 있는가? 탈무드와 법학자들은 뭐라 말했는가? 그게 그의 권리인가, 아닌가? 그녀는 그의 아내인가, 아닌가? 그는 법에 따라 결혼을 했는가, 하지 않았는가? 그러니, 둘 중 하나라는 것이다. 그가 신부를 취하거나 케투바*를 돌려받거나.

이야기는 계속되어 랍비는 흠흠, 에에, 하고 더듬거리더니, 이내 목

---

* 혼인 서약서.

소리를 가다듬고 콧수염을 손가락으로 튕기다가 머리를 몇 번 긁적이며 옆머리채를 잡아당기고 턱수염을 당긴 다음, 결국 한숨을 내쉬면서 소년의 언변과 논리가 잘 정리되었을 뿐 아니라 완벽하게 옳기까지 하므로 별 도리가 없다고 판결을 내렸다. 어린 신부는 다른 대안 없이 소년을 따라가야 하고, 하릴없이 그에게 복종해야 한다는 것이었다.

그리하여 어린 신부는 깨워졌고, 자정쯤 모든 토의가 끝났을 때는 신랑 신부를 신랑 부모의 집으로 함께 데려가야 했다. 신부는 두려움에 가는 내내 울었다. 그녀의 어머니도 그녀를 꼭 부여잡고 함께 울었다. 신랑 역시 하객들의 조롱과 비웃음 때문에 내내 울었다. 그의 어머니와 나머지 가족도 수치스러움 때문에 울었다.

그 밤의 행렬은 한 시간 반가량 이어졌다. 눈물겨운 장례 행렬과 시끌벅적한 파티가 합쳐진 행렬 같았는데, 그 이유는 그 스캔들을 즐긴 참석자 중 몇몇이 수평아리와 암평아리에 대한 유명한 가십과 바늘구멍에 실 꿰는 방법에 대해 이야기하고 외설스런 콧소리와 힝힝대는 말울음소리, 고래고래 지르는 소리를 반주 삼아 슈납스*를 흥청망청 들이켜고 목청껏 떠들었기 때문이다.

그러는 사이, 어린 신랑의 충천했던 용기는 꺾이고, 그는 자기 승리에 회한이 들기 시작했다. 그리하여 이 어린 커플은 도살당하는 양처럼, 당황하고 눈물이 고인 채 잠도 빼앗긴 상태로 거의 강제적으로 떠밀려 아침 이른 시간에 급조된 신혼방으로 끌려가야만 했다. 문은—듣기로는—밖에서 잠겼다. 그리고 수행인들은 발끝으로 살금살금 걸

---

* 독일, 오스트리아 지역의 전통 증류주로 매우 독하다.

어나와, 나머지 밤 시간은 서로서로 위로하려 애쓰면서 옆방에 앉아 차를 마시고 연회에서 남은 음식을 먹어치우며 보냈다.

그리고 아침에, 어쩌면 어머니들이 수건과 세숫대야를 들고, 자기 아이들이 씨름에서 잘 살아남았는지 걱정되고 서로에게 어떤 상처를 입히지는 않았는지 궁금해서 방으로 벌컥 들어갔을지도 모른다.

*

그러나 며칠 후 신랑과 신부는 맨발로 뜰을 함께 뛰어다니며 시끄럽게 놀았고 행복해 보였다. 심지어 신랑은 밖으로 나가 뜰을 가로지르는 개울과 호수, 폭포를 만드는 물길을 내고 바퀴를 가지고 놀면서도, 신부의 인형을 위해 작은 나무 집을 만들기까지 했다.

그의 부모 헤르츠와 사라 무스만은 이 어린 부부가 열여섯 살이 될 때까지 길렀다. 그 시절 부모의 양육에 의존하는 어린 부부를 이디시 어로 '케스트 킨더'라고 불렀다. 에브라임 무스만은 성년이 되어서 자기가 좋아하던 바퀴와 흐르는 물을 잘 조합해 트로페 마을에 제분소를 세웠다. 그 물레방아는 흐르는 물의 힘으로 움직였다. 그의 사업은 결코 번창하지 못했다. 그는 꿈 많고 어린아이처럼 순진했고, 게으름뱅이에 방탕아였으며, 논쟁을 좋아하면서도 결코 자기 주장이 없었다. 아침부터 저녁까지 계속되는 한가한 잡담에 끼어들려는 경향도 있었다. 하야 두바와 에브라임은 가난한 생활을 했다. 그의 어린 신부는 에브라임과의 사이에서 세 아들과 두 딸을 낳았다. 그녀는 산파와 왕진 간호사가 되기 위해 훈련받았고, 또한 가난한 환자들을 비밀리에 무료로 돌봐주었다. 그리고 생의 한창때, 생을 불살라야 할 때 죽었다. 내 외증조할머니는 스물여섯의 나이에 돌아가셨다.

잘생긴 에브라임은 또다시 재빠르게, 그녀의 전임자와 똑같이 하야라는 이름의 열여섯 살짜리 신부와 재혼했다. 새로운 하야 무스만은 때를 놓치지 않고 집에서 전부인의 자식들을 쫓아냈다. 유약한 남편은 그녀를 막으려는 시도조차 하지 않았다. 그는 용맹스럽게 랍비의 집 문을 두드리고 토라와 모든 율법학자의 이름으로 자신의 결혼을 완성시킬 권리를 주장했던 그 저녁에, 자신의 온당한 용기와 결단성 전체를 단번에 소진해버린 것처럼 보였다. 유혈의 그 밤부터 생애 마지막날까지 그는 늘 내성적으로 행동했다. 유순하고 온화해서 언제나 자기 아내들에게 양보하고, 의지를 거스르는 그 어떤 이에게도 기꺼이 결정권을 넘겼으나, 이교도들과 만날 일이 있을 때는 한 남자로서 매우 미스터리하게, 신성이라는 정체불명의 방식으로 대했다. 그의 태도는 마치 소박한 기적을 행하는 사람이나 러시아정교회의 성스러운 노인처럼 겸손으로 둘러싸인 자존감을 연상시켰다.

*

그의 첫 자식이 열두 살의 나이로 빌코프 부동산의 도제가 된 나의 외할아버지 나프탈리 헤르츠인데, 그 부동산은 괴벽스러운 독신 귀족 여성, 라브조바 여공女公 소유로 로브노 근처에 있었다. 3년인가 4년 만에 그 여공은 그녀가 거저 얻은 이 젊은 유대인이 사실 기민하고 명석하며 매력적이고 재미나다는 사실을 알게 되었는데, 그는 이 모든 자질에 더해 아버지의 제분소에서 자랐기 때문에 제분에 대해서도 두어 가지 지식을 알고 있었다. 그런 그에게 또다른 재주가 있었으니, 아이가 없이 쭈그러든 여공에게 모성애를 불러일으켰다는 점이다.

여공은 로브노 교외에 있는 두빈스카 거리 끝자락 공동묘지 건너편의 땅을 사들여 제분소를 짓기로 결심했다. 그리고 이 제분소를 그녀의 조카이자 상속인인, 기술자 콘스탄틴 세미오노비치 스텔레츠카야와 그의 조수로 임명된 열여섯 살의 헤르츠 무스만에게 맡겼다. 나의 외할아버지는 곧바로 조직력과 기지, 만나는 모든 이들로 하여금 자신을 총애하도록 만드는 감수성, 사람들이 무슨 생각을 하는지, 무엇을 원하는지 예측할 수 있는 공감 능력을 발휘했다.

열일곱의 나이로 할아버지는 제분소의 실질적인 경영자가 되었다. ("그렇게나 빨리 그는 여공의 눈에 들었던 것이다! 이집트의 정의로운 요셉 이야기처럼, 그리고 그 여자 이름이 뭐였더라? 보디발 부인? 맞나? 그 기술자 스텔레츠카야는 그가 고치는 모든 것을 술에 취해 박살내버렸다. 심각한 알코올중독이었던 것이다! 나는 아직도 그가 자기 말을 맹렬히 두드려 패면서 말 못하는 짐승에게 고함을 지르고, 말이 포도송이만한 눈물을 뚝뚝 흘리는데도 계속해서 때리던 것을 기억한다. 온종일 그는 스티븐슨*처럼 새 기계며 시스템, 바퀴의 기어를 발명하고 있었다. 그에게는 천재적인 생기 같은 것이 있었다. 하지만 스텔레츠카야는 무엇이든 만들자마자 곧 화를 내며 전부 파괴해버렸다!")

그래서 그 젊은 유대인은 밀과 보리를 가져오는 소작농과 흥정하고,

---

* 조지 스티븐슨. 영국의 발명가로 증기기관차를 발명했다.

일꾼들에겐 품삯을 주고, 상인과 고객과는 거래를 하면서 기계류를 꾸준히 유지보수했다. 결국 자기 아버지처럼 방앗간 주인이 되었다. 그러나 그는 게으르고 어린애 같던 자기 아버지와는 달리, 영민하고 근면했으며 야심도 있었다. 그래서 성공했다.

그러는 사이 라브조바 여공은 인생의 황혼기에 접어들면서 더욱 독실해졌다. 검은색 옷 외에는 안 입었으며, 서원 기도와 금식 시간을 늘렸고, 끊임없는 애도 속에 예수와 속삭이며 대화하는 것은 물론, 계시를 좇아 이 수도원에서 저 수도원으로 방랑했고, 교회와 성지에 선물을 바치느라 자신의 부를 탕진했다. ("그러던 어느 날 그녀는 커다란 망치를 집어들고 자신의 손톱을 박살냈는데, 예수님이 느낀 고통이 정확히 어떤 것이었는지 느끼고자 했기 때문이다. 그 일이 있고 나서 사람들이 와서 그녀를 결박했고 손 상처를 돌봐주고는, 머리칼을 민 다음 남은 일생 동안 툴라 근처의 수녀원에 가두었다.")

비루한 기술자이자 여공의 조카 콘스탄틴 스텔레츠카야는 고모인 여공이 세상을 떠난 뒤에 알코올중독에 눌러앉아버렸다. 그의 아내 이리나 마츠베예브나는 마부 필립의 아들 안톤과 달아났다. ("그녀 역시 못지않은 피아니차—술고래였다. 그러나 그녀를 그렇게 피아니차로 만든 건 스텔레츠카야, 바로 그자였다. 그는 때때로 카드놀음으로 그녀를 잃곤 했다. 다시 말해 그는 그녀를 하룻밤 팔았다가, 아침이면 다시 찾아오고, 다음날 밤도 또 그녀를 잃곤 했다.")

그리하여 기술자 스텔레츠카야는 보드카와 카드놀음으로 자기 슬픔을 익사시켰다. ("그러나 그는 연민과 회개, 감정들로 가득찬 멋진 시, 아름다운 시도 써냈다! 심지어 라틴어로 철학적인 조약문을 쓰기까지

했다. 그는 아리스토텔레스니 칸트니 솔로비예프니 하는 위대한 철학자들의 업적을 모두 외우고 있었고, 그것을 숲속에서 자기 혼자 발산하곤 했다. 때로 그는 자기 자신을 비하하기 위해 넝마주이처럼 입고는, 굶주린 거지처럼 쓰레기 더미에 코를 묻고 그걸 파내려 이른 아침시간에 거리를 방황하곤 했다.")

차츰 스텔레츠카야는 헤르츠 무스만을 그 제분소에서 자기 오른팔로 만들었고, 그다음엔 대리인으로 만들었다가, 결국엔 동반자로 그리고 사업 후계자로 삼았다. 할아버지가 스물세 살이 되었을 때, 그러니까 라브조바 여공에게 '노예로 팔린 지' 10년 만에 그는 제분소에서 스텔레츠카야의 몫을 인수하게 되었다.

사업은 곧 확장되었고, 그가 삼킨 획득물 가운데는 자기 아버지의 작은 제분소도 포함되어 있었다.

이 젊은 제분소 주인은 아버지 집에서 쫓겨난 것에 원한을 품지 않았다. 오히려 그는 그 사이 이럭저럭 두번째로 홀아비가 된 아버지를 용서하고, 콘토르라고 불리는 사무실에 그를 취직시키고는, 아버지가 죽는 날까지 남부럽지 않은 월급까지 지급해주었다. 잘생긴 에브라임은 그곳에서 하얗고도 긴 인상적인 턱수염을 뽐내며, 아무것도 하지 않고 수년간 있었다. 그는 차를 마시고, 제분소를 방문하는 거래상이나 대리인과 장황하고 유쾌하게 대화하면서 느긋하게 시간을 보냈다. 그는 그들에게 조용하면서도 광범위하게 장수의 비밀이나, 폴란드나 우크라이나 영혼과 비교되는 러시아 혼의 천성이나, 유대주의의 비밀스러운 미스터리에 대해, 세계 창조에 대해, 삼림 개선 방안이라든가, 더 쉽게 잠들 수 있는 비법이나, 민담을 잘 보전하는 법이라든가, 자연적인 방법으로 시력을 강화시키는 자기만의 독창적인 비법에 대해 강의하는 것을 즐겼다.

*

어머니는 자기 할아버지 에브라임 무스만을 가부장적인 현자의 이미지로 기억했다. 예언자처럼 위엄 있게 흘러내린, 길고 눈처럼 흰 턱수염과, 성서 같은 광채를 더해주는 짙고 하얀 눈썹 때문에 그녀에게 그는 장엄해 보였다. 그의 푸른 눈은 눈 덮인 풍경 위의 연못처럼, 행복하고 아이 같은 미소를 띠며 빛나고 있었다. "에브라임 할아버지는 정말 하느님처럼 보였어. 내 말은 아이들이 상상하는 그 하느님 말이야. 그는 슬라브 성인이나, 전원에서 기적을 행하는 사람이나, 늙은 톨스토이나 산타클로스나 그 중간에 있는 어떤 존재처럼 온 세상 앞에 차츰 모습을 드러냈거든."

대략 오십대쯤 되었을 때 에브라임 무스만은 인상적인 늙은 현자의 모습이 되었다. 점차 하느님의 사람과 하느님 자체를 구별할 수 없게 된 것이다. 그는 마음을 읽고, 운명을 점쳐주고, 윤리적인 분위기를 발산하고, 꿈과 위대한 면죄에 대해 해석하고, 경건한 행위를 수행했으며 동정심을 가졌다. 아침부터 저녁까지 제분소 사무실 책상에서 차나 몇 잔 마시고 앉아, 가볍게 동정심을 가졌다. 이걸 빼면, 사실 하루종일 아무것도 하지 않았다.

그의 주변에는 항상 고급스러운 향기가 풍겼고, 손은 부드럽고 따스했다. ("그러나 나는," 소니아 이모가 여든다섯 살 때 거만한 태도로 말했다. "나는 할아버지가 모든 손주 가운데 가장 사랑했던 아이였지! 할아버지가 제일 예뻐하던 손녀였어! 그건 내가 어린 크라사비차, 작은 요부인데다가, 꼭 프랑스 여자아이 같았기 때문이고, 할아버지를 조종하는 방법을 알고 있었기 때문이야. 하긴 사실 할아버지가 너무 다정하고 얼이 빠져 있는데다, 너무 유치하고 아주 감정적이라 아주 작은 일에도 눈물을 흘리셨으니까, 어떤 여자애라도 할아버지의 잘생긴 얼굴을 조종할 수 있었을 거야. 난 어린 여자애처럼 몇 시간이고 그 장엄한 하얀 턱수염을 계속해서 빗질하면서 쭉 할아버지 무릎 위에 앉아 있었거든. 그리고 나는 할아버지가 늘어놓곤 하던 쓰레기 같은 장광설을 참을 만큼 늘 참을성도 많았으니까. 게다가 할아버지의 어머니 이름을 받았잖아. 그게 에브라임 할아버지가 손주들 중에서 나를 가장 예뻐했던 이유이고. 때때로 할아버지는 날 '꼬마 어머니'라고 부르곤 하셨어.")

그는 조용하고 무던했으며 신사적이고 상냥한 남자였지만, 다소 수다스러웠는데, 사람들은 그가 아이같이 명랑한데다가 주름진 얼굴에 끊임없이 깜박이는 미소가 매혹적이었기 때문에 그와 만나길 좋아했다. ("에브라임 할아버지는 이랬어. 할아버지를 살펴보는 순간, 사람들이 웃기 시작하는 거야! 모두, 막무가내로, 에브라임 할아버지가 방에 들어서는 순간 웃기 시작하지 뭐야!") 할아버지에게는 무척 다행스럽게도, 아들 나프탈리 헤르츠는 무조건적으로 아버지를 사랑했고, 항상 그를 용서했고, 언제든 그가 계산을 뒤죽박죽 만들거나 허락도 없이 사무실에 있는 금고를 열어서는 지폐 몇 장을 꺼내 갈 때마다, 감사하는 농부에게 운명을 점쳐주고 도덕적인 교훈이 담긴 설교를 하는 하시디즘 민담 속의 하느님처럼, 그런 일들을 눈감아주었다.

며칠간 노인은 사무실에 앉아 창문 밖으로, 잘 돌아가는 아들의 제 분소를 줄곧 만족스럽게 바라보곤 했다. 아마도 그가 '꼭 하느님처럼' 보였기 때문에, 그는 실제로 만년에 본인을 무슨 전능자처럼 여겼다. 그는 겸손하면서도 거만했는데, 아마도 (오십대쯤부터 시작된) 노년의 어리석음 때문인 것 같았다. 때때로 아들에게 사업 개선과 확장에 대한 온갖 충고며 제안을 해주었지만, 대부분 한두 시간 후면 말한 것을 까맣게 잊고 대신 새로운 조언을 했다. 그는 차를 몇 잔 잇달아 마시고, 멍하니 장부를 바라보았고, 손님들이 그를 사장으로 오해라도 하면 그걸 바로잡지 않고 그들과 유쾌하게 로스차일드의 부나 중국의 쿨리—그는 그들을 키타이라고 불렀다—의 끔찍한 고난에 대해 수다를 떨었다. 이런 대화는 대개 예닐곱 시간 이상 계속되었다.

그의 아들 헤르츠 무스만은 소심하지 않았다. 나프탈리 헤르츠는 현명하고 조심스럽고 끈기 있게 여기저기 지사를 개업하고 이문을 조금씩 남기면서 사업을 확장해나갔다. 그는 사라라는 여동생 한 명을 시집보냈고, 제니라는 여동생도 간신히 시집보냈다. ("비록 아주 아주 단순한 사람에게였지만! 착한 청년 야샤, 일개 목수에게! 하지만 제니에게 다른 선택의 여지가 있었을까? 나이가 벌써 거의 마흔이었는데!") 그는 자기 조카 삼손을 남부럽지 않은 월급을 주어 고용했고, 제니의 남편인 목수 야샤도 고용했으며, 형제자매와 일가친척 모두에게 아낌없는 금전적 후원을 두루 베풀었다. 그의 사업은 번창했고, 우크라이나와 러시아 고객들은 모자를 가슴에 얹고 그에게 공손하게 인사했으며, 그를 게르츠 예프레모비치*라 불렀다. 심지어 그에겐 궤양으로 고

생하던 젊은 러시아 몰락귀족 조수도 있었다. 그 사람의 도움으로 나의 외할아버지는 자기 사업을 더 멀리까지 확장시켜 키예프와 모스크바와 상트페테르부르크에까지 지사를 개업했다.

*

1909년인가 1910년에 나프탈리 헤르츠 무스만은 스물한 살의 나이로, 게달리아 슈스터와 그의 아내 펄(기보르 가문)의 딸 이타 게달예브나 슈스터와 결혼했다. 외증조할머니 펄에 대해 내가 하야 이모에게 들은 바로는, '일곱 명의 상인들도' 못 당해낼 만큼 빈틈없고, 마을의 음모와 신랄한 평을 빠르게 눈치채고, 돈과 권력에 대한 애착이 강하고, 절체절명의 상황에서 수단과 방법을 찾아내는 뛰어난 육감을 지닌 강인한 여자였다고 한다. ("이야기는, 그녀가 쿠션에 넣을 속으로 쓰기 위해 미용사가 잘라낸 머리칼을 모두 긁어모았다는 데서 계속된다. 그녀는 각설탕 한 개도 칼을 가지고 정확히 네 등분으로 잘라냈단다.") 헤르츠 무스만의 딸 소니아는 나의 외증조할아버지 게달리야를 식욕이 넘치고 성미가 까다롭고 땅딸막한 남자로 기억하고 있다. 턱수염은 검고 덥수룩했으며, 몸가짐이 요란하고 거만했다. 그는 "창유리가 다 덜걱거릴 정도로" 크게 트림을 할 수 있었고, 그 소리가 "꼭 굴러가는 배럴 통" 소리 같았다고 전해진다. (그러나 그는 개나 고양이 같은 애완동물은 물론 그 새끼까지 동물이 죽는 것을 몹시 무서워했다고 한다.)

---

* 헤르츠 벤 에브라임. 즉, 에브라임의 아들 헤르츠. (원주)

*

펄과 게달리야의 딸이자 나의 외할머니인 이타는 언제나 삶이 자신에게 걸맞은 동정심을 보이지 않는 것처럼 행동했다. 그녀는 젊어서 예뻤고 많은 구혼자들이 있었으며, 그것이 그녀의 욕망을 한껏 채워주는 것처럼 보였다. 그녀는 세 딸을 쇠로 된 회초리로 다스렸으면서도, 마치 딸들이 자기를 어린 동생이나 귀여운 아기처럼 대해주기를 원하는 것처럼 행동했다. 심지어 노년에도, 마치 자기를 야단스레 치켜세워주고, 자기의 매력에 사로잡혀주고, 그녀를 얼러주기를 청하듯 온갖 뇌물과 교태스러운 행동거지로 손자들을 대했다. 동시에 그녀는 정중하게 무자비한 행동을 할 수 있었다.

*

이타와 헤르츠 무스만의 결혼은 65년간의 모욕과 잘못, 굴욕과 휴전, 수치와 구속, 굳게 닫힌 입술로 유지된 상호 존중을 통해 이를 갈며 지속되었다. 내 외가 쪽 조부모님은 치명적으로 달랐고 서로 거리가 있었지만 이 절체절명에는 언제나 자물쇠가 채워져 있었다. 가족 중 어느 누구도 이에 대해 이야기하지 않았고, 만일 어린 시절 내가 그걸 어떤 식으로든 느꼈다 해도, 그건 벽 저 건너편에서 희미하게 타는 살 냄새에 불과했다.

그들의 세 딸, 하야와 파니아와 소니아는 부모님의 불행한 결혼생활에서 벗어날 방법을 찾았다. 딸 셋 모두 주저 없이 어머니를 등지고 아버지 편을 들었다. 세 사람 다 어머니를 지긋지긋하게 혐오하고 두려워했다. 그들은 어머니를 수치스러워했고, 우울하게도 어머니를 상스럽고 오만하며 이간질하는 사람으로 여겼다. 그들은 싸울 때, 서로 힐난하며 말하곤 했다. "네 모습을 봐! 너는 그야말로, 어머니와 정말 똑같이 되어가고 있어!"

그들의 부모가 나이들어 어머니가 늙어서야, 하야 이모는 마침내 간신히 아버지를 기바타임에 있는 양로원으로, 어머니를 네스 치요나 근처의 요양원으로 보내 부모를 떨어뜨려놓을 수 있었다. 강압적으로 서로 떼어놓는 것은 전적으로 잘못된 일이라고 생각했던 소니아 이모의 항변에도 불구하고 하야 이모는 강행했다. 그 일 이후, 두 이모 사이의 갈등은 절정에 이르렀다. 그들은 1950년대 말부터 1989년 하야 이모가 죽을 때까지 근 30년간 서로 단 한마디도 하지 않았다. (소니아 이모는 언니의 장례식에 참석해서는 우리에게 슬프게 말했다. "난 언니가 저지른 모든 일을 용서해. 그리고 하느님도 언니를 용서해주시기를 온 마음을 다해 기도할 거야. 물론 그분이 보시기에 용서할 일이 지독하게 많아서 용서가 쉽지는 않겠지만!" 하야 이모는 당신이 죽기 일 년 전 소니아 이모에 대해 내게 똑같은 말을 했었다.)

*

무스만의 세 딸이 각기 다른 방식으로 아버지를 사랑했다는 것은 사실이다. 나의 외할아버지 나프탈리 헤르츠는(그의 딸들과 사위들과 손자들 모두 파파라고 불렀던) 마음이 따뜻하고 아버지다우며 친절하고 매력적인 사람이었다. 그는 까무잡잡한 얼굴에 따스한 음성을 지녔고, 자기 아버지의 맑고 깨끗한 눈을 물려받았는데, 꿰뚫어보는 듯한 날카로운 그 눈에는 미소가 감추어져 있었다. 이야기를 나눌 때면 상대는 언제나, 그가 행간을 추측해 상대의 말을 즉시 포착하고 왜 그런 말을 했는지 이해하면서, 동시에 상대가 부질없이 무언가 숨기려 해도 그가 그걸 분별해 상대의 감정의 깊이를 측량할 수 있다는 인상을 받게 된다. 때때로 그는 상대로 인해 당황할 때면 오히려 상대를 약간 당황스럽게 만들겠다는 듯이 윙크를 하면서, 결국엔 사람은 다 사람일 뿐이니 용서하겠다는 듯 예상치 못한 장난기 어린 웃음을 날렸다.

그는 모든 인간을 스스로에게 그리고 서로에게 대단한 실망과 고통을 안겨주는 앞뒤 가릴 줄 모르는 어린아이와 같다고 생각했고, 우리 모두가 전체적으로 나빠지면서도 끝나지 않는 둔감한 코미디에 갇혀 있다고 생각했다. 또한 모든 길이 고통으로 이어진다고. 외할아버지의 의견에 의하면, 결론적으로는 모두가 동정을 받을 자격이 있고, 온갖 음모와 간계, 사기와 겉치레, 교묘히 상대를 이용하는 것과 거짓 증언, 허위 등의 행위 대부분이 마땅히 용서받을 만한 것이었다. 이 모든 것에 대해 그는 설핏 장난기 어린 미소로 상대의 죄를 사면해주곤 했다. 마치 (이디시어로) 말해서, 누(글쎄), 마(뭐랄까).

외할아버지의 명랑한 관용을 시험하는 단 한 가지는 잔인한 행동이었다. 그는 그런 짓을 끔찍이 싫어했다. 사악한 행위에 대한 뉴스를 들을 때면 그의 유쾌한 푸른 눈은 흐려졌다. "사악한 짐승? 그런데 이 말이 뜻하는 게 뭐지?" 그는 이디시어로 곰곰이 숙고했다. "어떤 짐승도 사악하지 않다. 어떤 짐승도 악을 저지를 수가 없어. 동물들은 악한 일을 만들지 않아. 그건 만물의 영장인 우리의 전매특허지. 그러니 결국에는 우리가 에덴동산에서 선악과를 먹었겠지? 아마 에덴동산에 생명나무와 선악과나무 사이에는 성서에는 안 나와 있는 독나무, 즉 악의나무라는 또다른 나무도 자라고 있었을 거다(그는 그것을 '리슈아스 나무'라 불렀다). 그리고 우리가 우연히 먹은 나무가 바로 그거 아니겠니? 야비한 뱀은 이브를 속였고, 이게 분명 선악과나무라고 약속하며 그녀를 이끌었지만, 사실은 리슈아스 나무였던 거지. 아마 우리가 생명나무와 선악과나무에 잘 붙어만 있었더라면 에덴동산 밖으로 내던져지지 않았겠지?"

그러고는 그는 유쾌하게 반짝이는 푸른 눈을 하고 따스한 음성으로 그림을 그려내듯, 천천히 낭랑한 이디시어로 장폴 사르트르가 바로 몇 년 뒤 발견했던 것을 분명하게 설명해나갔다. "그런데 지옥이 뭐냐? 천국은 뭐고? 분명 그 모든 것이 우리 안에 있단다. 우리 각자의 집에 있어. 모든 방에서 너희는 지옥과 천국을 발견할 수 있을 게다. 모든 문 뒤에. 두 겹 담요 아래. 사실은 이런 거야. 작은 사악함으로 사람은 사람에게 지옥이 되지. 작은 연민, 작은 관대함으로 사람은 사람에게 천국이 되고.

나는 작은 연민과 작은 관대함은 말했지만 사랑은 말하지 않았어. 나는 그런 박애주의적인 사랑을 믿는 신봉자가 아니야. 모두를 위한 모두의 사랑, 그런 건 예수에게나 넘겨줘야 해. 사랑은 전적으로 다른 것이야. 그건 관대함이나 연민 같은 것과는 일절 관계가 없거든. 반대지. 사랑은 극단적인 이기심과 전적인 헌신이 섞여 있는 양극의 기묘한 조합물이야. 패러독스! 게다가 모두가 늘 사랑, 사랑에 대해 이야기하지만, 사랑은 질병처럼 네가 선택하거나 붙잡을 수 있는 게 아니라, 재앙처럼 거기에 걸려드는 거란다. 그럼 우리가 선택할 수 있는 게 뭐겠니? 인간이 삶의 매 순간 선택해야 하는 것이 뭐겠어? 관대함 아니면 비열함이겠지. 아무리 작은 아이도 모두 사악함이 아직 여전히 끝나지 않았다는 걸 안다. 그걸 어떻게 설명할 수 있겠니? 우리가 과거에 거기서 먹은 그 사과에서 이 모든 게 비롯된 것 같으니. 우리는 모럴의 사과를 먹은 거야."

22

로브노 시는 중요한 환승역으로, 궁전과 루보미르스키 왕족 일가의 성곽으로 둘러싸인 공원 둘레에서 성장했다. 우스테 강은 남에서 북으로 로브노를 가로질러 흘렀다. 강과 습지를 사이에 두고 성채가 서 있었는데, 러시아인들이 지배하던 시절 그곳은 백조들이 노니는 조용하고 아름다운 호수였다. 로브노의 지평선은 루보미르스키 궁전과 수많은 성당과 정교회와 성채를 옆에 끼고 형성된 것으로, 쌍둥이 탑으로 장식되어 있었다. 그 도시는 제2차세계대전 이전에 약 6천 명의 인구를 자랑했는데, 대부분은 유대인이었고, 나머지는 우크라이나인, 폴란드인, 러시아인, 몇 안 되는 체코인과 독일인이었다. 몇천 명이 넘는 유대인은 도시와 마을 근처에 살았다. 여러 마을은 과수원과 채소밭, 목장, 그리고 이따금 미풍에 떨며 잔물결을 일으키는 밀밭, 호밀밭으로 둘러싸여 있었다. 때때로 기관차의 긴 울음소리가 논밭의 적막함을 깨뜨렸다. 이따금 정원에서 우크라이나 소작농 처녀의 노랫소리를 들을 수 있었다. 멀리서 들으면 마치 구슬픈 울음소리처럼 들렸다.

너른 평지는 완만한 언덕이 여기저기 아치를 이루며 눈으로 가늠할 수 있을 만큼 멀리 펼쳐져 있었고, 강과 웅덩이는 열십자를 그리고 있었으며, 늪지와 숲으로 여기저기 얼룩덜룩해 보였다. 도시 안에는 신고전주의 양식으로 지은 몇 안 되는 사무실 건물과, 중산층이 거주하던, 연철 발코니가 있는 2층짜리 아파트 건물의 부서지지 않은 정면이 보이는 '유럽형' 거리가 서너 개 있었다. 이 상인들의 집 일층을 작은 상점들이 줄줄이 접하고 있었다. 그러나 대부분의 샛길은 제대로 정비되지 않은 채 남아 있었다. 겨울이면 진흙탕이 되었고, 여름에는 먼지가 자욱했다. 군데군데 곧 무너질 듯한 목재 포장도로가 있었다. 이 샛길 중 하나로 들어서면 곧 두꺼운 벽에 깊은 처마가 있고 낮고 넓은 어깨를 한 슬래브 집들에 둘러싸이게 된다. 이 집들은 채소밭과 곧 무너질 듯한 목재 오두막들로 둘러싸여 있는데, 오두막 중 몇 개는 땅에 붙어 있는 창문 쪽으로 함몰되어 있고, 지붕에는 풀이 자라고 있었다.

1919년에 히브리 김나지움이 로브노에서 문을 열고 타르붓* 초등학교 하나와 유치원 몇 개가 개교했다. 나의 어머니와 두 자매는 히브리 교육기관 타르붓에서 교육받았다. 20년대와 30년대에 로브노에서 히브리어와 이디시어로 된 신문들이 출간되었고, 열두어 개의 히브리 정당들이 미친듯이 서로 싸웠으며, 문학, 유대학, 과학, 성인 교육을 위

---

* 히브리어로 '전통'이라는 뜻.

한 계몽 모임이 넘쳐났다. 20~30년대에 폴란드에서는 반유대주의가 증가했고, 더 강력한 시오니즘과 히브리 교육이 자라났으며, 동시에─아무런 모순 없이─더 유리한 세속주의와 비非유대 문화가 강성해졌다. 타르붓 학파는 시온주의자들이었고 비종교적이었다.*

*

　매일 저녁 열시 정각 즈돌부니브, 리비우, 루블린, 그리고 바르샤바 행 야간 급행열차가 로브노 역에서 출발했다. 일요일과 기독교 축일 때면 모든 교회의 종이 울렸다. 겨울은 캄캄하고 눈이 왔으며, 여름은 따뜻하고 비가 왔다. 로브노에 있는 영화관은 브란트라는 독일인이 소유하고 있었다. 약사 중 한 명은 마하첵이라는 체코인이었다. 병원의 외과 과장은 세갈 박사라는 유대인이었는데, 그의 라이벌들은 그에게 '미친 세갈'이라는 별명을 붙였다. 그의 병원 동료 한 명은 정형외과 의사 요셉 코페이카 박사였는데, 예리한 수정주의 시온주의자였다. 모세 로텐베르크와 심하 헤르츠 마야핏은 그 도시의 랍비였다. 유대인들은 목재와 곡물, 제분된 밀가루 등을 매매했고, 섬유 산업, 가정용 자재, 금은, 가죽, 인쇄, 피복, 식료품, 잡화, 무역, 금융 쪽에서 일했다. 몇몇 젊은 유대인은 인쇄 노동자, 도제, 일용직 노동자로서 사회적 양심에 의해 프롤레타리아 계급에 소속되지 않을 수 없었다. 피시우크 일가는 맥주 양조장을 가지고 있었다. 트비슈코르 일가는 유명한 장인이었다.

─────────────

* 메나헴 겔레르터, 『로브노에서의 타르붓 히브리 김나지움』(예루살렘, 1973). 이 책은 히브리어로 쓴 것이다. (원주)

스트라우크 일가는 비누를 만들었다. 겐델베르크 일가는 숲을 임차해 주었다. 스타인베르크 일가는 성냥 공장을 가지고 있었다. 2년 전 로브노를 소비에트군에게 넘겨주어야 했던 독일인들은, 1941년 6월 도시를 다시 빼앗았다. 1941년 11월 7일과 8일 양일에 독일인과 그들의 협력자들은 도시 안에 있는 2만 3천 명 이상의 유대인을 살해했다. 그들 중 살아남은 5천여 명은 이후 1942년 7월 13일 살해되었다.

나의 어머니는 때때로 향수에 젖어 다소 말끝을 흐리는 조용한 음성으로 떠나온 로브노에 대해 내게 말하곤 했다. 그녀는 예닐곱 문장으로 한 장의 그림을 그려주었는데, 나는 어머니가 그린 그림이 다른 것들로 덮이지 않게 하기 위해서 로브노로 가기를 계속해서 미루었다.

*

20세기의 첫 20년 동안 로브노를 통치한 괴벽스러운 시장市長 레베뎁스키는 자녀가 하나도 없었다. 그는 5두남이 넘는 땅으로 둘러싸여 있고 정원과 남새밭, 과수원이 딸린, 두빈스카 거리 14번지의 넓은 집에서 살았다. 거기에는 가정부 한 명과 시장의 딸이 분명하다는 소문이 퍼졌던 어린 소녀가 함께 살았다. 또한 먼 친척으로, 지배계급인 로마노프 일가와 어느 정도 혈연 관계가 있다고 주장하는 류보프 니키티츠나라는 무일푼 러시아 귀족도 있었다. 그녀는 레베뎁스키의 집에서, 두 남편 사이에서 얻은 두 딸, 타샤 즉 아나스타샤 세르게예프나와 니나 즉 안토니나 볼레슬라포프나와 함께 살았다. 그 셋은 복도 끝, 커튼이 드리워진 아주 작은 방에서 복작대며 지냈다. 그 세 명의 귀부인은 이 작은 공간을 마호가니로 된, 꽃무늬와 장식이 새겨진 18세기의 웅장한 가구들과 공유했다. 빛나는 문 안쪽과 뒤쪽으로는 골동품과 은, 자기, 크리스털 더미가 가득차 있었다. 또한 색색으로 수놓인 쿠션으로 장식된 넓은 침대도 있었는데, 분명 그곳에서 셋이 함께 잤다.

그 집의 한 층에는 넓은 공간이 있었는데, 그 아래에는 작업장, 고기 저장실, 창고, 와인 창고, 냄새나는 식료품의 저장고로 쓰이는 넓은 지하실이 있었다. 기묘하고 약간은 무섭긴 하지만, 그곳엔 버터, 소시지, 맥주, 시리얼, 꿀, 여러 종류의 잼, 베린예, 포비들로, 양배추 피클 한 통, 오이 피클, 온갖 양념, 지하 저장실을 가로질러 말린 과일을 매단 줄 등에서 나는 냄새가 다 섞인 매혹적인 냄새가 있었고, 여러 종류의 콩 부대와 나무통, 타르와 파라핀과 피치, 석탄과 땔나무가 있었으며, 곰팡이가 썩어가는 희미한 악취도 있었다. 천장과 가까운 작은 틈새는 비스듬히 먼지 가득한 빛을 들여보냈는데, 어둠을 쫓아내기는커녕 외려 어둠을 더 강렬하게 하는 것 같아 보였다. 나는 어머니 이야기를 통해 이 지하실에 대해 아주 잘 알게 되었고, 이걸 쓰는 지금도 눈을 감으면 그리로 내려가 현기증이 날 듯한 그 뒤섞인 냄새를 들이마실 수 있다.

1920년 필수드스키 육군 원수의 폴란드 부대가 러시아로부터 로브노와 서부 우크라이나 전체를 탈취했고, 레베뎁스키 시장은 체면이 떨어진 채 집무실에서 쫓겨났다. 그의 후임자는 보잘스키라는 형편없는 깡패이자 술고래로, 마음 깊숙한 곳에 흉포한 반유대주의를 지닌 사람이었다. 두빈스카 거리에 있던 레베뎁스키의 집은 내 외할아버지이자 제분소 주인이던 나프탈리 헤르츠 무스만이 싸게 샀다. 그는 아내와 세 딸, 즉 맏딸이자 1911년에 태어난 하야 또는 뉴샤와 2년 후에 태어난 리브가 페이가 또는 파니아와 노년에 얻은 1916년생 사라 또는 소니아를 데리고 이사했다. 최근에 들은 바로는 그 집은 여전히 건재하다.

폴란드인에 의해 카자루바 거리('카사르카틴 거리')라는 이름으로 바뀐 두빈스카 거리 한편에는, 그 도시에서 좀더 부유한 이들이 사는 저택들이 세워져 있었고, 반면 다른 쪽은 군 카자르미(막사)가 점거하고 있었다. 정원과 과수원의 향기는 봄철 거리를 메웠고, 빨래 냄새나 갓 구운 빵이나 비스킷, 파이 냄새, 주방을 타고 나오는 진하게 양념된 요리 냄새와 섞였다.

*

무스만 일가가 레베뎁스키로부터 '물려받은' 하숙인들은 방이 여러 개 있는 그 넓은 집에서 계속 살았다. 할아버지는 그들을 내쫓을 만한 심장을 가지지 못했다. 그래서 나이든 가정부, 카스니오츠카 제니아 데미트리에브나가 부엌 뒤쪽에서, 레베뎁스키가 낳았을지도 모른다는 소문이 있지만 성을 따르지 않은 딸 도라와 함께 쭉 살았다. 복도 끝에는 무거운 커튼 뒤로, 몰락한 귀족 류보프 니키티츠나가 자신들이 황제 일가와 얼마간 관련이 있다고 여전히 주장하면서 딸 타샤와 니나와 함께, 그녀의 조그마한 공간을 침해받지 않는 사유지로 남겨두었다. 세 명 모두 아주 마르고 꼿꼿했으며 자긍심이 있었고, 언제나 '공작새 떼처럼' 공들여 꾸미고 일어났다.

집 정면에는 캐비닛이라 부르는 우아하고 넓은 방이 있었는데 얀 자크젭스키라는 이름의 폴코브니크(대령)가 월 단위로 임차해 살았다. 그는 오십대로 자랑이 심하고 게으르며 감상적이며 튼실하고, 남자답고 어깨가 넓으며 외모도 나쁘지 않았다. 아가씨들은 그를 파아니 폴코브니크라 불렀다. 매주 금요일마다 이타 무스만은 자기 딸 중 하나에게 오븐에서 막 구워낸 양귀비 케이크가 담긴 쟁반을 들려 보냈다. 그녀는 파아니 폴코브니크가 거하는 방 문을 공손히 두드리고 인사하고, 온 가족을 대신해 안식일을 잘 보내시길 바란다는 말을 전해야 했다. 대령은 앞으로 몸을 숙이고, 어린 소녀의 머리칼이나 등이나 어깨를 어루만졌다. 그는 그녀들을 치간카(집시)라 불렀고, 그녀들 모두에게 자신이 신실하게 기다리다가 여자 쪽 나이가 다 차면 바로 결혼하겠다고 약속했다.

레베뎁스키의 후임인 반유대주의 시장 보잘스키는 때때로 카드 게임을 하러 퇴역 대령 자크젭스키에게 갔다. 그들은 함께 술을 마시고, '공기가 시커메질 때까지' 담배를 피워댔다. 시간이 가면서 그들의 목소리는 텁텁해지고 쉬어갔고, 커다란 웃음소리는 꿀꿀거리는 소리와 씨근덕대는 소리로 메워졌다. 시장이 집에 올 때마다 소녀들은 잘 자란 숙녀가 듣기에 적합하지 않은 말을 듣지 못하도록 보호 차원에서, 집 뒤나 정원 밖으로 나가야 했다. 이따금 하녀가 남자들에게 뜨거운 차나 소시지, 청어나 설탕절임 과일 쟁반이나 비스킷, 땅콩 등을 가져다주었다. 매번 그녀는 '지옥 같은' 두통에 시달리고 있으니 그들이 목소리를 좀 낮춰주었으면 한다는 여주인의 요청을 공손히 전했다. 알길이 없지만 그 신사들은, 그 하녀가 "벽 열 겹보다 더 귀가 먹었다"고

(또는 이따금 그들은 "하느님만큼이나 귀가 먹은"이라고 말했다) 대답했다. 그녀는 경건하게 성호를 긋고, 인사하고는 피곤에 전 고통스러운 발을 끌며 그 방을 빠져나왔다.

한번은, 일요일 이른 아침 시간, 새벽녘이 되기도 전에 그 집에 있는 모두가 여전히 잠에 빠져 있을 때, 자크젭스키 대령이 자기 권총을 시험해보려고 작정했다. 먼저 그는 닫힌 창문을 통해 정원에다 권총을 쏘았다. 우연찮게, 혹은 어떤 불가사의한 방법으로, 그는 어둠 속에서 간신히 비둘기를 쐈고, 그 비둘기는 상처는 입었지만 살아서 아침에 발견됐다. 그다음 무슨 이유에서인지 테이블 위에 있는 와인병에 무작위로 난사하고, 자기 허벅지에도 쏘고, 샹들리에에 두 번 발포했으나 제대로 쏘지 못하고, 마지막 총알로 자기 이마를 박살내 죽었다. 그는 감수성 풍부하고 말이 많은 사람이었고, 감정을 감추지 않는 사람이었다. 그리고 종종 갑작스레, 자기 민족의 역사적인 비극을 자기 자신의 비극처럼 여겼고, 이웃들이 몽둥이로 두들겨 죽인 예쁜 새끼 돼지에 대해, 겨울이 왔을 때 지저귀는 새들의 쓰디쓴 운명에 대해 슬퍼했고, 십자가에 못박힌 예수의 고통을 위해서 노래하거나 웃음을 터트리곤 했고, 심지어 유대인에 대해서도 슬퍼했는데, 유대인들은 50세대가 지나도록 박해받아왔고, 아직까지도 빛을 보지 못하고 있다고 슬퍼했으며, 자기 삶에 대해서도 슬퍼했는데, 그 한탄은 딱히 이유도 없이 흘러나오곤 했고, 수년 전에 딱 한 번 자신을 떠나도록 허락하고, 자신의 어리석음과 공허하고 쓸모없는 인생을 끊임없이 저주하게 만든 바실리사라는 어떤 소녀에 대해서 처절하게 슬퍼했다. "나의 하느님, 나의 하느님," 그는 폴란드계 라틴어로 열변을 토하곤 했다. "어찌하여 저를 버리셨나이까? 그리고 어찌하여 우리 모두를 버리셨나이까?"

그날 아침 사람들은 세 딸을 뒷문으로 해서 과수원과 마구간 문을 통해 집밖으로 내보냈고, 소녀들이 돌아왔을 때 앞방은 깨끗하고 말쑥하게 정리되고 환기되어 비워져 있었고, 대령의 모든 소지품은 여러 부대에 담겨 버려진 상태였다. 하야 이모의 기억으로는, 오로지 깨진 병에서부터 흘러나온 와인 냄새만이 며칠이나 집안을 맴돌았다고 했다.

그리고 한번은, 내 어머니가 된 소녀가 옷장 틈에 쑤셔박혀 있던 종이 한 장을 발견했다. 편지는 다소 쉬운 폴란드어로 쓰여 있었고 여자 글씨체였으며, 자신의 소중한 작은 늑대에게 바치는, 평생에 그보다 더 괜찮고 관대한 남자는 생전 만나본 적이 없으며, 자신은 그의 발바닥에 키스할 자격도 없다는 내용이었다. 어린 파니아는 편지에 쓰인 폴란드어 '솔리옷'이라는 단어에서 철자 오류 두 개를 발견했다. 그 편지를 쓴 이가 키스를 뜻하며 찍은 입술 밑에 알파벳 N자가 서명되어 있었다. "아무도" 어머니가 말했다. "누군가에 대해 그 어떤 것도 모른단다. 심지어 가장 가까운 이웃에 대해서도 모르고. 심지어 네가 결혼한 사람에 대해서도 모르고. 아니면 네 부모나 자식에 대해서도 모를 일이지. 전혀. 심지어 우리 자신에 대해서도 모르는데. 우리는 아무것도 몰라. 만일 때로 우리가 순간 마침내 뭔가 알게 되었다고 생각한다면, 그게 더 나빠. 왜냐하면 아무것도 모르고 사는 게 오류 속에 사는 것보다 더 나으니까. 사실 누가 알겠니? 다시 생각해보면 암흑 속에 사는 것보다 오류 속에 사는 편이 훨씬 더 쉬울지도 모르겠구나?"

*

텔아비브의 웨슬리 거리에 있는, 숨막히게 우울하고 깔끔하고 잘 정
돈된데다가, 가구로 넘쳐나고, 언제나 셔터가 닫혀 있던 소니아 이모
의 방 두 개짜리 아파트에서(9월의 나날에 밖은 점차 습하고 불쾌한
기운이 몰려들었던 것과는 달리), 소니아 이모는 나를 로브노의 북서
쪽 월리야 지구에 있는 저택을 방문하게 했다. 우리는 이전에 두빈스
카 거리였다가 카자루바 거리가 된 로브노 대로를 가로질러갔다. 그
거리는 나중에 쇼시예나 거리라고 불리다가 폴란드인들이 도착한 이
후 폴란드 국경일을 기념하여 체치에고 마야─'5월 3일의 거리'─라고
개명되었다.

길에서 그 집으로 가까워질 때, 소니아 이모가 내게 정확하고 자세
하게 설명해주었다. 먼저 산뜻한 재스민 덤불이 있는 팔리사드니크라
고 불리는 작은 앞뜰을 지나렴("그리고 나는 아직도 왼편에, 아주 강하
고 코를 찌르는 향이 있던 그 관목을 기억할 수 있는데, 그래서 우리는
그 관목을 '첫눈에 반한 상대'라 불렀지……"). 거기 마르가릿키라는
이름의, 요즘에는 데이지 꽃이라고 불리는 꽃이 피어 있었단다. 그리
고 거기 로조치키라는 장미 덤불도 있는데, 우리는 그 꽃잎으로 콘피
투라* 종류를 만들곤 했어. 그건 아주 아주 달콤하고 향기로워서 아무
도 없을 때 잼 스스로가 핥아서 만들어진 게 아닐까 네가 상상했던 잼
이란다. 그 장미들은 비스듬히 누운 채 하얗게 칠해진 작은 돌이나 벽

---

* 과일 등에 설탕을 넣고 졸여 만든 시럽.

돌로 둘러싸인 회전침대 속에서 자라고 있어서, 꼭 서로 기대어 있는 눈처럼 하얀 백조 같아 보였지.

이 덤불 뒤로 작은 녹색 나무 벤치가 있었는데, 그 왼편 중앙 출입구 쪽으로 돌면 넓은 보폭으로 네다섯 걸음쯤 지나, 레베뎁스키 시장의 바로크 취향이 남긴, 온갖 종류의 장식물과 문양이 새겨진 커다란 갈색 문이 있었어. 중앙 출입문은 마호가니 가구와 바닥에 닿는 긴 커튼이 달린 커다란 창문이 있는 홀로 이어졌지.

오른편에서 첫번째 문은 폴코브니크 페인 얀 자크젭스키가 살았던 방의 문이었단다. 그의 하인 즉 덴슈크는 좋지 못한 생각으로 생겨난 것 같은 여드름으로 뒤덮여 있고, 근대 뿌리처럼 넓적하고 불그스름한 얼굴을 지닌 소작농 소년으로, 밤이면 낮 시간 동안 접어두었던 매트리스를 펼치고 문 앞에서 잤어. 이 하인이 소녀들을 살펴볼 때면, 그 눈이 마치 굶주림으로 곧 죽을 것같이 튀어나왔지. 사실 우리는 늘 부엌에서 그가 원하는 만큼 빵을 많이도 가져다주었으니까, 그가 빵에 굶주렸다고 말하는 건 아니란다. 폴코브니크는 이 소년을 무자비하게 두들겨팼고, 그러고 나서는 후회하면서 그에게 쌈짓돈을 쥐여주곤 했지.

*

오른쪽에 난 문을 통해서 집으로 들어갈 수 있는데, 거기엔 겨울이면 아주 미끄러웠던 불그스름한 돌로 닦인 길이 있었단다. 이 길을 따라 여섯 그루의 나무가 자라고 있었고, 러시아어로는 시렌이라고 불렸는데, 네가 그걸 뭐라 부를지 모르겠구나. 아마 그것들은 여기에는 존재하지 않는 것인지도 모르겠는걸? 이 나무들은 이따금 취하게 하는 어떤 향을 지닌 작은 보랏빛 꽃송이들을 피웠고, 우리는 눈앞에서 온갖 밝은 점들과 이름도 없는 온갖 색들을 볼 수 있었단다. 나는 단어 수보다도 색이나 향기가 훨씬 더 많다고 생각하곤 했지. 그 집 옆으로 난 길로 여섯 걸음만 지나면 벤치 하나가 있는 작은 현관이 열려 있었어. 거기 있는 벤치를 우리 모두 사랑의 벤치라고 불렀는데, 하인들이 그에 대해서 말하고 싶어하지 않았지만 우리는 알고 있던, 그들하고 관련된 아주 좋지만은 않은 무언가 때문이었지. 하인 출입구는 이 현관 쪽으로 열려 있었는데, 우린 거길 체르니 호트라 불렀어. 검은 입구라는 뜻이지.

네가 앞문이나 체르니 호트를 통해 그 집에 들어가지 않았다면, 집의 옆쪽 둘레에 난 길을 따라 정원에 다다를 수 있었을 게다. 아주 거대했지. 최소한 여기서부터, 웨슬리 거리서부터 디젠고프 거리에 이를 만큼 아주 큰 정원이었어. 아니면 심지어 벤예후다 거리에 이를 정도로 컸는지도 모르겠다. 정원 중앙에는 양쪽으로 과실나무가 아주 많이 늘어서 있는 대로가 있었는데, 온갖 종류의 자두나무와 웨딩드레스 같은 꽃을 피우던 체리나무 두 그루가 있어서 그들은 그 과실로 비슈니악이랑 피로슈키를 만들곤 했었지. 레네트 사과, 포피로브키, 그루시—아주 커다란 배인데 폰토브키 배라고, 따라하기 별로 안 좋은 이름을 따라서 그 소년들이 그리 불렀어. 다른 쪽에는 과일나무가 더 많이 있었는데, 즙이 가득하던 복숭아랑 '소돔 사과나무'*랑 비슷하게 생

---

* '무엇과도 비할 수 없는' '이와 같은 것은 없는' 등의 의미를 지닌 관용구.

긴 사과랑 또 우리 소녀들이 손으로 귀를 꽉 막고 듣지 않으려 했던 것에 대해 소년들이 말했던 작고 파란 배가 있었지. 잼을 만드는 데 쓰이던 기다란 자두에, 그 과실나무들 가운데에는 라즈베리 줄기며 블랙베리, 까막까치밥나무 덤불도 있었고 겨울이면 특별한 사과도 있었는데, 우리가 체르다크—그건 다락 창고 같은 종류의 것일까?—라는 다락방 안에 있는 밀짚 밑에다가 겨울 동안 천천히 익으라고 넣어두던 것이었어. 그런 식으로 거기다가, 몇 주간 잠들었다가 겨울에 깨어나라고 배도 밀짚으로 감싸 넣어두곤 해서, 다른 사람들한테는 먹을 게 감자밖에 없거나 심지어 감자도 없을 때조차 우리는 그런 식으로 겨울동안 좋은 과일을 먹었지. 아버지는 부유함은 죄이고 가난함은 벌이지만 하느님은 분명 그 죄와 벌 사이에 어떤 관련도 없기를 바라신다고 말씀하곤 했어. 어떤 사람이 죄를 지으면, 다른 누군가가 벌을 받는 거지. 그게 세상 만들어진 이치라는 거야.

*

그는 거의 공산주의자였어, 파파, 네 외할아버지 말이야. 그는 언제나 자기 아버지인 에브라임 할아버지더러 제분소 사무실 책상에서 하얀 냅킨에 포크와 나이프로 식사를 하시도록 한 반면 자신은 언제나 일꾼들과 함께 나무 장작을 때는 난로 아래 앉아 주머니에서 호밀빵과 절인 청어, 소금 친 양파 조각, 감자 한 개를 꺼내 손으로 드셨어. 그들은 마룻바닥에 신문지 한 장을 깔고 먹었고, 보드카 한 잔으로 음식을 꿀떡 삼켰지. 축제 때면 바로 전날에, 할아버지는 일꾼 모두에게 밀가루 한 포대, 포도주 한 병이랑 몇 루블을 쥐여주곤 했어. 그는 제분소를 가리키며 말하곤 했지―그래, 이 모든 게 내 것이 아니고 우리 거야! 그는, 네 외할아버지 말이야, 실러의 빌헬름 텔 같은 분이었지. 가장 단순한 군인처럼 똑같이 굽 달린 잔에다가 포도주를 마시는 그 사회의 우두머리였다고.

이것이 당연히, 1919년에 공산주의자들이 그 도시에 쳐들어와서 자본가들이랑 파브리칸트―공장주―를 총살하려 벽에 일렬로 세웠을 때, 아버지 일꾼들이 커다란 엔진 뚜껑을 열고, 이름이 뭐였는지 기억이 안 나는데, 옥수수 찧는 왈젠―바퀴―에 동력을 공급하는 주 발동기였거든. 그 안에다가 아버지를 숨긴 다음 잠그고는, 빨갱이 포보디르(대장)에게 대표를 보내서 말하기를, 정말이지 우리 말을 꼭 들어주시오, 제발, 지휘관 동무, 우리 게르츠 예프레모비치 무스만―당신 같은 사람은 그를 만질 수도 없소, 그의 머리털 한 오라기도, 맞아요! 헤르츠 무스만을 말이오―은 온 나시 바트슈카! 그러니까 우크라이나 말로 "그는 우리 아비요!"라고 한 이유였을 게다.

그래서 로브노에 온 소비에트 당국자들은 정말로 네 외할아버지를 제분소의 우프라블랴유시―관리자―로 만들었고, 그의 권위에 간섭하지 않았어. 반대로, 그들이 와서 이렇게 말했지. 친애하는 무스만 동무, 잘 들어요. 지금부터 만약에 게으른 노동자나 불순한 노동자, 사보타즈닉이 있거든, 지목만 해주면 우리가 벽에서 그자를 처리하겠소. 물론 네 외할아버지는 정확히 그 반대로 했지. 그는 이 노동자의 정부로부터 자기 일꾼들을 보호하기 위해 아주 교묘히 행동했어. 그리고 동시에 우리 지구에 있는 붉은 군대에게 밀가루를 공급했단다.

한번은 소비에트 정부가 완전히 곰팡이가 핀 옥수수를 엄청나게 인수한 일이 벌어졌는데, 이 때문에 정부가 곧장 지휘관을 벽으로 내몰아 죽일 뻔해서 그가 완전히 공황 상태에 놓인 적이 있었어. 이게 뭔가, 왜 그걸 확인도 안 하고 받았는가? 그러니 당국의 처벌을 모면하기 위해 했던 일은? 밤늦은 시간에 그는 네 외할아버지 제분소 근처에 전체 위탁물을 내리라고 명령하고, 네 외할아버지에게 새벽 다섯시까지 신속하게 가루로 갈라고 명령을 했어.

아버지와 일꾼들은 어둠 속에서 옥수수에 곰팡이가 폈다는 것조차 알아채지 못한 채 일을 시작해서 밤새 갈았고, 아침에 구더기가 들끓는 악취 나는 가루를 얻게 된 거야. 아버지는 곧 이 가루가 자기 책임이라는 것을 깨달았지. 책임을 지든지, 그에게 곰팡이 핀 옥수수를 보낸 소비에트 정부에 증거도 없이 책임을 돌리든지. 어떻게 할지는 그의 선택이었어. 어느 쪽이든 다 총살형이었지.

그에게 남은 선택지가 뭐였겠니? 모든 책임을 자기 일꾼들한테 돌렸겠니? 그래서 그는 간단히 곰팡이가 피어 구더기가 끓는 그 가루를 버리고, 자기 창고에서 가장 품질 좋은 밀가루 백오십 포대, 그것도 군수용 밀가루가 아니라 케이크나 할라* 굽는 데 쓰이는 하얀 밀가루를 꺼내와서는, 아침나절 말 한마디 없이 지휘관에게 보여줬어. 지휘관 역시 말 한마디 하지 않았지. 비록 마음으로는 책임을 네 외할아버지에게 전가하려고 했던 데 대해 아마 조금이나마 수치를 느꼈겠지만 말이다. 하지만 그가 뭘 할 수 있었겠니? 어쨌든 레닌과 스탈린은 누구에

---

* 유대인의 안식일 빵.

게서든 어떤 설명이나 사과도 용납하지 않았었거든. 그들은 그저 사람들을 벽에 돌려세우고 총질을 했을 뿐이야.

물론 그 지휘관은 네 외할아버지가 그에게 준 것이 자신이 보낸 더러운 옥수숫가루가 아니라는 것을 분명 알고 있었고, 고로 네 외할아버지는 자기 비용을 들여서 그들 둘의 처벌을 면했던 거지. 네 외할아버지 일꾼들에 대해서도 마찬가지였고.

*

이 이야기에는 속편이 있단다. 네 외할아버지한테는 미카엘, 미하일이라는 형제 하나가 있었는데, 그는 하느님이 귀를 먹게 해주셨을 만큼 운이 좋은 사람이었어. 내가 운이 좋다고 말한 이유는 미하일 삼촌이 라힐이라는 끔찍한 아내를 두었기 때문인데, 그 여자는 너무 추잡한 사람으로, 낮이고 밤이고 하루종일 미하일 삼촌에게 거칠고 쉰 목소리로 소리를 지르고 욕설을 퍼붓곤 했지만, 그는 아무것도 듣지 못했지. 하늘의 달처럼 조용한 평온 속에 살았어.

그 시절 내내 미하일은 네 외할아버지 제분소 근처를 어슬렁거렸지만 사무실에서 에브라임 할아버지와 차를 마시고 자기에게 생채기를 낼 뿐 아무것도 하지 않았는데, 그런데도 네 외할아버지는 그에게 다달이 공정하게 상당한 월급을 지급해주었단다. 곰팡이 가루 사건이 있고 난 후 몇 주 지난 어느 날, 소비에트는 갑자기 미하일을 데려다가 붉은 군대 부대에 징집해버렸어. 그런데 같은 날 밤에 미하일은 꿈에서 갑자기 자기 어머니 하야를 보았어. 그녀가 꿈에서 그에게 말하기를,

서둘러라, 내 아들아, 서둘러 도망쳐라. 내일이면 그들이 널 죽이려고 계획할 테니까. 그래서 그는 아침 일찍 일어나 불이라도 난 것처럼 막사에서 도망쳤어. 탈영병이지, 라스트랄키, 히브리어로는 이렇게 불러—아릭. 하지만 빨갱이들은 곧 그를 잡았고 군사재판에 회부해서 벽을 뒤로하고 총살형을 받도록 선고했지. 꿈에서 자기 어머니가 경고했던 바로 그대로 말이야! 꿈속에서 그녀가 잊고 말하지 않은 단 한 가지는 그 반대였어. 절대로 도망치거나 탈영해서는 안 된다는 것!

아버지는 자기 형제와 작별을 고하러 광장으로 갔는데, 결과적으로 아무 일이 벌어지지 않은 것이, 갑자기 광장 한가운데서, 군인들이 벌써 미하일을 쏘려고 총을 장전하고 있던 거기서 뜻밖에 곰팡이가 핀 옥수수를 전했던 지휘관이 선고를 받은 남자에게 돌아서서 외친 거야. 말해보게, 게르츠 예프레모비치의 티 브라트인가? 혹시 당신이 에브라임의 아들 게르츠의 형제가 맞는가? 미하일이 그에게 답했지. 다(네), 지휘관 동무! 그러자 그 지휘관이 아버지에게로 몸을 돌려 물었어. 저자가 자네 형제인가? 그러자 아버지 역시 답하셨지, 예, 예, 지휘관 동무! 그는 제 형제입니다! 분명 제 형제입니다! 그랬더니 그 지휘관이 아주 간단히 돌아서더니 미하일 삼촌에게 말했지. 자, 이디 도모이! 포셸! 집으로 돌아가! 꺼지라고! 그러더니 그가 아버지에게로 몸을 기울였고, 그들은 그의 말을 들을 수가 있었는데, 이게 그가 조용히 네 외할아버지에게 한 말이야. "어떤가, 게르츠 예프레모비치? 자네만 똥도 순금으로 바로 바꾸는 법을 아는 유일한 사람이라고 생각했나?"

*

　네 외할아버지는 마음속으로는 공산주의자였지만, 빨갱이 볼셰비키 주의자는 아니었어. 그는 언제나 스탈린을 또다른 폭군 이반*으로 여겼어. 뭐랄까, 반전평화주의자-공산주의자 같은, 나로드니크**였다 할까, 피 흘리는 것에 반대했던 공산주의자-톨스토이주의자 말이야. 그는 지위 고하를 막론하고 모든 사람, 모든 영혼에 숨어 있는 악을 가장 무서워했어. 세상에 있는 모든 점잖은 사람들에게 대중적인 보통 정치 체제가 도래하는 날이 반드시 와야 한다고 늘 말씀하시곤 했지. 그렇지만 무엇보다 모든 국가 기구와 군대, 비밀경찰 조직이 점차 제거될 필요가 있고, 오로지 그런 이후에만 점진적으로 부자와 가난한 자 간의 평등이 만들어지기 시작할 수 있을 것이라고, 누군가로부터 세금을 많이 걷어 다른 사람에게 주는 행위는 피를 부르는 것이기에, 천천히 점진적으로 해야 한다고 말씀하시곤 했지. 미트 아로프팔렌디케르. 내리막길. 심지어 일고여덟 세대가 걸린다 할지라도, 그렇게 되면 부자들은 그들이 더이상 부자가 아니라는 사실을 거의 알아차리지 못한다는 거지. 아버지 의견의 요점은 결국 불의와 착취가 인류의 질병이며, 정의만이 유일한 처방이라는 점을 우리가 세상에 납득시키기 시작해야 한다는 것이었단다. 실은 쓰디쓴 처방이자 몸이 익숙해지게 될 때

---

* 이반 4세. 차르라는 호칭을 사용한 첫 러시아 통치자다. 귀족들을 탄압하며 중앙집권적인 공포정치를 행해서 폭군 이반, 이반 뇌제라는 별칭을 얻었다.
** 1860~70년대 러시아 중산층의 사회의식운동. '민중 속으로' 들어가 계몽운동을 일으켜 농민을 혁명운동의 주체로 세웠다.

까지 한 방울씩 들이켜야만 하는 강한 치료약이지. 한꺼번에 삼키려는 자는 누구든 재앙을 일으키고 피가 강이 되도록 흐르게 할 거야. 바로 레닌과 스탈린이 러시아와 온 세계에 한 일을 봐라! 월스트리트가 세계의 피를 빠는 뱀파이어인 건 사실이지만, 그래서 뭐? 피를 빠는 흡혈 귀를 결코 제거할 수 없고, 반대로 강하게 해줄 뿐이며 더욱더 신선한 피를 먹이고 있을 뿐이잖니!

　네 외할아버지가 생각하시기에, 트로츠키와 레닌, 스탈린과 그의 동무들의 문제는 그들이 삶 전체를 일거에, 책에서 본 이론대로, 즉 마르크스와 엥겔스, 그리고 다른 위대한 사상가들처럼 그들과 같은 사상가들의 이론대로 재조직하려 든 것이었지. 그들은 책을 아주 잘 알 것 같은 사람들이었지만, 삶에 대해서는 아무 생각도 없었을 뿐 아니라 악의나 질시, 시기나 빈곤, 다른 이의 불행에 대해 득의양양해하는 감정들도 몰랐어. 결코, 결코, 이론에 따라 삶을 구성하는 것은 가당치도 않은 일이야! 책으로는 안 되지! '탁상공론'으로는, 나사렛 예수로는, 마르크스의 선언문으로는 안 돼! 결코! 일반적으로, 네 외할아버지는 늘 우리에게 좀 덜 조직하고 덜 재조직하는 게 더 낫고, 좀더 서로 도와주고 용서하는 게 더 나을지도 모른다고 말씀하시곤 하셨단다. 네 외할아버지, 그분은 두 가지를 믿었어. 연민과 정의, 데르바르멘 운 게레크티케이트. 그래서 그 둘 사이에 연결 고리를 만들어야 한다고 늘 생각하셨어. 연민 없는 정의는 정의가 아니라 도살장이라고. 반면, 정의 없는 연민은 예수에게는 무방하겠지만, 악의 사과를 먹은, 죽을 수밖에 없는 단순한 인간들에겐 그렇지가 않다고. 그게 네 외할아버지의 관점이었어. 좀 덜 조직하고, 좀더 불쌍히 여기는 것.

체르니 호트, 즉 '검은 입구'와는 반대로, 카시탄이라는 웅장하고 오래된 아름다운 밤나무, 약간 리어 왕처럼 보이는 나무 한 그루가 거기 자라고 있었는데, 네 외할아버지는 그 아래 있는 벤치에 우리 셋을 앉혔단다. 우리는 그걸 '자매들의 벤치'라고 불렀지. 어느 화창한 날에 우리는 거기 앉아 우리가 자라면 어떤 일이 생길까 하고 소리 내어 꿈꾸었단다. 우리 중 누군가가 기술자, 시인, 혹은 퀴리 부인처럼 유명한 발명가가 될까? 그게 우리가 꿈꾸던 것들이었어. 우리는 우리 나이 또래의 다른 소녀들같이 부유하거나 유명한 남편과 결혼하는 그런 꿈은 꾸지 않았는데, 왜냐하면 부유한 가문에서 태어났기 때문에 더 부유한 누군가와 결혼할 생각 같은 것에는 전혀 끌리지 않았던 거야.

만일 우리가 사랑에 빠지는 것에 대해 이야기를 나눈 적이 있다면, 그 상대는 어떤 귀족이나 유명 배우가 아니라 오로지 고귀한 감정을 가진 누군가, 예를 들면, 심지어 동전 한 닢 없어도 위대한 예술가 같은 사람이었단다. 신경쓰지 마라. 우리가 그때 뭘 알았겠니? 우리가 어떻게 위대한 예술가들이 날건달에 짐승이라는 걸 알 수 있었겠어? 모두 그런 건 아니지만! 분명 모두 그런 건 아니지! 신에게 맹세코 모두 그런 건 아니란다! 오늘날 나는 정말이지 고귀한 감정 등등이 삶의 요점이라고는 생각지 않아. 절대 아니지. 감정은 그저 그루터기 부분에 남아 있는 불 같은 거야. 잠깐 불타고 나면, 남는 거라고는 숯과 재뿐이지. 요점이 뭔지 알겠니? 여자가 자기 남자에게서 찾아야 할 요점이 뭔지 알겠어? 여자는 전혀 흥분되지는 않지만 금보다 더 희귀한 자질을 찾아야 한단다. 품위랄까. 그리고 어쩌면 친절함도. 오늘, 넌 이걸 알아야 하는데, 나는 친절함보다 품위가 보다 더 가치 있는 거라고 생각해. 품위는 빵이고 친절은 버터야. 아니면 벌꿀이든가.

*

그 과수원에서 길 중턱쯤 내려가면, 서로 마주보고 있는 벤치가 두 개 있었는데, 새소리와 가지 사이로 흔들리는 바람의 속삭임 속에서 생각에 잠겨 조용히 혼자 있고 싶을 때 가기 좋은 장소였지.

거길 넘어가면 들판 끝에 우리가 오피치나라고 부르던 작은 건물이 하나 있었는데, 거기 첫번째 방에 세탁에 쓰는 검정색 보일러가 하나 있었어. 우리는 보일러에 어린 소녀들을 삶았던 사악한 마녀 바바-야가의 포로가 되는 놀이를 했지. 그리고 정원사, 스토로즈가 살던 작은 뒷방이 거기 있었어. 오피치나 뒤로 마구간이 있었는데, 거기에는 파에톤—할아버지의 쌍두마차가 서 있었고, 커다란 밤색 말도 살고 있었어. 그 마구간 옆으로, 필립이라는 마부 아니면 그의 아들 안톤이 눈 오는 날이나 길이 얼어 있는 날에 우리를 미용사에게 데려다줄 때 쓰던 철제 날이 붙은 겨울 썰매가 세워져 있었고. 이따금 헤미가 우리와 동행했는데, 그는 루하와 아리에 레이브 피시우크의 아들로 아주 부자였단다. 피시우크 일가는 양조장 하나를 가지고 있어서, 전 지역에 맥주와 이스트를 공급했지. 그 양조장은 무지하게 컸고, 헤르츠 마이에르 피시우크라고 헤미의 할아버지가 운영했어. 로브노를 방문하는 유명한 사람들은 늘 피시우크 일가네 집에 머물렀지. 비알리크, 야보틴스키, 체르니콥스키. 난 그 소년 헤미 피시우크가 네 어머니의 첫사랑이라고 생각해. 파니아 언니가 열셋이나 열다섯 살가량일 때였을 텐데, 그녀는 언제나 나 없이 헤미랑 단둘이 마차나 썰매를 타고 싶어했고, 난 늘 일부러 두 사람 사이로 올라탔어. 내가 그때 아홉 살이었던가 열 살이었는데, 그들을 홀로 두지 않았으니, 참 멍청한 어린 소녀였던 거지. 내가 그 시절 그렇게 불리기도 했고. 파니아를 짜증나게 하고 싶어서 나는 모두 앞에서 네 어머니를 헤무츠카라고, 헤미 집안에서 온 사람이라고 불러댔어. 느헤미야. 헤미 피시우크는 파리로 공부하러 갔고, 거기서 그를 죽였단다. 독일인들이.

아버지, 네 외할아버지는, 필립이라는 마부를 아주 좋아했고, 말은 더 미치도록 좋아했으며, 심지어 마차에 기름칠하러 오곤 하던 대장장이마저 좋아했지만, 그가 정말 싫어했던 단 한 가지는 여우털 칼라가 달린 모피 코트를 입고, 우크라이나 마부 뒤에 꼭 시골 대지주처럼 마차에 타는 거였단다. 그는 걷는 걸 더 좋아했어. 어느 정도는 부유한 남자가 되는 걸 즐기지 않았던 거지. 자기 마차나 크리스털로 된 상들리에로 둘러싸인 고급 식당에서 그는 자신이 약간 코미디언이 된 것처럼 느꼈단다.

수년 후 재산을 다 잃고 거의 빈손으로 이스라엘에 왔을 때, 그는 그 상황을 그렇게 끔찍하게 여기지 않았단다. 그는 자기 재산을 전혀 그리워하지 않았어. 반대로, 가벼워졌다고 느꼈지. 그는 태양 아래서 잿빛 셔츠를 입은 채 30킬로그램이나 되는 밀가루 포대를 등에 지고 가며 땀 흘리는 것을 개의치 않았어. 오로지 어머니만이 끔찍하게 고통스러워하고 저주하고 남편을 향해 소리지르고 그를 모욕했지. 대체 왜 그 탑에서 내려왔느냐? 마차는 어디 가고, 크리스털과 샹들리에는 다 어디에 있느냐?! 그녀 나이에 무지크*처럼, 요리사나 미용사나 재봉사 없이 살 이유가 없지 않느냐?! 우리의 잃었던 지위를 다시 얻기 위해, 마음을 가다듬고 마침내 하이파에 새로 밀가루 제분소를 세우기라도 했느냐? 이야기 속에 나오는 어부의 아내처럼, 정말 어머니와 똑같이. 하지만 나는 모든 면에서 그녀를 용서했단다. 하느님 역시 그녀를 용서하시기를. 그도 충분히 용서할 거고! 하느님께서 그녀에 대해 이렇게 말을 많이 하는 나 역시 용서하시기를, 그녀가 평화 속에 쉬게 하시기를. 그녀가 아버지 인생에 단 한 순간도 주지 않았던 바로 그 평화 속에 쉬게 해주시기를. 40년 동안 두 분은 이 나라에서 살았는데 매일 아침저녁 어머니는 아무것도 하지 않았고 오직 아버지의 삶에 독이 될 뿐이었어. 그들은 거처로 키리얏 모츠킨 뒤편으로 난 엉겅퀴 풀숲 들판에서, 물도 없고 화장실도 없고, 타르 종이로 지붕을 얹은 다 쓰러져가는 오두막을 찾아냈단다. 너, 외할아버지와 외할머니의 오두막 기억나니? 응? 유일한 전기 탭은 집밖 엉겅퀴 가운데에 있고, 물은 녹으로 가득차 있고, 화장실은 외할아버지가 나뭇조각들로 직접 만든데다 뒤편에 있는 임시 피난처에 있던 땅바닥에 구멍을 판 거였지.

어쩌면 네 외할머니가 그의 삶에 그렇게 독이 된 건 전적으로 어머니만의 잘못은 아닐지도 모르지. 결국 그녀는 거기서 아주 불행했으니까. 절망적으로! 어머니는 완전히 불행한 여자였어. 불행하게 태어났지. 심지어 샹들리에와 크리스털도 그녀를 행복하게 해주지 못했어.

---

* 1917년 이전 러시아 제국에서 소작농을 이르던 말.

게다가 그녀는 다른 사람들 역시 처참하게 만드는 부류의 불행한 사람이었고, 그래서 네 외할아버지의 운이 나쁘다고 하는 거란다.

아버지는 이스라엘로 오자마자 곧 하이파에 있는 제과점에 일자리를 얻었어. 하이파 해변 주위로 말과 수레를 끌고 다니셨지. 그들은 그가 옥수니, 밀가루니, 빵이니 하는 것들에 대해 뭔가 아는 사람이라고 생각했지만, 그에게 제분하는 일이나 빵 굽는 일을 주는 대신에 밀가루 포대를 이고 말과 수레를 끌고 빵을 배달하게 만들었단다. 그뒤 수년 동안 불카누스 주철소에서, 건물 짓는 데 필요한 길고 둥근 고철 조각들을 운반하는 일을 했어.

때때로 아버지는 수레에 너를 싣고 하이파 해변 주위를 돌아다니곤 하셨는데. 아직 기억하니? 응? 네 외할아버지는 늘그막에는 새로 짓는 건물을 위해 해변에서 모래니 발판 재료로 쓸 넓은 판자니 하는 것을 운반하는 일을 하셨지.

나는 아직도 그의 옆에 앉아 있던, 쪼그맣고 고무줄처럼 팽팽하고, 비쩍 마른 어린아이이던 너를 기억할 수 있단다. 아버지는 네게 고삐를 꼭 쥐여주곤 하셨지. 난 여전히 눈앞에 그 그림을 분명하게 그려볼 수 있단다. 너는 하얀 아이여서 종잇장처럼 창백했고, 네 외할아버지는 아주 햇볕에 많이 그을어 있는 강한 남자여서, 심지어 나이 칠순에도 여전히 강했고, 인도인, 그러니까 어떤 인도 왕자처럼 가무잡잡했고, 웃음으로 번득이는 파란 눈을 가진 마하라자*였지. 하얗고 작은 셔츠를 입고 있던 너는 운전사 의자로 마련된 판자 위에 앉았고, 땀에 전

---

* 산스크리트어로 대왕이라는 뜻.

잿빛 노동자 셔츠를 입은 아버지는 네 바로 곁에 앉았지. 그는 정말 행복했고, 자신의 운명에 만족했으며, 햇살과 육체노동을 사랑했단다. 오히려 짐마차꾼이 되는 걸 즐겼을 만큼 언제나 프롤레타리아적인 성향이 있었고, 자기 여정의 시작에서처럼 하이파에서, 빌코프 부동산에서 여전히 견습생이었을 때와 마찬가지로 프롤레타리아가 된 것을 다시금 편하게 느꼈어. 아마도 아버지는 짐마차꾼으로서의 삶을 로브노에서 재력가이자 부유한 제분소를 가지고 있던 시절보다 훨씬 더 즐겼는지도 모르겠다. 그런데 너는 햇살을 견디지 못하는 심각한 어린아이 같았고 너무 진지해서, 일고여덟 살가량이었는데도 그의 옆 운전석에 온통 뻣뻣하게 앉아 고삐에 온 신경을 기울이며, 열기와 파리 때문에 괴로워하면서, 말 꼬리에 맞지 않을까 겁을 냈었지. 어쨌거나 너는 용감하게 행동했고 불평은 하지 않았어. 나는 그걸 마치 오늘 일처럼 기억한단다. 커다란 잿빛 셔츠와 작고 하얀 셔츠. 나는 그때 네가 분명 무스만 핏줄보다는 클라우스너가에 훨씬 더 가깝다고 생각했었다. 지금은 그렇게까지 확신이 들지는 않지만.

23

우리는 학교에서 여자 친구들이나 남자애들, 선생님들과 언쟁을 많이 했고, 집에서 우리끼리도 그랬던 걸로 기억하는데, 정의가 무엇인지, 운명이란 무엇인지, 아름다움이란 무엇인지, 하느님이 무엇인지 뭐 그와 같은 것들에 대해서였지. 우리 세대에게 이와 같은 강렬한 주제들은 요즘보다 훨씬 더 민감한 주제였단다. 물론 이스라엘 땅이나 동화, 정당과 문학과 사회주의나 유대 민족의 사악함 같은 것에 대해서 역시 논쟁했지. 하야 언니와 파니아 언니, 그리고 친구들은 특히나 따지기를 좋아했어. 난 논쟁을 좀 덜하는 편이었는데, 왜냐하면 막내였기 때문이기도 하지만, 언니들이 늘 내게 이렇게 말했기 때문이기도 해. 넌 그냥 듣기만 해. 하야는 시오니스트 청년운동에서 유명했어. 네어머니는 하쇼메르 하차이르*에 있었고, 나도 3년 후에 하쇼메르 하차

이르에 가입했어. 네 아버지 집안인 클라우스너 일가에게는 하쇼메르 하차이르를 언급도 않는 게 가장 좋았지. 그들에게 그건 너무 극좌였 거든. 클라우스너 일가는 하쇼메르 하차이르라는 이름조차 원치 않았 고, 네가 그걸 그저 듣는 것만으로 빨갱이 세례를 받을까 싶어 질겁했 기에 언급조차 하지 않았단다.

한번은 겨울 하누카 때 같은데, 우리는 간헐적으로 몇 주간이나 유 전형질 대 자유의지에 대해서 거대한 논쟁을 했어. 나는 네 어머니가 어쩌다 갑자기 내뱉은 이 이상한 문장을 어제 일처럼 기억하고 있는 데, 누군가의 머리를 열어 뇌를 꺼내보면, 곧 우리 뇌가 단지 양배추에 불과하다는 걸 보게 된다는 얘기였어.

네 어머니가 무슨 얘기를 하다가 이런 말을 꺼냈는지조차 기억나지 않지만 우리가 웃음을 참을 수 없었다는 것만은 또렷하게 기억나는데, 너무 웃어서 울 지경이었지만 네 어머니는 미소조차 짓지 않았단다. 파니아 언니는 이런 버릇이 있었는데, 모두를 웃게 하는 말을 아주 진 지하게 말하면서도, 다들 배꼽을 쥐고 웃으리라는 것을 알지만, 자신 은 절대로 웃음에 동참하지 않았지. 파니아는 모두 다 웃을 때가 아니 라, 우리가 말하면서 아무도 재미있다고 생각하지 않는 바로 그런 때, 꼭 자기한테 딱 들어맞을 때만 웃곤 했어. 그게 네 어머니가 갑자기 웃 음을 터뜨리는 때였지.

그녀는 뇌란 다만 양배추에 불과하다고 말하고는, 손으로 양배추만

---

* '청년 파수꾼'이라는 뜻으로 1913년 갈리치아(오스트리아 - 헝가리)에서 창립된 사 회주의자 - 시온주의자 청년운동 그룹을 말한다. 이스라엘 독립 이전까지 팔레스타인 에서 노동운동 및 정당으로 활동했다.

한 크기를 만들어 보여주면서, 얼마나 기적이냐고 말했지. 이 양배추 안에 천지만물이, 태양과 모든 별들이, 플라톤의 사상과, 베토벤의 음악이, 프랑스혁명이, 톨스토이의 소설과, 단테의 지옥편이, 모든 사막과 대양이 다 담겨 있다고 말이야. 거기에는 공룡이나 고래를 위한 충분한 공간도 있고, 모든 것이 그 양배추 속에 자리잡을 수 있으니 모든 인류의 희망과 욕망과 실수와 판타지가 자리하고 있고, 거기엔 모든 것을 위한 자리가 있어서 바슈카 두라슈카의 뺨에 자라는 검은 털이 난 부푼 사마귀까지 자리할 수 있다고 말이다. 파니아가 바슈카의 메스꺼운 사마귀 얘기를 플라톤과 베토벤 얘기 중간에 붙여서 했을 때 우리 모두 또다시 웃음을 터뜨렸는데, 너희 어머니만 마치 웃긴 건 양배추가 아니라 우리라는 듯이 놀란 채 그저 우리를 쳐다보기만 했고 그런 네 어머니만 빼고 다 웃었단다.

*

이후에 파니아가 프라하에서 내게 철학적인 편지를 써 보냈는데, 내가 열여섯이었고 그녀가 열아홉 학생이었을 거야. 내게 쓴 그녀의 편지는 너무 고차원적인 것 같았는데, 그건 내가 늘 어리석은 어린 여자애로 여겨졌기 때문이지만, 그게 유전형질과 주변 환경과 자유의지에 대한 길고 자세한 편지였다는 것은 아직도 기억할 수 있단다.

그녀가 말했던 것을 네게 말해주겠지만, 물론 그건 파니아 언니 말이 아닌 내 말로 풀어놓은 내용이 될 게다. 파니아 언니가 표현한 것을 그대로 표현할 수 있는 사람이 몇이나 될지 모르겠다. 이게 파니아가 내게 썼던 내용 중 일부란다. 유전형질과 우리를 양육하는 환경과 우리의 사회적 계급, 이런 것들은 모두 게임 시작 전에 무작위로 돌려지는 카드 같은 것이라더구나. 여기엔 자유가 없어. 세상이 주는 거고, 넌 선택할 기회 없이 주어진 걸 그저 받기만 할 뿐이지. 하지만 그녀가 프라하에서 내게 쓴 바로는, 문제는 각 사람이 자신에게 돌려진 카드를 가지고 할 수 있는 일이 무엇인가에 대한 거라고 했지. 어떤 사람들은 안 좋은 패를 가지고도 영리하게 게임을 하지만, 어떤 사람들은 그 반대로 한다고 말이다. 그들은 아주 좋은 패를 가지고도 모든 걸 탕진하거나 잃기도 한대. 그게 우리 자유가 도달하는 범위라는 게지. 우리에게 나눠진 패를 가지고 우리 손으로 게임하는 법. 하지만 게임을 잘하거나 못하거나 하는 그 자유조차도, 네 어머니가 쓰기론, 아이러니하게도 각 사람의 운이나 인내심, 지력, 직관, 모험심 같은 것에 달려 있다는 거야. 그래서 최후에는 분명 이것들 역시 게임 시작 전에 우리에게 돌려졌거나 돌려지지 않은 패라는 거지. 그렇다면 그다음에 우리 선택의 자유에 남겨지는 건 무엇이겠니?

당치 않아, 네 어머니가 쓰기를, 그건 당치 않은데, 아마도 마지막 수단으로 우리에게 남겨진 것은 조건에 대해 비웃거나 슬퍼할 자유, 게임을 하거나 손에서 패를 던져버릴 자유, 그게 무엇인지, 그게 무엇이 아닌지 얼마간 이해하려 하거나 아니면 포기하고 이해하려 들지 않으려는 자유일지도 모른다는 거였어. 작은 견과류 껍데기 속에서 선택은 이 삶을 깨어 있는 상태로 계속하거나 무감각 같은 상태로 지속하게끔 한다는 거지. 이게 대충 내 말로 표현한 네 어머니, 파니아가 말한 내용이야. 언니가 한 말 그대로 옮긴 건 아니고. 난 네 어머니의 단어들로 말할 수가 없구나.

*

　운명 대 선택의 자유의지에 대해 말하고, 카드 패에 대해 말하고 있었는데, 널 위한 다른 이야기도 있단다. 필립이라고, 우크라이나 출신이자, 무스만 가문의 마부인데, 가무잡잡하고 잘생긴 안톤이라는 아들이 하나 있었지. 검정색 다이아몬드처럼 빛나던 검은 눈에, 마치 경멸이나 자신감에서 나온 듯 약간 구석으로 치우친 입이며, 넓은 어깨에, 황소처럼 낮은 음색을 가져서, 안톤이 크게 소리칠 때 목소리는 코모다(궤짝) 안에 있는 유리가 딸랑거리는 소리 같았지. 매번 거리에서 어떤 여인 앞을 지나칠 때면 안톤은 일부러 천천히 걸었고, 그 여인은 무의식적으로 좀더 빨리 걸었고 숨은 더 빨리 차올랐지. 우리 자매랑 친구들은 서로 까불면서 재미나하던 기억이 난다. 누가 바로 안톤을 위해서 그녀의 블라우스를 잘 정돈해주었겠니? 누가 안톤을 위해 그 여자애의 머리에 꽃을 꽂았을까? 그리고 누가 안톤을 위해 풀 먹인 주름치마를 입고 눈처럼 하얀 양말을 신고 거리로 걸어나갔을까?

　우리집 가까이 두빈스카 거리에, 라브조바 여공의 조카이자, 네 외할아버지가 열두 살 때 그 아래서 일했던 기술자 스텔레츠카야가 살았단다. 제분소를 지었던 바로 그 가난한 기술자이고, 네 할아버지가 그를 위해 일하기 시작했다가 결국엔 그로부터 제분소를 사들이게 된 바로 그 사람 말이다. 어느 날 그의 아내, 이라, 이리나 마츠베예브나가 일어나 남편과 두 아이를 두고 떠났지. 그녀는 간단하게 작고 파란 짐

사랑과 어둠의 이야기　321

가방만 들고, 마부 필립의 아들 안톤과 함께 우리 앞뜰 뒤편으로, 건축 허가 지역 끝자락에 직접 지은 그 작은 오두막 반대편으로 곧장 도망 쳤단다. 거기는 젖소들이 풀을 뜯어먹던 들판이었어. 사실 그녀가 남편을 떠나 도망칠 만한 이유가 있었지. 아마도 그는 약간 천재였는데, 하지만 술 취한 천재인데다가, 때로는 카드 게임에서 돈을 잃으면서, 알다시피 돈을 지불하는 대신 자기 아내를 매번 하룻밤씩 넘겨주곤 했거든.

나는 그에 대해 어머니에게 물어보았던 게 기억나는데, 어머니는 창백해져서는 나한테, 소니츠카! 오 하느님! 부끄러운 줄 알아라! 그만두지 못해, 내 말 알아듣겠니? 라고 말씀하셨지. 그런 추잡스러운 생각은 지금 당장 그만두고, 대신 아름다운 것들에 대해 생각하도록 해라! 잘 알려진 것처럼, 소니츠카, 마음속에서라도, 추잡스러운 생각을 하는 어린 여자애는 온몸 여기저기에 털이 나기 시작하고, 남자처럼 혐오스럽고 굵은 목소리가 되기 시작해서, 결국에는 모두가 그 여자애랑은 결혼하기를 꺼리게 되는 거다!

그게 그 시절 우리가 자란 방식이었지. 그러면 진실은? 나 스스로 밤중에 더러운 오두막에서 가련한 술주정뱅이로부터 도망쳐야만 했던 한 여자에 대한 생각을 전혀 하고 싶어하지 않게 됐단다. 남편이 버린 많은 여자들의 운명에 대한 생각을. 한 여자를 잃는 다른 방법도 있기 때문이지. 카드 게임뿐만 아니라! 하지만 생각이란 것은, 불쾌한 것을 보면 간단하게 버튼을 눌러 다른 프로그램으로 도망칠 수 있는 텔레비전하고 같지 않아. 추잡한 생각이라는 건 양배추 속에 있는 벌레들에 더 가깝지.

*

소니아 이모는 이라 스텔레츠카야를 예쁘장하고 약간 놀란 듯한 표정을 짓고 있던, 연약한 미니어처 같던 여자로 기억하고 있었다. "그녀의 표정은, 마치 레닌이 바깥마당에서 기다리다가 그녀에게 말을 걸기라도 한 것처럼 보였지."

그녀는 몇 달 동안, 한 반년쯤 안톤의 오두막집에서 살았고, 그녀의 남편인 기술자는 아이들이 엄마에게 가는 것은커녕 그녀가 부를 때 대답조차 하지 말라고 명했지만, 아이들은 매일 멀리 있는 어머니를 볼 수 있었고, 그녀도 아이들을 볼 수 있었다. 그녀의 남편 스텔레츠카야 역시 멀리 안톤의 오두막집에 있는 그녀를 언제나 볼 수 있었다. 안톤은 이라를 땅에서 번쩍 들어올리기를 좋아했다. 아이 둘을 낳고도 그녀는 여전히 열여섯 때처럼 날씬하고 아름다운 몸을 가지고 있어서, 그는 두 손으로 그녀를 강아지처럼 번쩍 들어올려, 빙빙 돌리고, 그녀를 던졌다가 받고, 들어올린 채 깡충거리기를 좋아했고, 그러면 이라는 무서워서 소리를 지르며, 그를 간질일 정도밖에 안 될 것이 분명한 작은 주먹으로 그의 가슴을 두들겼다. 안톤은 황소만큼이나 강한 남자였다. 우리 마차 채가 구부러져 있으면 맨손으로 펼 수도 있었다. 이건 그야말로 말이 필요 없는 비극이었다. 매일 이라 스텔레츠카야는 건너편에 있는 자기 집과 아이들, 자기 남편을 볼 수 있었고, 그들도 매일 멀리서 그녀를 볼 수 있었던 것이다.

한번은 이 불행한 여인이 이미 감당하지도 못하게 술을 마셨는데, 아침부터 술을 마시기 시작했단다, 글쎄, 자기 집 문 곁에 숨어서, 학교에서 집으로 돌아오던 막내딸 키라를 기다린 거야. 나는 우연히 지나가다가 키루츠카가 자기 어머니가 자기를 팔에 안으려는 것을 막는 모습을 가까이서 봤는데, 자기 아버지가 어떤 접촉도 하지 말라고 명했기 때문이었어. 그 아이는 아버지가 너무 무서웠던 탓에, 자기 어머니와 말 몇 마디 나누는 것조차 겁을 먹어서 그녀를 밀어내고 발로 차고 기술자 스텔레츠카야의 하인 카지미르가 소녀의 비명소리를 듣고 걸어나올 때까지 소리를 질러 도움을 청했어. 그는 곧장, 네가 닭을 쫓아낼 때 쉭쉭 소리를 내듯이, 그렇게 소리를 내면서 손을 흔들기 시작했지. 나는 이라 스텔레츠카야가 어떻게 울며 도망쳤는지 결코 잊을 수 없을 거야. 귀부인처럼 조용하게 운 게 아니라, 하인처럼 울면서, 무지크처럼 겁에 질려 무자비한 짐승 같은 소리를 내며 우는 모습이, 빼앗긴 새끼가 죽는 걸 눈앞에서 본 암캐 같았단다.

　톨스토이에도 그런 내용이 있지. 너도 분명 기억할 텐데,『안나 카레니나』에서 어느 날 안나가 카레닌이 사무실에 가 있는 동안에, 한번은 자기 것이었던 그 집 안으로, 잠시 동안이나마 아들을 보려고 간신히 숨어들어갔을 때조차, 하인들이 그녀를 밖으로 쫓아내잖니. 톨스토이가 쓴 그 내용이 내가 본 것보다 훨씬 덜 잔인했는데, 이리나 마츠베예브나는 하인 카지미르를 피해 달아나면서, 지금 네가 앉아 있는 거리에서 내 자리까지만큼의 거리 정도로 나를 지나쳤고, 결국 우리는 이웃이었으니까, 내게 인사는 하지 않았지만, 난 그녀의 깨진 울부짖음을 들었고 그녀의 숨 냄새를 맡았고, 그녀의 얼굴에서 그녀가 완전히 제정신이 아니라는 사실을 보았단다. 그녀의 표정, 그녀의 우는 모습, 그녀의 걸음걸이에서 죽음의 표지를 분명히 볼 수 있었어.

그리고 몇 주인가 몇 달 후에 안톤이 그녀를 내쫓았던가, 그가 다른 마을로 떠나버렸던가 했고, 이리나는 집으로 가서 남편 앞에 무릎을 꿇었고, 분명히 기술자 스텔레츠카야는 그녀를 불쌍히 여겨 받아주었지만 오래가질 못했지. 그들은 그녀를 병원으로 떼어내려 했고 종국에는 남자 간호사들이 와서는 그녀의 눈을 가리고 팔을 묶어서 코벨에 있는 정신병원으로 강제로 데려갔어. 너한테 이야기하고 있는 지금도 나는 그녀의 눈을 기억할 수 있고, 그 눈을 볼 수 있는데, 참 신기하게도 80년이나 지났고, 그간 홀로코스트도 있었고, 여기 온통 우리만의 비극이 서린 전쟁이니 질병이니 하는 것도 있었고, 나와 떨어져 있는 모든 이들이 죽었는데도, 그녀의 눈만은 여전히 내 심장을 날카로운 뜨개바늘처럼 꿰뚫고 있단다.

*

그러고 나서 이리나는 스텔레츠카야가 있는 집으로 몇 번인가 조용히 돌아왔어. 아이들을 돌보았고, 정원에 새로 장미 덤불을 심고, 새들에게 모이를 주고, 심지어 고양이에게 밥도 줬지만, 어느 날인가 숲으로 다시 도망쳤고, 사람들이 쫓아오자 그녀는 휘발유 한 통을 가지고 안톤이 목초지에다 손수 지었던 작은 오두막으로 갔단다. 그 오두막은 지붕이 타르 종이로 되어 있었는데, 안톤은 그곳에서 살지 않은 지 꽤 오래되었지. 그녀는 성냥을 켜서 안톤의 넝마쪽부터 그녀 자신까지 오두막을 모두 태워버리고 말았어. 겨울, 모든 것이 흰 눈으로 뒤덮였을 때, 타오르는 오두막의 거뭇거뭇한 빛이 숯으로 된 손가락처럼 구름과 숲을 가리키며 흰 눈 밖으로 피어올랐단다.

얼마 지나고 기술자 스텔레츠카야는 상궤를 벗어나 완전히 바보 같은 짓거리를 했지. 재혼을 하고 있는 돈을 모두 날린 후에, 결국 간단히 제분소의 자기 지분을 아버지에게 완전히 넘겨버린 거야. 네 외할아버지는 그전에 이미 크냐즈나(여공) 라브조바의 지분도 어떻게 사들인 상태였단다. 그가 그녀의 도제로 마치 노예처럼 시작했고, 열두 살 반에 어머니도 잃고 계모에게 집에서 쫓겨나기까지 한 가난한 소년이었다는 걸 생각해봐라.

이제 우리에게 드리워져 있는 이 이상한 운명의 굴레를 너도 직접 한번 보렴. 네가 네 어머니를 잃었을 때가 정확히 열두 살하고 반이었을 때 아니었니. 바로 네 외할아버지처럼 말이다. 가족들이 너를 반쯤 미친 지주에게 팔아넘기지는 않았지만. 대신 너는 키부츠로 보내졌잖아. 거기서 태어나지도 않은 아이로 키부츠에 간다는 의미가 무엇인지 내가 모른다고는 생각지 마라. 거기에서 에덴동산이 너를 기다린 것은 아니었잖니. 열다섯 살쯤 네 외할아버지는 라브조바의 제분소를 실제로 운영했고, 같은 나이에 너는 시를 썼어. 몇 년 뒤 제분소 전체는 외려 재물을 늘 마음 깊이 경멸하던 네 외할아버지 것이 되었지. 아버지는 재물을 그저 경멸하기만 하지는 않았지만 재물은 아버지를 숨막히게 했지. 내 아버지, 네 외할아버지는 끈기, 비전, 관대함, 거기다가 세상에 대한 특별한 지혜까지 갖추고 있었어. 단지 운이 없었을 뿐이지.

24

그 정원 둘레에는 나무 울타리가 있었는데, 일 년에 한 번씩 봄에 하얀색 칠을 하곤 했어. 나무줄기에도 매년 하얀색 칠을 했는데, 벌레를 막기 위해서였단다. 그 울타리는 칼리트카라는 작은 쪽문이 있었는데, 플라샤드카, 그러니까 광장이나 열린 공간 같은 곳으로 나갈 수 있는 문이었어. 매주 월요일 치간키, 집시 여인이 왔단다. 그들은 커다란 바퀴가 있고, 내부는 한 평쯤 되고 옆으로 방수 재질의 천으로 된 커다란 텐트를 친 색칠된 유랑 마차를 거기에 세워두곤 했어. 아름다운 집시 여자가 집집마다 맨발로 다녔지. 그들은 카드 점괘를 읽어주려 주방으로 왔고, 화장실을 청소해주고, 코페이카* 몇 개를 받고 노래를 불

---

* 러시아 동전. 1루블은 100코페이카다.

러주러 왔다가, 집주인이 방심하기라도 하면 좀도둑질을 했지. 그들은 내가 너한테 이야기해주었던 하인 출입구, 다른 쪽 문인 체르니 호트로 들어왔단다.

그 뒷문은 우리 주방으로 바로 연결되었는데, 그 주방은 거대해서 이 아파트 전체보다 더 컸고, 중앙에는 식탁이 놓여 있고, 열여섯 명분의 의자가 있었단다. 서로 크기가 다른 화로 구멍이 열두 개나 있던 취사용 레인지도 있었고, 노란색 문이 달린 식기장에 수십 개의 도자기와 크리스털도 있었어. 이파리로 감싼 통 생선과 그 주변에 있던 밥이랑 당근까지 장식해서 놓고도 남을 아주 커다랗고 기다란 접시도 기억나는구나. 그 접시는 어떻게 되었을까? 누가 알겠니? 어떤 뚱뚱한 호홀*의 찬장에 여전히 장식되어 있을지. 그리고 한쪽 구석에는 천을 씌운 흔들의자와 단상 같은 것이 있었고, 그 옆에 언제나 달콤한 과일 향이 나는 찻잔이 놓여 있던 작은 테이블도 있었어. 이건 어머니, 그러니까 네 외할머니의 옥좌로, 그녀는 거기에 앉거나 때로는 갑판 위의 선장처럼 요리사와 하녀와 주방에 들어오는 누구에게든 명령을 내리며, 손을 의자 뒤에 두고 서 있었다. 주방뿐만이 아니었어. 그녀의 단상은 왼편으로 시야가 확실히 트이도록 배치되어 있었는데, 문을 통과해 복도 쪽으로 나 있어 모든 방문을 감시할 수 있었고, 오른편으로는 양문으로 난 쪽문을 통해 거실이랑 제니아가 그녀의 예쁜 딸 도라와 함께 살던 하녀 방까지 볼 수가 있었어. 이런 식으로 그녀는 우리 모두가 나폴레옹의 언덕이라고 부르던, 자신의 유리한 고지에서 모든 전장을 지

---

* 우크라이나 사람을 낮잡아 부르는 말.

휘할 수 있었던 거야.

때때로 어머니는 거기 서서 달걀을 대야에 풀었고, 하야 언니와 파니아 언니와 나는 날달걀노른자를 질릴 만큼 많이 꿀떡 삼켰는데—이걸 할본이라 불렀던가—그 시절에는 달걀노른자가 모든 질병에 대한 면역성을 키워준다는 설이 있었기 때문이란다. 사실일지도 모를 일이지? 누가 아니? 우리가 거의 아프지 않았던 것은 사실이니까. 그 시절에는 콜레스테롤에 대해 그 누구도 들어본 적이 없었거든. 네 어머니, 파니아는 늘 제일 많은 달걀노른자를 삼켜야 했는데, 네 어머니가 가장 약하고 파리한 아이였기 때문이야.

우리 셋 중에서 네 어머니는 귀에 거슬리고 여군 같고 펠트페벨, 즉 부사관 같던 우리 어머니를 가장 괴로워했던 사람이었단다. 아침부터 저녁까지 어머니는 과일 차나 홀짝거리면서 명령하고 지시하는 일만 계속했지. 그녀는 아버지를 격분시키는 비열한 습관이 있고 강박적일 정도로 치사했는데, 대개 아버지가 언질을 피하고 양보해주었고, 이게 우리를 짜증스럽게 했단다. 아버지의 말이 옳았기 때문에 우리는 그의 편을 들었어. 어머니는 팔걸이의자와 좋은 가구를 먼지 낀 천으로 덮어두곤 해서, 우리 응접실은 늘 마치 유령으로 가득찬 것처럼 보였어. 어머니는 아주 작은 먼지 얼룩 하나도 끔찍하게 여겼단다. 그녀의 악몽은 아이들이 더러운 신발을 신고 그녀의 아름다운 의자들 위에서 걸어다니는 것이었지.

어머니는 도자기와 크리스털을 숨겨버렸다가, 중요한 손님이 있을 때나 신년이나 유월절에만 그걸 다 꺼내고 응접실에 먼지로 뒤덮인 천도 걷었단다. 우리는 그게 너무나 싫었어. 네 어머니는 특히나 그런 위선을 끔찍이 싫어했지. 때로는 율법을 지키다가 때로는 안 지키다가, 때로는 회당을 가다가 때로는 안 가다가, 때로는 우리의 부유함을 자랑하다가 때로는 하얀 수의 밑에 그것을 감추는 짓을. 파니아 언니는 우리보다 더 심하게 아버지 편에 섰고, 어머니의 규칙에 반항했어. 아버지 역시 특별히 파니아를 더 좋아했다고 생각해. 그걸 증명할 수는 없고, 거기에 어떤 편애가 있었던 건 결코 아니야. 아버지는 공정함에 대해 아주 강한 신념을 갖고 계신 분이었거든. 나는 네 외할아버지같이, 사람들의 감정에 상처 입히는 것을 그렇게까지 싫어하는 사람을 본 적이 없어. 심지어 악당들에 대해서도 네 외할아버지는 그들 감정을 상하지 않게 하려고 무던히 노력하셨단다. 유대교에서는 누군가를 분노케 하는 것이 피를 흘리게 하는 것보다 더 나쁘다고 여기는데, 그는 단 한 영혼이라도 결코 상처 입히지 않으려 하는 사람이었지. 결단코. 영원히.

어머니는 아버지와 이디시어로 말다툼을 하셨어. 두 분은 대부분 이디시어와 러시아어를 섞어서 대화했는데, 싸울 때는 꼭 이디시어로 했어. 딸인 우리에게나, 아버지의 사업 파트너들, 하숙인이나, 하녀, 요리사, 마부에게 부모님은 오직 러시아어로만 말했지. 폴란드 관원에게는 폴란드어로 말했고. 로브노가 폴란드에 합병된 이후로, 새 당국은 모두가 폴란드어를 써야 한다고 주장했거든.

우리 타르붓 김나지움에서는 모든 학생과 선생이 거의 배타적으로 히브리어로만 말했단다. 우리 자매 셋도 집에서는 히브리어와 러시아어로 말했어. 대개는 부모님이 못 알아듣게 하려고 히브리어로 말했지. 우리는 서로 이디시어로는 절대로 말하지 않았어. 어머니처럼 되고 싶지 않았거든. 우리는 이디시어와 어머니의 불평, 드셈, 말싸움을 연결시켜 생각했어. 어머니는 아버지가 제분소에서 이마에 땀 흘려 만들어낸 모든 이윤을 탈취해서 호화스러운 드레스를 만드는 값비싼 양재사에게 썼으니까. 하지만 그녀는 그것들을 입기엔 너무 상스러웠어. 그녀는 그것을 옷장 뒤쪽에다가 쌓아 올려두었고, 대부분의 시간에 집 근처에서는 낡은 쥐색 실내복을 입었어. 일 년에 딱 두어 번 회당이나 자선 무도회에 갈 때만 차르의 마차처럼 차려입어서, 온 동네가 그녀를 보고 부러움을 터뜨리곤 했지. 어쨌거나 그녀는 우리가 아버지를 망치고 있다고 우리에게 소리질렀어.

네 어머니 파니아는 소리지르는 것 말고 조용하고 합리적으로 말하는 걸 듣고 싶어했어. 그녀는 설명하기를 좋아했고, 설명을 듣는 것도 좋아했지. 반면 명령은 참을 수 없어했어. 자기 침실에서조차 그녀는 사물을 질서정연하게 하는 자기만의 방책을 가지고 있었고―네 어머니는 아주 단정한 여자아이였단다―누군가 그 순서를 방해하기라도 하면 아주 화를 냈지. 그래도 평화를 지켰단다. 평화, 과할 정도로. 난 그녀가 목소리를 높인 적이 있었는지조차 기억나지 않는구나. 아니면 누군가를 야단친 일도. 그녀는 굳이 그렇게까지 할 필요가 없는 일에도 조용히 응해주었어.

*

주방 한구석에 커다란 제빵용 오븐이 있었는데, 종종 로파타*를 받아 오븐 속에다가 안식일 할라를 넣는 것을 허락받았지. 우리는 불속에 사악한 마녀, 바바-야가와 검은 악마, 즉 체르니 체르트를 넣는 것처럼 가장했지. 화로 구멍이 네 개 있고, 비스킷이나 고기를 구울 때 쓰는 좀더 작은 두호브키(오븐)도 두 개 있었어. 주방에는 정원이랑 과수원이 내다보이는 거대한 창문이 세 개 있었는데, 창은 거의 늘 수증기로 뿌옇게 가려져 있었지. 주방 쪽에 욕실 입구가 있었단다. 그 시절에는 로브노에 사는 사람 중 자기 집에 욕실을 갖추고 있는 이가 거의 없었거든. 부유한 가족은 집 뒤쪽, 뜰에 작은 창고를 두고 거기에 목욕과 세탁을 위해 나무로 때는 보일러를 마련해놓았어. 우리만이 제대로 된 욕실을 가지고 있는 유일한 가정이었고, 내 어린 친구들 모두 얼굴 색이 파래질 만큼 부러워했지. 그들은 그걸 '술탄의 기쁨'이라 부르곤 했어.

목욕을 하고 싶을 때면, 우리는 통나무와 톱밥을 보일러 아래 입구에 넣고 불을 붙인 다음, 물이 데워질 때까지 한 시간이나 한 시간 반쯤 기다렸지. 욕조 예닐곱 개는 채울 만큼 뜨거운 물이 충분히 나왔단다. 물은 어디서 나왔냐고? 이웃집 뜰에 콜로디츠, 그러니까 우물이 있었는데, 우리가 보일러를 채우고 싶어하면 그들이 자기 물을 잠갔고 필립이나 안톤이나 아시야가 삐걱거리는 손 펌프질로 물을 끌어올렸지.

한번은 속죄일 저녁에 저녁식사가 끝나고 금식이 시작되기 이 분 전 아버지가 내게 말씀하신 게 기억나는구나. 슈렐라야, 미안 토크테를아, 우물에서 바로 길어올린 물 한 잔만 가져다주겠니. 내가 그 물을 아버지께 가져다드리자, 그는 그 안에 각설탕 서너 개를 집어넣더니

---

* 빵 굽는 삽.

손가락으로 휘휘 저어서 다 마시고는 말씀하셨지. 슈렐라야, 네 덕분에 금식이 좀 가벼워지겠구나. 어머니는 나를 소니츠카라고 불렀고 선생님은 사라라고 불렀지만, 아버지에게 나는 늘 슈렐라였어.

아버지는 손가락으로 휘휘 젓거나 손으로 집어먹는 것을 좋아하셨지. 나는 그때, 아마 대여섯 살쯤 되는 어린아이였어. 그래서 너한테 설명할 수가 없구나. 나 자신에게조차 설명할 수가 없어. 내 덕분에 금식이 좀 가벼워지겠다는 생각과 아버지의 단어들이 내게 가져다준 것이 어떤 기쁨이고 어떤 행복이었는지 말이다. 80년이 흐른 지금도 나는 그 일을 기억할 때마다 바로 그때처럼 행복감을 느낀단다.

그렇지만 거기엔 위아래가 뒤바뀐 행복, 다른 사람에게 악한 일을 행할 때 오는 검은 행복도 있었지. 아버지는 우리가 에덴동산에서 쫓겨난 것이 지식의 나무 열매를 따먹어서가 아니라, 악의 나무 열매를 따먹었기 때문이라고 말씀하시곤 했어. 만약 그렇지 않다면, 검은 행복을 달리 어떻게 설명할 수 있겠니? 우리가 느끼는 행복이 우리가 가진 것 때문이 아니라, 우리가 가졌지만 남들이 가지지 못한 것 때문에 오는 것이라면? 다른 이들이 질투하게 되는 이유는? 기분이 나쁜 까닭은? 아버지는 모든 비극이 코미디의 일환이고, 모든 재앙 안에 구경꾼을 위한 향락 한 알이 있다고 말씀하시곤 했어. 말해보렴, 영어에는 남의 불운에서 느끼는 기쁨을 뜻하는 단어가 없다는 것이 정말이니?

*

주방 맞은편 욕실 반대쪽으로, 다시 말해 왼쪽에 제니아가 자기 딸 도라와 같이 쓰던 방으로 이어지는 문이 있었는데, 제니아의 딸 도라는 이 집의 전 주인이자 시장이었던 레베뎁스키의 딸이라고 다들 생각했어.

도라는 진정한 미인으로, 성모마리아 같은 얼굴에 풍만한 몸매와 말벌같이 가는 허리에 사슴 같은 다갈색 큰 눈을 지녔는데, 머리는 좀 모자랐단다. 그녀가 열넷인가, 아니면 열여섯에 크리니츠키라 불리는 나이든 이교도와 갑자기 사랑에 빠졌는데, 그치는 도라의 어머니 제니아의 연인이기도 하다는 말이 들리는 사람이었어. 판 크리니츠키는 대로변 체치에고 거리에 살았는데, 피시우크 일가의 양조장 반대편 우체국 근처 니아미츠키 코너였어.

제니아는 도라에게 하루에 한 끼, 저녁식사만 해주었고, 그러고 나서는 그녀에게 이야기 하나를 해주곤 했는데, 우리 셋은 그리로 얘기를 들으러 달려가곤 했단다. 제니아는 기묘한 이야기들을 알고 있고, 그 이야기들은 때때로 머리카락을 다 곤두서게 만드는 것으로, 나는 그녀처럼 이야기를 하는 사람은 어느 누구도 본 적이 없어. 그녀가 해준 이야기 하나는 아직도 기억나는구나. 옛날 옛적에 야누스카, 야누스카 두라초크라는 한 바보 멍청이가 있었는데, 그의 어머니는 야누스카에게 매일 다리를 건너 밭에서 일하는 형들에게 식사를 가져다주라고 보냈지. 바보에 느림보였던 야누스카는 하루종일 빵 한 조각만을 받았단다. 어느 날인가 다리인지 댐인지에 구멍 하나가 생겨서 물이 흘러나왔고, 온 계곡에 홍수가 날 위험에 처한 거야. 야누스카는 어머니가 자기에게 준 빵 한 조각을 가져와서 그것으로 댐의 구멍을 막았고 계곡은 홍수를 면하게 되었어. 늙은 왕이 우연찮게 그리 지나가다가 놀라서, 야누스카에게 왜 그런 일을 했느냐고 물었지. 야누스카가 대답하기를, 무슨 뜻이세요, 전하, 저는 홍수가 나지 않게 하려고 그리 한 것이고, 그렇게 하지 않았다면 맙소사, 사람들이 다 익사했을 거예요. 그건 한 조각뿐인 네 빵이 아니냐? 늙은 왕이 물었지. 그러면 하루 종일 너는 뭘 먹느냐? 한데, 전하, 제가 오늘 안 먹는 것이 무슨 상관이겠습니까? 다른 사람들은 먹을 것이고, 저는 내일 먹을 텐데요! 늙은 왕은 아이가 없었는데, 야누스카가 한 일과 대답에 크게 감명을 받아 거기서 그를 왕세자로 삼기로 결심한 거야. 그는 두락 왕이 되었어, 바보 왕이라는 뜻이지. 야누스카가 왕일 때조차 백성들은 여전히 그를 비웃고, 두락 자신조차 자기를 비웃었으며, 왕위에 있는 내내 인상을 찌푸리고 앉아 있었단다. 그러나 차츰 바보 야누스카 왕의 통치하에서는 어떤 전쟁도 일어나지 않았는데, 이는 그가 공격이나 복수가 무엇인지 몰랐기 때문이야. 물론 결국에는 장군들이 그를 죽이고 권력을 잡았으며, 곧바로 그들은 이웃나라 왕국의 경계선에서 바람이 전해주는 외양간 냄새를 맡고 공격을 시작했고, 전쟁을 선포했다가 모두 살해당했고, 야누스카 두라초크 왕이 자기 빵으로 막았던 댐이 터져 그들 모두 행복하게 홍수에 익사했으며, 두 왕국 모두 물에 잠겼단다.

*

날짜들. 나의 외할아버지, 나프탈리 헤르츠 무스만은 1889년에 태어났다. 외할머니 이타는 1891년생이다. 하야 이모는 1911년생이다. 나

사랑과 어둠의 이야기 335

의 어머니 파니아는 1913년에 태어났다. 소니아 이모는 1916년에 태어났다. 세 명의 무스만 일가 소녀들은 로브노에 있는 타르붓 김나지움에 다녔다. 그다음에 하야 이모와 어머니는 각자 차례대로, 대학 입학 수료증을 발행해주는 사립 폴란드 학교에 일 년간 보내졌다. 이 수료증은 하야 이모와 어머니를 프라하에 있는 대학에 들어갈 수 있게 해주었는데, 1920년대 폴란드의 반유대주의하에서는 어떤 유대인도 대학 입학 허가를 받기 어려웠기 때문이다. 하야 이모는 1933년에 팔레스타인으로 가서 '시온주의 노동자' 정당과 '근로 여성 어머니 조직'의 텔아비브 지부에서 특정한 공적 지위를 획득했다. 이러한 활동을 통해 시온주의의 지도자급 거물들 몇몇을 만나게 되었다. 그녀는 노동자 평의회에서 떠오르는 별들을 포함해서 숱하게 많은 예리한 구혼자들을 물리치고, 폴란드에서 온 명랑하고 마음이 따뜻한 노동자 츠비 사피로와 결혼했는데, 사피로는 이후 의료보험 회사의 관리자가 되었고, 마침내 욥바에 있는 도놀로 차할론 공립병원의 전무이사까지 올랐다. 하야와 사피로의 텔아비브 벤예후다 거리 175번지에 있는 일층 아파트 방 두 개 중 하나는 '하가나'의 여러 선임 사령관들에게 임대해주었다. 1948년 독립전쟁 기간에는 새로이 건립된 이스라엘군의 본부장이자 육군참모총장 대리였던 육군 소장 이갈 야딘이 거기 살았다. 밤이면 거기서 이스라엘 갈릴리, 이츠하크 사데, 야콥 도리와 '하가나'의 지도자들, 고문들, 관료들의 회의가 열렸다. 약 3년이 지난 뒤 그 방에서 나의 어머니가 자신의 생을 마감했다.

어린 도라가 자기 어머니의 연인이었던 판 크리니츠키와 사랑에 빠진 후에도, 제니아는 저녁식사를 해주는 것과 이야기를 들려주는 일을 그치지 않았지만, 그녀가 만든 음식은 눈물에 젖어 이야기가 되었지. 그 둘은 저녁에 거기 앉아 한 명은 울며 먹었고, 다른 한 명은 울며 먹지 않았단다. 그들은 결코 언성을 높인 적이 없었고, 오히려 마치 둘 다 불치병이라도 걸린 것처럼 서로 부둥켜안고 함께 울곤 했어. 혹은 마치 어머니가 의도하지 않았음에도 딸을 감염시키기라도 한 듯이, 이제 그녀를 사랑스럽게 끝없는 헌신으로, 연민을 가지고 돌보고 있었지. 밤이면 우리는 쪽문이 삐걱거리는 소리를 듣곤 했는데, 정원 울타리에 있는 작은 칼리트카로 도라가 돌아왔다는 것과 같은 집으로 곧 그녀의 어머니가 빠져나가리라는 걸 알고 있었어. 아버지는 언제나 모든 비극에는 희극적인 측면이 있다고 말씀하시곤 했지.

제니아는 임신해서는 안 된다는 것을 확실히 하려고 딸을 감시했어. 그녀는 딸에게 끊임없이, 이렇게 해라, 저렇게 하지 마라, 그가 이렇게 말하면 너는 이렇게 말해라, 그가 이렇게 주장하면 너는 그렇게 해라, 하고 설명했지. 아무도 우리에게 그런 안 좋은 것을 설명해준 사람이 없었기 때문에, 우리도 이런 식으로 무언가를 들었고 배웠단다. 그렇지만 그건 아무 소용이 없었지. 어린 도라는 임신을 했고, 제니아가 판 크리니츠키에게 가서 돈을 요구했다는 소리가 들려왔으며, 그는 그녀에게 어떤 것도 주기를 거절했고 두 사람을 다 모르는 척했다는구나. 그렇게 하느님이 우리를 창조하셨는걸. 부는 범죄이고 가난은 형벌이지만, 형벌은 죄지은 사람에게 주어지는 게 아니라, 형벌에서 벗어나고자 하는 돈 없는 자에게 주어지지. 그 여자는 당연히 자기가 임신했다는 사실을 부인할 수 없었어. 하지만 그 남자는 저 하고 싶은 대로 맘껏 그 사실을 부인했으니, 뭘 어쩔 수 있겠니? 하느님께서는 남자에게는 기쁨을 주고 우리에게는 형벌을 주셨으니. 남자에게 그분이 말씀하시기를, 네 얼굴에 흐르는 땀으로 네가 양식을 먹으리라 하셨지만 그것은 상이지, 벌이 아니고. 어쨌거나 남자는 일을 뺏기면 정신이 나가버리거든. 우리 여자에게 그분은 남자들 얼굴에 흐르는 땀냄새를 가까이서 맡는 특권을 주셨는데, 그건 그렇게 큰 기쁨이 아닌데다가, 아이를 낳는 산고의 슬픔까지 더하셨지. 나는 그걸 약간 다르게 보는 것이 가능하다는 걸 알고 있단다.

*

불쌍한 도라, 그녀가 임신 아홉 달째였을 때, 사람들이 와서 그녀를 제니아의 사촌이 산다는 한 마을로 데려갔단다. 내가 생각하기로는 아버지가 약간의 돈을 주었던 것 같아. 제니아는 도라와 함께 그 마을로 갔다가 며칠 후에 병들고 파리해져서 돌아왔어. 도라 말고, 제니아 말이야. 도라는 한 달 뒤에, 병들지도 창백해지지도 않고, 되레 과즙 많은 사과처럼 얼굴이 발긋하고 통통해져서 아이 없이 돌아왔는데, 전혀 슬픈 기색도 없었고, 단지, 말하자면, 이전보다 더 아기 같아졌어. 전에도 아주 아기 같았었는데. 하지만 그 마을에서 돌아오고 난 후로, 도라는 우리한테 아기 말로 웅얼거릴 뿐이었고, 인형을 가지고 놀았고,

그녀가 울 때는 마치 세 살짜리 아이 울음소리처럼 들렸어. 또 아기가 잠자는 시간만큼 자기 시작했어. 그 소녀는 하루에 이십 시간 동안 자고 또 잤어. 오직 무얼 먹기 위해서만 일어나서 마시고 들어갔지. 넌 그녀가 어디로 간지 알겠니.

그럼 그 아기에게는 무슨 일이 일어났던 걸까? 누가 알겠니. 묻지 말라는 소리를 들었고, 우리는 아주 순종적인 딸들이었거든. 우리는 물어보지 않았고 사람들 역시 그 어떤 것도 말해주지 않았단다. 딱 한 번, 밤에, 하야 언니가 어둠 속 정원에서 아주 분명하게, 비바람이 치는 밤이었어, 아기 우는 소리를 들었다고 말하면서 나랑 파니아 언니를 깨웠어. 우리는 옷을 입고 나가보고 싶었지만, 너무 무서웠지. 하야 언니가 가서 아버지를 깨울 때까지 아무런 아기 소리도 들리지 않았지만, 아버지는 커다란 랜턴을 들고 나가서 정원 구석구석을 뒤지고, 돌아와서는 슬프게 말씀하셨지. 하유니아야, 네가 꿈을 꾼 게 분명한 것 같구나. 우리는 아버지와 언쟁을 하지는 않았어, 그런 걸로 언쟁해서 뭐하겠니? 하지만 우리 모두는 언니가 꿈꾼 것이 아니라는 걸 아주 잘 알고 있었으니, 정원에선 정말 아기 우는 소리가 들렸거든. 날카롭게 귀를 찌르는 가늘고 높은 톤의 울음소리로, 배고프거나 뭘 빨고 싶어하거나 추워하는 아기가 아니라, 끔찍한 고통 속에 놓여 있는 아기의 울음소리 말이야.

그 일 이후 예쁜 도라는 희귀한 혈액 질병에 걸렸고 아버지는 루이 파스퇴르만큼이나 유명한 교수인, 바르샤바의 한 저명한 교수에게 가서 검진을 받도록 돈을 내주셨지만, 그녀는 결코 다시 돌아오지 않았어. 제니아 데미트리에브나는 저녁이면 이야기를 계속 해주었지만, 그

이야기들은 황량하게 끝났어. 말하자면 적절치 못했고, 이따금 그녀의 이야기 속으로 스며든 단어들이 별로 좋은 것들이 아니어서 우린 듣고 싶지가 않았지. 아니면 우리가 곱게 자란 젊은 처자들이어서 그걸 멀리하고 싶었는지도 몰라.

그럼 어린 도라는? 우리는 다시는 그녀에 대해 말하지 않았어. 심지어 제니아 데미트리에브나마저도, 도라가 바르샤바에서 사라진 것에 대해서가 아니라 자기 연인을 받아들인 것에 대해서 용서라도 하듯이, 그녀는 도라의 이름을 입에 올리지 않았어. 대신 제니아는 현관 위에 새장 하나를 두고 그 안에 사랑스럽고 작은 새 두 마리를 키웠고 새들은 겨울까지 잘 살다가, 그 겨울에 얼어죽었단다. 두 마리 다.

25

메나헴 겔레르터는 로브노에 있는 타르붓 김나지움에 대한 책을 쓴 사람으로, 그곳 선생이었다. 그는 히브리 성서, 문학과 이스라엘 민족사를 가르쳤다. 그의 책에서 나는, "또렷한 기억에 따르면", 무엇보다도 나의 어머니와 이모들과 그 친구들이 1920년대에 히브리 교과과정의 일부분으로 학교에서 공부했던 내용을 찾을 수 있었다.

……랍비의 이야기, 스페인의 유대 황금기 때 쓰인 선별된 시, 중세 유대철학, 비알리크와 체르니콥스키의 작품집, 그리고 다른 현대 히브리 작가 선집—야콥 코헨, 베르디쳅스키, 프리스만, 페레츠, 샬롬 에슈, 베르나르(이들은 모두 토슈야 출판사에서 책을 펴냈다), 만달리, 샬롬 알레헴, 베르코비츠, 카바크와 보를레(이들은 번역서를

포함해서 슈티발과 이마눗 출판사에서 책을 펴냈다)—과 세계 '고전'문학 번역본—톨스토이, 도스토옙스키, 푸시킨, 투르게네프, 체호프, 미츠키에비치, 시엔키에비치, 크라신스키, 마테를링크, 플로베르, 로맹 롤랑, 실러, 괴테, 하이네, 게르하르트 하웁트만, 바서만, 슈니츨러, 페터 알텐베르크, 셰익스피어, 바이런, 디킨스, 오스카 와일드, 잭 런던, 타고르, 함순 같은 작가들을 포함한—과 체르니콥스키가 번역한 『길가메시 서사시』 등등이 포함되어 있었다. 아울러 이스라엘 역사에 대한 책에는 요셉 클라우스너의 『제2차 성전시대사』, 예후다 이븐 베르가의 『유다 지파』, 시몬 베른펠트의 『눈물의 책』, 그리고 디나부르크의 『포로기의 이스라엘』 등도 포함되어 있었다.

*

소니아 이모가 계속해서 말했다. 우리는 매일 날이 시작하기 전 여섯시나 그보다 더 이른 시각에 바깥 큰 쓰레기통에 쓰레기통을 비우려고 천천히 내려갔어. 계단이 숨가빴기 때문에 다시 올라오기 전에 잠시 쓰레기통 옆 낮은 담벼락에 앉아 쉬어야만 했단다. 가끔씩 러시아에서 새로 이민 온 베리아와 우연히 마주쳤는데, 베리아는 매일 아침 웨슬리 거리의 인도를 쓸었지. 저 너머 러시아에서 그녀는 거물이었단다. 여기서는 거리를 쓸었고. 그녀는 히브리어는 거의 배운 적이 없었어. 가끔씩 우리 둘은 잠시 동안 쓰레기통 옆에 머물면서 러시아어로 이야기를 좀 나누었지.

왜 그녀가 거리 청소부가 되었느냐고? 재능 있는 딸 둘을 하나는 화학으로, 다른 하나는 치의학으로 대학에 다니게 하기 위해서였지. 남편—없었어. 이스라엘에 가족은—가족도 없었고. 먹을 것—아꼈지. 입는 것—절약했고, 숙박—방 하나에서 모두 함께 살았지. 하지만 연구와 서적에서는 부족함이 전혀 없도록 했어. 이런 점은 다른 유대 가정과 같았어. 비록, 하느님 맙소사, 또 전쟁이 나고, 혁명이 나고, 또 이주를 해야 하는 일이 생기거나, 더 차별적인 법이 생긴다 할지라도—늘 재빨리 접히는 네 졸업 증서를 옷 솔기에 감추고, 어디든 유대인이 살 수 있도록 허용된 곳으로 도망쳐야 한다 할지라도—우리는 교육이 미래를 위한 투자라 믿었고, 그것이 자기 아이들로부터 그 누구도 빼앗아 갈 수 없는 유일한 것이라 생각했단다.

이방인들은 우리에 대해 말하곤 했지. 졸업장—그게 유대인의 종교라고. 돈도 아니고 금도 아니고. 졸업장이. 그렇지만 졸업장 속에 있는 이런 믿음 뒤에는 뭔가 다른 것, 뭔가 복잡한 것, 뭔가 더 비밀스러운 것이 있단다. 다시 말해, 그 시절의 소녀들과 심지어 우리같이 학교에 가고 그다음엔 대학을 갔던 근현대 소녀들은 집밖의 장소에서 교육받을 권리가 있다고 배웠지—물론 애가 태어나기 전까지만 말이야. 네 삶은 아주 짧은 시간 동안만 온전히 네 것이야. 부모의 집을 떠나서부터 첫 임신을 할 때까지만. 그 순간, 그 첫 임신부터, 우리는 애들 주위에서 자기 삶을 살아야 한단다. 우리 어머니들처럼 말이야. 아이들을 위해서 인도까지 빗자루질을 하는 건, 아이는 병아리이고 너는 뭐겠니? 그저 달걀노른자에 불과하고, 넌 병아리들이 크고 강하게 자라도록 자신을 먹여야 하지. 그리고 아이가 자라면—그때조차 너는 너 자신으로 돌아갈 수가 없어, 단지 어머니에서 할머니로 바뀔 뿐이야. 여자들에게 주어진 임무는 단순히 그녀의 아이들이 자기 아이를 키우는 일을 도와주는 것이지.

물론, 그때도 스스로 커리어를 쌓아서 세상으로 나가는 상당수의 여성이 있었단다. 그렇지만 모두들 그들에 대해 뒤에서 수군댔지, 저 이기적인 여자들을 보라고, 불쌍한 아이가 거리에서 자라며 값을 치르는 동안 회의 자리에 앉아 있다고.

이제는 새 세상이란다. 드디어 여자에게 자기만의 삶을 살 수 있는 기회가 더 많이 주어졌지. 아니면 그저 환상인가? 아마 더 젊은 세대에서도, 여자들이 불가능한 선택을 해야 한다는 느낌에, 남편이 자는 동안 여전히 밤이면 베개를 눈물로 적시려나? 판단하고 싶지는 않구나. 더는 내 세상이 아니니까. 비교를 하려면 집집마다 찾아가 남편이 잠든 동안 얼마나 많은 어머니들이 매일 밤 베개를 눈물로 적시는지 확인해봐야 할 거고, 지금의 눈물과 그때의 눈물을 비교해봐야 할 게다.

*

가끔씩 텔레비전에서 보고, 가끔씩 바로 여기 우리집 발코니에서도 보지, 젊은 커플들이 일이 끝나고 모든 일을 어떻게 함께 하는지. 빨래를 하고, 널고, 기저귀를 갈고, 요리하고, 한번은 잡화상의 젊은 직원이 다음날 자기와 자기 아내가—그가 말한 건데—내일 양수 검사를 받으러 갈 거라고 말하더구나. 그가 그렇게 말하는 걸 들었을 때, 난 목이 메었어. 아마 세상은 결국 조금씩은 변하고 있는 모양이지?

정치에서 리슈아스, 즉 악은 종교와 국민 사이에서, 그리고 계급 사이에서 쇠퇴해온 게 분명하지만, 이항二項 사이에서도 악이 조금 쇠퇴했는지도 모르겠구나? 젊은 가족들 사이에서 말이야. 아니면, 내가 스스로를 속이고 있는지도 모르지. 아니면 그저 모두 연극이고, 사실 세상은 전처럼 돌아가고 있는지도 모르고—장화 신은 고양이가 온통 자기만 핥으며 구레나룻을 잡아당기고는 즐거움을 좇아 마당으로 꽁무니를 빼는 동안, 어미 고양이는 새끼 고양이 젖을 먹이잖니.

잠언서에 쓰여 있던 글을 아직 기억하니? 거기에 이렇게 쓰여 있지. 지혜로운 아들은 아비를 기쁘게 하나, 어리석은 아들은 어미의 멍에니라! 만일 아들이 지혜로워지면 아비는 기뻐하며, 그 아들을 자랑스럽게 여기고 백 점을 주지. 그러나 만일, 제발 그럴 일은 없어야겠다만, 아들이 실패하거나 어리석거나 문제아이거나 볼품없거나 범죄자가 된다면, 글쎄다, 그럼 그건 그 어미의 잘못이 되고, 모든 염려와 고통이 그녀에게 떨어진단다. 한번은 네 어머니가 나한테 말하기를, 소니아, 네가 알아야 할 것은, 그저 두 가지뿐이란다— 아니지. 다시 울컥하는구나. 다음에 다시 한번 말하도록 하자. 다른 얘기를 하자꾸나.

*

이따금 나는 우리집에서 타샤와 니나라는 딸 둘이랑 커튼 뒤에서 살고, 고풍스러운 침대에서 같이 잤던, 그 귀부인 류보프 니키티츠나에 대해 제대로 기억하고 있는지 잘 모르겠다, 확신이 잘 안 들어. 그녀가 정말 그 둘의 어머니였을까? 아니면 그냥 두 소녀의 구베르난트카(가정교사)였을까? 분명 서로 아버지가 달랐는데? 왜냐하면 니나가 안토

니나 볼레슬라포프나였던 데 반해 타샤는 아나스타샤 세르게예프나였거든? 약간 석연치 않은 뭔가가 있었지. 좀 거북한 주제 같아서, 우리는 그에 대해 그다지 많이 이야기하지 않았어. 두 소녀 다 그 귀부인을 '엄마'나 '어머니'라고 부르던 게 기억나지만, 그건 그들이 진짜 어머니를 기억할 수 없어서 그랬는지도 모르지. 이미 은폐가 있었기 때문에, 너한테 어느 쪽이든 확실히 말해줄 수는 없단다. 두세 세대 전 인생 속에는 숱한 은폐들이 있었으니까. 오늘날엔 아마 좀 덜할 거다. 아니면 그것들이 그저 형태만 변해왔나? 새로운 것들이 발명되었을까?

그 은폐가 좋은 건지 나쁜 건지는 정말 모르겠다. 나는 우리 세대의 모든 아가씨처럼 아주 잘 세뇌당했는지도 몰라서, 오늘날의 관습을 판단 내릴 자격이 없으니 말이다. 아직도 가끔 나는 아마 우리 시절에는 남자와 여자 사이가, 사람들이 말한 것처럼, 모두 더 단순했는지도 모른다는 생각을 한다. 내가 소녀였을 때, 사람들이 나를 좋은 가정에서 자란 젊은 처녀라 불렀던 시절은 칼과 독, 끔찍한 어둠으로 가득차 있었어. 신발도 신지 않고 전갈로 가득한 어둠 속의 지하실을 걷는 것처럼. 우리는 전적으로 그 어둠 속에 있었지. 그에 대해 얘기된 것은 없어.

*

하지만 사람들은 항상 이야기했지, 질투와 리슈아스가 넘치는 악의적인 가십들을 지껄인 거야. 그들은 돈에 대해 이야기하고, 질병에 대해 이야기하고, 성공에 대해 이야기하고, 좋은 가문 및 어떤 가문인지 누가 알까 싶은 가문에 대해 이야기하고, 이런 것들이 끝도 없는 화젯

거리였고, 사람에 대해서 역시 끝도 없이 말했는데, 이 사람은 이러이러한 사람이고, 저 인간은 이러이러한 사람이라고 떠들어댔지. 그러니 이상理想! 이상에 대해서는 얼마나 말했겠니! 그건 오늘날에도 상상할 수 없는 일이야! 그들은 유대교와 시오니즘과 동맹과 공산주의에 대해 말하고, 아나키즘과 니힐리즘에 대해 이야기하고, 미국에 대해 이야기하고, 레닌에 대해 이야기하고, 심지어 여성 문제와 여성해방에 대한 것까지 이야기했어. 하야 이모는 여성해방에 대해 우리 셋 중에 제일 대담했단다. 물론 당연히, 이야기와 논쟁에서라면 파니아 언니도 약간 여성참정권론자였지만, 다소 의구심이 있었지. 그리고 나는 언제나 듣던 대로, 어리석은 어린애였고, 소니아는 말하지 마, 소니아는 끼어들지 마, 넌 다 클 때까지 기다려, 그럼 이해하게 될 거다. 그래서 나는 입 다물고 듣기만 했지.

그 시절의 젊은 사람 모두가 자유의 개념에 대해 주고받았지. 이런 종류의 자유, 저런 종류의 자유, 또다른 종류의 자유. 하지만 남녀 간의 문제에 대한 얘기에서는 자유가 없었어. 거기엔 그저 전갈로 가득한 어둠 속의 지하실을 맨발로 걷는 일이 있을 뿐이었지. 단 한 주도, 조심스럽지 못한 소녀들이 겪는 일을 경험하게 된 젊은 처자에 대한 무시무시한 소문 없이 지나간 적이 없었지. 아니면 사랑에 빠져서 정신이 나간 신분 높은 여자에 대한 소문이라든가, 누군가에게 유혹당한 하녀 얘기라든가, 고용주의 아들과 도망쳤다가 아이만 낳아서 혼자 돌아온 요리사에 대한 얘기라든가, 아니면 사회적 지위가 있는 결혼한 여자가 사랑에 빠져서 버림받고 비웃음거리가 되려고 자기 자신을 누군가의 발치에 내던졌다는 얘기라든가. 비웃었니? 아니야? 그 시절 우리가 소녀였을 때, 순결은 새장이자 여자와 심연 사이에 있는 단 하나의 울타리였단다. 그건 소녀들의 가슴을 30킬로짜리 돌덩이같이 누르고 있었지. 밤에 꿈꿀 때조차, 순결은 깨어 침대 곁에 서서 그녀를 감시했고, 그래서 소녀는 아침이 되어 일어날 때, 아무도 모르는데도 부끄러워했단다.

*

남자와 여자 사이에 어둠 속에서 벌어지는 모든 일은 오늘날에는 아마 좀 덜 일어나겠지? 좀더 단순해지고 말이야? 그때는 어둠 속에 덮인 것이라, 남자가 여자를 악용하기 훨씬 더 쉬웠지. 다른 편으로 생각해보면, 이제는 훨씬 덜 신비롭다는 뜻인데, 그게 좋은 건가? 오히려 역시 추악하게 변질되진 않았니?

내가 이런 것에 대해서 너한테 이야기하고 있다는 게 스스로도 놀랍구나. 내가 아직 어린 소녀였을 때, 우리는 가끔씩 서로에게 속삭이곤 했단다. 하지만 남자애한테는? 내 생애 단 한 번도 남자애하고는 그렇게 속삭여본 적이 없단다. 심지어 부마하고도 말이야, 우리가 결혼한 지 이제 거의 60년이나 되었는데도. 우리가 어쩌다 여기까지 온 거지? 류보프 니키티츠나와 그녀의 딸 타샤와 니나에 대해 이야기중이었는데. 언젠가 로브노에 가게 되면, 넌 탐정 같은 모험심을 가질 수 있을 게다. 아마 시청에 가서, 그들이 아직 보관하고 있다면, 그 은폐에 빛을 비출 수 있는 무슨 문건이라도 찾아볼 수 있을 게야. 백작부인인지 여공女公인지 두 딸의 어머니였는지 아닌지 알아내보거라. 그녀가 정말

백작부인인지 여공인지가 맞는지도. 그리고 시장 레베텝스키가 그 불쌍한 도라의 아버지라는 소문처럼, 타샤와 니나의 아버지 역시 그일까?

하지만 다시 생각해보니, 거기에 있는 어떤 문건이든 지금쯤은 벌써, 우리가 폴란드에, 붉은 군대에, 그다음엔 나치에 점령당하고, 그들이 우리 모두를 사로잡아 구렁을 파 총질하고 우리를 흙으로 덮은 그때 이미, 십수 번도 더 불태워졌을 것 같구나. 그다음엔 다시 스탈린이 NKVD와 함께 왔었고, 로브노는 강아지처럼 이 사람 손에서 저 사람 손으로, 러시아에서 폴란드로, 러시아로, 독일로, 다시 러시아로 괴롭힘당하며 던져졌지. 하지만 이제 그곳은 폴란드나 러시아가 아니라 우크라이나에 속해 있어. 아니면 벨라루스에 속해 있나? 아니면 어떤 지역 모리배들한테? 누구한테 귀속되어 있는지 나도 잘 모르겠구나. 게다가 상관없기도 하고. 거기는 더이상 존재하지 않는 곳이고, 이제 몇 년쯤 더 지나고 나면 아무것도 아닌 것으로 변할 테니까.

전 세계는, 그저 멀리서 바라보기만 하면, 얼마나 오랫동안 계속될지는 모르지만 영원하지는 않을 거야. 사람들은 어느 날엔가는 태양이 빛을 잃고 모든 것이 암흑으로 뒤덮일 것이라고 말하지. 그러면 왜 남자들은 역사 동안 내내 서로서로 죽고 죽이는 거냐? 누가 카슈미르를 다스리니, 아니면 헤브론에 있는 야콥의 열두 지파의 무덤을 다스리니 하는 것들이 그렇게까지 중요한 거냐? 생명나무나 지식의 나무에서 사과를 먹는 대신에, 리슈아스의 나무에 난 열매를, 기쁨으로 먹은 게지. 그게 낙원이 종말로 치닫고 이 지옥이 시작된 이유란다.

*

너무나 많은 갈림길이 있다. 같은 지붕 아래 사는 사람들에 대해서조차 너는 거의 아는 게 없지. 너는 네가 많이 안다고 생각하겠지―하지만 네가 전혀 아무것도 모른다는 것이 밝혀질 게다. 예를 들면, 네어머니는―아니다, 미안해, 그저 그녀에 대해 바로 이야기할 수 없구나. 오로지 에둘러서만. 그렇게 하지 않으면 상처가 아파오기 시작한단다. 파니아 언니에 대해서는 말하지 않겠다. 그녀 주변에서 무슨 일이 있었는지에 대해서만 말해주마. 파니아 언니 주변에서 벌어졌던 일역시도 아마 조금은 파니아 언니에 대한 거니까. 이런 속담이 있는데, 네가 정말 누군가를 사랑하면 그의 손수건까지 사랑하게 된단다. 번역하면 뜻을 잃을 텐데. 하지만 내가 이해하고 있는 것을 알 수 있겠지?

이걸 잠깐 봐다오. 여기 네게 보여줄 게 있는데, 네 손으로 이걸 느낄 수 있고, 내가 네게 말해준 모든 것이 그저 이야기만이 아니라는 걸알게 될 게다. 이걸 좀 보려무나―아니, 그건 식탁보가 아니고, 옛날좋은 가문의 어린 규수들이 배운 방법 그대로 수를 놓은 베갯잇이란다. 여공 류보프 니키티츠나가 나를 위해 수놓아준 거야. 백작부인이던가? 여기 수놓인 것은 머리인데, 그녀가 내게 말해주기로는, 리슐리외 추기경의 머리 실루엣이래. 리슐리외 추기경이 누구인지, 난 기억나지 않는다. 아마 절대 몰랐을 것이, 나는 하야 언니나 파니아 언니처럼 똑똑하지 않았으니. 그들은 대학 입학 허가증을 얻기 위해 떠났고, 그다음엔 프라하로 대학 공부하러 갔으니까. 나는 약간 우둔했단다. 사람들은 언제나 나에 대해 말했지. 소니츠카, 그애는 아주 귀여운데 약간 우둔해. 나는 간호사 자격증 따는 걸 배우려고 폴란드군 병원에 갔단다. 그런데 내가 집을 떠나기 전에, 그 여공이 그게 리슐리외 추기경의 머리라고 말해주었던 것은 아직 기억이 나는구나.

아마 너는 리슐리외 추기경이 누군지 알 수도 있겠구나? 신경쓰지 마라. 다른 때 말해주든지 신경쓰지 마라. 내 나이가 되면, 리슐리외 추기경이 누군지 아는 영광 없이 남은 날을 마감한다 해도 그게 그리 중요한 게 아니거든. 수십 명의 추기경이 있는데, 우리 중 그들을 좋아한 사람은 아무도 없었단다.

*

내 속을 깊숙이 보면 나도 약간 무정부주의자란다. 파파처럼 말이다. 네 어머니 역시 내심 무정부주의자였지. 물론, 클라우스너 일가에 있을 때는 결코 표현할 수 없었지만. 그들은 비록 그녀 앞에서는 공손하게 행동하긴 했지만, 실상 그녀를 꽤나 이상하다고 생각했거든. 클라우스너 일가에서는 일반적으로 예의범절이 언제나 가장 중요한 것이었다. 네 친할아버지인 알렉산더 할아버지는 내가 손을 잽싸게 빼지 않았더라면, 거기 키스를 했을 게다. 장화 신은 고양이에 대한 동화가 있지. 클라우스너 가문에서 네 어머니는 장화 신은 고양이의 거실에 걸려 있는 새장 속에 포로로 갇힌 새 같았어.

나는 리슐리외 추기경으로부터도 좋은 것이 아무것도 나올 수 없다는 아주 단순한 이유로 무정부주의자였단다. 단지 야누스카 두라초크만이, 너 기억나지? 우리 하녀 카스니오츠카의 이야기 속에 나왔던 바보, 보통 사람들에게 불쌍한 마음을 가지고, 자기가 먹어야 했던 작은 빵 내주기를 아까워하지 않고, 다리에 난 구멍을 막는 데 그 빵 조각을 쓰고, 그 때문에 왕이 되었던 마을의 바보 말이야―오로지 그 같은 사람만이 우리를 이따금 가엾게 여겨줄 수 있을지 모르지. 거기서도 왕이나 통치자들은 아무에게도 동정심을 가지지 않잖아. 사실 우리 보통 사람들도 서로를 불쌍히 여기는 마음이 그다지 많지 않지. 우리도 틀림없이, 심장이 없는 듯이 거기 있는 군대에 버티고 있는 리슐리외 추기경 같은 사람 때문에 병원으로 가는 길이 막혀 길가에 죽어 있는 어린 아랍 소녀를 불쌍히 여기지 않잖니. 그것도 유대인 군대 말이다― 하지만 여전히 리슐리외 추기경이지! 그가 원하는 것은 모두 가둬버리고 집으로 돌아가고, 그래서 그 어린 소녀는 죽었고, 난 그애 눈을 본 적조차 없었던 것이, 신문에서는 오로지 우리 희생자들만 보여줄 뿐, 그들측 희생자는 보여준 적이 없는데도 그 아이의 눈은 우리의 영혼을 꿰뚫어보고 있어서 우리 중 그 누구도 밤에 잠들 수 없는 것이지.

넌 보통 사람들이 그렇게 대단하다고 생각하니? 그것과는 거리가 멀어! 그들도 바로 통치자만큼이나 어리석고 잔인하지. 그게 안데르센 이야기에 나오는 벌거벗은 임금님의 새 재단사가 주는 교훈인데, 그 이야기 속 보통 사람들은 바로 왕과 궁정신하들과 리슐리외 추기경만큼이나 어리석잖아. 하지만 야누스카 두라초크는 그런 사람들이 비웃더라도 개의치 않았지. 오직 그에게 문제가 되었던 것은 그 사람들이 살아남아야만 한다는 것이었어. 그는 사람들에게 연민의 마음이 있었고, 그 사람들 모두는 예외 없이 연민이 필요한 자들이지. 심지어 리슐리외 추기경까지도. 교황님까지도, 넌 교황님이 얼마나 아프고 병약한

지 텔레비전에서 보았겠지, 여기 우리는 너무나 동정심이 부족해서, 그를 몇 시간이나 그 아픈 다리로 태양 아래 서 있게 했어. 사람들은 심지어 텔레비전에서까지 *그가 끔찍하게 고통스러워하며, 극도로 노력하며 혹서 속에 야드 바셈*에서 삼십 분간 쉬지도 못하고 그저 우리의 명예를 손상시키지 않으려 꼿꼿이 서 있는 걸 볼 수 있었는데도, 그 늙고 많이 병든 사람을 불쌍히 여기는 마음이 없어.* 나로서는 그걸 보고 있기도 꽤 힘들더구나. 그에게 미안한 마음이 들었어.

*

니나는 네 어머니 파니아의 아주 좋은 동갑내기 친구였고, 난 니나의 동생이던 타샤와 친구가 되었단다. 몇 년간 그들은, 그들이 마망이라고 불렀던 여공과 함께 우리집에서 살았지. 마망은 프랑스어로 어머니지만, 그녀가 정말 그애들의 어머니인지 아닌지는 누가 알겠니? 아니면 그저 그들의 유모였을지도 모르잖니? 그들은 아주 가난해서, 난 그들이 우리에게 집세로 한 코페이카라도 낼 수 있으리라 생각지 않았다. 그들은 집에 드나들 때 하인들의 문이었던 체르니 호트가 아니라, 파라드나냐 호트라고 불리던 대문을 이용해도 된다고 허락받았지. 그들은 너무나 가난해서 그 여공, 마망은 밤이면 램프 불빛 옆에서, 발레를 배우는 부유한 소녀들의 페이퍼 스커트를 삯바느질하곤 했단다. 그건 일종의 주름 종이인데, 그녀는 거기에 금박 종이로 된 빛나는 별 모

---

* 예루살렘 외곽에 있는 홀로코스트 기념관. 야드 바셈은 히브리어로 '이름을 기억하다'라는 뜻이다.

양을 풀칠해서 붙였어.

여공인지 류보프 니키티츠나 백작부인인지가 두 아이와 함께 갑자기, 하고많은 장소 중에 튀니지로, 장기간 행방불명이던 옐리자베타 프란조브나라는 친척을 찾아 떠난 어느 멋진 날까지 말이다. 그러니지금 내 기억이 얼마나 날 바보로 만들고 있는지 봐라! 내가 내 시계를 어디다 두었지? 기억이 안 나네. 하지만 내가 내 인생에서 결코 본 적도 없는 옐리자베타 프란조브나라는 그 이름, 아마 80년 전에 우리 여공 류보프 니키티츠나가 하고많은 장소 중 튀니지로 찾아 떠났다고 하는 그 옐리자베타 프란조브나라는 이름을, 하늘의 해만큼이나 분명하게 기억할 수 있단다! 아마 내 시계도 튀니지에서 잃어버렸나보지?

*

우리 식당에 걸려 있던 그림 한 장은 금테 액자에 들어 있었는데 아주 비싼 후도즈니크(예술가)가 그린 것이었단다. 그 그림 속에 헝클어진 금빛 머리칼을 하고, 소년이라기보다는 응석받이 소녀같이 생겨서는, 소년과 소녀의 중간쯤으로 보이던 잘생긴 소년이 그려져 있던 걸기억한다. 얼굴은 기억나지 않지만, 수가 놓여 있고 소매가 부푼 셔츠를 입고, 커다란 노란 모자를 썼는데 끈이 어깨까지 흘러내려와 있던 것은 분명하게 기억난다―아마 결국 어린 소녀였던 것 같은데―그녀의 층층이 내려오는 3단짜리 치마를 볼 수 있었는데, 한쪽 치마가 조금들려 있고 그 밑으로 레이스가 비쳐서, 첫번째 것은 노란색 속치마로, 반 고흐 그림처럼 아주 강렬한 노란색이고, 그 밑엔 하얀색 속치마 그리고 맨 아래 하늘색 속치마에 그녀의 다리가 분명히 덮여 있었지. 그런 그림은 수수해 보였지만, 정말 수수한 건 아니었지. 그건 실물 크기의 그림이었어. 그리고 순전히 소년처럼 보였던 그 소녀는 목초지와 하얀 양에 둘러싸인 들판 한가운데 서 있었고, 하늘엔 은은한 구름이 있고, 멀리 숲 한 폭이 펼쳐져 있었지.

한번은 하야 언니가 그런 미인은 양을 치러 가서는 안 되고 궁전 벽 안에만 머물러야 한다고 말했고, 나는 맨 밑의 스커트는 하늘이랑 똑같은 색으로 그려져 있어서, 스커트가 꼭 하늘에서 바로 떼어 붙인 것 같다고 말했던 기억이 나는구나. 그랬더니 파니아 언니가 갑자기 우리 둘 모두에게 격노해 분을 터뜨리면서, 둘 다 조용히 해, 왜 그렇게 말도 안 되는 소리들을 하고 있는 거야, 그 그림은 아주 큰 도덕적 부패를 감추고 있는 거짓 그림이라고, 하고 말했어. 그녀는 가끔 이런 어휘들을 사용했는데, 정확한 건 아니고, 난 네 어머니가 말하는 방식을 따라할 수는 없어, 아무도 못하지. 파니아 언니가 어떻게 말했는지 너 아직 기억하니?

나는 그녀가 폭발했던 일이나, 그녀의 표정 같은 것을 잊을 수가 없어. 그녀는 그때 아마 열여섯이나 열다섯 살이었을 거야. 너무 그녀답지 않은 일이기 때문에 난 그 일을 정확히 기억한단다. 파니아 언니는 결코 목소리를 높인 적이 없었어, 한 번도, 심지어 상처받았을 때조차도, 그저 속으로 움츠러들었지. 그래서 그녀를 두고 언제나 그녀가 무슨 생각을 하는지, 그녀가 좋아하지 않는 게 무엇인지 추측해야만 했지. 그런데 여기서 갑자기—토요일 밤인가 숙곳(초막절)이었나? 샤부옷(칠칠절)*이었던가? 무슨 축제 끝 무렵이었던 것으로 기억하는데—

우리에게 화를 터뜨리며 소리를 지른 거야. 나야 신경쓰지 않아도 되지, 인생 내내 난 그저 어리석은 어린아이였으니까, 그런데 하야 언니에게 소리를 질렀다고! 우리 큰언니한테! 청년 모임의 지도자에게! 그녀의 카리스마에! 학교 전체에서 칭송받던 하야 언니에게 말이야!

여하간 네 어머니는 갑자기 대항하면서, 우리 식당에 오랫동안 걸려 있던 예술적인 그림을 경멸하기 시작했어. 현실을 미화하는 그 그림을 비웃었어! 거짓이라면서! 실제 삶에서 양치기 소녀는 실크 옷이 아니라 낡아 해진 누더기를 입고, 천사 같은 얼굴이 아니라 추위와 배고픔으로 얽은 얼굴을 하고 있고, 그처럼 금빛 머리채가 아니라 이와 벼룩이 득실한 더러운 머리채를 하고 있다면서. 그리고 고통을 무시하는 것은 고통을 가하는 것만큼이나 나쁜 거라면서, 그 그림이 현실의 삶을 스위스 초콜릿 박스에 그려진 풍경으로 변질시켰다는 거야.

아마 네 어머니가 식당에 걸려 있던 그림에 대해 그렇게 격노했던 건 그걸 그렸던 후도즈니크가 세상을 재앙이라고는 하나도 없는 곳인 양 그렸기 때문이었을 게야. 난 그게 그녀를 화나게 만들었다고 생각한다. 격노했던 그때 그녀는 누구도 상상할 수 없을 만큼 비참했던 게 분명해. 내가 우는 걸 용서해라. 그녀는 내 언니였고, 날 많이 사랑해주었는데, 전갈들에게 유린당했으니까. 됐다. 이제 다 울었다. 미안하구나. 매번 그 천박한 그림을 떠올릴 때마다, 3단 치마와 깃털 구름이 덮인 하늘이 그려진 그림을 떠올릴 때마다, 난 내 언니를 유린한 전갈들이 보여서 울고 만단다.

---

* 맥추감사절. 그해 처음으로 추수한 밀을 하느님께 바치는 유대인의 절기.

26

큰언니인 하야의 전철을 밟아 1931년 열여덟의 파니아는 공부를 위해 프라하로 보내졌다. 폴란드의 대학은 사실상 유대인에게 닫혀 있었다. 어머니는 역사와 철학을 공부했다. 그녀의 부모인 헤르츠와 이타는, 로브노에 있는 여느 유대인들처럼, 폴란드를 중심으로, 우크라이나인과 독일인 사이에, 가톨릭과 정교회, 우크라이나 무뢰한들에 의한 폭력 행위 가운데 자라난 반유대주의와, 폴란드 정부가 자행한 차별적인 법령의 증인이자 희생양이 되었다. 그리고 천둥소리처럼 히틀러 치하 독일의 유대인 박해와 폭력을 지독하게 선동하던 메아리는 로브노에까지 와 닿았다.

외할아버지의 사업도 위기를 맞았다. 30년대 초반의 인플레이션은 사실상 그의 예금 전부를 하룻밤 사이에 날려버렸다. 소니아 이모는

"아버지가 내게 준 수조억 원의 폴란드 은행권 지폐는 짐이 되어 내 방 벽지로 발랐지. 우리 셋이 10년간 모아두었던 신부 지참금 전액은 두 달 새 도로아미타불이 되었어"라고 말했다. 하야와 파니아는 거의 다 떨어진 돈, 아버지의 돈 때문에 곧 프라하에서의 공부를 포기했다.

그래서 두빈스카 거리에 있던 밀가루 제분소와 집과 과수원, 그리고 마차와 말과 썰매는 급하고 불리한 흥정을 거쳐 다 팔렸다. 이타와 헤르츠 무스만은 1933년 거의 땡전 한푼 없이 팔레스타인에 도착했다. 그들은 타르 종이를 입힌 형편없고 작은 오두막 한 채를 임대했다. 언제나 밀가루 옆에 있기를 즐겼던 할아버지는 팟 빵집에서 간신히 일자리를 구했다. 후에 그가 쉰 살쯤 되었을 때, 소니아 이모가 회상하기로는, 말과 수레를 사서 빵을 배달하며 생계를 유지했고 그후에는 하이파 해변 주위에서 건축 자재들을 실어날랐다. 나는 작업복과 땀에 전 잿빛 셔츠를 입고 짙게 햇볕에 그을린 사려 깊은 남자를 선명하게 그릴 수 있는데, 그의 미소는 수줍을지언정 파란 눈은 웃음으로 빛났고, 수레에 놓인 그의 자리에 앉아 하이파 해변의 경치와 카르멜 산맥과 정유소들과 멀리 항구에 보이는 기중기들과 공장 굴뚝에서 무언가 매혹적이고 재미나는 것을 발견한 듯 손에 잡은 고삐를 늦추고 있다.

부유한 남자이기를 그만두고 프롤레타리아로 되돌아가면서, 그는 원기를 회복한 듯 보였다. 끊임없이 억압되었던 기쁨 같은 것이 그를 덮은 듯했고, 아나키스트적인 불꽃이 깜박이던 삶에 활력을 불어넣었다. 나의 증조할아버지, 즉 알렉산더의 아버지, 바로 리투아니아에 있던 올키에니키의 예후다 레이프 클라우스너같이, 나의 외할아버지 나프탈리 헤르츠 무스만은 수레와 외로움과 길고 느릿한 여정의 평화로운 리듬과 말의 느낌과 그 말에서 나는 코를 찌르는 냄새와 마구간, 밀짚, 마구, 수레 채, 귀리 포대, 고삐와 재갈이 주는 삶을 즐겼다.

부모가 이민한 당시 소니아는 열여섯의 소녀로, 그의 두 자매는 프라하에서 학업중이었고, 그녀는 폴란드군 병원 부속 간호학교에서 간호사 자격을 얻을 때까지 5년간 로브노에 머물렀다. 소니아는 텔아비브에 있는 항구에 1938년이 끝나기 이틀 전 도착했는데, 거기서 그녀의 부모님과 자매들과 하야의 '새신랑'이던 츠비 사피로가 기다리고 있었다. 몇 년 후 소니아는 로브노에서 청년운동을 이끌었으며 그녀의 지도자였던 남자, 아브라함 겐델베르그라는 엄격하고 현학적이며 완고한 남자와 텔아비브에서 결혼했다. 그가 부마다.

그리고 1934년, 부모님과 큰언니 하야가 온 후 1년쯤 후에, 막내 여동생 소니아가 오기 4년쯤 전에, 파니아도 이스라엘 땅에 당도했다. 그녀를 알던 사람들은 그녀가 프라하에서 고통스러운 연애 사건을 겪었다고 했다. 그들은 자세한 내용까지는 내게 전해주지 않았다. 프라하를 방문했을 때 나는 대학 주변 석조 도로가 빽빽이 들어선 곳을 몇 날며칠 저녁마다 계속 걸었고, 머릿속에 있는 이미지를 떠올리고 이야기를 만들었다.

예루살렘에 도착해서 1년 남짓 후에 어머니는 마운트 스코푸스에 있는 히브리 대학에서 역사와 철학 공부를 계속해나갔다. 48년 후, 할머니가 젊은 시절 무엇을 공부했는지에 대해서는 분명 생각해본 적 없이, 내 딸 파니아는 텔아비브 대학에서 역사와 철학을 공부하기로 결정했다.

어머니가 단지 부모님의 돈이 바닥났기 때문에 프라하 대학에서 공부를 중단했는지는 알 수 없다. 30년대 중반 유럽의 거리를 메운 유대인에 대한 폭력적인 증오가 그녀가 팔레스타인으로 이민하도록 얼마나 압력을 행사했는지, 혹은 타르붓 김나지움에서의 교육의 결과와 시오니스트 청년운동의 회원 자격이 그녀가 팔레스타인으로 오는 데 어느 정도나 영향을 주었는지 알 수 없다. 그녀가 여기서 찾으려 했던 것은 무엇이었을까, 그녀가 찾아낸 것은, 찾지 못한 것은 무엇이었을까? 로브노의 대저택에서 자라고 프라하의 고딕적인 아름다움에서 이제 막 돌아온 어떤 이에게 텔아비브와 예루살렘은 무엇처럼 보였을까? 타르붓 김나지움에서 정제된 히브리어를 책으로만 접하고 훌륭하게 조율된 언어적 감각을 지닌 젊은 숙녀의 예민한 귀에 히브리 구어는 어떻게 들렸을까? 나의 젊은 어머니는 모래언덕과 감귤 과수원의 모터 펌프와 암벽과 고고학 현장 답사와 성서의 옛터들과 제2차 성전시대의 유물들과 신문의 헤드라인과 조합 낙농 제품과 와디와 함신*과 성벽으로 둘러싸인 수도원과 자라에 담긴 얼음처럼 찬 물과 아코디언과 하모니카 음악 소리가 있는 문화의 밤, 카키색 반바지를 입은 조합 버스 운전사, 영어 발음과 이 나라 통치자들의 언어, 어두운 과수원, 이슬람 첨탑, 건축용 모래를 싣고 가는 낙타의 행렬, 히브리 야경꾼과 키부츠에서 온 볕에 그을린 개척자들, 해진 모자를 쓴 건축 막노동꾼에 대해

---

* 북아프리카와 아라비아반도에 부는, 모래 폭풍을 동반하는 건조한 고온풍.

어떻게 반응했을까? 격렬한 논쟁의 밤에, 이념적 대립과 구애, 토요일 오후의 소풍과 정당정치의 화염과 다양한 지하조직과 지지자들의 비밀스런 음모와 농업 직무를 위한 봉사자 강제 징집과 자칼의 울음소리와 멀리서 들리는 총성의 메아리들로 끊어진 깊고 푸른 밤에 그녀는 어느 정도나 억눌려 있거나 매혹당했을까?

어머니가 자신의 어린 시절과 그 땅에서 보낸 이른 시절에 대해 내게 이야기해주었더라면 좋았을 텐데, 내가 철이 들었을 때 그녀의 마음은 다른 데 있었으며 다른 문제들에 신경쓰고 있었다. 그녀가 내게 잠자리에서 해주던 이야기들은 거인과 요정, 마녀와 농부의 아내, 제분소의 딸, 머나먼 숲 깊숙이 자리한 오두막으로 채워져 있었다. 그녀가 그 과거, 그녀 부모님의 집이나 밀가루 제분소나 최초의 암토끼에 대해 말하기라도 했다면, 무언가 쓰디쓰고 절망스러운 것이 목소리에 스며들었을 테고, 양면적이거나 막연히 냉소적이거나 억압된 조롱처럼 매우 복잡한 무언가나, 혹은 내가 포착하기엔 베일에 가려져 있는 무언가, 혹은 도발적이거나 당황스럽게 하는 무엇인가가 깃들었으리라.

아마도 그것이 그녀가 이런 것들에 대해 말하기를 좋아하지 않았던 이유이며, 그녀에게 마트베이의 물방앗간과 그의 매혹적인 여섯 아내 이야기, 아니면 해골 모습으로 갑옷을 입은 채 타오르는 듯한 박차를 달고 도시와 대륙을 횡단하며 다닌 죽은 기수 이야기처럼 내가 대신 어머니와 관련지을 수 있는 간단한 이야기를 해달라고 청했던 이유였을 것이다.

나는 어머니가 하이파에 당도한 일이나, 그녀가 텔아비브에서 보낸 시절이나 예루살렘에서 보낸 첫 5년에 대해서는 거의 아무 개념이 없었다. 대신, 어머니가 어떻게 왜 여기로 왔는지에 대한 이야기와 그녀가 정말 찾고 싶어했던 것과 정말 찾은 것이 무엇이었는지에 대해 소니아 이모가 대신 이야기하도록 자리를 비키기로 하자.

*

타르붓 김나지움에서 우리는 히브리어를 읽고 쓰는 방법만 배운 것이 아니라, 훌륭하게 히브리어로 말하는 법도 배웠는데, 그건 그후의 내 삶을 타락시켰지. 우리는 성서와 미슈나와 중세 히브리 시뿐 아니라 생물, 폴라니스티카, 즉 폴란드 문학과 역사, 르네상스 예술과 유럽사도 배웠어. 그리고 무엇보다 매년 타르붓 김나지움에서 수평선 너머, 강과 숲 너머에, 우리, 적어도 중동부 유럽에 사는 유대인들은 유럽에서 보낸 유대인의 시간 때문에 곧 가야만 하는 에레츠 이스라엘이 있다는 것을 배웠단다.

우리 부모님 세대는 시간이 얼마 남지 않았다는 것을 우리보다 훨씬 더 잘 자각하고 있었지. 아버지처럼 돈을 벌었던 사람들, 혹은 로브노에 근대적인 공장을 지었던 이들조차, 약학이나 법률, 엔지니어 쪽으로 일을 시작한 사람들이나 지방 정부나 인텔리겐치아와 좋은 사회적 유대 관계를 맺던 사람들마저도 일촉즉발의 화산 위에서 살고 있다고 느꼈단다. 우리는 바로 스탈린과 그랍스키와 필수드스키 사이 경계선 위에 놓여 있었어. 이미 스탈린이 무력으로 유대인의 존재를 끝장내고자 한다는 것을 알고 있었고, 그가 우리 모든 유대인들이 서로 감시하는 훌륭한 공산청년동맹주의자가 되기를 바란다는 것도 알고 있었지. 반면에, 폴란드는 유대인을 대할 때 썩은 생선 조각을 씹은 사람처럼 역겨워했지만 그 태도를 삼키지도 뱉어내지도 못했어. 베르사유조약 국가들 면전에, 소수의 권리를 옹호하는 분위기 속에, 윌슨 대통령과 국제연맹 앞에서 우리를 토해낼 것 같지는 않았어. 20년대에도 여전히 폴란드 사람들은 수치가 뭔지 알고 있었고, 좋은 사람으로 보이기를 원했거든. 아무도 자기가 비틀비틀거리며 걷는 걸 볼 수 없게 하려고 똑바로 걸으려는 술주정뱅이처럼. 그들도 여전히 외양적으로는 다른 나라들처럼 보이기를 원했던 거야. 그러나 그들은 우리가 차차 모두 팔레스타인으로 가버려서 더이상 우리를 볼 필요가 없도록 하기 위해 내밀하게 우리를 억압하고 굴욕을 주었지. 그것이 그들이 시온주의 운동과 히브리 학교를 장려하려는 경향까지 보인 이유였단다. 무슨 일이 있어도 우리는 한 나라가 되어야지, 안 될 것이 무어냐. 요점은 우리가 팔레스타인으로 떠나서 시원하게 없어져야 한다는 거지.

*

모든 유대인 가정 속에 있던 두려움은 결코 이야기할 수는 없었지만 부지불식간에 독처럼 한 방울 한 방울씩 우리에게 주입된 것으로, 어쩌면 우리가 정말 완전히 깨끗하지 못하고, 너무 소란스럽고 뻔뻔하며, 간교하고 돈에 악착같을지도 모른다는 오싹한 두려움이었지. 어쩌면 우리는 적절한 태도를 갖추지 못했는지도 몰라. 우리가, 하느님 맙소사, 이교도들에게 나쁜 인상을 심어주었을지도 모르고, 그다음엔 그들이 화가 나서 우리에게 생각하기도 끔찍한 일들을 자행할지도 모른다는 공포가 있었어.

모든 유대인 자녀의 머리에는 이교도들에게, 설령 그들이 무례하고 술에 취해 있어도 친절하고 예의바르게 행동해야 하고, 우리가 무슨 일을 할 때든 그들을 화나게 해서는 안 되고, 말다툼해도 안 되며, 흥정해도 안 되고, 그들을 자극해서도 안 되고, 머리를 들어도 안 되며, 그들에게 말할 때는 그저 조용히 웃으면서 말해야만 그들이 우리더러 시끄럽다는 말을 하지 않을 거고, 그들에게는 항상 훌륭하고 정확한 폴란드어로만 말해야 그들이 우리가 자기네 언어를 더럽힌다는 말을 할 수 없을 것이고, 폴란드어로 말할 때도 너무 크게는 말하면 안 되고, 그래야 그들이 우리가 주제넘게 야심을 갖는다는 말을 할 수 없을 거고, 우리가 탐욕스럽다는 어떤 비난의 여지도 주어서는 안 되고, 그래서, 맙소사, 그들이 우리 치마에 얼룩이 졌다고 말할 수 없게 해야 한다는 내용이 수천 번도 더 주입되었어. 요는, 우리가 좋은 인상을 주려고 필사적으로 노력해야만 하고, 이가 있는 더러운 머리의 아이 한 명이 전체 유대 민족의 평판에 해를 끼칠 수 있기 때문에 어떤 아이도 흠이 있어서는 안 된다는 것이었어. 그들은 우리 모습 그대로를 견딜 수 없어했고, 그래서 우리는, 하느님 맙소사, 그들에게 우리를 참을 수 없는 이유들을 점점 주게 된 것이지.

여기 이스라엘 땅에서 태어난 너는 어떻게 끊임없는 낙숫물이 네 모든 감정을 비틀리게 하는지, 어떻게 그것이 인간의 존엄성을 녹처럼 부식시키는지 결코 이해할 수 없을 게다. 그건 너로 하여금 점점 고양이처럼 잔꾀 많고, 부정직하며, 비위를 맞추는 모습이 되게 하지. 난 고양이가 끔찍하게 싫어. 개도 그다지 좋아하지는 않지만, 굳이 선택을 해야 한다면 개가 더 낫겠어. 개는 이교도 같아서, 개가 무슨 생각을 하고 무엇을 느끼는지는 알아차릴 수 있을 거야. 네가 내 말 뜻을 이해할지 모르겠는데, 디아스포라 유대인들은 분별없이, 고양이가 된 게야.

그러나 무엇보다 그들은 군중의 무리를 무서워했어. 그들은 정부 간의 간극 속에 벌어질지도 모를 일에 공포를 느꼈지. 예를 들면 폴란드인들이 내쫓기고 대신 공산주의자들이 오면, 막간의 우크라이나나 벨라루스 패거리나 흥분한 폴란드 대중이나, 더 북쪽의 리투아니아인들이 다시 한번 고개를 들까봐 두려웠던 거지. 그건 줄곧 용암이 뚝뚝 떨어지고 화염 냄새가 나는 화산이었던 거야. "그들은 어둠 속에서 우리를 향해 칼을 갈고 있다"고 사람들이 말했고, 그건 그들 중 누구든 될 수 있기에 그들이 누구라고는 결코 말하지 않았어. 군중. 이곳 이스라엘에서조차 유대인 군중은 조금은 괴물이 될 수 있다는 것이 드러났지.

우리가 그렇게까지 두려워하지는 않았던 유일한 사람들은 독일인이었어. 1934년인가 1935년에 다른 가족들이 모두 떠났을 때도 난 뒤에 남아 간호 훈련을 마치기 위해 로브노에 머물고 있었는데, 거기엔 만일 히틀러가 온다고 해도, 최소한 독일엔 법과 질서가 있고 독일인 모두가 자기 분수를 알기에, 히틀러가 말한 것은 그렇게 큰 문제가 되지 않을 것이며, 정작 문제는 저 너머 독일에서 그가 독일식 질서를 강요하는 것과 군중이 그를 무서워하는 것이라고 말하는 유대인들이 꽤 많았어. 문제는 히틀러의 독일에는 거리에 폭동이 없고 무정부 상태도 없다는 것이었지. 그때 우리는 여전히 무정부적 상태가 가장 나쁜 국가 상태라고 생각했거든. 우리의 악몽은 어느 날인가 목사들이 예수의 피가 유대인 때문에 다시 흘러내리고 있다고 설교하기 시작하면서 시작됐고, 그들이 무시무시한 종을 울리자 농부들은 그걸 듣고 배를 술로 채우고서 도끼와 갈퀴를 들었지. 항상 이런 식으로 일이 벌어지곤 했단다.

*

정말이지 무슨 일이 있을지 아무도 상상조차 못했지만, 이미 20년대에 스탈린 치하에도 폴란드에도 동부 유럽 어느 곳에도 유대인에게는 미래가 없다는 것을 거의 모두가 내심 알고 있었고, 그러니 팔레스타인이 더 낫다는 생각이 더더욱 강해졌지. 당연히 모두 그런 건 아니야. 종교적인 유대인들은 그런 생각에 아주 많이 저항했고, 동맹주의자와 이디시어주의자, 공산주의자와 자신이 파데레프스키*나 보이치에호프스키**보다는 이미 좀더 폴란드화되어 있다고 생각하는 동화된 유대인들 역시 그랬어. 하지만 20년대 로브노에 있던 보통 유대인들은 자기 아이들이 히브리어를 배우고 타르붓에 가야 한다고 열렬히 믿고 있었지. 돈이 충분하던 이들은 자기 아이들을 하이파에 있는 테크니온***이나 텔아비브에 있는 김나지움, 아니면 팔레스타인에 있는 농과대학으로 유학 보냈고, 그 땅에서 우리에게 되돌아온 메아리는 그저 경이로운

---

* 폴란드 피아니스트이자 작곡가, 외교관, 정치인. 폴란드 제2공화국 수상을 역임했다.
** 폴란드 대통령(1922~1926년 재임). 쿠데타로 사임했다.
*** 하이파 공과 대학.

것이었지. 젊은이들은 자기 차례가 언제 올지 그저 기다리고 있을 뿐이었고. 그러는 동안 히브리어로 된 신문을 읽고, 논쟁했고, 이스라엘 땅에 대한 노래를 불렀고, 비알리크와 체르니콥스키를 암송했고, 라이벌 당파와 정당들로 나뉘더니, 유니폼과 깃발을 급히 만들었는데, 거기엔 민족적인 모든 것에 대한 거대한 흥분 같은 것이 있었지. 단지 유혈 참사로 빠지는 경향만 빼면, 오늘날 이곳의 팔레스타인에게서 볼 수 있는 것과 아주, 아주 유사한 것이었단다. 요즘은 우리 유대인 가운데에도 그런 민족주의는 찾아보기 힘들 게다.

당연히 그 땅에서 얼마나 어려울지 우리도 알고 있었단다. 우리는 날씨가 매우 더울 것이라는 점도, 황야, 늪지와 실업 상태에 대해서도 알고 있었고, 마을에는 가난한 아랍인들이 있을 것이라는 점도 알고 있었지만, 우리 교실 벽에 걸린 커다란 지도에는 거기 아랍인이 많지는 않다고 적혀 있었고, 그다음엔 다 합해서 50만 정도라고, 분명 백만 이하라고 했고, 몇백만 유대인을 위한 또다른 충분한 공간이 있을 거라는 총체적인 확신이 있었고, 그리고 아마 아랍인들은, 폴란드에 있는 단순한 사람들처럼 그저 우리를 증오하도록 선동되고 있을지 모르지만, 분명 그 땅으로 우리가 귀환하는 것이 경제적으로나, 의학적으로나, 문화적으로나, 모든 면에서 그들에게 축복이라고 설명하고 설득할 수 있을 것 같았어. 우리는 몇 년 만에, 곧 유대인이 이곳의 다수라고 생각했고, 일이 벌어지자마자 곧 우리가 소수자들 — 우리의 소수자인 아랍인 — 을 어떻게 대하는지 전 세계에 보여주겠노라고 했지. 언제나 억압받던 소수였던 우리는 아랍 소수민족을 정당하고, 공정하고, 호의적으로 대하겠노라고, 그들과 고국을 공유하겠노라고, 그들과 모든 것을 나누겠노라고, 결코 그들을 고양이로 만들지 않겠노라고 말이야. 우리는 예쁜 꿈을 꾸고 있었던 거야.

*

타르붓 유치원, 타르붓 초등학교, 타르붓 중등학교의 모든 교실마다 테오도어 헤르츨의 커다란 사진과 단에서부터 브엘세바까지 특별히 개척된 마을에 강조가 되어 있는 고국의 지도와, 유대 민족기금의 모금함과 개척자들이 일하는 그림과 운문 단편으로 된 온갖 종류의 슬로건이 걸려 있었단다. 비알리크는 로브노에 두 번 방문했고 체르니콥스키도 두 번 왔고, 내 생각에는 아셰르 바라슈도 왔던 것 같은데, 다른 작가일 수도 있고. 팔레스타인에서 저명한 시온주의자들도 왔는데, 잘만 루바쇼프, 타벤킨, 야콥 스룹바벨, 제에프 야보틴스키가 거의 매달 방문했지.

우리는 그들을 위해서 드럼과 깃발, 각종 장식과 종이 초롱, 열광과 슬로건, 완장과 노래로 이루어진 큰 행진을 하곤 했어. 폴란드인 시장은 그들을 만나러 직접 광장으로 나왔고, 그런 식으로 우리는 우리가 그저 찌끼 같은 것이 아니라 한 민족이라는 것을 이따금 느낄 수 있었어. 네가 이해하기 좀 어려울지도 모르겠지만, 그 시절 모든 폴란드인은 폴란드성性에 취해 있었고, 우크라이나인은 우크라이나성에 취해 있었고, 독일인이나 체코인, 그들 모두, 슬로바키아인, 리투아니아인, 라트비아인은 말할 것도 없었는데, 그 카니발에 우리 자리는 없었단다. 우리는 속해 있지도 않았고, 그러고 싶어하지도 않았지. 그들의 잔

여로서 한 민족이 되고 싶지는 않고, 그러길 원한 게 오히려 작은 경이로움이라고 할까. 그들이 우리에게 남겨준 대안이 무엇이었겠니?

어쨌거나 우리 교육은 쇼비니즘적이진 않았단다. 사실 타르붓에서의 교육은 인도주의적이고, 진보적이고, 민주적이고, 예술적이고, 과학적이기도 했지. 그들은 소년, 소녀들에게 공평한 권리를 주고자 했어. 늘 우리가 다른 사람을 존중해야 한다고 가르쳤지. 모든 인간이 하느님의 형상대로 만들어졌으니까, 비록 인간이 그걸 잊으려는 경향이 있다 하더라도.

아주 어릴 때부터 우리 사고는 이스라엘 땅과 함께해왔어. 우리는 브엘 투비아에서는 뭐가 자라는지, 지카론 야콥의 거주민은 얼마나 되는지, 티베리아 체마흐로 이르는 길을 누가 포장하고 만들었는지, 개척자들이 길보아 산에 등정한 것은 언제였는지 달달 외워서 각 마을의 상황에 대해 다 알고 있었어. 심지어 그곳 사람들이 뭘 입고 뭘 먹는지까지 알고 있었거든.

다시 말하면, 우린 우리가 안다고 생각했던 거지. 사실 선생님들은 총체적 진실을 모르고 있어서, 설령 나쁜 측면에 대해 말해주고 싶어도 그럴 수 없었을 거야. 그들은 아주 희미한 개념만 갖고 있었으니까. 그 땅에서 나온 모두가, 그러니까 밀사든, 청년 지도자든, 정치가든, 거기 갔다가 돌아온 모두가 장밋빛 그림을 그렸어. 돌아온 사람 중에 누구든지 우리에게 좀 덜 유쾌한 일들을 이야기해주었다 해도, 우리는 듣고 싶어하지 않았을 거야. 그저 그들이 입 다물게 만들었겠지. 우리는 그런 사람들을 경멸했어.

*

　우리 김나지움의 교장 선생님은 매우 유쾌한 사람이었어. 매력적이
었지. 날카로운 정신과 시인의 가슴을 지닌 최고의 교사였단다. 이름
은 레이스, 레이스 박사, 이사하르 레이스였어. 그는 갈리치아 출신으
로, 금세 젊은이들의 우상이 되었지. 소녀들은 내밀히 그를 숭배했는
데, 거기엔 공적인 활동도 하고 있고 천성적으로 리더였던 하야 언니
와, 레이스 박사가 신비로운 영향을 끼쳐서 문학과 예술 방향으로 부
드럽게 이끌었던 네 어머니 파니아도 포함되어 있었지. 그는 아주 잘
생기고 남자다웠는데, 약간 루돌프 발렌티노나 라몬 노바로처럼 생겼
고, 따스함과 천성적인 공감으로 가득찬 사람이어서 길길이 뛰며 성
질을 낸 적도 거의 없고, 그랬을 때는 주저 없이 그후에 학생에게 사
과했어.

　온 마을이 그의 마술 아래 놓여 있었지. 밤이면 어머니들은 그를 꿈
꾸고 낮에는 딸들이 그를 보고 졸도했어. 소년들은 소녀들 못지않게
그를 흉내내려 들고, 그처럼 말하고, 그처럼 기침하고, 그처럼 문장 중
간에서 잠깐 멈추고, 몇 분간 창가에 서서 깊이 생각에 빠졌어. 그는
성공적인 유혹자 같았지. 그렇지만 아니었어, 내가 알고 있는 한에서
는, 그는 결혼했고—특별히 행복하지도 않게, 그의 발치에도 못 미치
는 여자랑—그리고 모범적으로 가정적인 남자처럼 행동했지. 그는 또
위대한 지도자일 수도 있었을 거야. 그는 사람들이 물불을 안 가리고
따라하고 싶어지는 자질을 갖추고 있었는데, 거기에 대해 그는 감사하
며 미소 지었고 나중엔 사람들을 칭찬해주었지. 그의 사상은 곧 우리

의 사상이었어. 그의 유머는 우리의 스타일이 되었고. 그는 이스라엘 땅은 유대인의 정신적인 질병이 치료될 수 있고, 이들 역시 좋은 자질을 갖추고 있다는 것을 유대인이 그들 자신과 세계에 증명할 수 있는 유일한 장소라고 믿었어.

다른 훌륭한 선생님도 있었는데, 우리에게 성경을 가르쳐주었던 메나헴 겔레르터라는 분으로, 그분은 마치 개인적으로 자신이 엘라 골짜기나 아나돗 골짜기 아니면 가자에 있는 블레셋 성전에 있는 것처럼 보였지. 매주 메나헴 겔레르터 선생님은 우리를 데리고 국토순례를 가서, 한번은 갈릴리, 한번은 유대 지방, 한번은 여리고 평지, 한번은 텔아비브의 거리들을 통과하게 하셨단다. 마치 정말 거기 살았던 것처럼, 머릿속에서가 아니라 정말 태양과 먼지 속에 포도밭 안에 있는 원두막과 감귤 나무들, 선인장 울타리와 골짜기에 있는 개척자들의 천막 가운데를 걸었던 것처럼. 그는 상대가 노곤해져서 끝마칠 때까지 지도와 사진, 오려낸 신문과 시와 운문 몇 개와, 성서와 지리학, 고고학, 역사에서 추려낸 사례들을 가지고 기쁜 마음으로 여행을 시켜주곤 했어. 그래서 나는 내가 실제로 여기 도착하기 오래전부터 이 땅에 온 거나 다름없었단다.

27

로브노에서 네 어머니 파니아에게 남자친구가 있었는데, 깊이 있고 예민한 학생으로, 이름이 탈라였던가 탈로였단다. 네 어머니와 탈로, 하야 언니, 에스테르카 벤메이르, 파니아 바이츠만과, 어쩌면 파니아 손데르도, 그리고 나중에 레아 바르 삼카라고 불린 릴리아 칼리슈와 다른 여러 명이 함께하는 작은 시오니스트 학생연합 같은 것이 있었어. 하야 언니는 프라하로 공부하러 떠날 때까지 리더였지. 그들은 어떻게 이스라엘 땅에 살게 될 것인지, 어떻게 거기서 문화적이고 예술적인 삶을 되살려놓을 수 있는 일을 할 것인지, 어떻게 로브노와의 관련성을 계속 가져갈 수 있을 것인지 등 온갖 계획을 꾸미며 둘러앉아 있었어. 다른 소녀들이 로브노를 떠난 후에, 그러니까 프라하로 공부하러 떠나거나, 그 땅으로 이주하거나 한 후에, 탈로는 나에게 구애하기 시작했어. 그는 매일 저녁 폴란드군 병원 입구에서 날 기다렸단다. 난 녹색 드레스에 하얀 머리띠를 하고 나왔고, 우리는 그라브니 공원의 팔래스 가든에 있는 체치에고 마야와 나중에 필수드스키 거리라고 개명된 토폴리오바 거리를 산책했고, 이따금 유대교 대회당과 가톨릭 대성당이 서 있는 오스티아 강과 구 시가지인 성채 지구 쪽으로 걸었어. 우리 사이엔 이야기하는 것 말고는 아무것도 없었어. 기껏해야 손만 두세 번 잡았던가 그랬을 게다. 왜냐고? 네 세대에서는 결코 어떤 식으로든 이해할 수 없는 일이라서 너에게 설명하기 좀 어렵구나. 넌 우리를 놀릴지도 몰라. 우리는 정절에 대해 무시무시한 의식을 지니고 있었단다. 수치와 두려움이라는 산 아래 묻혀 있었지.

탈로라는 사람은 확신에 찬 위대한 혁명론자였지만, 모든 것에 얼굴을 붉히며 부끄러워하곤 했지. 어쩌다가 '여자'라거나 '젖먹이'나 '치마'나 심지어 '다리'라는 단어라도 입 밖에 내면, 피라도 난 것처럼 귓불까지 발갛게 물들어서는 죄송하다고 말을 더듬거리기 시작했어. 그는 오로지 나한테만 과학이며 기술에 대해서, 그게 인류에게 축복이냐 저주냐, 아니면 둘 다냐, 하면서 끝도 없이 말하곤 했어. 더는 가난이나 범죄나 질병이나 심지어 죽음도 없게 될 미래에 대해 열정적으로 말했지. 그는 약간 공산주의자였지만, 공산주의가 그에게 그렇게 큰 도움이 되지는 않았어. 스탈린이 41년에 왔을 때, 그는 금세 징집되었고 사라졌거든.

로브노 전체에서 살아남은 유대계 영혼은 거의 없지. 오직 고요하던 시절에 팔레스타인으로 갔던 사람들과 미국으로 도피한 소수와 볼셰비키 체제하의 칼날에서 어찌어찌 간신히 살아남은 사람들만 빼고. 스탈린에게 살해된 자들은 별개로 하고, 나머지는 독일인에게 모두 도륙당했어. 아니, 난 돌아가고 싶은 마음이 전혀 없구나. 뭘 위해서? 거기서부터 다시 한번 더이상 존재하지도 않고 우리의 젊은 꿈 밖에서는 결코 존재한 적조차 없을지도 모르는 이스라엘 땅을 다시 열망하기 위해서? 몹시 슬퍼하기 위해서? 슬퍼하고 싶어서라면 웨슬리 거리를 떠날 필요도, 심지어 내 아파트 밖으로 발을 뗄 필요조차도 없어. 난 내안락의자에 앉아 하루에 몇 시간이고 슬퍼하니까. 창문 밖을 보면서도 슬퍼하고. 이미 무언가를 위한 존재였던 것과 더이상 없는 것을 위해서가 아니라, 결코 그 무엇도 아니었던 것을 위해서 말이야. 이제 탈로를 위해서 슬퍼할 이유가 없어. 거의 70년 전 일이고, 그는 더이상 살아 있지도 않으니까. 스탈린이 그를 죽이지 않았더라도, 이곳에서, 전쟁이나 테러리스트의 폭탄에, 아니면 암이나 당뇨병 따위에 이미 죽었을 게야. 난 그저 결코 아무것도 아니었던 것을 위해서만 슬퍼할 뿐이란다. 오로지 함께 찍었지만 이제 우리 모습이 희미해진 저 예쁜 사진들을 위해서만.

*

　나는 트리에스테에서 '콘스탄차'라는 루마니아 화물선에 올랐는데, 비록 내가 그리 종교적인 사람이 아니었음에도, 돼지고기를 먹고 싶지 않았던 기억이 나는구나. 그건 하느님 때문이 아니야. 하느님이 돼지를 창조하셨지만, 그들은 그걸 혐오스러워하지 않았고, 사람들이 새끼 돼지를 잡고 새끼 돼지는 꽥꽥거리며 살려달라고 고문당하는 아이 목소리로 애원할 때 하느님은 그 꿀꿀거리는 소리를 다 보고 들으시며 고문당하는 새끼 돼지에게 인간을 위한 만큼의 동정심을 가지시지. 그분은 평생 동안 계명을 지키고 예배를 올린 모든 랍비와 하시딤 못지않게 그 새끼 돼지를 위해 자비를 가지신단다.

그러니까 하느님 때문이 아니라, 단지 그 배에 타서 훈제 돼지고기, 소금으로 간한 돼지고기와 돼지고기 소시지를 게걸스레 먹으며 이스라엘 땅으로 가는 것이 적절치 않아 보였기 때문이야. 그래서 대신 훌륭한 하얀 빵, 풍부하고 좋은 빵을 먹었지. 밤에는 갑판 아래 3등칸 공동 침실에서, 태어난 지 3주쯤 된, 그보다 더 되지는 않은 게 분명한 어린 아기를 데리고 있는 그리스 소녀 옆에서 잤어. 매일 저녁 우리 둘은 아기가 울음을 그치고 잠들게 하려고 홑청에 싸인 아기를 살살 흔들어 재우곤 했단다. 우리는 말이 통하지 않았기에 서로 대화를 하지 않았는데, 아마 그것이 서로에게 커다란 애정을 품고 헤어질 수 있었던 까닭일 게야.

일순 대체 내가 왜 이스라엘 땅으로 가야 하는지에 대해 스치듯 생각했던 것이 기억나는구나. 그저 유대인 가운데 있기 위해서? 하물며 이 그리스 소녀가, 아마 유대인이 뭔지조차 모를 게 분명한 사람인데도 내게는 모든 유대인보다 더 가깝게 느껴지는데. 그 순간 내게 모든 유대인들은 엄청 땀을 흘리는 군중처럼 여겨졌고 그들의 창자 속으로 난 들어가고 싶어했고, 그래서 통째로 소화액과 함께 소화될 수 있었는데, 그때 난 스스로에게 말했지, 소니아, 이게 정말 네가 원한 거니? 이런 두려움은 로브노에서 내가 결코 경험할 수 없었던 것으로, 유대인의 소화액에 소화되고자 했던 것이 호기심이었던 거지. 그 생각은 내가 여기 머무른 다음부터는 한 번도 돌아오지 않았어. 그저 그때 그 순간 그 배에서 그리스 아기가 내 무릎 위에서 잠들어 있는데, 그 아이가 유대인도 아니었음에도, 그리고 사악한 유대인을 혐오하는 안티오쿠스 에피파네스*였음에도 불구하고, 그 순간 내 옷을 넘어 아기의 살이 정말 내 살인 것처럼 느낄 수 있었기 때문일 게야.

*

정확한 날짜와 시간까지 말해줄 수 있는데, 정확히 1938년이 저물기 딱 사흘 전 아침 일찍, 그러니까 1938년 12월 28일 수요일, 하누카가 끝난 직후였어. 아주 맑고, 거의 구름 한 점 없는 날에 벌어진 일로, 아침 여섯시경에 나는 이미 따뜻하게 스웨터랑 가벼운 코트를 입고, 갑판으로 올라가서 앞쪽으로 잿빛 구름 선을 살피고 있었어. 아마 한 시간 정도 바라보았던 것 같은데 내가 본 거라곤 갈매기 몇 마리가 전부였지. 그런데 갑자기, 거의 일순간에, 그 구름 선 위로 겨울 태양이 나타났고 구름 아래로 텔아비브 시가 드러났어. 줄줄이 늘어선 네모진 건물에, 하얗게 칠해진 집들, 폴란드나 우크라이나의 도시나 마을에서 보이는 집과는 꽤 다른 집들, 로브노나 바르샤바나 트리에스테의 집과도 꽤 다른 집들, 그렇지만 타르붓의 모든 교실마다 벽에 걸려 있던 사진과 같은 모습, 메나헴 겔레르터 선생님이 우리에게 보여주시곤 했던

---

* 기원전 175~164년 그리스 셀레우코스 왕조의 황제. 스스로 '신의 현현'이라 부르며 유대인을 그리스화하기 위해 종교적으로 박해하였다. 이를 계기로 '마카비 혁명'이 일어났고 유대인은 예루살렘 성전을 탈환했다. 이날을 하누카라 하여 명절로 기린다.

그림과 사진과 같은 것들. 그래서 나는 놀랍기도 하고 동시에 놀랍지 않기도 했어.

갑자기 그 기쁨이 어떻게 한꺼번에 목구멍으로 밀려올라왔는지 설명할 수는 없는데, 아무튼 나는 불현듯 소리치고 노래를 부르고 싶었어. 이건 내 거다! 전부 내 거야! 정말 전부 다 내 거야! 그건 재미있는 일이었는데, 이전에 난 삶 속에서 소유라는, 내 것이라는 그런 강력한 감정을, 네가 내 말을 이해할지 모르겠지만, 우리집이나 과수원이나 제분소나 어디서도 결코 느껴본 적이 없었단다. 내 삶에서는, 결코, 그날 아침 전으로도 후로도. 나는 그 기쁨 같은 걸 알게 된 거지. 마침내 이곳이 내 고향이 되었고, 마침내 커튼을 치고 이웃에 대해서는 다 잊어버리고 딱 나 좋을 대로 할 수 있게 된 거야. 여기서 나는 시종 완벽하게 행동할 필요도 없었고, 누군가 때문에 수줍어할 필요도 없었고, 농부들이 우리에 대해 뭐라고 생각하는지, 목사들은 뭐라고 말하는지, 인텔리겐치아들은 어떻게 느끼는지에 대해 걱정할 필요도 없었고, 이방인에게 좋은 인상을 심어주려 애쓸 필요도 없었어. 우리가 홀론에서 처음으로 아파트를 살 때나, 여기 웨슬리 거리에서 아파트를 살 때도, 난 내 집을 갖는다는 것이 얼마나 좋은 일인지 그렇게까지 강하게 느껴본 적이 없었단다. 그런데 아침 일곱시에 내가 한 번도 있어보지 못했던 도시를 바라보면서, 발 한 번 붙여본 적 없는 땅과 내 생애 한 번도 본 적 없는 것 같은 그 작고 웃기는 집들을 바라본 순간 나를 채운 느낌이 바로 그거였어! 이걸 제대로 이해할 수 있겠니? 너에겐 오히려 우스꽝스럽게 느껴지겠지, 그렇지 않니? 아님 바보 같나? 안 그러니?

아침 열한시에 우리는 작은 모터보트에 짐을 실어 내렸어. 거기 있

던 선원은 아주 털이 많은 우크라이나 사람이었고, 온통 땀범벅에 약
간 무서웠는데, 내가 그에게 우크라이나어로 기분좋게 고맙다고 인사
하고 동전을 주려고 하자, 그가 막 웃더니 갑자기 순수한 히브리어로,
아가씨, 왜 그러세요, 그럴 필요 없어요, 대신 나한테 뽀뽀나 해주는
게 어때요? 라고 말하지 뭐니.

*

쾌청하고 약간 서늘한 날이었고, 가장 기억에 남는 것은 취할 정도
로 강한 타르 끓는 냄새랑 타르통에서 나는 짙은 연기 냄새야. 분명 광
장이나 도로에 아스팔트로 깔렸겠지. 거기서 갑자기 어머니 얼굴에서
웃음이 터져나왔고, 그다음엔 눈물이 차올랐어. 아버지도 그랬고, 그
리고 하야 언니가 아직 내가 본 적 없던 형부 츠비와 함께 있었는데,
그를 처음 흘끗 본 바로 그 순간 이런 생각이 스쳐지나갔어. 저 사람이
그녀가 여기서 찾은 남자구나! 그는 꽤 잘생겼고, 마음씨도 좋으며, 명
랑하기까지 했어! 내가 모두와 다 끌어안고 키스하고 난 바로 뒤에 본
건, 역시 거기 같이 서 있던 네 어머니, 파니아 언니였어. 그녀는 긴 치
마에 파란색 손뜨개 스웨터 차림으로, 불타고 있는 드럼통 옆에서 약
간 비켜서서, 거기 조용히 선 채로, 다른 사람들이 다 끝내면 나를 안
아주고 내게 키스해주려 기다리고 있었어.
　내가 곧바로 눈치챈 것은, 하야 언니가 여기서 한창 꽃피고 있었다
는 점이었단다. 그녀는 너무나 생기 넘치고, 뺨에는 홍조를 띠고, 자신
감에 넘치고, 확신에 차 있었어. 파니아 언니의 기분이 그다지 좋지 않

다는 것도 알았지. 그녀는 아주 창백해 보였고, 심지어 보통 때보다도 더 조용한 것 같았어. 언니는 예루살렘에서 특별히 날 반기러 온 거였는데, 네 아버지인 아리에가 못 온 일을 사과하면서, 그가 휴가를 낼 수 없었다고 설명하고 나더러 예루살렘으로 오라고 초대해주었지.

그녀가 한참을 불편해하면서 서 있다는 걸 알게 된 것은 한 이십 분가량 지난 후였어. 언니인지, 다른 가족 중 한 명인지가 얘기해주기도 전에, 갑자기 그녀가 임신을 해서 힘들어한다는 걸 깨달았단다. 무슨 말인고 하면, 너 말이야. 임신한 지 3개월 정도밖에 안 된 듯했는데, 뺨은 약간 홀쭉하고, 입술은 창백하고, 이마에는 꼭 구름이 낀 것 같았지. 언니의 미모가 사라지지는 않았지만, 끝까지 남아 있던 그 미모는 잿빛 베일에 가려져 있는 것 같았어.

하야 언니는 언제나 우리 셋 중에 가장 육감적이고, 인상적이었고, 흥미롭고 영리한데다가, 애끓게 하는 부류의 여자였지만, 조심스럽게 살펴보는 날카로운 눈을 가진 관찰자가 보기에 우리 중에 가장 아름다운 사람은 파니아 언니임이 분명했어. 나? 나는 별로 중요하게 취급되질 않았어. 난 그저 어리석은 어린 여자애였다니까. 내 생각에 어머니는 하야 언니를 가장 자랑스러워하며 칭찬했고, 반면 아버지는 거의 간신히 진실을 숨겼지만, 그가 가장 아끼고 사랑하던 사람은 파니아 언니였어. 나는 아버지에게나 어머니에게나 모두 귀염둥이가 아니었지. 아마 유일하게 에브라임 할아버지에게만은 최고였지만, 그래도 난 모두를 사랑했어. 난 질투가 많지도 않았고, 분개하지도 않았단다. 아마도 그런 사람들이 가장 적게 사랑받으면서도 질투하거나 냉혹하게 굴지 않는다면, 자신 안에서 가장 큰 사랑을 발견하고 그걸 다른 이들에게 줄 수 있을 거야. 그렇지 않니? 방금 말한 건 나도 그렇게까지 확신은 없다만. 그건 아마 내가 잠자리에 들기 전에 스스로에게 이야기하는 그런 이야기들 중 하나인지도 몰라. 어쩌면 모두가 잠자리에 들기 전에 스스로에게 혼잣말을 하는지도 모르겠는데, 그러면 그건 좀 덜 무서워질 거야. 네 어머니는 나를 끌어안으면서 말했지, 소니아, 네가 여기 있으니 너무 좋구나. 우리 모두 다시 함께 있다니 너무 좋아, 여기서는 서로 많이 도와야 할 거야, 특히 부모님을 도와야 해.

하야 언니와 형부 츠비의 아파트는 아마 항구에서 걸어서 한 이십 분 거리였던 것 같은데, 츠비는 영웅으로 내 짐 대부분을 혼자서 다 들었어. 가는 길에 아주 커다란 건물을 짓고 있는 몇몇 노동자들을 보았는데, 그 건물은 교사 훈련 학교로 아직도 노르다우 가 바로 전에 있는 벤예후다 거리에 서 있지. 힐끗 보고 난 막노동꾼들이 집시나 터키 사람이라고 생각했는데, 하야 언니는 그들이 그저 볕에 그을린 유대인들이라고 하더구나. 그림에서 말고는 그런 유대인을 전에는 한 번도 본적이 없었어. 곧 난 울기 시작했단다. 그 막노동꾼들이 너무 강하고 행복해 보였기 때문만이 아니라, 그들 가운데, 기껏해야 아마 열두 살 정도밖엔 안 된 작은 애들 몇이 등에 무거운 나무토막과 나무 사다리를 짊어지고 있었기 때문이기도 했어. 그걸 보니 기쁘기도 하고 슬프기도 해서 울었어. 설명하기 좀 어렵구나.

하야 언니와 형부의 조그만 아파트에서, 이갈이 우리가 거기 도착할 때까지 그를 돌보고 있던 이웃 사람 한 명과 기다리고 있었어. 그애는 6개월 정도밖에 안 된, 생기 있고 방실방실 웃는, 제 아비를 꼭 닮은 조그만 사내아이였지. 난 손을 씻고 이갈을 들어서 내 쪽으로 아주 부드럽게 끌어안았는데, 이번에는 울고 싶은 마음이 들지 않았고, 배 위에서와 같은 거친 기쁨도 느껴지지 않았고, 단지 마음속에서부터, 마치 우물 가장 밑바닥처럼, 내 존재 가장 밑바닥에서부터 안도감 같은 것만 들었는데, 그건 우리 모두 두빈스카 거리의 그 집이 아니라, 여기에 있어서 매우 좋다는 그런 감정이었단다. 그러고는 결국엔 갑자기 뻔뻔하고 땀에 전 선원이 내게 뽀뽀를 청했는데 해주지 않았던 일에 대해 큰 연민까지 느껴졌어. 그 관련성이 뭘까? 오늘까지도 모르겠구나. 하지만 그게 그 순간에 내가 거기서 느낀 감정이란다.

그날 저녁에 츠비와 파니아는 텔아비브를 보여준다고 날 데리고 나갔어. 우리는 앨런비 거리와 스다롯 로스차일드로 걸었는데, 그때는 벤예후다 거리가 텔아비브의 일부로 여겨지지 않았기 때문이야. 저녁에, 처음 봤을 때 모든 것들이 얼마나 깨끗하고 좋았는지, 벤치며 거리의 불빛이며 히브리어로 된 모든 표지판이며 다 기억이 나. 마치 텔아비브 전체가 그저 타르붓 김나지움 운동장에 펼쳐진 아주 좋은 전시물 같았어.

1938년 12월 말이었고, 그때 이후로 나는 상상의 나래를 폈던 것 빼고는, 해외로 나가본 적이 없단다. 그리고 앞으로도 그럴 거고. 그건 이스라엘 땅이 너무 훌륭해서가 아니라, 이제 모든 여행이 우습다고 생각하기 때문이야. 빈손으로 돌아오지 않는 여행은 오직 내면의 여행뿐이란다. 내 속에는 개척자도 관습도 없어서, 가장 머나먼 별 저멀리까지 여행할 수 있지. 아니면 더는 존재하지 않는 장소를 걸어다니거나, 더이상 존재하지 않는 사람들을 방문할 수도 있고. 심지어 결코 있을 수 없는 장소나, 존재할 수는 없지만 내가 좋아하는 곳으로 갈 수도 있어. 아니면 최소한, 싫어하지는 않는 그런 곳도 말이야. 이제 가기 전에 토마토랑 치즈랑, 빵 한 장이랑 계란 프라이 하나 만들어줄까? 아니면 아보카도 몇 개 줄까? 싫어? 얼른 가야 하니? 그럼 차라도 한 잔 더 하지 않을래?

*

그 시절 마운트 스코푸스에 있는, 아니면 케렘 아브라함에, 게울라에, 아하바에 있는 히브리 대학을 다니던 가난한 남녀 학생들이 방 한 칸에서 두세 명씩 복작대며 지내던 때, 그 비좁은 방 중 하나에서 파니아 무스만은 예후다 아리에 클라우스너를 만났을 것이다. 1935년이나 1936년이었다. 그때 어머니는 스바냐 거리 42번가에 있는 방 한 칸에서, 로브노에서 같이 온 여학생이던 두 친구 에스테르카 바이너와 파니아 바이츠만과 같이 살았던 것으로 알고 있다. 어머니가 숱한 구애를 받았던 것도 알고 있다. 그런데 에스테르카 바이너로부터 듣기로는, 어머니에게는 한두 번 지나간 연애사도 있었던 모양이다.

나의 아버지로 말하면, 여자 동료들에게 무척 열심이었다고 들었는데, 말이 많고, 재기가 넘치고, 위트가 있는데다, 주의를 잘 끌었고 아마 약간의 조롱도 끌어냈던 모양이다. 다른 학생들이 '걸어다니는 사전'이라고 아버지를 불렀다니까 말이다. 누가 궁금해하거나, 심지어 알고 싶어하지 않는데도, 그는 언제나 자기가 핀란드의 대통령 이름을 안다거나, 탑을 산스크리트어로 뭐라고 하는지 안다거나, 석유가 미슈나에 언급되어 있다는 사실을 안다거나 하는 것을 사람들에게 인지시키고 싶어했다.

　그가 어떤 학생을 두고 공상이라도 할라치면 야단법석하며 그 여학생 일을 도와주곤 했고, 밤이면 메아 셰아림이나 산헤드리야 철로로 데리고 나가, 그녀에게 소다수를 사주고, 성지나 고고학 발굴 장소 여행에 동참하고, 지적인 논쟁을 담당하는 것을 즐겼으며, 파토스를 가지고, 미츠키에비치의 시나 체르니콥스키의 시를 큰 소리로 읽곤 했다. 하지만 분명히 소녀들과의 관계는 대부분 심각한 논쟁이나 저녁 산책에 그쳤다. 소녀들은 오직 그의 두뇌에만 끌리는 것처럼 보였다. 아마도 그의 운은 그 시절 대부분의 소년의 운과 별반 차이가 없었는지도 모르겠다.

　난 부모님이 언제 어떻게 가까워졌는지 모르고, 내가 두 분을 알게 되기 전에 이미 그들 사이에 아직 어떤 사랑이 남아 있기는 했는지도 알지 못한다. 두 분은 1938년 초 욥바 거리에 있는 랍비 학자단의 옥상에서 결혼했는데, 아버지는 검은색 스트라이프 정장에 타이를 매고, 삼각형으로 접힌 하얀 손수건이 상의 주머니에 살짝 보이게 했고, 어머니는 창백한 피부와 검은 머리칼의 아름다움이 두드러지게 하는 긴 하얀 드레스를 입었다. 파니아는 몇 개 안 되는 짐만 들고, 스바냐 거리에 있던 친구와 함께 쓰던 방에서, 아모스 거리의 자르키 가족이 사는 아파트의 아래에 방으로 이사했다.

　몇 달 후, 어머니가 임신중일 때 그들은 길 건너 방 두 개짜리 반지하 아파트 건물로 이사했다. 여기서 그들의 외아들이 태어났다. 이따금 아버지는 보다 학구적인 방식으로 그 시절 세상은 확실히 아기를 낳기에 알맞은 곳은 아니었다는 농담을 했다. (나의 아버지는 '확실히'

라는 단어를 좋아했고, '그럼에도 불구하고' '실로' '어떤 의미로는' '틀림없이' '즉시' '반면' '전적인 불명예' 같은 말들도 좋아했다.) 세상은 아기를 낳기에 알맞은 곳은 아니라는 말 속에서 그는 은연중에, 그렇게 부주의하고 돌이킬 수 없게, 그의 계획과 기대와는 반대로, 그가 자기 삶에서 이루고자 소망했던 것을 성취하기 전에 태어난 것에 대해, 나를 꾸짖고 있었는지도, 그리고 내 출생으로 인해 그가 배를 놓쳤다는 것에 대한 힌트를 주고 싶어했는지도 모르겠다. 아니면, 딱히 어떤 힌트를 주려는 것은 아니고 그저 영리하게, 그가 늘 하던 식으로 말했는지도. 꽤 자주 아버지는 침묵이 번지는 걸 막기 위해 농담을 했다. 그는 언제나 침묵이 자기를 향해 퍼부어진다고, 아니면 침묵이 자기 잘못이라도 되는 양 생각했다.

28

가난한 아슈케나지들은 1940년대 예루살렘에서 무엇을 먹었을까? 우리는 양파 한 장과 올리브 반쪽을 넣은 검은 빵을 먹었고, 가끔 안초비 소스를 곁들이기도 했다. 우리는 오스터 씨 식료품점 구석에 있는 향긋한 통 깊은 데에서 꺼낸 훈제 생선과 소금에 절인 생선을 먹었다. 특별한 날에는 정어리를 먹었는데, 그건 진미로 여겨졌다. 우리는 호박과 가지와 채 썬 마늘, 다진 양파를 넣고 끓이거나, 볶거나, 기름지게 만든 샐러드를 먹었다.

아침이면 잼이 들어 있는 갈색 빵과 이따금 치즈가 곁들여진 갈색 빵을 먹었다. (1969년에 처음으로, 키부츠 훌다에서 곧장 파리로 갔을 때, 나를 초청한 사람들은 이스라엘에는 딱 두 종류의 치즈, 하얀색 치즈와 노란색 치즈밖에 없다는 것을 알고 재미있어했다.) 아침이면 나는 풀 맛이 나는 퀘이커 귀리를 받았고, 내가 파업이라도 할 듯이 나가면, 부모님은 세몰리나에 계핏가루를 뿌린 것으로 바꿔주었다. 어머니는 아침에 레몬차를 마셨고, 가끔 거기에 검은색 비스킷을 적셔 먹었다. 아버지의 아침식사는 노란색 잼을 두껍게 바른 빵 한 장, 반숙 달걀(우리집에서는 '삶은 달걀'이라 불렀다), 올리브와 얇게 썬 토마토와 피망과 오이와 그리고 트누바에서 만든, 두꺼운 유리병에서 꺼낸 하얀 치즈 약간이었다.

아버지는 언제나 어머니나 내가 일어나기 한 시간이나 한 시간 반쯤 전에 먼저 일어났다. 다섯시 반경이면 그는 이미 욕실 거울 앞에 서 있었고, 면도용 솔로 뺨에 풍성한 비누 거품을 만들고 있었는데, 면도를 하는 동안에는 머리털이 다 곤두서게 하는 음정 틀린 민요를 부드럽게 흥얼거렸다. 그다음에는 부엌에서 신문을 읽으면서 혼자 차 한 잔을 다 마시곤 했다. 결실의 계절이 오면 그는 손으로 즙을 짜는 기계로 오렌지 몇 개를 짜서 침대에 있는 어머니와 내게 오렌지주스를 가져다주곤 했다. 오렌지 철은 겨울이었고, 그 시절엔 추운 날 찬 음료를 마시면 한기가 들 수 있다는 인식이 있었기 때문에, 나의 부지런한 아버지는 오렌지 즙을 짜기 전에 프라이머스 난로 불을 켜고 물이 담긴 팬을 그 위에 올려서, 물이 거의 끓기 시작하면 주스 두 잔을 조심스럽게 팬 안으로 내린 다음 주스 중간 부분은 차고 가장자리만 따뜻하지 않도록 스푼으로 주스를 잘 저어 데우곤 했다. 그러고는 면도하고 옷을 입고, 싸구려 정장 위로 어머니의 체크무늬 앞치마를 허리에 두르고, (도서실에 있는) 어머니와 (복도 끝의 작은 방에 있는) 나를 깨워서는 우리 각자에게 따뜻하게 데운 오렌지주스 한 잔씩을 건네주는 것이다. 나는 아버지가 내 옆에서 수수한 넥타이에 너덜너덜해진 양복을 입고 체크무늬 앞치마를 두른 채, 내가 빈 잔을 돌려줄 때까지 기다리는 동안, 이 미적지근한 주스를 마치 독이라도 되는 듯 마시곤 했다. 내가 주스를 마시는 동안 아버지는 뭔가 할말을 찾곤 했다. 그는 언제나 침묵에 대해 죄책감을 느꼈다. 그는 언제나 재미없는 방식으로 운문을 만들곤 했다.

"마시거라, 나의 아들아/ 주스를/ 그리고 나는/ 성가시게 굴고 싶지 않도다."

아니면

"그대 날마다 주스 한 잔을 마신다면/ 그대 마지막 날까지 즐겁고 행복하게 되리."

아니면 심지어

"매 홀짝임/ 그리고 홀짝임/ 고로 육체와/ 영혼을 지으라."

아니면 가끔은 서정시보다 좀더 이야기체가 느껴지는 아침이면,

"열매는 우리 땅의 자존심이다! 욥바 오렌지는 전 세계적으로 인정받지! 그건 그렇고, 그 욥바라는 이름은 성서에 나오는 야펫이라는 이름 같은데, 분명 아름다움이라는 단어 요피에서 나온 단어로, 고대 단어로는 아카드어 파이아에서 나온 것 같고, 아랍어로는 와피 형태를 가질 텐데, 반면에 암하라 말로는—내가 생각하기론—타와파 같구나. 이제, 내 어린 미남군." 이때쯤 그는, 자기 단어 게임에 적잖이 만족감을 느끼며, 온화하게 미소를 짓는다. "내 어린 미남군, 끝내주는 욥바 주스를 어서 다 마시고 부엌으로 전리품 잔을 들고 돌아가도록 허락해주렴."

그런 말장난이나 재담을 그는 칼람부리티, 혹은 '말 재롱'이라고 불렀는데, 언제나 아버지 안에 선의가 있는 좋은 기질 같은 것을 불러일으켜주었다. 아버지는 그것들이 우울함이나 불안을 쫓아내고 유쾌한 기분을 펼쳐주는 힘이 있다고 느꼈다. 가령, 어머니가 우리 이웃 렘베르그 씨가 하다사 병원에 들어갈 때보다 더 수척해져서 돌아왔고, 그가 곤궁에 빠졌다고 말하면, 아버지는 '곤궁(아노시)'과 '빠지다(에노시)'라는 단어의 기원과 의미에 대해, 히브리 성서 예레미야서에 나오는 구절을 잔뜩 인용한 짧은 강해를 펼치는 것이었다. 어머니는 렘베르그 씨가 심각한 병이 있는데도 모든 일을 가지고 유치한 농담에 불을 붙이는 아버지에게 경탄을 표했다. 그는 정말 인생이 농담과 영특한 의견이 가미된 학교 소풍이나 남자끼리의 파티 같은 것이라고 생각했던 걸까? 아버지는 어머니의 비난에 대해 잠시 생각한 후 자신의 농담을 사과했지만, 자신은 좋은 뜻에서 그런 것이었고, 그가 살아 있는 동안 그를 위해 슬퍼한다 해도 그게 렘베르그 씨에게 무슨 도움이 되겠느냐고 덧붙였다. 어머니가 말하길, 좋은 뜻으로 그랬다 해도 당신은 그런 걸 다루는 감각이 형편없어요. 당신이 짐짓 겸손한 척을 하거나 아첨을 떨어도, 그 어느 쪽이든 늘 농담을 해야만 하죠. 그럴 때면 그들은 러시아어로 바꿔서 치츠르니체보이, 숨이 넘어갈 듯한 어조로 말을 하는 것이었다.

*

내가 정오에 프니나 부인의 유치원에서 집으로 돌아오면, 콧물 같은 호박과 가래 같은 페포호박(우리가 아랍 이름인 쿠사라고 부르던) 그리고 빵에다 잘게 다진 고기(그들은 약간의 고기를 넣어 마늘 냄새를 감추려 애썼다)로 만든 고기만두를 삼킬 때까지, 어머니는 뇌물과 사탕발림, 공주나 유령이 나오는 이야기들로 내 주의를 분산시키려고 분투했다.

때때로 부모님은 모든 종류의 시금치 만두, 시금치 이파리, 근대 뿌리, 근대 뿌리 수프, 절인 양배추, 양배추 피클, 날당근 혹은 익힌 당근을 눈물과 역겨움과 분노 속에 억지로 먹었다. 다른 때에는 거칠게 찧은 밀과 겨의 사막을 건너라고, 삶은 꽃양배추와 말린 콩이나 완두콩, 렌즈콩 같은 온갖 우울한 콩이 이룬 맛없는 산을 끝까지 씹으라고 선고했다. 여름이면 아버지는 토마토와 오이, 풋고추, 봄 양파, 파슬리를 다지고 빛나는 올리브 오일로 버무려 멋진 샐러드를 만들었다.

아주 이따금 손님이 오면 닭고기 조각이 쌀에 파묻히거나 감자 퓌레 모래톱 위에 좌초된 모습으로, 파슬리로 장식한 돛대는 삶은 감자로 촘촘히 둘러싸고, 돛대 둘레에는 구루병 걸린 페포호박이 세워진 채 나타났다. 오이 피클 한 쌍이 이 군함 옆에 놓였으며, 그걸 다 해치우면 가루로 만든 분홍색 우유 푸딩이나 프랑스어로 질레라 불렀던, 가루로 만든 노란색 젤리가 상으로 주어졌다. 그 군함은 쥘 베른과, 전 인류에 절망하고 저 대양 아래 깊은 곳에 신비한 영역을 두어서, 내가 그와 함께 곧바로 동참하리라고 결심하게 했던, 네모 선장과 그의 지휘 아래 있던 미스터리한 잠수함 노틸러스호에서 딱 한 발짝 더 나아간 것이었다.

*

거룩한 안식일과 축제를 축하하기 위해 어머니는 잉어를 구해, 주중에 일찍 사두었다. 그 생선은 하루종일 욕조 안에서 끊임없이 앞뒤로, 양옆으로, 지칠 줄 모르고 열린 바다로 향하는 비밀 수중 통로라도 찾는 듯 수영하곤 했다. 나는 잉어에게 빵 부스러기를 먹였다. 아버지는 내게 우리만의 비밀스러운 언어로 생선 이름이 눈이라고 가르쳐주었다. 나는 재빨리 누니와 친구가 되었다. 누니는 내 발소리를 멀리서도 알아챌 수 있었고 나를 반기려고 욕조 가장자리로 서둘러 와서 밖으로 입을 내밀고, 아무것도 생각하지 않는 것이 최선이라는 점을 내게 상기시켜주면서 다가왔다.

한 번인가 두 번 나는 일어나 내 친구가 밤새 찬물에서 잘 잠들었는지 확인하려고 했는데, 그게 내겐 이상한 일 같고, 자연의 섭리와 반대되는 일 같았기 때문이고, 혹은 불이 꺼지면 누니는 일을 끝내고 꿈틀거리며 나와서 천천히 배로 기어 세탁 바구니로 들어가 몸을 웅크리고 수건과 속옷 품에서 따뜻하게 자다가, 아침이 오면 비밀스럽게 욕조로 미끄러져 들어가 해군 업무를 수행하는 건 아닌지 의심스러워 확인하려고 어둠 속을 기어갔다.

한번은 집에 혼자 남아 있었을 때, 난 이 불쌍하고 지루한 잉어의 삶을 다양한 주방 기구로 된 섬과 해협, 갑岬과 모래톱으로 풍요롭게 해주기로 결심하고 욕조에 그것들을 넣었다. 에이해브 선장만큼이나 인내심과 끈기를 가지고 나는 나의 모비 딕을 오래도록 국자로 사냥했지만, 그는 몇 번이고 몸을 흔들며 내가 그를 위해 몸소 흩어놓은 해저

위의 잠수함 은신처로 도망쳤다. 그러다 나는 그의 차갑고 날카로운 비늘을 만졌고, 이 새롭고 등골이 오싹한 발견에 갑자기 역겨움과 두려움으로 몸서리를 쳤다. 그날 아침까지는 모든 살아 있는 것은, 병아리건 아이건 고양이건 간에 언제나 부드럽고 따뜻했다. 오로지 죽은 것만이 차갑고 딱딱하게 변했다. 그런데 그 잉어의 패러독스, 차갑고 딱딱하지만 살아 있고, 내 손가락 사이에서 온통 축축하고 미끄럽고 기름진 감촉이 느껴졌고, 아가미에 비늘이 있는데, 몸을 흔들며 강하게 분투하자, 뻣뻣하고 오싹한 것이 나를 갑작스러운 통증과 함께 찔러댔고, 나는 황급히 잡았던 것을 놓고 손가락을 턴 다음, 손을 씻고 비누칠을 해서 세 번이나 벅벅 문질렀다. 그래서 나는 추격을 포기했다. 누니를 사냥하는 대신에 나는 둥글고, 움직이지도 않고, 눈꺼풀도 없고, 속눈썹도 없는 생선의 눈을 통해 세상을 살펴보려고 오랜 시간을 보냈다.

그리고 아버지와 어머니와 응징이 어떻게 나를 찾아냈느냐 하면, 그들이 집에 와서 나에게 들리지 않게 조용히 욕실로 들어와서는, 약간 입을 벌리고, 얼굴은 얼어 있고, 빛나는 눈은 유리구슬처럼 깜빡이지도 않은 채 변기 덮개 위에 부처님처럼 움직이지도 않고 앉아 있는 나를 붙잡았기 때문이다. 미치광이 아이가 군도나 진주만 수중 수비로 사용하려고 잉어가 있는 물 바닥에 빠뜨려놓은 주방 기구들은 곧 구원을 받았다. "전하께서는" 하고 아버지가 슬프게 말했다. "저지른 행위에 대한 대가로 다시 한번 고통받게 될 것입니다. 유감입니다."

                                    *

　안식일 밤에 할아버지와 할머니가 왔고, 어머니 친구인 릴렌카도 토실토실하고 강철 솜같이 두껍고 고불고불한 턱수염으로 얼굴이 뒤덮인 그녀의 남편 바르 삼카 씨와 함께 왔다. 그의 귀는 서로 크기가 달랐는데, 독일셰퍼드 알사시안처럼 한쪽 귀는 쫑긋 세워져 있고 다른쪽 귀는 수그러져 있었다.

　코프타*가 곁들여진 닭고기 수프를 낸 후에, 어머니는 갑자기 내 친구 누니의 시체를 머리부터 꼬리까지 그대로, 대신 몸통 옆쪽을 따라 칼집을 일곱 군데 일렬로 낸 채로 테이블 위에 올렸는데, 그는 판테온으로 가는 포차砲車 위에서 태어난 왕의 시체만큼이나 장엄했다. 그 제왕의 시체는 풍성한 크림소스 색으로 물들었고, 윤기 나는 쌀 의자 위에 자두 스튜와 당근 썬 것으로 장식하고 녹색 조각을 흩뿌렸다. 하지만 누니의 경계하는, 힐난하는 듯한 시선은 한 치의 양보 없이 움직임 없는 책망과 조용한 고문을 담아, 그를 죽인 우리 모두에게 고정되어 있었다.

　내 눈이 그의 무시무시한 눈과 마주쳤을 때, 그 뚫어져라 보는 눈은 나치의 배신자들, 살인자들이라고 울부짖고 있었고, 그래서 나는 고개를 가슴에 떨어뜨리고, 남들에게 보이지 않도록 애쓰면서 조용히 울기 시작했다. 하지만 어머니의 가장 친한 친구이자 가장 믿음직한 친구, 가녀린 여자의 몸속에 유치원 선생의 영혼이 깃들어 있는 릴렌카가 이

* 중동과 인도에서 주로 먹는 고기 완자. 잘게 다진 양고기나 소고기에 양념을 넣어 만든다.

를 알아차리고 나를 황급히 달랬다. 우선 그녀는 내 이마를 짚어보더니, 아니, 열은 없는데 하고 선언했다. 그다음엔 내 팔을 어루만지면서 말하기를, 그렇지만, 그래, 좀 떨고 있네. 그러고는 내가 그녀의 숨을 들이마실 수 있을 만큼 내게로 몸을 굽히더니 말했다. 신체적인 게 아니라 심리적인 문제처럼 보이는데. 그 말을 하고 나서 그녀는 부모님에게 몸을 돌리고, 독단적인 기쁨에 차서, 자신이 이미 오래전에 그들에게 이 아이는 상처 입기 쉽고 복잡하고 예민한 장래의 예술가 같다고 말하지 않았느냐 상기시키며, 분명 아주 일찍 사춘기에 접어든 것이므로, 가장 좋은 방법은 그저 내버려두는 것이라고 결론내렸다.

아버지는 이 상황에 대해 숙고한 후 판단을 표명했다.

"그래, 됐어. 하지만 우선 너도 다른 사람처럼 기쁘게 생선을 먹어야지."

"싫어요."

"싫어? 왜 싫어? 무슨 까닭에? 전하께서는 혹시 요리사 부대를 해고시키려 심사숙고중이신가?"

"먹을 수 없어요."

이 시점에서, 다정함과 중재하려는 충동이 넘치는 바르 삼카 씨가 달래는 듯한 새소리로 꾀어내기 시작한다.

"자, 아주 조금, 한 조각만 먹어보는 게 어떠니? 상징적으로 그저 한 조각만, 응? 네 부모님과 안식일을 위해서?"

그러나 감정과 정서가 풍부한 그의 아내, 릴카는 나 대신 끼어든다.

"아이한테 억지로 그러는 건 의미가 없어요! 이 아이에겐 심리적인 방해물이 있다고요!"

*

릴렌카로도 알려진, 레아 바르 삼카는 공식적으로는 릴리아 칼리슈*
이고, 예루살렘에서 내가 어린 시절을 보내는 동안 우리 아파트를 자
주 방문하던 사람이었다. 그녀는 축 늘어진 어깨를 한 작고 슬프고 창
백하고 연약한 여자였다. 하지만 오랫동안 교사로 일했고, 아동의 심
리에 대한 책을 두 권이나 쓴 바 있다. 열두 살짜리 가녀린 소녀처럼
보이는 그 모습 이면에 말이다. 그녀와 나의 어머니는 주방에 있는 버
드나무 의자에 앉거나 정원으로 의자를 가지고 나가 앉아서 함께 소곤
거리거나 수다를 떨거나 책을 펼쳐 탐독하거나 예술가의 그림책을 머
리를 맞대고 차례차례 넘기면서 시간을 보냈다.

대개 릴카는 아버지가 일을 나가면 왔다. 나는 그녀와 내 아버지 사
이에, 보통 남편과 그의 아내의 가장 절친한 친구 사이에서 보이는 정
중한 상호 혐오가 지속된 건 아닌가 하는 느낌을 가지고 있었다. 어머
니가 릴렌카와 수다를 떨고 있을 때 내가 어머니 곁으로 다가가면, 그
들은 둘 다 곧 입을 다물었고, 내가 안 들릴 만한 거리로 벗어나야 대
화를 재개했다. 릴리아 바르 삼카는 감정적인 면에서 모든 걸 이해하
고 용서한다는, 생각에 잠긴 듯한 미소를 띤 채 나를 바라보았지만, 어
머니는 내게 정신 차리고 필요한 걸 말한 다음 자기들 둘만 있게 두라
고 요구했다. 그들은 무척 많은 비밀을 서로 나누었다.

한번은 릴렌카가 부모님이 모두 외출했을 때 방문한 적이 있었다.

---

* 나는 여러 가지 이유로 몇몇 이름들을 바꿨다. (원주)

그녀는 잠시 동안 이해와 사랑이 담긴 눈으로 나를 바라보더니, 마치 분명히 동의하고 있다는 듯 고개를 끄덕인 후 대화를 시작했다. 그녀는 정말, 그러니까 정말이지, 내가 아주 어렸을 때부터 나를 좋아했고 내게 관심이 많았다. 언제나 학교에서 잘하고 있니? 축구 좋아하니? 아니면 여전히 우표를 수집하니? 다 크면 뭐가 되고 싶니? 뭐 그런 바보 같은 것을 물어보는 어른들의 지루한 관심이 아니라. 아니라! 그녀는 내 생각에 관심이 많았다! 내 꿈에! 내 정신세계에! 그녀는 나를 독특하고 독창적인 아이로 여겨주었다! 발달중인 예술가의 영혼을! 그녀는 언젠가—반드시 바로 지금일 필요는 없고—좀더 내밀한 내 젊은 인성(난 그때 한 열 살쯤이었다)에 접촉해보고 싶어했다. 예를 들면, 내가 완전히 혼자일 때 뭘 생각하는지? 내 상상력이라는 비밀스러운 삶 속에서는 무슨 일이 벌어지는지? 나를 정말 슬프고 행복하게 하는 것은 무엇인지? 나를 흥분시키는 것은 뭔지? 나를 무섭게 하는 것은 뭔지? 나에게 혐오감을 주는 것은? 내가 끌렸던 풍경은 어떤 것인지? 야누시 코르착에 대해 들어본 적이 있는지? 그의 책『마술사 요탐』을 읽어본 적이 있는지? 지금까지 여자에 대해서 비밀스러운 생각을 해본 적이 있는지? 그녀는 나의, 어떻게 표현해야 하나, 나의 들어주는 귀가 되어주기를 바랐을까? 내 비밀까지 나눌 수 있는 절친한 친구가? 우리의 나이 차이며 그 외의 여러 가지 차이에도 불구하고.

나는 예의바르지 않으면 못 배기는 아이였다. 내가 뭘 생각하는지에 대해 그녀가 처음으로 물어보았을 때 나는 예의바르게 대답했다. 온갖 것들에 관해서요. 나를 흥분시키는 것은 뭐냐, 나를 무섭게 하는 게 과연 뭐냐고 이어서 한 질문에는 이렇게 대답했다. 특별한 거 없어요. 반면 우정을 맺자고 제의했을 때는, 이렇게 재치 있게 대답했다. "고맙습니다, 릴리아 아주머니, 아주머니는 정말 친절하세요."

"네가 부모님께 말하기 쉽지 않은 어떤 것이든 이야기할 필요를 느끼면 언제든 주저하지 않을 거지? 내게 와줄 거지? 그리고 말해줄 거지? 그럼 물론 난 비밀을 지킬 거야. 우리 함께 이야기를 나누자꾸나."

"고맙습니다."

"말할 사람이 아무도 없는 그런 얘기들 있지? 널 조금 외롭게 하는 생각들이랄까?"

"고맙습니다. 진심으로 감사드려요. 물 한 잔 가져다드릴까요? 어머니가 곧 돌아오실 거예요. 아마 하이네만 씨 약국 모퉁이를 막 돌고 계실 텐데요. 혹 기다리시는 동안 신문을 보시겠어요, 릴리아 아주머니? 아님 선풍기 좀 켜드릴까요?"

29

  20년 후인 1971년 7월 28일, 그러니까 내 책『죽음에 이르기까지』가 출판된 지 몇 주 후, 나는 그때 육십대였던 어머니의 그 친구로부터 편지를 받았다. "……네 아버지가 돌아가신 이후로 내가 적절하게 행동하지 못한 것 같다. 나는 무척이나 우울했고 아무것도 할 수 없었어. 집에만 처박혀 있었고(우리 공동주택은 무서웠다…… 그렇지만 난 그어떤 것도 바꿔볼 기력이 없었어) 밖에 나가기도 겁이 났지. 그게 간단한 진실이야. 네 소설「뒤늦은 사랑」에 나오는 그 남자한테서 나와 같은 특질들을 발견했어. 그가 매우 친밀하고 가깝게 느껴지지 뭐니. 한번은 라디오에서『죽음에 이르기까지』의 라디오 드라마 버전을 들은 적이 있단다. 그리고 텔레비전 인터뷰에서 네가 그 책의 몇 부분을 발췌해서 읽어주더구나. 내 방 구석에 놓인 텔레비전에서 그렇게 예기치 않게 너를 본 것은 경이로운 일이었어. 나는 그 이야기의 원천이 뭔지 알고 싶고 궁금했단다. 독특했거든. 네가 그런 공포와 두려움에 대한 묘사를 쓸 때 네 안에서 무슨 일이 일어나고 있는지 상상하기란 내게 어려운 일이야. 으슬으슬한 일이지. 그 유대인들에 대한 묘사, 강렬한 인물이면서 일방적으로 희생자는 아닌 모습이…… 인상적이었어. 철을 부식시키는 물에 대한 묘사도…… 그리고 실재도 여정의 끝도 아닌 예루살렘의 그림에 대한 글, 그건 그저 세상에 있는 한 장소가 아닌 어떤 곳에 대한 열망과 갈망일 뿐이었어. 네 책의 페이지 속에서 죽음은 내가 결코 상상해보지 못한 그 무언가의 모습으로 나타났는데, 아주 오래전은 아니지만 한때 난 거기에 목말라했단다…… 이제 평소 네 어머니가 했던 말들이 전보다 한층 더 생각이 난다. 네 어머니는 내 삶이 실패하리라 예견했었어. 그런데 난 내 나약함은 단지 표면적인 것이고, 다시 원상태로 회복될 수 있는 거라고 득의양양했었지. 이제는 무너지는 걸 느껴…… 이상하게도, 여러 해 동안 그 땅으로 돌아가는 꿈을 꾸었고, 이제 그 꿈이 현실이 되었는데, 나는 여전히 악몽 속에 있는 것처럼 살고 있구나. 내가 하는 말에 신경쓰지 마라. 그냥 흘러나오는 것이니까. 대답할 필요 없어. 마지막으로 내가 널 봤을 때, 네 아버지와 열띠게 의견을 교환하는 모습 속에서, 네 안에 우울한 인간은 느껴지지 않았어…… 우리 가족 모두가 네 가족에게 안부를 전한다. 난 곧 할머니가 될 거야! 우정과 사랑을 담아, 릴리아(레아)."

그리고 1979년 8월 5일자의 또다른 편지에서, 릴카 아주머니가 내게 이렇게 썼다. "……하지만 당장은 그걸로 충분해, 아마 결국 언젠가 우린 만나서 나를 일으켰던 네 글들에 대한 많은 질문으로 수다를 떨게 될 거야. 네 책에 수록된 「자전적 수기」에서 네가 내비치고 있는 것은 무엇이니…… '실망이나 열망에서 벗어나' 죽어가던 네 어머니에 대해서 말할 때. '무언가 잘못되어가고 있었다'고 했지? 상처를 건드리고 있는 거라면 용서해다오. 최근 돌아가신 네 아버지의 상처, 특히 네 상처, 그리고 심지어 내 상처도. 넌 내가 얼마나, 최근 들어서는 특히 더, 파니아를 그리워하는지 알 수 없을 거야. 나는 내 좁고 작은 세계 속에 그저 멋대로 남겨져 있어. 그녀가 그립구나. 그리고 우리의 또다른 친구로. 1963년 이 세상의 고통과 슬픔으로부터 떠나간 스테파라는 친구도 그립고…… 그녀는 소아과 의사였고 그녀의 삶은 낙심으로 엎친 데 덮친 격이었는데, 아마 그건 그녀가 남자들을 믿었기 때문일 거야. 스테파는 소위 능력 있는 남자들을 꽉 잡으라는 말을 단칼에 거절했지. 우리 셋은 삼십대일 때 아주 가까운 사이였단다. 나는 더이상 존재하지 않는 친구들 중에서 『모히칸족의 최후』처럼 남은 단 한 명이었지. 71년과 73년 두 차례에 걸쳐 난 내 목숨을 거두려고 시도했는데 성공하지 못했어. 다시는 그런 시도를 하지 않을 거야…… 아직 네게 네 부모님과 함께했던 일들에 대해 말할 때가 안 된 것 같구나…… 그후로도 세월은 가고 있지…… 아니, 나는 아직 내가 말하고 싶은 모든 걸 글로 표현할 준비가 안 되어 있어. 한번쯤은 글을 통해 나 자신을 표현할 수 있을 거라고 생각해. 아마도 우리는 다시 만나게 될 것 같구나. 그리고 그전에 많은 것들이 변하게 될지도 모르지…… 어쨌거나, 넌 로브노의 '하쇼메르 하차이르'에서 네 어머니와 나, 그리고 우리 모임의 몇몇 다른 멤버들이 세상 모든 것 중에 제일 최악으로 여겨지던 프티부르주아로 간주되었던 걸 알아야 해. 우리는 모두 같은 배경에서 태어났지. 네 어머니는 결코 '우파'가 아니었단다…… 심지어 클라우스너 일가로 시집갔을 때조차도 그녀는 그들과 같은 사람인 척하려 들지 않았을 게야."

그리고 1980년 9월 28일자 편지에는 이렇게 적혀 있었다.

"……네 어머니는 불행한 가정에서 태어났고, 그래서 네 가족에게도 해를 입혔지. 하지만 그건 그녀 탓이 아니야…… 한번은, 1963년에 네가 우리 아파트에 앉아 있었던 게 기억나는구나…… 나는 네게 언젠가 네 어머니에 대해 써주겠노라고 약속했었지…… 하지만 그걸 전하는 건 내게 무척 힘든 일이야. 심지어 편지를 쓰는 것조차 힘들어…… 네 어머니가 얼마나 예술가가 되고 싶어했는지, 창조적인 사람이 되기를 바랐는지, 어린 시절부터 말이야. 지금 그녀가 널 볼 수 있고, 네가 어머니를 알았더라면! 왜 그녀는 해내지 못했을까? 만약 사적인 대화였다면 내가 글에는 넣지 못한 걸 좀더 대담하게 네게 말해줄 수 있었을 텐데. 애정을 담아, 릴리아."

*

내 아버지는 돌아가시기 전(1970년) 내 초기의 책 세 권을 읽을 수 있었는데, 전적으로 맘에 들어하지는 않았다. 나의 어머니는 내가 학창 시절 썼던 단편 몇 편과 이야기해주길 좋아했던 뮤즈를 감동시키려는 희망에 젖어 펜을 들어 썼던 유치한 시 몇 편을 볼 수 있었을 뿐이다. (아버지는 언제나 요정이니, 마법사니, 기적을 일으키는 랍비니, 엘프니, 어떤 종류든 성인이니, 직관이니, 기적이니 유령 같은 것들을 믿지 않았던 것처럼 뮤즈 역시 믿지 않았다. 그는 스스로를 '세속적인 세계관을 지닌 사람'으로 보았고, 합리적인 사고와 견고한 지적 작업을 신봉했다.)

어머니가 『죽음에 이르기까지』에 들어 있는 두 편의 중편소설을 읽었더라면, 그녀 역시 그에 대해 그녀의 친구 릴렌카 칼리슈 아주머니 입에서 나온, "그건 그저 세상에 있는 한 장소가 아닌 어떤 곳에 대한 열망과 갈망일 뿐"이라는 문장과 유사한 단어들로 반응했을까? 모를 일이다. 몽환적인 슬픔의 안개 낀 베일, 유복한 로브노의 숙녀들이 품은 표현되지 않고 주름 잡힌 감정들과 로맨틱한 고통, 그들의 삶은 마치 중학교 벽에 딱 두 가지 색만 담긴 팔레트로 영구히 그려진 것 같았다. 우울하거나 축제 같거나. 비록 때때로 내 어머니가 이런 훈육에 반항했다고는 해도.

20년대 그 김나지움 커리큘럼의 무언가, 혹은 젊은 시절 어머니와 그 친구들의 심장으로 스며들었던 어떤 깊고 로맨틱하며 곰팡내 나는, 농후한 폴란드-러시아의 주정주의, 쇼팽과 미츠키에비치 사이의 무언가, 『젊은 베르테르의 슬픔』과 바이런 사이의 무언가, 장엄함 사이 중간지대에 있는 무언가, 고통당한 자들, 꿈꾸는 자들, 고독한 자들, '열망과 갈망'의 온갖 도깨비불이 어머니와 그녀 삶의 대부분을 속였고, 그것에 압도당하여 1952년 자살을 감행할 때까지 그녀를 유혹했다. 어머니가 죽었을 때 그녀의 나이는 서른여덟이었다. 나는 열두 살을 반쯤 넘기고 있었다.

*

    어머니가 돌아가신 후 수주일 수개월간, 나는 어머니의 고뇌에 대해서는 잠시도 생각해보지 않았다. 나는 그녀 뒤에 남겨진 채 우리집의 공기에 늘 매달려 있었을지도 모를, 도움을 외치는 들리지 않는 울음소리를 외면하며 스스로를 귀머거리로 만들었다. 내 안엔 한 방울의 동정심도 없었다. 나는 어머니를 그리워하지 않았다. 어머니의 죽음에 슬퍼하지도 않았다. 나는 너무나 상처받고 남겨진 감정들에 화가 났다. 가령, 어머니가 죽은 뒤 몇 주 동안 그녀의 체크무늬 앞치마가 부엌문 뒤 고리에 여전히 걸려 있다는 걸 알게 되었을 때, 그 일은 마치 상처에 소금이라도 들이부은 것처럼 날 화나게 했다. 어머니의 세면용품과 분첩과 머리빗이 고의로 욕실 녹색 선반 위에 남아서 날 조롱하고 상처 입히는 것 같았다. 그녀의 책들도. 그녀의 신발들도. 어머니가 쓰던 옷장 서랍을 열 때마다 얼마간 내 얼굴에 계속 풍기던 그녀 냄새의 메아리마저도. 모든 것이 나를 무기력한 분노로 몰아갔다. 마치 그녀의 스웨터가 어떻게든 내 스웨터 더미로 기어들어가서 비열하게 이를 보이고 웃으며 고소해하고 있는 것 같았다.

    나는 안녕이라는 말도 없이, 한 번의 포옹도 없이, 한마디 설명도 없이 떠나간 어머니에게 화가 났다. 결국, 어머니는 물 한 잔 건네지 않고, 미소도 짓지 않고, 약간의 사과도 두세 마디 유쾌한 말도 없이 전혀 모르는 사람이나 문간에 선 택배 배달원, 행상과 헤어질 때와 마찬가지로, 이별에 무신경했다. 내 모든 유년 시절에 걸쳐 어머니는 결코 나를 식료품점이나 이상한 앞뜰이나 공원에 홀로 남겨두고 떠난 적이 없었다. 그런 그녀가 어떻게 그런 일을 할 수 있었을까? 나는, 코미디 영화에서 갑자기 창피한 짓을 저질러 남편을 눈에 띄게 하고 낯선 사람과 함께 도망친 여자처럼 사라져버린 아내를 둔 아버지를 대신해서도 어머니에게 화가 치밀었다. 어린 시절에 내가 한두 시간이라도 사라지면, 큰 소리로 혼나고 벌을 받았다. 누구든지 밖으로 나가려면 어디 갈 것이고 얼마나 걸릴 것이고 몇시에 돌아올 것인지 말해야 하는 것이 정해진 규칙이었다. 누구든 적어도 화병 밑 같은 범상한 장소에 메모라도 남겨두어야 했다.

우리 모두 말이다.

그게, 문장 한가운데서, 무례하게도, 떠나는 방식인가? 그녀 자신은 언제나 철저함과 공손함, 신중한 행동, 다른 이들을 상처 입히지 않으려는 끊임없는 노력, 사려 깊음, 감수성을 주장해왔으면서! 어떻게 그녀가 그럴 수가?

나는 그녀를 증오했다.

*

몇 주 후 분노는 가라앉았다. 그리고 그 분노로 나는, 납 같은 것으로 둘러싸여 어린 시절 충격과 고통으로부터 나를 지켜주던 보호막 같은 것을 잃어버린 것 같았다. 그날부터 나는 벌거벗겨졌다.

어머니를 증오하는 일을 중단하면서 나는 나 자신을 혐오하기 시작했다.

내 심장 어느 구석도 여전히 어머니의 고통, 어머니의 외로움, 그녀를 점점 더 숨막히게 만들던 압박, 그녀 삶의 마지막 밤에 닥쳐온 끔찍한 절망에서 여전히 자유롭지 못했다. 나는 여전히 그녀의 것보다 나 자신의 위기를 살아내고 있었다. 더이상 그녀를 향해 화내지 않았지만, 대신 반대로 자신을 비난했다. 내가 좀더 나은, 좀더 헌신적인 아들이기만 했더라면, 내가 온 마룻바닥에 옷가지를 흩뜨려두지 않았더라면, 내가 그녀를 못살게 굴거나 성가시게 하지 않았더라면, 내가 제때 숙제를 했더라면, 매일 저녁 쓰레기를 비우라는 고함이 들리기 전에 기꺼이 쓰레기를 비웠더라면, 시끄럽게 하거나 불 끄는 것을 잊거나 찢어진 셔츠 차림으로 돌아오거나 부엌에 온통 진흙 발자국을 남겨서 성가시게 굴지 않았더라면. 어머니의 편두통에 좀더 신경을 썼더라면. 아니면 최소한 그녀가 원하는 일을 하려고 노력했거나 좀 덜 약하고 덜 창백했다면, 나를 위해 어머니가 접시에 놔준 모든 걸 먹어치우고, 그렇게 까다롭게 굴지 않았더라면, 그녀를 위해서라도 내가 좀더 사교적이고 덜 혼자 지내는 아이가 되었더라면, 좀 덜 마르고, 더 볕에 그을고 다부졌더라면, 어머니가 그렇게 원했던 것처럼!

혹은 그 반대로? 내가 훨씬 더 약했다면, 만성적으로 아파서 휠체어에 갇혀 있고, 폐병에 걸렸거나? 아님 날 때부터 눈이 멀기라도 했더라면? 분명 어머니의 친절하고 관대한 천성은 그런 불리한 조건을 가진 아이를 포기하고 비참함 속에 내버려둔 채 그저 사라지는 짓을 용납하지 않았을 텐데? 내가 발이 없는 장애아이기만 했더라면, 아직 시간이 있었을 때 달리는 차로 뛰어들어 깔려서 두 다리가 절단되기라도 했더라면, 아마 어머니는 동정심으로 넘쳐났겠지? 나를 떠나지 않았겠지? 쭉 나를 돌보며 지냈겠지?

어머니가 그처럼, 뒤도 돌아보지 않고 나를 포기해버렸다는 것은, 분명 그녀가 나를 사랑한 적이 전혀 없다는 증거였다. 누군가를 사랑하면, 그녀가 내게 가르쳐준 것처럼, 그 사랑하는 이들에 대해, 배신만 빼고 모든 것을 용서하는 법이다. 심지어 성가시게 해도, 모자를 잃어버려도, 접시에서 제일 핵심이 되는 음식을 다 남겨도 용서하기 마련이다.

버리는 건 배신이다. 그런데 그녀는 아버지와 나, 우리 둘을 버렸다. 나는 그녀의 편두통에도 불구하고, 그녀가 우리를 결코 사랑한 적이 없었다는 걸 이제 알았다 할지라도 그런 식으로 어머니를 내버려둔 적이 없었고, 그녀의 긴 침묵에도 불구하고, 어두운 방에 그녀가 문을 닫고 스스로 갇혀 우울함에 빠져 있었어도 그녀를 내버려둔 적이 없었다. 내가 가끔 화가 나서 이성을 잃고 하루이틀쯤 그녀에게 말을 안 했을지는 몰라도, 한 번도 그녀를 버린 적은 없었다. 결단코.

모든 어머니는 자기 아이를 사랑한다. 그게 자연의 법칙이다. 고양이나 염소라도 말이다. 범죄자나 살인자의 어머니조차도. 나치당의 어머니일지라도. 아니면 침을 질질 흘리는 지진아의 어머니도. 괴물의 어머니까지도. 단지 내가 사랑받을 수 없었다는 그 사실이, 내 어머니가 나에게서 도망쳐버렸다는 그 사실이, 내 안엔 아무도 사랑할 사람이 없고, 사랑할 자격도 없다는 걸 증명할 뿐이었다. 내겐 잘못된 무언가, 아주 끔찍하고 혐오스러운 무언가, 매우 무섭고 육체나 정신의 결함보다 더 꺼림칙하고 심지어 광적인 것이 있었다. 나에게는 돌이킬 수 없게 너무나 혐오스러운 무언가, 아주 끔찍한 무언가가 있어서, 한 마리 새나 거지, 길 잃은 강아지 한 마리에게도 사랑을 베풀 수 있는 어머니처럼 섬세한 감성의 여자라도, 더는 나를 참을 수 없어서, 할 수 있는 한 멀리 나에게서 도망쳐야만 했던 것이다. 아랍 속담에, 쿨루 키르딘 비아이니 움미히 가잘룸—모든 원숭이도 제 어미에겐 한 마리 사슴이라는 말이 있다. 나만 빼고.

세상의 모든 아이들이 그 어머니에게 그렇듯이 내가 사랑스럽고 그저 작았다라면, 가장 못생기고 가장 짓궂은 아이들조차도, 언제나 학교를 팽개치는 거친 아이들이나 폭력적인 아이들조차도, 자기 할아버지를 부엌칼로 찌른 비앙카 쇼나, 길거리에서 지퍼를 열어 상피병이 있는 자기 물건을 꺼내어 소녀들에게 보여주던 변태 야니까지도 그랬듯이—내가 좋은 아이였더라면—어머니가 내게 수천 번도 더 요구했던 방식으로 내가 행동하기만 했더라면, 그런데 바보처럼, 나는 그녀 말을 듣지 않았다—유월절 밤이 지나고 내가 어머니의 증조할머니 때부터 전해져 내려오던 파란 그릇을 깨지만 않았더라면—내가 매일 아침 내 이를 아래 위, 구석구석, 눈속임 없이 제대로 잘 닦기만 했더라면—내가 어머니 핸드백에서 반 리라짜리 지폐를 슬쩍하고는 가져가지 않았다고 부인하지만 않았더라면—내가 사악한 생각들을 멈추고 밤에 파자마 바지 안으로 손을 넣지 않았더라면—내가 어머니를 가질 자격이 있는 다른 모든 사람과 같기만 했더라면—

*

1년인가 2년 후에, 집을 떠나 키부츠 훌다에 살기 위해 갔을 때, 나는 천천히 어머니에 대해 생각하기 시작했다. 하루의 끝에서 학교가

파하고 일이 끝나고 샤워를 마친 후에, 모든 키부츠 아이들이 샤워를 마치고 저녁 식사에 맞는 옷을 입은 다음 부모님과 시간을 보내기 위해 떠나면, 나는 텅 빈 아이들의 집 한가운데서 기괴하게 홀로 남겨져, 독서실 안에 있는 나무 벤치 위 내 자리로 가서 앉곤 했다.

나는 거기서 불을 켜지 않은 채 한 시간이나 삼십 분쯤 주문을 외우면서, 어머니 삶의 끝을 한 장면 한 장면 차례로 불러내며 앉아 있었다. 그 시절에 나는 이미 나와 어머니 사이에서나 나와 아버지 사이에, 혹은 두 분 사이에서조차 결코 발화된 적 없는 것들을 조금씩 상상해보려 애쓰고 있었다.

아그논의 소설 『그녀의 삶이 혈기 왕성한 때』의 시작 부분을 읽을 때면 나는 늘 어머니의 마지막 몇 년을 떠올린다.

어머니는 혈기 왕성할 때 돌아가셨다. 서른 살이었던 어느 날 나의 어머니는 죽음에 이르렀다. 그녀 삶의 나날들은 짧고 불행했다. 하루종일 그녀는 집에 앉아 있었고, 결코 집밖으로 나가지 않았다. 그녀의 친구들과 이웃들도 그녀를 보러 방문하지 않았고, 아버지 역시 그들의 초대에 응하지 않았다. 침묵이 흐르는 우리집은 슬픔에 빠져 있었다. 집 문은 이교도에게는 열리지 않았다. 어머니는 침대에 누웠고 몇 마디도 채 하지 않았다…… 나는 그녀의 목소리를 얼마나 사랑했던가. 내가 가끔 문을 열면 어머니는 누가 왔느냐고 물었다. 어린 시절은 내 안에 박혀 있다. 어머니는 가끔 창가에 앉기 위해 침대에서 내려왔다.

(나는 지금 이 문단을 아그논이 첫장에 내 어머니와 아버지에게 헌사를 써준 책을 보며 필사하고 있다. 아버지가 돌아가신 후 그의 책장에서 발견한 책이다.) 나는 『그녀의 삶이 혈기 왕성한 때』를 처음 발견한 그날부터 15년 동안 나와 티르차를 비교했다. 『이야기는 그렇게 시작된다』에서 나는 티르차에 대해 쓰면서 내 어머니의 삶이 마지막을 향해 가던 그 시기의 어린 나에 대해서도 우회적으로 써내려갔다.

티르차는 그녀의 어머니를 종교적으로 존경했다. 이야기의 시작 부분에서 그녀는 어머니가 창가에 고요히 앉아 있는 모습, 하얀 옷 등 어머니의 외양을 숭상한다. 어머니가 맞은 평화로운 사망의 신비는 티르차에게 자신의 운명이 결정됐다는 커다란 흥분을 선사했다. 어머니의 죽음 이후 티르차는 어머니의 모습과 같아지는 것이 자기 삶의 과제라고 생각했다. 의식적儀式的인 관계가 어머니와 딸 사이의 진정한 친밀함을 방해했다. 혹은 애초부터 의식적인 모녀관계가 티르차에게 친밀감의 결핍을 초래했는지도 모른다. 병을 앓으며 우울한 동경에 압도되어 있던 그녀의 어머니는 티르차의 친밀감에 아무 관심도 보이지 않았다. 어머니를 향한 티르차의 노력에도 전혀 반응하지 않았다. 어머니의 세심한 배려심은 오직 자기 자신을 향한 것이었다. (…) 티르차는 어머니의 목소리를 듣기 위해 몇 번이고 소리를 내면서 문을 열었다. (그 집에서 문은 이교도에게는 열리지 않았다.) 그것은 어린아이다운 즐거운 잡음이었다. 어머니가 오래 앓으면서 딸은 즐거움을 잃어갔다. (…) 이야기의 처음부터 티르차는 관심받지 못하고 방치된 아이로 등장한다. 아버지는 온전히 어머니에게만 집중하고, 어머니는 자신의 사랑과 이별 의식에만 열중했으며, 친척들과 이웃들은 티르차를 거의 배려하지 않았다.

*

어머니는 죽을 당시 서른여덟 살이었다. 이 글을 쓰고 있는 지금 내 큰딸보다 젊은 나이이고, 작은딸보다는 많은 나이다. 타르붓 김나지움에서 학업을 끝낸 10년인가 20년 후, 어머니와 릴렌카 칼리슈와 몇몇 친구들은 혹서의 예루살렘에서 난기류, 그리고 궁핍과 악의 넘치는 가십들을 경험하게 되고, 거기서 감수성 강한 로브노의 여학생들은 매일의 삶 속 거친 영역, 기저귀와 남편과 편두통과 땋아 내린 머리와 좀약 냄새와 부엌 싱크대 속에서 갑자기 자신을 발견하게 되었는데, 거기서는 1920년대 로브노의 학교 교과 과정이 그들에게 아무런 도움이 되지 않는다는 사실이 분명하게 스며나왔다. 그것은 일을 더 그르치게 할 뿐이었다.

아니면 그건 무언가 다른 것, 바이런풍도 쇼팽풍도 아니지만 체호프의 연극에 그리고 그녀신의 단편소설에 있는 양갓집에서 태어난 내향적이고 젊은 숙녀들을 둘러싸고 있는 음울한 외로움의 안개에 더 가까운 무엇이었는지도 모르며, 필연적으로 좌절될 수밖에 없고, 발로 짓밟히고, 심지어 인생 자체의 단조로움에 의해 비웃음거리가 되는 어린 시절의 약속 같은 것이었는지도 모른다. 내 어머니는, 뜨겁고 먼지 나는 예루살렘 석조 도로 위에서 결국 날개가 꺾인 채 안개 자욱하게 드리운 미모의 천사 같은 문화적 비전에 둘러싸여 자라났다. 그녀는 예쁘고 세련된 제분업자의 딸로 자랐으며, 두빈스카 거리에 있던, 과수원과 요리사, 하녀가 딸린 대저택에서 성년이 되었고, 거기서 아마도 그녀가 그렇게도 싫어했던 그림 속의 양치기 시골 처녀, 미화된 분홍빛 뺨을 하고 세 겹의 페티코트를 입고 있는 바로 그 소녀처럼 키워졌을 것이었다.

소니아 이모가 70년 후에 회상했던 어머니의 격분은, 까닭 없이 분노에 이르던 열여섯 살의 파니아가 갑작스레 몽환적인 표현과 실크 페티코트의 풍성함이 담긴 온화한 양치기 시골 처녀의 그림에 경멸을 쏟아내고 거의 침이라도 뱉을 듯이 굴었던 그때, 이미 그녀의 자유를 휘감기 시작하던 어둠으로부터 자유로워지려 헛되이 몸부림치던 어머니의 생명력의 불꽃이었는지도 모른다.

그토록 파니아 무스만의 유년기를 보호했던 커튼 드리워진 창문 밖에서, 페인 자크젭스키는 어느 날 밤 한 방은 자기 허벅지에, 한 방은 머리에 총을 쏘았다. 라브조바 여공은 구원자 예수의 고통을 조금이나마 느끼기 위해 자기 손에 박혀 있는 무딘 손톱을 망치로 박살내고 구속자救贖者처럼 그것을 견뎠다. 가정부의 딸이었던 도라는 자기 어머니의 연인에 의해 임신했고, 술주정뱅이 스텔레츠카야는 카드 게임으로 자기 마누라를 잃었으며, 그의 아내 이라는 결국 잘생긴 안톤의 빈 오두막집에 불을 놓아 타 죽었다. 그러나 이 모든 것들은 이중 시선의 다른 편, 타르붓 김나지움의 쾌활하고 계몽된 원 밖에서 일어났다. 그들 중 그 누구도 어머니의 유쾌한 유년 시절에 침입하여 심각하게 해를 끼칠 수 없었고, 그저 훼손시키지는 않은 채 단지 덧칠하고 추억을 달콤하게 하는 우울한 기색을 띠게 할 뿐이었다.

몇 년 뒤 케렘 아브라함에 있는 아모스 거리의 비좁고 눅눅한 공동 주택, 로젠도르프 씨 집에서 내려오는 계단과 렘베르그 씨네 옆집에서, 아연통과 오이 피클, 빛바랜 올리브통 안에서 말라가던 제라늄에 둘러싸여, 온종일 양배추와 세탁물, 끓는 생선과 찌든 오줌 냄새에 습격당하면서, 어머니는 희미하게 사라져가기 시작했다. 고통과 상실, 빈곤, 혹은 결혼생활의 잔인함은 이를 악물며 감내할 수 있었는지도 모른다. 그러나 내가 보기에, 그녀가 정말 견딜 수 없었던 것은 번지르르한 천박함이었다.

*

1943년인가 1944년경, 더 일찍은 아니었을 텐데, 어머니는 모두가, 바로 로브노 근처, 그곳에서 살해당했다는 것을 알았다. 어떤 사람이 와서, 어떻게 독일인과 리투아니아인과 우크라이나인 들이 기관단총으로 무장하고 온 도시를 행진하여, 늙은이들과 젊은이들 모두 소센키 숲으로 몰아냈는지 이야기한 게 분명하다. 소센키 숲은 날씨 좋은 날엔 모두 소풍을 오고, 보이스카우트 대회를 개최하고, 캠프파이어 주변에서 노래하고, 별이 빛나는 하늘 아래 시내가 흐르는 강둑 위에 침낭에서 자던 곳이었다. 나뭇가지와 새들과 버섯, 까치밥나무와 산딸기가 있는 그곳에서, 독일인들은 이틀간 구덩이 끝에서 사격을 개시하여 약 2만 5천 영혼*을 도륙했다. 어머니의 친구들이 거의 모두 비명에 갔다. 그들 부모와 함께, 그리고 모든 이웃들과, 아는 사람들, 사업 경쟁자들, 적들과 함께, 부유한 자와 프롤레타리아와 독실한 자와 동화된 자와 세례받은 자, 공산주의 간부들과 회당의 공무원들과 행상인, 물 긷는 자와 공산주의자들, 시온주의자들, 지식인, 예술가, 마을의 바보, 그리고 약 4천 명의 아기들 모두. 학창 시절 어머니를 가르친 선생님 역시 거기서 죽었고, 빠져들 듯한 눈을 가진 카리스마적인 존재로 그 시선으로 그렇게나 많은 사춘기 여학생들의 꿈을 꿰뚫었던 교장 선생님 이사하르 레이스도, 멍하고 얼빠진 이삭 베르콥스키도, 성정이 불같고 유대 문화를 가르쳤던 엘리에제르 부스리크도, 지리학과 생물, 통계학도 같이 가르쳤던 판카 자이드만도, 화가이던 그녀의 형제 슈무엘도, 쭉 이를 앙다물고 일반 정치사를 가르쳤던 현학적이고 화난 듯 보이던 모세 베르그만 박사도 거기서 죽었다. 그들 모두가.

이후 얼마 지나지 않은 1948년 아랍 군대가 예루살렘을 포격했을 때, 어머니의 또다른 친구 피로슈카, 피리 야나이 역시 직격탄을 맞아 죽었다. 그녀는 그저 대걸레와 물통을 가지러 밖으로 나갔을 뿐이었다.

*

어쩌면 어린 시절 약속 중 어떤 것은 죽음의 신과 연합한 일종의 독성 있고 낭만적인 껍질에 이미 감염되었을까? 과도하게 정제된 타르붓 김나지움의 교과 과정 속의 어떤 것들이? 아니면 아마도 어머니의 죽

---

* 이는 내가 지금 살고 있는 아라드의 인구와 대략 맞먹는다. 그리고 아랍인들에게 대항하여 약 백 년간 이어진 전쟁 동안 유대인 쪽에서 죽은 총 인원 수보다 더 많은 수다. (원주)

음 후 몇 년이 지나 내가 체호프, 투르게네프, 그네신의 이야기 속에서, 그리고 심지어 라헬의 시 몇 편에서 마주쳤던 멜랑콜리한 슬라브 부르주아의 특질이었는지도 모른다. 삶이 젊은 그녀의 그 어떤 약속도 충족시키지 못하고 패했을 때, 나의 어머니를 만들었던 어떤 것은 죽음을 자극적이지만 또한 보호해주고 위로해주는 연인으로, 마침내 그녀의 외로운 심장에 난 상처를 치료해줄 최후에 남은 단 한 명의 예술적인 연인으로 그려낸 걸까?

지금까지 오랜 세월 동안 나는 이 늙은 살인자를, 교활한 고대의 유혹자를, 늙어 추해졌지만 아직 몇 번이고 다시 젊고 매력적인 왕자로 위장하고 있는 이 메스꺼운 늙은 난봉꾼을 추적해왔다. 간교하게 깨진 심장을 사냥하는 이 사냥꾼, 외로운 밤의 첼로 소리만큼이나 씁쓸하면서도 달콤한 목소리를 지닌 흡혈 구혼자, 교활하면서도 벨벳같이 부드러운 협잡꾼, 전략의 대왕, 절망하고 외로운 이들을 자신의 실크 망토 속으로 끌어들이는 마술 피리를 부는 자. 낙담한 영혼들을 죽이는 고대 연쇄살인범.

30

내 기억은 무엇에서 시작되는가? 맨 처음 기억은 작고 다갈색에 향긋하고 부드럽고 따뜻한, 혀 끝에 닿았던 신발 한 짝이다. 그 신발은 분명 한 켤레였을 테지만, 기억은 오로지 그 한 짝만을 구출해냈다. 새것이었고, 아직 조금은 딱딱했던 신발. 나는 그 새롭고 빛나며 거의 살아 있는 듯한 가죽 냄새에, 코끝을 찌르는 어질어질한 풀 냄새에 너무나 넋을 잃어서, 분명 처음에는 신발을 얼굴에, 돼지코 같던 내 코에 가져다대려 했다. 그렇게 그 냄새에 취할 수 있었다.

어머니가 방으로 들어왔고, 뒤이어 아버지가 여러 삼촌들이나 고모들 혹은 아는 사람들과 함께 들어왔다. 내 작은 얼굴이 신발에 박혀 있었으니, 귀엽지만 웃기게 보였을 것이 분명했다. 모두 나를 가리키며 웃음을 터뜨렸고, 어떤 이는 크게 웃으며 양손으로 무릎을 쳤고, 또 어떤 이는 꿀꿀거리며 거친 소리로 외쳤다. 빨리, 빨리, 누가 카메라 좀 가져와 찍어!

우리 공동주택엔 카메라가 없었지만, 나는 아직도 그 아기를 볼 수 있다. 두 살이나 두 살하고도 삼 개월 정도로, 담황색 머리칼에 크고 둥근 눈을 하고 놀란 표정을 하고 있던 아기. 하지만 그 눈 아래 곧바로 코나 입이나 뺨 대신에 구두 굽과 아직 길을 밟아보지도 않은 빛나고 새로운 밑창이 솟아 있었다. 눈 위로는 창백한 얼굴의 아기였지만, 뺨 아래로는 망치고기나 원시 새같이 보였다.

그 아기는 무엇을 느끼고 있었을까? 나는 그 순간 그 아기가 느낀 것을 그로부터 물려받았기 때문에, 그 질문에 꽤 정확하게 대답할 수 있다. 꿰뚫는 기쁨, 거칠고 어질어질하고, 모든 사람들이 온통 그에게만 집중하고, 그에게 놀라워하고, 즐거워하고, 그를 가리키고 있다는 데서 솟아나는 기쁨. 동시에 ― 어떤 모순도 없이 ― 그 아기는 또한 그에게 쏟아지는 많은 관심에 놀라고 무서워했으며, 그의 부모와 손님들, 그들 모두가 배를 움켜쥐고 웃다가 그와 그의 돼지코를 가리키면서 카메라, 빨리, 카메라 좀 가져와, 라고 소리치고 다시 웃어대는 걸 다 포용하기에는 너무나 작기도 했다.

그리고 그의 내부를 떨게 만든 신선한 가죽 냄새와 어질어질한 풀향기를 들이마시는 그 독성 있고 육감적인 쾌락 한가운데에 있다가 어른들에게 빼앗겼기 때문에 또한 실망하기도 했다.

*

다음 그림엔 관객이 없다. 그저 부드럽고 따뜻한 양말을 신기고 있는 어머니(방이 추웠기 때문에), 그리고 내게 밀어, 밀어, 세게, 더 세게, 하고 마치 임신 9개월차의 태아 같은 내 조그마한 발이 처녀 출생의 운하로 여행해 향기로운 새 신발에 내려가게 도우려는 산파라도 되는 것처럼 격려하고 있는 어머니.

오늘날까지도 부츠나 신발에 발을 밀어넣으려 애쓸 때마다, 그리고 앉아 이 글을 쓰고 있는 지금조차, 내 피부는 내 발이 주저하며 그 최초의 신발 안쪽 벽으로 들어가던 기쁨과, 어머니의 부드럽고 참을성 있는 목소리가 밀어, 밀어넣어, 조금만 더, 하고 나를 격려하는 동안, 마치 생애 최초로 보물 동굴에 들어갔을 때처럼 가파르지만 부드러운 벽이 살을 애무하듯 감싸며, 조금 더 깊게 밀어넣을 때 느끼던 살의 떨림을 다시금 경험하곤 한다.

한 손으로 가볍게 신발 밑창을 잡고, 내가 발을 밀어넣는 동안 다른 한 손이 부드럽게 내 발을 안쪽으로 미는데 이는 분명 내 움직임에 반하는 것이지만, 마치 최후의 장애를 극복하듯, 뒤꿈치가 마지막 노력을 기울여 미끄러져 들어가고 달콤한 순간에 이르기까지 안에서 잘 자리잡게 도와, 완전히 자리를 차지하고, 그때부터 발은 전부 그 안에 있어, 감싸이고, 붙들려, 안전하게 거하게 되고, 그러면 어머니는 이미 구두끈을 잡아당겨 묶고 있고, 그러면 마침내, 맛있는 마지막 한 입을 핥듯, 따스한 구두 혀는, 신발끈과 매듭 아래로 펼쳐지고, 내게 발등을 따라 간지러운 감촉 같은 것을 주었다. 그리고 여기 내가 있었다.

안쪽에. 첫 신발이 주는 유쾌하고 단단한 포옹 속에 꽉 조이고, 붙들린 채.

그날 밤 나는 내 신발 속에서 잠들 수 있기를 간절히 원했다. 그 경험이 끝나는 걸 원치 않았다. 아니면 적어도, 내가 신발 가죽과 풀 향기에 취해 잠들 수 있도록, 베개 위 머리맡에 새 신발을 둘 수 있기를. 기나긴 눈물겨운 협상 끝에야 부모님은 마침내 그 신발을, 내가 이미 손을 씻었으니 아침까지 많이 만지지 않는다는 조건하에, 내 침대 머리맡에 있는 의자에 두는 데 합의했다. 그걸 보고 미소 지으며 시커먼 입속을 훔쳐볼 수 있었고, 마치 누가 쓰다듬어주듯 육감적인 쾌락을 느끼며 잠들 수도 있었고, 미소 지으며 얼굴에 가까이 가져왔다가 내려놓기까지 그 냄새를 들이마실 수도 있었다.

*

두번째 기억 속에서 나는 혼자 어두운 개집에 갇혀 있었다.

내가 세 살하고도 반, 거의 네 살쯤 되었을 때, 일주일에 몇 번, 몇 시간 동안 아이가 없던 중년의 과부 이웃이 나를 맡아주었는데, 그 여자에겐 눅눅한 울 스웨터 냄새가 났고, 좀 덜하지만 비누 냄새와 기름 냄새도 났다. 그녀의 이름은 갓 부인이었지만, 아버지만 빼고 우리는 언제나 그레타 아주머니라고 불렀는데, 아버지는 이따금 아주머니의 어깨에 손을 얹고 그녀를 그레첸이나 그렛이라고 불렀고, 여느 때와 다름없이 구세계의 남학생처럼 우스꽝스런 각운을 만들었다. "결코 우리가/ 친애하는 그렛은/ 한 마리 애완동물임을/ 잊지 말게 해주오!"

(이것은 분명 아버지가 여자들을 어르는 방식이었다.) 그레타 아주머니는 얼굴을 붉혔고, 자신이 얼굴을 붉혔다는 사실이 부끄러워 피 같은 진홍색으로, 거의 보랏빛에 가깝게 얼굴을 더 물들이곤 했다.

그레타 아주머니의 금발머리는 둥근 머리에 밧줄을 둘둘 감은 것처럼 묵직하게 땋아 정돈되어 있었다. 관자놀이에 있는 머리칼은 황금 들판 끝자락에 자라는 회색 엉겅퀴처럼 잿빛으로 변해가고 있었다. 그녀의 포동포동하고 부드러운 팔에는 희미한 다갈색 주근깨가 여기저기 점점이 흩어져 있었다. 그녀가 즐겨 입던 시골스러운 무명옷 아래로는 짐마차 말처럼 보이는 아주 넓적한 허벅지가 있었다. 마치 아주 심한 장난을 치다 잡혔거나 소소한 거짓말을 하다 걸려서 솔직히 스스로도 놀랐다는 듯이, 당혹스럽고 미안해하는 듯한 미소가 때때로 입가에 걸리곤 했다. 그녀의 두 손가락, 아니면 최소한 한 손가락, 이따금 세 손가락에는 언제나 밴드가 붙어 있었는데, 전부 야채를 썰다가 베이거나 부엌 서랍을 쾅 닫다가 손을 찧거나, 피아노 뚜껑을 닫다가 손이 끼어서 그런 것이었다. 손가락에 가해지는 끊임없는 불운에도 불구하고, 그녀는 피아노 개인 강습을 했다. 또한 사설 보모이기도 했다.

아침식사 후 어머니는 욕조 세면대 앞에 있는 목조 걸상 위에 날 세워놓고, 내 뺨과 턱끝에 묻어 있는 오트밀 자국을 축축한 수건으로 닦아내주고, 내 머리에 물을 적시고 곧게 빗겨 한쪽으로 넘겨준 다음, 내게 바나나 하나, 사과 하나, 치즈 한 조각, 비스킷 몇 개가 들어 있는 갈색 종이봉투를 건네주곤 했다. 그러고 나서 잘 단장하고 머리를 빗은 불쌍한 나를 우리집 오른편 네번째 건물 뒤뜰로 데려갔다. 가는 길에 나는 착하게 행동하고, 무엇이든 그레타 아주머니가 말씀하시는 대로 다 하고, 성가시게 굴지 않겠다고 약속해야 했고, 그 무엇보다 어떤 경우에도 내 무릎 위 상처에 자라고 있는 갈색 껍질을 떼지 않겠다고 약속해야 했는데, 왜냐하면 딱지라고 부르는 그 껍질은 치유되는 과정의 일부여서 곧 저절로 떨어져나갈 것이며 손을 대면, 그럴 리야 없겠지만, 감염되어 손쓸 수 없게 될지도 모르고 다른 주사를 또 놔야만 할 것이기 때문이다.

*

문간에서 어머니는 그레타 아주머니와 내게 함께 좋은 시간 보내길 바란다고 하고 떠났다. 그레타 아주머니는 곧 신발을 벗기고 양말은 신은 채로, 매일 아침 벽돌과 티스푼, 쿠션과 냅킨, 민첩한 펠트 호랑이, 그리고 도미노 몇 개는 물론이고 약간 곰팡내가 나던 너덜너덜해진 공주 인형이 기다리는 매트 위에 나를 내려놓아 착하고 조용하게 놀게 했다.

그 매트 위의 물품들은 몇 시간의 전투와 영웅적인 모험담으로 날 만족시켜주었다. 공주는 사악한 마법사(호랑이)에게 붙잡혀 있었는데, 마법사는 그녀를 동굴(피아노 밑)에 가두었다. 티스푼들은 모두 공주를 찾아 바다(매트)를 건너고 산(쿠션)을 넘어 날아오고 있는 비행기 함대였다. 도미노들은 공주가 갇혀 있는 동굴 주변에 마법사가 풀어놓은 무시무시한 늑대였다.

아니면 반대였다. 도미노들은 탱크이고, 냅킨은 아랍인들의 텐트, 부드러운 인형은 영국 고등 판무관으로 바뀌었고, 티스푼이 호랑이의 명령하에 내 옆에서 하스몬가의 전사나 바르 코크바의 게릴라 부대로

승격되는 동안 쿠션들은 예루살렘의 벽이 되었다.

아침과 점심 사이에 그레타 아주머니는 걸쭉하고 질척한 라즈베리 주스를, 우리집에 있는 어떤 컵과도 비교할 수 없이 무거운 컵에 담아 가져다주었다. 때로 그녀는 조심스레 치마 가장자리를 들어올리고 매트 위에 앉은 내 바로 옆에 앉았다. 그러고는 내게 온갖 쭈쭈쭈쭈 하는 소리와 애정이 깃든 다른 신호를 보내주었고, 그 마지막은 언제나 끈적끈적하고 진득한 키스로 끝났다. 때로는 내가 피아노 위에서 물장난을 할 수 있도록 해주기도 했다. 관대하게도! 내가 어머니가 종이봉투에 넣어준 음식을 모두 해치우면, 그레타 아주머니는 내게 초콜릿 두어 개와 아몬드 설탕 과자 몇 개를 주곤 했다. 그녀 아파트에 있는 덧문은 햇빛 때문에 언제나 닫혀 있었다. 창문은 파리 때문에 닫아두었다. 꽃무늬 커튼은 대단한 사생활 보호 차원에서 언제나 드리워져 단단히 닫혀 있었기에, 꼭 잘 모은 정숙한 무릎 같았다.

때로 그레타 아주머니는 내게 신발을 신기고 머리에는 영국 경찰이나 하마크세르 버스 운전사들이 쓰는 모자처럼 맨 윗부분이 딱딱한 작은 카키색 야구 모자를 씌워주었다. 그러고는 미심쩍은 표정으로 나를 면밀히 살피며 셔츠의 단추를 다시 채워주고, 손가락에 침을 묻혀 내 입 주변에 바싹 말라붙어 있는 초콜릿과 아몬드 설탕 과자 찌꺼기를 문질러 닦아주고, 자신은 얼굴을 반쯤 가려주는 대신 둥글둥글한 몸을 더 강조하던 둥근 밀짚모자를 썼다. 이 모든 준비가 끝나면, 우리 둘은 같이 '넓은 세상에 무슨 일이 벌어지는지 보려고' 두어 시간 정도 외출하곤 했다.

31

하시아 부인의 유치원 바로 옆인 스바냐 거리에 멈추는 3A 버스나, 말라기 거리와 게울라 거리가 만나는 곳이자 아모스 거리 다른 쪽 끝 부분에 서는 3B 버스를 타면 케렘 아브라함 교외에서부터 넓은 세상에 다다를 수 있었다. 그 너른 세상은 욥바 거리를 따라 조지 5세 거리 아래에서 힐렐 거리와 샤마이 거리 사이에 있는 벤예후다 거리, 프린세스 메리 거리 쪽으로 내려가고, 킹 데이비드 호텔로 이어지는 줄리언 가의 길 위편으로 스튜디오 시네마와 렉스 시네마 주변에 있는 라티스본 수녀원과 유대기관 건물들 쪽으로 이어지고 있었다.

줄리언 가의 교차로인 마밀라 거리와 프린세스 메리 거리가 만나는 곳에는 언제나 짧은 반바지에 하얀 완장을 찬 분주한 경찰 한 명이 있었다. 그는 둥근 주석 우산으로 보호받는 작은 콘크리트 섬에서 단호하게 지시를 내렸다. 그의 섬 꼭대기에서 그 경찰관은 교통 지시를 내리고, 귀를 찌르는 호루라기 소리로 무장한 전능한 신이었다. 그의 왼팔은 차량을 멈춰 세웠고 오른팔은 계속 가도록 했다. 넓은 세상은 이 교차로에서부터 가지를 쳐서 구도시 성벽 아래 있는 유대인 상업 중심지까지 이어졌고, 때로 그 길은 술탄 슐레이만 거리에 있는 다마스쿠스 성문 주변 아랍 영토와 심지어 그 벽 안쪽의 중동 시장까지 닿아 있었다.

탐험 원정 때마다 그레타 아주머니는 나를 끌고 옷가게 서너 군데를 들렀는데, 각 가게의 탈의실에서 수십 벌의 아름다운 드레스와 굉장한 스커트, 블라우스, 잠옷, 그녀가 네글리제라고 부르던 색색의 많은 실내복을 입었다, 벗었다, 입었다 하는 것을 좋아했다. 한번은 모피를 입어본 적도 있었다. 살육당한 여우의 고통받는 눈 속으로 들여다보이는 그 모습은 무서웠다. 교활해 보이면서도 동시에 가슴 찢어지도록 비참해 보이던 여우의 얼굴은 내 영혼을 휘저었다.

그레타 아주머니는 몇 번이고 되풀이해서 작은 탈의실로 첨벙 뛰어들었고, 몇 년이나 지난 것같이 느껴질 때쯤 나타났다. 이 엉덩이가 풍만한 아프로디테는 커튼 뒤 터진 거품에서 새롭고 영구히 매혹적인 성육신成肉身의 모습으로 몇 번이고 다시 태어났다. 나와 판매원과 가게 주인을 골탕 먹이듯, 그녀는 거울 앞에서 몇 번이고 휙 뒤돌아섰다. 묵직한 허벅지에도 불구하고 요염하게 피루엣 동작*을 해 보이기를 즐겼고, 우리 모두에게 차례대로, 어느 것이 그녀에게 잘 어울리는지? 어느

---

* 발레에서 발끝으로 도는 동작.

게 더 그녀를 실물보다 나아 보이게 하는지? 어떤 것이 자기 눈 색깔과 안 맞는지? 어떤 것이 날씬해 보이는지? 그녀의 모습을 뚱뚱하게 보이도록 하지는 않는지? 너무 평범하지는 않은지? 좀 파격적이지는 않은지? 등을 물었다. 그렇게 하면서 그녀의 얼굴은 빨개졌고, 자기가 당황해서 얼굴이 붉어졌다는 것 때문에 다시 피처럼 시뻘겋게, 거의 보랏빛이 되도록 얼굴을 붉혔다. 마침내 그녀는 판매원에게 확실히 오늘 안으로, 사실은 아주 빨리, 점심 먹고 오후 끝 무렵엔, 다른 가게를 좀더 둘러보기만 하고 나서, 늦어도 내일엔 다시 돌아오겠다고 약속했다.

내가 기억하는 한 그녀는 절대로 돌아가지 않았다. 오히려 몇 개월이 지나기 전까지는 같은 가게를 두 번 들어가지 않도록 언제나 신중했다.

그리고 그녀는 결코 아무것도 사지 않았다. 하여튼 내가 에스코트하는 역할로 그녀와 다녔던 모든 소풍에서, 고상한 취향의 소유자로서 그녀는 자신 있게 빈손으로 돌아왔다. 아마 돈이 충분하지 않았는지도 모른다. 아마 그레타 아주머니에게는 예루살렘에 있는 모든 여성옷가게의 커튼 쳐진 탈의실이 내가 누더기 공주 인형을 위해 매트 끝자락에 벽돌로 지은 마법사의 성과 같은 것이었는지도 모른다.

*

어느 날, 어느 바람 불던 겨울 날 살랑거리는 나뭇잎 더미들이 회색 불빛 아래 회오리치던 때, 그레타 아주머니와 나는 손을 잡고, 아마도 크리스천-아랍 거리에 있던 가게 중 어느 크고 화려한 옷가게에 도착했다. 평소처럼 그레타 아주머니는 내게 끈적끈적한 키스를 해주고 기다리라고 하면서 두터운 커튼이 쳐진 독방 앞에 있는 나무 걸상에 나를 앉힌 후, 화장복, 잠옷과 색색의 드레스 들을 걸친 채로 탈의실 안으로 사라졌다. 지금부터 무슨 일이 있어도, 설마 그럴 일은 없겠지만, 아무데도 가지 않겠다고, 그냥 여기 앉아서 기다리겠다고, 그리고 무엇보다 그레타 아주머니가 전보다 더 예뻐져 돌아오기 전까지는 낯선 사람하고도 절대 말하지 않겠다고 약속해라, 그리고 네가 착한 아이라면 그레타 아주머니로부터 깜짝 선물을 받게 될 텐데, 그게 무엇일지 맞혀보렴?

내가 서글펐지만 앉아서 고분고분하게 그녀를 기다리는 동안, 갑자기 작은 여자아이 한 명이 마치 카니발을 위한 의상처럼, 아니면 그저 쫙 차려입은 차림으로 경쾌하게 곁으로 걸어갔다. 아주 어렸지만 나보다는 나이가 있었다. 나는 그때 세 살 반이었다. (아니면 한 네 살 정도였다). 일순 나는 그 소녀가 립스틱을 바르고 있다는 인상을 받았지만, 그녀가 어떻게 그럴 수 있었겠는가? 그리고 그 소녀는 가슴 중앙에서 아래로 골이 생긴 여자의 가슴을 갖고 있었다. 허리와 엉덩이의 모양은 어린아이의 것이 아니라 바이올린 같았다. 그녀의 작은 다리 위로 뒤쪽에 트임이 있는 나일론 스타킹이 신겨져 있고, 코가 뾰족한 빨간 하이힐로 발끝이 마무리된 것을 볼 수 있었다. 나는 그런 아이-여자를 본 적이 없었다. 여자라기에는 너무 작고, 아이라고 하기엔 너무나 잘 차려입었던 것이다. 나는 매료되고 당혹스러워하면서, 일어서서 내가 봤던 것 혹은 내가 거의 보지 못했던 것을 보려고 소녀를 따라가기 시작했는데, 그녀는 내 뒤쪽에 스커트들이 걸려 있던 가로대에서 튀어나

오더니 아주 빨리 지나가버렸다. 나는 그녀를 가까이서 보고 싶었다. 그녀가 나를 봐주길 원했다. 그녀가 나를 알아차릴 만한 뭔가를 하거나 말하고 싶었다. 나는 이미 어른들로부터 경탄의 외침을 이끌어낼 수 있는 약간의 레퍼토리를 가지고 있었고, 그중 한두 가지는 어린아이, 특히 어린 여자애들에게도 꽤 잘 먹히는 것이었다.

그 잘 차려입은 소녀는 옷더미들이 무겁게 짓누르고 있는 줄지어 늘어선 선반 사이를 가볍게 떠다녔고, 드레스들이 꽃줄처럼 장식된 키 큰 나뭇가지는 색색의 옷 이파리 무게 때문에 거의 부러지기 일보직전이었는데, 소녀는 그 가지 양쪽으로 늘어선 터널같이 생긴 복도 밑으로 사라졌다. 무게에도 불구하고 가지들은 가볍게 밀기만 해도 회전했다.

그곳은 여자들의 세계로, 어둡고 향기 나는 따스한 길로 이루어진 미로이자, 옷들이 늘어선 길로 가지 처진 깊고 유혹적이면서 실크와 벨벳 같은 미궁이었다. 울과 좀약 냄새, 빽빽하게 들어찬 소녀 원피스, 스웨터, 블라우스, 치마, 스카프, 숄, 란제리, 화장복이며 온갖 종류의 코르셋, 가터벨트, 페티코트, 잠옷, 구색을 갖춘 각종 재킷, 탑, 부드러운 바닷바람처럼 흔들리며 살랑대는 실크, 코트와 모피 덤불에서부터 풍겨나오며 교묘히 달아나는 향기가 주는 모호한 힌트와 뒤섞인 플란넬.

*

여기저기 작고 어두운 탈의실은 가는 길목마다 나를 향해 입을 벌리고 있는 어두운 커튼을 걸치고 있었다. 여기저기 구불구불한 터널 끝에 어슴푸레한 전구가 희미하게 깜박였다. 곳곳에 열린 보조 통로, 골방, 좁고 구불구불한 정글 같은 복도, 작은 벽, 닫힌 탈의실, 온갖 종류의 벽장, 선반과 카운터. 그리고 두터운 칸막이나 커튼으로 숨겨진 많은 구석진 곳이 있었다.

하이힐을 신은 여자아이의 발소리는 아주 빠르고 자신 넘치게 또각또각거렸고(나는 열에 들떠 "얘기하러 와, 얘기하러 와" 하는, 혹은 냉소적으로 "이 조그만 꼬맹아!"라는 소리를 들었다), 어린 소녀들의 발소리와 전혀 같지 않은 그 소리, 그렇지만 나는 그녀가 나보다 키가 작다는 것을 알아낼 수 있었다. 내 심장은 그녀에게 가고 있었다. 나는 내 모든 존재를 걸고, 어떤 비용을 치르든지 간에, 그 소녀의 눈이 경탄으로 커지게 하리라 결심했다.

나는 걸음을 재촉했다. 그녀를 쫓아 뛰어갔다. 용의 날카로운 이빨이나 사악한 마법사들의 주문으로부터 공주를 구하려고 전력 질주했던 기사들에 대한 이야기에 흠뻑 빠진 내 영혼을 담아, 난 그저 이 나무 요정의 얼굴을 유심히 보고, 그녀를 구하고, 그녀를 위해 용 한두 마리를 잡아, 그녀로부터 불멸의 찬사를 얻을 수 있도록 그녀를 따라잡아야 했다. 나는 미궁의 어둠 속에서 그녀를 영영 잃게 될까 두려웠다.

하지만 나는 옷들의 숲속을 구불구불 재빠르게 헤쳐나가고 있는 그 소녀가, 한 용맹스러운 기사가 자신의 발뒤꿈치에 바짝 따라붙어 뒤처지지 않도록 그의 보폭을 넓히고 있다는 걸 알아차렸는지 알 길이 없었다. 알아차렸다면, 왜 그녀는 알아차렸다는 어떤 신호도 주지 않았을까. 그녀는 한 번도 나를 향해 뒤돌아서거나 돌아보지 않았다.

그러다가 돌연 그 작은 요정은 가지가 많이 달린 레인코트 나무로 뛰어들어 이리저리 휘젓다가 눈 깜짝할 사이에 내 시야에서 벗어나 두꺼운 잎들 사이로 사라졌다.

　나는 평소와 다르게 용기로 넘치고 기사처럼 대담하게 겁도 없이 소녀를 쫓아 옷 덤불 속으로 뛰어들어, 조류를 거슬러 헤엄치며, 살랑살랑 스치는 엄청난 옷 사이로 길을 만들기 위해 싸웠다. 그리고 마침내 흥분으로 숨을 헐떡이며―발부리가 채어 거의 비틀거리며―숲속에, 희미하지만 주변이 빛으로 밝아진 곳으로 나왔다. 나는 그 작은 나무 요정을 기다려야 한다면 여기서 기다리겠노라고 결심했는데, 내가 상상했던 그녀의 소리와 향기를 가장 가까운 나뭇가지 사이에서 인식할 수 있었다. 나는 그녀를 이 지하실에 감금한 마법사와 목숨을 걸고 맨손으로 대전을 벌이게 될 것이었다. 나는 괴물을 패배시키고, 그녀의 손과 발을 묶고 있는 쇠사슬을 깨부수고, 그녀를 풀어준 다음, 한 발짝 떨어져 서서, 말없이 겸손하게 머리를 조아리고 그리 오래지 않아 수여될 상을 기다릴 것이었고, 그녀가 흘리는 감사의 눈물이 뒤따를 것이고, 그뒤에 무엇이 더 따를지는 알 수 없으나 분명 눈물이 뒤따르리라는 것은 알고 있으며 그 눈물은 분명 나를 압도할 터였다.

*

　그 소녀는 아주 작은 병아리 같았고, 외양은 성냥개비만큼이나 유약해서 거의 아기 같았다. 그리고 갈색 곱슬머리가 폭포처럼 흘러내리고 있었다. 거기에 빨간 하이힐. 그리고 가슴 골짜기를 드러내는 목선이 깊게 파인 여자옷. 야한 빨간색을 칠하고 양옆으로 약간 벌어진 입술.

내가 마침내 그녀의 얼굴을 쳐다볼 용기를 되찾았을 때, 갑자기 그녀의 두 입술 사이로 사악하고 조롱하는 듯 틈이 벌어지더니 날카롭고 작은 이빨이 드러나고 그 가운데 금색 앞니 한 개가 빛나면서, 뒤틀리고 악의 있는 듯한 미소가 나타났다. 루주의 섬과 함께 얼룩덜룩한 분가루의 두터운 막은 그녀의 이마를 덮고 무시무시한 뺨을 하얗게 만들어서, 소녀의 얼굴은 사악한 마녀의 얼굴처럼 약간 텅 비고 움푹 패어, 마치 죽은 여우 가죽으로 만든 가면을 뒤집어쓴 것처럼 보였는데, 그 얼굴은 악의적이면서 동시에 가슴이 찢어지게 슬퍼 보였다.

그 정의하기 힘든 아이는 발 빠른 요정이고, 내가 뭐에 홀린 듯 숲 전체를 샅샅이 뒤지며 쫓았던 요술에 걸린 님프로, 아이가 아니었다. 그녀는 님프도 나무 요정도 아니었지만 냉소적인 얼굴을 하고 있어서 나이 지긋한 여자 같았다. 난쟁이. 꼽추. 가까이서 보면 그녀의 얼굴은 구부러진 부리에 작고 반짝이는 눈을 지닌 갈가마귀의 모습과 어딘가 비슷한 데가 있었다. 그녀는 갑자기 눈을 부릅뜬 채, 뼈만 앙상하고 먹이를 움켜쥔 새의 발톱처럼 쪼글쪼글한 손가락으로 덫을 놓아 나를 잡으려는 마녀처럼 무시무시하게 낮은 음색으로 웃으며 내 앞으로 몸을 기울였다. 그녀는 무섭고 난쟁이 같고, 주름진 늙은 목이랑 손을 지닌 채 시들어 있었다.

나는 즉시 뒤돌아 숨도 쉬지 않고 공포에 질려 흐느끼면서 도망치려 달렸고, 너무 경직되어 크게 소리를 내지도 못한 채 내 안에서 질식할 것 같은 비명을 지르면서 달렸고, 도와주세요, 도와주세요, 어둠 속에 살랑거리는 터널 사이를, 길을 잃고, 미궁 속에서 점점 더 갈 길을 잃은 채 미친듯이 달렸다. 이전에도, 이후에도 그러한 공포를 경험해보지 못했다. 나는 그 소녀가 아이가 아니라 아이로 변장한 마녀이며, 이제 자기의 어두컴컴한 숲에서 내가 살아서 나가도록 내버려두지 않으리라는 무시무시한 비밀을 발견했던 것이다.

나는 뛰다가 갑자기 열리지도 닫히지도 않는 작은 출입문으로 떨어졌는데, 사실 그것은 보통 문이 아니라 개집의 문처럼 열리는 것이었다. 나는 마지막 숨을 고르며 안쪽으로 몸을 질질 끌고 들어갔고, 왜 내가 숨어 있는 곳의 문을 닫지 않았을까? 하고 자신을 저주하며 그 마녀를 피해 거기에 숨었다. 그러나 아주 잠깐이라도 그 은신처에서 나가기에는 너무 겁에 질렸고 뒤에 있는 문을 닫기에는 너무 공포로 마비되어 경직되어 있었다.

그래서 나는 가게의 방 중 하나이거나 계단 밑에 삼각형으로 만들어진 공간인 듯한 이 개집에 몸을 웅크리고 있었다. 희미하게 비비 꼬인 금속 파이프들과 부서진 상자와 곰팡이 핀 옷더미 가운데서 웅크리고 움츠러들어 있는 태아처럼, 손으로 머리를 감싸쥐고 머리를 무릎 사이로 숨기고 내 존재를 감춰 보이지 않게 하려 애쓰며, 자궁 안쪽으로 퇴각하려 안간힘을 쓰면서 덜덜 떨고 땀을 줄줄 흘리며 누워서 숨쉬기도 두려워하며 찍 소리도 밖으로 나가지 않도록 조심하면서, 숨소리가 마치 고함소리 같아 밖에도 들릴 것이 분명해서 곧 들통나버릴 것이라는 공황 상태에 빠져 얼어붙은 채 누워 있었다.

몇 번이고 그녀의 하이힐이 또각거리는 소리와 함께, "반역자는 죽는다, 반역자는 죽는다, 반역자는 죽는다" 하는 소리가 점점 더 가까워지는 것 같은 환청에 시달렸는데, 그녀는 죽은 여우 얼굴로 나를 쫓고 있었으며 바로 내 옆에 있었고, 이제 나를 잡아끌고 나가서는 개구리처럼 느껴지는 손가락으로 나를 만지고 상처를 내다가, 갑자기 날카로운 이빨을 드러내고 웃으며 몸을 굽혀, 나를 죽은 여우로 변하게 만들 뭔가 무시무시한 마법의 주문을 내 피에 주입할 것이었다. 아니면 돌로 만들거나.

*

7년 후 누군가가 지나갔다. 그 가게에서 일했던 누군가일까? 나는 숨을 멈추고 떨리는 주먹을 꼭 움켜쥐었다. 그러나 그 남자는 내 쿵쾅거리는 심장 소리를 듣지 못했다. 그는 개집을 서둘러 지나갔고 가는 길에 그 문을 닫아 무심결에 나를 가두었다.

이제 나는 갇혔다. 영원히. 완전한 어둠 속에. 조용한 태평양 맨 밑바닥에.

난 이전에도 이후에도 그렇게 고요한 어둠 속에 있어본 적이 없었다. 그건 밤의 어둠이 아니었다. 밤의 어둠은 대개 짙고 푸른 어둠으로, 거기엔 대개 다양한 불빛, 별빛, 반딧불, 저멀리 여행자의 랜턴, 여기저기 집 창문에서 나오는 빛, 그리고 밤의 어둠에 마침표를 찍는 모든 것이 있고 다양한 깜빡임과 반짝임을 통해 어둠 한 자락에서 다음 자락으로 항해할 수 있으며, 언제나 어둠 속에서 밤보다 약간 더 어두운 어떤 그림자를 더듬어보려 애쓸 수 있다.

여긴 아니다. 나는 잉크의 바다 맨 밑바닥에 있었다.

침묵 또한 밤의 것이 아니었다. 밤의 침묵엔 언제나 멀리서 펌프가 쿵쾅거리며 사라지는 소리, 귀뚜라미와 개구리의 합창 소리, 개 짖는 소리, 희미하게 우르릉거리는 모터 소리, 모기의 윙윙 소리를 들을 수 있고, 때때로 자칼의 울부짖는 소리가 곧바로 관통해 왔다.

그러나 여기서 나는, 살아 있고 떨고 있는 어두운 보랏빛 밤 속에 있는 것이 아니라, 어둠 중의 가장 극악한 어둠 속에 갇혀 있는 것이었다. 그리고 침묵 중의 침묵이 나를 에워쌌고, 그 침묵은 오로지 잉크의 바다 맨 밑바닥에만 존재하는 것이었다.

*

얼마 동안 거기 있었을까?

이제는 물어볼 사람이 아무도 남아 있지 않다. 그레타 아주머니는 1948년 유대 예루살렘 포위 공격 때 살해당했다. 검은 벨트를 하고 빨간 카피에를 비스듬하게 쓴 아랍 지구 저격병은 휴전선상에 있던 경찰 아카데미 방향에서 그녀에게 총을 발사했다. 총알은, 마을 사람들은 그렇게 설명했다. 그레타 아주머니의 왼쪽 귀를 관통하여 눈으로 빠져나갔다. 이날 이후 나는 그녀의 얼굴을 떠올릴 때면 찢어진 한쪽 눈알에 대한 악몽을 꾼다.

나는 그날 이후로는 어떤 식으로든 약 60년 전 옷가게가 있고, 토끼 굴과 동굴, 숲속길이 넘치던 예루살렘 어딘가를 모험하지 않았다. 그건 아랍 가게였던가? 아르메니아 사람의 가게였나? 그 장소에는 이제 무엇이 있나? 그 숲과 구불구불한 터널에는 무슨 일이 벌어졌나? 그리고 커튼과 카운터, 그 모든 탈의실 뒤의 골방은? 내가 산 채로 묻혔던 그 개집은? 혹은 내가 뒤쫓았지만 그다음엔 공포 속에 달음질하게 했던 나무 요정으로 변장했던 그 마녀는? 나를 자기의 숲속 은신처로 꼬여내어 비밀 동굴 속에서 내가 정신을 차릴 때까지 황송하게도 자기 얼굴, 그것도 내가 간신히 공포로 바꾼 모습이었던 그런 얼굴, 살육당한 여우의 얼굴, 악독하면서도 절망적으로 슬퍼 보이던 얼굴을 보여주었던 내 인생 최초의 요부에겐 무슨 일이 벌어졌을까.

*

그레타 아주머니는, 마침내 황송하게도 그녀의 뜨거운 아궁이에서 빛나는 드레스를 입고 다시금 반짝이는 모습으로 등장했을 때, 자신이 정해준 곳인 탈의실 건너편 버들가지 걸상에서 자신을 기다리고 있어야 할 내가 보이지 않는다는 데 놀랐다. 말할 것도 없이 그녀는 경악했고 얼굴은 심하게 붉어져 거의 보랏빛이 되었다. 아이에게 무슨 일이 생겼을까? 언제나 책임감 있고 순종적이고 조심성 있는 아이이고, 모험을 즐기거나 용기 있게 나서지는 않는 아이인데.

그레타 아주머니가 먼저 혼자 힘으로 나를 찾으려 애썼던 것을 상상해봐야 한다. 어쩌면 그녀는 아이가 너무 지루해질 때까지 기다리고 또 기다리다가 그녀에게 그렇게 오래 기다리게 한 벌을 주려고 숨바꼭질 놀이를 하고 있는 거라고 상상했을지도 모른다. 아마도 이 작은 개구쟁이가 선반 뒤 여기 숨어 있는지도 모르지? 아닌가? 아니면, 여기, 코트 속에? 아마 서서 반만 옷을 입힌 소녀 모양 밀랍 인형을 뚫어져라 보고 있는지도? 가게 창문 안쪽에서 거리의 사람들을 내려다보고 있는지도? 아니면 그저 혼자 힘으로 화장실을 찾았는지도? 아님 물을 마시려고 수도꼭지를? 영리하고 책임감 있는 아이이니, 말할 것도 없이, 약간 멍하니 있다가 혼란스러워져서, 온갖 공상에 빠져든 거야, 내가 해준 얘기나, 자기가 한 온갖 얘기에 빠져들어 길을 잃었는지도 몰라. 그러다 결국엔 거리로 나가버렸다면? 그를 잃어버렸을지도 모른다는 생각에 겁에 질려서, 혼자 집에 가려고 애쓰고 있으면? 낯선 남자라도 나타나서 그애 손을 잡고 온갖 종류의 신기한 걸 보여주겠다고 약속이라도 하면? 그래서 아이가 그 남자에게 빠져들기라도 하면? 그리고 사라져버리면? 낯선 남자와?

*

그레타 아주머니의 우려가 점점 더 커지면서 붉어졌던 얼굴은 대신 하얗게 질렸고, 그녀는 마치 감기라도 걸린 듯이 떨기 시작했다. 마침내 의심의 여지 없이 그녀는 목청을 높여 울음을 터뜨렸고, 가게에 있던 주인과 점원 할 것 없이 모두 나를 찾는 일을 돕기 시작했다. 그들은 내 이름을 불렀을지도 모르고, 미로같이 생긴 가게 통로마다 이잡듯 뒤지고, 헛되게도 그 숲에 난 모든 길을 찾았을지도 모른다. 그리고 분명 거긴 아랍 가게였기 때문에, 혹자는 나보다 좀 나이가 있는 아이들 무리가 호출되어 근처 사방팔방, 좁은 거리며 구덩이, 올리브 숲, 모스크 앞뜰, 산허리에 있는 염소 목장, 중동 시장으로 이어지는 길목으로 나를 찾도록 급파된 것을 상상할지도 모른다.

거기 전화가 있었나? 그레타 아주머니는 스바냐 거리에 있는 하이네만 씨 약국으로 전화를 걸었나? 그녀가 간신히 그 끔찍한 소식을 내 부모님께 알렸나, 알리지 않았나? 분명 아니었을 것이, 만약 알렸더라면 부모님은 몇 번이고 다시금, 수년간, 내가 불순종의 어떤 기미라도 보이면, 아이를 잃어버려 슬퍼한 끔찍한 그 경험을 재연하는 일을 자행하여, 그 미친 아이가 부모에게 십년감수하도록 해서, 한두 시간 동안 어떻게 자기들 머리가 허옇게 셌는지, 여하간 명이 짧아졌는지를 계속해서 내게 상기시켰을 것이기 때문이다.

나는 그 완전한 어둠 속에서 소리치지 않았던 것으로 기억한다. 찍소리도 내지 않았다. 잠긴 문을 흔들어보려 시도하거나 작은 주먹으로 쾅쾅 쳐보려고도 하지 않았는데, 죽은 여우 얼굴을 하고 있는 마녀가 여전히 주위에서 코를 킁킁대며 나를 찾고 있을 것이라는 두려움에 떨고 있었기 때문이리라. 내가 기억하기에 그 두려움은 거기 고요한 잉크의 바다 맨 밑바닥에서 기묘한 달콤함으로 변했다. 거기 숨어 있자니 추위와 어둠의 돌풍이 밖에서 유리창을 두드릴 때 겨울 담요 아래서 따뜻하게 어머니를 끌어안고 있는 것 같았다. 그리고 약간은 귀 멀고 눈먼 아이가 되는 놀이 같기도 했다. 또 조금은 사람들 모두로부터 자유로워진 것 같기도 했고. 완전히.

나는 그들이 곧 나를 발견해서 거기서 데리고 나가주기를 바랐다. 그냥 곧. 바로 당장은 말고.

나는 거기서 작고 단단한, 금속으로 된 둥근 달팽이 같은 것을 갖고 있었는데, 촉감이 부드럽고 기분좋았다. 크기는 정확히 내 손의 크기와 맞아떨어졌고, 내 손가락은 그것을 포위한 것처럼 스릴과 촉감을 느끼며 쓰다듬었고, 나는 그것을 꽉 쥐었다가, 달팽이의 머리같이 생긴 것이 살짝 나타나는 동안 호기심에 이리저리로 구부렸다가 곧 조가

비 안으로 들어가는 얇고 유연한 동거인의 끝 부분을 풀어주다가, 이따금 그저 조금 밀고 당겼다.

그것은 강철 케이스 안에 코일처럼 말려 있고, 얇고 유연한 강철을 잡아 빼면 다시 안으로 쑥 들어가는 줄자였다. 나는 어둠 속에 있는 동안 오래도록 이 달팽이를 집에서 잡아 뽑아 쭉 당기고 늘렸다가, 케이스가 자기 창자 속으로 그걸 끌어들이면 갑자기 쑥 들어가게 놓아두고 강철 달팽이가 빛의 속도로 나불거리며 자기 굴로 들어가는 걸 느끼면서 재미있어했고, 전체를 끝까지 다 뽑아내고, 손에 기쁨을 주던 약간의 떨림과 딸깍 소리에 반응했다.

그리고 다시 뽑아서 풀어주고 잡아당기면서, 이번에는 어두운 공간 깊은 곳으로 가능한 한 멀리 보내서 그걸로 어둠의 끝자락을 느껴보고, 달팽이가 몸을 쭉 뻗어 그 머리가 조가비로부터 멀리 더 멀리 움직이려 할 때 미세한 마디가 내는 팡 소리를 들으며 그 강철 달팽이를 전체 길이만큼 다 늘였다. 결국 난 그것이 자기 집으로 점차 돌아오도록, 그저 조금씩 풀다가 잠시 멈추고, 또다시 조그만 끝을 풀었다 멈추고, 내가 머리끝부터 꼬리까지 빠져나오게끔 한 그 달팽이가 자궁 속으로 되돌아가려고 할 때 철커덕 하고 잠기는 마지막 소리를 듣기 전 몇 번이나 부드러운 픽픽 하는 파동이 있었는지 맞히려고 노력하면서—왜냐하면 문자 그대로 아무것도 보이지 않았기 때문에—돌아오도록 허락했다.

어떻게 이 착한 달팽이가 갑자기 내 소유가 되었을까? 기사 수행의 여정 속에서 돌이 무덤의 입구로 굴러들어와 봉인되고 막힌 후에 비비 꼬이고 뱅뱅 도는 그 미궁 중 한 곳에서, 혹은 그 개집 안에서 내 손가락이 우연히 그걸 만지게 되면서 움켜쥐어 채어 왔나? 기억나질 않는다.

*

혹자는 이성적으로 돌이켜 생각해보고, 그레타 아주머니가 여러모로 볼 때 내 부모님에게 말하지 않는 게 최선이라 판단했을 것이라고 생각할지도 모른다. 분명 그녀는 그 사건 이후, 모든 것이 안전하게 잘 마무리되고 나자 부모님을 굳이 놀라게 할 이유를 발견하지 못했다. 그들이 자신을 책임감이 부족한 보모라고 판단할까봐 두려웠는지도 모르고, 그 때문에 별로 큰 액수는 아니지만 정기적으로 들어오는 꼭 필요한 수입원을 잃을까 겁이 났을지도 모른다.

나와 그레타 아주머니 사이에 있었던, 아랍 옷가게에서 내가 죽었다 살아난 이야기는 다시는 언급되지도, 심지어 넌지시 암시되는 일도 없었다. 공모의 윙크조차 없었다. 그녀는 때가 되면 그날 아침의 기억이 희미해져서 우리 둘 다 그 일은 결코 일어난 적도 없다고, 그저 나쁜 꿈을 꾸었다고 생각하기를 희망했는지도 모르겠다. 심지어 옷가게로의 사치스러운 유람을 조금은 수치스럽게 여기게 되었는지도 모른다. 그 겨울날 아침 이후로 그녀는 다시는 나를 범죄 공모자로 삼지 않았다. 어쩌면 내 덕분에 옷에 대한 중독으로부터 어느 정도는 간신히 벗어났을 수도 있다. 몇 주인가 몇 달 후에, 나는 그레타 아주머니를 떠나 스바냐 거리에 있는 프나나 사피로 부인의 유치원에 가게 되었다. 우리는 어쨌거나 몇 년 동안 멀리서 그레타 아주머니의 피아노 소리, 해 질 무렵 거리의 다른 소음들 너머 끈질기고 외롭게 들리던 그 소리를 희미하게나마 계속해서 들을 수 있었다.

그것은 꿈이 아니었다. 꿈은 시간과 함께 녹아들어 다른 꿈들에 자리를 내주는 반면, 그 난쟁이 마녀, 그 나이든 아이와 죽은 여우의 얼굴은 아직도 앞니 하나가 금니인 날카로운 이를 드러내며 낄낄거린다.

그리고 거기엔 그 마녀가 있었을 뿐 아니라, 그 숲에서 가지고 나왔던 달팽이, 어머니와 아버지한테 숨기고, 내가 때로 혼자일 때 침대보 아래서 용감하게 꺼내서, 길게 직선으로 빼내었다가 깊은 굴속으로 번개처럼 되돌아가도록 만들며 가지고 놀던 그 달팽이도 있었다.

친절한 눈 아래로 커다란 가방을 들고 있던, 젊지도 늙지도 않은 갈색 피부의 남자가 목에 흰색과 녹색의 재단용 줄자를 걸고 있었는데, 두 줄자 모두 남자의 가슴에 대롱대롱 매달려 있었다. 그는 다소 지친 것처럼 움직였다. 그의 갈색 얼굴은 넓고 졸려 보였고, 수줍은 미소가 잠시 반짝이다가 부드러운 잿빛 콧수염 아래로 사라졌다. 그 남자는 내 쪽으로 몸을 굽히고 아랍어로 무언가, 내가 번역할 수는 없지만 그럼에도 마음속으로는 이해할 수 있는 말을 했다. 무서워하지 마라, 아가, 이제 더이상 무서워하지 마라.

나를 구조해준 남자가 갈색 정사각형 테의 돋보기안경을 썼다는 것과 여자옷가게 점원으로는 어울리지 않고 외려 무게감 있는 목수처럼, 나이가 들면서 입술에는 불 꺼진 담배를 물고, 셔츠 주머니에는 낡은 접이식 자를 꽂고, 발을 질질 끌고 걸어가면서 콧노래를 부르는 모습이 어울릴 사람이었던 것을 기억한다.

그 남자는, 코로 미끄러져 내려온 안경 렌즈를 통해서가 아니라, 안경 너머로 잠시 동안 나를 살펴보더니, 또다른 웃음인지 웃음의 그림자인지를 숨기고 정갈한 콧수염 너머로 고개를 두세 차례 끄덕이고는 마치 얼어 있는 병아리를 따뜻하게 해주듯이 손을 뻗어 공포로 차가워진 내 손을 자신의 따스한 손으로 잡았고, 그러더니 그 어두운 구석에서 나를 끌어내어 공중으로 높이 들어올려 가슴으로 꽤 세게 껴안았고, 그때에야 나는 울기 시작했다.

그 남자는 내 눈물을 보더니, 자기의 힘없는 뺨에 내 뺨을 비벼주고, 낮고 생기 없는 목소리로 해질녘 그 나라의 그늘진 진흙길을 상기시키며, 아랍인의 히브리어로 질문하고 스스로 요약하여 답했다.

"다 괜찮니? 다 괜찮지. 됐다."

그러고는 나를 팔로 안아 가게의 중심부에 있는 사무실로 데리고 갔는데 거기의 공기는 커피와 담배, 모직 옷 냄새, 아버지의 냄새와는 달리 더 날카롭고 풍성하며 아버지에게서 나기를 바랐던, 나를 찾아낸 남자의 면도 로션 냄새로 가득했다. 그 사무실 구석에서 울고 있던 그레타 아주머니와 나 사이에 서 있거나 앉아 있는 사람들이 있었기 때문에 나를 찾아낸 그 남자는 아랍어로 거기에 있는 모두에게 몇 마디인가 더 했는데, 길고 느린 책임의 순간에 정확히 어디가 아픈지 짚어내는 의사처럼, 그레타 아주머니에게도 한 문장인가 말했고, 그녀는 얼굴이 아주 새빨개졌으며, 그 남자는 그레타 아주머니의 팔에 나를 건네주었다.

비록 내가 그녀의 팔에 안기기를 원하지 않는 양 굴지는 않았지만, 아직은 아니었다. 나는 날 구해준 남자의 가슴에 좀더 안긴 채 머무르고 싶었다.

다른 사람들, 나의 남자를 제외한 나머지 사람들은 잠시 대화를 나누었고, 나의 남자는 말없이 그저 내 뺨을 어루만지고 어깨를 두어 번 두드려준 뒤 떠났다. 그의 이름이 무엇이었는지 누가 알겠는가? 혹은 아직 살아 있는지? 고향에서 살고 있는지? 아니면 진창과 가난 속, 난민 수용소에서 살고 있는지?

*

그후 우리는 3A 버스를 타고 집으로 돌아왔다. 그레타 아주머니는 우리가 울었던 것이 티나지 않게 하기 위해 자기도 세수를 하고 내 얼굴도 씻겨주었다. 그녀는 내게 꿀 바른 빵 조금과 끓인 밥 한 공기와, 미적지근한 우유 한 잔, 그리고 디저트로는 아몬드 설탕 과자 두 조각을 주었다. 그런 다음 내 옷을 벗기고 침실에 있는 침대로 나를 데려가서 질척한 키스로 끝나는 수없이 많은 포옹을 해주고 야옹 소리를 내고는, 나를 침대로 밀어넣으면서, 잘 자, 자거라, 사랑하는 아가, 하고 말했다. 아마도 그녀는 증거를 씻어내버리고 싶었는지도 모른다. 아마 내가 낮잠을 자고 일어난 다음 그게 다 꿈에서 벌어진 일이라 생각하고 부모님께 말하지 않기를 바랐을지도 모르고, 혹 내가 말을 해도 웃으며 내가 언제나 오후 시간이면 꿈에서 일어난 그런 이야기를 한다고 말하고, 다른 애들도 모두 함께 즐길 수 있도록 누군가 그런 이야기를 쓰고 예쁜 컬러 그림도 넣어서 책으로 출판해야 한다고 말하고 싶었을지도 모른다.

그러나 나는 잠들지 않았고, 조용히 담요 밑에서 금속 달팽이를 가지고 놀며 누워 있었다.

나는 결코 그 마녀나 잉크로 된 바다 밑바닥이나 나를 구조해준 남자에 대해서 부모님께 말하지 않았다. 부모님이 내 달팽이를 압수해가길 원치 않았기 때문이다. 그리고 내가 그걸 어디서 찾았는지 그들에게 어떻게 설명해야 할지도 알지 못했다. 꿈에서 기념품으로 가지고 돌아왔다고는 말할 수 없었다. 또 내가 진실을 말했다 하더라도, 두 분은 그레타 아주머니와 내게 불같이 화를 낼 게 분명했다. 그게 무슨 소리니?! 전하?! 도둑질이라고? 전하가 정신이 나가셨나?

그러고는 나를 그리로 다시 데리고 돌아가서 강제로 내 달팽이를 돌려주게 하고 죄송하다고 말하게 할 것이었다.

그리고 그다음엔 벌.

*

오후 늦게 아버지가 그레타 아주머니에게서 나를 데리러 왔다. 평소처럼 말하면서. "전하가 오늘은 좀 창백해 보이시네. 힘든 날을 보내셨나? 하느님 맙소사, 전하 배가 난파당하셨나? 아님 전하 성이 적들에게 점령당하셨나?"

나는 마치 내가 아버지를 불행하게 만들 게 분명하다는 듯이, 아무 대답도 하지 않았다. 예를 들면, 오늘 아침 이후 아버지와는 별개로, 또다른 아버지가 생겼다는 말을 할 수도 있었다. 아랍인 아버지.

아버지는 내게 신발을 신겨주는 동안에 그레타 아주머니에게 농담을 했다. 그는 언제나 재담으로 여자들의 비위를 맞추었다. 그리고 언제나 한순간의 침묵의 여지도 남겨두지 않기 위해 끝도 없이 수다를 떨었다. 아버지는 당신 평생 동안 침묵을 두려워했다. 그는 언제나 대화로 된 인생에 대한 책임을 느꼈고, 잠시 동안이라도 침묵의 깃발이 오르면 그것을 실패의 신호로 보거나 자신을 책망했다. 그래서 그는 그레타 아주머니에게 경의를 표하며, 이와 같이 각운을 만들었다.

"맹세코/ 아직은 불법이 아니네, 그렛과/ 불장난 같은 사랑을 하고/ 어루만지는 것은."

아마 더 진행시켜서 자기 심장을 가리키면서 이렇게 말했는지도 모른다.

"그레타 사랑스러운 이여/ 그레타 사랑스러운 이여/ 그대는 정녕 내 이곳을 감동시켰소."

그레타 아주머니는 즉시 얼굴을 붉혔고, 얼굴이 붉어진 것에 당황해서 더 새빨갛게 얼굴을 붉히면서 간신히 중얼거렸음에도 불구하고, 목과 가슴까지 가지처럼 보랏빛으로 변했다.

"글쎄요, 정말이지, 미스터 클라우스너 박사님"이라고 말했지만, 그녀의 허벅지는 마치 그를 위해 피루엣이라도 추고 싶어하듯, 아버지를 향해 약간 넘어질 듯 기울어졌다.

그날 저녁 아버지는 흥분해서 내게 잉카문명의 유적지 여행에 대해 길고 자세히 떠들었다. 우리는 독일어로 된 커다란 지도책에 있는 대양과 산, 강과 평야를 함께 건너면서 열심히 지식을 쌓았다. 우리 두 눈으로, 백과사전과 삽화가 있는 폴란드 책 속에 나오는 신비스러운 도시와 궁전과 사찰 유적지를 직접 보았다고. 저녁 내내 어머니는 안락의자에 다리를 밑으로 밀어넣고 독서를 하며 앉아 있었다. 파라핀 히터는 조용히 새파란 불꽃을 내며 타올랐다.

그리고 그 방의 침묵은 몇 분마다 히터의 관을 통해 공기가 부글거리며 나는 서너 번의 부드러운 웅얼거림에 의해 더욱 두드러졌다.

32

그 정원은 실제 정원이 아니라, 콘크리트만큼 딱딱하게 다져진 작은 직사각형의 땅으로, 거기서는 엉겅퀴조차 자랄 수 없었다. 그곳은 언제나 교도소 마당처럼 콘크리트 벽으로 둘러싸여 그늘져 있었다. 그리고 키 큰 사이프러스 나무 그늘 안쪽, 벽의 다른 편은 바로 옆에 있는 렘베르그 가족의 정원이었다. 한쪽 구석에 왜소한 고추나무가 살아남으려 이를 악물며 안간힘을 쓰고 있었다. 반대편, 다른 쪽 벽 근처에는 케렘 아브라함이 아직 과수원이었던 시절 고집스럽게 해마다 꽃을 피웠던, 환멸을 느끼는 생존자, 석류나무인지 덤불인지가 한 그루 있었다. 우리 아이들은 열매를 기다리지도 않고 익지도 않은 항아리 모양의 봉오리에 손가락 길이 정도 되는 막대기를 속으로 집어넣어 무자비하게 잘랐고, 경제적으로 부유하고 연기를 내뿜는 영국인들을 흉내내고 싶어했던 몇몇 이웃처럼 그걸로 파이프를 만들었다. 일 년에 한 번 우리는 마당 한구석에 파이프 가게를 열었다. 봉오리 색깔 때문에 그 파이프는 때로 끝에 불그스름한 불꽃이 있는 것처럼 보였다.

*

챈슬러 거리에서 온, 농경문화의 경향을 지닌 방문객인 말라와 슈타체크 루드니츠키가 한번은 무와 토마토, 오이 씨가 들어 있는 작은 종이봉투 세 개를 내게 선물로 가져다주었다. 그래서 아버지는 채소 밭뙈기를 하나 만들어야 한다고 제안했다. "우린 둘 다 농부가 되는 거야!"라고 열정적으로 말하면서. "우리는 석류나무 옆 공간에 작은 키부츠를 만들고, 우리만의 힘으로 그 땅에서 빵을 거두게 될 거야!"

우리 거리에 있는 어떤 가족도 삽이나 쇠스랑이나 괭이를 가진 사람이 없었다. 그런 것들은 언덕 저 너머에 살고 있는─갈릴리에, 샤론 평야와 골짜기에 있는 모샤브에, 키부츠에─새로운, 햇볕에 그을린 유대인들에게 속한 것이었다. 그래서 아버지와 나는 거의 맨손으로 황무지를 정복하여 채소 정원을 만드는 일에 착수했다.

토요일 이른 아침, 어머니와 주변의 모든 이웃이 아직 잠들어 있을 시각에, 마르고 어깨는 좁은 도시 사람이던 우리 둘은, 가느다란 손가락 끝으로 두 장의 종이만큼이나 창백했던 서로의 어깨에 크림을 문질러 두껍게 발라 보호하고(그 벨베타라는 크림은, 봄볕의 농간을 좌절시키려는 용도로 나온 것이었다) 하얀색 조끼와 카키색 바지를 입고 모자를 쓰고 밖으로 기어나갔다.

아버지는 부츠를 신고 망치와 스크루드라이버, 부엌용 포크, 실 한 뭉치, 빈 포대와 책상에 있던 종이 자르는 칼을 들고 행진을 인도했다. 나는 뒤에서 농사를 짓는다는 맹렬한 기쁨에 가득차 완전히 흥분하여 물 한 병과 잔 두 개, 회반죽이 들어 있던 작은 상자 하나와 가벼운 사고에 대비한 구급약, 작은 요오드 한 병, 요오드를 바를 작은 막대기, 밴드와 거즈 조각을 들고 행진을 뒤따랐다.

먼저 아버지는 종이 자르는 칼을 의식적으로 휘두르고, 몸을 구부려 땅에 네 개의 선을 그렸다. 이런 식으로 그는 단호히 2제곱미터쯤 되는, 우리집 문과 두 개의 방 사이 회랑에 걸려 있던 세계 지도보다 조금 더 큰 우리 땅의 경계를 표시했다. 그다음 내게 무릎을 꿇고 양손으로 그가 쐐기 못이라고 부르는 날카로운 막대기를 꼭 잡으라고 지시했다. 그의 계획은 땅의 네 쪽에 쐐기 못을 박고 망치질을 한 다음 팽팽한 실로 테두리를 두르는 것이었다. 어쨌든 그 다져진 땅은 시멘트만큼이나 단단해서, 쐐기를 박으려는 아버지의 노력을 거부했다. 그래서 그는 망치를 내려놓고, 순교자 같은 표정으로 안경을 벗어 부엌 창틀 위에 조심스럽게 내려둔 다음, 전쟁터로 돌아와 다시금 배의 노력을 기울였다. 그는 전투를 할 때처럼 수도 없이 땀을 흘렸고, 안경 없이 한 번인가 두 번 쐐기를 붙잡고 있는 내 손가락을 가까스로 피해갔다. 그러는 동안 쐐기 못은 빠르게 낮아지고 있었다.

고된 노동을 통해 우리는 마침내 간신히 토양 윗부분을 뚫고 얕게 움푹 파인 땅을 만들었다. 그 쐐기 못들은 손가락 깊이 절반에 이르도록 깊게 파묻혔지만 더 박히기를 고집스럽게 거부했다. 매번 줄을 팽팽하게 할 때마다 쐐기가 땅에서 뽑혀나오려고 했기 때문에 우리는 각각의 쐐기를 두세 개의 커다란 돌로 지지한 다음 실의 팽팽함에 대해서는 타협할 수밖에 없었다. 그래서 땅에는 느슨하게 네 개의 선이 그어졌다. 이 모든 일에도 불구하고 우리는 무에서 유를 간신히 창조해냈다. 여기서 여기까지는 안쪽이었고, 사실상 우리의 채소 정원은 그 바깥세상 너머, 다시 말해 세계의 나머지 너머에 있는 모든 것이었다.

"다 됐다" 하고 아버지는 겸손하게 말하면서, 마치 스스로에게 동의하고 자신이 이룬 것의 정당성을 확인하듯 수차례 머리를 끄덕였다.

그리고 나도 무의식적으로 그가 고개 끄덕이는 것을 흉내내며 그를 따라했다.

"다 됐다."

이것이 아버지가 짧은 휴식 시간을 선포하는 방식이었다. 그는 내게 땀을 닦고 물을 마시고 계단에 앉아 쉬라고 지시했다. 그러고는 내 옆에 서서 앉지도 않고, 안경을 다시 쓰고는 실로 두른 우리 네모진 땅 옆에 서서, 여태까지 우리가 해낸 프로젝트의 진척 사항을 검사하고 궁리하고 작전의 다음 단계를 구상하고 우리의 실수를 분석하고 결론을 내린 다음, 내게 쐐기와 실을 일단 제거하고 벽 옆에 깔끔하게 내려놓으라고 지시했다. 사실 땅을 먼저 파고 표시는 나중에 하는 편이 더 나았는데, 그렇지 않으면 실이 우리 일을 방해하기 때문이다. 일이 잘 진행되고 철갑전차 같은 땅이 물러지도록, 토양 위에 물 네다섯 양동이를 붓고 이십여 분 정도를 기다린 다음에 재개하기로 결정했다. 재차 맹공을 퍼붓기로.

*

안식일 정오까지 아버지는 단단한 땅의 방어에 거의 맨손으로 대항하며 영웅적으로 분투했다. 허리가 꺾여 등이 아픈데다가, 땀을 쏟으며 익사해가는 사람처럼 숨을 헐떡였고, 안경 없는 눈은 텅 비고 무기력해 보이는데도, 그는 몇 번이고 완고한 땅에 망치를 내려쳤다. 그러나 망치는 너무 가벼웠다. 그것은 가정용 망치로, 사나운 방어벽을 위한 물건이 아니라 견과류를 깨거나 부엌문 뒤에 작은 못을 박는 데 쓰이는 것이었다. 아버지는 강력한 골리앗의 갑옷에 대항하여 물매로 맞서던 다윗처럼, 혹은 프라이팬을 들고 트로이 전투에 임하듯 계속해서 자신의 애처로운 망치를 휘둘렀다. 망치의 포크처럼 생긴 부분은 못을 뽑도록 고안된 것이었는데, 삽과 쇠스랑, 곡괭이를 한데 묶은 도구로 이용되었다.

커다란 물집들이 그의 부드러운 손바닥 위로 솟아올랐고, 심지어 물집이 터져 진물이 나고 상처가 벌어졌지만 그때조차 아버지는 이를 갈며 그것을 무시했다. 아니면 자신의 학자적인 손가락 옆으로 난 물집들을 눈치채지 못했을 수도 있고. 몇 번이고 그는 망치를 높이 들었다가 내리치고, 두드리고 치고 다시 높이 들어올렸고, 마치 자연의 요소와 원시의 황무지에 대항하듯 입술로는 완고한 대지에 대고 열에 들뜬 저주를 그리스어로, 라틴어로, 내가 아는 암하라 말로, 고대 슬라브어와 산스크리트어로 중얼거렸다.

한번은 있는 힘껏 자기 발등에 망치를 내리찍는 바람에 아파서 끙끙 소리를 냈다. 아버지는 입술을 깨물고 쉬면서 자신의 부주의를 책망하며 '단호하게' 혹은 '분명하게'라는 단어를 사용했고, 이마를 훔치며 물을 조금 마시고, 물병 입구를 손수건으로 닦은 다음 나더러 물을 꿀 꺽꿀꺽 마시라고 하고는, 절뚝이면서도 단호하게, 자신의 수그러들 줄 모르는 열정을 새로이 다지며 전쟁터로 되돌아갔다.

마침내 그 단단히 다져진 땅이 그를 불쌍히 여긴 때문인지, 혹은 그의 헌신적인 노력에 경악해서인지, 땅이 갈라지기 시작했다. 아버지는, 마치 토양이 맘을 바꿔 또다시 콘크리트로 변할까 겁이라도 난 것처럼 때를 놓치지 않고 갈라진 틈으로 스크루드라이버 끝을 박아 넣었다. 그는 그 틈새를 넓히고 깊게 팠고, 갖은 노력 때문에 새하얗게 변한 맨손가락으로 떼어낸 두터운 흙덩어리를 해치운 용들의 시체처럼 끝장내 하나씩 자기 발 앞에 쌓아올렸다. 절단된 뿌리들이 살아 있는 살에서 끊어져 나온 힘줄처럼 비비 꼬이고 몸부림치며 대지의 흙덩어리로부터 튀어나왔다.

내 임무는 사다리꼴 편성 공격이 끝나면 나아가, 종이 자르는 칼로 지면의 흙덩이들을 갈라 뿌리를 제거해서 포대에 넣고, 돌이나 자갈을 제거하고, 흙덩이를 깨서 부숴놓고, 마지막으로 부엌 포크를 갈퀴와 써레처럼 사용해서 느슨해진 흙의 머리칼을 빗겨주는 것이었다.

이제 거름을 줄 때가 왔다. 우리에게는 가축이나 가금류의 배설물로 된 퇴비가 없었고, 비둘기가 지붕 위에 떨어뜨린 것들은 물어볼 필요도 없이 감염의 위험이 있었기 때문에, 아버지는 미리 음식 찌꺼기가 남아 있는 스튜 냄비를 준비했다. 거기에는 과일과 야채 껍질, 썩은 호박, 찻잎이 둥둥 떠 있는 진흙처럼 질척한 커피 찌꺼기, 오트밀과 비트 수프, 삶은 야채 남은 것, 생선 찌꺼기, 탄 기름, 상한 우유, 여러 가지

진득한 점액, 녹은 각설탕, 맛이 가서 걸쭉해진 수프 찌끼로 가득한 찝찝한 구정물이 담겨 있었다.

"이게 우리의 빈약한 흙을 풍요롭게 해줄 거야." 우리가 땀에 젖은 조끼를 입은 채, 스스로를 한 쌍의 일꾼이라 느끼면서, 카키색 모자를 들어 얼굴에 부채질을 하며 나란히 계단에서 쉬는 동안 아버지가 내게 설명했다. "우리 식물이 왜소하고 병약하게 자라는 일이 없도록 양분을 주기 위해서, 부엌 쓰레기 중에서 유기물이 들어 있는 풍성한 부식토로 바뀔 수 있는 것으로 땅을 먹여야 한단다."

그가 안심시키려는 듯 서둘러 한마디 덧붙인 것은, 내 마음에 떠오른 소름 끼치는 생각을 정확하게 추측해냈기 때문이다. "그리고 지금은 역겨운 쓰레기로 보이는 것을 채소로 길러서 우리가 먹게 될지도 모른다고 걱정하는 실수를 범하지 마라. 아니야, 다시는 그러면 안 되지! 결코 안 된다! 퇴비는 오물이 아니라, 숨겨진 보물이야—농부와 농민은 면면히 세대에 걸쳐 이 미스터리한 진실을 본능적으로 감지했지. 톨스토이 자신도 어디선가 끊임없이 이 땅의 자궁에서 일어나는, 썩고 부패한 것이 비료로, 비료는 풍요로운 토양으로, 그리고 거기서부터 곡물로, 야채로, 과실로, 들판과 과수원과 정원에 있는 온갖 풍요로운 산물로 바뀌는 경이로운 변형인 신비로운 연금술에 대해 말한 적이 있단다."

우리가 우리 땅뙈기의 네 구석에 말뚝을 고정시키고 둘레에 조심스럽게 실을 두르는 동안 아버지는 간단하고 명료하게, 순서대로 단어들을 설명해주었다. 부식과 부패. 비료. 유기물. 연금술. 변형. 소산물. 톨스토이. 미스터리.

어머니가 삼십 분 안에 점심 준비가 끝날 것이라고 경고하러 나왔을 때쯤, 황무지 정복 프로젝트는 끝났다. 우리의 새 정원은 전면이 뒤뜰의 황무지로 둘러싸여 있었지만, 흑갈색의 흙 색깔과 잘게 부서져 경작된 토양 때문에 다른 곳과 구별되어, 말뚝에서 말뚝까지, 실에서 실까지 펼쳐져 있었다. 우리의 채소밭은 아름답게 괭이와 갈퀴로 일궈지고, 비료와 씨가 뿌려지고, 세 개의 똑같은 긴 파도나 작은 언덕처럼 나뉘어 있었는데, 우리는 하나에는 토마토, 하나에는 오이, 그리고 나머지 하나에는 무를 심었다. 그리고 임시 라벨로, 아직 묘비가 갖춰지기 전에 무덤 머리에 세우는 것같이, 각 줄의 끝에 있는 막대기 위에 빈 씨 봉투를 씌워두었다. 우리는 당분간, 적어도 채소가 자라기 전까지는 색색의 정원 그림을 갖게 된 셈이다. 두세 개의 아침 이슬이 뺨에 주르르 맺혀 있는 불같이 생생한 토마토 그림, 매혹적인 녹색의 오이 그림, 그리고 입맛을 돋우는 무가 주렁주렁 달려 있는 무 다발 그림, 깨끗이 씻긴 채 건강으로 터질 듯이 꽉 차 있고, 빨갛고 하얗고 녹색으로 빛나는 그림들.

비료를 뿌리고 씨를 심은 후, 우리는 임신한 각각의 구릉에 매일 사용하는 부엌에 딸린 솥단지와 차를 만들 때 잎을 넣는 물병과 작은 여과기로 임시로 물을 주고 또 주었다.

아버지가 말했다.

"그러니까 이제부터 매일 아침저녁으로 우리는 야채 침상에 물을 줄 것이고, 물을 넘치게도 부족하게도 주면 안 되고, 이제부터 며칠 안에 아주 조그만 새싹들이 머리를 흔들어 모자를 떨쳐내는 개구쟁이 소년처럼, 머리를 들고 곁에 있는 토양 한 톨 한 톨을 흔들기 시작할 테니까, 넌 두말할 것 없이 매일 아침 일어나자마자 달려나가 최초로 싹이 나려는 신호가 있는지 확인해야 할 거다. 모든 식물에게는, 랍비들이 그러는데, 지켜봐주는 각각의 천사들이 있어서 머리를 두드리며 '자라라!' 하고 말한단다." 아버지는 또 말했다.

"이제, 귀염둥이, 지저분한 각하께서는 친히 깨끗한 속옷과 바지와 셔츠를 꺼내서 욕실로 뛰어들어가셔야죠. 전하께선 충분히 거품을 많이 내서, 어딘지 아실 거기 잘 닦아야 하는 거 명심하고. 그리고 이 겸손한 신하가 참을성 있게 자기 차례를 기다리고 있으니까, 평소처럼 욕조 안에서 잠들면 안 된다."

욕실에서 나는 팬티를 벗고 변기에 기어올라, 작은 창문을 통해 밖을 엿보았다. 거기 볼거리라도 벌써 생겼나? 최초의 새싹이? 녹색 싹이? 핀 대가리만큼이라도?

밖을 엿보는 동안 나는 아버지가 잠시 동안 겸허하고 겸손하게 자신의 새 정원 곁에서, 마치 최근 작품 옆에서 자세를 취하는 예술가만큼이나 행복하게, 지쳐 있고 망치로 발끝을 쳐서 여전히 절뚝거렸지만, 행복하게 머뭇거리는 것을 보았다 — 땅을 정복한 영웅만큼이나.

나의 아버지는 지칠 줄 모르는 이야기꾼이었기에 언제나 인용문과 격언으로 넘쳤고, 언제나 설명하고 인용하는 것을 행복해했으며, 자신의 광범위한 지식의 수혜를 남에게 대접하기에 열심이었다. 그는 히브리어를 음가에 따라 특정한 뿌리와 연관짓는 방식으로 어원적인 관련성에 대해 숙고하곤 했다. 예를 들면, 뿌리 뽑기와 째기 사이? 돌 던지기와 몰아내기 사이? 경작하기와 결핍 사이? 심기와 파내기 사이? 혹은 땅과 붉음과 남자와 피와 침묵 사이? 그래서 그가 통상 쏟아내는 인유, 연상, 함축, 응수의 격류, 유사와 사실 간의 숲, 산더미 같은 설명, 반박, 논쟁, 행복을 전파하기 위해 심지어 바보 역할까지 하며 자기 존엄까지도 아끼지 않으면서 한순간조차도 침묵이 지배하지 않을 때까지 필사적으로 현재를 즐겁게 하고 재미있게 하려는 노력이 돌연 시작되곤 했다.

거의 무릎 아래까지 닿아 있는 큰 내의와 귀족풍의 카키색 반바지를 입은, 야위고 긴장하여 딱딱한 모습. 얇은 팔다리는 매우 창백했고 굵고 검은 털로 뒤덮여 있었다. 그는 개척자들의 카키색 복장을 하고, 신학교의 어둠 속에서 정오의 눈부신 푸름 속으로 무자비하게 질질 이끌려나온 어리벙벙한 탈무드 학생처럼 보였다. 망설이는 듯한 미소는 마치 간청하듯이, 소매를 잡아당겨 황송하게도 그에게 약간의 애정이나마 보여주기를 간구하듯이 잠시 동안 고정되어 있었다. 다갈색 눈동자는 멍하니 둥근 테 안경 너머, 마치 그가 잊어버렸던 뭔가, 누가 알랴마는, 모든 일 중에 가장 중요하고 긴급한 일로, 어떤 희생을 치르더라도 결코 잊어버려서는 안 되었던 것이 막 기억난 것처럼 고통스럽게 상대를 응시했다.

하지만 그가 잊어버린 것은 무엇이었던가? 기억을 떠올리는 데 완전히 실패한 것. 미안하지만 혹시 넌 내가 뭘 잊어버렸는지 아니? 뭔가 중요한 것? 뭔가 미뤄서는 안 되는 것? 그게 뭔지 나한테 충분히 친절하게 떠올릴 수 있도록 해주겠니? 내가 너무 대담한지도 모르지만?

*

다음날부터 나는 물러진 토양에 작은 변화라도 있나 해서, 싹이 난 어떤 징후라도 발견하려고 참을성 없이 두세 시간마다 우리의 채소 정원으로 달려갔다. 토양이 진흙으로 변할 때까지 몇 번이고 그 땅뙈기에 물을 주었다. 매일 아침 나는 침대에서 뛰어나가 간밤 사이에 대망의 기적이 일어났는지 어떤지 확인하려고 잠옷 차림에 맨발로 달려나 갔다. 그리고 며칠 후 어느 이른 아침, 무들이 솔선해서 자신의 작고 빽빽하게 들어찬 잠망경을 밀어올렸음을 발견했다.

나는 너무나 행복해서 몇 번이고 물을 주었다.

그리고 나는 어머니의 낡은 슬립을 입히고, 머리에 빈 주석 깡통을 달고, 거기에 입과 콧수염, 이마를 가로질러 히틀러처럼 내려온 머리를 그리고, 눈 한쪽은 약간 찌그러지게 튀어나와 마치 윙크나 조롱을 하는 것처럼 보이는 허수아비를 세웠다.

이틀 후 오이 역시 싹이 나왔다. 그러나 무나 오이가 본 것이 무엇이든 간에, 그것은 그들을 끔찍한 수심에 가득차게 했음이 분명했으니, 왜냐하면 그들은 창백해졌고, 마음을 바꿔 마치 낙담한 듯 밤사이 몸을 구부리고, 작은 머리는 땅에 닿을 정도로 푹 꺾었으며 비참한 짚단같이 될 때까지 더 시들어 잿빛이 되었기 때문이다. 토마토의 경우에는, 아예 싹도 나지 않았다. 그들은 중요한 조건들을 관찰하고, 어떻게 할지 논의한 후에 우리를 포기시키기로 결정했다. 어쩌면 우리 뜰은 너무 저지대에 높은 벽으로 둘러싸여 있고, 큰 사이프러스 나무들 때문에 그늘져 햇빛 한줄기도 닿을 수 없었기에 아무것도 자랄 수 없었느지도 모른다. 아니면 우리가 물을 너무 많이 주었는지도 모른다. 아니면 비료를. 나의 히틀러 허수아비는 떠난 새들에게는 아무런 인상도 남기지 않고, 죽음에 이른 작은 싹들만 무섭게 만들었다. 그것이 예루살렘에 작은 키부츠 같은 것을 창조해내고 언젠가는 우리 두 손으로 일군 열매를 먹으려던 시도의 종말이었다.

"여기서부터," 아버지가 슬프게 말했다. "우리가 도중에 어디선가 확실히 뭔가 잘못한 것이 분명하다는, 엄숙하지만 피할 수 없는 결론이 나오는구나. 그러므로 이제 우리는 명확히 지칠 줄 모르고 노동하고, 타협하지 않고 우리 실패의 뿌리와 원인을 찾아볼 의무 아래 놓여 있다. 비료를 너무 많이 주었나? 물을 과하게 주었나? 아님 반대로, 필수적인 단계를 빼먹었나? 역시나 우리는 농부도 농부의 자식도 아닌, 그저 이 땅을 어르는 데 경험 없는 구혼자이자 중용을 지키는 데도 익숙지 못한 아마추어로구나!"

바로 그날, 마운트 스코푸스에 있는 국립도서관에서 일을 마치고 돌아왔을 때, 아버지는 원예와 채소 재배에 관한 두터운 학술 서적 두 권(그중 한 권은 독일어로 되어 있었다)을 빌려와서 주의깊게 연구했다. 하지만 그의 관심은 곧 다른 문제, 완전히 다른 책들, 발칸반도 내의 특정 소수 언어의 쇠퇴, 중세 궁정시가 중편소설의 기원에 미친 영향, 미슈나 속의 그리스 단어, 우가리트 문서의 해석 등으로 바뀌었다.

그러나 어느 날 아침, 아버지는 약간 부서진 서류 가방을 들고 출근하려다가, 눈물이 그렁그렁해서 욕실에 있는 구급상자를 허락도 없이 가져다가 점비제든 안약이든 가리지 않고 싹을 구하려고 최후의 필사적인 노력에 열중해서 이미 시들고 있는 싹들에다 한 방울씩 투여하면서 죽어가는 싹에 몸을 숙이고 있는 나를 보았다. 그 순간 아버지는 나에게 가여운 마음이 들었다. 그는 나를 들어올려 껴안아주었지만, 때를 놓치지 않고 나를 다시 내려놓았다. 그는 당혹스럽고 당황하여 거의 어찌할 바를 몰랐다. 그는 떠나기 전, 마치 전쟁터에서 도망치듯, 고개를 서너 번 끄덕이고 사려 깊게, 나한테라기보다 오히려 자기 자신에게 하듯 중얼거렸다. "어떤 대처 방안이든 찾게 될 거야."

*

르하비아의 이븐 가비롤 거리에는 '개척자의 집' 또는 '여성회관' 또는 '여성 노동자 농장'으로 불리는, 아무튼 그런 종류의 건물이 있었다. 그 뒤에는 4분의 1에이커 정도 규모에 과일나무, 채소, 가금류와 벌집이 있는 작은 농업 보호지역, 일종의 공동생활체이자 여성 농장이 있었다. 50년대 초반 이곳에 이츠하크 벤츠비 대통령의 유명한 사무실 건물이 세워지게 된다.

아버지는 일이 끝나고 이 실험 농장에 갔다. 그는 라헬 야나이트나 그녀의 조수 중 한 명에게 우리의 실패에 대해 전반적으로 설명하고 조언을 구하고는, 마침내 이삼십 개의 건강히 살아 있는 식물을 심은 흙이 담긴 작은 나무상자를 품고, 버스를 타고 집으로 온 것이 분명하다. 그는 자신의 전리품을 우리 공동주택으로 몰래 가지고 들어와 세탁물 바구니 뒤나 부엌 찬장 아래, 나 모르게 감춰두고, 내가 잠들 때까지 기다렸다가 회중전등과, 스크루드라이버, 영웅적인 망치와 종이 자르는 칼을 가지고 밖으로 기어나갔다.

내가 아침에 일어났을 때, 아버지는 무미건조한 목소리로, 마치 신발끈을 묶으라거나, 셔츠에 단추를 채우라고 알려주려는 것처럼 말했다. 신문에서 눈을 떼지도 않은 채.

"어제 네 치료약이 우리 병든 식물들한테 좋은 작용을 한 것 같은 느낌이 드는구나. 나가서 혼자 한번 보시죠, 전하, 회복의 기미가 있는지 찾아보시고. 아님 그냥 나 혼자 느낌일 수도 있고. 나가서 확인해보고 돌아와서 네 생각을 말해주면, 우리 둘 다 같은 의견일지, 완전히 다른 의견일지 알 수 있겠지, 그래주겠니?"

내 작은 새싹들은 어제만 해도 너무 말라비틀어지고 누렇게 떠서 슬픈 지푸라기였는데, 간밤 새 마술처럼 튼튼하고 원기 왕성한 식물로, 터질 듯 건강하게, 수액과 짙푸른색으로 가득찬 모습으로 변해 있었다. 나는 압도당하고 아연실색하여 거기 서 있었다. 열 방울, 스무 방울의 점비제와 안약이 준 마술적인 힘에!

나는 유심히 살펴보다가, 그 기적이 얼핏 처음 보았을 때보다 훨씬 더 대단한 것임을 깨달았다. 무 새싹은 밤 동안 오이를 심었던 모판으로 점프해 있었다. 반면 무가 있던 모판에는 내가 전혀 알아보지 못한 어떤 식물, 아마 가지인지 당근인지가 자리잡고 있었다. 무엇보다 가장 경이로운 일이 일어난 곳은, 우리가 심었으나 싹도 나지 않았던 토마토 씨가 있던 왼편 줄이었는데, 거기는 처음부터 끝까지 전혀 내 마술 약을 사용하지 않았던 곳이었는데도, 이제 맨 위 새싹이 있던 자리에는 노란 봉우리를 달고 있는 서너 개의 어린 덤불 식물이 생겨 있었다.

*

한 주 후 질병이 다시 우리 정원에 들이쳤고, 죽음의 고통이 되풀이되어, 묘목은 고개를 떨어뜨렸고, 다시금 박해당한 디아스포라 유대인만큼이나 병약하고 연약해지기 시작했으며, 잎사귀들은 떨어지고, 새싹들은 말라비틀어졌고, 이번에는 점비제도 감기약 시럽도 전혀 도움이 되지 않았다. 우리의 채소밭 땅뙈기는 말라서 죽어가고 있었다. 2주인가 3주 동안 네 개의 쐐기 못은 거기서 계속 땅벌레가 더덕더덕한 실과 함께 엮여 자라다가, 마침내 죽어버렸다. 오로지 히틀러 허수아비만이 좀더 긴 시간 건재했을 뿐이다. 아버지는 리투아니아 로맨스나 트루바두르의 시에서 소설의 기원에 대한 원천을 탐구함으로써 위로를 얻었다. 나로 말하자면, 기묘한 별들과 달들, 태양들, 혜성과 행성들로 가득 채워진 은하계를 마당에 흩뿌리고 별에서 별로 다른 생명체의 흔적을 찾기 위한 위험한 여정을 시작했다.

33

어느 늦은 여름 저녁. 그때는 1학년의 끝이었거나, 2학년의 시작, 혹은 그 둘 사이에 있던 여름이었을 것이다. 나는 마당에 혼자 있었다. 다른 사람들은 모두 나만 빼고 가버렸는데, 다누시와 아리크와 우리와 룰리크와 암미는 텔아르자 숲 비탈 위 나무들 사이에서 그것들을 찾기 위해 가버렸지만, 나는 배신하지 않았기에 그들은 흑수단黑手團에게로 나를 데려가지 못할 것이었다. 다누시는 나무 가운데서 바짝 말라버린, 온통 냄새나고 끈적끈적한 것 하나를 찾았고, 수도꼭지 아래서 그것을 씻었는데, 과감히 그걸 부풀리지 못하고, 과감히 그걸 쓰고 그 속에 영국 군인처럼 오줌을 갈기지 못하는 자도 마찬가지로 흑수단 소속으로 적합하지 않았으니, 다누시가 흑수단으로 받아들여진 것은 의심의 여지가 없었다. 다누시는 그것이 어떻게 이루어지는지 설명해주었다. 매일 밤 영국 군인들은 텔아르자 숲으로 여자애들을 데려가고 어둠 속에서 일은 이렇게 진행된다. 먼저 그들은 오랫동안 입에 키스한다. 그런 다음 그는 여자애의 몸 구석구석을, 심지어 옷 밑으로 더듬는다. 그러고는 자신과 그녀의 팬티를 벗기고, 그것들 중 하나를 끼우고 그녀 몸 위로 올라가고 등등 하다보면 결국 그는 젖어 있다. 이것은 여자들이 그로 인해 전혀 젖지 않도록 발명된 것이었다. 그리고 그것이 매일 밤 텔아르자 숲에서 벌어지는 일이었으며, 매일 밤 모두에게 일어나는 일이었다. 심지어 교사이던 수스만 부인도, 밤이면 그녀의 남편이 그녀에게 그렇게 한다. 그대들의 부모님조차. 그렇다, 그대들의 부모. 그리고 그대들도. 사람들 모두. 그 행위는 자신의 몸에 온갖 감정을 전해주고, 근육을 만들어주며, 피를 깨끗하게 하는 데도 좋다.

*

나만 빼고 그들은 모두 가버렸고 부모님 역시 집에 없었다. 나는 마당 끝 빨랫줄 뒤에 있는 콘크리트에 등을 대고 누워 그날에 남아 있는 것들을 보고 있었다. 조끼를 입은 몸 아래로 느껴지는 콘크리트는 차갑고 딱딱하다. 생각이 끝까지 이어지진 않았지만, 딱딱한 모든 것과 차가운 모든 것은 영원히 딱딱하고 차가운 채로 남을 것이고, 부드러운 모든 것과 따뜻한 모든 것은 우선은 오직 부드럽고 따뜻할 것이라는 생각. 결국엔 모든 것이 차갑고 딱딱한 쪽으로 넘어가야 한다. 그 너머에선 움직일 수도 생각할 수도 느낄 수도 없고 그 어느 것도 따뜻하지 않다. 영원히.

등을 대고 누운 채 손가락으로 먼지와 회반죽과 짭짜름하지만 정확하게 짭짜름한 종류는 아닌 다른 어떤 맛이 나는 작은 돌을 찾아 입속으로 넣는다. 혀는 마치 그 돌이 우리 세계라도 되어서, 산도 있고 계곡도 있다는 듯이, 온갖 돌출부와 움푹한 곳들을 탐험한다. 그리고 만약, 우리의 지구가 혹은 전체 우주가, 어떤 거인의 마당 위 콘크리트에 있는 그저 작은 돌조각에 불과한 것으로 판명된다면? 다음 순간, 도대체 얼마나 큰지 상상할 수도 없을 만큼 거대한 아이의 친구들이 그를 두고 빈정대고 까불다가 그를 두고 가버려서 그 아이는 자기 두 손가락 사이에 있던 우리의 전 우주를 간단하게 자기 입에 집어넣고 혀로 우리를 탐미하기 시작한다면 무슨 일이 벌어지겠는가? 그리고 자기 입 안에 있는 이 돌은 어쩌면 정말로 은하수와 태양, 혜성과 아이와 고양이와 빨랫줄에 걸린 세탁물이 있는 전 우주일지도 모른다고 생각한다면? 그리고 누가 알랴마는, 어쩌면 우리가 그저 작은 돌로 입에 들어가 있는, 그 거대한 소년의 우주 또한 사실은 더 큰 소년의 마당 뜰에 있는 작은 돌 한 조각에 지나지 않을지도 모르고, 러시아 인형처럼 돌 하나에 그와 그의 우주, 그리고 다른 모든 것 등등 우주 하나가 들어 있고 그 속에는 더 작은 돌, 그 속에는 또 전 우주가 있으며, 더 커질 때나 작아질 때나 모두 같다면? 모든 우주가 한 개의 돌멩이이고 모든 돌멩이가 하나의 우주다. 머리가 핑핑 돌 때까지, 그리고 그동안 혀가 그 돌을 마치 달콤한 것인 양 탐험하고 이제 그 혀에서는 분필가루 맛이 나고. 다누시와 아리크와 우리와 룰리크와 암미와 흑수단의 나머지 무리들은, 또다른 60여 년 동안 죽게 될 것이고 그다음엔 그들을 기억하는 모두가 죽게 될 것이고, 그다음엔 그들을 기억하는 모두가 죽게 될

것이고, 그다음엔 그들을 기억하는 모두가 죽게 될 것이고, 그다음엔 그들을 기억하는 모두가 죽게 될 것이다. 그들의 뼈는 내 입안에서 이 돌처럼 돌로 변할 것이다. 어쩌면 내 입속의 돌도 수십조 년 전에 죽은 아이들이 아니었을까? 아마 그들 역시 숲속에서 그런 것들을 찾으러 갔다가 누군가가 과감히 그걸 부풀려 쓰지 못해서 그들이 조롱했는지도 모르고? 그래서 그들도 그를 마당에 혼자 남겨두고 떠났고, 그는 등을 대고 누워 입속에 돌을 넣었고 돌은 한 번은 소년이었으며 그 소년은 한 번은 돌이 되었다. 현기증. 그러는 동안 그 돌은 생명체가 되어, 더이상 그렇게 차지도 딱딱하지도 않았고, 축축하고 따뜻해지다가, 입속에서 격동하기까지 하더니, 혀끝에서 전해지는 간지러움으로 부드럽게 돌아왔다.

*

사이프러스 나무들 너머, 렘베르그가의 울타리 너머 누군가가 전등불을 울타리 위에 설치했는데, 여기 누우면 거기에 누가 있는지, 렘베르그 부인인지 슐라인지 혹 아바인지, 누가 거기에 불을 켜는지 볼 수 있고, 아교처럼 흘러내리지만 너무 걸쭉해서 쏟기도 어렵고, 너무 질척해서 움직이기도 어렵고, 찐득찐득한 용액이 그렇듯 발을 떼기도 어려운 노란색 전깃불을 볼 수 있다. 걸쭉한 모터오일처럼, 이제는 약간 잿빛으로 변한 푸른 저녁을 가로질러 희미한 노란색이 느릿하게 나아가는데 산들바람이 불어 일순 그것을 날름 삼킨다. 그리고 45년 후, 내가 아라드 정원 테이블에 앉아서 연습장에다가 저녁 산들바람이 불고,

다시금 이 저녁에도 이웃집 창문에서 질척하고 느릿한 노란색 전깃불이 걸쭉한 모터오일처럼 흐르는 바로 그 저녁에 대해 쓸 때―우린 서로 잘 알고, 오랫동안 알아와서, 더이상 놀랄 일은 없을 줄 알았다. 그러나 있다. 예루살렘에 있는 그 마당에서 입속에 돌을 넣었던 그 저녁은 여기 아라드로 와서 잊었던 것을 상기시켜주거나, 오래된 열망을 되살려준 것이 아니라, 반대로 이 저녁을 습격하러 왔다. 그건 마치 오랫동안 알고 지내던 어떤 여자와 같아서, 그녀가 매력이 있거나 말거나 더이상 신경쓰지 않고, 우연히 마주치면 언제나 그녀는 다소 닳고 닳은 말을 하며, 미소를 건네고, 익숙한 방식으로 가슴을 가볍게 치곤했는데, 오직 지금, 이번 한 번만, 우연히도 아니며, 그녀가 갑자기 손을 뻗어, 손톱으로 꽉 움켜쥐면서, 정욕적으로, 필사적으로, 눈은 질끈 감고, 얼굴은 고통으로 일그러진 채, 마음대로 하기로 작정하고서, 당신이 떠나게 두지 않기로 결심하고, 당신이나 당신이 느끼는 감정 따위는, 당신이 가고 싶은지 아닌지에는 더이상 상관하지 않으면서, 오직 그녀가 신경쓰는 건, 그녀가 했어야 하는 일뿐이고 그런 자신을 참을 수 없어, 이제 손을 뻗어 작살을 던지고 당신을 끌어당겨, 손톱으로 쥐어 파고 찢기 시작했지만, 사실 당신을 끌어당기고 있었던 것은 그녀가 아니라, 끌어당겨 글을 쓰고, 끌어당겨 글을 쓰고 있는 것은 당신으로, 당신은 작살에 찔린 돌고래같이 가능한 한 온갖 힘을 내어 작살을 당기고, 작살에 매달린 줄과 줄에 매달린 작살 총과 그 총이 부착되어 있는 어부의 배를 잡아당기면서, 끌어당겨 분투하고, 도망치려 당기고, 바다로 뒤엎어버리려 당기고, 어두운 심연으로 빠져들기 위해 끌어당겨 쓰면서 더욱더 끌어당긴다. 그 돌고래가 사력을 다해 단 한

번만 더 끌어당기면, 살에 박혀 자기를 찌르고 물고 가지 못하게 붙들고 있는 것에서 어떻게든 간신히 자유로워질지도 모르기에, 당신은 끌어당기고 또 끌어당기지만 그것은 그저 당신의 살을 꽉 물고 있으며, 당신이 더 깊은 곳으로 끌어당길수록, 더 깊게 파고들어, 상처에 점점 더 깊게 파고들지만 결코 고통을 되돌려줄 수 없으며, 그것은 포수이고 당신은 먹잇감이라 더욱더 당신을 상처 입히고, 그것은 사냥꾼이고 당신은 작살에 찔린 돌고래이고, 그것은 가하고 당신은 당하며, 그것은 예루살렘의 저녁이고 당신은 이곳 아라드의 저녁이며, 그것은 당신의 죽은 부모이기에, 당신은 그저 끌어당겨 쓰기를 계속할 뿐이다.

*

다른 사람들은 나만 빼고 모두 텔아르자 숲으로 가버렸고, 나는 과감하게 부풀리지 못했기에 여기 빨랫줄 뒤에 있는 마당 끝 콘크리트 위에 등을 대고 누워 있었다. 점차 함락되어가는 햇빛을 보면서. 곧 밤이 될 것이었다.

한번은 40인의 도적과 알리바바의 동굴을 보았다. 외할머니, 그러니까 키리얏 모츠킨 끝자락에 있는 타르 종이로 된 판잣집에서 예루살렘으로 온 어머니의 어머니가, 어머니한테 화가 나서 다리미를 들고 무어라 몸짓을 하고, 눈을 번득이면서, 러시아어나 이디시어 섞인 폴란드어로 어머니에게 끔찍한 말들을 뱉을 때, 나는 옷장과 벽 사이 공간에 있었다. 그들 중 어느 누구도 내가 숨을 참고, 밖을 몰래 살피면서, 모든 걸 보고 들으며 그 공간에 끼여 있다고는 상상도 하지 못했다. 어머니는 자기 어머니의 뇌성 같은 저주에 응하지 않았지만, 마치 모든 것이 자기 무릎에 달린 양, 무릎을 다소곳이 모아 꼿꼿하게 세우고, 손은 미동도 하지 않고 무릎 위에 올려두고, 시선도 무릎 위에 고정시킨 채, 등판이 없어져 구석에 세워둔 딱딱한 의자에 앉아 있었다. 어머니는 꼭 혼나는 애처럼 거기 앉아 있었고, 그녀의 어머니가 그녀에게 차례대로 치칫거리는 소리로 지글대는 악독한 비난을 쏴대는 동안 한 마디도 대답하지 않았으나, 시선만은 심지어 더 뚫어져라 자기 무릎에 고정되어 있었다. 그녀의 계속되는 침묵은 외할머니의 맹렬한 분노를 배가할 뿐이어서, 외할머니는 곧바로 정신이 나가버린 것처럼 보였다. 눈은 희번득거리고, 얼굴은 분노로 늑대같이 일그러지고, 열린 입가로는 하얗게 게거품이 일고, 날카로운 이빨이 보이면서, 자기가 쥐고 있던 뜨거운 다리미를, 마치 그걸로 벽을 때려부수기라도 하려는 듯이 세게 내던지고는, 다리미판을 뒤엎고, 모든 창유리며 화병이며 컵들이 달그락거리게 문을 쾅 닫고 불같이 뛰쳐나갔다.

어머니는 내가 보고 있다는 것을 눈치채지 못한 채, 갑자기 일어나 자기 뺨을 때리고, 머리털을 뽑으며, 옷걸이를 움켜잡고 그걸로 자기 머리를 눈물이 날 때까지 치면서, 자신을 벌주기 시작했고, 나 역시 옷장과 벽 사이 공간에서 조용하게 울면서, 시계 자국 같은 잇자국이 남을 정도로 내 손을 세게 깨물기 시작했다. 그날 저녁 우리 모두는 외할머니가 키리얏 모츠킨 끝자락에 있는 타르 종이로 된 판잣집에서 가져온 달콤한 삶은 당근과 달짝지근한 소스를 곁들인 생선을 먹었고, 투기꾼과 암거래, 국가 건설 회사와 자유 기업과 하이파 근처에 있는 아타 직물공장에 대해 이야기했으며, 콤포트라고 부르던, 역시나 어머니의 어머니가 만든 달고 시럽처럼 끈끈한 과일 샐러드 조림으로 식사를 마쳤다. 나의 다른 할머니, 오데사에 살던 슐로밋 할머니는, 공손하게 자기 콤포트를 다 먹고, 하얀 종이 냅킨으로 입술을 닦고는, 가죽 핸드백에서 립스틱과 손거울을 꺼내 입술 선을 다시 그리고 나서는 빨갛게 발기된 개의 그것 같은 립스틱을 립스틱 집으로 돌려 넣으면서 말했다.

"제가 뭐라고 말해야 할지요? 일생에 이보다 더 달콤한 음식은 먹어본 적이 없네요. 전능자께서도 이렇게 꿀에 푹 절인 볼히니아식 요리를 아주 좋아하실 것이 분명해요. 심지어 사부인네 설탕이 우리 것보다 훨씬 더 달기까지 하고, 사부인네 소금도 달고, 후추도, 심지어 볼히니아식 요리에 들어 있는 겨자도 잼 맛이 나고, 사부인께서 쓰시는 양고추냉이도, 식초도, 마늘도 모두 달아서 죽음의 천사까지도 달짝지근하게 만드실 수 있겠어요."

할머니는 말을 마치고서는, 마치 그녀가 감히 너무나 가볍게 들이댄 천사가 분노라도 할까봐 무서워진 듯 갑자기 조용해졌다.

나의 외할머니, 그러니까 어머니의 어머니인 이타는 유쾌한 미소를 지으며, 전혀 보복하려 들거나 불쾌해하지 않고, 그저 케루빔 천사들의 노래만큼이나 순수하고 순결한 악의 없는 미소로, 그녀의 요리가 식초나 양고추냉이, 심지어 죽음의 천사까지 달콤하게 할 만큼 지나치게 달다는 비난에, 슐로밋 할머니에게 명랑하고 쾌활한 가락으로 응수했다.

"하지만 사돈, 친애하는 내 딸의 시어머님만은 달콤하게 못 만들었네요!"

*

　다른 이들은 아직 텔아르자 숲에서 돌아오지 않았고 나는 좀 덜 딱딱하고 차갑게 느껴지는 콘크리트 벽에 여전히 등을 대고 누워 있다. 사이프러스 나무들 꼭대기 너머 저녁 빛은 점차 서늘해지고 잿빛으로 변해가고 있다. 마치 누군가가 거기, 우듬지들, 지붕들, 거리, 뒤뜰과 부엌에 있는 먼지, 양배추, 쓰레기 냄새 너머, 새들의 지저귐 소리 저 높이, 땅 위 저 하늘만큼 높이, 길을 따라 있는 회당에 남루한 옷을 입고 들어오는 울부짖는 기도자의 소리 저 너머에서 격동케 하는 모든 것 너머 위엄 있는 꼭대기에서 굴복하듯이.

　그것은 온수기와 이곳의 모든 지붕 위와 버려진 고물 위에 널린 빨랫감 너머, 도둑고양이들과 온갖 종류의 열망과 무엇보다 뜰에 놓인 골함석 너머, 음모의 언덕 너머, 오믈렛과 거짓말과 빨래통과 지하조직에 나붙은 슬로건들 너머, 보르슈트 너머, 파괴된 정원의 황폐함과 여기 과수원이 있던 시절부터 남아 있던 과일 나무들 너머에 고고하고, 분명하고, 무관심하게 펼쳐져 있었고, 쓰레기통 너머, 우리가 네무 칼라라고 별명 붙였던 그다지 예쁘지도 않은 메누할라 슈티크라는 여자아이가 몇 번이고 단조로운 상승 음계를 복습하고, 또 복습하고, 꼭 같은 자리에서 항상 틀리고 또 틀려 몇 번이고 다시 쳐서, 주저하듯 가슴을 찢는 반복되는 피아노 선율 너머로 평화로움을 만들어내며 청명하고 단조로운 저녁의 고요함을 창조해 펼쳐내고 있었다. 한 마리 새가 몇 번이고, 베토벤의 〈엘리제를 위하여〉의 첫 다섯 소절로 그녀에게 답하는 동안. 작열하는 여름날의 끝자락에 지평선 저 끝에서 끝까지 펼쳐진 넓고 텅 빈 하늘. 세 개의 덩굴 같은 구름과 검정 새 두 마리. 해는 슈넬러 막사 담벼락 너머로 지고 있었다. 창공은 해가 떠나지 못하도록 발톱으로 붙잡고 여러 색깔의 망토 끝자락을 간신히 찢은 다음 그 노획물을 걸쳐보고, 양재사의 마네킹처럼 덩굴 구름을 이용하여, 한 벌 옷처럼 빛을 입고, 벗고, 녹색 빛이 도는 목걸이가 금빛이 도는 여러 색의 코트와 푸른빛이 도는 보랏빛 해무리에 얼마나 잘 맞는지 확인하거나, 부서지기 쉬운 은 몇 조각이 그 길을 따라 빠르게 움직이는 물고기떼에 의해 수면에 그려진 파선波線처럼 떨리면서 어떻게 구부러지는지 보고 있었다. 그리고 보랏빛과 엷게 물든 분홍색과 라임 연두색의 서광이 재빨리 옷을 벗고 흐릿한 진홍빛 강을 질질 끌고 가서 생긴 불그스름한 망토를 입고, 순식간에 다른 옷으로 갈아입었는데, 그 옷 색은 저들의 어두운 행렬이 포개진 검은 벨벳 밑으로 모이는 동안 갑자기 발가벗은 살색이 무언가에 찔린 듯 새빨간 선혈로 물들더니, 갑자기 더이상 높이가 아니라 깊이, 더 깊이, 더 깊이, 마치 창공에 입을 열고 팽창해가는 죽음의 계곡처럼, 마치 그것이 머리 위에 있는 것이 아니라 아래에 있어 등을 대고 누워 있는 사람처럼, 그러나 반대로, 모든 창공은 심연이고 등을 대고 누워 있는 자는 더이상 누워 있는 것이 아니라 떠 있는 것이고, 재빨리 가라앉아, 벨벳 같은 깊음을 향해 돌이 떨어지는 것 같았다. 결코 이 저녁을 잊을 수 없을 것이었다. 너는 그저 여섯 살이나 여섯 살하고 절반쯤 더 먹은 나이이지만, 그 어린 생애 최초로 거대하고 끔찍하고 심각하고 진중하고 무한에서 무한으로 확장되는 무언가가 열리더니, 그것이 너를 삼키고, 무언의 거인처럼 그것은 너 역시 잠시나마 너 자신보다 더 넓고 더 깊게 보이게 하고, 네게 들어와 너를 열고, 자신의 목소리가 아니지만 삼사십 년이라는 시간 후에 네 목소리일지도 모를 한 목소리, 웃음이나 경거망동도 허락하지 않는 목소리로 너에게 이 저녁에 있었던 일은 세세한 것 단 하나라도 잊지 말라고 명한다. 그 냄새를 기억하고 간직하도록, 그 몸체와 빛을 기억하고, 그 새들과 피아노 선율과 까마귀의 울음소리와 지평선부터 저 끝까지 네 눈앞에서 소요를 일으키던 하늘의 그 모든 기묘함을 기억하도록, 그리고 이 모든 것이 너를 위한 것이고, 엄밀히 말하면 단 한 명뿐인 청자의 모든 주의를 기울이기 위한 것임을. 다누슈와 암미와 룰리크를 혹은 숲에서 군인들과 같이 있던 소녀들을, 혹은 할머니가 다른 할머니에게 했던 말을, 죽어서 양념되어 당근 소스에 담겨 떠다니던 달짝지근한 생선을 결코 잊지 마라. 반세기도 더 전부터 네 입속에 있었지만 회색빛 분필, 석고, 소금 맛이 나던 축축한 돌의 거친 느낌이 여전히 혀끝을 유혹한다는 것을 결코 잊지 마라. 그리고 그 돌이 불러일으킨 모든 생각, 우주 속의 우주 속의 우주를 잊지 마라. 시간 속의 시간 속의 시간의 현기증 나는 느낌과 온 천국들이 해가 막 지고 난 뒤 셀 수 없이 많은 빛의 색조와 보라색과 라일락색과 라임색과 오렌지색과 금색과 자주색과 진홍색과 주황색과 파란색과 솟구치는 피 같은 칙칙한 빨간색을 입어보고 섞어보고 생채기 내다가, 한 마리 새가 〈엘리제를 위하여〉의 첫 다섯 음절 티-다-디-다-디로 응답하는 동안, 몇 번이고 올라가다 깨진 음계에 걸려 반복되는 피아노 선율에서 나오는 냄새가 밴 침묵의 색조처럼 깊고 어둑하고 푸르스름한 잿빛으로 천천히 내닫는다.

34

어머니가 열망하면서도 어쩔 수 없이 굴복하는 삶에 사로잡혀 있었던 데 반해, 아버지는 중대한 데서 약점을 드러냈다. 아버지는 에이브 러햄 링컨, 루이 파스퇴르, 그리고 "피와 땀과 눈물" "이렇게 많은 사람들이 이렇게 적은 자들에게 이렇게 많은 빚을 진 적은 일찍이 없었을 것" "우리는 해변에서 싸울 것입니다"와 같은 처칠이 한 연설의 열렬한 숭배자였다. 어머니는 온화한 미소를 지으며 "나는 당신에게 내 땅을 노래하거나 당신의 이름을 영웅적인 행위로 찬미하지 않았고, 오직 한 길만이 내가 밟은 것이었지요……"라는 라헬의 시와 자신을 동일시했다. 아버지는 부엌 싱크대에서 사전 경고 없이 갑자기 생기 넘치는 체르니콥스키의 시 낭송을 분출해냈다. "……그리고 이 땅에서 그 쇠사슬을 끊고/ 빛을 똑바로 보는/ 한 배의 새끼를 키우게 될 것이다!" 아니면 때로는 야보틴스키의 시. "……요트파타, 마사다/ 그리고 포로가 된 베이타르/ 힘과 광휘 속에서 다시 일어나게 되리!/ 오, 히브리인이여─다윗 왕의 왕관을 얻은/ 왕자로 태어났으나/ 빈민이거나 노예이거나 방랑자이니!" 성령이라도 그에게 임할라치면, 아버지는 죽은 자도 놀랄 만큼 음조도 맞지 않는 큰 소리로 체르니콥스키의 "오 내 땅이여, 내 조국이여, 암벽으로 뒤덮인 발가벗은 고지대여!"를 부르짖었다. 어머니가 아버지에게 옆집 렘베르그 씨 댁과 다른 이웃인 비홉스키 씨와 로젠도르프 씨 댁도 분명 아버지의 낭송과 웃음소리를 들었을 거라고 상기시킬 때까지, 그리하여 그후에야 아버지는 양처럼 수줍어하며 당혹스러운 미소와 함께 마치 사탕이라도 훔치다가 잡힌 것처럼 하던 일을 딱 그쳤다.

반면 나의 어머니는, 소파처럼 가장해놓은 침대에 다리를 구부리고 앉아 무릎 위에 있는 책으로 몸을 굽혀 투르게네프와 체호프, 이바스키에비치, 앙드레 모루아와 그네신의 이야기 속 가을 정원 길을 따라 몇 시간이고 연이어 방랑하며 저녁 시간을 보내는 것을 좋아했다.

부모님 두 분은 19세기풍(의 그림자) 속에서부터 곧장 예루살렘으로 굴러 나왔다. 아버지는 오페라적이고 민족주의적인 전투에 목마른 낭만주의(모든 국민의 봄*, 질풍노도)의 농축 식사(낭만주의 영향을 받고)로 자랐는데, 그 식사의 아몬드 설탕 과자 끄트머리에는 샴페인이 튄 것처럼, 니체의 남성적인 광포함이 흩뿌려져 있었다. 반면, 나의 어머니는 다른 낭만적 정전, 내성적인 것, 상심하고 정신으로 충만한 버

---

* 1948년 프랑스 2월혁명을 비롯해 유럽 각지에서 일어난 혁명들을 총칭하는 표현.

림받은 자들의 고통에 젖고, '세기말'과 데카당스가 주는 모호한 가을의 정경이 불어넣어준 것에 취해 단조로 된 외로움의 멜랑콜리한 메뉴로 살고 있었다.

우리의 교외인 케렘 아브라함은, 거리의 창녀들과 가게 주인들, 작은 중간상인, 잡화상과 이디시어주의자, 울부짖듯 노래하던 경건파, 추방된 프티부르주아, 괴벽스러운 세계 개혁 인텔리겐치아 중 그 어느 누구와도 맞지 않았다. 우리집 주변엔 언제나, 비록 탈피옷이나 르하비아까지는 아닐지라도 베이트 하케렘, 키리얏 슈무엘같이 좀더 교양 있는 이웃이 있는 곳으로 옮겨가고자 하는 주저하듯 맴도는 꿈이, 바로는 아니더라도 언젠가 미래에는, 가능성이 있을 때, 우리가 어디엔가 의탁할 수 있을 때, 아이가 좀더 크면, 아버지가 어찌어찌 학계에 줄을 잘 서게 되면, 어머니가 정규직 교사 직위를 갖게 되면, 상황이 나아지면, 나라가 좀더 발전하면, 영국인들이 떠나면, 히브리 국가가 탄생하면, 여기서 벌어지고 있는 일이 좀더 분명해지면, 일이 마침내 우리에게 더 순조롭게 풀리면, 옮겨가려는 꿈이 있었다.

*

젊은 시절, 20세기 초 몇십 년 동안 동부 유럽에 있던 다른 수천 명의 젊은 시온주의자처럼, 어머니는 로브노에서, 그리고 아버지는 오데사와 빌나에서 〈조상들이 사랑했던 그 땅에서〉를 노래했다. "조상들이 사랑했던 그 땅에서/ 우리의 모든 희망은 충족될 것이네/ 그곳에선 자유를 누리며 살고/ 그곳에선 번성하고 순전하고 자유로이."

그러나 그 모든 희망은 무엇이었는가? 내 부모는 이곳에서 어떤 종류의 순전하고 자유로운 삶을 찾고자 기대했던가?

막연히, 어쩌면 그들은 되찾은 이스라엘 땅에서 무언가 덜 프티부르주아적이고 덜 유대적이며, 더 유럽인 같고 근대화된 것을 찾을 수 있을 것이라 생각했는지도 모른다. 덜 조잡하게 유물론적이고 더 이상적인 것, 뭔가 덜 열띠고 덜 수다스럽고, 더 정착되고 예비된 것.

나의 어머니는 이스라엘 땅에서, 여가 시간에는 서정시나 혹은 섬세하고 인유引喩가 많은 이야기를 쓰면서 현학적이고 창의적인 학당 선생님의 삶을 살고 싶은 꿈이 있었을지도 모른다. 난 어머니가 민감한 예술가들과 부드러운 관계, 혹자의 가슴을 발가벗겨 참된 감정을 드러내면서 이루어지는 그런 관계를 다져가기를, 그리하여 마침내 그녀에게 소란스럽고 거만하게 들러붙어 있는 것으로부터 도망치게 되기를, 분명 그녀의 출신지에 만연했을 숨막힐 듯한 청교도주의, 싸구려 입맛, 저열한 유물론에서 탈출하기를 희망했을 거라 생각한다.

반면에 나의 아버지는, 자기 마음의 눈으로 스스로를 예루살렘에서 독창적인 학자, 히브리 정신을 갱생하는 대담한 선구자, 요셉 클라우스너 교수의 값진 계승자, 빛의 아들이라는 문명화된 군대에서 어둠의 자식에 맞서 싸우는 용감한 장교, 아이가 없던 요셉 큰할아버지에서 시작하여 아들만큼이나 사랑스럽고 헌신적인 조카인 자신으로 이어질 길고 영광스러운 학자 왕가의 적절한 후임자로서 운명지어진 사람으로 보았다. 아버지는 유명한 그의 삼촌처럼, 그리고 그의 영감 아래 있다는 것을 의심의 여지 없이 학구적으로 16개 또는 17개 국어로 된 작품들을 읽었다. 빌나와 예루살렘 대학에서 수학했고, 후에는 런던 대학에서 박사 논문을 썼으며, 그후 쉰 살의 나이에 마침내 I. L. 페레츠의 생애와 작품세계 연구로 박사 학위까지 받았다. 수년 동안 이웃들과 낯선 이들이 아버지를 '미스터 박사' 혹은 "실례합니다, 클라우스너박사님"이라는 호칭으로 불렀다. 또한 고대사와 근대사, 문학사, 히브리 언어학과 일반 문헌학, 성서학과 유대 사상, 고고학과 중세 문학과 약간의 철학, 슬라브 연구, 르네상스와 낭만주의 시대사를 대부분 자기 힘으로 수학했다. 그는 조교와 시간 강사와 전임 강사를 거쳐, 마침내 교수, 길을 트는 학자, 그리고 바로 그의 존경받는 삼촌처럼 매주 토요일 오후 상석에 앉아 자신의 숭배자이자 헌신자로서 감탄하는 티타임 청중들에게 잇달아 독백을 날리는 이가 될 자질을 진정으로 갖추고 있었고, 그럴 준비도 되어 있었다.

그러나 아무도 그를, 혹은 그의 박학한 성취를 원치 않았다. 그래서 이 트레플레프*는 국립도서관의 신문 부서 사서라는 비참한 존재가 되어, 밤이면 남은 힘으로 중편소설사와 문학사에 대한 다른 주제에 대해 자기 책을 쓰면서 간신히 생계를 이어가야 했고, 그러는 동안 그를 기다리는 갈매기는 지하 아파트에서 요리와 세탁, 청소, 빵 굽기, 병약한 아이 돌보기로 시간을 보냈고, 소설을 읽지 않고 있을 때는 손에서 차갑게 식어가는 찻잔을 들고 창문 밖을 물끄러미 바라보며 서 있었다. 할 수 있을 때면 언제든지 그녀는 개인 과외 일을 했다.

---

* 안톤 체호프의 「갈매기」에 나오는 주인공.

*

    나는 외아들이었고, 두 분은 모두 내 작은 어깨 위에 자기들이 이루지 못해 실망했던 그 크고 무거운 짐을 얹었다. 무엇보다, 나는 부모님이 어렸을 때 했던 결심 같은 것을 성취하기 위해 내가 잘 자랄 수 있는 기회를 더 개선해야 했으므로 잘 먹고 많이 자고, 적절히 잘 씻어야 했다. 그들은 내가 학령에 도달하기 전에 읽고 쓰는 것까지 배우기를 기대했다. 그들은 내가 글자를 배우게 하려고 (불필요한 일이었지만, 어쨌거나 나를 매혹시키려 자발적으로 내게 와서) 각종 감언이설과 뇌물을 제공하려 서로 각축을 벌였다. 그래서 나는 다섯 살 나이에 읽기를 배웠는데, 그들은 둘 다 맛있으면서도 영양가 많고, 문화적인 비타민이 풍성한 독서 식단을 제공하고자 혈안이 되어 있었다.

    부모님은 분명 다른 가정에서 어린아이에게 적절하다고 생각하지 않을 만한 주제에 관해 나와 자주 대화를 나누었다. 어머니는 내게 마술사, 요정, 송장 먹는 귀신, 숲속 깊은 곳에 있는 마법에 걸린 산장에 대한 이야기를 해주는 것을 좋아했지만, 범죄나 다양한 감정이나 영민한 예술가들의 삶과 고통, 정신 질환, 동물들의 내적 삶("네가 그저 주의깊게 보기만 하면 넌 모든 사람이 어떤 특정 동물, 그러니까 고양이나 곰, 여우나 돼지와 비슷한 눈에 띄는 특질을 가지고 있다는 것을 발견할 수 있을 거야. 한 사람의 신체적인 특징들 역시 가장 비슷한 동물과 닮는 경향이 있지")에 대해 진지하게 이야기하기도 했다. 그러는 동안, 아버지는 내게 태양계의 미스터리, 혈액의 순환, 대영제국의 백서, 진화, 테오도어 헤르츨과 그의 놀라운 생애 이야기, 돈키호테의 모험,

문서와 인쇄의 역사, 시온주의의 원칙을 소개해주었다. ("디아스포라 가운데서, 유대인들은 매우 고된 삶을 살았단다. 여기 이스라엘 땅도 여전히 우리에게 쉽지 않지만, 곧 히브리 국가가 건설될 것이고, 그러면 모든 것이 다시 만들어지고 우리는 활기를 되찾게 될 거야. 전 세계가 유대인들이 이곳에 창조해낸 것에 경이로워하게 될 게다.")

내 부모님, 할아버지와 할머니, 우리 가족의 감상적인 친구들, 악의 없던 이웃들, 힘찬 포옹과 느끼한 뽀뽀를 해주던 여러 속물 아주머니들이 끊임없이 내 입에서 나오는 모든 말에 놀라워했다. 그애는 감탄할 만큼 지적이고 독창적이고 예민하고 특별하고 조숙하며 사려 깊고 모든 걸 다 이해하는데다 예술가적인 비전을 가지고 있다고.

나는, 내 입장에서는, 내가 굉장한 아이라며 결론짓고 놀라워하는 그들의 모습이 매우 놀라웠다. 결국 그들 어른, 달리 말해 모든 걸 다 알고 영구불변하게 항상 옳은 창조물들이, 언제나 내가 너무 영특하다고 말했다면, 그럼, 당연히, 난 그런 거다. 그들이 내게 흥미로운 면을 발견할 때면, 난 자연히 그들에게 동의하는 쪽으로 기울었다. 그들이 내가 영민하고 창조적이며 독특하고 유별나고(이들은 서로 분리된 것이 아님), 또한 그것들과 더불어 독창적이고 앞서가고 지적이고 귀엽기까지 한 아이라고 할 때마다.

어른들의 세계와 우세한 가치 속에서 나는 순응적이고 공손한 아이였고, 나를 둘러싼 개인숭배에 대해 평형을 이뤄주는 형제도 자매도 친구도 없어서, 나는 대책 없이 나에 대한 어른들의 의견에 대해 겸손하지만 철저히 부합해주어야 했다.

결국, 나도 모르는 사이에, 네 살인가 다섯 살경에 성인 세계 전반을

섭렵한데다, 부모님이 상당한 금전을 투자해주고 거만함에 대해 관대하게 칭찬해주던 나는 작은 과시꾼이 되어 있었다.

*

겨울 저녁 때때로 우리 셋은 저녁을 먹고 나서 부엌 테이블에 둘러앉아 담소를 나누곤 했다. 부엌이 너무 작고 비좁았기에 우리는 부드럽게 말했고, 결코 서로 말할 때 끼어드는 일이 없었다. (아버지는 어떤 대화에서든 이것을 전제 조건으로 여겼다.) 우리는, 가령, 눈먼 사람이나 다른 행성에서 온 창조물이 우리 세계를 무엇으로 만들 수 있을 것인지 얘기하곤 했다. 아마 근본적으로 우리 모두는 외려 눈먼 외계인 같은 존재가 아닐까? 우리는 중국과 인도의 아이, 베두인과 아랍 소작농의 아이, 게토의 아이, 불법 이민자의 아이, 자기 부모에게 속하지 못하고 내 나이에 이미 스스로 책임을 지고 당번에 따라 방 청소를 하고 몇시에 불을 끄고 잘 것인지 투표로 결정하는 독립적 공동생활을 하는 키부츠의 아이에 대해 이야기했다.

창백한 노란 전깃불은 심지어 낮 시간에도 작고 초라한 부엌을 비추었다. 바깥 거리는 이미 저녁 여덟시면, 영국의 소등령 때문이었는지 아님 단순히 그저 습관이었던 건지 텅 비어, 겨울밤 굶주린 바람만 휘파람 소리를 냈다. 바람은 집밖에 놓인 쓰레기통 뚜껑을 덜그럭거리게 했고, 사이프러스 나무들과 길 잃은 개들을 무섭게 했으며, 그 캄캄한 손가락으로 발코니 난간에 늘어놓은 빨랫대야를 시험했다. 이따금 포격의 메아리나 둔탁한 폭발음이 멀리 어둠의 심장부에서부터 우리에

476

게까지 전해졌다.

저녁식사 후 우리 셋은 마치 퍼레이드처럼, 맨 처음엔 아버지, 그다음은 어머니, 그다음엔 나, 이렇게 프라이머스 난로와 파라핀 빵 굽는 기계 때문에 검게 얼룩진 벽을 바라보며, 방을 등지고 일렬로 섰다. 아버지가 싱크대에 몸을 구부리고, 접시와 유리그릇을 차례로 씻고 헹구어 식기 건조대 위에 두면, 어머니는 거기서 그걸 집어내어 물기를 제거해서 다시 올려두었다. 나는 포크와 스푼의 물기를 제거하고, 분류해서 서랍 안에 넣을 책임이 있었다. 여섯 살이 된 이후로 식탁용 나이프도 물기를 제거하도록 허락받았지만, 빵칼이나 부엌칼에 손을 대는 것은 절대 금지였다.

*

그들에게는 내가 예술가적인 꿈의 비전을 지녔으며 지적이고 합리적이고 착하고 예민하고 창조적이고 사려 깊다는 것만으로는 충분치 않았다. 나는 천리안과 점쟁이나 가족 신탁 같은 존재도 되어야 했다. 결국, 모두가 아이들이란 아직 거짓으로 부패하거나 이기적인 이해에 물들지 않아서 자연과 더 가깝고, 창조의 마술적인 가슴에 더 가깝다는 것을 알고 있다.

그래서 나는 아폴론 신전의 사제나 거룩한 바보 역할을 해야 했다. 뜰에 있는 폐병에 걸린 석류나무에 기어올라가거나, 포장용 돌 사이의 선 위를 밟지 않고 이쪽 벽에서 저쪽 벽으로 달릴 때, 그들은 자신과 손님들에게, 키부츠 키리얏 아나빔에 있는 자기 친구들에게 가보아야 할지 말지, 의자가 네 개 딸린 둥근 갈색 탁자를 살지 말지(지불할 가격과 관련하여), 낡은 배 위에 탄 생존자들의 나라로 밀입국시켜줘서 그들 생명을 위태롭지 않도록 해야 하는지 아닌지, 루드니츠키를 안식일 저녁에 초대할지 말지, 이 같은 논쟁이 해결되도록 돕는 어떤 온전한 하늘의 징표를 달라고 소리쳐 구한다.

나의 임무는 어떤 막연하고 모호한 생각을, 어른들로부터 듣고 잘 뒤섞어 휘저은 분절된 아이디어에 기반한 어떤 애매한 문장을 나이보다 성숙한 표현으로, 어떤 식으로든 받아들여질 수 있는 무언가로, 모든 종류의 해석이 가능한 어떤 것으로 입 밖에 내는 것이었다. 가능하다면, 그것은 어떤 모호한 직유를 포함하거나, '삶 속의' 경구를 특징적으로 드러내야 한다. 예를 들면 "모든 여정旅程은 서랍을 여는 것과 같다" "삶 속에는 아침과 저녁, 여름과 겨울이 다 있다" "작은 일에 양보하는 것은 작은 생명체들을 밟는 일을 피해가는 것과 같다"처럼.

"아기와 젖먹이들의 입 밖으로 나온" 그런 수수께끼 같은 문장들은, 내 부모님을 감정적으로 흘러넘치게 했고, 그들은 눈을 반짝이며, 그 안에서 순수하고 무의식적인 자연 그 자체가 주는 지혜의 신탁과도 같은 표현을 발견하면서 이리저리 내 말을 바꿔봤다.

어머니는 그런 아름다운 말을 들으며 가슴으로 나를 따뜻하게 끌어안았고, 나는 언제나 놀라는 친척들과 친구들 면전 앞에서 그 말을 반복하거나 재생산해야만 했다. 나는 곧 흥분한 대중이 요청하고 주문하는 부류의 발화를 대량생산하는 법을 배우게 되었다. 그리고 각각의 예언으로부터 하나가 아니라 세 가지 기쁨을 추출하는 데 성공했다. 첫번째 기쁨 — 굶주린 눈을 내 입술에 고정시키고, 흥분해서 무슨 말이 튀어나올지 기다리며, 그다음엔 모순적인 해석투성이로 뛰어드는 내 관중의 시선. 두번째 기쁨 — 어른들 사이에 솔로몬같이 판결하려 앉아 있는 현기증 나는 경험("이 아이가 우리에게 작은 양보에 대해 말한 것을 듣지 못했어요? 그런데 왜 당신은 아직까지 우리가 내일 키리 얏 아나빔에 가지 말아야 한다고 계속 고집하죠?"). 내게 세번째 기쁨은, 이 모든 것 중 가장 비밀스럽고 맛난 것이었다. 나의 관대함. 내가 이 세상에서 즐긴 것은 주는 기쁨보다 더한 기쁨은 아무것도 없다는 것이었다. 그들은 갈망했고, 무언가 결핍되어 있었고, 그래서 나를 필요로 했으며, 나는 그들에게 그들이 원하는 바를 주었다. 그들이 나를 가진 건 얼마나 행운이었는가! 그들이 나 없이 뭘 할 수 있었겠는가?

35

나는 사실 아주 쉬운 아이였다. 순종적이고 근면하고 부지중에 기존의 사회질서를 지지했다(어머니와 나는 아버지 영향 아래 있었고, 아버지는 요셉 큰할아버지의 발치에 있었으며, 요셉 큰할아버지는 대부분의 사람들과 마찬가지로—그의 비판적인 반대에도 불구하고—벤구리온과 공인된 기관에 복종했다). 내가 단어 탐구에서 어른들, 내 부모님과 손님들, 고모나 이모나 이웃들이나 면식이 있는 사람들의 칭찬에 지칠 줄 몰랐던 것은 별도로 치고.

그럼에도 불구하고, 가족 레퍼토리 중에서 가장 인기 있던 공연 중하나는, 우리가 선호하던 구성을 갖춘 희극으로, 위반 주위를 맴돌다가 자기 성찰이 이뤄진 후 적절한 처벌 기간이 뒤따르는 것이었다. 처벌에 대한 부분적이거나 전체적인 후회와 회개, 용서와 사면이 따르고 나면, 마침내 눈물겨운 용서와 화해의 장면이 포옹과 상호 애정과 함께 수반된다.

어느 날인가, 과학에 대한 열정에 휩쓸려 나는 어머니의 커피잔에 후추를 뿌렸다.

어머니는 한 모금 마시더니, 켁켁거리며, 커피를 냅킨에 뱉었다. 그녀의 눈엔 눈물이 가득했다. 이미 후회로 가득차서 난 아무 말도 못했고, 다음 장면은 아버지께 속한 일이라는 것을 아주 잘 알고 있었다.

아버지는 편견 없는 검사관이라는 자신의 역할을 위해 신중하게 어머니의 커피를 맛보았다. 그저 입술을 적시기만 했는지도 모른다. 단번에 그는 진단을 내놓았다.

"누군가 당신 커피에 양념을 하기로 결심했군. 이건 어떤 고위급 인사의 작품이라는 의혹이 드는걸."

침묵. 매우 품행이 단정한 아이처럼 나는 내 접시에서 포리지*를 연신 한 숟가락씩 내 입으로 퍼넣고, 냅킨으로 입을 닦고 잠깐 멈추었다가, 다시 두서너 숟가락을 퍼먹었다. 침착하게. 꼿꼿하게 앉아서. 마치 예의범절 서적의 한 장을 연기하듯이. 오늘 나는 내 포리지를 몽땅 다 먹어치우게 될 것이다. 모범적인 어린이처럼. 접시가 반짝반짝 깨끗해질 때까지.

아버지는, 마치 깊이 생각에 잠긴 듯이, 화학의 신비에 대한 일반적인 개요를 우리와 공유하려는 양, 나를 살피지 않은 채, 어머니와 자신에게만 계속 말했다.

---

* 귀리 등 곡물을 우유에 끓여 만든 죽.

"어쨌거나, 사고가 있었는지도 몰라! 잘 알려진 것처럼, 그 자체로는 전혀 해가 없고 인간 소비에 딱 맞지만, 그 물질끼리 결합되면 그걸 먹는 사람의 생명에 자칫 위협을 줄 수 있는 수많은 혼합물이 있거든! 당신 커피에 뭔가를 넣은 자가 누구든 간에, 어떤 다른 성분을 잘 섞은 것 같군. 그다음엔? 독이 되는 거지. 병원행이야. 생명이 위독할 수도 있는 거지."

죽음 같은 침묵이 부엌을 메웠다. 마치 가장 나쁜 일이 이미 벌어진 것처럼.

어머니는 무의식적으로 손바닥에서 독이 든 성배를 밀어냈다.

"그다음엔 어떻게 될까?" 아버지는 신중하게, 마치 거의 무슨 일이 일어난 건지 아주 잘 알고 있지만 그 두려운 것을 명명하기엔 너무 이르다는 듯 고개를 몇 번 끄덕이며 계속했다.

침묵.

"난 고로 이 간계를 벌인 것이 누구든지 간에—의심의 여지 없이, 고의가 아니라 엉뚱한 장난이었더라도—당장 자리에서 일어날 용기를 가져야 한다고 제안하는 바이다! 그런 경박한 이단아가 우리 가운데 있다면, 최소한 비겁자를 숨겨주지 않을 거라는 점을 우리 모두 알아야 하니까. 그 비겁자는 모든 정직과 자기 존중을 빼앗긴 사람이다!"

침묵.

이젠 내 차례다.

나는 일어서서 바로 아버지같이 어른의 어조로 말한다.

"그건 저였어요. 죄송해요. 정말 어리석은 행동이었어요. 그런 일은 다시는 일어나지 않을 거예요."

"확실하니?"

"확실히 안 그럴 거예요."

"자기를 존중하는 한 남자로서 네 명예를 걸고?"

"자기를 존중하는 한 남자로서 명예를 걸고요."

"고백, 후회와 약속은 모두 형벌을 감해주는 쪽으로 향한단다. 우린 네가 그걸 기꺼이 마시는 걸로 만족하마. 그래. 지금. 어서."

"네? 이 커피를요? 안에 후추를 탄 걸요?"

"그래, 정말로."

"네? 저더러 이걸 마시라고요?"

"물론이지. 어서."

그러나 주저하며 첫 모금을 마셨을 때 어머니가 끼어들었다. 그녀는 이제 충분하다고 제안했다. 그렇게 과장할 필요는 없다고. 이 아이는 위가 예민하다고. 그리고 지금쯤은 분명 교훈을 얻었을 거라고.

아버지는 타협의 청원을 듣지 않는다. 아니면 안 듣는 척한다. 그는 묻는다.

"그런데 전하께서는 어떻게 이 음료를 찾아내셨는지요? 하늘에서 내린 만나 같은 맛인가?"

난 심한 혐오감으로 얼굴을 찡그렸다. 고통과 후회. 심장이 뒤틀리는 듯한 슬픔을 표출하면서. 그러자 아버지가 선언한다.

"아주 좋다, 그럼. 그걸로 충분하다. 이 사건은 이걸로 마무리짓도록 하겠다. 전하는 자기 죄를 잘 뉘우치셨으니. 그러니 네가 한 짓에 선을 긋자. 거기에 한 조각 초콜릿의 도움으로, 입에 남은 나쁜 맛을 날릴 수 있게 밑줄을 긋도록 하자꾸나. 다음에, 네가 괜찮다면, 우리 같이 내 책상에 앉아 우표들을 더 분류할 수 있을 게다, 알았지?"

*

우리는 각자 이 희극에서 자신의 고정된 역할을 즐겼다. 아버지는
모든 잘못된 행위를 보고 처벌하는 복수에 불타는 신, 분노의 빛을 번
쩍이고 무시무시한 천둥을 치지만, 동시에 동정심 있고 자비로우며,
오래 참고 사랑이 많은 일종의 가정적인 야훼의 역할을 하는 것을 좋
아했다.

그러나 그는 이따금, 특히 내가 나 자신에게 위험이 닥칠지도 모를
어떤 일을 하면(연극적인 화가 아니라, 맹렬히 눈먼 분노의 파도에 압
도되어), 어떤 예고도 없이, 내 얼굴 주위를 두세 차례 때리곤 했다.

때로, 내가 전기를 가지고 놀거나 높은 가지 위에 기어오른 뒤면, 그
는 내 바지를 내리고 준비하라고 명령했고("준비됐으면, 엉덩이!"라고
말하기까지 했다) 자기 벨트로 무자비하게 대여섯 차례 때렸다.

그렇지만 대체로 아버지의 화는 유대인 학살이 아니라 품위 있는 예
의범절과 싸늘한 빈정거림을 통해 표출되었다.

"전하께서 또 황송하게도 길바닥에서 진흙을 묻힌 채 온 회랑을 저
끝까지 다 밟고 다니셨네. 문간의 구두 털개에 발을 터는 것은, 그러지
않으면 비 오는 질척한 날에 우리 불쌍한 중생들에게 곤란한 일이 생
기는 고로 명백히 전하의 위신에 관계되는 일인데. 두려워하는 일이
일어났으니 각하께서 그 위엄 있는 발자국을 귀하신 손으로 직접 닦으
시도록 자기를 낮춰주셔야만 하겠는데. 그리고 나서 지존하신 전하께

서 친히 한 시간 동안 캄캄한 욕실에서 당신이 저지른 잘못을 반성하고 미래를 위해 그걸 고치기로 결심할 기회를 얻기 위해서 갇히는 데 순종해주셔야겠네."

어머니는 즉시 그 선고가 너무 혹독하다고 이의를 제기한다.

"삼십 분이면 충분해요. 그리고 캄캄하게는 말고요. 당신, 대체 왜 그래요? 다음번엔 얘더러 숨쉬는 것도 그만두라 하겠어요."

아버지는 말한다.

"언제나 이렇게 열정적으로 벌떡 일어나 방어해주시는 고문관이 계시니 각하는 얼마나 운이 좋으신지."

그리고 어머니.

"뒤틀린 유머 감각으로 된 처벌만 있다면……" 그러나 그녀는 결코 말을 맺지 않았다.

십오 분쯤 후 마지막 장면을 위한 시간이 되었다. 아버지는 나를 데리러 당신 스스로 욕실로 왔다. 재빠르게 당혹감에 젖은 포옹을 해주면서, 그는 사과의 말을 웅얼거리곤 했다.

"물론 네가 고의로 진흙을 묻혀놓고 다닌 건 아니라는 걸 알아, 그저 얼이 빠져 있었던 거지. 하지만 너도 물론 우리가 너 잘되라고 벌주고, 다른 정신 나간 교수들처럼 자라지 않게 하려고 이러는 걸 알겠지."

나는 그의 순결하고 양 같은 갈색의 순진한 눈을 똑바로 쳐다보며, 이제부터 늘 들어올 때 주의깊게 발을 털겠다고 약속했다. 게다가 그 시점 그 연극에서 내 고정 역할은 아버지의 무기고에서 빌린, 지적이고 어른 같은 얼굴 표정과 표현으로, 당연히 다 나 잘되라고 벌을 쳤다는 걸 충분히 잘 이해한다고 말하는 것이었다. 나의 정해진 역할에는 어머니를 향한 연설도 들어 있었는데, 거기서 나는 그녀에게 내가 내 행위의 결과를 받아들였고, 받아야 하는 처벌을 온전히 감당할 수 있으니 나를 그렇게 빨리 용서하지 마시라고 간청해야 했다. 욕실에서 두 시간 동안이라도. 심지어 어둠 속에서라도. 나는 개의치 않았다.

*

그리고 나는 정말 개의치 않았는데, 그건 욕실 안에 갇혀 있을 때와 내 방이나 뜰이나 유치원에서 평상시에 느끼던 고독 간에 거의 차이가 없었기 때문이다. 어린 시절 대부분 나는 고독한 아이로 지냈으며, 형제도 자매도 없었고 친구도 거의 없었다.

한 움큼의 이쑤시개, 비누 두어 개, 칫솔 세 개와 반쯤 짜서 쓴 상아색 치약 하나, 더하여 머리빗 하나, 어머니 머리핀 다섯 개, 아버지의 면도 상자, 욕실 변기, 아스피린 한 다발, 반창고 몇 개, 화장실 휴지 한 개면 작은 욕실 안의 모든 바다와 호수와 만나는 난해한 구릉지를 만들고 파나마와 수에즈 운하를 파고, 배 한 척으로 다른 상선들, 잠수함, 전함, 해적선, 고래잡이 어선들 등 아무도 발을 들여놓지 않은 대륙과 섬을 발견할 탐험가의 화물과 함께 세상 끝까지 항해를 시작하는 전하이자 전하의 노예, 사냥꾼이자 사냥감, 피고인, 점쟁이, 판사, 뱃사람, 기술자를 나 혼자 번갈아 맡으면서, 전쟁, 여행, 거대한 건설 계획, 장대한 모험을 펼치며 온종일 견딜 수 있었다.

심지어 어두운 곳에서 홀로 갇혀 있으라는 선고를 받더라도 나는 놀라거나 하지 않았다. 변기 뚜껑을 내리고, 그 위에 앉아, 내 모든 전쟁과 여정을 맨손으로 수행하곤 했다. 비누나 빗이나 머리핀도 없이, 그 자리에서 움직이지도 않고. 눈을 감고 거기 앉아서 내가 원하는 모든 빛을 내 머릿속에, 그리고 모든 어둠은 그 바깥쪽에 남겨두는 스위치를 켰다.

내가 혼자 갇히는 벌을 심지어 매우 즐긴 건 아니냐고 말할지도 모른다. 아버지가 인용한 아리스토텔레스의 말에 의하면, "타인을 필요로 하지 않는 자는 신 또는 짐승뿐이다." 몇 시간 동안이나 머리가 쭈뼛해진 채, 나는 그 둘을 다 즐겼다. 기꺼이 그랬다.

아버지가 조롱하듯 나를 전하나 각하라고 부를 때마다 나는 성내지 않았다. 오히려 속으로 그에게 동의했다. 이 타이틀을 택해서 내 것으로 만들었다. 그러나 아무 말도 하지 않았다. 아버지에게 내가 그것을 즐기고 있다는 사실에 대한 어떤 힌트도 주지 않았다. 보통 사람으로 변장하고 간신히 국경을 넘어 자기 도시 주변을 걸어다니는 추방된 왕처럼. 이따금 백성 중 하나가 그를 알아보고 놀라서 줄지어 버스를 기다리는 사람 사이에서 혹은 주 광장 혼잡한 인파 속에서 그에게 절을 하며 전하라고 부르지만, 나는 간단하게 그 절과 칭호를 무시한다. 나는 아무 조짐도 주지 않는다. 이런 식으로 행동하기로 결심한 이유는, 어머니가 내게 진짜 왕이나 귀족들은 자신들의 직함을 경멸하는 사람이라 말할 수 있고, 고귀함은 가장 단순한 사람들을 겸손으로 대하고 다른 평범한 인간들처럼 행동하는 걸 포함한다고 가르쳐주었기 때문이다.

*

    그리고 나는 다른 평범한 인간 같지 않고 좋은 사람처럼 보이며, 자애로운 통치자로 언제나 자신의 백성이 원하는 것은 무엇이든 하려고 하는 사람이다. 그들이 내게 옷을 입히고 신발을 신기는 것을 즐기는가? 그럼 그렇게 하도록 하라. 나는 기꺼이 사지를 뻗는다. 시간이 얼마 지난 후 그들이 갑자기 맘을 바꾼다면? 그러면 스스로 옷을 입고 신을 신는 것을 더 좋아하면 될 게 아닌가? 나는 기꺼이 그들에게 기쁨의 빛이 나타나는 것을 즐기며, 이따금 단추를 잘못 채우거나, 다정하게 그들에게 신발끈을 묶는 것을 도와달라고 요청하며 내 힘으로 옷 속으로 미끄러져 들어간다.

    그는 백성에게 포옹으로 보답하는 버릇이 있기에 그들은 어린 왕자 앞에서 무릎을 꿇는 특권을 시행하고, 서로 앞다투어 엎드린다. 다른 어떤 아이도 그들의 노고에 제왕과 같이 예를 갖추어 감사하는 데 능하지 않다. 그는 한번은 그의 부모에게 (자부심과 기쁨으로 눈이 멀고, 마음은 희락으로 녹아들어 그를 토닥이며 서로 보살피는) 그들이 옆집에 사는 렘베르그 씨처럼 나이가 많이 들면, 자신이 그들의 셔츠 단추를 채워주고 신발끈을 묶어주겠노라고 약속하기까지 했다. 이 모든 선량한 마음 때문에 그들은 언제나 그를 위하여 일할 것이었다.

    그들이 내 머리를 빗겨주는 걸 즐거워하는가? 달이 어떻게 운행하는지를 설명해주는 일은? 백까지 세는 법을 가르쳐주는 일은? 내게 스웨터를 머리부터 입혀주는 일은? 심지어 매일 메스꺼운 간유 한 스푼을 먹이는 일은? 나는 행복한 마음으로 그들이 내게 해주길 원하는 일은 무엇이든 하도록 두었고, 내 작은 존재가 그들에게 기꺼이 줄 수 있는 지속적인 기쁨을 즐겼다. 그래서 비록 간유가 나로 하여금 그걸 내던져버리고 싶게 할지라도, 나는 기꺼이 역겨움을 참고 단숨에 한 숟가락을 삼켰으며, 심지어 나를 건강하고 튼튼하게 자라도록 해준 그들에게 감사를 표하기까지 한다. 동시에 그들의 놀라는 모습까지도 즐긴다. 분명 얘는 보통 아이가 아니야! 이 아이는 너무나 특별해!

그리고 나에게 '보통 아이'라는 표현은 전적으로 경멸스런 용어가 되었다. 내가 다른 나머지 애들처럼 '보통 아이'가 된다면, "아주 아주 특별해!" 내지는 "정말 평범하지 않은 영특한 아이!"로 계속 있을 수 없다면, 길거리의 개가 되어 자라는 게 낫고, 절뚝발이나 정신지체가 되는 게 더 나았으며, 심지어 여자애로 자라는 게 더 나았다.

*

그래서 거기서 나는, 비록 더 어리지는 않았던 것 같은데, 서너 살 때부터 어린이 원맨쇼를 했다. 논스톱 공연이었다. 외로운 무대 위의 스타는 자신의 대중 앞에서 끊임없이 즉석 공연을 하고, 그들을 매료시키고, 흥분시키고, 놀라게 하고, 즐거워하게 하지 않을 수 없었다. 가령, 우리는 어느 토요일 아침 예언자 거리 모퉁이를 돌아 챈슬러 거리에 있는 말라와 슈타체크 루드니츠키 씨 댁에 간다. 걸으면서 부모님은 내게 슈타체크 아저씨와 말라 아주머니가 아이가 없다는 사실을 결코 잊어서는 안 되고, 그러니 그들에게 가령, 애기는 언제 가지실 거예요? 같은 질문을 할 생각도 해서는 안 된다고 주지시켰다. 그리고 대체로 행동에 만전을 기해야만 한다. 아저씨와 아주머니는 이미 나에 대해 좋게 생각하고 있어서, 그들의 그런 생각에 해를 입힐 어떤 일도, 어떤 것도, 결코 해서는 안 된다.

  말라 아주머니와 슈타체크 아저씨는 아이는 없었는지 모르지만, 두 마리의 포실포실하고, 게으르며, 파란 눈을 가진 쇼팽과 쇼펜하우어라는 페르시안 고양이를 키우고 있었다(챈슬러 거리를 따라 길을 올라가면서 어머니로부터는 쇼팽, 아버지로부터는 쇼펜하우어에 대해 두 가지 손톱만한 설명을 얻는다). 대부분의 시간에 그 고양이들은 함께 소파나 쿠션 위에 몸을 웅크리고, 겨울잠 자는 한 쌍의 북극곰처럼 꾸벅꾸벅 졸고 있다. 그리고 검은 피아노 위, 구석에는 건강 상태가 최상은 아니고 한쪽 눈이 먼 고대의 대머리 새가 들어 있는 새장이 걸려 있다. 부리는 언제나 목이 마른 듯, 반쯤 벌어져 있다. 말라와 슈타체크 씨는 새를 때로는 알마라고 부르고, 때로는 미라벨이라고 부른다. 새장 안에는, 말라 아주머니가 새의 외로움을 덜어주려고 넣어준, 솔방울에 색칠을 해서 만든 새도 있었는데, 성냥개비 다리와 은빛이 나는 암적색 나무로 된 부리가 있었다. 이 새로운 새는 진짜 깃털로 된 날개를 갖고 있었는데, 알마-미라벨의 날개에서 떨어져나오거나 잡아 뜯은 깃털로 만든 것이었다. 깃털은 터키옥색과 연한 자주색이었다.

*

  슈타체크 아저씨는 담배를 피우며 앉아 있었다. 그의 왼쪽 눈썹은 언제나, 마치 의심이라도 표현하듯, 치켜올라가 있었다. 그게 정말 그러한가? 조금이라도 과장하고 있는 건 아닌가? 하면서. 그리고 앞니 하나가 없어서 거리의 거친 아이처럼 보였다. 어머니는 거의 말이 없다. 말라 아주머니는, 금빛 머리를 양갈래로 땋아 때로는 우아하게 어깨 위로 늘어뜨리고 때로는 화환처럼 단단히 머리에 둘러쓴 채, 부모님에게 차와 사과 케이크를 대접한다. 그녀는 사과 껍질을 한 번도 끊지 않고 전화선처럼 꼬불꼬불하게 나선형으로 돌려 단번에 깎을 수 있다. 슈타체크와 말라 부부 모두 한 번쯤 농부가 되기를 꿈꾸었다. 그들은 2년간 키부츠에서 살았고, 그다음 2년 동안, 슈타체크 아저씨가 햇빛 알레르기가 있고(그의 표현에 따르면 태양을 쬘 때 햇빛이 그에게 알레르기를 일으키고) 말라 아주머니는 웬만한 야생식물에 다 알레르기가 있다는 사실을 분명히 알게 되기 전까지 공동농장에서 살려고 시도했었다. 그래서 지금 슈타체크 아저씨는 중앙 우체국의 직원으로 일하고, 말라 아주머니는 매주 화요일과 목요일마다 유명한 치과에서 조수로 일한다. 그녀가 우리에게 사과 케이크를 대접할 때, 아버지는 평소 하던 우스꽝스러운 식으로 그녀를 칭찬하지 않고는 도저히 배길 수 없다.

"벌써 게마라의 랍비가 말씀하셨네. 집주인이 하신 모든 말씀―친애하는 말라 여사는/ 가장 훌륭한 천상의 케이크를 굽고,/ 나는 언제나/ 그대가 부어주는 차를 찬양하네."

어머니가 말한다.

"그만 됐어요. 아리에."

그리고 나로 말하면―큰 아이처럼, 두툽게 썰어놓은 케이크 한 조각을 다 먹어치우고 나면, 말라 아주머니는 특별한 것을 대접해준다.

집에서 만든 체리에이드. 그녀가 집에서 만든 체리에이드는 견딜 수 없을 만큼 단 빨간색 시럽을 잔뜩 넣어서 거품이 조금 일어난다(분명 소다병은 뚜껑을 열어둔 채 너무 오래 세워놓아 고통스러웠을 것이다).

나는 입을 벌리고 먹지 않는지, 더러운 손가락이 아니라 포크로 적절하게 먹는지 조심하고, 얼룩과 빵 부스러기를 떨어뜨리지 않는지, 너무 크게 한 입 베어 무는 위험은 없는지 인지하면서, 공손하게 포크로 케이크 조각을 찍어서, 마치 접시에서 입으로 날아가는 나의 화물 비행기를 훼방하는 적의 항공기를 고려하듯 극도로 조심해서 공기를 가르며 (결코 나쁘지 않은) 케이크를 다 먹어치운다. 나는 꼼꼼하게 입을 다문 채 씹은 다음, 입술을 핥지 않고 조심스럽게 삼킨다. 그러면서 나는 루드니츠키 일가의 찬탄이 담긴 눈초리와 부모님의 자부심을 끌어내고, 그것들을 내 공군 유니폼에 훈장으로 달았다. 그리고 마침내 약속된 상도 얻는다. 거품은 적지만 시럽이 매우 풍성히 들어 있는, 집에서 만든 체리에이드 한 잔.

사실 시럽이 너무 많이 들어 있어서 그것은 아주, 완전히, 전적으로, 마실 수 없을 만한 음료였다. 한번에 꿀꺽꿀꺽 들이켤 수 없었다. 심지어 한 모금도. 심지어 어머니의 후추 맛 커피보다 더 맛없었다. 메스껍게 걸쭉하고 끈적끈적한 것이, 꼭 기침약 시럽 같았다.

난 입술에 그 슬픔의 컵을 가져다 대고 마시는 척했고, 말라 아주머니가—내 나머지 관중과 함께, 내가 입을 열기를 열렬히 기대하며—내게 축배를 들 때, 허둥지둥 (아버지가 쓰는 단어들과 아버지의 어조로) 그녀의 창조물인 사과 케이크와 시럽으로 넘치는 음료가 "참으로 매우 뛰어나다"고 단언한다.

말라 아주머니의 얼굴이 환해진다.

"더 있다! 아주 많이 있단다! 한 잔 더 따라줄게! 거의 한 주전자는 만들어놨는걸!"

내 아버지와 어머니로 말하자면, 나를 숭배하는 눈으로 멍하니 바라보고 있다. 마음의 귀로 그들의 박수 소리를 들을 수 있고, 나는 마음의 허리를 숙여 내게 감사하는 관중들에게 절한다.

*

그러나 지금 할 일은 무엇인가? 무엇보다, 시간을 좀 벌기 위해, 그들의 주의를 분산시켜야만 한다. 뭔가 내 나이를 넘어서는, 깊이 있고 그들이 좋아할 발언을 해야 한다.

"삶 속에서 이렇게나 맛있는 무언가는 아주 소량의 한 모금만 맛봐야 할 필요가 있어요."

'삶 속에서'라는 구절이 특히 나를 도왔다. 델포이의 제사장이 다시 한번 말했다. 순수하고 분명한 자연 그 자체의 음성이 내 입에서 흘러나왔다. 아주 조금, 소량의 한 모금으로 네 삶을 맛보라. 천천히, 신중하게.

고로, 이 주신酒神 찬양적인 단 한 문장으로, 나는 간신히 그들의 주의를 돌릴 수 있었다. 그래서 그들은 내가 아직 그들이 만든 아교를 마시지 않았다는 사실을 눈치채지 못할 것이다. 그렇게, 그들이 무아지경 상태로 가만히 있는 동안, 그 공포의 컵은 삶에서 아주 조금 소량으로 맛보아야 하는 것이므로 내 옆 마루 위에 그대로 남겨져 있다.

나로 말할 것 같으면, 손은 턱 아래 받치고 팔꿈치를 무릎 위에 괸 채 정확하게 생각하는 사람 동상의 작은 아들쯤 되는 포즈로 깊이 생각에 잠겨 있다. 나는 한 번인가 백과사전에서 그 원작의 사진을 본 적이 있었다. 잠시 후, 내 영혼이 저 높은 창공에 떠다닐 때 나를 바라보고 있는 것은 적절치 않은 일이기 때문에, 혹은 몇몇 방문객들이 더 도착해서 망명자의 배와 극기 정책과 고등판무관에 대한 논쟁의 열기가 계속되었기 때문에 그들의 관심은 내게서 떠난다.

나는 기회를 포착하고는, 독이 든 성배를 두 손으로 들고 현관 복도로 미끄러져 빠져나가, 페르시안 고양이 두 마리 중, 작곡가인지 철학자인지, 어느 쪽인지 확실치는 않지만, 한 녀석의 코에다 들이댄다. 이 토실토실한 작은 북극곰은 냄새를 맡더니 움찔거리고, 수염을 씰룩거리며, 진심으로 사양하겠어요, 하는 성난 야옹 소리를 내뱉고, 부엌의 지루한 공기 속으로 퇴각한다. 녀석의 파트너로 말하자면, 그 비대한 창조물은 내가 잔을 들이댔을 때, 눈을 뜨는 것도 귀찮다는 듯이 감은 채, 마치 정말 됐거든 하고 말하듯 코를 씰룩거리더니, 내 쪽으로 분홍색 귀를 흔든다. 마치 파리라도 쫓아내듯이.

내가, 예를 들면, 그 치명적 독약을, 눈먼, 대머리 알마-미라벨이 날개 달린 솔방울과 함께하는 새장의 물그릇에 흘려버릴 수 있었을까? 나는 득실을 따져본다. 토란과의 덩굴식물은 아마 고문당하고 심문을 받는다 하더라도 나를 밀고하지 않을 것이라고, 솔방울이 말하고 있는지도 모른다. 고로 내 선택은 외려 (말라 아주머니와 슈타체크 아저씨처럼 아이가 없고, 그런고로 언제 알을 낳을 것이냐고 물어봐서는 안 되는) 두 마리 새가 아니라 식물에 그걸 붓는 것이었다.

잠시 후 말라 아주머니는 내 빈 잔을 눈치챈다. 즉시 내가 그녀의 음료를 음미한 일이 그녀를 참으로 행복하게 했다는 것이 명백해진다. 나는 그녀를 향해 웃으며, 바로 어른처럼 "감사합니다, 말라 아주머니, 감사드려요. 정말 감미로웠어요"라고 말한다. 물어보거나 확인해보지도 않고서 그녀는 내 잔을 다시 채워주고 이게 전부가 아니며, 한 주전자나 만들어놨다는 걸 기억하라고 상기시켜주었다. 그녀의 체리에이드는 가능한 한 탄산이 없도록 만들었는지 모르지만, 초콜릿만큼이나 달았다. 아니었던가?

　나는 다시 한번 일어나 감사하고, 또다른 기회를 기다리는 계획에 착수한 후, 다시금 이목이 없을 때 영국의 요새화된 레이더 시설을 향해, 그들의 다른 식물인 선인장을 독으로 물들일 지하조직 투사처럼, 살금살금 기어나갔다.

　그러나 그 순간 나는 재채기를 거둬들일 수 없는 것처럼, 수업중에 도저히 웃음을 참을 수 없는 것처럼, 대중 앞에 일어나, 그들의 음료가 너무 구역질나서 고양이와 새조차 그게 역겹다는 걸 알아차렸고, 그래서 내가 그걸 전부 화분에다 부었으며, 이제 그 식물들이 죽을 거라고 공표하고 자백해야 한다는 강력한 충동을 느낀다.

　그리고 벌을 받아라, 남자답게 벌을 받아라. 후회 없이.

　물론 나는 그렇게 하지 않을 것이다. 그들을 매료시키고자 하는 욕망이 그들을 충격으로 몰아가고 싶은 충동보다 훨씬 더 강하다. 나는 신심 깊은 랍비이지 칭기즈 칸이 아니다.

*

집으로 오는 길에 어머니는 내 눈을 똑바로 쳐다보고 공모자의 미소를 띠며 말한다.

"내가 못 봤을 거라고 생각하지 마라. 난 다 봤다."

내 모든 순수와 청렴함, 죄지은 심장이 가슴속에서 깜짝 놀란 토끼처럼 쿵쾅거리고, 나는 말한다.

"다 보셨다고요? 뭘 보셨는데요?"

"네가 끔찍하게 지루해하는 걸 봤지. 그런데 그걸 내색하지 않으려고 애쓰던 것도. 그리고 그게 날 행복하게 했단다."

아버지가 말한다.

"소년은 오늘 정말 훌륭하게 행동했지만, 결국 보답을 받은 셈이지. 케이크 한 조각에 체리에이드 두 잔, 언제나 우리에게 졸라도, 매점에서 파는 음료 잔이 정말 깨끗한지 누가 알겠느냐면서 결코 사주지 않는 것들인데 말이야?"

어머니 왈.

"나는 분명 네가 그 음료를 정말 좋아한 게 아니라고 생각했는데, 말라 아줌마 기분을 망치지 않으려고 그걸 다 마셨다는 걸 알고, 네가 너무나 자랑스러웠단다."

"네 어머니는," 아버지가 말한다. "네 마음속을 훤히 다 볼 수 있어. 달리 말하면, 어머니는 네가 말한 것뿐 아니라 네가 아무도 모를 거라고 생각하고 있는 것까지 안다는 말이야. 자기 마음속을 훤히 다 볼 수 있는 사람과 산다는 건 필시 쉬운 일은 아니지."

"그리고 말라 아줌마가 두번째 잔을 대접했을 때," 어머니가 계속한다. "난 네가, 그저 그녀를 기쁘게 해주려고, 그녀에게 감사하면서 그걸 다 해치웠다는 걸 알았단다. 네 나이에 그렇게 사려 깊을 수 있는 어린애는 많지 않다는 걸, 그런 사람도 많지 않다는 걸 네가 알았으면 좋겠구나."

나는 그 순간 그 시럽 덩어리를 마신 것은 식물들이기 때문에, 그런 칭찬을 받을 자격이 있는 건 내가 아니라 루드니츠키 씨 댁의 화분이라고 거의 인정할 뻔했다.

그러나 어떻게 어머니가 막 내 가슴에 달아준 그 훈장들을 떼어 그녀 발밑에 내던질 수 있겠는가? 어떻게 내 부모님으로 하여금 그런 부당한 상처를 받게 할 수 있단 말인가? 나는 거짓말을 하는 것과 누군가의 감정에 상처를 내는 것 중에 선택해야 한다면 진실보다는 섬세하고 예민한 쪽을 감싸는 걸 택해야 한다는 것을 어머니로부터 배웠다. 누군가를 행복하게 하는 것과 진실을 말하는 것, 고통을 야기하지 않는 것과 거짓말하지 않는 것 사이의 선택에 직면했을 때는, 언제나 정직을 넘어 관용을 우선해야 한다. 그렇게 함으로써 자신을 평범한 무리로부터 스스로 높이게 되고 그들 모두에게서 부케를 받게 된다. 보통 아이와는 다른 아이라는.

아버지는 돌아오는 길에, 우리에게 히브리어로 '무자無子(하쇼키 바님)'라는 단어가 '어둠(호셰크)'이라는 단어와 관련이 없지 않다며, 그것은 두 단어 모두가 결핍(하쇼크)이라는 뜻, 즉 아이의 결핍이나 빛의 결핍이라는 함의를 가지기 때문이라고 끈기 있게 설명한다. "이 단어와 관련 있는 단어가 하나 더 있는데, 아끼다 혹은 구하다라는 뜻을 가진 호세크다. '매를 아끼는 자는 자식을 미워하는 자다.' 이 속담은 잠언집에 나오는데, 난 이 속담에 전적으로 동감한단다." 말이 아랍어 쪽으로 새면서, 그는 어둠에 대한 단어가 용서라는 단어와 관련이 있다고 설명한다. "솔방울로 말하자면, 그것의 히브리어 이름은 이츠트루발이고, 스트로빌로스라는 그리스어에서 파생된 단어로, 회전하는 행위를 뜻하는 스트로보스라는 단어에서 나왔고 도는 것, 회전하는 것은 뭐든 다 가리키는 단어란다. 그리고 그 단어는 '스트로페(좌회전)'나 '카타스트로피(대재앙)' 같은 단어들과 어원이 같아. 이틀 전인가 마운트 스코푸스로 올라가는 길 위에 화물차가 전복되어 있는 것을 봤다. 안에 타고 있던 사람은 다쳤고 바퀴는 계속 돌아가고 있었지. 그러니 그게 스트로보스면서 카타스트로피지 뭐냐. 집에 도착하자마자 곧바로 전하께서는 몸소 마룻바닥에 흩어놓으신 모든 장난감을 집어서 제자리로 갖다놓으시길."

36

부모님은 내 어깨 위에 자신들이 성취하지 못했던 모든 것을 얹었다. 1950년, 우연히 처음으로 테라 상타 대학 계단 위에서 마주친 첫날 저녁에 한나와 미카엘은(내 소설 『나의 미카엘』에 나오는 인물) 예루살렘 벤예후다 거리에 있는 카페 아타라에서 다시 만나게 된다. 한나는 수줍어하는 미카엘이 스스로에 대해 말할 수 있도록 용기를 북돋워주지만, 그는 자기 얘기 대신 자기 홀아버지에 대해 말한다.

(그의) 아버지는 그에게 대단한 기대를 품고 있었다. 그분은 당신 아들이 평범한 젊은이라는 사실을 인정하려 들지 않았다. (…) 아버지의 가장 큰 소망은 미카엘이 예루살렘에서 교수가 되는 것이었는데, 그 이유는 미카엘의 친할아버지가 그로드노의 히브리 사범학교에

서 자연과학을 가르쳤기 때문이다. (…) 미카엘의 아버지는 그러한 연결 고리가 한 세대에서 다음 세대로 넘어가면 좋겠다고 생각했다.

"가족은 직업을 넘겨받는 릴레이경주 같은 게 아니잖아요." 내가 말했다.

"하지만 아버지께 그렇게 말씀드릴 수는 없어요." 미카엘이 대답했다. "아버지는 아주 감상적이시고, 히브리어를 귀하고 깨지기 쉬운 도자기 다루듯이 사용하는 분이시죠."*

수년 동안 아버지는 결국에는 요셉 큰할아버지의 외투가 자신의 위에 내릴 것이고, 가족 전통에 따라 내가 학자가 된다면 때가 되어 자신이 그것을 내게 넘겨주는 날이 올지도 모른다는 희망을 포기하지 않았다. 그리고 만일, 밤 시간이면 연구를 위해 혼자 있어야 하는 그의 쓸쓸한 직업 때문에, 그 외투가 그를 지나친다면—자신의 외아들이 그것을 전수받게 될 것이라는 희망도.

나는 어머니가 자신이 말로는 나타낼 수 없었던 어떤 것을 표현하기 위해 내가 자라길 원한다는 느낌을 받았다.

*

만년에 그들은, 내가 다섯 살 때, 알파벳을 뗀 지 2주 후, 아버지의 색인 카드 중 한 장 뒷면에다가 대문자 활자체로 '작가 아모스 클라우

---

*『나의 미카엘』(텔아비브: 오베드 출판사, 1968; 예루살렘: 케테르 출판사, 1990). (원주)

스너'라고 썼고, 그걸 내 작은 방문에 핀으로 고정시켜 걸어놨다는 것을 거듭해서 내게 상기시켰고, 그 일을 되새겨주고 있다는 데 대한 자긍심으로 킬킬 웃으며 상기시키고, 손님들 앞에서 내게 상기시켰으며, 스가랴 씨 가족과 루드니츠키 씨 가족과 하나니스 씨 가족과 바르 이츠하르 씨 가족과 아브람스키 씨 가족 앞에서도 언제나 내게 그 일을 되새겨주었다.

나는 심지어 내가 책을 읽을 수 있기도 전에 어떻게 책이 만들어지는지 알고 있었다. 나는 책상에 몸을 숙이고 있는 아버지 등뒤로 살금살금 들어가 발끝으로 서곤 했는데, 아버지의 지친 머리는 책상 스탠드의 노란 불빛 웅덩이 속에 떠다니고, 그는 천천히 공을 들여, 책상 위에 놓인 두 더미로 나뉜 책들 사이에 만들어진 꾸불꾸불한 계곡 사이로 자기 길을 재촉하며, 앞에 펼쳐진 두터운 학술 서적들로부터 온갖 종류의 자세한 내용을 뽑아서 찢어내, 스탠드 불빛을 향해 붙들고 잘 살펴 분류한 다음, 작은 카드에 내용을 베껴 쓰고, 그다음엔 마치 목걸이를 꿰듯, 퍼즐의 제자리에 각각을 맞춰두고 있었다.

사실, 나도 어느 정도는 그처럼 일했다. 나는 시계 제조상이나 재래식 은세공인처럼 일했다. 한쪽 눈은 바짝 찌푸린 채 가늘어져 있고, 다른 한쪽 눈은 시계 제조상의 확대경에 고정되어 있으며, 손가락 사이엔 미세한 핀셋이 들려 있고, 내 책상 앞엔 카드가 아니라 종잇조각이 놓여 있으며, 그 책상 위에서 나는 여러 가지 단어, 동사 형용사 부사, 그리고 분해된 문장 조각, 표현과 묘사의 분절, 온갖 종류의 시험적인 결합을 기술했다. 이따금 나는 이 입자들, 즉 텍스트의 분자 중 하나를 조심스럽게 핀셋으로 들어올려, 불빛에 가져다가 신중하게 검토하고,

여러 방향으로 돌려보고 구부려보고 문질러보고 광을 내고는, 다시 불빛으로 가져다가 살짝 비벼보고, 그다음에 굽혀보고, 내가 직조하고 있는 옷감의 직물에 끼워넣는다. 그러고는 여러 각도에서 살펴보고, 여전히 완전히 만족하지 못하고, 다시 집어 빼내, 다른 단어로 교체하거나 같은 문장의 다른 위치에 끼워 맞추려 애써본 후 제거하고, 아주 아주 조금 한 줄로 쓴 다음, 약간 다른 각도에서 다시 맞춰볼지도 모른다. 아니면 다르게 배치해보거나? 어쩌면 그 문장을 훨씬 밑에다가? 아니면 그다음 문장의 첫 부분에? 아니면 그 단어를 잘라내어 독립된 한 단어짜리 문장으로 만들어야 하나?

나는 일어난다. 방 주위를 걸어다닌다. 책상으로 돌아온다. 몇 분간 그것을 노려보거나, 혹은 좀더 긴 시간 노려보고, 전체 문장을 찍찍 그어버리거나 전체 페이지를 찢어버린다. 나는 절망 속에 포기한다. 나는 거기 앉아 전체를 다시 한번 시작하면서도, 큰 소리로 스스로에게 욕설을 퍼붓고 일반적인 글쓰기를 저주하고 모든 언어를 저주한다.

소설을 쓰는 것은, 내가 한 번 말한 적이 있는데, 레고로 에돔 산을 만들려 하는 것과 같다. 혹은 성냥개비로 파리 전체, 건물이며, 광장이며, 가로수 길, 맨 마지막으로 거리의 벤치까지 만들려 하는 것과 같거나.

8만 단어짜리 소설을 쓴다면 수천 번 결정을, 그것도 그저 플롯의 개략적인 내용에 대한 결정이 아니라, 누가 살고 누가 죽을 건지, 누가 사랑에 빠지고 누가 불충할 것인지, 누가 부자가 되고 누가 자기를 웃음거리로 만들 것인지를 결정하고 인물의 이름이며 외양, 그들의 습관이나 직업, 장을 나누는 일, 책 제목(이런 것들이 가장 단순하고 가장 광범위한 결정이다)에 대한 결정을 내려야만 한다. 그저 무엇을 이야기해나가고 얼버무릴지가 아니라, 뭐가 먼저 오고 뭐가 나중에 올 것인지, 무엇을 명쾌히 하고 무엇을 넌지시 암시할지 등도(이런 것들 역시 꽤나 광범위한 결정이다). 그러나 그 문단 끝 세번째 문장에서 '푸른'을 쓸 건지 '푸르스름한'을 쓸 건지 같은 수천 개의 더 미세한 결정 역시 내려야 한다. 아니면 '창백한 푸른색'이라고 해야 하나? 아니면 '하늘빛'? '기품 있는 푸른색'? 아님 정말 '푸른빛이 도는 잿빛'이라고 해야 하나? 그리고 이 '잿빛 푸름'은 문장 서두에 와야 하나, 끝에서 빛을 발해야 하나? 문장 중간에? 아니면 단순히 복문의 흐름 속에서 종속절에 따라 붙어야 하나? 아님 '잿빛 푸름'이니 '먼지 같은 푸름'이니 하는 색깔은 넣지 말고, 세 단어 '그 저녁 빛'만 쓰는 게 가장 좋을까?

*

어린 시절부터 나는 철저하고도 오래도록 세뇌된 희생양이었다. 탈피웃에 있는 요셉 큰할아버지의 사원을 이루었던 책들, 케렘 아브라함의 우리 공동주택에 있는 아버지의 구속복이었던 책들, 어머니의 피난처인 책들, 알렉산더 할아버지의 시편들, 우리 이웃이었던 자르키 씨의 소설들, 아버지의 색인 카드와 단어 게임, 심지어 사울 체르니콥스키의 냄새나는 포옹과 돌연 몇 개의 그림자를 드리우던 아그논 씨의 건포도로.

그러나 사실 나는 내 방 문에 핀으로 못박아둔 명판에서 등을 돌리고 있었다. 수년 동안 나는 책으로 된 이 토끼굴로부터 탈출해서 자랄 수 있기를, 그리고 소방관이 되기를 꿈꾸었다. 불과 물, 소방관 제복,

영웅주의와 빛나는 은빛 헬멧, 사이렌 소리, 소녀들의 응시와 번쩍이는 불빛과 거리에 가득찬 공포, 지나간 자리에 공포가 남겨지는, 빨간 소방차의 뇌성 같은 임무.

그다음엔 사다리들, 끝없이 펼쳐지는 호스들, 소방차의 빨간색에 솟구치는 피처럼 비치는 작열하는 화염, 그리고 마침내, 클라이맥스, 정신을 잃고 용감한 구조자의 어깨에 실려 나오는 소녀나 여자, 불에 그을린 피부와 속눈썹, 머리카락을 당연한 것으로 여기는 자기희생적인 헌신, 질식할 듯한 지옥의 연기. 이후엔 곧바로—찬양, 어지럼증 속에 감사와 숭배에 잠겨 당신을 보며 혼절하는 여자의 눈물겨운 사랑의 강물, 그리고 그들 가운데 그 무엇보다 가장 대단한 것은, 자기 팔의 부드러운 힘으로 여자를 화염에서 용감하게 건져낸 그 사람.

*

그러나 내가 어린 시절에 걸쳐 몇 번이고 반복해서 불타는 용광로에서 구조해낸 것은 누구이며 보상으로 얻은 것은 누구의 사랑이었을까? 아마도 이 질문을 하는 건 정도正道가 아닌지도 모르지만, 오히려. 어떤 끔찍하고 믿을 수 없는 전조가 그 어리석고 꿈 많은 어린아이의 거만한 심장으로 들어와 그에게 결과를 내비치지는 않으면서 무언가를 넌지시 암시하고, 아직 시간이 있었을 때, 어느 겨울 저녁 그의 어머니에게 어떤 일이 일어날 것인지 베일에 가려진 힌트를 해석할 어떤 기회는 주지 않으면서 뭔가 신호를 보냈던 것일까?

이미 다섯 살의 나이에, 나는 몇 번이고 나 자신을 빛나는 제복과 헬

멧을 착용하고, 자기 생명을 담보로, 용감하게 맹렬한 화염 속으로 돌진하여, 무의식적으로, 불길에서, 어머니를 구하는(반면 유약하고 말뿐인 그의 아버지는 그저 어리벙벙해서 하릴없이 화재만 바라보고 서 있다) 대담하고 침착한 소방관으로 상상하고 있었기 때문이다.

그러고 나서, 자기 눈으로 새로운 히브리인(정확히는 그의 아버지가 그를 위해 규정해준 것으로서)이라는 불로 굳어진 영웅주의를 구현하는 동안, 그는 돌진하여 그녀의 생명을 구하고, 그렇게 함으로써 그의 어머니를 아버지의 손길에서 영원히 낚아채 그녀 위로 자신의 날개를 펼친다.

그러나 어둠의 위협 속에서 내가 이 오이디푸스적인 판타지에 수놓을 수 있는 것은 무엇이며, 수년 동안 날 떠나지 않았던 것은 무엇인가? 어느 정도까지, 멀리서 피어나는 연기 냄새처럼, 그 여자, 이리나, 이라, 그녀가 내 소방관과 구조된 여자 판타지에 스며드는 일이 가능한가? 이라 스텔레츠카야. 로브노에서 노름에 빠진 기술자였던 남편이 매일 밤 카드 게임으로 잃었던 아내. 어느 날 파라핀 깡통을 비우고 타르 종이로 된 판잣집에서 자기를 태워 죽이기 전까지, 마부의 아들과 사랑에 빠져 아이들을 잃었던 불쌍한 이라 스텔레츠카야. 그러나 이 모든 일은 내가 보지도 못했던 나라에서 내가 태어나기 15년도 전에 벌어진 일. 그리고 어머니가 제정신이 아니어서 고작 네다섯 살 된 자기 아이에게 그런 끔찍한 이야기를 했던 게 아니었을까?

*

　아버지가 집에 없을 때, 어머니가 주방 작업 공간에서 내게 등을 돌리고 서서, 야채 껍질을 벗기거나 오렌지를 짜거나 미트볼을 만드는 동안, 나는 부엌 식탁에서 렌즈콩을 골라내면서 앉아 있었고, 그럴 때면 어머니는 온갖 종류의 기묘하고, 그래, 무시무시한 이야기를 해주곤 했다. 어린 페르는 욘의 아들로 고아이고, 라스무스 귄트의 손자로, 나와 무척 비슷하게도, 그와 그의 가여운 과부 어머니 오세는 바람 불고 눈 오는 긴긴 밤 동안 산자락에 있는 오두막에 홀로 앉아 있었기에, 그는 자기 마음에 어머니의 신화적이고 반쯤 미친 이야기들, 협만 너머에 있는 소리아-모리아 성에 대한 이야기, 신부를 탈취해간 이야기, 산의 왕과 시체를 파먹는 귀신의 방에 있는 녹색의 트롤 이야기, 주형 제작자와 꼬마도깨비, 배달할 수 없는 우편물들과 끔찍한 보이그에 대한 이야기를 가슴으로 빨아들여 담아두었다.
　주방은 그을음으로 거뭇해진 벽과 움푹 팬 마룻바닥으로 되어 있고, 교도소 독방만큼이나 좁고 낮았다. 난로 옆에 성냥갑 두 개가 있었는데, 하나는 새 성냥을 담아두는 것이고, 다른 하나는 다 쓴 성냥을 담아두는 것으로, 경제적인 이유로 우리는 이미 불붙은 버너에서 버너나 프라이머스 난로로 불을 옮기곤 했다.
　어머니의 이야기들은 이상하고 무시무시한 것이었을지는 몰라도, 매혹적인 것들로 동굴과 탑, 버려진 마을과 허공 위에 매달려 있는 무너진 다리 들에 관한 것이었다. 그녀의 이야기는 처음부터 시작하지 않기도 하고 해피엔딩으로 끝나지 않기도 했지만, 어슴푸레한 불빛 속에 깜박이고, 자신을 칭칭 감싸더니, 잠시 동안 안개 속에서 나타나 사람을 놀라게 하고, 뼛속까지 떨리게 한 다음, 자신의 눈앞에 있던 것이 무엇이었는지 보기도 전에 어둠 속으로 되돌아 사라지는 것이었다. 노인 알렐루예브에 대한 그녀의 이야기가 얼마나 그러했는지. 타니츠카와 그녀의 세 남편이자 서로를 죽인 대장장이 형제들에 대한 이야기, 죽은 아이를 양자 삼은 곰에 대한 이야기, 나무꾼의 아내와 사랑에 빠진 동굴 속 귀신 이야기나 살인자의 딸을 유혹하려 죽음에서 돌아온 마부 니키타의 귀신 이야기도 다 그런 것이었다.

그녀의 이야기들은 모두 블랙베리와 블루베리, 산딸기와 트뤼프, 버섯으로 가득했다. 나의 예민한 시절에 대한 고려 없이, 어머니는 이전에 극소수의 아이들만이 밟았을 곳으로 나를 데려갔고, 마치 나를 자기 팔로 안아들어 현기증 나는 꼭대기를 보여주기 위해 더 높이 높이 들어올리듯, 내 앞에서 현기증 나는 단어들에 대해 열광적으로 설명하기 시작했다. 그녀의 영역은 태양빛으로 얼룩져 있거나 이슬로 흠뻑 젖어 있었고, 그녀의 숲은 빽빽해서 꿰뚫을 수 없었고, 나무들은 탑처럼 높이 솟아 있고, 초원은 푸르며, 산은 태곳적 모습으로 불쑥 솟아 있고, 성도 위압적으로 서 있고, 작은 탑들도 솟아 있고, 평지는 쭉 뻗어 잠들어 있고, 그리고 그녀가 말한 것처럼 골짜기, 샘, 시내, 개울이 끊임없이 용솟음쳐 나와 졸졸거리며, 계곡은 소용돌이쳤다.

*

어머니는 대부분의 시간을 집에 갇혀, 외따로 떨어진 삶을 살았다.

그녀의 친구였던, 로브노 타르붓 김나지움에 같이 있었던 릴렌카, 에스테르카, 파니아 바이츠만과는 달리, 어머니는 예루살렘에서 어떤 흥미도 느낌도 발견하지 못했다. 그녀는 신성한 장소와 여러 유명한 고대 유적지를 좋아하지 않았다. 회당과 랍비 학교나 교회와 수도원과 이슬람 사원은 모두 그녀에게 대동소이하게, 충분히 잘 씻지 않는 음울하고 종교적인 냄새나는 사람들이 있는 곳에 불과했다. 그녀의 예민한 콧구멍은 심지어 짙은 향로 냄새 속에서도 씻지 않은 살 냄새에 움찔했다.

아버지 역시 종교에 많은 시간을 기울이지 않았다. 그는 모든 믿음의 사제들을 오히려 고대적 혐오를 양성하고, 두려움을 증대시키며, 거짓 교리를 고안해내고, 악어의 눈물을 흘리고, 날조된 신성의 대상과 거짓 유적과 온갖 헛된 믿음과 편견으로 장사하는 의심스럽고 무지한 사람으로 보았다. 그는 대부분 모종의 달콤한 협잡의 종교로 생계를 이어가는 모든 '거룩한 것'을 미심쩍어했다. 그는 사제와 랍비는 둘 다 냄새가 난다(혹은 아버지의 낮은 음조로, "그들 중 어느 누구도 장미향을 지닌 자는 없다! 무슬림 학자 하즈 아민도 나치 애호가들도 마찬가지야!")는 하이네의 비평을 즐겨 인용했다. 반면에, 때로 '사람들을 주재하는 영'이라든가 '이스라엘의 반석'이니 하는 모호한 신의 섭리나 '창조적인 유대계 천재'의 이적異跡들은 믿었고, 구원의 속죄와 부활의 능력에 대해 자기 희망을 못박았다. "…… 미의 사제와 예술가의 붓과." 그가 자주 인용한 체르니콥스키의 소네트—"운문의 신비한 매력을 다 익힌 사람들은/ 세상을 시와 노래로 속죄하리라!"—를 극적으로 낭송하곤 했다. 아버지는 예술가는 다른 인간들보다 더 우월하

508

고, 지각이 있으며, 더 정직하고, 추한 것에 덜 오염되어 있다고 믿었다. 몇몇 예술가들이, 이 모든 것에도 불구하고, 어떻게 스탈린이며, 심지어 히틀러까지 좇고, 그를 괴롭고 슬프게 할 수 있었던 것일까에 대한 의문. 그는 종종 스스로와 이 문제로 논쟁을 벌였다. 폭군의 매혹에 매료되어 스스로를 압제와 사악함에 복역하도록 위치 지은 예술가들은 '미의 사제'란 호칭을 받을 자격이 없다고. 때때로 그는 스스로에게 그들은 파우스트처럼 사탄에게 영혼을 팔아먹은 것이라고 설명했다.

반면 새로운 교외를 건설하고, 처녀지를 사서 경작하고, 길을 닦은 시온주의자들의 열정은, 아버지를 어느 정도까지는 취하게 만들고, 어머니를 지나쳐갔다. 어머니는 대개 신문을 헤드라인만 흘끗 보고 내려놓곤 했다. 그녀는 정치를 재앙으로 여겼다. 세상 공론과 가십은 그녀를 지루하게 했다. 방문객이 있거나, 우리가 탈피옷으로 가서 요셉 큰할아버지와 치포라 큰할머니나, 자르키 씨나 아브람스키 씨 댁, 루드니츠키 씨 댁, 아그논 씨 집, 하나니 씨 댁, 한나와 하임 토렌 씨 댁을 방문할 때면, 어머니는 거의 대화에 끼지 않았다. 그러나 이따금 그저 그 자리에 있는 것만으로, 그녀는 마치 왜 자르키 씨가 특별한 견해를 견지하고 있는지 그리고 왜 하나니 씨가 그에 반대하는지 그들의 논쟁을 해독하려는 듯, 아무 말도 안 하고 희미하게 웃으면서, 사람들이 전력을 다해서 이야기하고 또 이야기하도록 만들었다. 그 논쟁들은 그들이 갑자기 입장이 바뀌어 전에 지지하던 그 사람을 공격하고 각자가 상대방의 입장을 옹호하게 된다 한들 어떤 차이가 있겠는가?

*

　옷, 물건, 머리 모양과 가구만이 오직 사람 내면의 삶을 들여다볼 수 있는 문구멍으로서 어머니의 흥미를 불러일으켰다. 우리가 누군가의 집에 갈 때면 언제든지, 혹은 심지어 대합실에 있을 때조차, 어머니는 언제나 구석에서, 젊은 숙녀를 위한 기숙학교의 모범생처럼 가슴을 감싸고 팔짱을 낀 채로 꼿꼿하게 앉아, 서두름 없이, 주의깊게, 결국에는 결합하면 단서를 낳는 세부 사항들을 더욱더 많이 수집하려는 탐정처럼 커튼이나 실내 장식, 벽에 걸린 그림이며, 책, 도자기, 선반에 놓인 물건 들을 응시했다.

　다른 이들의 비밀은, 가십 수준—누가 누구를 꿈꾸었고, 누가 누구와 나갔고, 누가 뭘 샀고—에서가 아니라, 모자이크 돌조각이나 거대한 퍼즐의 조각을 배치하는 일처럼 그녀를 매료시켰다. 그녀는 세심하게 대화를 경청했고, 부지중에 입가에 희미한 미소를 띠고 말하는 사람을, 그 입술과 얼굴의 주름을 바라보고, 손은 뭘 하고 있는지, 몸은 무엇을 말하고 있으며, 감추려고 애쓰는 것이 무엇인지, 눈이 어딜 보고 있는지, 어떤 태도의 변화가 있는지, 발을 떨지는 않는지, 신발 속에 발이 가만히 있는지 신중하게 관찰하곤 했다. 그녀가 대화에 참여하는 일은 거의 없지만, 그녀가 침묵을 깨고 한두 마디라도 하면, 대화는 거의 그녀가 끼어들기 이전의 상태로 돌아가지 않았다.

　혹은 어쩌면 그 시절엔 여자들이 대화에서 청중의 역할을 할당받았기 때문인지도 모르겠다. 어떤 여자가 갑자기 입을 열어 한두 마디라도 하면, 그게 놀라운 일이었으니까.

510

이따금 어머니는 여기저기서 개인 과외를 했다. 가끔은 마운트 스코 푸스에서 열리는 강의를 들으러 가거나 베이트 하암 강당에서 열리는 문학 독서 교습을 해주러 갔다. 어머니는 눌러앉아 있는 일 없이 열심히, 조용히, 유능하게 일했다. 하는 일 없이 빈둥거리며 지낸 것이 아니라 열심히 일했다. 나는 한 번도 그녀가 집안일을 하면서 콧노래를 부르거나 투덜거리는 걸 들은 적이 없다. 그녀는 요리를 하고, 빵을 굽고, 빨래하고, 사온 물건을 치우고, 다림질하고, 청소하고, 정돈하고, 설거지하고, 야채를 썰고, 밀가루를 반죽했다. 그러나 공동주택이 완벽하게 정돈되고, 설거지가 마무리되고, 세탁물까지 잘 개서 깔끔하게 넣고 나면, 어머니는 구석에 웅크린 채 책을 읽었다. 편한 자세로, 천천히 부드럽게 숨을 내쉬면서, 소파에 앉아 책을 읽었다. 맨발을 다리 아래로 감추고 책을 읽었다. 몸을 무릎 위에 올려둔 책 위로 굽히고, 책을 읽었다. 등을 웅크리고, 목은 앞쪽으로 숙이고, 어깨는 축 늘어뜨린 채, 몸을 초승달처럼 하고서 책을 읽었다. 얼굴은 반쯤 검은 머리칼로 가린 채, 책장 위로 몸을 구부리고 책을 읽었다.

내가 바깥 뜰에서 놀고, 아버지는 자기 책상에 앉아 연구하며 갑갑한 색인 카드들에 글을 쓰는 동안, 어머니는 매일 저녁 책을 읽었고, 저녁 먹은 것들을 다 치운 후에도 책을 읽었으며, 아버지와 내가 함께 아버지 책상에 앉아, 내가 머리를 비스듬히 기울이고, 아버지 어깨에 고개를 가볍게 대고, 우표를 분류하고, 분류 책에 있는 것들을 점검하고, 앨범에 우표들을 붙이는 동안에도 책을 읽었고, 나는 자러 가고 아버지는 자기 색인 카드 자리로 돌아간 후에도 책을 읽었으며, 창문 셔터가 닫히고, 소파를 펼쳐 안쪽으로 숨겨두었던 2인용 침대가 드러나도록 뒤집은 후에도 책을 읽었고, 심지어 천장 불이 꺼지고 아버지가 안경을 벗고는, 모든 것이 형통할 것이라 굳게 믿는 악의 없는 사람들이 잠에 빠져들듯 그녀에게 등을 돌리고 잠에 빠져든 뒤에도 계속해서 책을 읽고, 또 읽었다. 그녀는, 여러 의사들이 강력한 알약과 온갖 종류의 수면제 및 해법을 처방하기로 하고, 사페드에 있는 가족호텔이나 아르자에 있는 건강 기금 요양소에서 2주간 푹 쉬는 것이 좋겠다는 권고를 해주었던 삶의 마지막 해까지, 시간이 지날수록 더 심해지는 불면증으로 고통받고 있었다.

그후 아버지는 자기 부모님에게서 얼마간의 돈을 빌리고 아이와 집을 돌보는 일을 자원했고, 어머니는 정말로 아르자에 있는 요양소로 혼자 떠났다. 그러나 거기서조차 독서를 멈추지 않았다. 오히려, 거의 밤낮으로 읽었다. 아침부터 저녁까지 언덕 옆에 있는 소나무 간이의자에 앉아 책을 읽다가, 저녁이면 다른 환자들이 춤을 추거나 카드 게임을 하거나 여러 다른 활동에 참여하고 있을 때 불이 켜진 베란다에서 책을 읽었다. 그리고 밤이면, 자기와 방을 함께 쓰는 여자를 방해하지 않으려고 접수처 옆에 있는 작은 거실로 내려가 대부분의 밤 시간에 책을 읽었다. 그녀는 모파상과 체호프를 읽고, 톨스토이와 그네신과 발자크와 플로베르와 디킨스와 샤미소와 토마스 만과 이바스키에비치와 크누트 함순과 클라이스트와 모라비아와 헤르만 헤세와 모리아크와 아그논과 투르게네프의 책들을 읽었고, 서머싯 몸과 슈테판 츠바이크와 앙드레 모루아를 읽었다. 그녀는 쉬는 시간을 통틀어서도 책에서 눈을 떼는 일이 거의 없었다. 예루살렘으로 돌아왔을 때 그녀는 마치 그곳에서 매일 밤을 즐기기라도 한 듯, 눈 밑에 검게 그늘이 진 채 피곤하고 창백해 보였다. 아버지와 내가 쉬는 동안 어떻게 즐기며 잘 지 냈느냐고 물었을 때, 그녀는 말했다. "그런 것은 생각해본 적이 없는 데."

*

　한번은, 내가 일곱 살인가 여덟 살이었을 때, 우리는 약국인지 어린 이 신발 가게인지로 가는 마크셰르 회사의 버스 맨 끝 의자에 앉았는 데 어머니는 내게, 사람만큼이나 책도 세월에 따라 변할 수 있는 반면, 차이점은 사람은 언제나 자신이 상대로부터 더이상 어떤 이점이나 쾌 락이나 이익이나 아니면 최소한 좋은 느낌을 얻을 수 없는 때가 오면 상대를 버리는 반면, 책은 절대로 상대를 버리지 않는다고 말했다. 당 연히 너는 때때로, 아마도 몇 년 동안, 혹은 심지어 영원히, 책을 저버 리기도 할 거라고. 그렇지만, 네가 책을 배신해도, 책은 절대로 네게 등을 돌리지 않는다고. 책은 침묵하며 겸손히 선반 위에서 너를 기다 리는 일을 계속할 거라고. 그들은 10년을 기다렸다고. 불평도 하지 않 을 거라고. 어느 날 밤, 심지어 새벽 세시쯤에, 네가 갑자기 책 한 권이 필요할 때, 설령 그 책이 네가 버린 것이고, 수년간 네 마음속에서 지 워버렸던 것이라 할지라도, 그 책은 결코 너를 실망시키지 않을 것이 고, 네가 필요한 그 순간에 선반에서 내려와 친구가 되어줄 거라고. 책 은 너한테 그것이 그럴 가치가 있는지 혹은 네가 그걸 받을 자격이 있 는지, 너와 여전히 서로 잘 맞는지 확인하려 들거나 복수를 하려 들거 나 변명을 하거나 물어보려 들지도 않고, 네가 요청하자마자 곧 올 것이라고. 영원은 결코 배신하지 않는다.

블루메가 자라자 교육이 시작되었고, 아버지는 그녀 곁에 앉아 딸에게 책을 읽어주었다. 하임 나흐트는 이렇게 말했다. "내 딸아, 나는 너에게 재산도 땅도 남겨줄 수 없다는 걸 잘 알고 있단다. 하지만 네게 책 읽는 법을 가르쳐주마. 누구든 자신의 세상이 어두워졌을 때 책을 읽으면, 다른 세상을 발견할 수 있거든." 블루메는 금세 배웠다. 그녀는 곧 글자를 익혔고 동화, 전설 그리고 희곡을 읽을 수 있게 되었다.*

*

내가 혼자 힘으로 읽은 최초의 책 제목은 무엇이었더라? 요컨대, 아버지가 침대에서 내게 너무 자주 읽어줘서 마침내 그 책을, 한마디 한마디 줄줄 외우게 되었고, 한번은 아버지가 내게 읽어줄 수 없었을 때 나는 그 책을 침대로 가지고 와서 혼자 책 내용 전부를, 처음부터 끝까지, 아버지 역할을 가장하여 읽는 척하면서, 아버지가 매일 밤 넘기곤 하던 바로 그 지점에서 페이지를 넘기기까지 하며, 모두 다 암송한 일이 있었다.

다음날 나는 아버지에게 책을 읽는 동안 손가락으로 읽는 부분을 쭉 짚어달라고 부탁하고, 그의 손가락을 좇아갔고, 대여섯 번 이걸 반복

---

* S. Y. 아그논, 「세번째 이야기」, 『소박한 이야기』(예루살렘과 텔아비브: 쇼켄 출판사, 1935), 71쪽. (원주)

하자 나는 각 행에 있는 각각의 단어들을 그 모양과 위치에 따라 식별할 수 있었다.

그다음엔 부모님 두 분을 모두 놀라게 한 순간이 왔다. 어느 토요일 아침 나는 부엌에 파자마 차림으로 나타나, 한마디 말도 없이, 두 분 사이에서 테이블 위에 그 책을 펼치고, 차례대로 손가락으로 각각의 단어를 가리키면서, 손가락이 가리키는 단어를 큰 소리로 말했다. 내 부모님은 자부심으로 어질어질해하면서, 터무니없는 내 속임수에 넘어갔다고는 상상도 하지 못하고, 두 분 다 이 특별한 아이가 자기 스스로 읽는 법을 배웠다고 확신했다.

그러나 결국에 나는 정말로 나 스스로 배웠다. 각각의 단어들이 각자 고유의 특별한 모양을 갖고 있다는 사실을 발견한 것이다. 가령, '개כלב'는 (오른쪽에서 왼쪽으로) 옆모습으로는 코가 그려져 있고 다른 쪽 옆으로는 안경을 쓰고 있는 동그란 얼굴처럼 보이고, '눈עיניים' 이라는 단어는 정말로 가운데 코가 걸려 있는 눈 두 짝처럼 보인다고 말할 수 있는 것이다. 이런 식으로 나는 몇 줄씩 그리고 심지어 전체 페이지들을 다 읽게 되었다.

또 몇 주가 지나간 후에 나는 글자들과 친구가 되기 시작했다. 깃발 דגל의 ל는 깃발의 시작 부분에서 펄럭이는 깃발처럼 보인다. 뱀נחש의 ש는 정말 한 마리 뱀처럼 보이고. 아버지와 어머니는 끝 부분이 같지만, 나머지 부분은 꽤 다르다. 아버지אבא라는 단어는 단어 중간에 다리에 착 달라붙어 있는 부츠 한 쌍이 있고, 반면 어머니אמא라는 단어는 미소 짓는 것처럼 보이는 가지런한 이가 있다.

*

내가 기억할 수 있는 바로 그 최초의 책은 우리의 아브람스키 씨처
럼 생긴 게으르고 잠보면서 자신에게 아주 만족하는 크고 뚱뚱한 곰에
관한 그림책이었는데, 심지어 먹으면 안 되는 상황에서도 꿀을 핥아먹
는 것을 무척 좋아했다. 꿀을 핥기만 한 것이 아니라 과식까지 했다.
그 책은 아주 불행한 장면으로 마무리되는 불행한 이야기로 향해 가다
가, 그다음에서 바로 해피엔딩으로 끝났다. 게으른 곰은 무시무시하게
도 벌떼에 쏘였고, 그것으로도 모자라 너무나 탐욕스러웠기에 치통으
로 고통당하는 벌을 받았으며, 책에는 통통 부어오른 곰의 얼굴을 하
얀 천으로 빙 둘러 묶어, 두 귀 사이 머리 꼭대기에 매듭을 지어놓은
그림이 있었다. 그리고 빨간색 글씨로 교훈이 커다랗게 적혀 있었다.

꿀을 너무 많이 먹는 것은 좋지 않다!

아버지의 세계에는 구속救贖을 이끌어내지 않는 고통은 존재하지 않
았다. 유대인들은 디아스포라 상황 속에 비참했는가? 흠, 곧 히브리 국
가가 건설되고 나면 모든 것은 더 좋은 쪽으로 변할 것이었다. 샤프펜
슬을 잃어버렸는가? 내일 새것을 사게 될 것이다. 더 좋은 것으로. 오
늘 배가 약간 아팠는가? 결혼식 전에는 나아질 것이다. 그리고 그 벌에
쏘인 가여운 곰으로 말하자면, 눈이 너무 비참해 보여서 그걸 보는 내
눈에 눈물이 가득해졌는가? 흠, 그는 여기 다음 페이지에서는 건강하
고 행복해졌고, 교훈을 배웠기 때문에 더이상 게으름 피우지 않게 되

었다. 벌들과 곰 양쪽 모두에게 이로운 평화협정을 맺었고, 그 협정에는 심지어 그에게 일정량의 벌꿀을, 그것도 틀림없이 합리적인 양을 영구히 수여한다는 항목도 있었다.

그래서 마지막 장에서 그 곰은 명랑하게 웃고 있는 것 같았고, 마치 이 모든 흥미진진한 모험을 마친 후에 중산층 계급에 합류하기로 결심이라도 한 것처럼 스스로 집 한 채를 짓고 있었다. 그는 약간 기분이 좋을 때의 아버지 모습처럼 보였다. 그는 마치 한 편의 각운을 만들거나 말장난을 하려 들거나, 나를 영광스러운 전하("그저 재미로!")라고 부르려는 듯 보였다.

마지막 페이지에 딱 한 줄, 거기 이 모든 게 어느 정도 적혀 있었고, 이 문장은 실제로 내가 글자의 모양으로가 아니라 각 글자별로, 적절한 방식을 통해 읽었던 생애 최초의 첫 줄이었을 텐데, 그때 이후로 모든 글자는 그림이 아니라 각각 다른 음가를 지니게 되었다.

곰인형은 아주 행복하다! 곰인형은 기쁨으로 가득차 있다!

두 주 동안 나는 이 책을 제외한 다른 책에 무자비하고 공격적인 굶주림을 품고 달려들었다. 부모님은 아침부터 저녁, 심지어 그 이후까지도 나를 책에서 떼어놓을 수가 없었다.

그들은 내가 책을 읽도록 떠밀었는데, 이제 그들이 마법사의 도제가 되었다. 나는 멈출 수 없는 물이었다. 그저 와서 보라, 당신의 아들은 복도 한가운데 마룻바닥에 반쯤 벌거벗은 채로 앉아, 놀랍게도, 책을 읽고 있다. 그 아이는 테이블 아래 숨어서 책을 읽고 있다. 그 미친 아이는 다시 침실에 스스로 처박혀서 그리고 화장실 변기에 앉아서, 변기에 빠지지만 않는다면, 그리고 익사하지 않는다면, 책이며 모든 읽을거리를 읽고 있다. 그 아이는 그저 잠든 척하고 있을 뿐이었고, 사실 내가 떠나기를 기다리다가 내가 방을 나선 후 몇 분 정도 더 기다린 다음 허락도 없이 불을 켜고 이제 당신과 내가 들어갈 수 없도록 문에 등을 대고 앉아 있는 것 같으니, 추측해보라, 그가 뭘 하고 있는지? 그 아이는 모음부호*도 없이 유창하게 글을 읽을 수 있다. 그가 뭘 하고 있는지 정말 알고 싶은가? 이제는 이렇다. 그 아이는 그냥 앉아 내가 신문의 한 부분을 다 읽기를 기다리겠노라고 말한다. 그로부터 우리집에는 또 한 명의 신문 중독자가 생기게 되었다. 아이는 주말 내내, 화장실 갈 때 빼고는 침대 밖으로 나가지 않았다. 심지어 화장실 갈 때조차 책을 들고 갔다. 그는 아침부터 저녁까지 하루종일, 아셰르 바라슈와 쇼프만의 단편소설, 펄 벅의 중국 소설, 마르코 폴로의 『동방견문록』, 마젤란과 바스코 다 가마의 모험기, 〈인플루엔자 감염시 노인을 위한 조언〉, 베이트 하케렘 구역 자치구 의회 간행 신문, 『다윗 왕조의 왕들』 『1929년의 괄목할 만한 사건들』, 농경 정착에 관한 팸플릿, 〈노동여성〉 지난호 등을 무차별적으로 읽었는데, 이런 식으로 계속된다면, 그는 곧 인쇄된 잉크와 책 표지까지 씹어먹을 것이었다. 우리는 간섭을 해야만 한다. 이 일을 멈춰야만 한다. 기괴한 일, 사실 오히려 좀 걱정되는 일이 이미 시작되고 있었다.

(2권으로 이어집니다)

---

* 히브리어는 원래 자음만으로 구성된 언어였다. 시대가 지나 자음 위아래에 점과 선을 써서 모음을 나타내게 되었다. 또는 자음 중 네 개를 모음으로 사용하기도 한다.

문학동네 세계문학전집 발간에 부쳐

세계문학은 국민문학 혹은 지역문학을 떠나 존재하는 문학이 아니지만 그것들의 총합도 아니다. 세계문학이라는 용어에는 그 나름의 언어와 전통을 갖고 있는 국민문학이나 지역문학의 존재를 인정하면서 그것을 넘어서는 문학의 보편적 질서에 대한 관념이 새겨져 있다. 그 용어를 처음 고안한 19세기 유럽인들은 유럽문학을 중심으로 그 질서를 구축했지만 풍부한 국민문학의 전통을 가지고 있는 현대의 문학 강국들은 나름의 방식으로 세계문학을 이해하면서 정전(正典)의 목록을 작성하고 또 수정한다.

한국에서도 세계문학 관념은 우리 사회와 문화의 변화 속에서 거듭 수정돼왔다. 어느 시기에는 제국 일본의 교양주의를 반영한 세계문학 관념이, 어느 시기에는 제3세계 민족주의에 동조한 세계문학 관념이 출현했고, 그러한 관념을 실천한 전집물이 출판됐다. 21세기 한국에 새로운 세계문학전집이 필요하다는 것은 명백하다. 우리의 지성과 감성의 기준에 부합하는 세계문학을 다시 구상할 때가 되었다.

문학동네 세계문학전집은 범세계적으로 통용되는 고전에 대한 상식을 존중하면서도 지난 반세기 동안 해외 주요 언어권에서 창작과 연구의 진전에 따라 일어난 정전의 변동을 고려하여 편성되었다. 그래서 불멸의 명작은 물론 동시대 세계의 중요한 정치·문화적 실천에 영감을 준 새로운 작품들을 두루 포함시켰다.

창립 이후 지금까지 한국문학 및 번역문학 출판에서 가장 전문적이고 생산적인 그룹을 대표해온 문학동네가 그간 축적한 문학 출판 경험을 바탕으로 새로운 세계문학전집을 펴낸다. 인류가 무지와 몽매의 어둠 속을 방황하면서도 끝내 길을 잃지 않은 것은 세계문학사의 하늘에 떠 있는 빛나는 별들이 길잡이가 되어주었기 때문이다. 우리가 자부심과 사명감 속에서 그리게 될 이 새로운 별자리가 독자들의 관심과 애정에 힘입어 우리 모두의 뿌듯한 자산이 되기를 소망한다.

문학동네 세계문학전집 편집위원

민은경, 박유하, 변현태, 송병선, 이재룡, 홍길표, 남진우, 황종연

지은이 **아모스 오즈**

1939년 예루살렘에서 태어났다. 예루살렘 히브리 대학교에서 히브리 문학과 철학을 전공했다. 1965년 『자칼의 울음소리』로 데뷔한 이후, 『나의 미카엘』 『여자를 안다는 것』 『사랑과 어둠의 이야기』 『삶과 죽음의 시』 『친구 사이』 등을 꾸준히 발표하며 문단과 대중의 찬사를 받았다. 이스라엘 문학상, 괴테상, 프란츠 카프카 상 등 유수의 문학상을 휩쓸며 현대 히브리 문학의 거장으로 자리매김했다.

옮긴이 **최창모**

연세대학교와 동 대학원에서 신학을 전공한 후, 예루살렘 히브리 대학교에서 이스라엘 역사와 히브리 문학으로 박사 학위를 받았다. 1992년부터 건국대 히브리학과, 히브리-중동학과, 문화콘텐츠학과를 거쳐 융합인재학부에 재직중이다. 미국 UC 버클리 대학교, 영국 옥스퍼드 대학교, 예루살렘 히브리 대학교에서 방문 교수를 지낸 바 있으며, 건국대 사회교육원장, 한국중동학회장, 외교통상부 정책자문위원, 경기디지털콘텐츠진흥원 자문위원 등을 역임했고, DMZ 국제 다큐멘터리 영화제 조직위원으로 활동중이다. 지은 책으로 『이스라엘사』 『돌멩이를 먹고사는 사람들』 『금기의 수수께끼』 『기억과 편견』 『예루살렘』 『유대교와 이슬람, 금기에서 법으로』(공저) 『중동의 미래, 이스라엘과 팔레스타인』 등이 있으며, 옮긴 책으로 『나의 미카엘』 『여자를 안다는 것』 『유대교란 무엇인가』 『유대교』 등이 있다.

세계문학전집 131

사랑과 어둠의 이야기 1

초판 인쇄 2015년 10월 8일
초판 발행 2015년 10월 15일

지은이 아모스 오즈 | 옮긴이 최창모 | 펴낸이 강병선

책임편집 박신양 | 편집 황현주 오동규
디자인 김마리 이주영 | 저작권 한문숙 박혜연 김지영
마케팅 정민호 이미진 정진아 전효선 | 홍보 김희숙 김상만 한수진 이천희
제작 강신은 김동욱 임현식 | 제작처 영신사

펴낸곳 (주)문학동네
출판등록 1993년 10월 22일 제406-2003-000045호
주소 10881 경기도 파주시 회동길 210
전자우편 editor@munhak.com | 대표전화 031) 955-8888 | 팩스 031) 955-8855
문의전화 031) 955-1927(마케팅), 031) 955-1916(편집)
문학동네카페 http://cafe.naver.com/mhdn
문학동네트위터 http://twitter.com/munhakdongne

ISBN 978-89-546-3783-1 04890
      978-89-546-0901-2 (세트)

www.munhak.com

● 문학동네 세계문학전집은 계속 출간됩니다